김동리 소설 연구

김주현 저

박문사

金東里

김동리 소설 연구

빛이거나 무지개이거나

올해가 김동리 탄생 100주년이라고 한다. 그러나 나는 그런 것에 특별한 의미를 부여할 줄 모른다. 「해방」을 입력해서 학계에 제공한 지 벌써 십 년이 넘었다. 그동안 김동리의 자료를 찾아다니면서 새롭게 모은 것도 적지 않다. 그리고 김동리에 대한 첫 논문을 발표(1995)한 이래 여러 편의 글을 통해 내 생각들을 개진해 왔다. 올해 들어 김동리의 문학 세계를 정리해달라는 원고 청탁과 그의 작품의 발굴 의의를 조명해달라는 발표 제의를 받고 2편의 글을 쓰면서 일차적인 마무리의 필요성을 느끼게 되었다.

대학원 시절 김동리의 선집을 찾아 읽으면서 김동리에 대한 논문을 쓰고 싶었다. 그래서 나온 첫 글이 「김동리 문학론의 사상적 기반 연구」였다. 내친 김에 김동리 문학을 갖고 박사학위 논문도 쓰려 했는데 이차저차한 일로 미루게 되었다. 우선 이상 소설로 박사 논문을 쓰고 경주대학교에 부임하게 되었다. 그리고 경주에서 만 3년을 보냈다. 경주에서의 생활은 김동리를 새롭게 이해할 수 있는 좋은 기회였다.

나는 김동리의 흔적을 찾아 그가 태어나고 자란 경주 시내와 그의 선조가 살았던 계림골, 그리고 동학의 발상지인 현곡을 돌아다녔다. 경주에서 받았던 느낌은 좀 특별하다. 남산과 선도산, 에밀레종과 임신서기석, 천마도(또는 기린도)와 첨성대, 유불선과 기독교 심지어 동학의 자취가 혼재하는 곳, 도무지 한마디로 규정하기 어려운 곳이었다. 그뿐만 아니라 경주의 산과 들은 온갖 신비한 이야기들을 품고 있었다. 이후 합천, 사천, 화개 등지를 차례로 찾아다녔다. 또한 그를 이해하기 위해 『점필재집』을 읽고, 『동경대전』과 『용담유사』, 『화랑외사』와 『풍류정신』도 읽었다. 이를 통해 나는 텍스트에서 제대로 알지 못했던 김동리를 조금씩 이해하게 되었다. 고향 이야기, 화랑 이야기, 선조의 이야기를 주저리주저리 풀어놓는 이야기꾼을 본 것이다.

나는 김동리에 대해 무언가 끌림을 느꼈다. 그러한 끌림의 실체를 알고 싶었다. 나에게 김동리는 이해될 듯하면서도 잘 이해되지 않는 그런 존재였다. 그를 생각하면 먼저 "비로봉 상상봉에"가 떠오른다. 나의 고향마을엔 멀리 소백산이 병풍처럼 둘러있었고, 그 가운데 비로봉이 거인처럼 우뚝 서 있었다. 나는 어릴 적 마을 뒷산에 소를 풀어놓고 김동리의 「무녀도」를 읽었다. 그리고 그 작품 속에 등장하는 비로봉을 새롭게 보기 시작했다. 비로봉은 구름에 가리기도 하고, 안개 속에, 눈 속에 휩싸여 제 모습을 잘 드러내지 않았다. 그렇지만 아지랑이가 한창 피어오르는 봄철에는 신록의 바람을 전해주었고, 가끔씩 여름 소나기가 물러간 후에는 무지개를 두르고 제 모습을 찬연히 드러냈다. 없는 듯하면서도 늘 그 자리에 버티고 서 있어서 무한한 존재감을 느끼게 했다. 나는 스물넷에 비로봉 오르는 길에 운무 속에 빛을 발하는 비로자나불을 보았다. '태양'을 뜻한다는 비로자나불은 고고한 자태로 산하를 내려다보고 있었다. 그리고 비로봉에 올랐지만 정상은 운무 속에서 신비에 싸여있었다. 김동리 문학 역시 여전히 그러한 신비 속에 묻혀 있다.

우리의 근대 소설사는 김동리가 있었기에 더욱 자양분이 넘치고 풍성해졌다. 그는 설화를 이야기로, 소설로 가져올 수 있었던 천부적 이야기꾼이었다. 그는 과거와 현재를, 동양과 서양을, 사상과 종교를 넘나들며 문학의 스펙트럼을 확장시켰다. 나는 계림골을 다녀와서, 그리고 고향마을을 다녀와서 무언가 가슴을 짓누르는 듯한 압박감이 느껴졌고, 그래서 김동리에 관한 글들을 정리하기 시작했다. 나는 아직 비로봉의 비로자나불도 제대로 알지 못하고, 진정(眞定) 스님도 만나지 못했지만, 어쩌면 이미 만났는지도 모른다는 생각이 든다. 나는 동리를 만나러 또 다시 비로봉에 오르련다. 그는 근대 문학에 걸린 빛이거나, 또는 무지개였을 것이다.

2013년 10월

복현(伏賢)골 만오재(滿梧齋)에서 김주현

‖ 머리말 ‖ 빛이거나 무지개이거나 … 3

제1부 **작품론** / 9

「무녀도」 개작에 나타난 작가의식 11
「황토기」, 「까치 소리」의 인과관 39
김동리 해방기 소설의 현실인식 변화 67
「해방」의 현실인식과 서사의 한계 97
김동리의 전후소설의 유형 125
『사반의 십자가』를 통해 본 김동리의 지향성 153
김동리의 소설 세계 183

제2부 **사상론** / 209

김동리 문학론의 사상적 기반 211
김동리의 사상적 계보 243
김동리 문학사상의 연원으로서의 화랑 265
김동리와 유기(체)론－리듬의 형이상학 291
김동리의 창작방법론 317
김동리 문학에서 경주의 의미 353

제3부 **발굴 및 정리** / 365

김동리의 미발굴 소설 찾아 읽기 367

김동리 소설 「아카시아 그늘 아래서」의 발굴 389

김동리 소설의 자료 발굴과 새로운 해석 409

김동리 전집 발간에 따른 문제들 441

부록 김동리의 소설 목록 463

김동리의 생애 연보 469

金東里

제1부
작품론

金東里

김동리 소설 연구

「무녀도」 개작에 나타난 작가의식

1. 들어가는 말

김동리는 평생을 두고 다른 어떤 작품보다도 「무녀도」에 깊은 애착을 보였다. 그러한 사실은 『을화』의 창작에서도 엿보인다. 『을화』가 작가의 부인에도 불구하고 「무녀도」의 개작이라는 것은 너무나 자명한 사실이다. 창작 초기 단계에 쓴 작품을 말년에 다시 손보았다는 사실은 그의 문학에서 「무녀도」의 중요성을 일깨워주는 대목이다. 「무녀도」는 그의 문학 세계의 시작이자 종점이라고 해도 과언이 아니다. 그래서 김동리 하면 「무녀도」를 먼저 떠올리게 되는 것도 어쩌면 당연한 일인지도 모른다. 김동리 문학을 이해하려면, 「무녀도」의 이해가 필수적이다.

「무녀도」의 개작은 『을화』를 포함하면 4차례, 그러니까 5개의 텍스트가 있는 셈이다. 이 가운데에서 『을화』를 별개의 작품으로 본다면, 동일한 제하의 「무녀도」가 4개 존재하는 셈이다.[1] 김동리의

「무녀도」 개작 과정을 도식화하면 아래와 같다.

원작		개작		개작		개작
「무녀도」(1936)	→	「무녀도」(1947)	→	「무녀도」(1953)	→	「무녀도」(1963)
		①		①′		②
결함 또는 문제점의 발견(1)	→	보완(1)	→	보완(1)′		
		결함 또는 문제점의 발견(2)(2)′			→	보완(2)
미성고	→	완성고 / 미성고			→	완성고(?)

김동리에 따르면, 개작은 '표현상의 미완점을 보완'하는 것이다.[2] 그렇게 볼 때 개작 이전의 원고는 '미성고(未成稿)'이며, 개작된 원고는 '완성고(完成稿)'에 해당된다. 그는 작가가 "한번 발표된 작품이라도 생명이 있는 날까지는 계속적으로 완벽을 향해 노력"해야 한다고 강조했다. 작품의 개작은 보다 '완벽한 작품'에 이르려는 작가의식의 소산이다.[3] 그러므로 우리는 「무녀도」의 개작을 통해 김동리의 작가의식을 살펴볼 수 있다.

개작 관련 기존 연구들은 주로 대립이나 갈등의 차원에서 작품의 현상적 변화상을 제시하는 데 급급했고, 그 속에 들어 있는 주제

1 「무녀도」는 1936년 5월 『중앙』에 처음 발표되었다. 그리고 1947년 작품집 『무녀도』가 을유문화사에서 나오면서 1차 개작이 이뤄졌다. 다음으로, 1953년 을유문화사의 재판에, 그리고 1963년에 작품집 『등신불』(정음사)에 수록되면서 개작이 이뤄지고 있다. 이 가운데에서 1947년 첫 개작 때 가장 많은 개작이 이뤄졌고, 1947년과 1953년 을유문화사에서 나온 초판과 재판에서 개작이 제일 미미하게 나타난다. 이 글에서는 논의의 편의를 위해 1936년 『중앙』본을 원작으로, 1947년 개작을 개작(1)로, 1963년 개작을 개작(2)로 부르기로 한다.

2 김동리, 「〈전체〉와 〈부분〉이 전도된 개작」, 『독서생활』, 1976.1, 293면.

3 우리 문학사에서 이러한 현상을 가장 잘 보여주는 작품으로 최인훈의 『광장』(6회 개작)을 들 수 있다. 대부분의 개작은 보다 완전한 작품에 이르려는 작가의식의 소산이다. 김동리의 『사반의 십자가』, 이문열의 『사람의 아들』의 경우도 그러하다. 또한, 이데올로기적 선택에 따른 개작도 엿볼 수 있는데, 황순원의 『카인의 후예』, 김동리의 「산화」 등이 대표적이다.

의식 내지 작가의식의 변화에는 논의가 미치지 못했다.[4] 게다가 김동리의 비평적 언급들을 총체적으로 다루지 않아서 개작에 담긴 의미의 추구에는 미흡했다. 그래서 「무녀도」의 주제를 전통적인 무속신앙과 외래종교인 기독교와의 갈등에서 무속 신앙의 패배로 보는가 하면,[5] 그와 반대로 샤머니즘의 승리로 보는 등[6] 많은 편차를 보이고 있다. 그것은 결국 개작과정에 나타난 주제의식의 변화를 제대로 간파하지 못한 까닭이다.

이 논의에서는 「무녀도」에 나타난 주제의 변화 및 작가의식에 초점을 맞추어 논의하기로 한다. 김동리는 작품 창작과 관련된 언급을 많이 하고 있다. 이러한 비평적 언급은 소설 작품보다 직접적이고, 또한 작품 변화의 단초를 제시하고 있다는 점에서 중요하다. 그러므로 「무녀도」의 개작 및 그것과 관련된 비평적 언급들에 동시에 접근함으로써 작가의식을 논의할 것이다. 이것은 작가의 사상 형성이라는 측면에서도 필요한 논의가 될 것이다.

2. 원작 「무녀도」 – 무(모화)의 신선관념의 발로

「무녀도」는 1936년 『중앙』에 발표되었다. 동리의 작가 인생으로 보면 초기에 해당되는 작품이다. 이 작품의 중심인물은 모화이고,

4 이제까지 「무녀도」 개작과 관련한 주요 논문은 다음과 같다. 남기수, 「'무녀도' 형성과정 및 "을화" 고찰」, 고려대 교육대학원 석사논문, 1980; 권인옥, 「'무녀도'와 "을화"의 거리」, 고려대 석사논문, 1982; 유종렬, 「김동리 소설의 개작고－'무녀도', '산화', '바위'」, 『국어국문학』 18·19, 부산대 국어국문학과, 1982.3; 이은숙, 「김동리의 '무녀도' 연구: 개작과 종교의식을 중심으로」, 성신여대 교육대학원 석사논문, 1990; 김윤식, 『김동리와 그의 시대』, 민음사, 1995.

5 이재선, 『한국현대소설사』, 홍성사, 1979. 기타 「무녀도」를 다룬 대다수 논문.

6 류종렬, 「김동리 소설에 나타난 죽음의 양상」, 부산대 석사논문, 1982.

작가는 모화의 인물에 대해 상당 부분에 걸쳐 묘사하고 있다.

> (가) 그들은 집만 아니라, 이 집의 사람들까지도 가까히 하지 않았다. 그들은 스스로 백정이나, 무당의 족속과는 잘 분별하야, 그 웃 지위에 처할 것을 잊지 않었다.
>
> 그러나 그들 가운데, 누구든지 사람이 아프거나, 죽거나 하면 반드시 모화를 찾었다. 한번 찾은 사람은 자칫하면 또 찾고 했다. 그만치 그들은 모화를 보는 것이 위안이 되었었다.
>
> 모화는 온 고을에서도 제일 이름난 무당이었다. 산ㅅ굿이고, 용신ㅅ굿이고, 언제던 큰 굿이면 반드시 모화를 불러 갔다.
>
> 모화가 불린 굿을 모화굿이라 했다. 모화굿이라면 여인들은 이십리 삼십 리 산고개를 넘기쯤은 예사고, 오십 리 육십 리 밖에서도 밥을 싸서 모여들었다. 모화굿을 보고는 울지 않는 사람이 없는 것이라 하였다.[7]

> (나) 모화는 얼굴이 푸른 여자였다. 그의 입술은 거멓고, 두 눈엔 정렬이 흘렀으나, 사람이 얼핏 가까워지지 않는 성긋한 무엇이 있다.
>
> 그는 키대가 좀 크고, 후리후리 하였었다. 말을 할 때면 몸을 부들부들 떨었다. 나무래면 울 듯이, 때로는, 무척 단순해 보이기도 하였다.
>
> 그는 미친개처럼 끼니를 잘 잊어버리고 돌아다녔다. 대체로 먹기를 즐기지 않는 성미였다. 아무리 맛 좋은 음식을 보아도, 과히 대수

7 김동리, 「무녀도」, 『중앙』, 1936.5, 121면. 이하 이 책의 인용은 인용 구절 뒤 괄호 속에 『중앙』 및 인용 면수만 기입하기로 한다. 인용문의 표기는 발표 당시의 것으로 하였지만, 띄어쓰기는 오늘날의 방식으로 하였다.

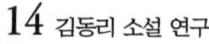

럽게 여기지 않었다. 하로 이틀 예사로 굶고 허대어도, 그것으로 그다지 상해 뵈는 법도 없었다.(『중앙』, 121면)

(다) 그의 음성은 술 같은 향기를 풍기며 피부에 숨여드는 것이었다. 아무리 많은 사람들 중에서라도 그의 소리는 유달리 듣는 사람의 귀를 찔러주었다. 음색은 가장 개성적이었다. 사람들은 그 목에 신령이 붙은 게라 했다.(『중앙』, 122면)

(라) 모화는 큰 굿뿐 아니라 객귀도 곳잘 물리쳤다. 남의 집 장사일 같은 데나 가서, 부정한 음식을 먹고 갑자기 오한이 들고, 조갈이 나고, 눈이 캄캄 어두워지고, 머리가 갈라지는 듯 벌룸거리고 할 적엔 모화가 와서 물밥이나 한 바가지 물리면 당장 시언해지며 잠이 드는 것이라 한다.(『중앙』, 122면)

왜 김동리는 이렇게 많은 부분을 모화의 성격화에 바치고 있는가? 우리는 이 내용들을 통해서 모화가 이웃들과는 잘 내왕하지 않지만 소문난 무당이라는 것, 신통력이 있다는 것 등을 확인할 수 있다. '성긋한 그 무엇', '끼니를 굶어도 대수롭게 여기지 않고 상해 뵈지 않는 것', '신령이 붙은' 등을 통해서 그녀가 세속인과는 다른 풍모를 지녔음을 강조해서 보여준다. 그러한 모습은 낭이의 성격묘사에서도 그대로 나타난다. 그러면 모화의 이인적(異人的)인 풍모는 무엇을 의미하는가? 당시 김동리의 설명을 좇아가 보기로 한다.

「무녀도」가 한 무녀를 주인공으로 삼은 것은 그냥 민속적 신비성에 끌려서는 아니다. 조선의 무속이란, 그 형이상학적 이념을 추구할

> 때 그것은 저 풍수설과 함께 이 민족 특유의 이념적 세계인 신선관념의 발로임이 분명하다. (이 점 무녀도에서 구체적 묘사를 시험한 것이다.) 「仙」의 영감이 道詵師의 경우엔 풍수로서 발휘되었고, 우리 모화(무녀도의 주인공)의 경우에선 「巫」로 발현되었다. 「선」의 이념이란 무엇인가? 不老不死, 無病無苦의 常住의 세계다(자세한 말은 후일로) 그것이 어떻게 성취되느냐? 限 있는 인간이 한없는 자연에 융화되므로서다. 어떻게 융화되느냐? 인간적 기구를 해체시키지 않고, 자연에 귀화함이다. 그러므로 巫女 모화에게 있어서는 이러한 「선」의 영감으로 말미아마 인간과 자연 사이에 상식적으로 가로놓인 장벽이 문어진 경우다.[8]

김동리는 「무녀도」에서 '조선의 무속'을 묘사한 것이라고 말했다. 그는 조선의 무속을 풍수설과 함께 '신선관념의 발로'로 이해하였다. 그런 점에서 모화는 '선' 이념의 구현자로서의 무인 것이다. 작가가 일상인과는 다른 모화의 모습을 통해 신선관념을 제기한 것이라 할 수 있다. 그것은 "인간의 개성과 생명의 究竟을 추구하여 얻은 한 개의 도달점이 이 「毛火」란 새 인간형의 창조"가 된다. 작가는 모화의 얼굴, 눈, 말소리, 식사 관습 등의 특이성을 통해 그녀의 신선화를 추구했다. 그녀는 신비스런 굿을 통해 일상인의 세계와는 다른 초월적 세계를 지향한다. 그녀는 삶에서의 이인적 모습, 즉 신선적 풍모를 지닌 인물로 형상화된 것이다.

8 김동리, 「신세대의 정신」, 『문장』, 1940.5, 91면. 이하 이 책의 인용은 인용 구절 뒤 괄호 속에 『문장』 및 인용 면수만 기입하기로 한다. 그리고 이 책에서는 가독성을 높이기 위해 인용문의 한자 표기를 가능하면 한글로 바꾸었음을 밝혀둔다.

「모화」는 〈무당〉으로서의 이적(異蹟)을 행한다.

「모화」가 갖는 〈무한에의 통로〉 — 「모화」가 자연의 분신(分身)이다.

〈자연〉을 좋아한다기보다 자연 그 자체다.

〈자연〉과의 거리가 없다. 산은 〈산신(山神)〉이요, 물은 〈용신(龍神)〉이요, 그것은 그녀의 부모와 같다. 그 밖에 하늘의 별, 구름, 바람, 꽃, 새, 모든 것이 그녀에게 있어서는 가족들이다.

「모화」를 죽이자!

그러나 그녀 자신은 죽는 것이 아니다. 〈물아동체〉라는 그녀의 특수한 생리와 의식을 모르는 일반 사람이 볼 때는 죽는 것같이 보이지만 그녀 자신은 같은 〈율동(律動)〉 — 맥박 — 으로써 살고 있는 것이다.[9]

이 글은 「무녀도」의 창작과정과 방법을 설명한 글이다. 우리는 이 글에서 모화의 죽음이 단순히 죽음이 아니라 영원히 살고 있는 것이라는 작가의 주장을 만나게 된다. 그의 이러한 주장은 초지일관된 것이기도 한데, 그 정체에 대해 살펴볼 필요가 있다.

(가) 드디어, 그는 미쳤다.

그것은 낭이가 의외로 속히 유산을 해버린 것과 어미가 열리리라 이적을 약속한 그의 입이 여전히 굳게 닫혀져 있은 것과, 가장 긴장해서 그의 이적을 기둘르던 마을 사람들이 그를 비웃게 된 것과, 동시에 그들의 무자비한 눈짓들이 일제히 그의 아들에게 쏟아지게 된 것이었다.(『중앙』, 131면)

9 김동리, 「창작과정과 방법」, 『신문예』, 1958.11, 10~11면. 이하 이 책의 인용은 인용 구절 뒤 괄호 속에 『신문예』 및 인용 면수만 기입하기로 한다.

(나) 밤도 리듬이었다…… 취한 양, 얼이 빠진 양, 구경하는 여인들의 호흡은 모화의 쾌자ㅅ자락만 따라 오르나리였고, 모화는 그의 춤이었고, 그의 춤은 그의 시나위가락이었고…… 시나위가락이란, 사람과 밤이 한 개 호흡으로 융화되려는 슬픈 사향(麝香)이었다. 그것은 자연의 리듬이기도 했다 …(중략)… 모화의 몸이 그 목소리와 함께 물에 잠기어 버렸다…… 처음엔 쾌자ㅅ자락이 보이더니 그것마저 내려가 버리고, 넋대만 물 우에 빙빙 돌더니 흘러내렸다.(『중앙』, 132~133면)

모화는 끝내 미치고, 그의 신통력의 징표였던 '성긋한 정렬이 고인 눈'은 곧잘 눈물이 고이는 눈으로 바뀌게 된다. 게다가 그녀는 (가)에서처럼 낭이의 입을 열리게 하겠다는 이적을 예언했으나 실행하지 못하고 만다. 그것은 결국 모화 역시 이인이 아닌 일반 사람과 다를 바 없다는 사실의 제시이다. 그리고 (나)에서 보듯 마지막 굿을 하다가 사라진다. 그것은 현실적인 죽음을 의미한다. 모화의 현실적 주문들이 그 효력을 상실함으로써 모화의 승리 운운하는 작가의 말은 모화의 죽어가는 넋두리에 불과하게 된다. 그러므로 김동리가 이 작품에서 제시하려 했던 본질적 승리는 결국 의미를 잃어버리고 만다. 그것은 현실적으로 '선' 이념의 발현과 너무나 거리가 있게 된 것이다.

이 이데에의 충돌과 함께, 〈毛火〉는 제 딸을 구하기 겸 예수교에 대항하여 딸의 사건을 두고 어떤 이적을 宣約했으나 결국 실패한다. 이 실패란 〈모화〉에게 있어서는 정신적으로나 현실적으로나 전면적 패배를 의미하게 된다. 여기서 이 작품은 클라이막스로 들어가 모화의

> 마즈막 굿이다. 어떤 물에 빠져 죽은 女人의 혼백을 건지려 모화는 〈넋대〉로 물을 저으며 시나윗가락(神出曲)에 맞후어 청승에 자즈러진 巫詞를 읊으며, 또 그 「가락」에 맞후어 몸의 율동(춤)을 진히고서 점점 물속으로 들어가다 문득 모화의 몸덩이는 그 목소리와 함께 물속에 잠겨버린다. 이러한 간단한 서술로서는 모화의 마즈막 승리(구원)를 이해하기 힘들 것이다. 여기 〈시나윗가락〉이란 내가 위에서 말한 〈仙〉 이념의 율동적 표현이요, 이때 모화가 〈시나윗가락〉의 춤을 추며 노래를 부른다 함은 그의 全 생명이 「시나윗가락」이란 율동으로 化함이요(모화의 성격묘사에 의하여 가능함), 그것의 율동화란 자연의 율동으로 귀화합일한다는 뜻이다. 이리하여 동양정신의 한 상징으로서 취한 〈모화〉의 성격은 표면으로는 서양정신의 한 대표로서 취한 예수교에 패배함이 되나 다시 그 본질세계에 있어 유구한 승리를 갖게 된다는 것이다.(『문장』, 91~92면)

작가는 모화의 춤을 물아일체된 호흡으로 설명하였다. 그리고 그녀는 죽었지만, 맥박 호흡으로서 살고 있는 것이라 했다. 그는 모화를 '사람이 아니요, 율동의 화신'으로 규정하였다. 그리하여 본질세계에 있어서 유구한 승리를 갖게 된다는 것이다. 그것은 '선' 이념에서 보면 그녀가 신선이 되었다는 그런 말이다. 작가는 그녀가 '물에 빠져 죽었다' 하지 않고, "모화의 몸이 그 목소리와 함께 물에 잠기어 버렸다"고 하였다. 이러한 결말은 인물들의 죽음을 신선화한 「기파랑」에서 "기파랑은 그 길로 흔적을 감추자 과연 다시는 세상에 나타나지 않았다"거나, 「미륵랑」에서 "그렇기를 칠 년이 지난 뒤 미리왕은 홀연히 간 곳이 없어지고 말았다고 합니다" 하는 것과 유사하다.[10] 그것은 모화의 죽음 역시 신선관념과 일치시키려고 한 의도로 풀이된다. 그러나 그러한 신선화는 20세기의 과학적 합리주의가 용납하지 않는다. 모화의 죽음이 자연과의 귀화 합일이라 하여 죽음이 무화될 수는 없으며, 그래서 그녀의 현실적 패배는 자명한 사실이 되고 만다.

「무녀도」의 개작은 모화의 신선관념에 대한 실패에 따른 것이다.[11] 모화라는 한 인물의 성격화에 모든 것이 집중되다 보니 이야기는 외부적인 갈등도 뚜렷하지 않을뿐더러, 이적에의 예언 및 그 실패라는 내면적인 모순에 집중되어 있다. 작가는 무속의 신선관념을 접목하려 애썼지만 모화의 죽음은 한 인간의 죽음으로 귀착되고 만다.[12] 그녀가 신통력도 행사하지 못하고 마침내 죽게 되자, 무속 역시 현실적으로 패퇴할 수밖에 없게 된다. 그것은 '본질적 세계에서의 유구한 승리'라는 주제의식과 많이 빗나가 있었던 까닭이다. 그래서 작가는 이 작품의 개작을 감행하게 된다.

10 「기파랑」에서 위의 인용 구절 뒤에 "어떤 사람은 그 길로 지리산으로 들어가 신선이 되었다고도 하고 또 어떤 이는 어느 절에 가서 중이 되었다고도 한다"(『김동리 역사소설』, 지소림, 1977, 48면)라고 하였으며, 「미륵랑」에서는 "이 미리랑이야말로 미륵선화에 틀림없음을 짐작할 수 있습니다"(같은 책, 233면)고 하였다. 이와 관련 『삼국유사』에는 "지금 나라 사람들이 신선을 가르켜 미륵선화라고 한다(至今國人稱神仙曰彌勒善化)"라고 기술되어 있다. 기파랑과 미리랑은 고대의, 그리고 설화 속의 인물이라는 점에서 신선화가 가능했겠지만, 현대의 모화에게 그러한 신선화는 비현실적인 관념이 되고 만다.(밑줄 강조 : 인용자)

11 그러나 김동리는 무녀의 신선관념을 완전히 버린 것은 아니다. 『을화』에서 을화가 수호신으로 선도산 성모(『삼국유사』, 권 제5, 感通 제7 '仙桃聖母隨喜佛事' 편에서 그녀는 '地仙'으로 소개됨)를 모시는 것으로 되어 있다. 그것은 원작 「무녀도」의 직접적인 방식과는 달리 간접화된 새로운 방식으로 그들을 연계시킨 것이다.

12 이인복은 모화의 죽음을 기독교에 입각한 부활의식의 반영이라 보고 있다. 그것은 김동리의 입장에서 본 해석이 아니라 논자의 시각이 개입된 해석이다. 모화의 죽음에 신선사상이 개재되어 있다고 할 수 있을지는 몰라도 기독교적 순교 운운하는 것은 지나친 자의적 해석이다.(이인복, 『한국문학에 나타난 죽음의식의 사적 연구』, 열화당, 1987, 255면)

3. 「무녀도」의 개작(1) – 무(모화)와 화랑의 접목

김동리는 1947년 작품집 『무녀도』에서 대대적인 개작을 하기에 이른다. 원작과 개작의 가장 큰 차이는 두 가지 축으로 수렴된다. 그것은 먼저 신선관념의 실패와 맞닿아 있다. '동양정신의 한 표현'으로서의 '무'는 신선관념과 제대로 일치할 수 없었고, 그래서 현실적 사상기반으로서 '무'의 존재에 대한 사상적 탐색을 감행하게 된다.

> 한국의 고유한 〈넋〉이나 〈얼〉은 무엇인가? 한인(漢人)의 유교(儒敎)나 인도의 불교(佛敎)에 해당될 만한 한국 고유의 정신적 바탕은 무엇일가?
>
> 그것은 유교나 불교가 들어오기 이전부터 있던 것이라야 한다.
>
> 〈삼국시대(三國時代)〉 — 〈신라(新羅)〉 — 〈화랑(花郎)〉
>
> 〈화랑〉의 근본은 무엇인가? …(중략)…
>
> 〈붉ᄋᆞ〉? 〈사아마니즘〉 — 무당 —
>
> 그렇다! 오늘날 우리가 생각하는 〈화랑〉의 바탕은 오히려 오늘날 우리가 생각하는 〈무당〉에 가까울 것이다.(『신문예』, 8면)

김동리는 모화의 신선관념이 지나치게 추상화되었음을 인식하지 않을 수 없었을 것이다. 김동리는 첫 개작을 감행하면서 사생일여, 물아동체와 같은 사상을 끌어들여 모화의 죽음마저 신선화하려 했으나 그것이 여의치 않자 개작을 하게 된 것이다. 모화를 신선시하는 것은 현실과 괴리가 있고, 신선사상의 실체가 너무 막연하여 새로운 탐색을 하게 된다. 그래서 그가 만난 것이 신라였던 것이다. 그는 무속을 민족 특유의 이념적 세계에서 한국 고유의 정신적 바탕으로 이해하고, 그 기원을 신라의 화랑으로 규정한다. 무속의 연원을 막연한 신선에서 역사적 구체적 인물로 실체화하기에 이른 것이다. 그것은 한편으로 작품에도 변화를 가져오게 된다. 작가는 우선 모화의 신비화, 또는 신성화 부분을 삭제한다. 지나치게 비현실적인 요소들을 제거할 수밖에 없었던 것이다. 그리고 '화랑이'를 보다 전경화하기에 이른다.

(가) 모화는 주막에서 술을 먹다 말고, 화랑이들과 춤을 추다 말고, 별안간 미친 것처럼 일어나 달아나고 했다.[13]

(나) 화랑이들과 작은 무당들이 몇 번이나 초망자(招亡者) 줄에 밥그릇을 달아 물속에 던져도 밥그릇 속에 죽은 사람의 머리카락이 들어오지 않는 것으로 보아 김씨가 초혼에 응하지 않는 모양이라 하였다.(을유문화사, 61면)

(다) 초망자 줄을 잡은 화랑이는 넋대를 가리키는 방향으로 이리저리 초혼 그릇을 물속에 굴렸다.(을유문화사, 61면)

원작 「무녀도」에서 '화랑이'가 등장하는 곳은 두 군데이다. 바로 욱이가 "어느 화랑이의 아들"이었다는 대목과 (가) 부분이다.[14] 개작(1)에서는 세 군데 보이는데, '화랑이의 아들' 부분이 삭제되고,

13 김동리, 「무녀도」, 『무녀도』, 을유문화사, 1947, 31면. 이하 이 책의 인용은 인용 구절 뒤 괄호 속에 을유문화사 및 인용 면수만 기입하기로 한다.
14 원작에서는 "…화랑이들과 연꽃을 만들다 말고, 미친 것처럼…"(『중앙』, 124면)으로 되어 있다.

(가)는 그대로 유지되며 (나)와 (다) 부분이 추가된다.[15] 이것은 굿 장면의 상세한 묘사 이상의 의미가 있다. 김동리는 굿 장면에서 화랑이들을 내세움으로써 무녀와 화랑이의 동질성을 은연중 내세운 것이다. 굿은 무당과 화랑이(박수)의 조율과 협력 아래 이뤄진다. 작가는 모화의 신성성을 상당 부분 탈각시켜 인격체로서 자리매김하고, 또한 굿에서의 여무와 남무의 역할을 통해 이들의 근원적 동질성을 제시하였다. 이러한 변화는 그 나름의 사상적 탐색으로 인함이다.

그리고 개작의 또 다른 축은 기독교 세계를 전면화시키는 것이다. 그것은 한편으론 작품 내에서의 갈등의 구체화로 나타난다. 원작에서 모화와 기독교의 갈등은 막연하다. 김동리는 그 부분을 손을 보게 된다. 개작에서 눈에 띄는 변화는 욱이의 인물묘사이다.

> (가) 오빠는 욱이(昱伊)란 이름이었다. 낭이와는 이성(異姓) 형제이었다. 즉 모화가 낭이 아버지를 보기 전 옛날 그가 좋아하던 어느 화랑이의 아들이었다.(『중앙』, 125면)

> (나) 그가 열아홉 살 되던 해였다. 그에게 종종 법(法)을 가르키고 하던 선사 하나를 우연한 서슬에 분이 치받혀 돌로 바수어 주고 살인율로 복죄하였다가 그 선사의 유언과 그의 나이 어림에 말미아마 많이 감형받고 퇴옥되었던 것이었다.
>
> 이리되어, 감옥에서 나오니 갈 곳이 없어 우선 그의 어미의 집을 찾어왔던 것이다.(『중앙』, 125면)

15 한편 개작(2)에서는 모화가 '화랑이들'(개작(1)에서는 '전악들')의 음악에 맞추어 춤을 추는 것으로 되어, '화랑이'가 모두 4번에 걸쳐 제시된다.

(가)′ 욱이는, 모화가 아직 모화에 살 때, 귀신이 짚이기 전, 어떤 남자와의 사이에 생긴 사생아였다. 그는 어릴 적부터 무척 총명하여 신동이란 소문까지 났으나 근본이 워낙 미천해서, 마을에서는 순조롭게 공부를 시킬 수가 없어서 그가 아홉 살 되었을 때 아는 사람의 주선으로 어느 절간으로 보낸 뒤, 그동안 한 십 년간 까맣게 소식조차 묘연하다가 얼마 전 표연히 이 집에 나타난 것이었다. 낭이와는 말하자면 이성 동복이었다.(을유문화사, 32면)

(나)′ 이 현 목사는 미국 선교사로 욱이가 지금까지 먹고 입고 공부를 하게 된 것은 전혀 그의 도움이었다. 욱이는 열다섯 살까지 절간에서 중의 상좌 노릇을 하고 있다가, 그해 여름에 혼자서 서울 구경을 간다고 나선 것이 이리저리 유랑하여 열여섯 되던 해 가을엔 평양까지 가게 되었고, 거기서 그해 겨울 박 장로의 소개로 현 목사의 도움을 받게 되었던 것이었다.(을유문화사, 42면)

욱이는 화랑이의 아들에서 사생아의 아들로, 살인자에서 기독교인으로 바뀌게 된다. 그리고 이전에 막연히 제시되었던 모화와 기독교의 갈등은 보다 적극적인 형식으로 바뀌게 된다. 그러면 왜 이러한 변화가 왔는가? 그의 개작에 대한 나름의 해명은 1958년 『신문예』에서 이뤄진다.

「모화」의 〈동양적〉인, 〈물아일동〉의 특수한 무당적 생리를 대조적으로 표현하기 위하여 〈서양적〉인 것과 부딪히게 한다.

「기독교」의 등장 — 충돌

여기서 기독교는 〈서양적〉인 것의 한 대표로 「모화」와 부딪힌다.

〈동양〉과 〈서양〉의 새로운 대결! 이것을 강조하기 위하여 「욱이」를 기독교도로 만든다.

「모화」는 「욱이」를 굉장히 사랑하지만 〈신〉과 〈신〉의 대결로써 드디어 그를 칼로 찌른다.(또렷한 의식 없이)

「욱이」를 기독교도로 만들기 위해서는 처음의 계획을 고쳐야 한다.

기독교도로 하여금 누이동생과 더불어 간음시킬 수 없다고 생각해서다.(『신문예』, 12~13면)

김동리는 동양적인 것과 서양적인 것을 더욱 확실히 하기 위해 욱이를 기독교도로 만든 것이라고 설명한다. 여기에서 욱이를 사생아로 한 것은 두 가지 의미로 읽힌다. 그 하나는 화랑이의 아들을 기독교도로 만들 수는 없었을 것이다. 왜냐하면, 무속의 연원 화랑과 모화를 연계시킨 마당에서 욱이를 그렇게 할 수는 없었기 때문이다. 그러면 적어도 동서양의 대립은 요원해진다. 서로 다른 출신 배경을 내세움으로써 갈등을 보다 구체화할 수 있기 때문이다. 다음으로, 그의 순교적 행위를 상정한 마당에 예수처럼 미천한 신분, 또는 모호한 출신 배경을 내세울 필요가 있었을 것이다. 원작에서 단지 부수적인 인물로만 제시되었던 욱이가 개작에서는 기독교를 대변하는 반동인물로 제시된다. 모호하고 막연하기만 했던 무속과 기독교의 갈등이 이로써 집안 내에서 보다 구체적이고 치열하게 전개된 것이다. 욱이는 모화와 갈등하던 중 그녀의 칼을 맞고, 그 얼마 후 죽고 만다.

(가) 「예수 귀신 책 거 없나?」

모화는 얼마 뒤에 낭이더러 이렇게 물었다. 낭이는 고개를 둘렀다.

그러자 갑자기 낭이도 욱이의 그 「신약전서」란 책을 제가 맡아두지 않았음을 후회하였다.(을유문화사, 40~41면)

(나) — 예수 당시에도 사귀 들린 벙어리 된 자를 예수께서 몇 번이나 고쳐주시지 않았나 — 욱이는 이렇게 생각하는 것이었다. 그리고 그는 자기의 힘으로, 자기가 하느님께 열심으로 기도를 드려서 그 어미와 누이의 병을 고쳐야 한다고 마음속으로 굳게 결심하는 것이었다.(을유문화사, 41면)

(다) 열흘쯤 지난 뒤다. 동해변 어느 길목에서 해물 가게를 보고 있다던 체수 조그만 사내가 나귀 한 마리를 몰고 왔을 때 그때까지 아직 몸이 완쾌하지 못한 낭이는 여윈 손에 신약전서 한 권만 쥐고 가만히 자리에 누어 있었다. 그것은 욱이가 그 마지막 눈을 감으려 할 때 낭이에게 남기고 갔던 것이었다.(을유문화사, 62~63면)

개작에서 욱이는 『신약전서』를 낭이에게 남기고 간 것으로 되어 있다. 이것은 또 한 번의 개작을 가져오게 하는 요인이 된다. 신약전서는 기독교의 비유이다. 욱이가 가지고 들어온 『신약전서』로 인해 욱이와 모화의 갈등은 첨예해진다. 그러나 (가) 예문에서 보듯 낭이는 자신이 『신약전서』를 맡아두지 않았음을 후회한다. 그것은 낭이가 모자의 파란을 두려워한 까닭이겠지만, 그녀는 그 책에 대해 다소 호의적인 반응을 보인다. 욱이는 자신의 기도를 통해 모녀의 병을 고치리라 결심한다. 그것은 『신약전서』의 기록을 입증해 보려는 노력이다. 욱이의 『신약전서』는 모화에 의해 불태워지고, 그 후 현 목사를 통해서 새로운 『신약전서』가 욱이에게 전해진다. 그리고 욱이가 죽자 그 책은 (다) 예문처럼 낭이에게 남겨진 것이다.

여기에서 낭이에게 남겨진『신약전서』는 두 가지 의미를 형성한다. 먼저 낭이가 욱이의 기도라는 종교(기독교)의 영험을 통해 병(벙어리)이 치유되었다는 것을 상징적으로 제시한다. 또한, 그것은 현 목사와 욱이를 거쳐 낭이에게 이어지는 기독교의 전파를 의미하게 된다. 여기에서 욱이의 죽음은 기독교를 위한 순교적 의미를 띠게 되고,『신약전서』를 가진 낭이는 그 정신의 계승자로 발돋움하게 되는 것이다. 이것은 무속의 참담한 패퇴와 더불어 기독교의 전승으로 귀결된다. 이 역시 김동리가 의도하였던바 본질 세계에 있어서 모화(무속)의 유구한 승리와는 멀다.

4. 「무녀도」의 개작(2) – 낭이의 무(화랑)의 계승

「무녀도」의 개작에서 낭이의 역할은 중요하다. 원작에서 그녀는 어머니의 신기를 이어받은 여자로 제시된다. 개작(1)에서 낭이는 기독교도인 욱이와 무당인 모화가 갈등을 일으킬 때 중간자로서 기독교적 세계로 기운다. 그러나 개작(2)에서 그러한 모습은 변화된다. 그러면 낭이의 형상화 모습을 보도록 한다.

> (가) 모화는 낭이를 수국「꽃님」의 화신이라고 했다. 그가 꿈에 용신님을 만나 복숭아를 받어 먹고, 꿈꾼 지 일헤ㅅ만에 낭이를 낳은 것이라 하였다. 그에게 들으면 수국 용신님은 따님이 열두 형젠데 첫재는 달님이요 …(중략)… 끝의 꽃님은 본시 연애를 좋아하시는 성미라,

자기 차례를 기둘르다 못해 열한재 형, 열매님의 낭군이 되실 새님을 가로채어 버렸더니, 용신님 크게 노하사 벌을 내려 꽃님의 귀를 먹게 하시고 수국을 추방하시니 꽃님에서 그만 복사꽃이 되어 봄마다, 강ㅅ가로 산발치로 붉게 피지만, 새님이 가지에 와 아무리 재잘거려도 지금까지 귀가 먹은 냥, 말없는 벙어리 되어 있는 것이라 한다.(『중앙』, 123면)

(나) 그녀는 수국 용신님께서 낭이 따님을 잠깐 자기에게 맡겼으므로 자기는 그동안 맡아 있는 것뿐이라 했다.(『중앙』, 124면)

(다) 처음엔 그도 굿할 때 쓰는 꽃과 새를 그리는 채화쟁이었다. 낭이도 우연히 그의 아버지가 그리다 둔 채필로 아버지를 모방한 것이 그를 놀라게 하야 이어 그림을 배우게 되었고, 나중엔 혼자서 산수와 인물까지 그리게 되었던 것이었다.(『중앙』, 126면)

이는 원작에 나타난 낭이에 대한 서술 내용이다. 낭이의 신화적 성격이 (가)(나)에서 잘 부각되었다. 그녀의 성격은 모화를 닮은 것으로 제시된 것이다. 그러나 (다)는 오히려 그녀의 인간적 모습을 제시하였다. 이 내용 가운데에서 (다)는 개작과정에서 삭제되고 (가)(나)는 그대로 유지된다. 그러나 그녀는 말을 할 수 없는 벙어리 소녀이다. 그로 인해 그녀는 신비적 요소는 지녔지만 무로서는 결격인 셈이다.

모화는 혼자서 손을 부비고, 절을 하고, 일어나 춤을 추고, 갖은 교태를 다 부리며 완연히 미친 것 같이 날뛰었다. 낭이는 방에서 부엌으로 난 봉창 구멍에 눈을 대고, 숨소리를 죽여 오랫동안 어미의 날뛰는 양을 지켜보고 있다가 별안간 몸에 한기가 들어 아랫턱이 덜덜덜 떨리기 시작하였다. 그는 미친 것처럼 뛰어 일어나며 저고리를 벗었다. 치마를 벗었다. 그리하여 어미는 부엌에서, 딸은 방 안에서 한 장단 한 가락에 맞추어 놀 듯 어우러져 춤을 추곤 했다. 그러한 어느 새벽, 낭이는 (정신을 차리고 보니) 발가벗은 알몸뚱이로 방바닥에 쓰러져 있는 그녀 자신을 발견한 일도 있었다.[16]

위의 내용은 첫 개작 시 추가되어 이후에도 그대로 유지된다. 낭이는 모화의 굿거리에 장단을 맞춰 춤을 춘다. 그것은 일종의 신들림이요 신령풀이이다. 이는 그녀가 모화를 통해 무로서의 훈련을 쌓아가는 모습이라 할 수 있다. 낭이는 무로서의 기능을 어머니인 모화로부터 익히는 일종의 세습무의 위치에 있게 된다.

(가) 이와 동시, 한쪽에서는 오늘 밤 굿으로 어쩌면 정말 낭이가 말을 하게 될 거라는 얘기도 퍼졌고, 또 한쪽에서는 낭이가 누구 아인지는 모르지만 배가 불러 있다는 풍설도 돌았다. 하여간 이 여러 가지 소문들이 오늘 밤 굿으로 해결이 날 것이라고 막연히 그녀들은 믿고 있는 것이었다.(정음사, 361면)

(나) 모화는 김씨 부인이 처음 태어났을 때부터 물에 빠져 죽을 때까지의 사연을 한참씩 넋두리하다가는 화랑이들의 장구 피리 해금에 맞추어 춤을 추었다. 그녀의 음성은 언제보다도 더 구슬펐고, 몸뚱이

16 김동리, 「무녀도」, 『등신불』, 정음사, 1963, 349면. 이하 이 책의 인용은 인용 구절 뒤 괄호 속에 정음사 및 인용 면수만 기입하기로 한다.

는 뼈도 살도 없는 율동으로 화한 듯 너울거렸고 …(중략)… 취한 양, 얼이 빠진 양 구경하는 여인들의 숨결은 모화의 쾌자자락만 따라 오르내렸다. 모화의 쾌자자락은 모화의 숨결을 따라 나부끼는 듯했고, 모화의 숨결은 한 많은 김씨 부인의 혼령을 받아 청승에 자지러진 채, 비밀을 품고 조용히 굽이돌아 흐르는 강물(예기소의)과 함께 자리를 옮겨가는 하늘의 별들을 삼킨 듯했다.(정음사, 361면)

(다) "가자시라 가자시라 이수중분 백로주로
불러주소 불러주소 우리성님 불러주소
봄철이라 이강변에 복숭아꽃 피그덜랑
소복단장 낭이따님 이내소식 물어주소
첫가지에 안부묻고, 둘째가……"(정음사, 363면)

모화의 칼을 맞고 병이 도진 욱이는 마침내 눈을 감는다. 시름에 빠져 있던 모화는 예기소에 빠져 죽은 읍내 어느 부잣집 며느리의 초혼굿에 응한다. (가)는 바로 그 굿에 구경 나온 이웃 사람들이 모화의 굿에 대해 거는 기대감을 표현한 것이고, (나)는 초혼굿 광경, (다)는 거기에서 모화가 읊은 무사의 일부이다. 모화가 죽어가면서 부른 무사에는 '복숭아꽃 피그덜랑 소복 단장 낭이 따님 이내소식 물어주소'라는 구절이 들어 있다. 그것은 일종의 주술적 언어이다. 이 부분에서 김씨 부인을 위한 굿은 낭이를 위한 굿으로 변환된다. '소복단장'은 모화의 죽음을 전제한 것이다. 모화는 마지막 굿에서 낭이와 우리 성님(용신)을 새로이 연결시키고자 안간힘을 쓰는 것으로 그려진다. 여기에서 모화가 '낭이를 잠시 맡아 있는 것'이라는 의미는 분명해진다. 낭이는 신녀로서 그녀에게 의탁된 것이다.

(가) 그리고 이와 동시에, 모화가 이번 굿에서 딸(낭이)의 입을 열게 할 계획이라는 소문도 났다.(정음사, 360면)

(나) 열흘쯤 지난 뒤다.

동해변 어느 길목에서 해물 가게를 보고 있다던 체수 조그만 사내가 나귀 한 마리를 몰고 왔을 때, 그때까지 아직 몸이 완쾌하지 못한 낭이가 퀭한 눈으로 자리에 누어 있었다.

사내는 낭이에게 흰 죽을 먹이기 시작했다.

"어버으이."

낭이는 그 아버지를 보자 이렇게 소리를 내어 불렀다. 모화의 마지막 굿이 (떠돌던 예언대로) 영검을 나타냈는지 그녀의 말소리는 전에 없이 알아들을 만도 했다.(정음사, 363~364면)

개작 「무녀도」의 대미 부분이다. 낭이는 마침내 입을 열게 된다. 개작(1)에서 나타난 '신약전서'와 관련된 부분은 사라지고 없다. 작가는 착실하게도 앞의 예문 (가)와 위 예문(가)에서 모화의 굿에서 이적이 실현될 것이라는 예언을 강조하여 제시하였다. 그뿐만 아니라 "모화의 마지막 굿이 (떠돌던 예언대로) 영검을 나타냈는지 그녀의 말소리는 전에 없이 알아들을 만도 했다"라는 설명을 덧붙이고 있다. 그것은 원작에서의 이적의 실패와는 사뭇 대조적이다. 그리고 그것에는 개작(1)에서 보여준 욱이의 기도로 인한 낭이의 쾌유 가능성을 사전에 차단하자는 작가의 속셈도 들어 있다. 작가는 왜 하필 여러 군데 강조하여 이 설명을 넣었는가? 그것은 모화의 이적의 실현을 강조하고자 함이 아니겠는가. 그렇다면 왜 하필 다른 이적이 아니고 낭이의 말문의 열림인가?

낭이의 말문 열림은 이적의 실현이었다. 그리고 그것은 그 이상의 의미를 가진다. 말하자면 낭이가 무당으로서의 온전한 기능을 할 수 있게 된 것이다. 그녀는 모화의 딸로서 세습무가 될 수 있게 되었다. 게다가 모화의 마지막 굿은 굿거리 대상이 김씨 부인에서 낭이에게로 옮겨갔다는 점에서 일종의 내림굿 시연으로 볼 수 있다. 그 굿을 통해 낭이는 입을 열게 되고, 마침내 무로서의 새로운 기능을 부여받을 수 있게 된 것이다. 작가가 노린 점이 바로 여기에 있을 것이다. 그는 무속의 유구한 승리를 주제화하려 했다. 그러나 현실적 패배를 원작 및 개작(1)에서 감내해야 했다. 모화의 죽음과 낭이의 기독교 지향은 그런 가능성을 사전에 차단하기에 충분한 것이었다. 그런데 개작(2)에서 모화의 죽음과 낭이의 말문 엶을 동시에 제시함으로써 무속의 지속 가능성을 제시하였다. 작가는 무속의 단절 및 종말이 아니라 그 영속성을 꾀한 것이다. 낭이는 또 다른 무당으로서의 기능을 담당할 수 있는 존재로 화하면서 작품은 종결된다.

5. 「무녀도」와 신라혼

김동리가 「무녀도」를 신선사상과 결부시키고, 나중에 그것을 화랑과 연결시킬 수 있었던 배경은 무엇이었던가. 그리고 낭이는 어떻게 무로서의 기능과 연결될 수 있는가? 이것은 김동리를 이해하는 데 중요한 요소이다.

(가) 그 무엇이라 형언하기 어려운 신라의 혼, 신라의 〈리듬〉, 신라의 울음, 신라의 비밀 같은 것이 느껴졌기 때문이리라.

〈신라의 혼, 신라의 〈리듬〉, 신라의 울음, 신라의 비밀 같은〉 그것은 도대체 무엇일까.

내가 초기 작품에서 〈샤머니즘〉을 건들인 것도 이 때문이리라. 그리고 늙마에 접어들면서, 〈샤머니즘〉이 곁들여진 불교에 접근하는 것도 이 때문이 아닐까.[17]

(나) 그래서인지 샤머니즘을 건국이념으로 삼았다고 해도 과언이 아닌 신라에서는 꽃으로써 샤머니즘을 상징하다시피 했던 것일까. 샤머니즘의 유사(有司)랄까 제관(祭官)이랄까를 원화(源花) 또는 화랑(花郎)이라 한 것도 이에 연유하는 것이다. 원화나 화랑이나 모두 꽃을 가리키는 것이 아닌가![18]

김동리는 「무녀도」에서 샤머니즘을 건드린 것이 신라의 리듬, 혼, 비밀 같은 것과 연관되어 있음을 고백했다. 그에게 신라, 그리고 경주는 특별한 의미를 지닌다. 경주는 신라의 상징이요, 과거와 현재가 늘 호흡하는 공간이다. 그에게 있어 '신라혼'은 경주의 문화에 내재된 것이기도 하고, 또한 신라의 역사를 통해서 습득된 것이기도 하다. 김동리는 「무녀도」를 개작(2)할 무렵 신라의 역사소설이라는 또 다른 소설을 기획하는데, 그것도 그러한 맥락에서 이해될 수 있다.

17 김동리, 『명상의 늪가에서』, 행림출판사, 1980, 112면.
18 김동리, 『꽃과 소녀와 달과』, 제삼기획, 1994, 163면.

> 이와 같이 이 책에 수록된 열여섯 편은, 전체적으로, 신라 사람들의 생활과 감정과 의지와 지혜와 이상과, 그리고 그 사랑, 그 죽음의, 현장을 찾아보려는 나의 종래의 계획에 따라 만들어진 완전히 동일한 기조의 작품들이다. 그것을 굳이 한마디로 표현하라면 〈신라혼의 탐구〉랄까, 〈신라혼의 재현〉이랄까, 그런 성질일 것이다.[19]

그에게 역사소설은 신라혼의 탐구 또는 재현이라는 점에서 의미가 있다. 그것은 '초기 작품에서 〈샤머니즘〉을 건들인 것'과 동일한 맥락이다. 이를 통해 〈신라(新羅)〉—〈화랑(花郎)〉이 〈현대〉—〈무당〉과 교우하고 있음을 확인할 수 있다. 『김동리 역사소설』은 바로 신라 화랑의 이야기가 주가 되고, 「무녀도」는 오늘날의 무당 이야기가 주가 된다. 작가는 은연중 이를 드러내고 있다. 그러므로 「무녀도」의 모화는 현대의 원화라고 할 수 있다. 그것은 신라적 '원화'에 대비되는 인물로서 의미가 있다.

> 화랑의 비밀은 무교에 있었다. 사람들은 풍류로써 그들이 명산대천을 찾아다닌 줄 알지만 그것이 아니다. 신(神名, 神靈)을 찾고 신명과 접하고 신명과 통하고자 사원이나 교회를 찾는 정신으로 산천을 찾았던 것이다. 당시의 무교로서는 명산대천 영산영지(靈山靈地)에 신이 있다고 믿었던 것이다. 오늘날 일반 사람들은 소원 성취를 위해서는 산에 들어가 빈다. 화랑의 춤과 노래도 오락이나 풍류가 아니고 제의행위(祭儀行爲)였던 것이다. 무교의 제의행위가 가무(歌舞)로써 행해진다는 것은 오늘까지 무격(巫覡)의 굿을 통해 내려오고 있다.

19 김동리, 『김동리 역사소설』, 지소림, 1977, 3~4면.

> 그리고 오늘도 경주를 중심한 그 일대에서는 남무(男巫)를 박수라 하지 않고 화랑이라 한다.[20]

김동리는 화랑의 춤과 노래를 제의행위와 결부시키고, 그것이 무격의 굿을 통해 내려오고 있다고 주장했다. 그는 화랑의 비밀을 무교에 두었고, 그들의 춤과 노래가 제의행위였다고 하였다. 화랑의 춤과 노래가 '제의' 행위와 관련이 있고, 그것은 내세적 신앙, 즉 무교와 관련된다는 이야기이다. 그가 무속 신앙을 무교라고 한 것은 그것을 종교적 차원에서 이해하려고 한 의도를 보여준다. 그리고 그 무교를 전승해온 것이 무당이라는 논리이다. 그는 그 근거로 "오늘도 경주를 중심한 그 일대에서는 남무(男巫)를 박수라 하지 않고 화랑이라 한다"라는 사실을 들고 있다. 옛 화랑과 오늘의 박수를 연결지은 것이다. 실은 이러한 사실의 확인 및 탐색 과정에 「무녀도」의 개작이 놓여 있다.

「무녀도」가 화랑과 관련되어 있음은 너무나 자명하다. 원작에서는 욱이를 "어느 화랑이의 아들"로 한다거나 개작에서 모화는 "화랑이들과 연꽃을 만들다 말고 미친 것처럼 이러나 다러나고 했다." 또는 "화랑이들의 장구 피리 해금에 맞추어 춤을 덩실거렸다"라고 쓰고 있다. 그것들은 화랑의 전통이 무속을 통해 이어지고 있음을 은연중 강조하고자 하는 것이다. 그뿐만 아니라 낭이의 성격화도 철저하게 그러한 의식에 바탕을 두고 있다. 작가는 낭이를 "꽃님의 화신"(123면)이라 하였다. 원화나 화랑이 모두 '꽃'이라고 불렸다거나, 낭이를 "수국 꽃님 낭이 따님"이라 한 것은 서로의 연결을 보

20 김동리, 『밥과 사랑과 그리고 영원』, 사사연, 1985, 332면.

다 분명히 하려는 조치이다. 김동리가 '낭이(琅伊)'를 '娘伊'로 오기한 것도 단순한 오기로만 볼 수 없다.[21] 왜냐하면 '꽃님 낭이'는 '花娘'으로 그것은 화랑의 무리를 일컫기 때문이다.[22] 이를 통해 작가는 은연중 낭이를 화랑과 연결하고 있다. 그런 점에서 김동리의 문학 세계를 보면, 무(화랑)는 역사적 측면에서 원화에서 모화·을화, 낭이로 연결되며, 문학적 전개에서 보면 모화·낭이, 원화, 을화로 이어지는 것이다. 그의 작가의식 속에는 이렇듯 신라혼이 면면히 스며 있다.

6. 마무리

「무녀도」의 개작은 김동리의 창작 세계를 관류하면서 그의 세계의 변화상과 지향성을 분명히 해준다는 점에서 의미가 있다. 그는 처음 「무녀도」에서 '동양정신의 한 상징으로서 본질 세계에 유구한 승리'를 말하고자 하였다. 그러나 원작이나 개작(1)에서 자신의 그러한 주제의식이 제대로 반영되지 못했음을 느끼고 개작을 감행한 것이다. 원작에서 모화의 신선화 실패는 곧 무속의 패퇴로 이어지게 되며, 개작(1)에서는 모화와 화랑의 접목을 꾀했지만 여전히 낭이의 기독교적 치유 가능성을 제시함으로써 기독교의 승리라는

21 "毛火는 娘伊를 수국 꽃님의 化身이라 했다."(『문장』, 91면) 이 글에서 김동리는 '琅伊'를 '娘伊'로 오식하고 있다.

22 이에 대해서 김동리는 "신령님을 찾아가 신령님께 빌고, 신령님과 신령님의 사랑과 힘을 빌려 무예를 다스리던 화랑과 원화(源花)란 이름의 소년 소녀를 가리켜 꽃으로 부른 것도 이 때문이리라. 《새 우리말 큰 사전》의 '화랑'항을 보면 "화랑의 원칭(原稱)은 '花'뿐이고, '花郎·花娘'은 '花의 무리' 곧 花徒(風流徒, 風月徒)의 뜻인 '花내'를 남녀별로 적은 것"이라고 나와 있다"라 적고 있다.(김동리, 『꽃과 소녀와 달과』, 제삼기획, 1994, 157면)

결과를 초래케 된다. 그러나 개작(2)에서 욱이의 죽음에 이어 모화는 제의적 죽음을 시현함으로써 낭이는 말문을 열게 된다. 작가는 무당을 동양정신의 한 대표인 신선관념 발로라고 보는 의식에서 벗어나 우리의 고유 정신인 샤머니즘, 즉 신라의 화랑과 결부시킨다거나 낭이에게 모화의 대를 잇는 가능성을 열어둔다. 이를 통해 샤머니즘이 패퇴하는 것이 아니라 영속화 가능성을 부여함으로써, 「무녀도」는 '우리의 고유한 무속의 유구한 승리'라는 주제의식에 보다 접근하기에 이른 것이다.[23]

「무녀도」 개작은 김동리의 사상을 보다 구체화 또는 체계화하는 과정과 맞물려 있다. 그는 1960년대 들어 우리의 샤머니즘에 대해 더욱 본격적인 탐색을 하게 된다. 그러므로 그의 문학을 단순히 토속적인 세계, 원시신앙의 추구로 이해해서는 안 된다. 그는 신라의 화랑과 오늘날의 무속을 연계시켜 독자적인 사상 체계를 수립하려 했고, 문학에서도 그러한 작품 세계를 펼쳤다는 점에서 중요성을 띤다. 앞으로 그의 문학에 대해 더욱 심도 있는 논의를 위해서는 그의 사상적 궤적도 아울러 검토되어야 할 것이다. 그의 사상의 정체가 규명될 때, 그의 문학은 보다 잘 이해되고, 그의 문학이 갖는 의미도 더욱 분명히 밝혀질 것이다.

23 사실 이것으로 무녀도 개작은 완료된 것이 아니다. 김동리는 「무녀도」의 완성태인 1963년 정음사본이 나온 이후에도 "〈무녀도〉는 중편으로 개작할 작정이야. 내가 그리려는 것이 지금의 그 정도로는 충분히 형상화(形象化)되었다고 보지 않아"(김동리, 「샤머니즘과 불교와」, 『문학사상』, 1972.10, 267면)라고 하여 개작의사를 밝힌다. 그리고 마침내 장편 『을화』를 1978년에 내놓는다. 그 작품은 기존의 「무녀도」를 확대 재생산한 경우로 「무녀도」와의 관련성이 매우 크다.

金東里

김동리 소설 연구

「황토기」, 「까치 소리」의 인과관

1. 들어가는 말

이제까지 김동리의 소설 세계에 대해 민간신앙·원시신앙의 세계를 펼쳐 보이고 있다거나, 고대 세계·토속적 세계를 지향하고 있다거나, 또는 그가 주술적 세계관·주자학적 세계·전통 지향적 보수주의를 갖고 있었다고 하는 등 주로 전근대적 성격이 부각되어 논의되어 왔다.[1] 그러나 그것만이 그의 세계를 전부 말해줄 수 없음은 너무나 당연한 사실이다. 그러므로 이에 대해 그의 문학론과 더불어 실제 작품을 통해 세밀히 논의할 필요가 있다.

1 몇몇 논의를 들면 아래와 같다.
천이두, 「허구와 진실」, 『현대문학』, 1978.9~10.
정영자, 「원시신앙의 문학적 전개」(상), 『월간문학』, 1982.3.
김윤식, 『한국현대문학사』, 일지사, 1976.
이재선, 「주술적 세계관과 김동리」, 『한국현대소설사』, 홍성사, 1979.
이동하, 『현대소설의 정신사적 연구』, 일지사, 1989.

이 글에서는 김동리의 소설을 구조적 측면에서 논의해 보려고 한다. 김동리는 몇 개의 글을 통해 자신의 소설론을 개진한 바 있는데, 이들 글에 나오는 '우연성', '인과율', '인과관계' 등은 구성론에 속하지만, 이는 또한 그의 세계관과도 밀접히 연결되어 있다. 그러므로 김동리의 소설 구성론에 있어서 인과관을 먼저 살펴보려고 한다. 그리고 김동리 소설의 대표작으로 알려진 「황토기」와 「까치소리」를 대상으로 하여 각 작품이 지니는 의미망을 인과론적 관점에서 고찰하고, 그러한 인과관이 지니는 의미를 철학적인 측면에서 해명해 보기로 한다. 곧 김동리를 세계관적 측면에서 논의해 보고자 하는 것이다. 사실 그가 제기한 우연성이나 인과율은 단순히 소설을 구성하는 요소 이상의 의미를 지니고 있다. 그것을 사상적 측면까지 확대하여 그의 소설이 지닌 미학과 더불어 그것의 현대적 의미를 궁구해 보려는 것이 이 글의 의도이다.

2. 소설론에서의 새로운 인과관

1) 구성에서 우연성의 문제

김동리는 「우연성의 연구」라는 한 소론에서 '우연성'에 대한 논의를 펼치고 있다. 그 글은 부제가 "소설에 있어 우연성의 허구면과 진실면에 대한 고찰"로서 소설의 본질적인 문제를 다루고 있다. 그것은 그의 초기 소설관을 잘 드러내는 것으로 중요한 의미를 지니고 있다.

(가) — 영주는 진수의 옛날 애인이다. 진수와 영주는 서로 사랑하는 사이였으나 부모들의 반대로 결혼을 하지 못한 체 헤어지고 말았다. 그 뒤 영주는 다른 남자와 결혼을 했으나 진수는 영주를 잊을 수 없어 고국을 등지고 방랑의 길을 떠났다. 五년 뒤 진수는 가슴에 병을 안고 다시 서울로 돌아 왔으나 영주의 소식은 들을 길이 없다. 그는 아즉도 독신이다. 아아, 영주를 한번만 더 봤으면, 한번만 더 봤으면 하고 진수는 가슴을 앓는다. 한번은 진수가 고독에 못 이겨 인천으로 떠났다. 仁川으로만 가면 꼭 영주를 맛날 것 같았기 때문이다. 그래 仁川 바닷가에 나갔더니 거기 과연 영주가 나타났다. 그리하여 그들은 맛났다. —[2]

(나) — 진수는 여러 해 방랑 끝에 가슴의 병을 안고 다시 서울로 돌아 왔다. 서울로 돌아온 진수에게는 다시 영주의 소식이 궁금하였다. 궁금한 채 한 달포나 지난 어느 날 주사를 맞으러 병원에 들렀다가 아는 의사를 맛나, 영주가 지금은 인천에 가 살고 있다는 것을 알게 되었다. 그러나 인천 어디서 무엇을 하고 있다는 것은 물논 그도 몰랐다. 진수는 인천으로 가고 싶었다. 그러자 의사의 말도 서울보다는 해안 방면이 나을 게라고 해서 진수는 그의 친구가 경영하고 있는 인천 어느 병원으로 곧 요양처를 옮기게 되었다. 그러나 인천도 꽤 복잡한 곳이다. 거리에서나 식당 같은 데서나 진수는 행여나 하고 부지런히 살피는 것이었으나 영주는 좀처럼 맛날 길이 없었다. 하로는 바닷가에 산보를 나갔더니 저쪽에서 너뎃 살짜리 어린애의 손목을 잡고 이쪽으로 걸어오는 아래위 헌 옷을 입은 체격이 후리후리한 여자

2 김동리, 「우연성의 연구」, 『신사조』, 1950.5, 28~29면. 이하 이 글의 인용은 인용 구절 뒤 괄호 속에 『신사조』, 면수만을 기입함.

하나가 있었다. 진수는 가슴이 덜컥 내려앉으며 화석처럼 그 자리에 발이 부터 버렸다. ―(『신사조』, 29~30면)

위 내용은 김동리가 〈진수와 영주가 인천 바닷가에서 만났다는 것은 우연적〉이라는 사실을 밝히기 위해 설정한 상황이다. (가)에서 "영주는 진수의 옛날 애인이다 …(중략)… 한번만 더 봤으면 하고 진수는 가슴을 앓는다"까지는 (나)와 동일한 상황이다. 그런데 마지막 부분이 바로 우연성이라는 것이다. 만남이 갑작스럽고 예기치 않게 주어져 있다는 말이다.[3] 이 글은 김동리가 포스터의 '인과관계에 의한 구성론'을 터득하기 이전에 쓴 글이라 포스터의 글과 여러 부분 비교해 볼 수 있다. 이것을 간단히 모티프로 정리하면 다음과 같다.

(a) 진수가 인천에 갔다.

(b) 진수가 인천에서 영주를 만났다.

이 두 사건을 플롯식으로 치환해서 설명해 볼 수 있다. 포스터는 시간적 계기에 의한 두 사건의 나열, 즉 "왕이 죽고 다음에 왕비가 죽었다"를 스토리로, 인과적 계기에 의한 "왕이 죽고 그 슬픔으로 인해 왕비도 죽었다"를 플롯으로 규정했다. 그러나 심층 구조상에서는 인과관계가 양자 모두에 존재한다. 독자는 그것을 이해하거나 채워 넣는다.[4] 이봉채는 이를 '의식의 주관성'으로 설명하였다.[5]

3 마르크바르트에 따르면 우연성은 세 가지 방향에서 문제시된다. 첫째, 필연성의 반대로서, 둘째, 필연성의 토대로서, 그리고 셋째, 이것도 저것도 아닌 전혀 다른 차원에서이다. 김동리가 문제 삼고 있는 우연성은 세 번째 차원의 것이다.(O. Marquard, 「우연성의 변론」, 이진우 편, 『포스트모더니즘의 철학적 이해』, 서광사, 1993, 295~297면)

그러므로 심층구조, 또는 의식의 주관성을 고려하며 위의 사건을 이해할 필요가 있다.

(가)에서 이 두 사건을 인과적으로 묶어 주는 것은 '꼭 만날 것 같았기 때문'이라는 것이다. 우연적 사건 역시 주관적 의식 속에서 인과성으로 인식될 수 있다. 이러한 인과관계의 설정은 '운명적 우연성'이라 할 수 있다.[6] 이것을 김동리는 '우연성의 허구면'이라고 지적했다. '예감'이 인과를 구성하는 고리로서는 부족함을 지적한 것이다. 그리고 (나)에서는 (a)로 도달하게 되는 데도 ①영주가 인천에서 산다는 사실, ②그녀를 보고 싶어 하는 욕망, ③병 요양차 등을 제시했다. 그것은 인천행을 보다 합리적으로 제시하기 위한 장치들이다. 다음으로 (b)에 이르는 데도 ④인천에서 영주를 찾아 부지런히 헤맸다 라는 내용이 추가된다. (b)를 인과적으로 이끌기 위해 네 가지 조건들을 부가한 것이다. 이를 그는 '우연성의 진실면'이라고 규정했다. 결국 (가), (나) 모두 인과성이라는 문제를 토대로 하고 있다. 그가 우연성이라고 말하는 대목은 소설 구성에서의 핍진성과 개연성의 문제로 쉽게 설명될 수 있다.

> 먼저 경우는 그 우연성이 작자의 필요에 따라 임의로 초래된 것이요 두 번째 경우는 그러한 우연이 초래될 만한 여러 가지 사전 조건이 준비되어 있다. 이러한 「事前 條件의 準備」를 소설 구성에 있어서는 복선이라 일컫는다.(물론 복선의 일종에 지나지 않지만) 다시 말

4 S. Chatman, 김경수 역, 『영화와 소설의 서사구조』, 민음사, 1992, 53면.

5 이봉채, 『소설구조론』, 새문사, 1984, 168~169면.

6 이봉채는 '길에서 우연히 옷깃만 스쳐도 인연이다'라는 것도 인과관계의 상황설정이 된다고 했다. 그는 우연이라고 하는 세상사들의 연쇄도 인과관계의 계기에 의한 파악이 가능하다고 인과관을 폭넓게 해석했다.(같은 책, 169면) 사실 이러한 인과관은 상당 부분 작가나 독자의 주관적 의식의 영역에 속해 있다.

> 하면 두 번째 경우의 우연성은 「사전 조건의 준비」, 즉 복선에 의하여 그것이 초래될 가능성이 제시되어 있었던 것이다.(『신사조』, 31면)

김동리가 위의 구절에서 이야기하는 '가능성'은 달리 개연성으로서 우연적인 만남을 그럴듯하게 보여주기 위한 상황 설정을 의미한다. 소설에서는 두 사건 사이의 개연성을 보다 확실히 할 필요가 있다. 그것은 김동리의 표현을 빌리자면 우연성의 진실면에 속한다. 그는 같은 글에서 '진수와 영주는 이튿날 오후 세 시에 인천식당에서 만나'는 상황을 설정하고 두 가지 경우를 다시 상정했다. 첫째는 세 시 정각에 영주가 나타난 경우이고, 다음으로 시어머니의 갑작스러운 방문으로 반 시간 지났을 때쯤 영주가 나타난 경우이다. 여기에서 김동리는 우연성(갑작스런 방문)이 오히려 그것이 없는 첫째의 경우보다 '심각하고 절실한 실감과 박력'을 제기한다고 했다. 사실 돌발적인 사건(이것을 김동리는 우연성이라고 불렀지만)은 핍진감과 박진감을 잘 구현해준다. 그러나 이 경우의 우연성은 앞의 경우와는 사뭇 다르다. 그러면 그가 우연성이라고 말하는 것을 살펴보자.[7]

> 가령 「예상 이외의 어떤 사건이나 현상」을 우연이라고 한다면 「偶然」이란 얼마든지 있을 수 있는 것이요 「원인(혹은 이유) 없는 어떤 사건이나 현상」을 우연이라고 한다면 「우연」이란 하나도 있을 수 없는 것이다. 왜 그러냐 하면 세상에는 우리 인간이 예상(혹은 예정, 혹

7 김동리의 위 논의에 주목한 글로 김윤식의 「소설과 우연성의 문제」(『한국근대문학사상연구2』, 아세아문화사, 1994)가 있다. 그는 이 글에서 「우연성의 연구」를 소설 창작 방법론으로 인식하고, 조연현·九鬼周造의 철학과 관련시켜 논의하였다.

> 은 예견)하지 못한 사건이나 현상은 얼마든지 있을 수 있는 것이며 또 일어나고 있으나, 원인과 이유를 결(缺)한 사건이나, 현상은 하나도 있을 수 없는 것이며 또 생겨본 일도 없는 것이기 때문이다. 그것은 다만 우리가 모르고 또 예상치 못했을 뿐이다.(『신사조』, 32~33면)

우연성은 하나의 예기치 못했던 사건의 발생을 의미한다. 그는 「우연성의 연구」에서 개연성과 핍진성(김동리의 표현으로 가능성과 실감·박력)을 부여하는 요소로서의 우연성을 제기하였다. 이들을 정확히 구분하자면, 전자는 우연한 요소의 개입을, 후자는 우연한 사건의 돌발을 각각 의미한다. 그러므로 이들은 구성론이다. 그는 구성에서 우연성의 역할을 거론한 것이다. 우연성은 필연성과는 다른 범주로서 인과론의 범주에 포함된다. 그는 "인간에게서의 우연 그 자체는 자연에서는 필연인 것"(『신사조』, 33면)이라고 진술하였는데 이는 아리스토텔레스가 말하는 우연성에 밀접히 닿아 있다. 우연성이 예기치 못했던 사건의 돌발이거나 예기치 않았던 결과를 초래한 동인이거나 간에 이는 소설에서 중요한 역할을 수행한다.[8] 김동리에게 이러한 우연성은 한편으로 동시성의 원리와도 매우 밀접하게 관련되어 있다.

8 조연현은 "우연은 단지 사건을 조작하는 한 방법이나 수단에 그치는 것이 아님은 물론 그것은 또한 단순한 구성상의 한 방편만도 아닌 소설의 본질과 특성에 깊이 연결되어진 것이라고 볼 수밖에는 없다"고 하였다.(조연현, 「소설과 우연」, 『문예비평』, 어문각, 1977, 101면) 인생이 우연의 집약이므로 사건을 조직할 때 우연에 의존하는 것이 소설의 숙명적인 정신이며 방법이라는 것이다. 이에 비해, 슈람케는 현대 소설이 과거 소설의 시학인 연대기와 인과율을 포기한다고 지적했다. 그럴 때 사르트르의 『구토』처럼 우연성이 문제시된다.(J. Schramke, 원당희 외 역, 『현대소설의 이론』, 문예출판사, 1995 및 F. Kermode, 조초희 역, 『종말 의식과 인간적 시간』, 문학과 지성사, 1993)

2) 인과율에 나타난 동시성의 원리

김동리가 처음 인과성의 논리를 끌고 나온 글이 아마도 「'까치 소리'의 인과율」일 것이다. 그것은 소설의 구성론에 대한 그의 인식과 더불어 세계인식을 보여주고 있어 「까치 소리」뿐만 아니라 그의 문학 이해에 중요한 역할을 한다.

> ─ 뒷숲에 우는 뻐꾸기 소리로 인하여 앞개울의 개구리는 뛴다.
>
> 그때 내 생각으론, 〈앞개울의 개구리가 뛴다〉에 그치지 않고, 뛰다가 풀숲의 배암에게 먹힌다 ─ 는 것이었으나, 그렇게 쓰려니까 문장이 아름답지 않아서 숫제 〈뒷숲에 우는 뻐꾸기 소리로 인하여 앞개울의 개구리가 배암에게 먹힌다〉고 쓸까고도 망설였지만, 위에서와 같이 그냥 〈뛴다〉로 일단 적어놓고 말았던 것이다. 그러니까 내가 그 글에서 나타내고자 하던 사상은, 앞개울에서 어떤 개구리 한 마리가 배암에서 먹히고 있다고 볼 때, 그것은 뒷숲에서 울어쌓는 뻐꾸기 소리 때문이다 ─ 하는 데 있었던 것이다. 즉, 뒷숲의 뻐꾸기 소리가 원인이 되어서, 앞개울의 개구리가 뱀에게 먹히는 결과를 빚어내고 있다는 견해였던 것이다.[9]

위의 대문 역시 편의상 포스터의 '플롯'식으로 설명할 수 있다. 그러면 인과율이 보다 선명히 드러나기 때문이다.[10]

9 김동리, 「'까치 소리'의 인과율」, 『현대문학』, 1966.12, 220면. 이하 이 글의 인용은 인용구절 뒤 괄호 속에 『현대문학』, 면수만을 기입함.

10 김동리의 구성에 대한 인과적 인식은 포스터의 〈스토리와 플롯〉 논의를 받아들이면서 보다 구체화된다.(김동리, 「구성이란 무엇인가」, 『월간문학』, 1969.3) 이 글에서 그는 앞에서 논의한 〈우연성〉 문제를 재론하며, 우연에 대한 원인으로서 복선을 강조하였다. 결국, 우연성을 인과의 입장에서 수용하고 구성의 요소로 제기한 것이다.

(a) 뒷숲에 뻐꾸기가 울었다.

(b) 앞개울의 개구리가 뛴다.

(b)′ 앞개울의 개구리가 뱀에게 먹힌다.

인용문을 간단히 하면 (a)(b), 또는 (a)(b)′로 정리된다. 그리하여, ㉠뒷숲에 우는 뻐꾸기 소리로 인하여 앞개울의 개구리는 뛴다. ㉡뒷숲에 우는 뻐꾸기 소리로 인하여 앞개울의 개구리가 배암에게 먹힌다 등이 된다. ㉠㉡이 모두 인과관계에 의한 사건의 나열이라는 측면에서 플롯에 해당된다. 그러나 그 원인이 '그 울음소리로 인하여'라는 것은 인과관계의 맥락상 적절하지 못하다. 사실상 '뻐꾸기의 울음'은 사건 (b), 또는 (b)′에 대한 직접적인 인과의 고리가 되지 못한다. 우리는 원인과 결과 간의 직접적인 영향의 수수관계가 있을 때만이 필연성이라고 말할 수 있다. 그러므로 이 두 사건 사이에는 '우연성' 내지 '우연의 일치'가 존재하게 된다.

이러한 것을 두고 융은 '동시성의 원리'라고 규정했다. 곧 "동시성 원리는 시간, 공간 안에서 벌어지는 사건의 우연 일치를 단순히 우연적인 것 이상의 어떤 것을 의미하는 것으로 받아들이는 것"[11]이다. 말하자면 우연적인 사건을 인과의 입장에서 이해하는 방식이다. 그것은 외적인 인과성이 아니라 주관적인 경험, 또는 의식의 주관성에 기인하는 새로운 인과관이다. 김동리에게 뻐꾸기의 울음과 개구리 죽음의 우연적 일치는 그 이상의 어떤 것을 의미하는 것, 즉 동시성의 원리에 귀속된다. 이러한 새로운 인과관은 김동리의 내면에 깊이 자리하고 있었다. 그러면 다음 장에서는 김동리의 소

11 이은봉, 「"周易"의 동시성 원리와 이상」, 『주역의 현대적 조명』, 범양사출판부, 1992, 319면에서 재인용.

설에 나타난 이러한 원리들을 탐색해 보기로 한다.

3. 김동리 소설의 새로운 인과관

1) 「황토기」 – 설화적 시간의 현재성과 그 의미

김동리의 「황토기」는 맨 처음 『문장』(1939.5)에 실렸다가 이후 1959년 '인간사'에서 나오면서 개작의 과정을 거치게 된다. 행 띄우기에서 장 나누기로 바뀌었고, 내용의 일부도 변화를 겪었다. 이 글에서는 『문장』에 게재된 소설을 텍스트로 삼는다. 먼저 창작과정을 보여주는 '동기의 구체화' 양상을 살피기로 한다.

> — 옛날 어느 산골짜기에 늙은 두 장사가 살고 있었다. 그들은 둘이 다 보통 사람과는 비교할 수도 없는 힘을 가지고 있었다. 그런데 그들은 하는 일 없이 서로 싸우기를 잘했다. 왜 싸우는지는 아무도 몰랐다고 한다. 그렇게 그들은 까닭 모를 싸움질을 하다가 그대로 늙어 죽었다.[12]

김동리는 위 이야기를 만허선사로부터 듣고 「황토기」를 형상화하였다고 한다. 즉, 위 이야기가 「황토기」의 토대가 되었다는 것이다. 그러면 작품과 전설을 비교 검토해보는 것이 필요할 것이다.

12 김동리 외, 『소설작법』, 문명사, 1984, 25면. 이하 이 책의 인용은 인용 구절 뒤 괄호 속에 『소설작법』, 면수만을 기입함.

> 하긴, 그의 하라버지나 아버지들이 다 저 산에서 새어나는 물을 먹고 살다 도로 그리로 도라가 묻히었고 그 역시 오늘날까지 그 물을 먹는 터이매, 그 산이 낳은 전설, 가령, ㉠옛날 등천(騰天)하려든 황룡(黃龍) 한 쌍이 때마침 금오산에서 굴러 떠러지는 바위에 맞어 허리가 끊어지고 이 황룡 두 마리의 피가 흘러 황토ㅅ골이 생긴 것이라는 상룡설(傷龍說)이나, 또 역시, ㉡등천하려든 황룡 한 쌍이 바로 그 전야(前夜)에 있어 잠자리를 삼가지 않은지라 천왕(天王)이 노하야 벌을 내리사, 그들의 여의주(如意珠)를 하늘에 묻으시니, 여의주를 잃은 한 쌍의 황룡이 크게 슬퍼하야 서로서로 저이들의 머리를 물어뜯고 피를 흘리니 이 피에서 황토ㅅ골이 생긴 것이라는 쌍룡설(雙龍說)이나, 혹은 상룡설, 쌍룡설들과는 좀 달리, ㉢옛날 당(唐)나라에서 나온 어느 장수가 여기 이르러 가로되 앞으로 이 산맥에서 동국(東國)의 장사가 난다면 능히 대국을 범할 것이라 하야 이에 혈(血)을 지르니, 이 산골에 석달 열흘 동안 붉은 피가 흘러내리고, 이로 말미아마 이 일대가 황토지대로 변한 것이라는 절맥설(絕脈說)이나, 이런 것들이 다 본대 그의 운명에 아주 교섭이 없으리란 법만도 없는 터이었다.[13]

이 부분은 작품의 서두로 '작가 해설'에 해당된다. 소설의 본 내용은 이 부분 다음에 곧바로 전개된다. 작가는 황토골에 얽힌 세 가지 전설을 먼저 제시하고 이야기를 시작하였다. 그렇다면 그 까닭은 무엇인가. 실제로 만허선사가 지역에 얽힌 전설까지 이야기했는지는 알 수 없지만, 김동리가 이를 제시한 까닭은 분명해 보인다. 그것이 바로 개작과정에서 사라진, 윗글에서 전설을 제외한 "하긴,

13 김동리, 「황토기」, 『문장』, 1939.5, 79면.

그의 하라버지나 아버지들이 다 저 산에서 새어나는 물을 먹고 살다 도로 그리로 도라가 묻히었고 그 역시 오늘날까지 그 물을 먹는 터이매", "이런 것들이 다 본대 그의 운명에 아주 교섭이 없으리란 법만도 없는 터이었다"라는 부분이다. 이 부분은 자연이 인간과 서로 교섭하는 대상이라는 인식을 바탕으로 하고 있다. 그것은 자연과 인간 사이에 어떤 원리가 내재하고 있다는 것이다.

> 이리하야 한 덩어리로 어우러진 그들은 어느듯 노래 소리도 우슴 소리도 동시에 뚝 끈허저 버리고 다만 시근거리는 숨소리와 뿌득뿌득 밀려 나갔다 들어왔다 하는 소리뿐이다. 이렇게 체력(體力)과 꾀를 다하야 서로 겨르고 기틀을 엿보기 반 시간 남짓하여 두 사람의 코에서는 거이 동시에 피가 주르르 쏟아저 내렸다. 눈에도 피물이 돌고, 목으로도 피가 터저 나왔다. 그 차에 땀으로 번질번질 하는 두 사람의 온 낯과 어깨와 가슴은 어느듯 아주 벍언 피투성이로 변하여져 버렸다.(『문장』, 87면)

앞부분의 전설이 천지창조의 신화적 시간이라면, 인용문의 시간은 소설 속의 현재이다. 만허선사의 이야기는 곧바로 소설 속의 시간으로 들어올 수 있다. 그렇다면 김동리는 왜 두 개의 이야기를 병치시키고 있는 것인가. 그것은 바로 두 사건이 서로 내적 관련이 있다고 말하고자 하기 위함이 아니겠는가.

두 개의 시간에 내재하고 있는 각각의 사건은 시간적으로나 공간적으로 무관하다. 그런데 위의 전설 '상룡설', 또는 '쌍룡설'에서 용의 싸움은 억쇠와 득보의 싸움과 일치한다. 그러나 단순히 그것만으로 그치겠는가. 상룡설과 억쇠/득보의 이야기의 우연적 일치는 『주역』의 64괘 중 '坤'괘와 상룡설 사이에도 나타난다.

> 두 마리 용이 피투성이가 되어 들판에서 싸운다. 그 피는 검고 누렇다. 음이 극성하면 반드시 강건한 양과 싸움을 시작한다.(上六 龍戰于野 其血玄黃. 象日, 龍戰于野 其道窮也.)[14]

지극히 상징적으로 되어 있어 그 해석마저 쉽지 않은 『주역』의 괘 가운데 위의 구절은 여러 면에서 '상룡설'의 내용과 유사하다. 김동리가 『주역』을 보고 이 괘에 암시를 받아 '상룡설'을 제시했는지는 알 수 없으나 연관성만은 쉽게 찾을 수 있다.[15] 김동리가 그의 많은 글에서 언급한 『주역』은 그의 의식세계를 들여다볼 수 있는 중요한 자료가 된다. 한편, 용은 풍수지리설에서 산을 의미하는데,[16] 지리적 결구가 인간 세계에 영향을 미친다는 풍수지리 신앙 역시 「황토기」의 내용과 결부된다.[17] 그리고 그의 소설은 이러한 풍수지리설, 점, 샤머니즘 등으로 인해 주술적 세계관으로 비난받기도 했다.[18]

14 노태준 역, 『주역』, 교육출판공사, 1986, 44~46면.

15 신채호의 「용와 용의 대격전」 역시 이 괘의 상징성과 상관이 있다.(김주현, 「신채호의 문학연구」, 『한국 근대문학 연구』, 태학사, 1996)

16 최창조, 『한국의 풍수사상』, 민음사, 1993, 54면.

17 이에 대해서 최병탁의 「김동리의 '황토기'에 나타난 풍수설화의 모티브와 그 구조 및 문학정신」(『북악논총』 1, 국민대학교 대학원, 1983.2)도 눈여겨볼 만하다.

18 프레이저는 주술적 세계관이 인과적 연쇄를 지배하는바 특수한 법칙의 성질에 관한 전체적 오인 속에 있으며, 유사를 기초로 한 관념의 연합이나 공간과 시간에 있어서 관념의 연합의 잘못된 적용이라고 정리했다.(J. G. Frager, 김상일 역, 『황금가지』, 을유문화사, 1983, 87면) 「황토기」가 주술적 세계관이냐 과학적 세계관이냐 하는 것은 먼저 풍수지리설이 미신이냐 과학이냐 하는 문제와 관련된다. 그리고 설사 황룡과 억쇠·득보의 삶의 일치(즉, 풍수지리설)가 시공간에 있어서 관념의 연합의 잘못된 적용(주술)이라 할지라도 이들의 인과 관계는 필연성의 차원이 아닌 가능성의 차원에서 제기되었고, 풍수지리설이 소설 본 내용을 직접 규정하지는 못하기 때문에 주술적 세계관으로 단정해선 안 된다.

그가 열두 살 때 동네 장골들이 겨우 다루는 들ㅅ돌 하나를 성큼 들어 배를 편 것으로 왼 마을에 말성을 이르켰다.

「장사 낫군!」

「황토ㅅ골 장사 났다!」

사람들은 숙덕거리기 시작하야, 이튼날 늙은이들은 의관들을 하고 모여 앉어,

「예로부터 우리 황토ㅅ골에 장사가 나면, 부모한테 불효가 않이면 역적이 난댓것다.」

「하긴, 인제야 대국 명장이 혈을 지른 뒤라니까 별수는 없으리다만……」

「그 말은 당찬으이, 온 바로 내 증조ㅅ벌 되는 이가 그때 장사 소릴 듯구 그만 사또 앞에 잡혀가 오른쪽 팔 하나를 부질러 나왔거던.」 (『문장』, 90면)

그가 '동기의 구체화'에서 지적하고 있는 이야기는 '김해 송 노인 이야기'와 '또 다른 하나의 이야기'이다. 그러나 실제로 그 두 이야기보다 민간에 전하는 영웅전설에 더욱 밀접하게 기대고 있음을 다음 진술, "그 뒤, 나는 장사가 나면 역적이 된다 하여 부모들이 그(장사)의 어깨에 뜸을 뜨거나 심줄을 끊어 버린다는 이야기를 여러 번 들었다"(『소설작법』, 29면)를 통해서 확인할 수 있다. 「황토기」는 「아기장수 전설」과 같은 전래의 장수 설화를 바탕으로 하여 현대적 이야기로 만들어낸 것이다. 이것은 곧 전설적 시간의 현재화라고 할 수 있다.

이러고는 재를 넘어 이사를 가버렸다. 억쇠는 그의 백부가 기어코,

> 이사를 떠난다는 말을 듣고, 혼자 깊은 산속으로 도러가 목을 놓고 울었다. 그리하야 그는 일즉이 백부의 말대로 어깨를 파내지 않었든 것을 후회하고, 집으로 도라와 제 손으로 낫을 갈어서 오른쪽 어깨를 끊고 피를 흘렸다.(『문장』, 92~93면)

억쇠의 삶은 '아기장수'의 삶과 유사하다. 그들의 삶의 비극은 과거나 현재나 변함이 없다. 그러므로 처음 설화에 제시된 쌍룡설과 같은 '황토골의 유래 설화'의 시간이나 '증조벌되는 장사 할아버지'의 시간이나 억쇠의 시간은 서사의 문맥 속에서 동시적 시간이며 이들의 삶 또한 동시적 사건으로, 거기에는 동시성의 원리가 지배하고 있다.[19] 그러므로 억쇠나 득보의 운명적 비극은 이미 설화 속에 구현된 것이고, 그 할아버지의 할아버지에게도 있었던 것이고, 황토골이 존재하는 한 계속되기 마련인 그 고을에 부여된 운명 같은 것이다. 여기에서 현재는 화석화된 과거, 또는 영원성을 지향하는 것이라기보다 오히려 과거 또는 우리가 알지 못할 시원의 시간이 과거와 현재를 규정짓는 끊임없는 시간의 반복이다. 그것은 달리 자연의 질서 속에 편입되고 마는 인간의 운명을 보여준다.

그리고 「황토기」에서 설화와 억쇠 이야기의 상관성에 리얼리티 또는 있음직함을 구성하는 것은 문화적 현상이다.[20] 김동리는 자연과 인간이 서로 교섭한다고 하는 유기체적 세계관을 가지고 문화

19 동시성의 원리는 세 가지 유형으로 분류될 수 있다. 첫 번째 범주에는 정신적 내용과 외부적 사건 사이의 동시적 사건이, 두 번째에는 어떤 사람이 꿈이나 환영을 가지고 있는데 그것은 얼마간 떨어져서 발생하고 있는 사건과 동시에 일어나는 경우, 세 번째에는 어떤 사람이 미래에 발생할 어떤 것에 대한 심상을 지니는데, 그 뒤 그 일이 일어나는 경우가 각각 속한다. 「황토기」는 주로 첫 번째 범주와 관련되며, 「까치 소리」는 세 번째 것과 연결되어 있다.

20 채트먼은 서사적 허구물을 만들어내는 작가에게 있어서 리얼리티와 있음직함을 구성하는 것은 무엇보다 문화적 현상임을 강조하고 있다.(S. Chatman, 앞의 책, 57면)

전승체인 각종 설화를 소설로 형상화하였다. 「황토기」는 설화적 시간이 과거, 현재에도 의미를 갖고 있고 앞으로도 끊임없이 의미를 생성하는, 그리고 현재의 시간은 과거 시간의 반복이며, 끊임없는 현재적 회귀라는 순환적 시간의식을 보여준다. 용의 피와 증조뻘 되는 이, 그리고 억쇠의 피는 인간이 보기에는 우연성의 산물이지만, 자연에 있어서는 우연성 이상의 의미를 지니는 것, 또는 필연일 수도 있다. 『문장』본은 이를 '운명적 교섭' 운운하며 드러내고 있는데, 이후 개작본에서는 이러한 의식은 상당히 후퇴하고 있다. 그리고 『문장』본에서는 이설의 죽음도 애정 간의 갈등이라기보다 운명적 필연성으로 처리되었다가, 개작본에서는 운명과의 관련성이 거의 드러나지 않고 있다. 그것은 지나친 운명론이 작품의 리얼리티를 떨어뜨린다는 비판을 일면 수용한 것으로 보인다.

2) 「까치 소리」 – 세계의 여율과 인간적 맥박의 유기(체)적 합일

「까치 소리」는 「황토기」와 시간적 상거가 30년에 이르지만, 그의 소설의 초기 특성을 그대로 갖고 있는 작품이다. 먼저 작품 논의에 들어가기 전에 그가 이 작품에 대해 변해한 구절을 검토하기로 한다.

> ─ 뒷숲의 뻐꾸기와 앞개울의 개구리가 무슨 상관이란 말이냐 ─ 이것이 일반 사람의 상식이요 현실적인 생각인 것이다. 그러나 나는 이러한 〈일반 사람의 상식이요 현실적인 생각〉인 것을 뒤엎고, 그 양자 사이에 생멸(生滅)의 인과관계(因果關係)를 인정하고, 이것을 나의 작품의 주제로 이끌어볼 심산이었던 것이다.(『현대문학』, 220면)

이미 앞에서도 살펴보았지만, 「까치 소리」는 '뻐꾸기의 울음과 개구리의 죽음의 상관성'을 문제 삼고 있다.[21] 까치 소리와 나의 살인행위를 인과관계의 차원에서 해명해 보려는 그의 의도는 분명히 세계인식의 태도와 닿아 있다. 까치 소리와 개구리의 죽음을 김동리의 1950년대적 표현으로 하면 '우연성'이 된다. 두 사건의 우연적 발생과 그것에 내재된 관계를 찾는 것, 또는 두 사건을 개연성의 차원으로 이끌어 올리는 것이 김동리에게 있어서 이 작품의 동기화이자 과제이다.

> 나도 물론 처음에는, 〈봉수〉의 아버지나 또는 어느 할아버지가 어릴 때(그들은 이 마을에서 여러 대 살아왔으니까) 까치 둥우리에서 까치 새끼를 내루어 가지고 놀다가 죽인 일이 있었다든가, 〈봉수〉 어머니가 젊을 때(시집 와서 몇 해 되지 않았을 때) 회나무 밑에서 보리쌀을 씻다가 마침 곁에 떨어진 까치 새끼를 붙잡아다 어린 봉수에게 (실로 발을 매어) 주었더니 봉수가 가지고 놀다가 죽였다든가, 하는 삽화를 넣으려고 하다가 말았던 것이다.(『현대문학』, 223면)

위 이야기는 마치 「흥부전」의 '제비' 이야기나 「치악산」 설화의 '까치와 구렁이' 이야기의 모티프와 유사하다. 그러나 김동리는 이러한 것이 리얼리티나 개연성이 불충분해서, 또는 너무나 상투적이어서 그만둔 것으로 보인다. 이러한 관념은 불교의 緣起說과 관

21 뻐꾸기의 울음과 개구리의 죽음은 바슐라르의 입장에서 시적 이미지의 결합으로 볼 수 있다. 그는 시적 이미지와 무의식적 원형(뒤에 제시된 "아침 까치, 저녁 까치" 운운한 것이 이에 포함될 수 있다)은 인과의 관계를 벗어난다고 규정하고, 이를 밝히기 위해 상상력의 현상학이 필요함을 제기하였다. 그의 주장은 여기에서 귀 기울여 볼 만하다. (G. Bachelard, 곽광수 역, 『공간의 시학』, 민음사, 1997, 83~84면)

련된다.[22] 김동리는 자신의 글에서「까치 소리」를 불교 계열의 작품에 포함시키고 있는데[23] 바로 연기설이나 윤회전생에 작품의 주제가 닿아 있다고 스스로 생각하기 때문이다. 그러나 그것은 작가의 의도일진 모르나 작품에 표면적으로 드러나지는 않고 있다. 그러면 그가 내세우고 있는 제1의적 인과율은 무엇인가. 그것은「황토기」처럼 전설 내지 민속에다 결부시킨 점이다.

> ……아침 까치가 울면 손님이 오고, 저녁 까치가 울면 초상이 나고……한다는 것도, 언제부터 전해오는 말인지 누구 하나 알 턱이 없었다. 그래서 그런지, 아침 까치가 유난히 까작거린 날엔 손님이 잦고, 저녁 까치가 꺼적거리면 초상이 잘 나는 것 같다고, 그들은 은근히 믿고 있는 편이기도 했다.[24]

이러한 민속신앙 내지 민간전설을 단순히 주술적 세계관으로 치부해서는 안 된다. 그것은 또한 하나의 문화적 현상으로, 융에 따르면, 집단 무의식이 된다. 그리고 까치의 울음이 인간의 생활과 밀접한 관련이 있다는 사실은 유기체적 세계관의 증표이다. 바로 이들 사이에는 동시성의 원리가 개재되어 있고, 이러한 원리는 세계를 신비한 비의의 세계로 이끈다. 까치 소리는 손님이 오거나 초상이 나는 데 객관적 지식으로서의 원인이 아니라 주관적, 통계적 믿음으로부터 형성된 전조이다. 사실 그것은 무연한 관계로, 객관적인

22 김동리는 이 주제를 화엄사상에 의존한 바 크다고 했다.(김동리,「까치와 '까치 소리'」,『문학사상』, 1977.2, 284면) 그러나 소설의 살인 동기에서 화엄사상의 면모는 전혀 찾을 수 없다. 다만「까치 소리'의 인과율」에서 그러한 인식을 발견할 수 있을 뿐이다.

23 김동리,「샤머니즘과 불교와」,『문학사상』, 1972.10, 264면.

24 김동리,『까치 소리』, 일지사, 1973, 236면. 이하 이 책의 인용은 인용 구절 뒤 괄호 속에『까치 소리』, 면수만을 기입함.

인과율이 아니라 우연적인 일치일 수밖에 없다. 그러나 김동리는 그 이상의 어떤 의미를 지닌 것, 즉 동시성의 원리로 인식하고 있다.

> 내 누이동생 옥란(玉蘭)의 말을 들으면, 내가 군대에 들어간 바로 그 이튿날부터 어머니는 나를 기다리기 시작했다는 것이다. 마침 아침 까치가 까작까작 울자, 어머니는 갑자기 옥란을 보고,
>
> 『옥란아, 네 오빠가 올라는가 부다.』
>
> 하더라는 것이다.
>
> 『엄마도, 엊그제 군대 간 오빠가 어떻게 벌써 와요?』
>
> 하니까,
>
> 『그렇지만 까치가 울잖았냐?』
>
> 하더라는 것이다.(『까치 소리』, 237면)

까치가 울면 군대 간 오빠가 돌아온다(손님이 온다)는 믿음은 적어도 어머니의 의식 속에 형성된 하나의 신앙이다. 물론 손님이 굳이 오빠이어야 할 당위성이나 필연성은 없다. 그것은 오히려 어머니의 자식에 대한 편집증적 애착을 보다 잘 보여준다. 그리고 까치 소리에 대한 주관적 경험은 옥란 일가에 새로운 사건을 야기하는 작용인으로서의 기능을 합리화시킨다.

> 그러더니 날이 갈수록 점점 더 심해져서, 한 일 년 남짓 되니까, 거의 예외 없이 회나무에서 까치가 까작까작하기만 하면 방안에서는 쿨룩쿨룩이 터뜨려지기 마련이었다는 것이다.(처음은 아침 까치 소리에 시작되었으나 나중은 때의 아랑곳이 없어졌다.)
>
> 그러나 이런 것은 누구나 이해할 수도 있는 일이라고 나는 생각한

> 다. 아들을 몹시 기다리는 병(천만)든 어머니가 아침 까치가 울 때마다(손님이 온다는) 기대를 걸어 보다간 실망이 거듭되자, 기침을 터뜨리고(그렇지 않아도 자칫하면 터뜨리기 마련인), 그것이 차츰 습관성으로 발전하게 되었다는 것은 얼마든지 있을 수도 있는 얘길 테니까 말이다.(『까치 소리』, 238면)

까치 소리와 어머니의 천만은 서로 다른 두 사실의 우연한 결합이다. 그러나 이것은 두 가지 모두 소리라는 점에서 동시성의 원리에 쉽게 적용될 수 있다. 그리고 천만과 함께 터져 나오는 "날 죽여 다오"라는 어머니의 소리 또한 그러한 입장에서 이해할 수 있다. 이 소설은 그것에 그치지 않고 우연한 사건의 동시적 발생을 연쇄적으로 서술하고 있다.

> 그런데 다른 사람은 고사하고 내 자신마저 잘 이해할 수 없는 일이 이에 곁들여 생긴 것이다. 그것을 한마디로 말하면 나의 심경의 변화라고나 할까—. 나는 어느덧 그러한 어머니를 죽여주고 싶은 충동 같은 것을 느끼기 시작한 것이다. 어머니가 〈아이구 봉수야 날 죽여 다오〉하고 부르짖는 것은, 〈오오 하느님 사람 살려 주〉하던 것의 역표현(逆表現)이라기보다도 진한 표현 같은 것에 지나지 않는다는 것은 말한 대로다. 나는 그것을 충분히 이해하고 있었던 것이다. 그럼에도 불구하고 나는 왜 그러한 어머니에게 죽여주고 싶은 충동을 느끼게 되었을까.(『까치 소리』, 239면)

바로 까치 소리로 인해 형성된 어머니의 기침과 죽여 달라는 말은 다시 나에게 살인 충동을 일으킨다. 여러 개의 사건이 서로 연쇄적인 고리를 형성하며 옥란 일가에 일어나게 된다. 그것은 불합리하고 알 수 없는, 그래서 "어쩌면 나의 환각(幻覺)이나 정신착란 같은 것"(『까치 소리』, 240면)이다. 까치 소리와 살인의 충동은 적어도 봉수의 주관적 경험의 영역이다. 여기에서 외부적 사건은 환각이나 정신착란과 같은 내면의 상태와 연결시키는 작업이 필요하다.[25] 그것은 곧 외면적인 사건이 개인의 주관적 경험에 의해 이해될 수 있다는, 그리고 외면적 사건이 다시 내면에 영향을 미친다는 동시성의 원리를 바탕으로 한다.

> 이때 까치가 울었던 것이다. 까작까작 까작 까작 하는, 어머니가 가장 모진 기침을 터뜨리기 마련인 그 저녁 까치 소리였던 것이다. 그리고 이와 동시 나의 팔다리와 가슴속과 머리끝까지 새로운 전류(電流) 같은 것이 흘러들기 시작했던 것이다.
>
> 까작 까작 까작, 그것은 그대로 나의 가슴속에서 울려오는 소리였다. 나는 실신한 것같이 누워 있는 영숙이를 안아 올리기라도 하려는 듯 천천히 그녀의 가슴 위에 손을 얹었다. 그리하여 다음 순간 내 손은 그녀의 가느다란 목을 누르고 있었던 것이다.(『까치 소리』, 270면)

「까치 소리」에서 우연적 사건은 상호 관계 내에서 인과관계를 이루고 있다. 까치 소리와 나의 살인 행위는 동시성의 원리에 의해 설명될 수 있다.[26] 어쩌면 이것은 그의 서술대로 '저녁 까치가 울면

25 볼린의 "동시적 사건을 파악하기 위해서는 내면의 주관적 상태, 생각, 느낌, 환영, 꿈 또는 예감에 주목해서 그것을 관련된 외부의 사건과 직관적으로 연결시키는 능력이 필요하다"와 같은 언급은 이 구절을 이해하는 데 도움이 된다.(S. Bolen, 이은봉 역, 『도와 인간심리』, 집문당, 1994, 29면)

26 이와 매우 유사한 상황으로 융은 다음과 같은 사건을 제시한다. "죽은 환자의 아내는 임박한 죽음에 대한 무의식적 지각을 가졌다. 새의 무리가 관련되는 기억의 이미지들을

초상이 나고'라는 제1의적 인과율을 넘어서 존재한다. 만일 까치 소리를 살인에 대한 직접적 원인으로 본다면 그것은 김동리가 주장하는 바이기도 하지만 적절치 못하다. 그것은 외적인 원인에 지나지 않는다. 우리는 여기에서 인과를 시간의 선과 관점의 선에서 이해해야 한다. 주인공을 살인에 이르게 한 것은 외적 원인보다 의식 내적 원인에 기인한다.[27] 여기에서 살인은 합리적으로 전쟁이라는 부조리한 상황이 개인에게 부과한 비극의 일환으로 설명될 수 있다. 전쟁터에서 살고자 하는 욕망과 죽음에 대한 강박관념, 상호 및 정순에 대한 분노, 전쟁이 어머니에게 가져다준 충격 등 다양한 심리적 요소들이 내적 원인으로 설명될 수 있다. 그 가능성은 태양 때문에 살인을 한 뫼르소의 행위에서 충분히 발견된다. 사실 이 작품에는 전쟁이나 죽음의 극한 상황에 대한 인식이 여러 곳에서 반복 강조되고 있다. 그러한 요소들이 시간적인 선과 관점의 선에 따라 살인에 대한 개연성, 또는 가능성으로 이미 제시되어 있다. 그리고 '까치 소리'의 지속적 반복이 주인공에게 내재하고 있는 분노와 살인에의 욕망을 충동질하는 요소로서 작용한다. 결국 이러한 화자의 내면적 의식이 내적 인과율을 형성한다고 볼 수 있다.[28] 여기

불러일으켜 결과적으로 그녀에게 두려움을 주었던 것이다. 마찬가지로 친구의 변사 사건에 대한 거의 동시적인 꿈은 그것에 대해 이미 현존하는 무의식적 지각으로부터 생성되었다." 그리고 그는 이러한 무의식적 이미지들이 직접적으로(즉, 글자 그대로) 또는 간접적으로(상징적이나 암시적으로) 꿈, 관념, 또는 징조의 형태로 의식화된다고 했다.(C. G. Jung, "Synchronicity : an acausal connecting principle", *The Structure and Dynamics of the Psyche*, trans. by R. F. C. Hull, Routledge & Kegan Paul, London, 1972, p.447)

27 인과에 있어서 '시간의 선'·'관점의 선'과 '외적 원인'·'내적 원인'에 대해서는 J. Dubois 외, 용경식 역, 『일반수사학』(한길사, 1989) 314~315면 참조.

28 송상일은 이에 대해 "까치 소리가 어머니의 살해충동을 유발하는 과정이 축적되어 나타나지 않음으로써 '봉수'의 행동은 필연성이 희박하게 보인다"고 하여 부정적인 견해를 피력하였다. 그러나 이선순은 "까치 소리는 봉수의 의식현상 전체를 이룰 뿐만 아니라, 그 내면적 지속의 흐름 속에서 하나의 실재성을 띠고 구체화"된다고 적절히 지적하였

에서 까치 소리는 김동리에게 있어서 우연적인 것 그 이상의 의미를 띠는 것으로 존재한다. 그러나 왜 김동리가 「'까치 소리'의 인과율」, 「까치와 '까치 소리'」에서 살인 동기를 까치 소리만으로 몰아갔을까. 그것은 김동리의 세계인식과 결부될 수밖에 없다.

4. 새로운 인과관의 철학적 성격

김동리의 인과관은 자신의 철학적 입장을 잘 대변해준다. 이 장에서는 그의 인과율에 담긴 철학 사상적 측면을 살펴보기로 한다.

> 이와 같이 선대의 적선적악(積善積惡)이 후손의 경앙성패(慶殃成敗)의 원인이 된다는 공자의 사상보다 더 폭을 넓혀서 투철하게 보는 것이 불교의 인과설(因果說)이다. 불가에서는 인과응보(因果應報)와 윤회전생(輪廻轉生)을 결부시켜서, 사람이 이승(此生 現世 此岸)에서 가진 적행이 업인(業因)이 되어, 저승(來生 後生 彼岸)에 가서 갚음(報果 또는 應報)을 받되, 개돼지가 될 만치 적행을 했으면 개돼지로 태어나고, 부자나 고승(高僧)이 될 만치 업인을 가졌으면 부자나 고승으로 태어난다는 사상이다.(『현대문학』, 221면)

김동리는 〈뻐꾸기의 울음과 개구리의 죽음〉을 연관시키기 위해 공자와 불교의 인과설을 내세우고 있다. 인과응보와 윤회전생은 출생 이전의 세계와 현생을 관련시키고 있다는 점에서 순환론적

다.(송상일, 「서사구조와 〈아픔〉의 환기」, 『현대문학』, 1976.4, 320면 및 이선순, 「김동리의 '까치 소리' 연구」 서강대 석사논문, 1981, 32면)

시간관을 보여준다. 현재의 삶 자체를 이전의 세계와 결부시키고 또한 피안의 세계와 관련시키는 것은 불교, 또는 유교의 세계관이다. 그것은 우주를 하나의 거대한 유기체로 보는 유기체적 세계관이다.

> 한 작가의 생명(개성)적 진실에서 파악된 세계(현실)에 비로소 그 작가적 리얼리즘은 시작하는 것이며 그 세계의 呂律과 그 작자의 인간적 맥박이 어떤 문학적 약속 아래 유기적으로 육체화하는 데서 그 작품(작가)의 리얼은 성취되는 것이다.[29]

이것은 김동리의 초기 문학관을 잘 보여주는 글이다. 이 글에서 그는 세계와 인간을 유기적 물체로 인식하고 있음을 볼 수 있다. 인간과 세계의 관계가 유기적으로 육체화되어야 리얼(리티)이 잘 이룩된다는 것이다. 유기체적 세계에 있어서 인간은 대상인 천지 자연, 또는 세계와 유기적인 관련을 띨 수밖에 없다. 인간과 그들은 상극과 상생이라는 대립과 조화를 통해서 발전하게 된다. 그러므로 세계, 또는 자연의 리듬은 인간의 삶에 영향을 미치게 되고, 이를 감응 또는 교감이라고 한다. 이러한 유기체적 세계관은 현대 물리학의 세계와 연결된다.

> 나는 해변에 앉아서 파도가 이는 것을 바라보면서 내 숨결의 리듬을 느끼고 있었다. 그런데 바로 그 순간 나를 둘러싸고 있는 모든 것이 하나의 거대한 춤을 추고 있다는 것을 깨달았다 …(중략)… 나는

29 김동리, 「나의 소설수업」, 『문장』, 1940.3, 174면.

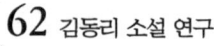

그때 수많은 입자들이 창조와 파괴의 율동적인 맥박을 되풀이하면서 외계로부터 쏟아져 내려오는 에너지의 폭포를 '보았던 것이다' ; 나는 또한 원소들의 원자와 내 신체의 원자들이 에너지의 우주적 춤에 참여하고 있다는 것을 '보았다'; 나는 그 리듬을 느꼈고, 그 소리를 들었으며……[30]

이 글은 유기체적 세계관을 잘 설명해주는 카프라의 글이다. 그는 자연의 현상이 인간과 관계한다는 인식을 전제하고 서양의 물리학을 동양의 사상과 접목시키고자 노력했다. 그에 따르면, 우주는 물리적 대상으로서의 집합이 아니라 통일된 전체의 여러 가지 부분들 사이에 있는 복잡한 관계망이다. 곧 위에서 〈우주의 춤〉은 입자들의 운동이며 자연의 리듬인 것이다. 김동리의 "우주에 가득 찬 事事物物이 눈에 띄지 않은 채 서로 영향주고 있다는 생각"[31]은 바로 「까치 소리」에 담긴 세계관으로서 카프라와 동일한 사고를 보여준다. 이들에게 세계는 사물들이 서로 관계하는 장일 뿐이다. 이는 양자론의 세계에서나 동양의 신비주의, 특히 『주역』의 우주관에서 그렇다.

우리는 한 사람씩 천지 사이에 태어나 한 사람씩 한 사람씩 천지 사이에 살아지고 있다는 사실을 통하여 적어도 우리와 천지 사이엔 떠날래야 떠날 수 없는 유기적 관련이 있다는 것과 및 이 〈유기적 관련〉에 관한 한 우리들에게는 공통된 운명이 부여되어 있다는 것을 발견하게 되는 것이다.[32]

30 F. Capra, 이성범 외 역, 『현대물리학과 동양사상』, 범양사출판부, 1993, 21~22면.
31 김동리, 「까치와 '까치 소리'」, 284면.

김동리는 우주의 모든 현상이 분리 불가하고 조화된 전체의 불가결한 부분들로서 연결되어 있다는 유기체적 세계관을 지녔다. 이러한 세계관을 김동리가 지니게 된 것은 출신지역이나 가문, 그리고 독서 체험, 특히 『주역』과 무관한 것이 아니다.[33] 융은 『주역』의 기초적 원리로 동시성의 원리를 제시하였는데, 이 원리 속에서 우리는 거룩하고 역동적이고 상호 연관된 우주의 일부분이라고 느끼게 된다.[34] 그러므로 동시성의 원리는 하나의 세계를 이해하고 서술하는 원리로서 유기체적 세계관에 입각한다.

김동리가 「황토기」에서 황토골의 유래 설화가 억쇠나 득보의 삶에 영향을 미쳤다든가, 「까치 소리」에서 까치 소리가 나의 살인동기로 작용했다던가 하는 것들은 동시성의 원리에 속한다. 이들의 연상 사고 내지 동격화 사상의 개념적 틀은 유럽의 인과적 사고 및 법정(法定) 사고 내지 입법적 사고와는 본질적으로 다르다.[35] 그것은 원시 사회의 점이나 주술 등과 유사하기도 하지만 차이가 있다. 그리고 인과적 원리가 기하학에 가깝다면, 동시성의 원리는 대수학에 가깝다. 김동리는 바로 이러한 동시성의 원리를 통해서 유기체적 세계관을 소설에 잘 구현하고 있다. 그에게 세상은 무수한 작은 리듬이 조화를 이룬 세계이며, 무수한 유기체로 이뤄진 거대한 하나의 유기체이다.

32 김동리, 「문학하는 것에 대한 私考」, 『문학과 인간』, 청춘사, 1952, 100면.
33 이에 대해서는 필자의 「김동리 문학론의 사상적 기반에 대한 연구」(『쇄헌 류기룡 박사 송수기념논총－김동리문학연구』(살림, 1995)를 참조.
34 S. Bolen, 앞의 책, 16면.
35 J. Needham, 이석호 외 역, 『중국의 과학과 문명II』, 을유문화사, 1993, 397면.

5. 마무리

이제까지 김동리의 소설을 주로 새로운 인과관을 중심으로 살펴보았다. 그는 '우연성', '인과율' 등을 통해 나름대로의 구성론을 펼치고 있다. 다만, 포스터의 플롯 논의를 받아들이면서 그것이 더욱 분명해졌다. 그는 이전부터 구성에서의 인과관계를 깊이 통찰하고 있었다. 그러나 그의 인과관은 앞에서도 살펴보았듯 원인과 결과의 합리적 연결이라는 기계적 인과관과는 거리가 있다. 그의 인과관은 인간과 세계와의 감응, 또는 교감이라고 하는 유기체적 세계관을 토대로 하고 있다. 우주는 무수한 유기체가 모여서 이뤄진 하나의 거대한 유기체로서, 각 기관은 서로 연결되어 영향을 주고받게 된다. 이들 세계에서 일어나는 우연적인 일치는 리듬의 조화 내지 감응의 결과이다. 김동리는 일찍부터 『주역』이나 『논어』 등을 통해 유기체적 세계관을 습득했던 것으로 보인다. 어쩌면 그에게 유기체적 세계관은 철학이나 사상이기 이전에 하나의 생리였다. 그러므로 그는 황토기에서 "이런 것들(각종 전설 : 인용자 주)이 다 본대 그의 운명에 아주 교섭이 없으리란 법만도 없는 터이었다"라거나, 「까치 소리」에서 "(아침 까치가 울면 손님이 오고, 저녁 까치가 울면 초상이 난다는 것을 : 인용자 주) 그들은 은근히 믿고 있는 편이기도 했다"고 말했던 것이다. 그가 소설론에서 세계의 여율과 인간의 맥박을 강조한 것도 그러한 인식에 말미암는다. 그리고 그것에 내재하는 동시성의 원리는 세계를 이해하고 그 비의를 밝혀내려는 노력의 산물로서 철학이나 사상, 또는 합리의 세계를 넘어서 자리해 있다. 그러므로 이러한 것들을 융의 심층심리학이나 바슐라르의 상상력의 현상학으로 접근해볼 필요가 있다.

김동리 소설에서 인과율은 상당 부분 샤머니즘이나 민속신앙, 주술 등과도 결부되어 있다. 그렇다고 하여 그것을 주술적 세계관이라 치부해선 안 된다. 그의 소설에는 유기체적 세계관과 동시성의 원리가 공존하고 있다. 유기체적 세계관은 동양의 고대 사상과 현대의 물리학이 공유한 사상이다. 그리고 동시성의 원리가 갖는 인과율은 전파주술, 동종주술 등에서처럼 전근대적인 면이 있지만, 심층심리학, 심령과학 등과 같은 근대성, 또는 탈근대성도 띠고 있다. 그리고 문학사에서의 패러다임은 이전 패러다임의 위기를 극복하고 나오는 것이 아니라 차별성을 강조하고 나오며 끊임없이 순환 반복된다. 그것은 자연과학과 같은 진행적인 발전사가 아니라 상생, 상극하는 순환적인 변천사이다. 거기에서 과거는 현재와 교호하며 부정 극복되거나 생성 조화하는 양상을 보이게 마련이다. 그러므로 김동리의 문학을 전근대적이라고 쉽게 속단해서는 안 된다. 어쩌면 「까치 소리」에서 '저녁 까치' 운운하는 민속신앙은 전근대성에, 그리고 '까치 소리'에 내재된 살인 충동은 근대, 또는 탈근대성과도 연결될 수 있는 가능성을 갖고 있다.(여기에서 「까치 소리」가 심령과학의 세계를 잘 형상화했다는 이동하의 지적도 고려해볼 만하다.) 그의 유기체적 세계관은 전근대성과 탈근대성의 변증법적 교호작용 속에서 파악되어야 한다.[36] 그것은 곧 마르크시즘이라는 기계론적 세계관에 대한 대항 논리이자 극복의 논리였기 때문이다.

36 이러한 것은 『주역』을 통해서 잘 엿볼 수 있다. 그것은 학문과 주술로 발전되어 갔으며 학문 세계에는 유교와 도교가, 그리고 주술 세계에서 이론 주술 쪽은 六爻·六十四卦 등의 주술 이론, 실천 주술 쪽은 점·굿 등의 샤먼 행위가 공존한다. 그것은 곧 주술적 세계관과 과학적 세계관의 공존이며, 이들의 변증법적 교호작용으로 유기체적 세계관은 형성된다.

김동리 해방기 소설의 현실인식 변화

1. 들어가는 말

김동리의 소설 가운데 해방기 작품들은 이제까지 제대로 조명받지 못했다. 물론 이 시기의 작품 중 「달」, 「역마」, 「혈거부족」, 「형제」(「광풍 속에서」) 등 몇 작품은 그런대로 논의된 실정이나, 작가의 자전적 삶을 통해 형상화한 「윤회설」, 「지연기(紙鳶記)」, 「해방」 등은 상대적으로 논의에서 소홀히 취급되기 일쑤였다. 특히 원작 「지연기」나 「급류」는 거의 논의되지 못한 형국이다.

그러나 온전한 작가론을 위해서, 그리고 이 시기 작가의 현실인식을 제대로 파악하기 위해서 이 작품들에 대한 논의는 필수적이다. 작가 의식은 시대 사회의 흐름에 따라 변화하는 것으로, 고정적 실체가 아니라 동태적 존재이다. 또한, 같은 제목의 작품이라 하더라도 개작이 되었다면 각각의 텍스트로 볼 필요가 있다. 「지연기」의 경우, 원작(1946)과 개작(1949)은 상당한 차이가 존재한다. 기존

대부분 연구는 후자를 대상으로 하였다.[1] 원작 텍스트는 뒤로한 채 선집·전집에 실린 개작 텍스트를 중심으로 논의함으로써 두 텍스트 사이에 게재된 변화상을 간과하고 말았다.[2] 그것은 1946년의 김동리를 보는 것이 아니라 1949년의 김동리를 보는 것과 다를 바 없다. 그리고 「급류」는 중요한 작품임에도 불구하고 텍스트가 제대로 확보되지 못해 거의 논의되지 못하였다.[3] 이 작품은 미완이기에 작품론으로 다루기는 곤란하지만, 작가 연구에서는 중요한 자료로 판단된다.

우리는 해방 공간이라는 말을 사용하는데, 그것은 해방부터 남북한 정부 수립까지 3년의 세월을 무시간적 개념으로 보고자 하는 의도에서 비롯된다. 그러나 이 시기는 그 어느 때보다 격변기라 할 수 있다. 이제까지 몇몇 논의에서 해방기 김동리 문학이 갖는 정치성이 논의되었다.[4] 그런데 그것은 고정된 실체처럼 논의됨에 따라

1 초기 연구자 가운데 이동하, 박종홍, 김윤식, 김정숙, 조회경 등이 「지연기」를 다루었으나, 모두 개작본을 대상으로 연구하였다. 2000년대 연구자들 가운데 이진우, 홍기돈, 방민화, 신정숙의 경우 박사 학위 논문에서 「지연기」를 다루지 않았으며, 허련화는 원작 「지연기」를, 서재원·강경화는 개작본 「지연기」를 다루었다. 이동하, 『현대소설의 정신사적 연구』, 일지사, 1989; 박종홍, 「김동리 소설 연구－해방기 작품을 대상으로」, 『국어국문학』 115, 국어국문학회, 1995.12; 김윤식, 『해방 공간 문단의 내면 풍경』, 민음사, 1996; 김정숙, 『김동리의 삶과 문학』, 집문당, 1996; 조회경, 『김동리 소설 연구』, 국학자료원, 1999; 서재원, 「김동리 소설의 서술구조 연구－해방기를 중심으로」, 『어문논집』 42, 민족어문학회, 2000; 이진우, 『김동리 소설 연구』, 푸른사상, 2002; 홍기돈, 「김동리 연구」, 중앙대 박사논문, 2004.2; 방민화, 『김동리 소설 연구』, 보고사, 2005; 허련화, 「김동리 소설의 현실참여적 성격」, 서울대 박사논문, 2007.8; 신정숙, 「김동리 소설의 문학적 상상력 연구」, 연세대 박사논문, 2012.2.

2 기존 연구 가운데 유일하게 원작과 개작 「지연기」를 함께 다룬 논의가 있다. 그러나 이 논의 역시 「지연기」의 개작이 갖는 이데올로기의 문제에는 소홀하였다. 조남현, 「김동리의 당대소설의 계열」, 『김동리 문학의 원점과 변주』, 계간문예, 2006.

3 이제까지 이 작품에 대한 본격적인 논의는 없었다. 작품에 대한 개괄적 소개가 전부였다. 김주현, 「떨림과 여운－김동리의 〈발굴 소설〉론」, 『김동리 문학의 원점과 변주』, 계간문예, 2006.

4 해방기 김동리 문학의 정치성에 대해서는 다음 논문을 참조할 만하다. 신형기, 「순수의 정체」, 『해방기 소설 연구』, 태학사, 1992; 강경화, 「해방기 김동리 문학에 나타난 정치

김동리의 인식 변화나 시대 현실에 대한 고뇌를 제대로 포착하지 못한 측면이 있다. 김동리는 그 시기를 '급류', 또는 '격류'로 표현하였는데, 대내외적으로 급격한 변화를 겪으면서 그의 의식도 변화한다. 현실인식의 문제를 검토하려는 것은 그러한 변화상을 제대로 파악하고자 하는 의도에서이다. 그를 우익, 또는 보수주의자로 규정하기 이전에 그가 어떠한 변화를 거쳤는지를 검토하는 것이 필요하다. 여기에서는 「윤회설」(1946), 「지연기」(1946), 「급류」(1949」, 「해방」(1949~1950) 등을 중심으로 논의할 것이다. 이 작품들은 자전적 성향이 강하며, 아울러 당대 현실에 대한 작가의 첨예한 의식을 드러내고 있다. 이 작품들을 통해서 해방기 김동리의 현실인식을 살펴보기로 한다.

2. 좌익에 대한 객관화와 거리두기 - 「윤회설」

해방기는 무엇보다 좌우익의 대립과 분열로 인한 극심한 혼란기였다. 연구자들은 별다른 의심 없이 김동리를 철저한 우익 보수주의자로 규정하곤 하는데, 해방기 김동리의 작품들을 시기별로 살펴봄으로써 그를 객관적으로 이해할 필요가 있다. 해방기에 가장 먼저 발표된 작품은 「윤회설」이다. 이 작품이 작품집에 실리지 않은 것은 조금 의외이다. 이 작품은 좌익에 대한 김동리의 인식을 잘 보여준다. 물론 해방 이전에도 좌익의 모습을 그린 작품이 있다. 그것이 바로 「생식」이다. 「윤회설」을 논의하기 위해서는 「생식」에 대

성 연구」, 『현대소설연구』 18, 현대소설학회, 2003.6.

한 이해가 필요하다.

> 치안위반으로 그가 이 년 동안 징역을 살고 출옥하야 오든 날 저녁 내가 정거장에 나갓슬 때 그는 전에 없든 건강과 행복에 빛나며 나의 손을 힘껏 잡고 흔들엇다.[5]

> 그가 징역을 살고 나온 뒤에도 그에 대한 나의 우정은 변치 않엇다. 동리 사람들이 나까지 욕을 하는 한이 잇드라도 나는 그의 청염하고 순박한 얼굴을 미워할 수 없다. 그가 정곡에 아근자근치 않고 언어동작에 세련된 례의범절이 없는 것은 나도 잘 안다. 그러나 그는 야성적 정열이 넘치는 어데까지 철저한 호인이 않인가?(「생식」, 141면)

> 그는 여나무 개나 무를 한참에 먹고 이어 찬물 한 그릇을 들이키고 나더니 인제는 만날 하는 경제학 강의를 시작하였다.
>
> 원시공산제 시대라는 둥 물물교환시대라는 둥 물질 사유 관념과 봉건제도라는 둥 생산과잉과 자본주의 경제조직이라는 둥 그밖에 농노제도, 무산계급, 중산계급, 지배계급, 피지배계급, 중앙집권, 기계문명, 또 대립, 투쟁, 결함 등등 밤낮 귀에 못이 박힌 그 장단이다.(「생식」, 142면)

「생식」은 "사회주의자를 주인공으로 삼았다 해서 후반부가 잘리어 나갔던 것"[6]이다. 비록 전체를 확인할 수 없지만, 해방 전 김동리가 사회주의자를 등장시킨 유일한 소설이다.[7] 그런데 이 작품에서

5 김시종, 「생식」, 『중앙』, 1935.7, 139면. 이하 이 작품은 괄호 속에 「생식」, 면수만 기입.
6 김동리, 『생각이 흐르는 강물』, 갑인출판사, 1985, 220면.

김동리가 사회주의자에 대해 상당히 동정적인 시선을 보내고 있다는 점이 특징적이다. 그것은 사회주의 3인조의 영향으로 보인다.[8] 그는 사회주의를 경제학의 관점에서 바라보았다. 그런데 해방 직후 「윤회설」에 사회주의자가 다시 등장한다.

> 그 성란이 차츰차츰 남편(윤군)의 이론에 설복이 되어, 이제 와서는 종우의 태도에 반감을 가질 뿐 아니라 어쩌다 한번씩 친정이라고 올 적마다 종우에게 도로 선전을 하려 들곤 하였다. 물론 종우로 말해도 성란이 제 남편의 사상 노선에 끝까지 항거를 하라든가, 자기와 함께 공동전선을 펴자든가 하는 것도 아니었다.
>
> 그보다는 오히려 저희 내외끼리 보조를 맞추어 가는 것을 다행으로 생각하는 편이기도 하였다. 다만 사람들의 마음이란 것이 어쩌면 그렇게 남의 선동이나 주장에 쉽사리 변하고 움직여지는가 하는 것이 못 견디게 안타깝고 쓸쓸할 뿐이었다.[9]

7 김동리는 프로문학의 관점에서 「산화」, 「바위」, 「생식」, 「어머니」 등을 언급하고 있다. 그는 「산화」는 "프로문학쪽으로 너무 휩쓸려 들어가 있"는 작품으로, 「생식」, 「어머니」는 "그만한 성과도 거둘" 수 없었던 작품으로, 「바위」는 "프로문학을 지양할려는 나의 문학적 목표랄까 자세에서 씌어"진 작품으로 설명했다. 김동리, 「나의 비망첩」, 『세대』, 1968.8, 359~360면.

8 이 작품에서 사회주의자 '그'는 '삼인조'에서 형상화해 온 것으로 보인다. "삼인조라는 것은 김중근(金重根), 이영활(李英活), 김홍준(金弘準)이라는 세 사람의 사회주의 동맹자들을 가리키는 말이었다. 위의 김·이 양씨는 본래 초등학교 교사로 있다가 독서회 사건(讀書會事件)(마르크스주의 서적의)으로 징역을 살고 쫓겨난 사람들이요, 끝의 김홍준은 나의 큰 누님의 남편으로, 처음은 내 백씨의 영향을 받아 민족주의 쪽이던 것이, 같은 독서회 사건인가로 구류를 살고 나온 뒤, 위의 둘과 어울려 삼인조의 일원이 되었고, 중형의 가게 뒷방이 저들의 '아지트'로 이용된 것도 이 매형의 공로였던 것이다." 김동리, 『밥과 사랑과 그리고 영원』, 사사연, 1985, 97면.

9 김동리, 「윤회설」, 『김동리전집(2)－역마·밀다원 시대』, 민음사, 1995, 14면. 이 작품은 『서울신문』(1946.6.6~26)에 발표되었다. 『김동리전집(2)－역마·밀다원 시대』에서는 최초 발표본을 현대 표기체로 옮겨 전집에 수록하였기에 여기에서는 그것을 인용하기로 한다. 이후 이 작품의 인용은 인용 구절 뒤에 책의 면수만 기입함.

「아니에요……같이 동맹엘 들렀었죠」

순간 혜련의 두 눈에는 또 아까 거리에서 보던 그 슬픈 그림자가 어리었다.

「그럼 역시 정치 공불 했겠고………」

「정치 공부보단……사회 과학 강좌를 들은 셈이죠」(「윤회설」, 20~21면)

「윤회설」은 「두꺼비」의 후속편이다. 작가는 「두꺼비」에 등장했던 여동생 혜련이를 이 작품에 다시 등장시켰는데, 그녀가 남편 윤군과 더불어 사회주의, 즉 좌익 노선을 걷게 된 데 대한 서운함을 드러냈다. 윤군은 작가의 매형이었던 김홍준을 통해 형상화한 게 아닌가 한다. 이 작품에서 작가는 "남의 선동이나 주장에 쉽사리 변하고 움직여지는가 하는 것이 못 견디게 안타깝고 쓸쓸"하다고 하여 사회주의자들 가운데 부화뇌동자가 많은 것으로 인식했다. 그리고 사회주의를 이전의 '경제'학적 관점에서 이해하고 있는 것이 아니라 '정치'적 관점에서 파악하고 있다. 그것은 김동리가 해방 이후 좌우익이 본격적으로 갈리면서 사회주의를 정치 현실의 관점에서 바라보았기 때문이다.

우리가 진보적이니 퇴보적이니 민족주의니 공산주의니 하는 그런 문구를 가지고 다툴 필요가 어디 있단 말유? 오늘날 이 땅의 민족주의자들이 과연 공산당측에서 비방하는 것처럼 자본주의와 결탁하고 있다면 그것은 개혁시켜야 할 것이고 또 공산당이 민족진영에서 비난하는 것처럼 소련식 제국주의 전위가 된다면 이것은 용인할 수 없을 것이오(「윤회설」, 23면)

우리는 저 자본주의의 경제적 계급적 죄악과 모순을 제거하는 동시에 공산주의의 기계적 공식론도 버려야 된단 말유. 즉 우리는 경제적으로 계급적으로 해방이 되는 동시 인간성의 자유와 정신적 존엄 이것도 확보해야 한다는 것뿐이지(「윤회설」, 23면)

작가는 마르크스 사상이 물질주의로 '인간성의 자유'와 '정신적 존엄'을 부인 또는 저주한다고 규정하고 있다. 이는 사회주의를 피상적으로 이해한 결과이다. 아울러 그는 민족주의자들의 자본주의적 결탁에 대한 개혁과 공산주의자들의 소련식 제국주의적 전위에 대한 반대를 분명히 했다. 곧 자본주의가 지닌 경제적 계급적 모순을 극복하고 공산주의가 지닌 기계적 공식론도 버려야 한다는 것이다. 그래서 인간성의 자유와 정신적 존엄을 확보해야 한다는 논지인데, 그것은 제3휴머니즘론과 결부된다. 김동리는 자본주의와 공산주의의 문제점을 동시에 인정했으며, 그것의 극복을 통한 제3의 노선을 선언했다. 좌익에 대해서 비록 부정적인 태도를 견지했지만, 좌우의 변증법적 지양을 통한 제3세계관을 제시한 것이다.[10]

소위 맑스주의의 형이상학적 체계를 담당한 것이 저 유물사관이라는 게지만 유물사관의 물질이란 유심철학의 소위 정신이란 거나 마찬가지로 한개 완고한 관념인데 이것으로써 인간 생활의 진보를 규정하려 한 것이 근본적 오류겠지……(「윤회설」, 23면)

즉 인간성의 자유, 개성의 자유, 이것이 현대인의 신이요 영혼이란

---

10 김동리, 「순수문학과 제3세계관」, 『대조』, 대조사, 1947.4, 14~24면. 이 글에서 그는 "자본주의적 기구의 결함과 유물사관적 세계관의 획일주의적 공식성을 함께 지양하야 새로운 보다 더 고차원적 제3세계관을 지향하는 것이 현대 문학정신의 세계사적 본령"(24면)이라 주장했다. 원문의 한문은 한글로 표기함.

> 것을 알아야 할 거유. 이십 세기 인류에게 만약 개성의 말살과 기계적 획일을 강요한다면 거기는 타락과 암흑 …(중략)… 이와 같은 구비한 생활조건이 총화에서 경제균등의 사회를 실현시키는 동시에 인간성의 자유와 정신적 존엄성을 확보하려는 것이며 이러한 진정한 세계사적 과제를 바로 포착하는 것이 가장 진보적이요 과학적인 세계관이 아닐까」(「윤회설」, 24면)

작가는 좌익의 사회주의에 대한 인식의 불철저성을 문제 삼고 있다. 그는 "조선서야 인텔리를 자처하는 친구들이라 해도 모두 어느 대학에서 주워 모은 노트나 팸플릿 범위"(25면)에 불과하며, 윤군만 하더라도 "자타가 공인하는 지식인이지만 그 사람들한테 팸플릿 범위 이상의 무슨 창조적 주견이 한마디나 있던가?"라고 반문했다. 여기에서 그가 물질을 관념으로 인식하고 사회주의를 비판한 것은 나름 한계를 지녔다. 그는 "우리가 진보적이니 퇴보적이니 민족주의니 공산주의니 하는 그런 문구 가지고 다툴 필요"(23면)가 없다고 했다. 오직 중요한 것은 경제균등과 인간성의 자유를 확보하는 것이라고 말했다. 그것은 해방 직후 김동리가 지녔던 이상적 현실관이었다. 이러한 관념 속에서 '제3휴머니즘'이 탄생한 것이다. 그는 공산주의와 자본주의의 문제점을 인식하고, 또한 공산주의자들에 대해 무조건 부정하는 것이 아니라 객관화를 통한 거리두기를 시도하고 있다. 그것은 민족주의자이면서 비공산주의적인 모습을 보인 것이다. 해방 직후만 하더라도 김동리를 반좌익, 반공주의의 투사로 인식하는 것은 옳지 못하다.

3. 좌익에 대한 비윤리화 시도－「지연기」 개작의 의미

해방기 김동리의 두 번째 작품은 「지연기」이다. 그런데 이 작품은 두 개의 텍스트가 존재한다. 그 하나는 1946년에 발표된 원작 텍스트요, 다른 하나는 1949년에 나온 개작 텍스트이다. 김동리는 개작 「지연기」가 실린 『황토기』 「후기」에서 "그때그때의 나의 최상의 진실을 최선으로 표현하는 길밖게 더 나은 문학이란 것을 갖지 않았다"[11]고 고백했다. 「지연기」로 볼 때, 그때그때란 곧 1946년과 1948년경의 상황이 아니겠는가. 이 두 텍스트 사이에는 적어도 1년, 많게는 2년여의 시간 간극이 존재하며, 그 사이 텍스트의 상당부분이 개작되었다.[12] 전자가 해방 직후 김동리의 모습을 담은 것이라면, 후자는 건국 이후 김동리의 사유를 담은 텍스트라 할 만하다. 원작과 개작 사이에는 상당한 현실 인식의 차이가 노정된다.[13]

> 남수는 지금까지 한 사람의 교육자란 견지에서 쌍방에 다 냉정한 비판적 태도를 취하여 진실한 사람에 대해서는 좌익이던 우익이던 한가지로 경의를 표해왔던 것이다. 일시적 감정과 개인적 불평등으

11 김동리, 「후기」, 『황토기』, 수선사, 1949, 216면.

12 『황토기』(수선사, 1949)에서는 「지연기」의 끝에 "丙戌 十一月"이라 하여 창작 시기를 1946년 11월로 밝혔고, 또한 「후기」(『황토기』, 수선사, 1949)에는 "丁亥 晩秋", 즉 1947년 늦가을로 밝혀놓았다. 그러나 수선사가 1947년 10월 1일 등록(제494호)되었고, 이 책이 1949년 1월 20일에 발간된 것으로 보아 「지연기」는 발간 직전까지 교정이 이뤄졌을 것으로 판단된다.

13 조남현은 「김동리의 당대소설의 계열」에서 원작 「지연기」를 1970년대 나온 「지연기」(『밀다원 시대』, 삼중당, 1976)와 비교하였다. 「지연기」는 1949년(『황토기』, 수선사, 1949)에 상당 부분 개작되었으며, 그리고 1959년(『황토기』, 인간사, 1959)에도 일부 수정이 이뤄졌다. 그런데 "1970년대 오면 작가 김동리 자신이 이러한 양시론이나 양비론을 허용하기 어려웠을 것"(조남현, 「김동리의 당대소설의 계열」, 201면)이라고 간주하는 것은 잘못이다. 그러한 모습은 1949년 수선사 개작본에 이미 제시되었기 때문이다.

> 로 좌우익을 빙자하고 이용하는 가짜 좌우익들에 대한 증오와 경멸은 또한 각별나게 준렬한 편이었다. 사람이 제 자신에 양심을 가지고 민족에 충실하다면 이미 참된 좌익에 통하고 우익에도 통하는 것이지 밋바닥이 빤히 드려다 보이는 공식화한 이론이나 편싸움 같은 감정에만 붙들리는 것으로 좌우익을 일삼는 대서는 도리어 진실한 좌우익을 매장하는 결과밖에 남지 않으리라 그는 생각하는 것이었다(『동아일보』, 1946.12.7)

이 부분은 원작에 있었지만 개작에서 삭제되었다. 왜 하필 이 부분이 개작에서 빠졌을까? 이 부분은 「윤회설」과 연결되어 있다. 남수는 좌우익 양방에 대해 냉정하고 비판적 태도를 취해왔다고 했다. 「윤회설」에서 비록 작가는 친우익적인 입장을 견지했지만, 좌우익에 대해 객관적으로 평가하려던 모습을 볼 수 있었다. 그리고 「지연기」에서 작가는 좌익이든 우익이든 상관하지 않고, 오히려 가짜 좌우익에 대한 증오와 경멸이 컸다고 했다. 그는 "양심을 가지고 민족에 충실하다면 이미 참된 좌익에 통하고 우익에도 통하는 것"이며, "공식화한 이론이나 편싸움 같은 감정에만 붙들리는 것으로 좌우익을 일삼는 대서는 도리어 진실한 좌우익을 매장하는 결과밖에 남지 않으리라"고 판단했다. 김동리는 당시만 해도 좌우익의 이념보다 민족을 중시하는 민족주의자였다. 그는 민족주의적 입장에서 좌익에 대해서도 어느 정도 객관적 시선을 유지했던 것이다.[14] 그러한 결과 김동리는 「순수문학과 제3세계관」(1947.4)에

14 허련화는 "작가가 우익은 좋고 좌익은 나쁘다는 공식을 얼마나 집착하고 있는지 알 수 있다"(44면)라고 말했다. 그것은 원작을 대상으로 한 연구에서는 잘못이다. 개작에서 그러한 결과가 왔지, 원작에서는 좌우익을 가능하면 객관적으로 바라보려고 한 작가의 노력을 엿볼 수 있다. 그러나 개작에서는 우익 편향으로 치우친다. 허련화는 1946년

서 좌도 우도 아닌 제3세계관을 천명하였다.[15] 물론 그는 정서적으로 좌익보다 우익에 더 가까웠던 것은 주지의 사실이다. 그러나 개작에서는 작가적 태도나 입장이 많이 변화한다.

> 본래 단순한 것이 아이들이요 또 동맹휴학이란 것이 유행처럼 되어 있던 그지음이라 그들의 김씨 복직운동이란 것은 그들을 지지하는 그들과는 특수한 관계에 있던 일부 학생들과 투쟁학생총련맹이란 학생정치단체에 가입되어 있던 일부 학생들과 합류하야 …(중략)… 재래의 교원 전부가 그라면 모르지만 지금껏 윗자리에 있던 김,장,윤, 하는 사람들은 모다 제외가 되고, 먼저 비품사건 때에 연대책임 지기를 거절한 지금까지 상석 교원들의 지휘에 움즉이고 잇다시피 하던 아랫자리 교원들만이 이에 해당한다는 것을 …(중략)… 교내에서야 비품을 팔아먹던 일허버리던 학생들을 끄을고 밤낫 무슨 정치단체의 데모에나 따라다니던 「콜론타이」를 읽히고 있던 사회나 문교당국에서는 일체 간섭을 하지 말어달라(『동아일보』, 1946.12.6~7)

> 처음엔 교원들의 수효로 보아 십팔대 오라 그들의 세력은 미미하였고 게략도 잘 진척되지 않고 있었으나 본래 단순한 것이 아이들이요 또 동맹휴학이란 것이 일종 유행병처럼 학원을 휩쓸고 있을 때라 이 바람을 교묘하게 이용한 그들의 김씨 복직 운동이란 것은 그들이 슬그머니 좌익행세를 하면서부터 학생과 선생들 사이에 부쩍 그 세력을 늘이게 되어, 본래부터 그들 다섯 사람들과는 특수한 관계에 있

원작을 대상으로 연구하였지만 원작과 개작의 상당한 차이를 간과했고, 그리하여 개작을 대상으로 한 연구와 별 차이가 없는 한계를 지니고 있다.

15 해방기 김동리의 비평에 관해서는 박종홍, 「해방기 김동리의 문학비평연구」(『어문학』 58, 한국어문학회, 1996.2)를 참조.

> 던 일부 학생들과 투쟁학생총련맹이란 학생 정치단체에 가입되어 있던 일부 학생들과의 사이에 합류가 성립되어 …(중략)… 재래의 교원 전부가 그렇다면 또 모르지만 지금껏 윗자리에 「황민교육」을 지도하고 있던 김,장,윤, 하는 사람들은 모도 제외가 되고, 먼저 비품, 사건 때에 연대책임 지기를 거절한 아랫자리 직원들의 대부분이 이에 해당한다는 것을 …(중략)… 교내에서야 비품을 팔아먹던 잃어버리던, 선생들이야 아이들에게 밤낮 소연방주의 선전을 하든 「콜론타이」를 읽히던 사회나 문교당국에서는 일체 간섭을 하지 말아달라[16]

위의 내용은 원작과 개작의 차이를 여실히 보여주는 대목이다. 친일을 강요했던 김정칙(개작에서는 김정운) 무리에 대한 서술자의 태도는 두 텍스트에서 차이가 난다. 김 선생의 복직 운동과 관련해서 장, 윤 선생은 좌익을 끌어들인다. 그런데 그들의 방법에 대한 서술은 이전과는 상당히 다르다. 우선 "처음엔 교원들의 수효로 보아 십팔대 오라 그들의 세력은 미미하였고, 계략도 잘 진척되지 않고 있었으나"라는 부분이 개작에 추가되었다. 조직이 미미하였으나 "바람을 교묘하게 이용"하여 세력화에 나섰다는 것이다. 좌익의 정치세력화의 모습을 '교묘'하다고 부정적으로 서술하고 있다. 아울러 "슬그머니 좌익행세를 하면서부터 학생과 선생들 사이에 부쩍 그 세력을 늘리게 되"었다고 했다. 동맹휴학에 좌익이 은밀한 전술을 사용했다는 것을 강조하여 드러내고 있다.[17] 좌익 무리를

16 김동리, 「지연기」, 『황토기』, 수선사, 1949, 166~167면. 인용문에서 밑줄 강조는 인용자가 함.

17 이동하는 원작 「지연기」(1946 : 원문에는 1947년으로 오기)를 대상으로 논의한다고 하면서 실제 내용에서는 1976년 삼중당문고를 텍스트로 삼고 있다. 그것은 1949년 개작본, 더 정확히 말하자면 1959년 개작본과 같은 판본을 토대로 논의한 것이다. 그래서 원작과 개작의 차이를 간과하였다. 이동하, 「김동리의 소설에 대한 한 고찰-해방 공간

불순한 세력으로 규정하였는데, 김동리의 반좌익 정신이 보다 투철해진 까닭이다.

또한 "지금껏 윗자리에 있던"이 "지금껏 윗자리에 〈황민교육〉을 지도하고 있던"으로 바뀐다. 그리고 "〈황민교육〉을 지도하고 있던"이 1959년 판에는 다시 "〈황민교육〉을 강요하고 있던"(156면)으로 바뀐다. 김, 장, 윤의 친일 행적을 강조함으로써 그들이 과거 부정적 인물들이었음을 드러내는 것이다. 그러면서 원작의 "상석 교원들의 지휘에 움즉이고 잇다시피 하던"을 제거했다. 자신을 포함한 하급 직원들의 수동성을 제거한 것이다. 그리고 "학생들을 끄을고 밤낫 무슨 정치단체의 데모에나 따라다니던"을 "아이들에게 밤낮 소연방주의 선전을 하든"으로 바꾸었다. 김동리는 사회주의의 부정성을 노골화하고, 좌익의 정치화를 비난한 것이다. 그러한 것은 다음 대목에서도 드러난다.

> 저런 사람들이 좌익도 하고 우익도 하는 때문에 오늘날의 정계가 이렇케 어즈러운 것이라고도 남수는 생각하였다. 떳떳한 좌우익이라면 아는 사람 사이에 왜 인사를 못하고 지낸단 말인가. 더군다나 그들 사이에 좌우익이란 우스운 소리다. 『팔일오』 직전까지 교무주임대리로 있었던 그는 그지음 말석교원으로 있던 남수를 불러서는 좀더 『황민교육』에 적극적 태도를 가져달라고 몇 차례나 설교를 베풀고는 하던 그와 남수의 사이가 아니었던가(『동아일보』, 1946.12.5)

> 저런 사람들이 좌익도 하고 우익도 하기 때문에 오늘날의 정계가

의 작품을 대상으로」, 『김동리』(이재선 편, 서강대출판부, 1995, 170~188면.

> 이렇게 어지러운 것일 게라고도 정후는 혼자 속으로 생각하였다. 떳떳한 좌우익이라면 아는 사람 사이에 왜 인사를 못하고 지낸단 말인가. 더군다나 그들 사이에 좌우익이란 우스운 소리다. 어째서 제국주의만이 좌익이 되고 사회주의는 또 우익이 되어 한단 말인가. 「팔일오」 직전까지 교무주임 대리로 있었던 그는 그지음 말석교원으로 있던 정후를 불러서는 좀 더 「황민교육」에 적극적 태도를 가져달라고 몇 차례나 설교를 베풀곤 하던 그와 정후와의 사이가 아니던가(『황토기』, 163면)

원작에서 서술자는 비도덕적이고 비양심적인 인물들이 좌우익을 하니까 정계가 어지럽다고 했다. 그것은 좌와 우를 모두 비판한 것으로 1946년 당시 김동리의 현실인식을 잘 보여준다. 그런데 개작본에서는 “어째서 제국주의만이 좌익이 되고 사회주의는 또 우익이 되어 한단 말인가”(1949년)가 추가된다. 그것은 다시 “어째서 제국주의만이 좌익이 되고 민주주의는 또 우익이 되어야 한단 말인가”(1959년)로 바뀐다. ‘사회주의’(1949년)의 오류를 깨닫고 ‘민주주의’(1959년)로 고친 것이다. 그런데 제국주의만이 좌익이 되고, 민주주의가 우익이 된다는 것은 ‘저런 (부정적인) 사람들이 좌익도 하고 우익도 한다’는 것과 배치되는 논리이다. 여기에는 친일 제국주의자들이 좌익이 되었다는 것으로 좌익의 부도덕성을 덧씌운 것이다. 한편으로 민주주의＝우익이라는 공식을 통해 우익에 대한 도덕적 정당화를 꾀하고 있다. 김, 장, 윤 등의 친일파는 좌익 행세를 하면서 그들의 기회주의적이고 비양심적인 활동은 척결의 대상으로 자리매김 된다.

그러므로 나는 여러분이 친일파와 민족반역자를 배척하는 데는 나도 찬성이며, 이것을 관철코저 한다.(『동아일보』, 1946.12.7)

그러므로 나는 여러분들이 친일파와 민족반역자를 배척하는 데 찬성하며 이것을 관철하도록 히망한다.(『황토기』, 168면)

남수는 "참된 민주주의와 건실한 사회주의를 갈망하는 점에 있어 나는 여러분들의 자유를 구속하려 하지 않는다"라고 했다. 그것은 작가의 생각이나 다름없다. 그런데 친일파와 민족 반역자의 처리에 대한 태도는 원작과 개작이 조금 다르다. 원작에서 '나' 역시 친일파와 민족반역자의 배척을 '관철'코자 한다고 말했다. 그러나 개작본에서는 '여러분들이 관철하길 희망한다'로 바뀌었다. 즉 친일 척결에 적극적 가담 내지 실천에서 소극적 관조 내지 희망으로 바뀐 것이다. 그러므로 원작이 "친일 청산에 엄격하지 않았던 우익의 견해"[18]를 담고 있다는 것은 잘못이며, 개작본이 그러한 견해에 충실하다는 것을 파악할 수 있다. 친일파 및 민족반역자에 대한 척결 의지가 개작본에서 상당히 퇴색된 모습을 읽을 수 있다.

「미병을 동원시켜서 거리에서 강제로 이러지 말고 가정으로 배급을 내보내면 좋 텐데 이건 도모지 까닭을 모르겟서」

남수도 이렇게 불평을 느러노앗다.

「그놈들이 그걸 모르나요 그저 어쩌던지 조선 사람을 개돼지 취급을 하려는 게지」

18 허련화, 앞의 논문, 44면.

「글세 그 사람들이 우리한테 그러케 원수질 일도 없을 터인데 도무지……」(『동아일보』, 1946.12.4)

그 소련병들이 민족적 우월감은 없어도 부녀자 강간이 너무 심하다더군(『동아일보』, 1946.12.5)

남수는 미군들의 행태에 대해서도 '불평'을 드러냈다.[19] 그러나 이 부분은 개작 과정에서 빠지고 만다. 그리고 미군들이 조선 민족을 개돼지 취급한다는 김 선생의 말에 그는 "글세 그 사람들이 우리한테 그러케 원수질 일도 없을 터인데 도무지……"라며 맞장구친다. 이 역시 개작과정에서 삭제된다. 그것은 미군에 대한 부정적인 평가나 서술들을 가능한 삭제했다는 말이다. 한편, 우익에 대한 좌익들의 공격이 이어지자 남수는 '소련병들은 부녀자 강간을 일삼는다'고 응수했다. 반소적 태도를 여지없이 드러낸 것이다. 그러한 것은 「혈거부족」에 이르면 더욱 분명해진다.

그 원숫놈에 병뎡들과 도죽놈덜한테 부뜰레가 그 욕을 안 당했으믄 앞으로 곧 독립 되갔다구 하는데 저두 와 대동강물에 빠제 죽구 말았갔나?[20]

「혈거부족」에서 황 생원의 아내는 '그 원숫놈의 병뎡'에 의해 겁

19 조회경은 "「지연기」에는 좌익의 부정적 인간성과 함께 해방군 미국에 대한 적대감이 노골적으로 드러나고 있다"(앞의 책, 122면)라고 주장했는데, 이는 지나친 것으로 보인다. 불평과 불만을 드러낸 것은 사실이지만, '적대감'이라고 규정하는 것은 지나치다. 오히려 소련군에 대한 적대감을 노골적으로 드러내었다고 할 만하다.
20 김동리, 「혈거부족」, 『백민』, 1947.3, 40면.

탈을 당하자 대동강에 투신자살을 했다는 것이다. 사실 '원숫놈의 병뎡'은 그 내용만으로는 누구를 가리키는지 잘 알 수 없으나, 「지연기」를 통해 그 의미가 제대로 드러난다. 그것은 소련병들의 '부녀자 강간'과 연결되는 것이다. 그러므로 황 생원의 아내가 소련군들과 도둑놈들에게 겁탈당했다는 것이다. 여기에서 '도죽놈'은 「혈거부족」에서 순녀를 겁탈하려다가 실패한 윤 서방과 같은 '사회주의자'를 일컫는다. 작가는 소련군과 사회주의자 모두 부정적으로 서술했는데, 그것은 김동리의 우경화 모습을 잘 보여준다.

> 아, 천원이래두 누구 돈을 먼저 받아야 될는지 모를 것이다고 아주 빽이고 나더니 그렇지만 우리 무산자끼리 서로 동정하지 않으면 어느 놈이 해주겠냐고, 너이 사정도 딱하고 하니 칠백환만 내라고 그러겠죠(「혈거부족」, 48면)

> 실패요? 그까짓 사회적으로야 실패든 말든 몇 갑절 더 실속만 채웠으면 그만이지 뭐, 게다가 그이는 이즘 좌익이 되어서 아무리 실수를 해도 사회에서 죄다 변명을 해줄 테니까(「지연기」, 『황토기』, 172면)

「혈거부족」에서 사회주의자 윤 서방은 자신의 굴을 700환에 판다. 비윤리적인 그가 '무산자끼리'라는 명분을 내세워 자신의 잇속을 추구하는 모습을 보여준다. 그러한 모습은 「지연기」 개작에도 나타난다. 김 선생이 주재하던 '해방육영회'가 해산이 되었지만, 오히려 그는 실속을 채웠다는 것이다. 원작의 "우리네 사업 그런 게 만죠", 즉 그렇게 해산되는 게 많다는 표현이 변화된 것이다. 해방육영회가 해산되었을지언정 김 선생은 몇 갑절 이득을 챙겼다는 것이다. 그것은 자신의 굴을 700환에 판 윤 서방처럼 도둑놈의 행위와 다를 바 없다. 사회주의자를 비인간적인 모리간상배로 낙인을 찍어버린 것이다. 그리고 그럼에도 불구하고 '좌익이 되어서 아무리 실수를 해도 사회에서 죄다 변명'해준다고 언급했다. 작가는 무소불위한 좌익 천지를 비꼬고 있다.

전반적으로 개작에서 김동리는 좌익을 부정적으로 그리고 있고, 게다가 반소적 감정을 노골적으로 드러냈다. 그렇다면 이러한 개작이 갖는 의미는 무엇인가? 「지연기」의 개작은 2년 사이에 좌익 및 소련과 우익 및 미국에 대한 김동리의 의식이 적지 않게 변화했음을 드러내는 징표이다. 좌익 및 소련에 대한 부정과 우익 및 미국에 대한 상대적 긍정을 드러내고 있다. 그러한 양상이 더욱 노골적으로 드러난 작품이 『황토기』 발간 직후에 나온 「형제」(1949.3)이다. 이 작품은 작품 말미에 "己丑 正月", 즉 1949년 1월에 쓴 것으로 표기되어 있다. 1948년 10월 '여수 사건'을 배경으로 한 이 소설은 좌우의 극한적 대립과 갈등을 제시하고 있다.

> 인봉이의 두 아들 윤수 정수가 그 삼촌인 신봉이에 의하여 참살을 당한 사실을 누구보다도 유감으로 생각은 하면서도 그것을 말하려면 자연히 신봉이의 욕이 될 것 같으니까 몇 번이나 목구멍까지 올라왔던 인사의 말을 그대로 삼켜버리곤 하였다.[21]
>
> 「빨갱이는 씨도 남기지 말고 죽여얀당게」(「형제」, 79면)

> 지금 성수를 업고 다라나는 자기는 분명히 신봉이요, 자기 뒤를 쫓

21 김동리, 「형제」, 『백민』, 1949.3, 76면.

아 따라오는 박 생원과 대청 동지들이 흡사 자신인 것 같았다.(「형제」, 81면)

이 작품에서 형 인봉이는 우익인 '대동청년단'에, 아우 신봉이는 좌익인 농민조합에 가담하여 활동하는데, 10월 사건에서 "인봉이의 두 아들 윤수 정수가 그 삼촌인 신봉이에 의하여 참살"을 당하는 것으로 제시된다. 좌익의 극악무도한 행위를 전면화시킨 것이다. 좌익에게 당한 우익은 "빨갱이는 씨도 남기지 말고 죽여얀당게"라고 하며, 좌익 가족에게 보복하려 한다. 그러나 우익인 인봉이는 성수(신봉의 아들)를 살리고자 달아난다는 내용이다.[22] 좌익에게는 극악무도함이, 우익에는 이념을 넘어선 따뜻한 인정이 있음을 제시하였는데, 이를 통해 좌우의 대립과 갈등 속에서 김동리가 추구한 인간주의의 모습이 여실히 드러난다. 김동리는 정부 수립을 전후하여 좌우익에 대한 객관적 통찰을 포기하고, 우익과 미국을 긍정함으로써 극우주의를 지향하게 된다.

4. 극우의 주체적 내면화 – 「급류」에서 「해방」으로의 길

1948년 8월 15일 남쪽에서는 남한 정부가 수립되며, 9월 9일 북쪽에서는 북한 정부가 수립된다. 1948년 해방 3년을 맞아 두 정부가 수립됨으로써 분단은 현실화되었고, 다른 한편으로 남한 내 이

22 성수 역시 큰아버지 인봉이가 붙잡혀 갈 것을 두려워해 경찰서에 가지 말라고 말린다. 좌익 신봉의 아들이지만 아이에게는 이데올로기적 요소를 제거한 모습을 보여준다. 그러나 이 부분은 「광풍 속에서」(1959)에는 사라지고 다른 내용으로 대체된다.

념의 논란은 소강상태를 맞이하게 된다. 1947(丁亥)년 만추에 김동리는 "앞으로 나는 장편을 쓰려고 한다"라고 선언했다.[23] 김동리가 시도한 첫 장편은 「급류」였다.[24] 그는 그 작품에서 해방의 시작과 더불어 급변하는 당대 현실을 그리고 있다. 그럼에도 불구하고 이 작품은 아직 제대로 논의되지 못했다. 그것은 무엇보다 소재가 제대로 알려져 있지 않아 자료 구득이 어렵고, 또한 작품이 미완성이라는 사실도 한몫했을 것으로 보인다. 그러나 당대의 현실을 잘 보여준다는 점에서 충분히 다룰 만하다. 이후에 나온 「해방」은 해방 후 좌우익의 갈등과 혼란한 현실을 "격류"로 묘사했다. 김동리는 이처럼 1949년 두 개의 장편을 시도했던 것이다. 눈여겨볼 것은 이 작품들은 모두 정부 수립 이후 발표되었다는 사실이다. 좌우의 대립이나 갈등이 정부 수립으로 인해 다소간 진정된 이후이며, 김동리는 그러한 현실에서 지나온 세월을 조감하면서 소설을 전개하고 있다.

정구는 사천에서 한글 강습을 하다가 1945년 8월 15일 일황의 항복선언으로 해방을 맞고 서울에 올라온다. 이러한 정구의 모습에는 경남 사천에서 해방을 맞고, 그해 겨울 서울로 올라온 김동리의 자전적 삶의 모습이 여실히 들어 있다. 윤정구는 서울로 올라와 약국을 하는 김경수(좌익)와 대한청년단에서 일하는 장연규(우익)를 만난다. 이 작품의 서사는 정구와 보애, 미애라는 남녀 간 애정 축과 김경수와 장연규라는 좌우익의 현실 축이 함께 작동한다. 주인공인 정구는 작가를 대변하는 친우익적 인물로, 김경수와 장연규

23 김동리, 「후기」, 『황토기』, 수선사, 1949, 217면.
24 아쉽게도 「급류」는 『조선교육』(1949.4~7)에 4회 연재된 것이 전부이다. 이것을 다시 『혜성』(1950.2~5)에 3회 연재했지만 이 역시 잡지의 폐간으로 마무리되지 못했다.

로부터 좌우익의 현실을 듣는다.

> 어릴 적부터 "상해 가정부" "상해 가정부" 하고 귀에 익은 이름이요, 또 그동안 지극히 미약하고 소극적이긴 했으나 맘속에 배어온 민족의식에 의하여 지금껏 지지되어 온 이름이기도 하여 그 이름을 국내에 있던 일부의 혁명가들이 독단적으로 말살하고 멸시한다는 것이 은근히 불만이요, 또 불평이기도 했던 것이다. 동시에 이 불만과 불평은 곧 "인공"에 대한 불만이요, 불평이기도 했던 것이다.[25]

> "자네도 물론 알겔세마는 그 인민공화국이란 것이 순전히 상당의 모략으로 만들어진 걸세. 이승만 박사나, 김구 선생도 이름은 들어있지만 그 아래 중요한 조직은 전부 공산당과 공산당 계열이 잡고 있으니, 이승만 박사나, 김구 선생이 거기 들어간다고 하드라도 결국 한개 로보트에 지나지 않게 된단 말야."[26]

정구는 인공에서 상해정부를 말살하고 멸시하는 것에 대해 비판했다. 오히려 그는 "인공을 선전하던 그 사람들이 그 시기에 그 방법으로 만약 임정을 선전했다면 인민 대중의 좀 더 확실한 지지를 받을 수 있었을 것"(74면)이라고 얘기한다. 이 대목에서 해방 직후 임정에 우호적인 시선을 가진 민족주의자 김동리의 모습을 엿볼 수 있다. 그는 당시 외세에 대해 부정적이었으며, 인공에 대해서 점차 불만과 불평을 갖게 된다. 후자는 "무슨 "동맹"이니 "인민위원"이니 하는 계열의 정치적 노선 그 자체에 무엇인지 이루 다 설명할

25 김동리, 「급류」 2회, 『조선교육』, 1949.5, 73면
26 김동리, 「급류」 4회, 『조선교육』, 1949.7, 79면.

수 없는 어떤 반감"으로 서술된다. 장연규는 인공의 주장이 한갓 모략에 지나지 않는다고 이야기한다. 그는 "한마디로 말하면 공산당 세력을 때려부시고 자주 독립으로 나아가자는 민족주의 청년단체"[27]인 대한청년회 회원이다. 대한청년회의 모습은 이미 「상철이」(1947.11)에 제시되었다. 상철이는 독립이 "빨갱이 때메 안" 된다는 「대한독촉청년회」 별동대에서 활동하였다.[28] 장연규도 그러한 우익 단체에서 인공을 부수기 위한 습격에 관여하기도 한다. 그는 심지어 "만약 인민공화국이 세력을 잡는다면 일 년 이내에 실권은 전적으로 공산당 손아귀에 다 들어가고 말 것이며, 만약 그렇게 된다면 삼 년 이내에 조선은 소련방 속에 편입되고 말 것"(「급류」 4회, 79면)이라고 강조한다. 그는 이러한 현실론에 입각해 극우 활동에 적극적으로 나선다. 그런데 정구는 그러한 활동에 대한 가치 평가는 하지 않는다. 그는 장연규의 현실론에 대해 관조적이다. 그래서 정구는 "공산당이 정권을 잡으면 일 년(내용상 '삼 년'의 오식인 듯 : 인용자 주) 이내에 소련 연방으로 편입되고 만다고 했지만, 가령 민족진영에서 잡으면 삼 년 이내에 미국의 식민지가 되어 버릴 우려는 없을가?"(「급류」 4회, 79면)하고 질문을 던진다.

> 우리의 현실이 무엇인지를 좀 깊이 생각해보게. 결국은 좌우익의 대립이요, 미소의 알륵일 뿐일세. 이것은 오늘날 조선의 현실이요, 동시에 세계의 현실일세. 우리 힘으로 세계의 현실을 바꾼다 역사의 방향을 돌린다…… 이런 것들도 물론 생각해볼 수 있네. 그러나 이 경우 우리는 세계의 일부분이요, 세계는 우리보다 너무나 크다는 것을 잊

27 김동리, 「급류」 4회, 『조선교육』, 1949.7, 78면.
28 김동리, 「상철이」, 『백민』, 1947.11, 81면.

어서는 안 되네. 우리는 세계의 현실에 입각하여 우리의 현실을 정리해야 할 게 아닌가?(「급류」 4회, 80면)

나는 오늘날 우리 현실이 국제적 현실과 완전히 분리될 수 없는 것일 때 미소 양 세력 중 그 어느 편이 좀 더 우리의 자유와 독립을 침해하지 않을 수 있겠는가 하는 것을 생각해봤네. 거기서 소련보다는 미국이라고 생각했네. 첫째 소련과는 지리적으로 잇다어 있지만 미국과는 태평양이란 먼 거리가 있다는 것, 이 경우 미국은 우리에 대하여 소련의 지리적 압력을 견제하는 지리적 위치에 선다는 것, 둘째 소련은 동양으로 진출할 부동항을 우리나라에서 기어히 가져야 할 형편이지만, 이 점 미국은 우리에 대하여 소련과는 형편이 다르다는 것, 세째 미국은 경제적으로 포화상태에 이르러 있어 대외정책에 있어 착취보다는 어느 정도 공영을 기하고 있지만 소련의 경제적 현실은 특히 우리와의 관계에 있어서는 그와는 반대라는 것, 네째 미국의 자본주의 체제는 자유와 함께 건실한 사회주의를 지향하고 있지만, 소련은 그와 반대로 공포와 억압으로 전체주의에 빠져가고 있다는 것, 다섯째 세계 국가의 90퍼센트 이상이 소련보다 미국을 지지하고 있다는 것……

장연규는 말을 그치고 득의만만하게 정구의 얼굴을 바라본다.

"나는 자네가 미국만 원자탄이 있단 말을 왜 하지 않는지 모르겠네."(「급류」 4회, 80~81면)

장연규는 세계사적 견지 내지 현실에 입각한 선택의 필요성을 내세우고 있다. 장연규는 정구에게 세계사적 안목과 현실주의적 태도를 주문한 것이다. 장연규는 우익의 논리를 대변한다. 그러나 이는 오도 내지 몰이해된 측면이 적지 않다. 특히 미국이 '건실한 사회주의를 지향'한다든가, '세계 국가의 90퍼센트 이상'이 미국을 지지한다는 경우가 그러하다. 그러나 정구는 장연규의 말로부터 깨달음을 얻고, 그와 더불어 "팔을 걷고 먼저와 같은 방향으로 걷기 시작하였다"(「급류」 4회, 84면)로 서사는 끝났다. 두 사람이 서로 팔짱을 낀 채 장연규의 처소로 걷기 시작했다는 것이다. 여기에서 장연규의 현실론은 분명하다. 미소 중 미국을 선택하고, 인공을 반대하며, 좌에 대한 테러도 불사하겠다는 극우의 논리이다. 정구는 장연규의 현실론, 즉 미소 양편 중 미국을 지지해야 한다는 현실론을 통해 깨달음을 얻었으며, 동시에 그와 같은 노선으로 가려 한다. 김동리는 「급류」를 통해 좌우익에 대한 관찰자에서 우익의 지지자로 나아가는 것을 보여준다.

그렇다면 여기에서 「급류」와 「해방」을 비교해볼 필요가 있다. 김동리는 "우리의 해방을 소설로 쓸 생각은 진작부터 가지고 있었다"고 말하며, "네 돌을 내일모레 맞이하게" 된 시점에서 소설을 발표하게 되었다고 했다. 그는 이어 "우리의 독립은 완수될 것이며 우리의 자유는 승리할 것이다. 나는 우리의 이러한 자유와 독립에 대한 신념으로 우리의 해방을 충실히 그려보려 한다"(『동아일보』, 1949.8.9)라고 강조했다. 그는 지난 4년, 즉 해방 4년 동안 자유에 대한 신념이 형성되었다고 하였다. 정부 수립 1년을 즈음하여 김동리는 독립과 해방에 관한 자신의 신념을 내놓았는데, 그것이 「해방」이다. 「해방」에서 작가를 대변하는 이장우는 장연규의 논리를 내면화하고 있다.

> 「三八선이란 말일세…… 「두 개의 세계」! 자네 이 「두 개의 세계」란 무슨 뜻인지 아는가?」

「미국을 대표로 하는 자본주의 세계와 쏘련을 대표로 하는 공산주의 세계란 말인가?」

「그렇게 말해도 되지. 자네가 말하는 좌익이니 우익이니 하는 것은 결국 이 두 개의 세계를 의미하는 거야. 그것이 단순히 우리 민족에 국한된 좌우익이 아니요 三八선만이 아닐세. 이것은 지극히 평범하고 상식적인 말 같지만 동시에 지극히 근본적이요 원측적인 판단이란 것을 알아야 하네. 왜 그러냐 하면 이것이 현실이기 때문이야. 현실은 이와 같이 「두 개의 세계」의 싸움이란 것을 알아야 되. 우리가 정치를 한다는 것은 이 「두 개의 세계」의 싸움에 뛰어드는 것뿐이야. 그 어느 「한 개의 세계」에 가담하여 다른 「한 개의 세계」와 싸우는 것이야.」

「이 「두 개의 세계」를 동시에 지양한 「제三세계」의 출현을 상상할 수는 없는가?」

「자네와 같은 이상이나 희망으로는 가능하겠지. 그러나 가장 현실적이요 구체적인 방법은 그 어느 「한 개의 세계」가 다른 「한 개의 세계」를 극복하는 길밖에 없어. 이 「두 개의 세계」에 가담하여 싸우고 있는 사람들이야말로 가장 이 「두 개의 세계」에 불만과 불평을 가지고 견딜 수 없는 사람들일세. 그들의 가슴속에야말로 각각 자네와 같은, 아니 자네 이상의 꿈과 희망과 도의를 가지고 있네. 그들은 그것의 실현을 위하여 우선 가능한 그 어느 「한 개의 세계」에 가담하여 싸우고 있는 것일세.」(「해방」 149회, 1950.2.9)

「해방」에서 이장우는 하기철에게 자신의 논리를 설교한다. 그것은 「급류」에서 장연규가 정구에게 현실론을 설파했던 것과 다르지 않다. 다른 점이 있다면 전자에서 작가를 대변하는 정구는 듣고 깨닫는 데 그친 반면, 후자에서는 이장우가 그러한 논리를 내면화함으로써 좌익을 교시한다는 점이다. 정구가 관찰자로 듣는 입장을 유지했다면, 장우는 실천적 확신을 갖고 자신의 주장을 적극 전파하는 자로 변신한다. 이장우는 미소로 대표되는 두 세계 가운데 한 개의 세계에 가담하여 다른 한 개의 세계와 싸워서 극복해야 한다고 말했다. 그것은 "우리 민족에 국한된 좌우익이 아니요 三八선만"이 아닌 세계적이며 현실적인 문제라는 것이다. 여기에서 극우적 자세를 견지한 김동리를 만날 수 있다. 그는 자신이 이전에 제시했던 '제3세계'의 출현 가능성을 스스로 부정하였다. 곧 공산주의와 자본주의를 극복하는 '제3세계관'을 스스로 폐기한 것이다. 그는 "「두 개의 세계」에 불만과 불평을 가지고" 있지만, 자신의 "이상의 꿈과 희망과 도의"를 실현하기 위해 싸워야 하고 싸울 수밖에 없다는 것이다. 여기에서 「해방」이 '자유와 독립에 대한 신념'의 표현이라는 김동리의 의도가 여지없이 드러난다.

「그런 뜻일세. 그것을 구체적으로 ――이 실례를 들어 지적할 수도 있지만 내가 자네 말대로 소위 「극우」를 취하게 된 것은 미소 양국이 가진바 데모크라씨이의 퍼어센테이지에 의한 것은 아니야. 이 단계에 있어 우리가 아직 민족국가를 건설하지 않을 수 없다는 것 때문이야. 자네도 알겠지만 소련과 우리나라는 대륙으로 잇대어 있지 않는가? 거기다 소련은 국책상 부동항(不凍港)을 가져야 한다는 절대적인 요청을 갖고 있지 않는가? 여기서 우리는 소련의 이데오르기이나 민족정책을 최대한도 호의로 해석한다 하더라도 이러한 정치적 지리적 현실에 있는 소련과 악수하고는 독립된 민족국가의 건설은 불가능하다는 말일세. 여기서 우리는 함께 독립된 진정한 민족국가를 건설하려면 그들의 지리적 압력과 이데오르기이의 공세에서 어떻게 해서든지 벗어나야 하지 않겠는가? 이 지리적 압력과 이데오르기이의 공세에서 벗어나고 그를 견제하는 정치적 방법으로 소련과는 대척적인 또 「하나의 세계」와 악수하지 않을 수 없다는 걸세.」(「해방」 150회, 1950.2.10)

이장우의 선택은 곧 김동리의 선택이다. 그는 우익과 손잡을 수밖에 없었던 자신의 상황을 고백하였다. 여기에서 장연규의 현실론을 내면화한 김동리의 모습을 엿볼 수 있다. 장연규는 해방 공간에서 우익, 그것도 극우를 대변하는 인물이었다. 그런 그의 논리는 이장우에게 그대로 흡수된다. 이를 통해서 김동리가 정부 수립을 거치면서 우익의 전사가 되어가는 모습을 여실히 볼 수 있다. 「급류」에서 관찰 내지 동조자의 입장에서 '격류'(「해방」)에 이르러 적극적 실천가로 나아가는 모습이 드러난다. 김동리는 남북한 정부가 수립되자 제3세계관을 폐기한 채 우익 반공의 투사가 된다.[29] 김동리가 우익의 노선을 따른 것은 비록 현실적인 선택이며, 정부 수립이라는 현실 추수의 결과일지라도 제3세계관의 논리를 너무 일찍 접어버린 아쉬움이 있다.

---

29 김동리는 "제3휴매니즘은 이와 같이 자본주의 사회의 모순과 결함을 근본적으로 시정하는 일방, 맑시즘 체계의 획일적 공식적 메카니즘을 지양하는 데서 새로운 고차원의 제3세계관을 확립하려는 데에 그 지향이 있"(「대조」, 1947.4, 23면)다고 했다. 그러나 자본주의와 공산주의의 지양을 통한 제3세계관 확립이라는 시대사적 과제는 김동리의 우경화로 인해 물거품이 된다. 제3휴머니즘이 의미를 가지려면 제3세계관이라는 목표가 존재해야 하는데, 그렇지 않으면 휴머니즘 일반과 다를 바 없다. 결국, 제3휴머니즘론은 시대적 의미를 상실하고 만 것이다.

5. 마무리

해방기 김동리는 「윤회설」, 「지연기」, 「급류」, 「해방」 등 자전적 삶의 모습을 담은 작품을 썼다. 그런데 해방 직후인 「윤회설」, 「지연기」와 정부 수립 이후의 「급류」, 「해방」에서 작가의 현실인식이 상당히 다르다. 그것은 좌우익의 객관적 인식 태도에서 반좌 극우로의 길이다. 김동리는 해방 직후 민족주의적 입장에서 좌우의 현실을 객관적으로 인식하려 했지만, 미소군의 진주와 이데올로기적 대립의 상황 아래 차츰 우익의 길을 걷게 된다. 그래서 미국에 대해서는 부정적이고 비판적인 태도가 점차 사라지고, 소련에 대해서는 부정적인 입장을 강하게 보여준다. 그러므로 그가 견지했던 제3세계관은 1948년 정부 수립과 더불어 완전히 폐기되고 만다. 그는 우익의 정치적 현실인식을 적극 수용한 것이다. 그러한 변화를 원작 「지연기」와 개작 「지연기」를 통해서 일부 확인할 수 있으며, 특히 두 작품 사이에 나온 「혈거부족」, 「상철이」, 「형제」 등을 통해서도 엿볼 수 있다.

「윤회설」 · 「지연기」에서 「급류」 · 「해방」에 이르는 작품들을 통해서 김동리의 현실인식의 변화를 읽어낼 수 있다. 김동리는 「급류」에서 제시한 장연규의 현실론을 「해방」에서는 내면화하고 있다. 그는 「해방」을 "격류"로 표현했는데, 그것은 해방 4년의 모습을 총체적으로 담고 있는 것이라 해도 과언이 아니다. "장연규의 현실론"이 「해방」에서 이장우의 "십자가의 윤리"로 변화하는 데서 알 수 있듯이 이장우는 복수에 따른 극한적 대치가 문제 해결의 방식이 아니라고 인식하고 포용을 통한 대승적 포용의 자세를 견지한다. 이 역시 휴머니즘이긴 하나 제3세계관을 상실한 휴머니즘은 더 이상의 존립 근거를 상실한 셈이다. 김동리의 세계관의 변화는 궁극적으로 현실이 변화했기 때문이겠지만, 김동리의 추세(趨勢)적 현실에 기인한 바 크다. 좌우의 이념을 강요당한 현실 속에서 그는 더 이상 망설이지 않고 우익 투사의 길을 선택했던 것이다. 이 논의에서는 기존 논의에서 소홀하게 다뤄졌거나 배제되었던 작품들을 본격 논의함으로써 온전한 작가론을 수립할 수 있게 되었을 뿐만 아니라 해방 후 김동리의 현실인식의 변화를 좀 더 면밀하게 파악할 수 있었다.

金東里

김동리 소설 연구

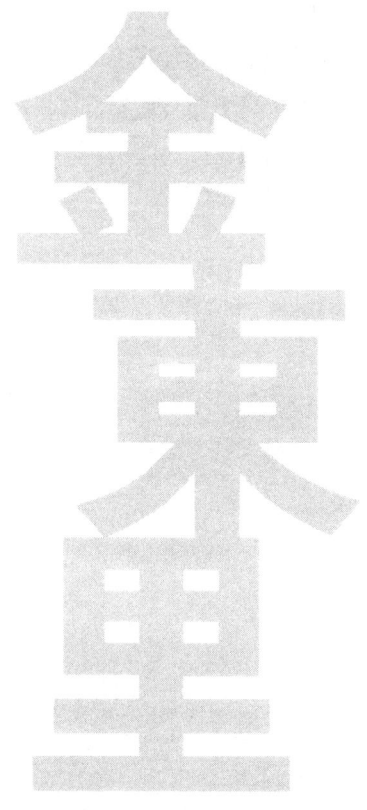

「해방」의 현실인식과 서사의 한계

1. 들어가는 말

김동리의 「해방」은 사실상 그의 첫 장편소설에 해당된다. 이 작품은 그의 문학에서 중요한 의미를 지니는데도 불구하고 그동안 연구에서 그다지 주목받지 못했다. 그 까닭은 우선 이 소설이 신문에 연재되었다는 점일 것이다. 김동리 문학에 대한 연구는 대부분 단행본을 중심으로 이뤄졌고, 그래서 단행본으로 출간되지 못한 작품들은 상대적으로 논의에서 소홀히 되었다. 게다가 신문을 구해 보기 어려웠던 점, 마이크로필름의 조악한 상태도 한몫했을 것이다.[1] 또한, 작가가 이 작품을 중요하게 여기지 않았을 것이라고 연구자들이 지레 판단했을 수도 있다. 왜냐하면, 1967년 이전 발표

1 필자에 의해 「해방」이 소개(『어문론총』 37~39, 한국문학언어학회, 2002~2003)됨으로써 독해가 보다 수월하게 되었다. 그러나 이 작품 소개에 오자 탈자가 적지 않으며, 현재는 동아일보사에서 PDF 자료를 제공함에 따라 선명도가 훨씬 높은 원작을 접할 수 있게 되었다.

된 김동리의 장편 연재소설 가운데 대부분이 단행본으로 발간되었지만, 「해방」은 단행본에서 빠졌기 때문이다.[2] 그러나 오히려 6.25로 인해 이 작품의 전체(『동아일보』, 1949.9.1~1950.2.16, 156회 연재)를 구하기 어려워 단행본으로 발간하지 못했을 공산이 크다.[3] 또한, 이 작품의 미적 가치나 완성도가 떨어진다는 것을 거론하기도 한다. 그러나 이 작품이 단편 작가였던 김동리에게 나온 첫 장편이고, 또한 당대 현실을 밀접하게 묘사했다는 점에서 제대로 연구할 필요가 있다.[4]

「해방」은 1980년대 박영순에 의해 작품의 구성적 특성이 논의되고, 이어 신형기에 의해 정치성이 논의되었지만 한동안 제대로 주목을 받지 못하였다. 그러다가 2000년대 들어와 몇몇 연구자들에 의해 통속성, 친일문제 등이 논의된 것은 그나마 다행스러운 일이 아닐 수 없다.[5] 이들에 의해 현실인식의 문제가 부분적으로 논의되

2 『김동리대표작선집』 2~5권(삼성출판사, 1967)에는 「사반의 십자가」(현대문학, 1955.11~1957.4), 「춘추」(평화신문, 1956.4~1957.2), 「자유의 기수」(자유신문, 1959.7~1960.4), 「비 오는 동산」(1961.1~1961.12), 「해풍」(국제신문, 1963?) 등 1967년 이전에 나온 대부분의 중장편이 수록되고, 「이곳에 던져지다」(한국일보, 1960.10.1~1961.5.23)는 선일문화사(1974)에서 간행되었다. 그리고 「해방」을 비롯하여, 「스탈린의 노쇠」(영남일보, 1951.6.7~14), 「남포의 계절」(현대, 1957.11~?), 「극락조」(중앙일보, 1968.3.9~6.17), 「유랑시장」(한국유리사보, 1970.7~?), 「아도」(지성, 1971.12~1972.?), 「삼국기」(서울신문, 1971.1.1~1972.9.30), 「대왕암」(대구매일신문, 1974.2.1~1975.11.1) 등이 단행본으로 출간되지 않았다. 이 가운데 「스탈린의 노쇠」, 「아도」는 미완성 작품으로 보이며, 「남포의 계절」, 「유랑시장」은 완성작인지 확인이 필요하다.

3 그의 생존 시 나온 단행본에도 중요한 작품들이 빠진 것이 보이며, 심지어 일제 암흑기에 씌어진 「두꺼비」(『조광』, 1939.8)처럼 발표된 잡지를 구하지 못하자 다시 쓴 경우도 있다. 그의 작품 가운데 「하현」, 「소녀」의 경우 검열로 인해 삭제되어 게재되지 못했다.

4 1947(丁亥)년 만추에 김동리는 "앞으로 나는 장편을 쓰려고 한다"(「후기」, 『황토기』, 수선사, 1949, 217면)라고 선언했다. 김동리는 1949년 두 편의 장편을 시도했다. 아쉽게도 「급류」는 『조선교육』(1949.4~7)에 4회 연재된 것이 전부이다. 그러므로 비록 상편으로 끝났지만, 완성된 그의 첫 장편은 「해방」이 되는 셈이다.

5 이제까지 「해방」에 대한 연구로는 박영순의 「김동리 '해방' 연구」, 『국어국문학』 99, 국어국문학회, 1988.6; 신형기, 「순수의 정체」, 『해방기 소설 연구』, 태학사, 1992; 박헌호, 「김동리의 '해방'에 나타난 이념과 통속성의 문제」, 『현대소설연구』 17, 현대소설학

었지만, 아직 전반적으로 논의되지는 못했다. 이 작품은 시대 현실을 밀접하게 형상화하고 있을 뿐만 아니라 작가의 정치적 이데올로기를 드러낸다는 점에서 깊이 있는 연구가 필요하다. 게다가 「해방」은 김동리의 첫 장편으로서 서사 형성에 여러 문제점을 안고 있다. 이 역시 세밀한 고찰을 필요로 한다. 그러므로 본고에서는 「해방」에 나타난 당대 현실의 형상화 문제와 서사의 한계를 본격적으로 다뤄보고자 한다.

2. 좌우 분열과 체제의 선택

해방 공간은 좌우익의 분열과 갈등이 최고조에 이른 시기이다. 게다가 친일 청산에 대한 관심이 뜨거웠다. 해방 공간을 그린 작품은 그러한 문제들과 무관할 수 없다. 김동리는 오히려 그러한 문제를 드러내기 위해 작품을 창작하였다고 할 수 있다. 그는 "해방이 가져온 아픔과 괴로움에 어떻게 울며 쓰러지며 싸우며 나아가려하고 있는가를 그려 보려"고 했다.[6] 그래서 이 작품에는 투쟁으로 얼룩진 좌우의 대립이 형상화되기에 이른다.

「그거야 좌익 계렬의 청년단체 군사단체들을 일제 해체하라는 성명서를 우군이 발표한 바로 직후니까 그러한 좌익 방면에서 왔다는

회, 2002; 박은태, 「김동리의 '해방' 연구」, 『한국문예비평연구』 20, 한국현대문예비평학회, 2006.2; 류동규, 「김동리의 '해방'에 나타난 친일의 표상」, 『국어교육연구』 51, 국어교육학회, 2012.8 등이 있다. 물론 이 외에도 「해방」을 논의에 포함시킨 사례는 더 있다.

6 김동리, 「피와 눈물에 어린 민족 고난 4년사 – 장편소설 해방」, 『동아일보』, 1949.7.12.

> 것쯤은 짐작할 수도 있지만 그렇다고 해서 좌익 계렬의 청년단체 군사단체가 한두 사람도 아닌 걸 그걸 죄다 잡아 죽인단 말인가 어떻게 한단 말인가? 문제는 범행 당자들을 세 놈이고 다섯 놈이고 부뜰어야지.」(7회, 1949.9.7)[7]

이 작품의 서두에는 우성근 피살 사건이 전경화되어 있다. 우성근 사건은 개인적인 사건이 아니라 몇몇 청년들에 의한 집단적 살해이며, 또한 그가 우익 단체인 대한청년회 회장이었다는 데 사건의 핵심이 있다. 이 작품에 앞서서 김동리는 「급류」에서 "대한청년회는 한마디로 말하면 공산당 세력을 때려부시고 자주 독립으로 나아가자는 민족주의 청년단체"[8]라고 하여 이 단체를 내세우고 있다. 우성근이 "좌익 계렬의 청년단체 군사단체들을 일제 해체하라는 성명서"를 발표한 직후에 피살되었다는 점에서 그 혐의는 민청, 공청, 학병동맹, 국군준비대 등의 좌익 단체에 집중된다. 곧 좌우익의 대립과 갈등을 드러냄으로써 당대의 현실을 전면화시킨 것이다.

이 작품에서 대한청년회의 중추적 역할을 하는 또 다른 사람으로 김상철이 있다. 그는 이미 「상철이」(1947)라는 작품에서 형상화된 인물이다. 그 작품에서 그는 대한독촉청년회의 별동대에서 활동한다. 대한독촉청년회란 대한 독립을 촉성하는 청년회의 준말이며, 이를 더 줄이면 대한청년회가 된다. 상철이는 독립이 "빨갱이 때메 안 돼요"[9]라고 하며, 공산 계열을 쳐부수는 행동대원으로 활

7 이하 「해방」 본문의 인용은 인용 구절 뒤 괄호 속에 연재 횟수 및 날짜를 밝히기로 한다. 그리고 당시 표기를 그대로 쓰지만, 띄어쓰기는 오늘날의 방식을 따랐다. 인용문의 밑줄은 강조를 위해 인용자가 했다.

8 김동리, 「급류」, 『조선교육』, 1949.7, 78면.

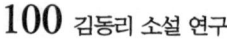

동한다. 「해방」에서 김상철은 감찰부에서 활동하는데, 이 역시 행동대원이다. 대한청년회는 "한개 청년단체로서 공산당과 싸우며 하루 바삐 독립을 전취하자는 것이 근본 이념"(131회, 1950.1.21)인 철저한 우익 단체였다. 그런 점에서 이 작품은 좌우 대립이 격화된 시대상을 여실히 보여준다.

> 「정치는 언제나 현실을 떠날 수 없는 걸세. 자네가 생각하는 것은 자네의 희망이지 현실은 아니야. 자네가 생각하는 것보다는 좀 더 이상적이요 또 구체적인 희망을 나도 가지고는 있어. 왜 학병동맹을 습격하여 희생자를 내었느냐, 「전평」 간부에 고문을 했느냐 하는 것도 모두 자네의 한개 이상이요 인도적 감정일는지 모르나 현실은 아니야. 현실은 독립과 자유를 부르짖는 애국청년 남녀들이 얼마든지 서백리아로 실려 가고 있는가 하면, 학병동맹이 습격을 당하고 「전평」 간부가 고문을 당하고 있는 거야.」
>
> 「그럼 자네가 말하는 현실이란 대체 무엇인가?」
>
> 「三八선이란 말일세…… 「두 개의 세계」! 자네 이 「두 개의 세계」란 무슨 뜻인지 아는가?」(149회, 1950.2.9)

1945년 9월 조선학병동맹이 만들어졌는데, 이들이 1946년 1월 반탁전국학생총연맹과 충돌을 일으켜 수많은 부상자가 발생했다. 그러자 우익학생들은 인민당 본부와 학병동맹 본부를 습격하는 사건이 일어났다. 그리고 전국노동자평의회는 1945년 8.15를 계기로 창립되었다. 미군정은 1946년 9월 6일 『서울인민보』, 『현대일보』,

9 김동리, 「상철이」, 『백민』, 1947.11, 81면.

『중앙신문』 등 일부 신문의 정간 처분을 내렸으며, 다음날 박헌영, 김주하, 이강국 등에 대한 체포령을 발포하고 홍남표, 최익한, 김형선, 서중호, 김근 등을 일시 검거했다.[10] 그러자 9월 13일 3,000여 명의 서울 용산 철도 노조원들이 농성을 일으켰는데, 이는 9월 총파업으로 발전하게 된다. 전평이 용산 철도 파업을 단행하자 대한노총(대한독립촉성노동총연맹)이 파괴활동에 나서 전평의 파업 장소에 습격을 감행함으로써 수많은 노동자가 살상되는 참극이 벌어지기도 했다.[11] 당시 미군정은 대한노총과 우익단체, 경찰을 동원하여 전평의 파업을 진압함으로써 민간끼리 좌우 대립이 격화되기에 이르렀다. 김동리는 좌우의 문제가 대결과 투쟁을 넘어 폭력으로 치닫는 현실을 그려냈다. 작품에서 우익의 이장우와 좌익의 하윤철은 이러한 현실에 대해 공방을 벌인다.

「이 「두 개의 세계」를 동시에 지양한 「제三세계」의 출현을 상상할 수는 없는가?」

「자네와 같은 이상이나 희망으로는 가능하겠지. 그러나 가장 현실적이요 구체적인 방법은 그 어느 「한 개의 세계」가 다른 「한 개의 세계」를 극복하는 길밖에 없어. 이 「두 개의 세계」에 가담하여 싸우고 있는 사람들이야말로 가장 이 「두 개의 세계」에 불만과 불평을 가지고 견딜 수 없는 사람들일세. 그들의 가슴속에야말로 각각 자네와 같은, 아니 자네 이상의 꿈과 희망과 도의를 가지고 있네. 그들은 그것의 실현을 위하여 우선 가능한 그 어느 「한개의 세계」에 가담하여 싸

10 「공산당 간부 체포령과 인민, 현대, 중앙 3지 정간에 즈음한 공보부 특별 발표(1946.9.7)」, 브루스 커밍스 외, 『분단전후의 현대사』, 일월서각, 1983, 492~494면.
11 브루스 커밍스, 「한국의 해방과 미국 정책」, 『분단전후의 현대사』, 일월서각, 1983, 161~165면.

우고 있는 것일세.」(149회, 1950.2.9)

김동리는 이장우의 입을 빌려 당시의 현실 문제는 체제 선택의 문제라고 주장했다. "미국을 대표로 하는 자본주의 세계와 쏘련을 대표로 하는 공산주의 세계"로의 선택만 있을 뿐이라는 것이다. 그것은 "스스로를 냉전 논리에 편입시키는" 한계를 노정한다.[12] 이장우는 '제3세계'의 가능성을 원천적으로 차단하고 부정한다. 좌든 우든 어느 한 쪽에 가담할 수밖에 없으며, 그들 역시 세계에 대한 불평과 불만이 가득하지만 자신들의 꿈과 희망과 도의를 실현하기 위해 싸운다는 것이다. 그것은 궁극적으로 분단체제를 고착화시키는 요인으로 작용한다. 그리고 진정한 민족국가란 외세의 배격을 통한 독립에 있는 것임에도 불구하고 미소의 냉전 구도에 편입되려 한 것은 현실 추수의 산물이다. 그것은 이 작품이 남북한 정부 수립 이후 발표된 것과 무관하지 않다.

> 여기서 우리는 소련의 이데오르기이나 민족정책을 최대한도 호의로 해석한다 하더라도 이러한 정치적 지리적 현실에 있는 소련과 악수하고는 독립된 민족국가의 건설은 불가능하다는 말일세. 여기서 우리는 함께 독립된 진정한 민족국가를 건설하려면 그들의 지리적 압력과 이데오르기이의 공세에서 어떻게 해서든지 벗어나야 하지 않겠는가? 이 지리적 압력과 이데오르기이의 공세에서 벗어나고 그를 견제하는 정치적 방법으로 소련과는 대척적인 또 「하나의 세계」와 악수하지 않을 수 없다는 걸세.(150회, 1950.2.10)

12 신형기, 앞의 논문, 203면.

좌우의 대립 속에서 김동리의 선택은 분명해진다. 그것은 일종의 정치적 선택이다. 하윤철은 "난 자네가 그렇게 극우(極右) 될 줄은 몰랐어. 그 부패하고 억압적이고 보수적인 자본주의 세력의 지지자가 될 줄은 몰랐어"라고 말하자, 이장우는 그것이 민족국가 건설을 위한 것임을 밝힌다. 그는 민족국가의 수립을 위해 미국으로 대표되는 세계를 택했다는 것이다. 김동리는 이장우를 통해서 우익의 길을 걷게 된 것은 엄연히 독립 민족국가 수립을 위한 길이었다는 논리를 내면화시키고 있다. 그는 "소련의 이데오르기이나 민족정책을 최대한도 호의로 해석한다 하더라도 …… 소련과 악수하고는 독립된 민족국가의 건설은 불가능하"기 때문에 소련과 대척적인 미국과 악수할 수밖에 없다는 것이다.

> 나는 자본주의를 택한 것이 아니고 민주주의를 택한 것이네. 민주주의의 근본정신이 개성의 자유를 존중하는 데 있어 과연 자유 경제－자본주의－사상에도 통하지 않는 배 아니지만, 또, 다수 인민을 표준한다는 의미에 있어서는 또한 사회주의에도 통하는 것일세.(150회, 1950.2.10)

이장우는 미국을 대표로 하는 세계를 택하게 된 것은 '개성의 자유를 존중'하기 때문이라 주장했다. 이 짧은 표현만으로는 그 진의를 파악하기 어렵다. 김동리는 앞서 발표한 「순수문학과 제3세계관」에서 기계관, 곧 공산주의 사회가 인간의 창조적 의욕과 개성, 정신적 자유를 위축, 억압한다고 지적했다.[13] 그는 마르크시즘을

13 김동리, 「순수문학과 제3세계관」, 『대조』, 1947.8, 20면.

공식주의, 획일주의, 기계주의로 비판하였으며, 그것에 입각한 문학을 당의 문학으로 규정했다. 그리고 자신의 문학을 개성과 자유를 중시하는 인간(주의)의 문학으로 설명했다. 기계주의와 인간주의, 전체주의와 자유주의는 또 다른 이분법적 구도로서 전자는 극복해야 할 대상으로, 후자는 지향해야 할 가치로 자리매김한다. 여기에서 당시 반공 이데올로기에 투철한 그의 모습을 확인할 수 있다. 그러나 민주주의를 자본주의와 분리하여 인식한다든가 민주주의가 사회주의와 통한다고 하며 민주주의의 가치를 극대화하는 등 인식의 오류를 빚고 있다.

해방 후 민족국가 건설을 둘러싼 분열은 통합적 접점을 마련하기 어려웠다. 그래서 하나의 체제를 선택하면 다른 하나의 체제는 부정하고 극복해야 할 대상이 될 수밖에 없었다. 당시 소련군과 미군의 한반도 진주로 인해 체제의 선택은 강요된 현실이었다. 그러나 그가 그러한 현실을 극복하기 위한 성찰이나 노력 없이 체제를 선택한 것은 현실의 안주 내지 추수에 지나지 않는다. 이장우에게 제3세계 출현의 불가능성은 바로 미소군의 주둔과 남북한 정부의 수립이라는 현실이 앞서 갔기 때문이다.[14] 그가 민주주의 선택을 강하게 주장할 수 있었던 것도 이미 남한에서 우익 정권이 수립된 시기였기 때문일 것이다.

14 김동리는 「순수문학과 제3세계관」에서 "자본주의적 기구의 결함과 유물사관적 세계관의 획일주의적 공식성을 함께 지양하야 새로운 보다 더 고차원적 제3세계관을 지향하는 것이 현대 문학정신의 세계사적 본령"(『백민』, 1947.4, 24면)이라 하여 자본주의와 공산주의를 넘어선 제3세계관을 천명했다. 그러나 「해방」이 발표되던 시점에는 미소 체제로 양분화되는 바람에 제3세계에 대한 가능성을 접은 것으로 보인다. 「해방」의 실패가 '구체적 역사 감각의 부재' 때문(신형기)이기도 하겠지만, 무엇보다 현실을 추수한 결과이다. 소설이 현실과 직접적인 연관 속에 전개되는 바람에 서사적 거리 확보에 실패하였고, 그래서 소설이 현실을 추수하는 방향으로 전개될 수밖에 없었던 게 아닌가 한다. 그러한 모습은 「스탈린의 노쇠」에 더 분명히 드러난다.

3. 친일 문제에 대한 시각

해방 후 친일 청산은 범사회적인 문제였을 뿐만 아니라 문인들에게도 뜨거운 화두였다. 이태준(「해방 전후」, 1946.7), 김동인(「반역자」, 1946.10), 채만식(「민족의 죄인」, 1948.10~1949.1) 등이 친일 문제에 대한 자신의 입장을 드러낸 것도 그러한 시대적 흐름과 무관하지 않다. 김동리는 「지연기」(1946.12.1~19)에서 친일 문제를 형상화한 이래, 「해방」에서는 보다 전면화했다.

> 여기서 이 사람들이 헤여져 걸어갈 길은 다음의 세 가지뿐이었다. 첫째 길은 해외 망명 둘째 길은 산중이나 농촌이나 혹은 도시 속에 잠복(潛伏) 또는 유랑(流浪) 셋째 길은 협력변절 아부 — 이것이었다. 그러나 해외 망명이나 산야(山野) 잠복이란 것은 쉽지 않았다. 그것도 딸린 식구나 없는 사람들이라면 또 모르지만 위로 늙은 부모를 모셔야 하고 아래로 처자를 거느린 사람들에게는 자기 한 몸의 망명이나 잠복은 곧 가족 전체의 희생을 의미하는 것이요, 또 그리고 누구나 다 좀 더 안락하게 살고 싶은 것이 사람의 상정이라 대부분의 사람은 시국에 순응 내지 협조하는 길을 취하게 되었다.(13회, 1949.9.13)

「해방」의 제2장에 "친일파 심재영"이 등장한다. 김동리는 심재영을 통해 친일의 문제를 직접 제시했다. 일제 강점기 사람들에게 놓인 길은 망명과 잠복, 그리고 협력 등이었다. 김동리는 그 가운데 대부분 사람들이 개인적인 안위 때문에 시국에 순응 내지 협조의 길을 걸었다고 변해했다. 그는 친일파로 심재영이란 인물을 제시했다. 심재영은 3.1운동에 투신하여 옥고를 치르고 신간회 조직을 맡아 헌신적으로 일해온 민족주의자였지만 임시정부 군자금 조달 사건으로 감옥에 갇힌다. 그런데 복역 중 참회성명서를 내고 전향성명서를 발표하는가 하면, 풀려난 이후 일제에 협력하여 변절의 길을 간다. 친일의 길에 들어선 심재영에 대한 사람들의 태도는 다양하게 제시된다.

> 그를 따르고 그를 돕고 그와 함께 일하여 오던 그의 동료들과 또는 그의 부하들 속에서도 인제는 한 사람씩 두 사람씩 차츰 그를 경원하고 경계하기 시작하였다. 어떤 자는 시침이를 딱 떼고 집밖에 나다니지 않는 축들도 있었다. 심한 자들은 어느덧 기회 있는 대로 심재영을 비판하고 비난함으로써 자기들의 발뺌을 준비하기도 하였다.(15회, 1949.9.15)

심재영이 친일을 하자 일부 사람들은 앞다투어 친일로 나갔으며, 더러는 그에게 힘입으려 하였다고 했다. 심지어 "그가 총력연맹이사(總力聯盟理事) 겸 문필보국회 총재(文筆報國會總裁)가 되었을 때에는 그를 욕하느니보다는 일반적으로 그를 우러러보게 되었다"(13회, 1949.9.13)고 했다. 그런데 막상 일본의 전세가 불리해지자 심재영을 경원시하고 비난하는 사람들이 생겨났다는 것이다. 그것은 이해득실에 따라 움직이는 무리들의 염량세태를 고발한 것이다.

일제 강점기 해외 망명과 잠복(潛伏) 유랑(流浪), 그리고 협력 변절 가운데서 김동리는 무슨 길을 택했던가. 이장우는 화암사에 피신하기도 하고 수리조합 서기를 맡기도 하는데, 그는 일제 말기 쌍계사에 피신을 하고, 사천에서 양곡조합 서기로 일했던 작가의 삶을 통해 그려낸 인물이다. 그는 일제의 탄압을 피해 잠복하였다가 양곡조합 서기로 시국에 순응 내지 협조하는 길을 택했던 것이다. 그래서 "조선 사람 전부가 결과에 있어 본다면 직접 간접으로 일제에 협력한 거나 마찬가지"(118회, 1950.1.1)라는 사실을 인정한다. 그러면서도 자신의 영달을 위한 자발적 협력자들에게는 비난의 시선을 보냈다.

> 소위 친일파 문제가 논의될 때마다 국내에 있던 사람은 죄다 친일파 아닌 사람이 없다는 둥, 세금을 바친 사람은 누구나 다 일제에 협력을 한 거나 마찬가지라는 둥, 그러므로 정말 친일파를 처단하려면 조선 사람은 하나도 남지 않을 것이라는 둥, 해외에서 들어온 지극히 소수의 몇몇 사람 밖에는 남을 사람이 없다는 둥, 흔히들 하는 말이다. 이런 말을 하는 사람들의 의도는 소위 친일파의 처단이란 것을 부정하는 데 있는 것이다. 그리고 이장우 자신이라고 해도 일부 파괴분자들의 모략적인 선전에 호응하여 전 민족의 중추적인 역량을 거세시킴으로써 쉽사리 싸베트주의 혁명을 가능케 하는 그러한 처단 방법을 주장하려는 것은 천만 아니지만 그렇다고 해서 친일파란 것을 따로 논의할 필요가 없다든가 조선 사람 전부가 五十보백보의 친일파들이니까 처단을 받으려면 조선 사람 전부가 함께 처단을 받아야 한다든가 하는 의견을 찬성하고 싶지도 않았다.(118회, 1950.1.1)

김동리는 친일파들의 자기변명이나 죄상 부인에 대해 단호하게 비판한다. "박해와 공갈에 견디지 못하여 부득이 협력의 시늉을 내어 왔다는 사실과 자신의 지위와 세력을 위하여 자발적으로 아부 협력했다는 것"은 엄연히 다르며, 적극적 친일과 소극적 협력을 오십보백보로 이야기하는 것은 잘못이라는 것이다. 김동리는 친일 논쟁에서 적극적 친일 군상들이 오히려 소극적 협력자들을 한통속으로 몰아가는 데는 적극 반대했다. 여기에는 '박해와 공갈에 견디지 못하여 부득이 협력의 시늉을 내어' 온 자신을 '자신의 지위와 세력을 위하여 자발적으로 아부 협력'한 심재영 같은 인물과 동일시해서는 안 된다는 자기변호가 들어 있다. 아울러 좌익의 '친일파 처단'에 대해서도 강력히 비판했다. 그는 1947년 「문학운동의 2대 방향」에서 "『일제 잔재 소탕』이란 구호 아래서 민족 해체를 선동"[15] 한다고 하여 좌익의 친일 잔재 청산 운동을 부정적으로 묘사했다. 그는 친일 청산을 "일부 파괴분자들의 모략적인 선전"으로 간주하며, 그것은 결국 "전 민족의 중추적인 역량을 거세시킴으로써 쉽사리 싸베트주의 혁명을 가능케 하"는 것으로 인식했다. 그가 좌익의 친일파 청산 운동을 사회주의 혁명을 위한 전술 정도로 생각했다는 것이다. 친일 청산이라는 목적을 수단으로, 당위를 모략으로 간주한 것은 현실 인식의 한계를 보여준다. 그는 친일파를 "벌주어야 한단 말인가 위로해야 한단 말인가, 처단해야 한단 말인가, 동정해야 한단 말인가"(121회, 1950.1.7)라고 하며 친일파 처리에 대해 선뜻 결론을 내리지 못하고 있다. 그는 반성 없는 친일파의 자기변명과 자기 합리화에는 강한 반감을 드러냈지만, 그들의 처단에 대해서는 태도를 유보했다.[16] 그가 친일 청산에 소극적이었던 원인이 여럿 있겠지만, 친일 청산이 자칫 좌익의 혁명(김동리는 '파괴'로 간주) 논리에 휘둘릴까 저어한 것도 하나의 원인으로 추정된다.

15 김동리, 「문학운동의 2대 방향」, 『대조』, 1947.7, 7면.
16 류동규는 친일의 문제가 이장우에게 개인 윤리의 문제로 옮겨 왔다고 지적했다. 류동규, 앞의 논문, 314면.

4. 헤게모니의 문제 - 이데올로기적 국가장치와 사적 처벌의 윤리

이 작품에서는 우익 내에서의 갈등도 첨예하게 존재한다. 그것은 대한청년회장의 죽음으로 인한 후계 문제, 그리고 피살 사건 주동자에 대한 처리 문제 등과 관련하여 야기된다.

> 그런데 윤동섭과 장극준과는 본래부터 사이가 좋지 않았다. 윤동섭은 어디까지나 정열적이요 개방적(開放的)이요, 게다가 정의주의자(正義主義者)로 자타가 인정하는 반면 계획성과 조직성에 등한한 사람이었지만, 장극준은 이와 반대로 어디까지나 앙큼하고 음흉한 반면에 치밀한 조직력과 계획성을 가진 사람이었다. 이와 같이 두 사람은 성격부터 맞지가 않아서 우성근이 살아 있을 때부터 가끔 충돌을 했다.(127회, 1950.1.16)

대한청년회의 내부 갈등은 파벌 간의 대립에서 비롯된 것으로 헤게모니 장악을 위한 일종의 권력투쟁이다. 그것은 윤동섭과 장극준의 대립으로 나타나는데, "우성근의 피살과 함께 그 후일 문제가 논의되자 두 사람의 반목과 대립은 한층 더 노골화되"었다. 그런데 두 사람은 그 성격부터 다른 것으로 제시되어 있다. 작가는 윤동섭이 정열적/개방적/정의주의자인데 반해, 장극준은 엉큼/음흉/용의주도한 인물로 묘사했다. 전자는 의기남아요, 후자는 치밀한 두뇌와 조직력을 갖춘 '모략'가로 제시한 것이다. 그들은 각종 현안에 대해 충돌을 일으킨다.

> 그는 무슨 열변을 토하고 싶은데 말이 잘 떠오르지 않는 모양이었

다. 그 큼직한 주먹부터 앞으로 쑥 내밀더니,

「우회장이 죽은 오늘날 우리가 누구를 믿어야 옳겟읍니까? 첫째는 이 선생의 지도를 받아야 되겟습니다. 다음엔 윤 동지의 지도를 받아야 되겟습니다. 윤 동지에 대해서 반대하는 놈은 우리 청년회를 망쳐 먹을 반동분자올시다.」(130회, 1950.1.20)

「나도 우 회장에 대한 개인적 연고나 정의(情誼)에 있어서는 이 선생이나 윤 형과 아무것도 다른 점이 없습니다. 그렇지만 오늘날 우리가 대한청년회를 어떻게 해서든지 사수해 나가자고 하는 데는 죽은 우 회장의 유지를 계승하자는 데 있지 그의 복수를 하자는 데 있는 것은 아닙니다. 우리는 어디까지나 한개 청년단체로서 공산당과 싸우며 하루 바삐 독립을 전취하자는 것이 근본 이념이요, 또 우 회장의 유지라 할 수 있는 것이지 비법적으로 누구의 복수를 하자든가 우리들의 一시적 감정을 만족시켜 보자는 것이 목적이 아닙니다. 또 우리들에게 그러는 권한이 있는 것도 아닙니다」(131회, 1950.1.21)

「그렇지 않아도 언론자유니 무어니 하고 바짝 떠드는 미군정하에서 일개 청년단체가 아무런 법적 근거도 없이 임의로 신문을 압수해 보십시요. 괘니 경은 경대로 치고 위신만 떨어지지 않는가?」

이렇게 자꾸 비합법성을 걱정한다.

「글세 장 동지는 요순시절 사람이지 현대인은 아니라니까. 아 그 놈의 인찌기 신문이 공연히 기부 안한다고 개인의 인신공격을 해도 압수할 근거가 되지 않는단 말이요? 아 법대로만 몰아간다면 세상에 왜 살인이 있고 싸움이 나고 이 야단들이겟소? <u>법보다 정의를 살릴라고 하니 결국 청년이 필요하다는 거지</u>, 장 동지처럼 그렇게 법대로만

살려고 하면 청년운동은 왜 시작했겟소?」(132회, 1950.1.22)

우성근의 피살과 함께 회장 후임 문제가 논의되면서 갈등이 심화된다. 부회장 장극준이 우 회장의 뒤를 이어 후임 회장이 되는 것이 당연하다. 그러나 감찰부장 윤동섭은 자신이 회장 대리를 맡으려고 한다. 장극준은 회장이 되기 위해 "구체적이고 과학적인 방법으로 공작"을 하였지만, 윤동섭은 "주먹으로 결정하자"는 생각을 갖고 있다. 결국, 이장우가 의장을 맡은 회장 추천 간사회에서 김상철이 주먹을 앞세워 윤동섭을 회장 대리로 내세웠다. 윤동섭 일파는 자신들을 우성근의 유지 계승이라는 '대의'를 추구하는 무리로 규정하고, 이에 반대하는 세력을 개인적 영달을 위해 조직을 분열시키는 '불순분자', '반동분자'로 매도함으로써 장극준 일파를 제압해버린다. 그렇게 해서 윤동섭을 비롯한 강경파가 청년회의 헤게모니를 장악한다.

다음으로, 우성근 피살 사건의 수습 문제로 다시 강경파와 온건파가 충돌하게 된다. 윤동섭은 청년회가 직접 나서서 살해범을 수사하고 처단하자는 것이요, 장극준은 수사 및 처벌을 경찰 당국에 맡기자는 것이다. 윤동섭은 "우 회장의 살해범을 직접 찾아내지 못하면 청년운동이고 뭣이고 만사는 다 그만"이라고 주장하지만, 장극준은 복수적 행위가 일시적 만족일 뿐 비법적인 행위임을 명백히 한다. 마지막으로, 친일파 심재영을 다룬 신문『해방주보』압수 문제와 관련해서 부딪친다. 장극준은 청년회가 법적 근거 없이 신문을 압수하는 것은 비합법이라 하지만, 윤동섭은 무법천지에 법이 무슨 소용이냐며 직접 행동을 강조한다. 곧 "법보다 정의를 살릴라고 하니 결국 청년이 필요하다"는 것이다. 서술자는 장극준 일파를 우유부단하고 소심한 겁쟁이로, 윤동섭 일파를 정의를 위해 싸우는 실천적 인물로 형상화하였다. '법보다 주먹이 먼저'이며 주먹으로 법과 제도를 무력화시키는 것은 위험한 발상이다. 작가는 사적 처벌의 정당성을 내세우는데, 그것은 이데올로기적 국가장치를 통한 제도적 처벌을 부정하는 것이다.[17] 비록 미군정하라고 하지만, 이데올로기적 국가장치를 무시한 채 직접 처벌에 나선다는 것은 또 다른 테러리즘일 뿐이다. 윤동섭 일파의 주먹을 통한 헤게모니 장악과 사적 처벌의 정당화는 문제적이 아닐 수 없다.

김상철은 우성근 살해범에 대한 자체 조사와 처벌을 요구한다. 그에게는 '이에는 이, 눈에는 눈'이라는 보복논리가 잠재해 있다. 그에 반해 온건한 장극준 일파는 법을 통한 사건 수습을 주장한다. 결국 김상철을 비롯한 감찰부원들은 하기철 등을 체포하러 나섰다가 정창식이 희생된다. 그리고 하기철을 체포하여 심문하는 과정에서 김상철의 폭력으로 하기철이 죽는다. 법적 처벌과 사적 징치 가운데 대한청년회가 택한 것은 후자의 길이다. 그것은 결국 개인적 복수이며, 또 다른 처벌을 불러오게 된다.

> 「씨 아이 씨이(CIC)와 수도청과 두 군데서··· 회관 주위는 포위되었어, 그리고 지금 회관 내부는 전부 수색 중인데 별관 지하실까지···」
>
> 「별관, 지, 지하실까지!」
>
> ···(중략)···

17 알튀세르에 따르면, 재판소·경찰·감옥·군대 등은 〈억압적 국가장치〉에, 종교·교육·법률·정치·커뮤니케이션 · 문화 등은 〈이데올로기적 국가장치〉에 해당된다. 이들은 국가권력의 효과적인 억압과 통제의 수단으로 기능한다. L. Althusser, *Positions*, Paris, Editions Sociales, 1976 및 이의 번역서인 『아미엥에서의 주장』(김동수 역, 솔, 1995) 참조.

「내가 우군의 후계자라는 것을 알아야 되. 내가 여기 책임자야 그 열쇠는 내 대신 김군이 그동안 맡아있었던 것뿐이야!」

검사가 선고나 내리듯 엄숙한 음성으로 이렇게 말하며 이장우는 상철에게 손바닥을 내밀었다.

「선생님!」

하고 상철이 우는 소리를 내며 이장우의 손바닥 위에 열쇠를 놓았다.(156회, 1949.2.16)

미 육군 방첩부대(CIC : Counter Intelligence Corps)와 수도경찰청 요원들이 대한청년회관을 포위한다. 청년회 본부에 정창식의 시신이, 별관 지하실에는 하기철의 시신이 있고, 3층 기밀실에 신철수가 구금되어 있는 상황에서 당시 미군정하 핵심세력인 CIC와 수도청이 사건의 진상을 파악하기 위해 수색을 나온 것이다. 이는 비록 장극준 일파가 밀고하여 벌어진 듯 묘사되나 결국 내부 분열로 인한 것이며, 강경파의 무분별한 행동이 낳은 결과이다. 김상철은 그런 갑작스러운 상황에 지레 겁을 먹고 도피하거나 시체를 숨기려 한다. 그러나 이장우는 상철이에게 하기철의 시체가 놓여 있는 지하실의 열쇠를 달라 한다. 모든 것을 자신이 책임지겠다는 것이다. 그래서 마지막 장인 제11장의 제목이 "십자가의 윤리"인데, 해방기 그가 공들여 주장했던 제3세계관은 사라지고 허울뿐인 휴머니즘을 제시할 따름이다.

5. 현실인식의 편향과 서사의 한계

김동리는 해방 4년의 시점에서 자신의 신념을 더욱 확고히 보여주는 장편을 기획했다. 그는 장편소설의 경우 "시대적 사회적 의의와 공리성을 가질 것을 주장"했다.[18] 장편이 시대 사회를 드러내기에 보다 적합한 장르임을 인식하고 창작에 나선 것이다. 「해방」은 정부 수립 1년 후 발표되었다. 당시 그는 한국문학가협회 소설분과 위원장을 맡는가 하면, 『문예』 주간을 맡는 등 문단 내에서 비교적 확고한 권력을 점하고 있었다. 그런 상황에서 시대 현실에 대한 자신감을 피력하고 지난 시절에 대한 반성의 차원에서 「해방」을 발표했다. 그는 "여기에는 우리의 해방을 상징할 만한 몇 개의 인간형이 등장할 것이다. 그리하여 그들이 해방이 가져온 아픔과 괴로움에 어떻게 울며 쓰러지며 싸우며 나아가려 하고 있는가를 그려보려"[19] 한다고 했다. 작가의 언급처럼, 「해방」에는 대한청년회를 중심으로 한 우익과 민청을 중심으로 한 좌익, 그리고 친일파와 기회주의자 등 몇 개의 인간형이 등장한다. 이러한 인간형은 이전의 작품들과 연계되어 있다. 작가는 우성근, 김상철, 윤동섭 등을 통해 우익의 현실인식을 담아냈다.

> 심재영의 말을 들으면 우성근은 본래 우덕구(寓德九)라는 그의 친구의 아들로서, 우덕구는 옛날 三一운동 때, 그와 함께 독립운동을 하다가 일본 경찰의 총을 맞아 죽은 사람이었다. 우덕구가 죽은 뒤 그의 가정은 그럭저럭 폐가가 되고 그때 나이 다섯살인가 그렇게밖에

18 김동리, 「문학적 사상의 주체와 환경」, 『문학과 인간』, 백민문화사, 1948, 93면.
19 김동리, 「피와 눈물에 어린 민족 고난 4년사－장편소설 해방」, 『동아일보』, 1949.7.12.

> 되지 않던 우성근은 그의 외가에 가서 자라며 소학까지를 거기서 치르고 중학 때부터 심재영이 데려다 대학까지 시킨 뒤 저이들끼리 좋아하는 눈치이고 해서 사위로 삼게까지 되었던 것이라 하였다.(28회, 1949.9.28)

청년회장 우성근의 아버지 우덕구는 3.1운동 때 독립운동을 하다가 죽은 애국자이다. 그는 국가와 민족을 위해 희생된 독립운동가로 형상화된 것이다. 여기에서 작가의 의도는 명백하다. 우성근은 아버지의 뒤를 이어 독립을 완수하고자 대한청년회 활동을 했다는 것이다. 그래서 우성근은 "민족과 국가의 독립을 위하여 싸우다가 희생"된 "정말 애국자요 우리들의 둘도 없는 지도자"(3회, 1949.9.3)이다. 작가는 대한청년회를 3.1 독립정신을 계승한 단체로 형상화하였다. 우덕구-우성근 부자의 인물창조는 대한청년회의 명분과 실질을 정당화하는 요소로 작용한다. 곧 대한청년회는 3.1 항쟁의 역사적 이념적 적통성을 가진 청년단체라는 의미로, 독립운동 가문이라는 순혈적 혈통을 통해 대한청년회의 의미를 분명히 했다.

상철이는 우성근과 의형제 사이였다. 상철이의 형상화는 이미 「상철이」(『백민』, 1947.11)에서 이뤄졌다. 상철이의 "어머니는 여섯 살 난 상철이를 데리고 우성근의 아버지의 후처가 되어 왔던 것이다. 그때 우성근의 나이는 열세 살이었다."(123회, 1950.1.11) 가문을 중시한 인물 설정은 청년회 활동의 계승과 관련이 있다. 상철이는 의형 "우성근을 도와 청년회의 일을 보는 것이 곧 민족과 독립을 위하는 것이며 동시에 「크게 옳고 바른 것」을 위하는 길"(124회, 1950.1.12)이라 생각한다. 작가는 상철이의 비중이나 역할을 중시하여 제9장 제목을 "상철이"로 삼았다. 그리고 우성근의 애국자적 적통성을 위해 우덕구를 독립운동가로 제시했으며, 또한 우성근 유지의 직접적 계승을 위해 무리하게 그를 상철이와 의형제로 설정하였다. 그러다 보니 서사적 결함이 노출되고 만다.[20] 우덕구는 성근의 나이 5살에 3.1운동에서 죽었지만, 우덕구는 다시 성근의 나이 13살 되던 해 상철이의 어머니와 재혼을 한다. 대한청년회에 이념적 적통성을 부여하기에 급급한 나머지 죽은 우덕구가 결혼하는 어처구니없는 일이 벌어지고 말았다. 이념의 계승을 위해 가문과 혈연을 중시하면서 서사에 문제가 발생한 것이다.

또한, 대한청년회에서 핵심적 역할을 하는 인물로 감찰부장 윤동섭이 있다. 윤동섭은 "돌아가신 우 선생에 대한 의리만은 저의 목숨보다 더 무겁게 생각하고 있"(116회, 1949.12.28)다고 고백한다. 그는 지극히 감성적이고 즉흥적이며, 정의적 관계와 의리를 중시하는 인물이다. 작가가 이들 인물을 긍정적으로 제시한 것은 우익에 대한 도덕성 부여 차원이겠지만, 이는 또 다른 문제를 야기하고 있다. 이들은 민족과 독립을 위해서는 무슨 일이든 하겠다고 하면서도 친일파의 처단에 대해서는 모호한 입장을 취하고 있다. 우성근의 피살자에 대해 직접적인 수사와 처단을 외치는 것과는 사뭇 다르다. "법보다 정의를 살릴라고 하"면 친일파 심재영의 죄상을 담은 신문을 굳이 압수할 필요가 없다. 신문 압수는 장극준의 말처럼 "친일파를 친일파라고 하는데 그다지 정의에 벗어날 것이야 있나요? 다만 심재영씨가 우 회장의 장인이라는 데서 우리로 볼 때는

20 김동리가 이러한 오류를 제대로 알고 있었는지는 알기 어렵다. 그는 "「해방」도 부분적으로는 대폭 개작할 생각"(「〈전체〉와 〈부분〉이 전도된 개작」, 『독서생활』, 1976.1, 293면)이라고 말했는데, 작품으로서의 불완전성을 인식하고 있었던 것으로 보인다.

우 회장에 대한 정의와 체면도 있고 해서 그러는"(132회, 1950.1.22) 것일 뿐이다. 여기에서 전자는 사회적 正義이고, 후자는 개인적 情誼이다. 윤동섭은 사회적 正義를 내세웠지만, 개인적 情誼에 이끌리고 만다. 그가 우성근을 살해한 민청 대원의 습격에 직접 나서는 것도 우성근과의 의리 때문이다. 윤동섭은 正義主義者라고 했지만, 실상은 情誼主義者였던 것이다. 그리고 '민족과 독립을 위해서는 무슨 일이든 하겠다'는 그들의 주장은 민족과 독립을 위해 친일을 했다는 친일파의 주장과 별반 다르지 않다. 친일파는 자신의 사적 목적을 달성하기 위해 민족과 국가를 팔지 않았던가. 그것은 우익이 독립된 민족국가의 건설을 빙자하여 사회주의자들을 부정하고 탄압하는 것과 다를 바 없다. 좌우익이 서로를 민족국가 건설의 방해물로 인식하면서 타도의 대상으로 삼은 것이다. 김동리가 말한 인간주의 문학이 나름 정치성을 갖는 것은 이러한 이유 때문이다. 대한청년회가 대의를 위해 움직이는 것이 아니라 사적 의리를 위해 움직일 때 한낱 폭력조직과 다를 바 없게 된다. 인간적 관계와 의리가 강조됨으로써 보복적 폭력이 정당화되는 문제가 발생하고 만다.[21]

> 우리는 민족적으로만 해방될 것이 아니라 계급적으로도 해방되어야 합니다. 우리 민족의 九할 이상이 노동자 농민이란 실정에 비추어 이 절대 다수의 인민을 먼저 자본주의자 손에서 해방시키지 않고는 참된 해방이 없단 말씀이에요. 아시겠서요? 절대 다수가 노동자 농민

21 이 지점에서 박헌호의 주장에 귀 기울일 필요가 있다. 좌우의 선택을 선악의 선택으로 치환하는 관념적 도식성에 김동리의 조급함과 정치적 의도가 있다는 것, 그것은 궁극적으로 좌익 척결이라는 것이다. 윤동섭이나 김상철의 좌익 척결이 달리 악의 징치라는 개념으로 인식되는 것도 궁극적으로는 좌우 대립을 선한 세력과 악한 세력의 싸움으로 구도화해 놓았기 때문이다. 박헌호, 앞의 논문, 257~258면.

> 이란 이 민족적 현실을 투철이 파악하지 않고서 우리는 진정한 해방을 누릴 수는 도저히 없단 이 말씀이에요.(87회, 1949.11.29)

이것은 신철수의 말이다. 이 작품에는 박성익, 박선주, 장소란, 성재윤, 신철수, 하윤철, 하기철 등 여러 좌익 인물이 등장한다. 그 가운데 신철수는 좀 복잡한 이력의 소유자이다. 일제 강점기 만주에서 신문기자와 일본 군부에 촉탁으로 일했고, 해방 후 해방주보에서 친일파를 등쳐먹는 사이비 기자로, '민청의 맹원'(87회)으로 활동하며 진보 여성들을 농락한다. 좌익에 대한 부정적 형상화는 「지연기」(『동아일보』, 1946.12.1~19)의 김정칙을 비롯하여 「혈거부족」(『백민』, 1947.3)의 윤 서방으로 이어진다. 흥미로운 점은 친일부역자에서 사회주의자로의 변신은 김정칙, 신철수를 통해 제시되며, 또한 좌익이면서 모리배로의 변신은 윤 서방, 신철수를 통해 제시된다는 것이다. 심지어 「지연기」 개작에서는 "제국주의만이 좌익이 되고"[22]라 하여 친일제국주의자의 좌익 변신을 공식화하였다. 좌익을 친일파, 모리배와 결부시킨 것은 이념에 대한 지나친 정치화 논리이다. 상철이는 신철수를 '빨갱이'로 규정한다. 그는 독립이 "빨갱이 때매 안" 된다고 외치던 반공주의자가 아니던가. '빨갱이'라는 말은 오금례도 쓰는데, 대단히 부정적인 의미를 지닌다. 그러므로 사회주의자로 활동하면서 각종 사회악을 저지르는 신철수는 윤리적 처단의 대상이 된다. 작가는 기회주의자요 성적 방종자이며, 또한 사기꾼에 가까운 신철수를 사회주의자로 둔갑시킴으로써 사회주의자의 부정성을 더욱 확고히 하였다. 악인에게 좌익 사

22 김동리, 「지연기」, 『황토기』, 수선사, 1949, 163면.

상을 덧씌움으로써 좌익이 마치 악의 소굴인 것처럼 인식하도록 한 것이다. 그것은 박선주에게도 마찬가지이다.

> 그리고 활동 가운데서도 특히 혁명을 위한 정치적 활동은 가장 심신(心身)의 소모를 요하는 강력한 활동이요, 쾌락 가운데서는 남녀 관계의 성적 쾌락이 으뜸이라 자기들과 같이 인민의 복리를 위하여 혁명 운동에 심신을 바치고 있는 사람들이 성적 쾌락을 취하는 것은 지극히 당연한 노릇이라 박선주는 주장하는 것이다.(88회, 1949.11.30)

'진보적' 여성으로 제시된 박선주는 쾌락주의자이자 성적 방종형의 인물이다. 그녀는 "인민의 복리를 위하여 혁명 운동에 심신을 바치고 있는 사람들이 성적 쾌락을 취하는 것은 지극히 당연한 노릇"이라고 주장하며 성적 방종을 일삼는다. 그녀는 "무슨 정조니 도덕이니 하는 묵은 관념에 지배되지 않고 모든 여성에게서 청춘을 즐기려는 솔직한 태도는 용감하고 진보적인 것"이라고 하였는데, 이는 박선주를 통해서 '진보'에 도덕적 타락상을 덧씌우고자 하는 작가의 의도에서 나온 것이다. 서술자는 혁명과 쾌락을 동일 선상에 놓음으로써 혁명을 희화화하고, 아울러 박선주를 통해 좌익의 타락상을 부각했다. 우익을 도덕적 우위, 좌익을 도덕적 파탄의 전형으로 그린 것이다. 좌우익을 선악의 구도에 두고 이분법적으로 파악하려는 작가의 윤리의식이 작품에 그대로 노정된다.

> 「바로 말하면 나는 양쪽이 꼭 같애. 三十퍼어센트 대 三十퍼어센트 혹은 六十퍼어센트 대 六十퍼어센트…… 나는 이쪽도 저쪽도 아니야.」
> 「그럼 자네 인민당에는 왜 관계했어? 인민당은 완전히 공산당의

한개 외곽 정당이 아닌가?」

「인간관계야. 몽양 선생도 알지만 또 그 밑에 내 친한 친구가 있었어…… 어쩌면 자네와 나는 무슨 말이라도 흉금을 떨어놓고 할 수 있을 것 같애. 이렇게 맘속에 있는 대로 이야기해 본 것은 해방 후 첨이야……」(150회, 1950.2.10)

이 작품에서 사회주의자 가운데 이념적인 인물형은 존재하지 않는다. 하윤철은 이장우와 이념적 논쟁을 벌이지만 그도 적극적 사회주의자는 아니다. 그는 자신을 진보적 좌익으로 규정하지만, 이장우의 현실 논리에 밀려 자신을 이도 저도 아닌 중도주의자로 표방해버린다. 그는 인민당에 관계한 것도 '인간관계' 때문이라고 말한다. 그는 논리에서 이장우에게 밀리며, 이장우의 이념을 드러내기 위한 보조적 인물로 전락한다. 이장우는 시종일관 현실 논리를 내세워 토론을 압도해간다. 여기에서 이장우는 「윤회설」(『서울신문』, 1946.6.6~6)의 종우와 연결된다.[23] 그러나 「윤회설」에서 종우는 좌우에 대해 객관적 거리를 두려고 하지만, 이장우는 우익으로 경도된 모습을 보인다. 작가는 하윤철의 이념 논쟁을 통해 좌익은 공허하고 비현실적 이념을 가졌을 뿐이고, 그들 대다수는 인간관계에 의해 어쩔 수 없이 좌익에 가담한 것처럼 서술하였다. 좌익을 현실적 대안도 없고 철저한 주의도 없는 인물로 형상화한 것이다. 이로써 당시 이승만 정부의 수립에 따른 이념적 절대 우위의 상황에서 우익의 자신감을 엿볼 수 있다. 김동리가 창작의 변에서 언급

23 한편, 「해방」에서 술집 색시와의 사랑은 "갈렸던 사랑"(『동아일보』, 1949.10.18~20)에 제시되었는데, 이는 「두꺼비」(『조광』, 1939.8)와 「윤회설」(『서울신문』, 1946.6.6~26)에 이어진 것이다. 「두꺼비」, 「윤회설」에는 '정히'로 나오는데, 「해방」에서는 '화자'(원래 이름 '순이')로 제시된다.

한 "자유와 독립에 대한 신념"이 여지없이 모습을 드러낸 것이다. 그것은 곧 현실인식에 편향성을 노출한 것일 뿐이다. 김동리는 공산주의를 거부하고 비판하면서도 '민주주의'의 이름을 빌린 또 다른 정치주의를 보여주었다.

6. 마무리

「해방」은 현실인식 및 서사의 문제점을 노정하고 있다. 김동리는 「해방」에서 좌우익의 대결 속에 제3의 가능성을 차단하고 미소라는 두 체제의 선택으로 국한하여 세계를 보았다. 두 세계 중 어느 하나와 손잡고 다른 하나의 세계를 구축하는 것은 독립된 민족국가의 형성을 주장한 논리와 상충되는 측면이 있다. 독립된 민족국가란 외세의 배격이 전제될 수밖에 없는데, 하나의 세계에 가담하여 다른 하나의 세계와 싸워야 한다는 주장은 그가 당시 미소의 분단 체제라는 냉전 이데올로기의 구도에 갇혀 버렸음을 보여준다.

「해방」에서 작가는 좌우를 이념적 지향이 아니라 선악으로 대별시키고, 나아가 우익을 도덕적 우위에 두고 정당성을 부여함으로써 인물 구도가 지나치게 작위적으로 되고 말았다. 특히 우성근과 김상철의 형상화에서 치명적 오류를 범하고 있다. 좌익 인물들을 부정적으로 그려냄으로써 우익 선택에 정당화를 추구하였는데, 그것은 우익에 정통성을 부여하는 일이며, 좌익을 부정하는 태도이다. 좌우를 선과 악, 현실과 이상, 긍정성과 부정성, 정통성과 비정통성 등 이원적으로 대립시킴으로써 좌익을 극복의 대상으로 자리매김시킨다. 그런 반면, 친일에 대해서는 인정주의적 태도를 유지한다. 이는 당시 우익의 정치의식의 일단을 여지없이 보여준 것이다. 그러므로 이 작품은 해방 공간 김동리의 정치의식의 산물이다.

이처럼 「해방」은 다른 어떤 작품보다도 김동리의 현실인식을 역연히 보여준다는 점에서 중요한 작품이다. 물론 장편에 성공적으로 진입하지 못했다는 것은 개작 의도에서도 드러난다. 다만 이 작품은 해방의 군상들을 그려내고자 했고, 비록 편향성을 갖고 있더라도 이념과 체제 선택을 다룬 작품이란 점에서 적지 않은 의미가 있다. 더군다나 작가는 이 작품에서 이전 소설들의 모티프를 그대로 가져오기도 했다. 「상철이」(1947.11)에 등장했던 상철이가 「해방」에도 등장하고, 「윤회설」(1946.6, 「두꺼비」부터 나옴)에 나왔던 정희의 이야기가 다시 「해방」에 제시된다. 그리고 「급류」에 제시된 대한청년회의 습격이 「해방」에도 나오고, "장연규의 현실론"이 이장우의 현실론으로 연결된다. 그러나 「급류」의 "장연규의 현실론"이 「해방」에서 이장우의 "십자가의 윤리"로 변화하는 데서 알 수 있듯이 비록 대승적 차원에서의 휴머니즘을 제시하였지만, 그가 해방기에 심혈을 기울였던 제3휴머니즘의 모습은 오간 데 없다. 그것은 당대 이념의 벽에 부딪혀 방향을 잃고 난파되어 버린 것이다.

金東里

김동리 소설 연구

김동리의 전후소설의 유형

1. 들어가는 말

작가들에게 6.25는 매우 큰 문화적 정신적 충격이었다. 그래서 고은은 "6.25는 그 이후의 세대에게 근원적인 원체험"이 되고 있다고 강조했다.[1] 우리 문학사에서 6.25 체험은 작가들에게 하나의 분수령 구실을 했던 것이다. 이는 신세대 작가들뿐만 아니라 구세대 작가들에게서도 마찬가지이다.[2] 김동리는 그래서 "당시의 작가들은 누구나 가슴속에 그 「6.25전쟁」으로 가득 차 있었고, 따라서 그것을 작품화시킬 의욕들도 치열했던 것이다"[3]고 말했다. 그러므로

1 고은, 『1950년대』, 청하, 1989, 13면.
2 6.25 전쟁을 형상화한 작가들을 흔히 체험 세대, 유년기 체험 세대, 미체험 세대로 분류하기도 한다. 이에 대해서는 이태동의 「전쟁 체험 세대의 根과 그 극복－6.25의 상처와 전후문학의 대두」(『소설문학』, 1987.6), 조남현의 「유년기 체험 세대의 충격과 시점－소년의 시각과 그 회상」(같은 책) 및 김윤식의 「전쟁 미체험 세대의 논리와 생리－무기를 연마하는 사람들을 위하여」(같은 책) 등을 참조할 만하다.
3 김동리, 「사라지지 않는 것들」, 『문학사상』, 1985.6, 65면.

김동리의 전후소설을 살펴보는 것은 크게는 우리 전후문학의 이해를 위해 자못 중요한 일이다.

이제까지 김동리의 전후소설은 그렇게 관심 있게 논의되지 못했다.[4] 그의 문학은 주로 「황토기」, 「무녀도」, 「역마」, 『사반의 십자가』, 『을화』와 같은 작품들이 논의의 대상이 되어 왔다. 이러한 작품들이 그의 문학의 중심부에 놓여 있는 것이 사실이지만, 그렇지 않은 작품들에 대해서도 주의를 요한다. 특히 그의 전후소설의 분석은 그의 문학의 변화과정을 파악하는 데에도 긴요할 뿐만 아니라 또한 그의 문학을 전체적으로 조망하는 데 필요하기 때문이다.

작가에 있어서 체험은 매우 중요한 역할을 한다. 과연 김동리에게 6.25는 어떤 의미를 갖는지, 그리고 그것이 그의 문학에 어떠한 영향을 주는지를 살펴볼 필요가 있다. 이 글에서는 김동리가 6.25 이후 어떠한 문학적 변화를 거치는지를 1950년대에 나온 전쟁과 관련된 소설들, 이른바 전후소설들을 통해서 고찰해 보려고 한다. 이를 통해 그의 문학이 갖는 의미와 그의 문학 전개상 그러한 작품들이 지니는 의미를 추구해 보고자 한다.

2. 김동리와 6.25, 그리고 문학

김동리에게 있어서 6.25 체험은 남달랐다. 그는 서울신문 편집부 차장으로 일하고 있던 1950년 6월 25일 전쟁을 맞이하였다. 그러나

4 이제까지 김동리 문학에서 전후 문학을 독자적으로 논의한 글은 다음의 것 정도이다. 김영택, 「전전세대와 전쟁의 소설화－김동리의 경우」 및 윤정헌, 「김동리 전후소설고」, 『살림 작가연구－김동리』(류기룡 편), 살림, 1995.

그는 그 이전에도 잦은 소요가 있었기 때문에 대단한 것으로 여기지 않았던 것으로 보인다. 6월 26일, 작가들을 중심으로 비상국가대책위가 구성되었고, 문총비상국민선전대가 조직되기에 이른다. 김동리는 문총 간부들과 더불어 이에 가담하지만, 북한군의 예기치 못했던 서울 점령으로 미처 탈출하지 못하고 잔류파가 되어 그들의 치하에서 3개월여간 도피 생활을 하게 된다.

그는 해방 이후 전조선문필가협회 결성에 참여하고 조선청년문학가협회를 조직하여 수장으로 역할을 한다. 한편, 순수문학론, 민족문학론을 주창하여 좌익 비평가에 맞서 논쟁을 전개하기도 했다. 특히 김동석, 김병규와의 논쟁은 외형상 문학논쟁의 형식을 빌렸지만 실제로 좌익 진영과 우익 진영의 문단 헤게모니 싸움이었던 것이다.[5] 그는 사회주의 진영에 맞서 그들과 대립해 왔기 때문에 북한군 치하에서 정치보위부와 각 기관의 지명수배를 받기에 이른다. 그러나 그는 조진흠과 손소희의 도움을 받으며 9월 말 서울이 수복될 때까지 3개월간을 은거하였다. 그리고 서울이 수복되자 〈문총구국대〉에 다시 참여하고, 문단과 언론의 재건에 노력을 기울이지만, 1.4후퇴로 항도 부산으로 남하하게 된다. 그 후 공군종군문인단, 즉 〈창공구락부〉에 황순원, 전숙희 등과 함께 가담했으나, 거기에서 적극적인 활동은 하지 않았다.[6]

김동리는 전쟁 체험을 전쟁 기간과 그 이후 여러 작품에서 형상화하기에 이른다. 그의 작품은 1953년 5월에 발표된 곽종원의 「6.25

5 해방 공간의 문단상황과 조선청년문학가협회의 결성에 대해서는 권영민, 『해방직후의 민족문학운동연구』(서울대학교출판부, 1986)와 김동리, 「성격 다른 민족문학」(『예술계』, 1986.8)을 참조.

6 전쟁 동안의 김동리의 행적에 대해서는 조연현의 『조연현문학전집(1)－내가 살아온 한국문단』(어문각, 1977)과 고은의 『1950년대』(청하, 1989), 그리고 김동리의 「전쟁이 남긴 나의 작품」(『문학사상』, 1974.6)을 참조.

동란 이후의 作壇 개관」에서도 확인된다.[7] 곽종원은 그 시기 전쟁 관련 작품들을 가) 一線 전투상황을 취재한 것, 나) 赤治下를 겪은 기록 작품, 다) 一線과 후방이 연계적으로 취급되어 있는 작품, 라) 피난 생활의 실태를 묘사한 것 등 4부류로 나누고, 이 가운데에서 다)항에 김동리의 「귀환 장정」, 「상면」, 「살벌한 애정」, 「남행로」 등 4 작품을 포함했다.[8] 이들 작품 외에도 김동리 소설 가운데에서 6.25를 다루었거나 배경으로 한 소설은 단편 「흥남 철수」 「밀다원 시대」 「피란기」 「일분간」 「서글픈 이야기」 「자매」 「어떤 남」 「실존무」 「까치 소리」, 장편 『자유의 역사』 등 여러 작품이 있다.[9]

김동리가 6.25 전쟁 상황을 얼마나 치열하고 리얼하게 묘사했는가 하는 질문은 부질없는 것이다. 왜냐하면 그의 어느 소설도 그러한 문제에 적극 관심을 기울이지 않을 뿐만 아니라, 작가에게 그것은 별로 중요하지 않기 때문이다. 김기진이 제시한 전쟁문학의 다섯 가지 방향, 1) 공산주의 사상의 내면에 있는 비합리성 허위성을 폭로하고 그 모순을 지적, 2) 퇴폐적 경향을 완전히 해탈, 3) 희망적인 것, 4) 인간성의 부활과 개조의 문제, 5) 싸우는 마당과 그 마당 뒤에서 거두어지는 이야기[10] 가운데에서 김동리가 관심을 갖는 분야는 4), 5) 정도이다. 그런 점에서 그의 문학을 전쟁 문학 일변도에서 보는 것은 무리가 있다. 그의 문학에서 더욱 중요한 것은 어떤 각도에서 그려냈느냐, 또는 작가는 어떠한 태도로 그려냈느냐 하

7 곽종원, 「6.25동란 이후의 作壇 개관」, 『신천지』, 1953.5, 184~185면.
8 이 가운데에서 「살벌한 애정」은 「살벌한 황혼」, 그리고 「남행로」는 「남로행」의 원명일 가능성이 있다. 또는 「형제」가 「광풍 속에서」로, 「상면」이 「어떤 상봉」으로 제목이 각각 바뀌듯 개명 및 개작되었을 수도 있다.
9 김동리, 『밥과 사랑과 그리고 영원』, 사사연, 1985, 245면. 이하 이 책의 인용은 『밥과 사랑과 그리고 영원』, 면수만을 인용구 바로 다음 괄호 속에 기록.
10 김팔봉, 「전쟁문학의 방향」, 『전선문학』, 1953.2, 60~62면.

는 것이다. 그것은 작가의 글 여기저기에서 찾아볼 수 있다.

(가) 〈홍남 철수〉라는 역사적 사실을 소설화(小說化)시킴에 있어, 어떻게 하면 그 〈역사적 사실〉에 압도(壓倒)되지 않고 완전히 창작화(創作化)시킬 수 있을까 하는 문제였던 것이다 …(중략)… 자칫하면 종군기(從軍記) 비슷한 전쟁 실기(戰爭實記) 성질로 떨어질 우려가 많다고 생각되었던 것이다.[11]

(나) 나는 이런 제재(題材 : 제이국민병의 참상 — 인용자 주) — 소재— 일수록 그것이 사회의식이라든가 목적의식이라든가 하는 따위에 사로잡혀서 소위 「이데오르기」의 도구(道具)가 되지 않도록 신경을 쓰는 것이다. 그리하여 나는 될 수 있는 대로 소설이 지녀야 할 기본적(基本的)인 조건이라든가 〈인간적〉인 면이라든가 하는 데 치중하려고 노력한 것이다.(『신문예』, 27면)

김동리는 자신의 창작세계를 문학론으로 정립하고자 「창작과정과 그 방법」이라는 제하의 글을 10회에 걸쳐 연재하였다.[12] 이 글에서 그는 몇 작품의 소재 및 형상화 방법에 대해 서술하고 있다. 위의 예문도 그 글의 일부로 (가)는 「홍남 철수」, (나)는 「귀환 장정」에 대한 작가의 해설이다. 작가는 이 글에서 '「홍남 철수」에서 실질적(實質的)으로 전쟁을 그린 부분은 너무나 빈약하다'는 독자의 문제 제기에 대해 자신의 해명을 시도하고 있다. 이 글에 얼마간 자신

11 김동리, 「제재 소재의 비중과 방법문제」, 『신문예』, 1959.4, 25면. 이하 이 글의 인용은 『신문예』, 면수만 괄호 속에 기록.
12 김동리, 「창작과정과 그 방법」, 『신문예』, 1958.10~1959.11.

의 작품에 대한 변명의 성격도 포함되어 있지만, 다른 한편으론 이를 통해 그의 작품 이해에 도움을 받을 수 있다.

작가는 위 예문에서 역사적 사실의 형상화에 대해 나름대로 분명한 태도의 문제를 제기했다. 그것은 종군기와 같은 사실적인 기록보다는 허구적 형상화를 지향하며, 또한 이데올로기가 아니라 인간성의 제시에 주력했다는 점이다. 여기에서 그는 순수문학과 인간주의 문학을 표방하고 있는데, 그것은 1930년대 이래 줄곧 주장해온 것이다. 특히 전쟁 이전, 해방 공간에서도 그는 "문학이란 본래 인간의 것이며, 인간성에 관한 옹호, 탐구, 조화, 이상 등을 떠나서 진정한 문학이란 있을 수 없다"라고 주장했다.[13] 그러므로 그의 전후 문학을 형상화와 주제 의식의 측면에서 논의해볼 필요가 있다.

앞에서 제기한 작품들 가운데에서 그래도 소품에서 벗어나고, 또한 6.25의 현실을 보다 직접적으로 다룬 작품을 논의의 대상으로 취하는 게 옳을 듯싶다. 그래서 여기에서는 「귀환 장정」, 「살벌한 황혼」, 「흥남 철수」, 「밀다원 시대」, 「실존무」, 그리고 『자유의 역사』를 논의의 선상에 올리기로 한다. 이들 작품 외에 1960년 이후에도 전쟁을 배경으로 한 작품이 있긴 하지만 이 논의에서는 제외했다. 그것은 1950년대에 나온 작품의 성향을 크게 벗어나지 못했을 뿐만 아니라 1950년대의 소설에 전쟁이 가장 치열하게 각인되어 있기 때문이다.

13 김동리, 「본격문학과 제3세계관의 전망」, 『문학과 인간』, 청춘사, 1952, 114면.

3. 김동리 전후소설의 두 유형

이 글에서 논의할 김동리의 전후소설을 시대순으로 정리해보면, 1951년경에 「귀환 장정」·「살벌한 황혼」, 1955년에 「흥남 철수」·「밀다원 시대」·「실존무」, 그리고 1959년에 『자유의 역사』 등이다. 먼저 이들 작품을 작품의 시대 배경을 중심으로 하여 그림과 같이 나타낼 수 있다.

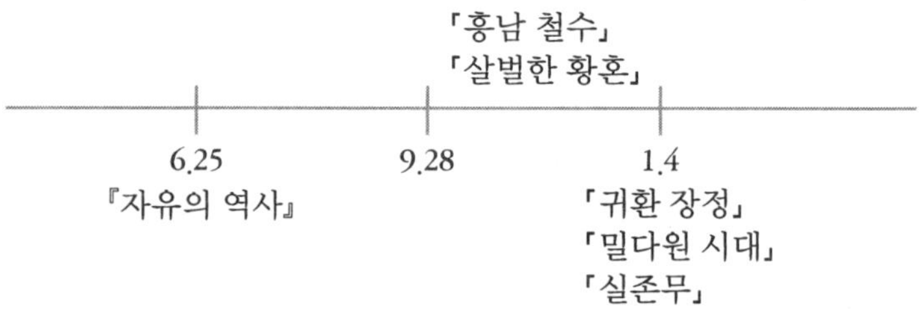

위의 작품들을 체험의 형식과 시대 배경, 그리고 인물형에 따라 두 개의 유형으로 나눌 수 있다. 먼저 김동리는 6.25에서 9.28 수복까지 서울에서 은신한 체험을 『자유의 역사』에 그대로 형상화한다. 그리고 1951년 1월 3일까지 부산으로 피난을 갔다가 1953년 봄에 환도하는데, 이 시기의 체험을 근간으로 「밀다원 시대」, 「실존무」 등을 형상화한다. 다음으로 간접적 체험을 바탕으로 한 작품들이 있다. 9.28 이후의 북진을 배경으로 한 「살벌한 황혼」, 「흥남 철수」가 있고, 또한 대구에서의 '제2국민병의 문제'를 다룬 「귀환 장정」이 있다. 전자는 주로 서울이나 부산을 배경으로 피란지에서의 삶의 모습이 직접적 체험의 형태로 전개되고, 후자는 전쟁 후방 지역을 배경으로 타자(군인이나 그에 준하는 제2국민병, 피란 작가 등)

의 체험을 기반으로 형상화되었다. 그러면 이들 작품에 대해서 살펴보기로 한다.

1) 후방 전선 소설-「귀환 장정」, 「살벌한 황혼」, 「흥남 철수」

김동리 전후소설의 특징은 앞의 곽종원의 설명에서도 보이듯 '일선 전투상황을 취재한 것', 즉 전방문학은 없다. 그의 문학에서 〈전방문학〉이 없다는 것은 그가 실제로 일선 체험을 갖지 않았다는 체험의 한계에 기인하는 것이기도 하겠지만,[14] 무엇보다 그의 작가적 태도에 기인한 것으로 보인다. 작가는 「귀환 장정」에 대해 "그때 나는 부산에 피난 내려가 있었는데, 「제이국민병」의 참상(慘狀)을 보고 통분(痛憤)한 마음을 참을 수 없었다. 이 누를 수 없는 사회적인 의분(義憤) 이것이 이 작품의 제작 동기(製作動機)가 되었다"(『신문예』, 26면)고 진술하였다. 이 작품은 전쟁 동안에 발표된 작품이다.

「귀환 장정」에서 전쟁은 하나의 배경 정도로밖에 제시되지 않는다. 그것은 이데올로기의 배제 차원이라기보다 전쟁에 대한 직접적인 언급을 피하려는 작가적 태도에 기인한 것으로 보인다. 그리고 전쟁보다는 전쟁의 이면을 통해서 전쟁에 의해 희생된 인간 군상을 폭로하려는 의도로 비친다.

> 상복은 의권이가 왜 저렇게 딴사람같이 되었는가 하는 것을 생각하고 있다. 의권은 또 상복이가 왜 저렇게 딴사람같이 되었는가 하는 생각

14 이에 대해서는 작가 스스로도 "넓은 의미에서 전쟁, 그것은 겪었어도 전투를 해본 경험이 없다는, 그것이 이유일 것이다. 가끔 영화나 TV에서 전투장면을 보게 되는데, 내 경험 밖의 일이어서인지 별 흥미를 느끼지 못한다"(김동리, 「전쟁이 남긴 나의 작품」, 49면)고 솔직히 시인하고 있다.

> 에 잠겨 있는 것이다. 그들은 함께 오늘 오전 김해의 장정대기소(壯丁待機所)에서 제대(除隊)가 되어 돌아오는 길이다.[15] (『단편선집』, 168면)

상복과 의권은 전쟁의 피해자들이다. 이들은 전쟁에 참여하려다가 제대가 된 제이국민병이다. 전쟁은 그들로 하여금 그 이전과는 다른 사람으로 만들었다. 전쟁은 개인의 삶에 개입하여 그 사람들의 삶을 송두리째 바꿔 버리는 거대 폭력이나 다름없다. 상복과 의권이 훈련소에서 보낸 석 달 동안 세상은 놀랄 정도로 변했던 것이다. 그리고 그들 역시 변하게 된다. 의권은 '헤프고 뒷생각이 없이 껄찍껄찍한 사람'이 되었고, 상복은 '옹졸하고 비겁한 자'가 되었다. 그것은 "두 개의 정반대되는 성격을 대조적으로 그리되, 정상상태(正常狀態)보다 더욱 극단적(極端的)인 대조"(『新文藝』, 28면)를 보인 것이다. 석 달 훈련으로 두 사람의 심리상태는 각각 극단적으로 발전 내지 변화되었을 뿐만 아니라, 상대자에 대한 증오와 의혹과 경멸과 불신으로 차게 되었다. 그들의 피해는 단순히 정신적인 것에만 그치지 않는다. 상복은 마침내 그러한 상황을 견디지 못하고 졸도하기에 이른다.

> 의권은 이렇게 소리를 지르며 사지가 축 늘어진 상복을 어깨에 멘 채 사회부로 가자던 회색 스프링과 상고머리에 누른색 양복을 입은 노동자와 그리고 여자, 남자, 노인, 아이, 수많은 군중들을 모조리 곁눈질로 흘겨보며 사회부 쪽도 보건부 쪽도 아닌 어느 골목으로 사라지고 말았다.(『단편선집』, 173면)

15 김동리, 『김동리대표작선집(1) — 단편선집』, 삼성출판사, 1967, 168면. 이하 이 책의 인용은 『단편선집』, 면수만 괄호 속에 기입.

사회부도 보건부도 아닌 어느 골목은 무얼 의미할까. 사회부와 안전부는 귀환 장정에게 쌀과 돈, 약품을 주는 기관이다. 어쩌면 이 결말에 작가의 의도가 잘 제시된 것으로 보인다. 상복과 의권은 전쟁으로 인해 무력한 인간, 맹추와 건달이라는 사회 부적응자로 전락하였다. 쓰러진 상복을 들춰 업고 어느 골목으로 사라지는 마지막 장면은 더 이상 국가 권력에 의존하지 않겠다는 의권의 단호한 자세를 보여준다. 그것은 국가권력에 대한 불신과 냉소를 포함한다. 한편으론 마지막 장면은 의권의 비인간성을 드러내는 것으로도 볼 수 있다. 작가는 이 작품을 통해 전쟁이 개인에게 미친 정신적 불모성을 고발하고 있다. 순박하던 인간들의 성격이 전쟁을 통해 파탄되는 현실을 폭로함으로써 전쟁의 상처를 드러내고자 하였다.

다음으로 「살벌한 황혼」 역시 전시에 발표된 작품이다.[16] 이 작품에 대해 곽종원은 "주인공의 성격이 뚜렷이 살아 있"고, "인간성을 파고드는 무거운 분위기가 우리의 머리에서 사라지지 않는다"고 긍정적으로 평가했다.[17] 이 작품의 배경은 시기적으로는 9.28 서울 수복 후 평양을 거쳐 개천까지 진격하고 있을 때인 1950년대이다. 윤주호는 유엔군 연락 장교로서 군대가 다시 옹진으로 후퇴할 무렵, 겨우 폐허가 된 서울에, 그리고 자신의 연인 경희의 집에 들르는 내용이다. 그러나 이 작품은 해방 공간에서 그가 강조하던 민족주의적 입장은 찾아보기 어렵고, 실존적, 휴머니즘적 의식이 잘 드러난다.

16 김동리 연보에 「살벌한 황혼」은 "1952년 발표"된 것으로 나와 있다.(「김동리 연보」, 『김동리선집』, 어문각, 1982, 500면) 이 작품이 「대결」(『국방』, 1952.10)이라는 이름으로 발표된 것을 확인할 수 있었다.

17 곽종원, 앞의 글, 188면.

> 그 타고 부셔지고 폐허된 서울이 뼈저리게 아깝다느니 보다도 그에게 있어 그것은 이내 그의 경희에게 결부되는 것이어서, 아아 경희는 이 무시무시한 폭력을 어떻게 당했을까, 경희는 무사할까, 하는 여러 가지 불안과 분노의 착잡된 감정이 엉키어, 그것이 할일없이 찦차의 속력을 올리게 하는 듯했다.(『실존무』, 239면)

폐허가 된 서울을 보는 윤 중위의 시선에서 김동리의 내면을 읽을 수 있다. 무엇보다 위의 글에서 강조되는 것은 경희의 신변에 대한 윤 중위의 걱정이다. 그것은 개인으로서의 실존적 자각과 인간성 중시라는 두 관점을 제기한다.[18] 그리고 이 작품은 하나의 알레고리적 성격을 가진다. 그것은 개를 대하는 윤 중위의 모습에서 드러난다. 윤 중위가 개를 죽이는 것은 개에게 더 이상의 고통을 주지 말자는 안락사의 행위로 비친다. 여기에서 '메리이'는 인격적 지위가 부여된 경희의 대리물로 상정될 수 있다. 그것은 '그 동물이 그네 「메리이」'라던가, '그녀를 태운 채', '고기와 양엿과자를 먹이었다', 또는 '그의 품에 안기었다' 등에서 나타난다. 또한 "주호가 두 번째 그의 이름을 불렀을 때 그녀는 설음과 기쁨이 뒤섞인, 슬픔과 오열이 한테 엉킨 듯한 야릇한 소리를 내었다."(『실존무』, 240면)와 "그리고는 손목시계를 한번 본 뒤 그녀를 다시 땅에 놓아 주었다."(『실존무』, 242면) 등에서 마치 개는 그녀와 동일시되기도 한다.

이 작품은 전쟁의 황폐화를 드러내고 있다. 전쟁터에서 메리이는 주림과 추위, 뼈저린 고독으로 인해 마를 대로 말랐던 것이다.

18 후자의 관점은 김동리가 공자의 비유를 제시할 때 더욱 분명해진다. 공자는 마구간에 불이 났다고 하자 사람은 상하지 않았는지를 먼저 묻는다. 이를 김동리는 공자의 인간주의의 실례로 설명한다.(김동리, 「공자의 휴머니즘」, 『밥과 사랑과 그리고 영원』, 179면)

그런 개에게 먹이를 주고 총으로 사살한 것은 전쟁의 참화로 인해 빚어진 비극과 그 비극을 감내하는 살신성인의 자세이다. 그러므로 개는 달리 전쟁의 화를 입은, 그러면서도 윤 중위를 기다린 약혼녀 경희의 은유인 셈이다. 마지막에 노인에게 돈을 주고 개를 묻어 달라고 한 것이 휴머니즘으로 읽히는 것도 바로 그러한 까닭이다. 그러므로 이 작품은 전쟁이 개인의 영혼에 미친 참화를 비유적으로 형상화하고 있다.

「흥남 철수」는 전쟁이 끝난 후 거의 1년 반이 지난 시점에 발표된 작품이다. 이 작품은 흥남에서 피난민 배를 타고 내려온 이발사와 아동문학가 강소천의 이야기를 바탕으로 하고 있다.[19] 작가는 이 작품에서 첫째, 주인공을 군인에서 취하지 않고, 둘째, '인간적'인 점을 강조하며, 셋째로 비극적인 것[20]으로 그렸다고 했다. 사실의 기록(戰爭實記)에 떨어지지 않도록 허구적 상상을 결합했다는 것이다.

> 유엔군 서북 전선이 철수를 개시한 십일월 이십칠팔 일 그 무렵, 아직도 북으로 진격을 계속하고 있던 동북 전선 일대는, 바야흐로 휘몰아치는 눈보라 속에 뿌옇게 싸여 있었다. 이십오 일에 이미 나남(羅南) 청진(淸津)을 탈환한, 국군 장병은 다시, 회령(會寧) 나진(羅津)을 향하여 이십구 일에도 북진을 계속하고 있었던 것이다.[21]

19 김동리, 「전쟁이 남긴 나의 작품」, 『문학사상』 1974.6, 47면. 이에 대해 작가는 "작품의 중간에 주인공 박철이 자기의 승차표를 정인수에게 주어 피난을 하게 하는데 강소천씨가 바로 정인수처럼 어느 종군예술인이 준 표를 받아 승차했다는 얘기를 들려줬다"고 언급했다.

20 김동리, 「제재 소재의 비중과 방법문제」, 25~26면.

21 김동리, 『등신불』, 정음사, 1967, 6면. 이하 이 책의 인용은 『등신불』, 면수만 괄호 속에 기입.

「흥남 철수」는 1951년 12월 중공군의 개입으로 흥남을 철수하게 된 사건을 형상화한 것이다. 그러나 이 작품은 전선이 아닌 전선 후방을, 그리고 이데올로기의 문제가 아닌 개인의 실존 문제를 다루고 있다. 물론 전선 후방이 전선과 전혀 무관할 수 없고, 실존 문제에 이데올로기가 배제될 수는 없다. 그러나 이 작품에서 전쟁은 그의 대부분 작품이 그러하듯 부대적 상황으로서 의미를 갖는다. 철은 6.25 중에 아내를 공산군에게 잃고, 국군과 유엔군이 북진하자 수복지구 동포들에게 계몽 선전 위안을 주는 종군문화반의 일원으로 흥남에 왔다. 그의 일행은 윤 노인 집에 머무르며 흥남을 중심으로 위안 계몽활동을 하다가 전세의 불리로 후퇴하게 된다. 그 와중에 그는 원산으로 후퇴하는 트럭의 표를 강인수에게 넘기고 만다.

> 여기서 자기 한 몸 같으면 유엔군을 따라 남하 해버리면 되겠는데 자기에게는 늙은 어머니와, 어린아이 넷과, 몸 약한 아내가 있어서 자기가 없으면 이 식구들은 집에서 굶어 죽거나 거리에서 얼어 죽고 말리라는 것이다. 그러나 설사 그렇게 된다 할지라도 자기는 여기 남아서 공산당에게 붙잡혀 죽을 날을 기다리고 있을 수는 없다는 것이다. 더욱이 그의 어머니와 아내는, 가족들 걱정은 말고 자기 한 사람의 목숨만이라도 건지도록 하라고 강경히 권하여 마지않는다는 것이다.(『등신불』, 21면)

이 작품은 전쟁과 실존의 문제를 다룬다. 전쟁이 불리해지자 남한으로의 후퇴를 결심한 강인수의 행동에서 실존을 향한 몸부림이 잘 드러난다. 위의 인용문에서 강인수의 탈출은 가족(특히, 어머니)의 입장에서 보면 보호 본능의 일종이고, 자신의 입장에서 보면 실존(삶)의 본능이다. 가족의 안전보다도 실존이 중요하기 때문에 그는 혼자 탈출의 대열에 가담한다. 그리고 윤 노인도 마찬가지이다. 이들은 전쟁이라는 극도의 불안과 초조, 공포와 절망의 와중에서 살아남기 위해 몸부림치는 인간 군상이다.

> 철은 목이 찢어지도록 높은 소리로 시정을 불렀으나, 으르대는 포격 소리, 비행기 소리, 휘몰아치는 눈바람에 가리어 아버지를 찾는 시정의 귀에는 들리지도 않는 듯
> 『아바이! 아바이!』
> 하고, 바다에 뛰어들 듯이, 발을 구르며 아버지를 부르던 시정이, 철의 목소리에 문득 정신을 돌린 듯 다시 배 있는 쪽으로 달려 왔을 때, 배는 이미 뒷 문을 닫고 닻을 올린 뒤이라 …(중략)… 철이 미친 듯이 소리를 지르다가 뱃전에 철껀 하고 이마를 부딛친 것은, 그 자신이 사람을 밀치고 뱃전으로 뛰어 올랐기 때문이 아니오, 때마침,
> 『부-ㅇ』
> 하는 기적 소리와 함께, 부두에서 배가 움직이기 시작했기 때문이었다.(『등신불』, 39~40면)

이 작품이 그의 다른 어느 작품보다 실존의 냄새를 강하게 풍기는 것은 전쟁의 급박한 상황 때문일 것이다. 그것은 한계 상황 그 자체이다. 이 작품의 마지막 장면은 비극적인 이별의 아픔을 재현한다. 윤 노인이 바다에 빠지고, 그러한 상황에서 절망적으로 몸부림치는 시정을 바라보던 철은 그녀를 구출하려고 하지만 배가 움직이고 만다. 결국 수정과 철은 배에 올랐지만, 시정과 윤 노인은 바다 위에 떨어지는 것으로 마무리된다. 이후 시정과 윤 노인이 어

떻게 되었는지 알 수 없다. 이 작품은 전쟁 상황에서 겪게 되는 한 가족의 비극을 여실히 보여준다. 여기에서 철의 행위는 휴머니즘적 정신으로, 이른바 실존주의적 휴머니즘을 바탕으로 한다.[22]

작가는 흥남 철수라는 역사적 상황을 다큐멘터리적 기록 형식으로 형상화하였다. 여기에서 정인수와 윤 노인 가족을 통해 전쟁 상황에서의 실존적 인간의식을 잘 드러내고 있고, 또한 전쟁이라는 거대한 폭력에 맞서는 철의 행동을 통해 휴머니티를 살리고 있다. 전쟁의 비극을 인간애로 잘 승화시킨 작품이다.

2) 피난지 체험 소설-「밀다원 시대」, 「실존무」, 『자유의 역사』

피난지 체험 소설은 김동리에게 있어서 직접 체험의 영역이다. 이들 작품은 전쟁이 끝난 후 일 년 반 이상이 지나서 나오게 된다. 이들은 전쟁 기간에 나온 작품들보다 그 완성도가 높다. 그것은 대상에 대한 객관적 거리가 확보되었고, 조연현식으로 표현하면 외적 체험이 내적 경험으로 자리 잡게 되었기 때문이다.[23] 이 작품들은 전쟁에 대한 직접적 기록의 성격에 가깝다. 그러나 피난지 삶의 기록이기 때문에 전쟁의 직접적인 의미나 긴장도는 상당히 떨어지

22 사르트르는 휴머니즘을 양분하였으며, 인간이 존재하기 위해 더 높은 목적을 추구한다든가, "어떤 해방이든가 어떤 일정한 일의 실현이든가 그러한 목적을 자기 자신 밖에서 찾"으려고 하는 것을 실존주의적 휴머니즘이라고 불렀다. 사르트르가 실존주의를 휴머니즘에 귀결시킨 데에는 실존주의가 靜寂主義나 冥想主義라는 부르주아 철학에 빠지고 마는 것에 대한 경계, 또는 자기 변호적 의도가 짙게 배어 있다.(J. P. Sartre, 방곤 역, 『실존주의는 휴머니즘이다』, 문예출판사, 1992, 48~49면)

23 조연현, 「한국전쟁과 한국문학」, 『전선문학』, 1953.5, 18~21면. 그는 이 글에서 체험과 경험을 구분하고 있는데 별로 주의할 만한 것은 못 된다. 전쟁문학이 시간적 거리를 요구하는 것은 "외부적 체험이 내적 경험으로 형성시키는 데 상당한 시간이 요구"되기 때문이라기보다 작가의 태도와 대상으로부터의 객관적 거리의 확보 등이 필요하기 때문일 것이다. 그것을 두고 체험과 경험으로 구분하는 것은 무의미하다.

고 있다. 그것은 직접적 전투군인으로서가 아닌 지하생활자로서, 도피 은둔자로서의 체험에 상당 부분 기인한다. 낙오자로서의 삶은 한편으론 전쟁에 의해 희생된 지식인의 모습이기도 하다. 이들 작품들은 그의 직접 체험의 영역이라는 점에서 앞의 소설들보다 직접적이다.

> 끝의 끝, 막다른 끝, 거기서는 한 걸음도 더 나아갈 수 없는, 한 걸음만 더 내어 디디면 허무의 공간으로 떨어지고 마는, 그러한 최후의 점(點) 같은 것에 중구의 의식은 완전히 사로잡혀 있는 듯했다 …(중략)… 적어도 그들은 오십일년 일월 삼일이라는 최후의 시간까지 자유의 수도를 지킨 같은 겨레의 같은 시민들이요, 같은 시간에 같은 차로 같은 목적지에 내린, 같은 〈운명체〉가 아닌가.(『실존무』, 244~245면)

「밀다원 시대」는 1.4후퇴 직전까지 서울에 있다가 중공군과 더불어 새로운 전열을 가다듬고 내려오는 북한군에 밀려 부산으로 남하하게 된 자신의 이야기와 피난지에서의 문단 이야기를 더불어 기술하고 있다. 특히 부산에서의 문인들의 삶과 밀다원에서의 전봉래 시인의 자살이라는 직접적 체험을 형상화하였다.[24] 이 작품 역시 경험한 사실에다 허구적 원리를 적절히 운용하고 있다. 이 작품에서 1.4후퇴로 인한 암담했던 피난의 상황은 마치 끝의 끝, 막다른 끝으로 규정하기에 이른다. 공간으로서의 '끝의 끝'과 시간으로서의 '최후의 시간'이 이들 피난민의 현실인식이다. 그것은 곧 벼랑

24 이 작품과 현실의 거리에 대해서는 김동리의 「사라지지 않는 것들」 참조. 이 글에서 그는 「밀다원 시대」의 등장인물 몇몇은 조현식(조연현), 오정수(오영수), 허윤(허윤석), 길선주(김말봉) 등 실제 인물을 모델로 하였음을 밝히고 있다.

끝에 몰린 자아에 대한 실존 의식이며, 전쟁의 상황에 놓인 지식인의 자의식이다.

"중구는 〈새로운 자유〉를 안고 출찰구 밖으로 던져진 채 한순간 전의 〈동지〉들이 이제는 모다 남이 되어 돌아가는 광경을 물끄러미 바라보고 있었다"(『실존무』, 245면)에서 전쟁에서 촉발된 개인의 소외와 고독을 기술하고 있다. 내던져진 존재로서의 삶은 실존적 자아의 삶이다. 어머니를 서울에 두고 아내와 딸을 친정에 찾아가도록 한 이중구는 결국 전쟁으로 인해 자신의 연인을 잃고 죽음을 택한 정운삼의 삶과 별반 다를 바 없다. 전쟁이란 상황이 개인에게 부여한 막중한 무게를 작가는 정운삼의 삶을 통해서 제시하고 있다. 정운삼은 전쟁으로 인해 현실 부적응자로 전락하며 문화적 정신적(특히 실연) 충격으로 마침내 아노미적 자살을 하기에 이른다. 6.25의 상황은 한 개인을 죽음으로 내몰 정도로 처절하고 힘겨운 상황이 아니었던가. 현실의 부피에 눌려 약을 먹고서야 '의식의 투명'을 얻고, 자신을 살라 등대를 켜려 했던 시인의 모습이야말로 전쟁의 어둠을 탈출하려 했던 낭만주의적 예술가의 자의식이었을 것이다. 마지막 유작시 「등대」는 난파당한 배와 같은 현실에 하나의 희망인 등대가 되고자 했던 시인의 마음을 잘 승화시키고 있다. 결국 이 작품은 피난지 부산에서의 문인들의 의식을 죽어가는 한 시인의 모습을 통해서 형상화한 것이다.

「실존무」는 전쟁으로 인한 가족의 붕괴를 그리고 있다. 이 작품에 등장하는 장계숙은 6.25때 남편이 납치되어 1.4후퇴에 서울에서 부산으로 내려왔고, 이영구와 김진억은 고향 원산에 가족들을 두고 1.4후퇴에 남하하여 부산에 온 것이다. 이 작품은 순전히 타자의 삶을 형상화한 것 같지만, 실상은 자신의 1.4후퇴와 손소희와의 동

거라는 직접적 체험을 바탕으로 하고 있다.[25]

장계숙은 살기 위한 방편으로 밀크홀을, 김진억은 만년필 장수를 하며 생활하게 된다. 전쟁은 개인들을 무자비하게 갈라놓았고 이산이라는 아픔을 낳았다. 이러한 이산은 전쟁으로 인해 개인이 겪게 되는 삶의 질곡이었다. 그러므로 전쟁은 개인으로 하여금 실존을 자각하게 하는 계기가 된다. 이 작품은 바로 그러한 실존주의를 전면에 내세우고 있다. 그러나 작가가 말하는 실존주의는 사실상 이영구의 주장에서 보듯 관념적이다. 그러므로 「실존무」를 철저하게 실존주의적 관점에서 이해하는 것은[26] 작가의 의도에는 부합될지 모르나 타당하지 않다.

> (가) 실존주의는 순간이고 행복이고 그러한 문제가 아닙니다. 그것은 어디서나 우리 인간의 존재를 기준으로 해서 우리 인간의 의지(意志)와 판단과 행동 그 자체에다 절대적인 의미를 두는 겁니다.(『실존무』, 142면)

> (나) 특히 영구가 강조한 것은, 계숙과 진억이 처음엔, 〈생(生)〉에 무슨 예정(豫定)된 목적이나 이념(理念)이 있는 것처럼 실존주의를 반대했지만 지금은 완전히 〈실존〉 그 자체에 항복하고 말았다는 것이다. 그 증거로는 그들은 지금 부부가 되어 있지 않느냐는 것이었다.(『실존무』, 156면)

25 김정숙, 『김동리의 삶과 문학』, 집문당, 1996, 244~247면.
26 이규호, 「전쟁과 실존의 윤리」, 『동리문학이 한국문학에 미친 영향』(중앙대학교 예술대학 문예창작학과 편) 1979.

사실 실존주의 사상은 「실존무」보다도 「흥남 철수」나 「밀다원 시대」에서 더 잘 드러난다. 실존주의가 "인간의 의지와 판단과 행동 그 자체에다 절대적인 의미"를 둔다거나 '생의 목적을 두고 살아간다는 것'은 지나치게 모호하고 포괄적이다. (나)에서 '생에 예정된 이념이나 목표가 있는' 것은 마치 실존주의와 대립적인 것으로 제시된다. 그것은 어의상 기독교적 내세관으로 보이지만 그들은 그런 사상에 근접하지도 않는다. 그리고 '부부가 된 것'이 실존에 항복했다는 것은 '성욕론에 근거한 선택'이나 별반 다를 바 없다. 그렇다면 '현대사상', '자유', '선택', '고민', '책임', '존재', '현재' 등의 용어가 허울 좋은 수사에 불과하고 이영구의 말들은 싸구려 철학자의 궤변에 가깝다. 거기에는 실존주의의 가장 중요한 테제인 '실존은 본질에 앞선다'는 내용조차 발견할 수 없다. 작가의 실존주의 사상의 일천함은 이어령과의 논쟁을 통해서 확인된 사실이다.[27]

오히려 이 작품은 인간의 실존주의적 속성보다는 전쟁의 참화가 빚어낸 개인적 비극과 이산가족의 문제를 제기하고 있다. 김진억이 장계숙과 동거하여 아이를 하나 낳고 살고 있는데, 그의 전부인과 아이들이 찾아온다는 것은 이산가족들이 겪을 수 있는 사회적 문제인 것이다. 이 작품의 마지막 부분에서 작가는 "사상의 빈곤이야. 사상의 빈곤! 사상이 빈곤한 자는 알코올의 힘이라도 빌려야 하는 거야. 자아, 일어나게. 같이 한잔하세"(『실존무』, 161면)이라 하여 장면을 희화화시키고 있다. 영구가 사랑의 블루스를 부르며 계숙과 추는 춤 역시 비극적이고 희화적이다. 어떻게 보면 그것은 본

27 이어령과 김동리의 실존성 논쟁은 『경향신문』(1959.2.9~3.22)을 참조.

부인과 아들이 찾아온 현재의 결과에 대해 긍정도 부정도 할 수 없는 희화적 대응이라고 할 것이다.

김동리의 『자유의 역사』는 1950년 봄부터 9.28 서울 수복 때까지 자신의 경험을 토대로 쓴 대하드라마이다. 작가는 회상이라는 장치를 통해 일제 말기에서 6.25까지, 서울에서 만주와 중국 대륙까지 시공간을 확대하여 김인식의 삶을 근대 역사에 투영시키고 있다. 6.25에서 9.28수복까지의 3개월여간의 작가의 체험은 상당한 시간을 소요한 다음에 『자유의 역사』를 통해서 문학적인 형상화가 이뤄진 것이다. 이 작품에서 주목을 끄는 부분은 아무래도 인물의 형상화와 이데올로기라고 할 수 있다.

> "나의 일반 태도라 할지 그런 것은 일종의 자유주의죠. 아나키스트 그룹 속에 있지만 실상 나는 아나키스트도 아니라오. 그저 인간적으로 통하는 점이 있어서 그런 것뿐이지. 아나키스트 그룹 속에는 공산주의에 가까운 사람도 있으니까…… 그러나 나는 그 그룹 속에서 제일 우익으로 지목되고 있다오."[28]

김인식은 지나치게 욕망 추구형의 인물이다. 그는 양옥희(본명 : 김순실)와의 동거로 아이를 두고 있으면서, 학병으로 서주에서 탈출하여 진양림과 결혼을 하고 아이까지 낳는다. 그리고 해방이 되어 조국에 돌아와서도 미경과 사귀고, 심지어 전쟁 중에 영옥과 길자에게 성적 욕망을 품기도 한다. 그는 진기 씨로부터 바쿠닌과 크로포트킨, 루소 등의 사상을 배워 무정부주의자연맹에 가담하기도

28 김동리, 『자유의 역사』, 중앙일보사, 1987, 301면. 이하 이 책의 인용은 『자유의 역사』, 면수만 괄호 속에 기록.

하지만 진정한 아나키스트도 아니다. 그는 작가 스스로 인정하듯 "무엇보다도 그렇게 영리한 두뇌와 상식과 건강의 소유자이면서, 무엇이 되어 보겠다는 목표가 없(『밥과 사랑과 그리고 영원』, 304면)"는 인물이다. 그는 이념이나 사상을 추구하기보다 사랑을 추구했다. 그는 6.25 동안에도 '인간이란 무엇인가? 역사란 무엇인가? 현실이란 무엇인가?'라고 하는 등 거대한 문제들을 제기하고 있지만, 사실은 '최후의 일각까지 연애나 해야지'하는 성 집착형 인물로 전락하고 만다. 또 다른 인물 영옥은 독립운동가 김익상과 오금녀 사이에 태어난 딸이다. 그녀는 부모가 체포되어 남의 집을 전전하다가 해방 후 귀국하여 난민수용소에서 그날그날을 연명한다. 그리고 양어머니의 죽음으로 자살을 결행하지만, 다행히 목숨을 건져 윤수네 집에서 지내게 된다. 6.25 와중에 어머니도 만나고 좌·우익 사이를 전전하다가 9.28수복 후 월북 대열에서 도망쳐 서울로 돌아온다. 그녀의 삶의 과정은 역사적 질곡의 과정이며, 그러므로 그것은 한 인간의 삶을 넘어 역사 또는 민족의 보편성 속으로 편입된다. 작가는 『카인의 후예』의 오작녀처럼 영옥을 통해 수난과 역경이라는 근대 민중의 삶을 어느 정도 구현해내고 있다.[29]

이 작품에서 추구하는 것은 '자유의 기수', '자유의 역사'라는 부제와 제목에서 보듯 '자유'이다. 이 문제는 주로 개인적인 차원에서 전개되며 공동체적 연대로 확장되지는 못하고 있다. 이윤수는 "움직이는 세계에 몸을 던지고 있으니 훨씬 보람이 느껴져요. 명목도 자유의 깃발이면 무방하지요."(『자유의 역사』, 428면)이라는 행동인으로서의 자세와 김인식의 영옥에 대한 석방 운동과 같은 휴머

29 황순원, 『황순원전집(6) — 별과 같이 살다·카인의 후예』, 문학과 지성사, 1981.

니스트로의 변신 등이 제시되긴 했지만, 자유의 문제가 그들의 차원을 넘어서 민족이나 민중 전체의 문제로 확대되지 못하고 있다. 그리고 이 작품에 좌익계 인물로 최을상, 박일혁, 박기혁, 오금녀, 조경섭과 우익계 인물로 이윤수, 석기영, 민중석, 정호영 등이 등장하지만, 이들 사이에 사상적 이념적 갈등은 거의 나타나지 않았고, 오히려 이들의 애정이나 욕망과 같은 인간관계에 따른 갈등이 중점적으로 그려져 있다.

김동리는 어떤 글에서 "집단묘사를 하려다가 구성이 산만해지기 쉽고, 또 사회의식에 사로잡히어 무미건조한 표면현상에 치중할 우려가 있으므로, 이러한 점들을 경계하기 위하여 될 수 있는 대로 〈인간적〉인 점을 강조"(『신문예』, 25면)하였다고 했다. 그러나 이 작품은 오히려 그러한 인간적인 것을 강조하다가 산만한 구성과 전쟁의 표피적인 의미 추구라는 자충수에 빠지고 말았다. 그리고 인식, 미경, 윤수, 장숙영, 오금녀, 박일혁 등의 연애를 지나치게 추구하여 세태소설로 전락했다. 이는 작가가 현실인식과 역사의식의 결핍으로 인해 해방 후 좌우의 갈등과 이데올로기적 분열 양상과 같은 역사적 현실을 제대로 형상화해내지 못했기 때문이다.

4. 김동리 문학에서 전후소설이 갖는 의미

김동리는 1950년대 들어 전쟁의 체험을 문학으로 적극 형상화하는 동시에 동양, 또는 서양의 이야기를 적극 취입하여 문학 세계의 확장을 꾀하고 있다. 1950년대 그의 소설은 크게 3부류로 나눌 수 있다. 앞에서 본 전후문학의 한 형태와 「목공 요셉」(1957), 『사반의 십자가』(1955~1957)로 대변되는 서구적·기독교적 세계의 작품과 「용」(1955), 「역마」(1955), 「강유기」(1958)로 대변되는 동양적·고전적 세계의 침잠 등이 그것이다. 물론 이 가운데에서 세 번째 계열은 그 이전의 세계와 연결되어 있고, 두 번째 계열 역시 순수한 서구적 기독교적 세계라기보다 동양화된, 반기독교적인 의식을 내포하고 있다. 어쨌든 이러한 세계의 추구로 인해 이 시기 그의 문학은 "관심 영역의 확대와 심화"로 평가받는다. 즉 (1) 전쟁체험의 정리와 그 후속작업, (2) 고대 동양에 대한 관심, (3) 기독교 세계와 전통지향적 보수주의의 세계를 펼쳤다는 것이다.[30] 이러한 평가는 이미 조연현에 의해 내려진 바 있다.[31] 그런데 이 글에서 특별히 주목하고자 하는 것은 바로 (1)이 갖는 의미이다.

고은은 6.25 이전까지의 문학을 성황당 문학으로, 또한 6.25 이후의 문학, 즉 전후문학을 증언의 문학으로 지칭했다. 특히 6.25 이전까지만 해도 작가가 이미 자연화된 토속의 흔적을 대상으로 삼았고, 그러한 흙 위에는 어떤 문법을 적용해도 성황당밖에는 그려낼 수 없었다는 것이다.[32] 그의 이러한 진술은 좀 지나치긴 하지만 그래도 주목할 만하다. 그것은 특히 정비석이나 김동리와 같은 작가들에게 잘 들어맞는 설명이기 때문이다. 적어도 토속성, 지방성은 그들 문학에서 하나의 극복 과제였다. 6.25는 한국의 역사가 세계의 역사 속으로 진입하는 계기가 되었을 뿐 아니라 하나의 상황문학을 만들어냈다. 그것은 곧 지방성의 문학이 합리성과 세계성을 획득하는 자리가 되기도 했다. 또한, 전후 서구에서 풍미한 실

30 이동하, 『현대소설의 정신사적 연구』, 일지사, 1989, 90~125면.
31 조연현, 「무대의 확대와 사상의 심화」, 『현대문학』, 1958.6.
32 고은, 앞의 책, 14면.

존주의 사상은 6.25와 만나 새로운 문학의 조류로 발돋움하게 된 것이다.

김동리 소설에 있어 6.25는 지방성에서 보편성으로 근접하는 계기가 된다. 사실 김동리는 그 이전에 주로 「산화」, 「무녀도」, 「역마」와 같은 토속적 세계와 「화랑의 후예」, 「솔거」, 「완미설」, 「여잉설」과 같은 전통적 세계 지향의 작품들을 보여주었다[33]. 이 작품들은 과거, 또는 설화의 무시간성이나 영원성을 지향하는 것들이다. 그것은 이야기의 세계이기에 현실적인 시간의 의미를 제대로 확보할 수 없었던 것 또한 사실이다. 그러나 그의 문학 세계는 바로 해방, 6.25와 같은 시대사의 변혁으로 변화를 겪게 된다. 그에게 해방과 더불어 한국전쟁은 소설 세계에 커다란 변화를 가져온다. 말하자면 소설 속에 현실적 시간이 틈입하기에 이른 것이다. 그러한 변화를 여실히, 그리고 전면적으로 보여주는 작품이 「해방」이다.[34] 그 이전의 설화적 무시간의 세계에서 '해방'이라는 현실적 시간이 서사 속으로 들어온 것이다.

전후소설도 그와 같은 입장에서 살필 수 있다. 6.25전쟁이 그가 유지해오던 세계에 커다란 의식적 정신적 변화를 초래했고, 그것이 서사 속으로 들어와서 소설은 마침내 허구로 자리하게 된다. 그

33 일반적으로 「잉여설」로 알려진 작품의 원명은 「餘剩說」(『조선일보』, 1938.12.8~24)이다. 그런데 김동리는 이 작품을 『황토기』(1949)에 실으면서 「庭園」으로 개제하였고, "庭園(一名 剩餘說)"(59면), "「庭園」(剩餘說)"(216면)이라 하여 「여잉설」을 「잉여설」로 소개하였다. 그리고 1977년 만든 「김동리연보」(『김동리대표작선집(6)』, 삼성출판사, 1978)에도 1937년 항목에 "「잉여설」(후에 정원으로 개제)"라고 함으로써 첫 제목은 사라지고, 오히려 「잉여설」로 더 잘 알려지게 되었다. 그러므로 「여잉설」, 「잉여설」 어느 것으로 써도 무방할 듯하다. 다만 이 책의 본문에서는 최초의 표기를 중시하여 「여잉설」로 표기하기로 한다.

34 물론 「해방」 이전에도 「윤회설」, 「지연기」, 「급류」와 같은 작품이 있다. 그러나 이들 작품에서는 현실 문제들을 부분적으로 다루고 있다.

의 전후소설은 증언의 문학과 같은 고발적 성격은 잘 보이지 않지만, 이전의 토속성을 극복하는 계기가 된 것만은 분명하다. 이는 민담의 세계에서 소설의 세계로 나아옴이다. 그러한 것은 현실을 서사 속으로 끌어들이고, 그것과 적절한 거리두기를 함으로써 형성된 것이다. 비의·신비의 세계를 지향하던 그의 문학 세계는 합리성과 현실성 쪽으로 나아오게 된 것이다. 그것은 이전 문학의 민담성과 토속성, 심지어 주술성이라고 표현되는 세계로부터의 일탈이다. 그의 소설은 역사적인 사건을 만남으로써 '지금', '이곳'이라는 시공간성을 획득하기에 이르고, 설화에서 소설의 세계로 진입할 수 있는 가능성을 얻게 된 것이 아닐까. 그러나 그는 곧 다시 「까치소리」, 『을화』처럼 그 이전의 세계로 회귀해 버림으로써 그러한 가능성은 끝내 사라지고 만다. 그래도 그러한 현실적 경험들은 그의 문학을 더욱 견고하고 폭넓은 세계로 이끈 계기가 된 것으로 보인다.

5. 마무리

6.25가 끝난 후 일본의 한 작가는 이제 한국에도 노벨문학상이 나오겠구나 하는 말을 했다고 한다. 그것은 전쟁이 문학에 지대한 영향을 미친다는 말일 것이다. 전쟁은 작가들에게 풍성한 소재와 더불어 인식 내지 사상의 깊이를 더해준다. 그러한 면모는 1950년대 신세대 작가들뿐만 아니라 기성 작가들에게도 나타난다. 김동리도 예외가 아님은 물론이다. 그에게 전쟁의 현장을 직접 다룬 전장소설은 없지만, 전쟁은 단순한 소재 이상으로 작용한다. 달리 말

하자면 여러 면에서 그의 문학의 변화를 촉진한다. 그것은 전후소설이 체험세계의 확대와 작품의 사상적인 깊이를 얼마간 획득하고 있다는 데에서도 찾아볼 수 있다. 그러므로 김동리 문학의 변화과정에서 전후소설은 특별한 의미를 가진다. 그것은 무엇보다 서사 속에 현실적 사건들을 보다 적극적으로 취입하게 되는 계기가 되었기 때문이다.

김동리의 전후소설은 크게 두 유형으로 나뉜다. 타자의 체험을 바탕으로 한 후방 전선 소설과 자신의 직접적인 체험을 바탕으로 한 피난지 체험 소설이 그것이다. 전자에는 「귀환 장정」, 「살벌한 황혼」, 「흥남 철수」 같은 작품이 속하고, 이 유형은 군인이나 종군작가와 같은 전쟁의 직접적인 수행자들이 등장하여 전쟁의 상처와 참화를 폭로하고, 실존적 휴머니즘을 드러내기도 한다. 그리고 두 번째 유형에는 「밀다원 시대」, 「실존무」, 『자유의 역사』 등이 해당되며, 이들 작품은 피난지에서의 지식인의 실존적 인간상과 자의식을 잘 드러낸다.

그러나 여기에 특기할 만한 점이 있다. 그의 전후소설에서 해방 이후 이데올로기의 대립이나 6.25에서의 남북의 대립 상황은 찾아보기 어렵다. 그리고 싸움이나 전쟁과 같은 갈등 상황에서는 제지되거나 사라져야 할 유해한 존재로서의 상대방이나 적이 존재하게 마련이지만, 그의 전후소설에서는 현실적으로 적이 거의 등장하지 않는다는 점이다.[35] 그것은 같은 민족을 적으로 규정하지 않으려는 그의 민족적 휴머니즘 정신에 기인한 것이 아닐까. 그는 이데올로

35 『자유의 역사』에서 그것은 '북한공산군', '북한정권', '붉은 군대', '인민군' 등으로 나오지만 실질적 존재로서 등장하는 것이 아니라 상황 설명의 차원에서 언급된 것이다. 기타 작품에는 그런 것조차 발견되지 않고 있다.

기나 분단 문제와 같은 민족적 국가적 문제보다는 개인의 실존적 인간적 문제에 보다 치중하여, 후방 또는 피난지의 삶을 잘 그려내고 있다. 그 가운데 「흥남 철수」, 「밀다원 시대」, 「실존무」는 작가 나름의 형상화 방식에 의해 상당 정도의 미적 가치를 확보한 작품들이다.

1950년대 이후 6.25는 그의 문학에서 완전히 사라진 것이 아니라 「까치 소리」 같은 작품에서 배경으로 자리하게 된다. 그러나 1950년대 이후에 그의 문학에서 전쟁이란 것은 그렇게 깊이 있게, 진지하고 긴장감 있게 제시되지 못하고 있다. 그것은 아마도 전쟁보다 더 큰 현실적 문제들이 있었을 뿐 아니라, 무시간성 또는 영원성을 지향하는(이를테면 『을화』로의 회귀) 그의 성향 탓으로 보인다. 어찌 되었건 전후문학은 그의 문학 세계를 한층 폭넓게 해주었다. 현실에 대한 그의 관심은 그의 문학에 새로운 자장을 그렸기 때문이다.

金東里

김동리 소설 연구

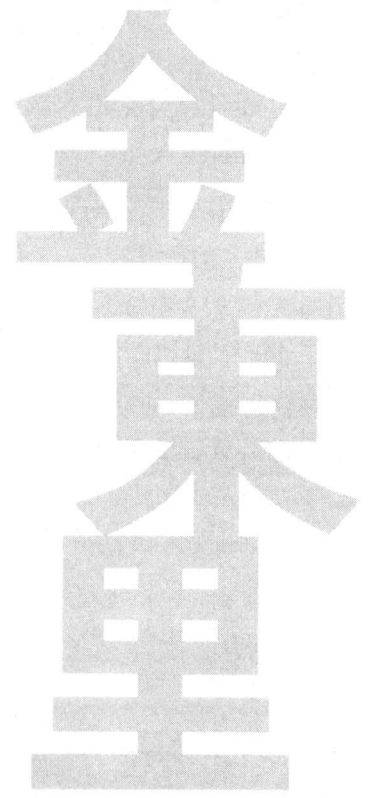

『사반의 십자가』를 통해 본 김동리의 지향성

1. 들어가는 말

김동리는 『사반의 십자가』를 두고 "작가 생활 35년 만에 처음으로 작품을 가지게 되었다는 자신이 들었다"[1]고 호기 있게 말했다고 한다. 당시 평자들도 "우리나라 창작문학에 하나의 신기원을 그었다"[2]거나 "한국 문단의 수준 자체를 단번에 동떨어지게 높여준 것"[3]이라는 찬사를 아끼지 않았다. 이처럼 『사반의 십자가』는 작가에게나 당시 문단에서 특별하고도 예외적인 작품으로 인식되었던 것이다.

이 작품은 피안과 현세의 대결[4], 기독교 사상을 문학으로 승화시킨 작품[5]으로 평가되거나, 제3휴머니즘의 관점에서 기독교적 신본

1 이형기, 「김동리작품해설」, 『한국대표문학전집(5)』, 삼중당, 1971, 790면.
2 김우규, 「하늘과 땅의 변증법—"사반의 십자가"의 문제성」, 『현대문학』, 1959.1, 310면.
3 손우성, 「하늘과 땅의 비중—"사반의 십자가"론」, 『사상계』, 1960.2, 242면.
4 곽종원, 「피안과 현세의 대결—김동리의 "사반의 십자가"」, 『조선일보』, 1958.10.27.

주의의 한계와 문제점을 제시[6]한 작품으로 규정되기도 했다. 이 작품의 사상도 전체적인 측면에서 기독교를 강조하는 이가 있는가 하면, 동양사상[7]이나 “기독교보다 샤머니즘의 세계로 윤색”[8]되어 있다고 주장하는 이들이 있다. 이러한 다양한 논의가 일어나는 근본적인 이유는 무엇인가?

『사반의 십자가』는 김동리의 문학에서 대단히 중요함에도 불구하고 아직 이렇다 할 본격적인 논의는 없는 실정이다. 그래서 이 글에서는『사반의 십자가』가 갖는 중요성을 인식하고, 이에 대해 논의를 하려고 한다. 김동리가 이 작품에서 추구하는 것은 무엇이며, 이것이 김동리 문학의 전개과정에서 어떤 의미를 갖는가를 구명해 보고자 한다.

2. 샤머니즘의 수용 – 사반의 하닷과의 만남

『사반의 십자가』의 주인공은 사반이다. 작가는 처음 예수를 주인공으로 삼으려고 하다가 계획을 바꿔 사반을 주인공으로 하였다고 했다. 그는 “내가 나의 암담했던 ‘민족의식’과 보다 더 광명적인 ‘인간 의식’을 ‘사반’에게서 결부시키게 된 데는 ‘8·15’의 혜택이 컸다”고 고백했다.[9] 인간 의식을 사반에게 결부시켰다는 말이다. 그렇다면 사반은 어떤 인물인가. 사반의 본명은 바나바이며 고라신

5 정을병, 「기독교문학」, 『한국문학』, 1975.8, 208면.
6 최택균, 「김동리의 제3휴머니즘과 “사반의 십자가”」, 『성균어문연구』, 성균관대 국어국문학과, 1995.12.
7 박양호, 「김동리 작품의 사상적 배경에 관한 연구」, 중앙대 석사논문, 1976.2.
8 김병익, 『상황과 상상력』, 문학과 지성사, 1979, 45면.
9 김동리, 「후기」, 『사반의 십자가』, 일신사, 1959, 2면.

태생이다. 그의 아버지는 사반이 태어나기 석 달 전 가이사라 항으로 장사하러 떠난 뒤 소식이 없어지고 말았다. 사반의 어머니는 사반이 7살 나던 해에 사반과 배 다른 여자아이(그녀는 나중에 사반의 아내가 되었다가 사반이 이복 오빠인 것을 알고 기독교에 귀의한다)를 둔다. 사반은 열네 살에 정혼하였으나 파혼을 당하고, 열여덟 살에 결혼을 하였으나 그의 아내는 혼인한 지 넉 달 만에 죽고 만다. 그리하여 그는 방랑의 길에 오른다.

> 사반이 처음 동경을 가진 곳은 요단강 동쪽 광야 지방이었다. 그러나, 그는 아라비아 오지(奧地)까지는 들어가지를 못하고 집으로 돌아왔다. 집에서 불과 두 주일 쉬어서, 그는 다시 데가볼리로 떠났다. 가버나움에서 배를 타고 가다라로 가서, 가다라에서 다시 하우란의 디온까지 들어갔다가 디온서 갈릴리로 돌아오는 길, 동해안(갈릴리 바다의)의 산지(山地)와 절벽을 답사할 량으로 힙보스에서 가무라와 겔게사의 해안지대를 돌다가, 호수를 향한 험한 산허리에서, 흡사 그가 어려서부터 마음속에 꿈꾸고 있었던 듯한 크고 깊은 동굴이 그 검은 아가리를 벌리고 있는 것을 발견했던 것이다. 그때 그는 누를 수 없는 흥분과 함께 걷잡을 수 없이 뛰는 가슴을 깨달았다. 그 굴은 흡사 그를 기다리고 있은 듯했고, 그는 그 자리에 굴이 있을 것을, 처음부터 예기나 하고 있었던 듯했다.[10]

사반은 정처 없이 떠돌다가 겔게사 지역에서 하나의 굴을 찾게 된다. 그는 그 굴에서 하닷을 만난다. 그곳은 하닷이 수양하며 기거

10 김동리, 『사반의 십자가』, 일신사, 1959, 19면. 이하 이 책의 인용은 인용 구절 뒤 괄호 속에 1판, 면수만 기입.

하던 동굴이다. 하닷은 평생을 점성술에 바친 술객이었다. 그는 별자리를 통해 인간의 운명과 미래를 예측하였다. 하닷에게 점성술은 흥미이자 습관이며 사명 같은 것이었다. 그에게 하늘의 별은 '어떤 혈연(血緣) 관계로 맺어진 가족들'과 같았고, "그럼으로 어떤 별은 앓고 있다거나, 어떤 별은 여행을 하고 있다거나, 어떤 별은 잠을 자고 있다거나, 어떤 별은 노해 있다거나 하는 따위로, 모든 별이 그에게는 감정과 성격을 가지고 그와 더불어 사귀어 주는 듯이 느껴졌"(1판, 17면)다. 그가 별을 대하는 방식은 모화가 자연을 대하는 방식과 별반 다르지 않다. 그는 모화와 다를 바 없는 샤먼이다. 사반은 그로부터 많은 영향을 받게 된다. 사반의 방랑은 자신의 육체적 수련과 정신적 모색의 과정이다.

> 사반은 그 뒤, 삼 년 동안 그 굴속에서, 칼과 창과 활쏘기를 공부하였다. 그리하여 그가 다시 굴을 나와서, 방랑의 길을 걷기 시작한 것은 그의 나이 스물한 살 나던 해였다. 그는 갈릴리를 중심하여, 유대, 사마리아, 데가볼리 등지는 더 말할 것도 없고, 뵈니게, 데라고닛, 이우래, 베레아, 하우란, 아라비아, 어느 지방이고 싸움이 있는 곳이면 찾아가지 않은 데가 없었다. 그렇게 삼 년 동안 싸움터만 찾아다니며, 혹은 구경을 하고, 혹은 직접 가담도 하였으나, 그 어느 것도 로마군에 의하여 진압되지 못한 것을 보지 못했다.(1판, 22면)

사반은 하닷의 동굴에서 무술을 연마한다.[11] 동굴의 입사는 입문의례적인 속성을 지닌다. 그것은 하닷의 제자, 또는 하닷(샤먼)의

11 특히 샤먼에게서 동굴은 주요한 기능을 한다. 그것에 대해서는 엘리아데의 『샤머니즘』(이윤기 역, 까치, 2001) 67~68면 참조.

교리를 수용하고 실행하는 자로서의 의미를 지닌다. 사반은 그 동굴에서 창과 활쏘기 같은 무술을 연마하는 등 일종의 입문 의례를 행한다. 그리고 그곳을 근거지로 혈맹단을 조직하며, 하닷을 단사(團師)로 하여 로마군을 물리치려고 한다. 사반은 "메시아를 받들고, 메시아와 함께 싸우면 로마군도 물리칠 수 있으리라"(1판, 26면)는 믿음을 갖고 있던 가운데 사반이 암별이고, 상대성인 위대한 숫별을 만나면 활동할 수 있다는 하닷의 성점을 믿고 혈맹단이라는 비밀 결사를 만든 것이다.[12] 하닷은 단의 정신적 지주 역할을 하며, 또한 중요한 결정을 내리는 데 참여한다. 사반의 메시아사상은 구약 내용을 토대로 한 것으로 보인다. 그가 말하는 모세, 여호수아, 삼손 등은 여호와의 권능에 힘입어 기적을 이룬 사람들이다. 그러나 사반이 받드는 메시아사상은 이교도적인 믿음이었다. 그것은 정도령 신앙이나 미륵신앙과 같은 우리의 전통신앙에 가깝다.[13]

> 사반도 하닷이 자기의 딸을 왕비(王妃)로 드리겠다고 하는 데는 더 사양할 수 없었다. 그보다도 그는 자기가 장차 왕이 되리라는 하닷의 말이 맘속으로 아주 흡족했던 것이다. 사반은 지금까지 하닷으로부터 〈굵은 별〉이니, 〈위대한 암별〉이니, 때가 바야흐로 왔느니, 하는 따위 말은 여러 번 들어 왔으나, 바로 왕이 되겠다는 말을 들은 것은 지금이 처음이었음으로 그것이 여간 놀랍고 대견스러운 것이 아니었다. 그가 왕이 된다는 말은 곧, 메시아가 강림하고, 로오마인이 물러

12 연재본에서는 사반을 "음성(陰星)"(『현대문학』, 1955.11, 59면)으로 썼고, 일신사판에서는 "숫별(牝星)"(23면)로 한글을 잘못 표기하였는데, 이후 홍성사판에서는 '암별(雌星)'(30면)로 교정하였다.

13 안병무, 「종교가가 본 한국 작가의 종교의식」, 『문학사상』, 1972.12, 354면 및 김윤식, 『사반과의 대화』, 민음사, 1997, 375면 참조.

가고, 이스라엘의 왕국이 건설된다는 구체적인 사실을 예언하는 것이기 때문이었다.(1판, 30면)

여기에서 하닷의 말이 옳으냐 그르냐를 따지자는 것은 아니다. 중요한 것은 하닷을 만나고 나서 생긴 사반의 의식과 세계관에서의 변화이다. 사반은 하닷을 만난 이후 철저하게 그의 생각과 의식에 사로잡힌 바 된다. 그리고 점성술의 세계, 샤먼적 사고는 사반의 의식을 지배하기에 이른다. 그것은 하닷과 사반을 묶어주며, 그 둘을 하나 된 의식의 세계로 인도한다. 하닷은 사반의 정신적 지주의 역할을 하며, 사반은 하닷과의 만남을 통해 샤머니즘 세계에 동화된다. 하닷의 성점은 결국 위대한 암별인 사반이 메시아가 되어 이스라엘을 건국하리라는 것이다. 사반은 “우리의 별은 이미 투구를 쓰고 창을 잡고 있다”(1판, 260면)는 하닷의 성점에 따라 로마군과 전투를 치르게 된다. 그는 성점을 듣고 가슴이 후들거림을 느꼈고, 마침내 메시아의 날이 박두했다고 믿는다. 그에 대해 작가는 이렇게 적고 있다.

사반은 본래부터 여호와 하나님도 어떠한 신도 믿지 않았으며 또 어느 교파의 교의(敎義)도 계율도 지키지 않았으나 다만 인력(人力) 이상의 신이력과 특히 메시아의 모든 권능을 믿고 있었던 것이다. 따라서 그가 예수를 쉽사리 메시아로 믿으려 든 것도 예수의 모든 이적을 믿었기 때문이다.(1판, 310면)

사반은 원래 신을 믿지 않는 무신론자이지만, 인간의 신이력과 메시아의 권능을 믿는 사람이었다. 신이력에 대한 사반의 믿음은 하닷뿐만 아니라 실바아에게도 그대로 전이된다.

> 사반은 실바아가 그 아버지의 뜻을 이어 여류점성사가 된다 하드라도 자기는 역시 그녀를 단사로 추대하고 그녀의 가르침을 좇을 것이란 생각도 들었다. 그것은 첫째 그(사반)가 하닷을 믿기 때문이기도 하려니와, 실바아 자신에게서 풍겨지는 야릇한 인상이 그로 하여금 그런 생각을 일으키도록 하는 바도 있었다. 그것은 무엇보다도 그녀의 그 신비한 미모(美貌)와 맑은 목소리가 무언지 속세(俗世)를 초월(超越)한 듯한 초연(超然)하고 의연(毅然)한 것을 풍겨 주었기 때문이었다.(1판, 28면)

> 「백양궁(白羊宮)의 주성은 화성(火星), 쌍아궁(雙兒宮)은 수성(水星), 사자궁(獅子宮)은 태양…….」…(중략)…
>
> 그러나 사반은 이렇게 가끔 밖에서 엿듣는 두 사람의 대화를 통해서도 그녀가 비상한 기억력과 총명의 소유자임을 짐작할 수 있었다. 그녀는 동굴 속으로 들어온 지 얼마 되지 않아 십대 혹성(十大惑星)이니 황도 십이궁이니, 주성이니, 시기니 하는 따위 점성술의 기초를 다 외워 버린 모양이었다.[14]

하닷은 딸에게 몸을 정갈하게 하고 마음을 가다듬어 하늘의 별을 쳐다보게 한다. 그것은 세습적 샤먼의 길을 걷게 하는 것이다. 사반은 실바아가 속세를 초월한 모습을 보고 여류점성사로의 자격을 갖춘 것으로 생각한다. 이 부분은 개작에서 많은 내용이 첨가된

14 김동리, 『사반의 십자가』, 홍성사, 1982, 46~47면. 이하 이 책의 인용은 인용 구절 뒤 괄호 속에 2판, 면수만 기입.

다. 하닷이 실바아에게 '별을 쳐다보는 일 이외에는 아무것도 시키지 않았다'는 일신사판의 내용이 홍성사판(1982)에서는 위처럼 사반이 직접 실바아에게 점성술을 가르치는 것으로 제시된다. 개작본이 그만큼 점성술에 관련된 부분을 늘리고 있다는 말이다. 실바아는 하닷의 점성술을 터득함으로써 하닷의 실질적인 후계자이자 세습 샤먼이 되는 것이다. 작가의 이러한 설명은 작품의 후반부를 합리화하는 계기로 작용한다. 즉 후반부에서 사반은 겔게사 본부에 있던 하닷의 생사가 불확실해지자 실의에 젖어 "오오, 실바아, 임자는 별을 볼 줄 알겠지? 임자의 아버지에게서 그것을 배웠을 거야. 그렇다면 별을 좀 보아주어"(1판, 322면)라고 한다. 그러자 실바아는 점성술을 행하여 하닷이 살아 있다고 한다. 그것은 한편으로 사반이 얼마나 점성술에 매달리고 있는지를 보여준다. 사반은 심지어 죽어가면서 자기도 모르게 '하닷'을 부른다.(2판, 372면) 하닷은 이인이었으며, 사반은 그의 샤머니즘을 그대로 수용한 것이다.

> 그의 삼촌은 본디 점성술을 연구하던 학자였는데 평소부터 식사를 다른 사람의 절반 가량밖에 취하지 못하는 바짝 마른 사람이었다. 마흔 살 나던 해였다. 자기는 금년 안에 죽을 터이나, 이레 동안은 결코 장사지내지 말고 그대로 두어 달라고 했다. 그런데 그는 과연 그 해 사월에 죽었다. 가족들은 그의 부탁대로 서둘러 장사지내지 않고 두었다. 죽은 지 이틀 뒤였다. 그는 도로 눈을 뜨고 숨을 쉬기 시작했다. 온 가족들이 모여 와 그를 간호하고 또한 의사도 불러왔다. 그 결과 그는 죽음에서 일어나 다시 옛날과 같이 먹고 걷고 말할 수 있게 되었다. 그 뒤 그는 삼 년을 살아 아주 눈감고 말았다.(2판, 382면)

예수의 부활을 설명하기 위해서 개작본에 추가된 내용에 이 구절이 제시되어 있다. 점성술을 연구하던 삼촌 역시 이적을 행했다는 것이다. 그것은 예수의 부활과 다를 바 없는 것으로 샤머니즘의 이적을 취한 것이다. 이렇듯 이 작품이 샤머니즘을 수용했다는 사실은 중요하다. 그리고 작가가 이 대목을 추가한 것은 점성술사 역시 이적을 행할 수 있는 이인이며, 그것은 달리 예수의 부활도 샤먼의 이적과 다를 바 없다는 것이다.

3. 기독 교리의 제시 – 사반의 예수와의 만남

이 작품에서 예수의 등장은 많은 지면을 차지하고 있다. 사반은 예수를 세 번에 걸쳐 만난다. 처음 그는 예수를 메시아로 생각한다.

> 이때 사반이 처음으로 입을 열었다.
>
> 「라삐여, 당신은 우리들이 기다리는 그분이오이까?」
>
> 이때 사반은 실상 맘속으로 그를 「메시아」라고 거의 믿고 있었으나, 자기의 견해를 확정하기 위하여 다시 한번 당자의 대답을 들어 보고자 했던 것이다.
>
> 예수는 지금까지 들어오던 여러 가지 목소리보다도 무언지 색다른 듯한 새로운 목소리를 향해 얼굴을 돌렸다. 그는 한참동안 잠자코 이 색다른 사나이의 얼굴을 바라보고 있었다. 그 어깨가 쩍 벌어진 건장한 체구하며, 그 종지 같은 핏대 선, 굵은 두 눈 하며, 코 밑의 약간 노기를 띤 듯한 시꺼먼 수염 하며, 지금까지 접촉한 모든 부류(部類)의 사람들과는 유형을 달리한 듯한 이상한 인물이었기 때문이었

다. 순간, 예수의 그 투명하도록 창백한 얼굴 위에 보일 듯 말 듯한 미미한 경련이 지나갔다.

…(중략)…

「라삐여, 우리는 땅 위에 있나이다. 땅 위에 맺은 것을 땅에서 이루게 하여 주소서.」

사반의 본디 잠긴 듯한 굵은 목소리가 사뭇 떨리어 나왔기 때문에, 조금 떨어진 곳에서 들은 사람은 흡사 멀리서 큰 짐승의 울음소리를 듣는 듯 했던 것이다.

「사람이여 들으라. 사람이 땅 위에 있음은 오직 하늘에 맺기 위함이니라. 사람과 사람이 더불어 맺으면 사람과 함께 멸망할 것이요, 사람과 땅이 더불어 맺으면 땅과 함께 또한 허망할 것이니라. 진실로 내 그대에게 이르노니 사람의 귀중한 생명을 오직 하늘에 맺음으로써 하느님 아버지의 끝없음을 누릴지니라.」

예수의 물 흐르듯 한 투명한 목소리는 강한 향기처럼 그들의 오관에 스며드는 듯했다. 그러나 끝까지 땅을 비켜서 하늘에 맺는단 말을 이해할 수 없는 사반은, 맘속으로 이 사람이 어쩌면 「메시아」가 아닐는지도 모른다는 생각을 하며

「라삐여, 이스라엘은 하늘에 맺은 땅이요, 백성이외다. 이스라엘을 땅 위에 서게 하소서」

하고 항의를 제출해 보았다.(1판, 84~85면)

사반은 예수를 메시아일 것이라고 믿었지만, 그를 직접 만나 대화를 한 후 그가 메시아가 아닐지도 모른다는 생각을 한다. 예수가 메시아라는 믿음에 회의를 품게 된 것이다. 그것은 무엇보다 자신과 예수의 현격한 인식 차에서 비롯된 것이다. 예수는 철저히 현세

초월주의자로 제시된다. 여기에서 사반과 예수의 비교를 직시해볼 필요가 있다. 사반은 색다른 새로운 목소리, 쩍 벌어진 건장한 체구, 굵은 두 눈, 시꺼먼 수염 등 이상한 인물로 제시된다. 이에 비해 예수는 창백한 얼굴, 호수같이 맑고 푸른 두 눈, 투명한 목소리 등으로 제시된다. 사반은 이인적인 풍모, 거인적인 모습을 하고 있으며, 예수는 예지적이며 섬세하고 나약한 모습을 하고 있다. 이 둘이 추구하는 것도 다르다. 예수는 천상적인 가치를, 사반은 지상적인 가치를 소중히 한다. 첫 만남에서 사반은 이스라엘을 땅에 서게 해달라고 요청하지만, 예수는 이스라엘은 하늘에서 이루어질 것이라고 말하며, 사반의 요청을 일축해버린다. 여기에서 작가는 철저히 땅과 하늘을 이분법적으로 도식화하였다. 성서적 지식을 활용하여 둘 사이의 대결과 갈등을 구체화하기 위해 작가는 이러한 도식을 추구하였지만, 이것은 성서에 대한 지나친 단선적 해석이다.

> 「라삐여 사람의 생명은 육신과 더불어 있으며, 사람의 육신은 또한 땅과 더불어 있나이다. 로마인이 만약 우리의 땅을 빼앗아 버린다면 우리의 생명은 어느 곳에서 또한 하늘나라를 찾아 거듭날 수 있겠나이까」
>
> 「사람이여 들으라. 우리의 조상들이 가나안을 떠나 「바빌론」으로 잡혀 갔으나 우리의 마음은 또한 예루살렘으로 돌아와 성전을 일으키지 않았더냐. 진실로 진실로 그대에게 이르노니, 예루살렘의 성전은 하늘나라의 그것보다 더 크지 못할지니라. 예루살렘의 성전은 땅위에 세워졌음으로 「바빌론」이나 로마인에 의하여 깨어질 수 있으나 하늘에 세운 여호와의 성전은 영원히 깨어질 수 없을지니라, 사람이

여 들으라, 그대는 나에게 청하여 왕이 되라 했으나 나는 이미 저 높은 하늘나라에 영원히 쓰러지지 않는 새로운 왕국을 세웠느니라. 사람이 만약 그 생명을 나의 왕국에 맺는다면 그는 나와 더불어 영원한 복락을 누리게 될지니라.」

「라삐여, 당신이 세우신 하늘의 왕국은 우리가 죽은 뒤에나 가는 곳이올시다. 살아 있는 우리의 생명은 당신의 왕국이 땅 위에 세워지기를 원하나이다. 지금도 우리의 사랑하는 형제들이 당신의 왕국을 땅 위에 맞으려고 겔게사의 산위에서 로마인에 의하여 죽어 가고 있나이다. 로마인의 에움을 풀고 그들을 구해주소서. 그들을 우리와 함께 당신의 왕국으로 이끌어 주소서」(1판, 295～296면)

사반은 현세적 인간주의자이다. 그러나 예수는 내세적 신관을 지녔다. 사반은 현실에서의 실질적인 왕국 건설을 주장하지만, 예수는 내세적 구원관으로 맞선다. 예수의 천상적 복락과 정신적 구원, 내세적 왕국론은 사반의 지상적 복락과 육체적 구원, 그리고 현세적 왕국론에 의해 부정된다. 그것은 한편으로 기독교적 구원관, 내세관에 대한 부정이다. 김동리는 사반이라는 인물을 내세워 기독교의 논리를 부정하고 있다. 두 번의 만남에서 확인한 것은 지상적 안일을 추구하는 인간과 천상적 구원을 추구하는 예수와의 좁힐 수 없는 거리이다. 사반은 예수와 서로 다른 세계를 지향하며, 그를 통해서 기독 교리에 맞서는 한 인간의 모습을 여실히 보여준다. 이로 보면 지상과 천상의 대결이라는 말이 합리화된다.

이러한 두 세계는 세 번째 만남을 통해 변증법적으로 지양된다. 사반은 두 번의 만남에서도 예수의 메시아 가능성을 믿지만, 마지막 만남에서 그것의 허구성을 인식하고 반항한다. 첫 번째는 도와 달라는 요청을, 두 번째는 가르침을 받고자 요청을 하지만, 마지막에서는 그를 공격하기에 이른다. 그것은 예수의 신성이 하락하고 메시아로서의 가능성이 사라지는 과정이기도 하지만, 사반이 프로메테우스, 또는 자라투스트라와 같은 반항적 인간으로 상승하는 과정이기도 하다. 처음에는 초월적 존재로서의 예수와 그에 비해 미약한 인간인 사반이 제시되다가 두 번째 만남에서는 세계관의 차이에 대한 대등한 토론자로 두 인물이 제시된다. 그리고 마지막 만남에서는 나약한 인간으로서 예수의 모습과 이에 비해 죽음에 대하여 초연하고 초월적 모습을 보이는 이인으로서의 사반이 제시된다. 신적 예수의 하락과 인간적 사반의 상승을 통해 작가는 예수의 인간화와 사반의 초인화를 추구하고 있다.

4. 성서의 해석과 새로운 인물의 탄생

『사반의 십자가』는 성서를 토대로 형상화된 소설이다. 성서 당시의 유대나라를 배경으로 전개되고 있다. 그러나 이것은 성서를 단순히 수용한 데 그친 것이 아니라 작가의 재해석이 가미되어 있다. 작품의 주인공은 작가가 내세운 가공의 인물 사반이다. 성서와 비교해 볼 때, 가장 변화가 많은 부분은 예수와 사반이 로마군에게 잡혀 죽임을 당하고 예수가 부활하는 대목이다. 김동리는 한편으로 성서의 내용을 수용하지만 다른 한편으로 변화를 추구하였다.

> 또 다른 두 행악자도 사형을 받게 되어 예수와 함께 끌려가니라. 해골이라 하는 곳에 이르러 거기서 예수를 십자가에 못박고 두 행악

> 자도 그렇게 하니 하나는 우편에, 하나는 좌편에 있더라. 이에 예수께서 가라사대 아버지여 저희를 사하여 주옵소서. 자기의 하는 것을 알지 못함이니이다 하시더라 …(중략)… 달린 행악자 중 하나는 비방하여 가로되 네가 그리스도가 아니냐 너와 우리를 구원하라 하되, 하나는 그 사람을 꾸짖어 가로되 네가 동일한 정죄를 받고서도 하나님을 두려워 아니 하느냐. 우리는 우리가 행한 일에 상당한 보응을 받은 것이니 이에 당연하거니와 이 사람의 행한 것은 옳지 않은 것이 없느니라 하고 가로되 예수여 당신의 나라에 임하실 때에 나를 생각하소서 하니, 예수께서 이르시되 진실로 네게 이르노니 오늘 네가 나와 함께 낙원에 있으리라 하시니라.[15]

'두 행악자'는 '강도 둘'(마태복음, 마가복음), '두 사람'(요한복음)으로 제시되어 있다. 그리고 성서에는 이들에 대해 위의 설명 이상이 없다. 그런데 작가는 두 강도 중 왼편 강도를 사반이라 이름하고 그를 주인공으로 하여 『사반의 십자가』를 썼다. 성서 가운데 그들은 회개하여 구원받은 강도와 회개하지 않는 사악한 강도로 나뉜다. 여기에서 중요한 것은 회개와 구원의 문제이다. 그런데 『사반의 십자가』에서 작가가 특별히 관심을 갖는 것은 십자가에 못 박힘, 백성·관원·군병들의 조롱, 두 강도와 예수의 대화, 예수의 죽음, 부활과 관련된 부분이다. 김동리는 성서를 수용하지만 상상적, 주관적 해석을 개입시킨다.

> 예수의 사형을 집행하게 된 로마군 백부장은, 예수 이외에 또 다른

15 「누가복음」, 『신약성서』, 대한성서공회, 1983, 138~139면.

두 사람의 도둑을 감방에서 끌고 나왔다. 한 사람은 사반이요, 다른 한 사람은 이름 모를 도둑이었다. 그들 세 사람은 각각 자기들의 십자가를 지고 형장으로 향해 걸어야 하였다. 형장은 성 밖에 있었고, 평지에서 스무 메터 가량 높은 언덕으로, 보통 「골고다」(헬라 말로는 「가보리」)라는 이름으로 불리우는 곳이었다.[16]

이 부분은 성서의 대목에서 빌려온 것으로 성서의 내용과 별반 다르지 않다. 다만 김동리가 도둑 하나를 사반으로 칭한 것은 문학적 형상화로 말미암는다. 예수의 십자가 처형장면은 부대적으로 사반의 처형장면과 교차되어 있다. 그런데 여기에서 성서에 나타나지 않은 부분들이 첨가되어 있다. 아래는 처형장면에서 예수와 사반의 표정을 서술한 대목이다.

그런대로 그는 자기가 죽음 바로 한 걸음 앞에 서 있다는 것을 잘 알고 있었으나 웬 까닭인지 그것이 무섭지도 슬프지도 않았다. 그는 또 그 외통 눈을 자기 곁의 예수에게로 돌려 보았다. 예수의 십자가는 가운데 있었음으로 사반에게 있어서는 바른편이 되었다. 그때 그의 눈에 비친 예수의 얼굴은 잿빛으로 질리었고, 그 넓은 이마에는 땀방울이 구슬처럼 송송 돋아 있었다. 그것은 죽음 그 자체가 그대로 얼굴에 그려지고 있는 듯한 그렇게도 괴로운 얼굴이었다. 그는 맘속으로, 예수가 무엇을 저다지도 괴로워하며, 아파하며, 무서워하는가, 싶었다. 그렇게도 아프고 괴로운 것은 그의 육신일까, 마음일까, 코끝에 닥아선 죽음이 그렇게 무서운 것일까 — 하는 생각도 들었다.(연재

16 김동리, 「사반의 십자가」, 『현대문학』, 1957.4, 26~27면. 이하 이 작품의 인용은 인용 구절 뒤 괄호 속에 연재 횟수, 면수만 기입.

18, 27~28면)

그는 자기가 죽음 바로 한 걸음 앞에 다가서 있다는 것을 잘 알고 있으면서도 웬 까닭인지 그것이 그다지 두렵지도 슬프지도 않았다. 그것은 예수에게서 메시아를 시험하려는 마지막 기대와 희망이 깃들어 있기 때문만은 아니었다. 그는 예수에게 걸고 있는 마지막 희망과 기대가 또 다시 실패와 실망으로 메꾸어진다 하드라도 역시 마찬가질 것이라고 생각되었다.

(나는 왜 이렇게 죽음이 두렵지 않고 오히려 시원한지 알 수가 없다)

…(중략)…

그것을 보는 순간, 그렇다면 역시 그는 메시아가 아니었던가 하는 생각이 직감적으로 들었다. 메시아라면 무엇이 저렇게도 아프고 괴롭고 두려울 일이 있으랴 싶었다. 그렇다면 지금까지 그가 행한 그 많은 이적과 가르침은 다 어찌 된 것일까, 하는 생각도 들었다.(1판, 360면)

언덕에 올라왔을 때 그는 그 외톨박이가 된 눈으로 예수의 십자가를 잠깐 바라보았다. 그와 동시 그는 또다시 까닭 모를 만족감에 잠겨버렸다.

(그렇다. 아주 끝장을 보고 죽는다는 것은 시원한 일이다. 예수와 함께 같은 언덕에 십자가를 지다니, 그가 산다면 나도 살아날 것이다. 그가 살아나지 못한다면, 그렇다, 그도 죽는다면 나 또한 못 죽을 게 무어란 말이냐.)(2판, 368~369면)

위의 인용구들을 통해 처형장면의 모습을 김동리가 많이 손질했음을 알 수 있다. 연재본에는 괴로워하고 무서워하는 인간적인 예수의 모습이 묘사되어 있다. 그리고 그런 인간적인 모습을 객관적으로 바라보면서 한편으로 동정을 하는 사반의 모습이 그려져 있다. 그러나 일신사판에서 사반은 죽음을 전혀 두려워하지 않고 오히려 시원하게 여김으로써 예수와는 대조적인 모습을 제시하고 있다. 심지어 예수의 이적과 가르침, 그리고 메시아로서의 권능에 회의하며 냉소하는 모습을 보여준다. 그리고 홍성사판은 예수의 죽음을 바라보며 만족해하는, 예수에게 일종의 대결 심리를 지닌 사반의 모습이 표면화되어 있다. 예수의 모습은 보다 탈신성화되어 인간적이 되지만, 사반은 죽음에 임해서도 초연한 초인적이고 이인적인 모습으로 변화된다.

그러자 예수의 오른쪽에서 십자가에 달린 도둑이 그들의 조롱하는 것을 듣고

『우리는 죄를 지은 보응으로 이러하거니와 이 사람은 아무런 죄도 없이 이 고초를 받다니.』

하고 혼잣말같이 중얼거리고 나서 다시 예수에게로 고개를 돌리며

『예수여, 당신이 그 나라에 갔을 때 나를 생각해 주시오.』

하고 부탁하였다.

이 말을 들은 예수는 곧 그에게

『내가 진실로 너에게 이르노니 오늘로 네가 나와 함께 낙원에 있으리라』

하였다.

그러나 사반은 끝내 그 외통이 된 붉은 눈으로 예수를 흘기며,

『네는 메시아가 아니냐? 왜 너와 우리를 이 고통에서 구하지 못하

느냐.』

하고 분이 찬 목소리로 힐문하였다.(연재 18, 29~30면)

「임자는 메시아가 아닌가?」

사반은 떨리는 목소리로 이렇게 물었다.

「…………」

예수는 역시 대답이 없었다.

「왜 표적을 보이지 않는가? 메시아의 표적을.」(1판, 361~362면)

그러자 예수는 다 죽은 듯하던 얼굴이 그래도 그 말을 알아들었는지

「그대에게 일으노니 오늘로 그대가 나와 함께 낙원에 있으리라」

하고, 힘없이 중얼거렸다.

그러나 그것은 사반에게도 들릴 만했다. 그와 동시 사반은 화가 버럭 치밀었다. 제 자신의 생명도 구하지 못하는 자가 죽음에 들어서 남을 이끄느냐 싶었던 것이다.

그는 마지막 힘을 다하다시피 하여

「비겁한 자여, 너는 유대나라와 너의 생명을 버리고서 오히려 낙원을 찾고 있느냐?」(1판, 364~366면)

초기 연재본에서는 다만 두 강도의 말의 순서가 바뀌었을 뿐 대화의 내용에는 큰 변화가 없다. 순서의 바뀜을 통해 도둑들 사이의 대화를 차단하고 사단과 예수의 대결을 보다 강화시키고 있다. 그리고 가운데의 내용은 작가의 상상력 개입이 본격화되었다. 일신사판에서는 사반이 예수에게 대드는 장면이 노골화된다. 그는 예수에게 표적을 보이라고 대들고, 심지어 예수가 또 다른 도둑에게

구원을 내리자 그를 비겁한 자라고 공격한다. 내용이 삽입되면서 예수에게 대항하는 사반의 모습이 직접화된다.

> 이렇게 약 세 시간가량 십자가에서 고생을 하던 예수는, 오후 세 시쯤 되어서 갑자기 큰 소리로
>
> 『나의 하느님이시여 나의 하느님이시여, 나를 거두소서.』
>
> 하고 숨이 끊어져 버렸다.
>
> 그러나 사반은 이때까지 아직 정신이 멀쩡해 있었다. 이대로 버려둔다면 그의 고통은 앞으로 며칠이라도 더 계속될 듯하였다. 그러나 다행이랄까, 유대인의 풍속으로는 안식일(토요일)에 시체를 십자가에 두지 않는 법인데 그날이 마침 예비일(금요일)이라 그날 안으로 그들을 처치해야 하였다. 제사장과 서기관들은 다시 빌나도에게 청하여, 내려오는 방식대로 그들의 다리를 꺾게 하니 사반과 다른 죄인도 그날 안으로 모다 숨을 끊을 수 있게 되었다.(연재 18, 29~30면)

위의 부분에서 예수에 대한 설명은 「요한복음」과 거의 일치한다. 그러나 작가는 예수가 죽은 후에도 사반은 살아서 정신이 멀쩡하였음을 강조하였다. 그리고 일신사판에는 예수의 숨이 끊어져 버리자 "그의 의식 속에 막연히 깃들어 있던 〈기대〉마저 살아지고 만 것이다"(1판, 365면)라고 표현하였으며, 홍성사판에서는 "…막연히 켜져 있던 등불마저 꺼지고 만 것이다"(2판, 373면)라고 시적으로 표현하였다. 「부활」(1963)에서는 "사반은 다리 꺾음을 하는 데도 한바탕 떠들썩했다. 뼈가 너무나 굵고 여물어서 좀체 꺾어지지가 않았다"[17]라고 하였다. 이는 예수의 나약함에 비해 사반의 굳셈과 강인함을 강조한 것이다. 마지막으로 부활에 관한 대목이다.

> 베드로는 무덤 속에까지 들어가 보았지만 역시 시체는 없고, 시체를 쌌던 〈세마포가 놓였고, 또 머리를 쌌던 수건은 세마포와 함께 놓이지 않았고 딴 곳에 개켜져 있더라〉는 것이다. 아무리 찾아도 그의 시체는 간 곳이 없었다. 그러고 보면 그것은 그가 평소에 예언한 바와 같이 부활을 했기 때문인지도 몰랐다. 이것을 처음 그렇게 믿기 시작한 것은 앞에 나온 세 사람의 여자와 베드로와 요한들이다. 그들뿐 아니라 다른 사람들도 믿어서 좋을 것이다. 왜 그러냐 하면 그는 아직도 살아 있으니까. 그러나 아무리 그의 부활을 확신하는 사람일지라도 그 무덤에서 간 곳 없이 되어 버린 그의 육신이 그대로 하늘나라로 올라간 것이라고 생각한다면 그것은 욕심이다.
>
> 사반과 또 한 사람의 시체는 십자가에서 내루어지자 그 근천의 구덩이로 옮겨졌다. 그것은 사형수들의 시체를 던져두는 곳이었다 …(중략)… 그러나 그의 시체는 예수가 부활했다고 법석이 일어나기 약 일곱 시간 전, 그러니까 안식일 날 밤중, 그의 단원들에 의하여 이미 다른 동굴로 남몰래 옮겨져 있었다. 남모르긴 마찬가지였으나 이 경우엔 아무도 부활한 것이라 하지는 않았다.(연재 18, 33면)

첫 연재본에서 예수의 부활은 그의 육신이 무덤에서 사라졌다는 정도로 표현되어 있다. 그리고 작가는 '부활한 때문인지도 몰랐다'고 하면서도 육신이 그대로 하늘로 올라간 것으로 믿는 것은 '욕심'이라 하여 부활을 곧이곧대로 받아들이지 않았다. 그리고 심지어 사반의 육신이 사라진 것을 두고 '부활'이라 하지 않았다는 데 대한 서운함을 표시했다. 예수의 부활도 육신의 사라짐일 뿐이라는 것

17 김동리, 「부활」, 『등신불』, 정음사, 1963, 326면. 이하 이 작품의 인용은 인용 구절 뒤 괄호 속에 「부활」, 면수만 기입.

이다. 일신사판에서는 "그러나 아모리 그의 부활을 믿는 사람일지라도 그 무덤에서 돌을 밀치고 나간 예수의 육신이 그대로 하늘나라로 올라간 것이라고 생각한다면 그것은 너무나 완고한 시(詩)다"(1판, 369면)라고 비유적으로 표현하였다. 그리고 홍성사판이 나오기 전 「부활」이라는 작품이 나왔는데, 홍성사판은 그것의 내용을 많이 수용한다.

> 그런 채로 오랜 시간이 흘렀다. 겉으로는 숨도 아주 멎어버린 것 같다. 그러나 숨이 정말 끊어진 것은 아니리라. 속속 깊이서는 지극히 미미하나마 아직도 숨기가 남아 있으리라.(「부활」, 324~325면)

> 그가 죽었다고는 뻔히 알고 있으면서도 웬지 그의 속속 깊은 데까지는 완전히 죽어지지 않았으리라고, 또 하나 다른 내가 그것을 은근히 믿고 있었기 때문이었다.(「부활」, 326~327면)

> 예수는 사흘 동안 나의 골방 안에 누워 계셨다. 처음엔 포도주를 한 모금, 다음에는 우유를 두 모금, 이렇게 식사는 마실 것부터 조금씩 시작했다.(「부활」, 329면)

> 그 뒤 예수는 두 번 다시 우리 집에 돌아오지 않았다.(「부활」, 330면)

> 예수는 본디 식량이 적었오. 조금씩밖에 먹지를 않았오. 그가 세례요한에게 세례를 받고 사십 일 동안 광야에서 금식 기도했다고 기록되어 있지 않소. 그는 가끔 그렇게 금식을 했소. 그래서 어떤 때는 죽은 것같이 움직이지 않다가도 때가 되면 일어나 물을 마시고, 우유를

> 마시고, 포도주를 마시고 힘을 돌이키곤 했오. 그가 십자가에 달렸을 때도 그의 약한 육신으로서는 그 고통을 오래 견딜 수 없었오. 그래 숨이 멎었던 것은 사실이오. 그러나, 심장과 혈관이 완전히 죽어졌던 것은 아니오. 다만 정지되어 있었오. 그러다가 그는 콧구멍으로 들어오는 공기를 마시고 다시 숨을 돌이킨 것이오. 그때 마침 그의 시체를 보살피러 왔던 아리마대 요셉이 사람을 시켜 그를 자기 집으로 모셔 갔던 것이오.[18]

전자는 『사반의 십자가』가 나온 지 5년여 뒤에 나온 것이다. 「부활」이라는 작품은 『사반의 십자가』 후일담, 또는 보유의 성격을 가진다. 이 작품에서도 작가는 부활에 대해 부정적인 의견을 제시하였다. 예수의 죽음은 실상인즉 숨이 끊어지지 않은 상태였으며, 아리마대 요셉에 의해 구출되어 그의 골방에서 지내다가 마침내 사라졌다는 것이다. 그리고 1972년에서 1973년 사이에 쓰인 것으로 보이는 「송추의 겨울」(아래 예문)에서도 그러한 견해를 피력하고 있다. 그것은 궁극적으로 예수의 부활을 작가가 받아들일 수 없다는 것이다. 홍성사의 개작도 그러한 시점에서 기술되고 있다.

> 「주님이여 놀라지 마십시오. 저는 주님이 깨어 계실 줄을 알고 모시러 온 사람입니다.」
>
> 이렇게 말했을 때 예수는 간신히 왼쪽 팔을 조금 움직여 보였다 …(중략)… 요셉의 집에 당도한 예수는 거기서 얼마 동안 어떻게 지냈는가. 또 어떠한 말을 요셉에게 일러 주었던가. 그리고 거기서 어디로

18 김동리, 「송추의 겨울」, 『고독과 인생』, 백만사, 1977, 189~190면. 이하 이 작품의 인용은 인용 구절 뒤 괄호 속에 「송추의 겨울」, 면수만 기입.

갔으며, 어디서 언제까지 누구와 더불어 어떤 일을 하고 어떤 말을 했는가. 그것은 영원한 수수께끼로 덮어두자. (2판, 383면)

작가는 요셉의 삼촌 역시 죽은 지 이틀 뒤에 깨어나 삼 년을 더 살았다고 썼다. 예수의 죽음도 그러한 관점에서 볼 수 있다는 사실을 전제한 것이다. 예수 역시 죽었다가 깨어나 요셉의 집에서 지냈다는 것이다. 그리고 어디로 갔는지, 달리 성서적으로 말하자면 부활에 대해서는 '수수께끼'로 덮어두자고 했다. 작가로서는 그 부분을 독자의 판단에 맡기겠다는 것이다. 기독교 신자들과 더 이상의 논쟁을 피하겠다는 의도이지만, 그가 가진 부활에의 부정은 여실히 표현되고도 남음이 있다.

5. 제3휴머니즘의 문학적 실천과 과거 회귀

작가는 『사반의 십자가』의 후기에서 이 작품의 창작의도를 비교적 소상하게 말해주고 있다. 이 작품은 새로운 생명의 창조를 구가하고 있다는 것이다.

〈신의 사망〉과 함께 공방전이 종언을 고했을 때, 인간은 어느덧 한 발작도 전진할 수 없는 절벽에 서게 된 자기 자신을 발견하게 되었다. 오늘의 〈허무의 계절〉, 〈불안과 혼돈의 풍토〉는 여기서 빚어진 것이다.

그러나 인생은 〈불안과 혼돈의 풍토〉 속에 안주할 수 없으며, 〈허무〉로써 足히 그 목적을 삼을 수는 없다. 우리는 새로운 생명의 창조

와 내일의 전진을 위하여 모든 것을 근본적으로 재검토할 필요가 있다.[19]

‘새로운 생명의 창조’란 무엇인가. 그것은 같은 시기에 나온 작품집 『실존무』의 후기, “「여수」의 주인공 최치원과, 「용」의 주인공 강태공과, 「목공 요셉」의 주인공 요셉은 내가 착수하여 있는 〈제3인간주의〉(또는 신인간주의)의 제2, 제3, 제4무대인 고대 신라 고대 중국 고대 유대의 3개 동방 지구를 각각 배경으로 한 인물들”[20]이라는 대목에서 ‘제3인간주의’와 같은 맥락이다. 제3인간주의는 김동리가 해방 공간에 주창한 제3휴머니즘론을 말한다. 그에 따르면, 『사반의 십자가』, 『실존무』의 작품들이 제3휴머니즘의 문학적 실천이란 것이다.

『사반의 십자가』에서 중요한 인물은 예수와 사반이다. 여기에서 예수는 성서 속의 인물이요, 사반은 작가의 허구적인 인물이다. 예수를 이해하기 위해서 김동리가 성서를 어떻게 이해하고 있는가를 살펴볼 필요가 있다.

나는 계몽주의적 관점에서 반드시 성서를 해석하려는 사람은 아니다. 그보다도 오히려 인간의 세계에 이적과 신비가 있을 수 있다고 믿고자 하는 사람의 하나다. 그러기 때문에 「마리아의 회태(懷胎)」란 작품에서 성령의 존재를 소설 속에서 인정하기까지 했던 것이다. 이것은 나의 보다 넓고 보다 미래적인 인간관 및 세계관에 속하는 일이거니와, 그렇다고 해서 나는 예수와 마리아를 무조건 신비의 안개 속

19 김동리, 「후기」, 『사반의 십자가』, 일신사, 1958, 3면.
20 김동리, 「후기」, 『실존무』, 인간사, 1958, 281면.

에만 묻어놓고 우상화시키고 싶지는 않다.[21]

이 글은 김동리가 「마리아의 회태」(1955)에 대해 독자의 항의를 받고 자신의 입장을 밝힌 글이다. 그것은 성서를 계몽주의적 관점에서 해석하지 않고, 예수와 마리아를 신비 속에 두고 우상화시키고 싶지 않다는 말로 요약된다. 마리아와 예수를 인간적인 차원에서 받아들이고 싶다는 것이다. 김동리는 예수의 신비와 이적도 초월적인 세계, 즉 신의 세계의 일이 아닌 인간 세계의 일로 받아들인다. 그의 입장에서 보면 예수도 인간이며, 여러 가지 이적을 행한 '이인'일 뿐이다.[22]

당신은 아마 근본적으로 이적이란 것이 도대체 모두 거짓말이다. 그렇지 않으면 정말이다. 이렇게 둘 중의 하나를 택해 달라고 생각할 거요. 왜 그러냐 하면, 이치(理致 — 科學的)로써 있을 수 없는 일이 하나라도 있다면 열이라도 있을 수 있지 않느냐 하는 생각 때문일 거요. 그러나 내가 알기엔 그와 좀 다르오. 예수가 베드로 장모의 열병을 고친 거나 그 뒤 중풍 든 자를 고친 거나, 귀신들린 자를 고친 거나, 심지어는 앉은뱅이도 고쳤고, 나중에 죽음에서 다시 살아난 거나 그런 것은 모두 사실이었오. 아, 과부의 죽은 아들을 다시 일어나게 한 것 그것도 사실이었오. 그렇지만 그 이외의 것은 대개 과장이거나 환상이거나 만들어진 이야기들이오. 그 가운데 제일 중요한 이적이라고 일컬어지는 부활에 관해서는 나도 같이 죽었던 사람인 만큼 잘 알

21 김동리, 「작품에 대한 항의」, 『자연과 인생』, 삼성당, 1976, 244면.
22 김동리, 「착상과 내적 경험－"사반의 십자가"를 중심으로」, 『신문예』, 1959.2, 24면. 나중에 그는 "예수는 석가나 공자와 함께 온 세상 사람이 우러러 보는 성인의 한 사람"으로 개념을 바꾼다.(김동리, 「도에 대하여」, 『현대문학』, 1982.3, 228~229면)

고 있오.(「송추의 겨울」, 189면)

사반의 혼령과의 대화에서 작가는 사반의 입을 빌려 자기의 입장을 밝힌다. 예수의 수많은 이적은 사실이었다는 것이다. 그러면서도 그는 천박한 합리주의에 대해서는 비판적이었고, "성경에 기록된 모든 내용을 글자 그대로 받아들"(2판, 397면)이지 않았다. 그는 예수의 이적은 받아들이지만, 단 한 가지 받아들일 수 없었던 것이 부활이다. '제일 중요한 이적'인 부활에 대한 믿음 유무는 기독교인인가 아닌가를 판단하는 중요한 잣대이다. 그는 성서를 자신의 입장에서 해석하였다. 예수는 철저히 초월적인 천국사상이나 피안주의를 지니고 있었지만, 본질적으로 인간으로서의 한계를 갖고 있었다는 것이다. 김동리는 부활을 부정함으로써 보다 인간적인 예수를 그리고 있다. 예수의 부활도 죽었다가 다시 깨어난 요셉 삼촌의 삶(재생)과 같다는 것이다. 김동리는 예수를 탈신성화, 탈신비화시켜 하나의 이인으로 제시해 놓았다.

사반은 예수와 대타적인 인물이라는 점에서 김동리의 의식을 잘 보여주는 인물이다. 사반은 현세적이며 지상적인 인간주의자이다. 그러나 그는 죽어가면서도 예수를 꾸짖고, 죽음을 초연하게 맞음으로써 예수보다 우월한 위치에 서 있다. 그는 기독교적 내세관보다는 샤머니즘적 현세관을 갖고 있다. 사반은 Shaphan으로 샤먼(Shaman)과 음가상 유사성을 갖고 있다. 그리고 한편으로는 사탄(Satan)과도 비슷하다. 김동리는 이러한 속성을 동시에 띤 인물로 사반을 제시하였다. 그것은 성서에서 예수를 비난한 왼편 강도를 주인공으로 가져온 것에서 이미 나타난다. 예수의 십자가에서 예수 대신에 사반을 대치해 놓은 것이다. 그는 회개하고 낙원을 약속받은 오른편 강도에 비한다면 저주받을 사탄이기 때문이다. 또한, 그의 샤만적 속성은 하닷, 실바아와의 만남을 통해서 제시되어 있다.

사반은 예수와 기독교의 사상을 통박하는 반항적 인간이다. 그러면 그는 제3휴머니즘의 인물인가. 김동리는 『사반의 십자가』 발표 이후 창작된 「목공 요셉」(1957) 역시 '제3휴머니즘'에 입각한 작품임을 밝히고 있다. 그런 견지에서 보면 사반 역시 제3휴머니즘에 입각한 인물이다. 그러나 이들이 갖고 있는 무역사성은 제3휴머니즘과의 괴리를 느끼게 해준다. 게다가 김동리는 『사반의 십자가』의 「후기」에서 삶의 기준(척도)을 신보다 인간에 두고, 그 방법을 신앙보다 실증으로 삼고, 그 목적을 피안(천국)보다 현세(지상)로 택하는 근대인간주의에 대해 언급하였다. 그러나 '신의 종언'으로 인해 근대 인간주의 역시 끝났다고 보고, 그러한 지점에 『사반의 십자가』가 자리하고 있음을 밝히고 있다. 그러나 이 작품은 인간과 신의 공방전에서 벗어나지 못하고 있다. 그리고 김동리는 오늘날의 허무와 불안의 근원이 과학과 문명의 발달에 있는 게 아니라 신의 종언에 있다고 강조함으로써 그의 논의는 탈역사적인 데로 빠져든다. 제3휴머니즘론은 니체의 신의 죽음과 슈펭글러의 서구의 몰락 선언을 저간의 배경으로 하였다. 그것은 "자본주의 사회의 모순과 결함을 시정하는 일방 맑시즘 체계의 획일적 공식적 메카니즘을 지양하는 새로운 고차원의 제3세계관"[23]이다. 그런데 『사반의 십자가』에서 김동리가 제시한 샤머니즘적 세계가 과연 서구적 근대의 한계를 극복하는 고차원의 제3세계관으로 자리할 수

23 김동리, 「본격문학과 제3세계관의 전망」, 『문학과 인간』, 백민문화사, 1948, 129면.

있는가?

『사반의 십자가』에서 작가가 절대 의지하고 있는 것은 샤머니즘이다. 그는 개작 후기(「개작에 붙여」)에서 "이 작품에 나오는 예수의 이적(異蹟)에 관한 이야기나 하닷의 점성술은 나의 다른 작품에서 다루어지는 샤머니즘과도 일치"(2판, 397면)한다고 말했다. 그것은 한편으로 "여주인공 〈실바〉나 〈실바〉의 아버지요 점성가인 〈하닷〉 노인은 우리의 샤마니즘의 변형"[24]으로 보았던 개작 이전 작가의 견해와는 변화된 모습이다. 샤머니즘 일변도로 작품이 개작되었다는 것이다. 그는 심지어 예수의 이적마저 샤먼의 이적과 동궤에 놓는 등 비약을 하고 있다. 그는 제3휴머니즘론에서 니체를 끌어들이기도 했다. 사반도 자라투스트라처럼 신에 대항하는 적극적 인물이다. 그러나 사반은 뚜렷한 사상 체계를 갖지 못했다는 한계를 지닌다. 허무적 속성으로 인해 그는 억쇠나 득보와 같은 인물로 전락하고 말았다.

김동리에 따르면, 제3휴머니즘은 근대 극복의 적극적 가치를 지녔다. 이제까지 논자들이 제3휴머니즘에 적극 의미를 부여하고, 또한 그러한 관점에서 『사반의 십자가』를 논의했지만 그것은 잘못이다. 『사반의 십자가』나 『실존무』에 실린 작품 속의 인물들은 자본주의와 사회주의의 모순이라는 탈근대적 세계(제3휴머니즘)와는 상당한 거리가 있다. 신에 대한 사반의 반항은 "신본주의에 대한 인본주의의 승리"[25]를 보여주는 근대 르네상스적 세계관, 즉 제2휴머니즘의 세계를 보여준다. 결국 탈근대로의 지향과 전근대(과거)로의 회귀라는 이론과 창작에서의 모순과의 불일치를 확인하게 될

24 김동리, 「샤마니즘과 불교와」, 『문학사상』, 1972.10, 268면.
25 김동리, 「순수문학의 진의」, 『문학과 인간』, 106면.

뿐이다. 그것은 자신의 작품에 대한 과대한 합리화 맥락과 결부되어 있다.

6. 마무리

『사반의 십자가』(1955~1957)는 김동리 스스로 높이 평가한, 그리고 당대에도 그 중요성을 인정받은 작품이다. 이 작품은 처음 연재되었다가 일부가 삭제 편집되고, 인물들의 이름과 문체도 바뀌는 등 개작되어 일신사(1958)에서 나온다. 그리고 24년 정도 지난 다음에 홍성사(1982)에서 다시 개작본이 나와 총 3개의 텍스트가 있는 셈이다. 작품의 개작은 샤머니즘을 강화하는 쪽으로 진행되었다.

이 작품의 갈등은 예수와 사반 사이에서 일어난다. 예수가 내세적 구원관을 지향하는 인물이라면, 사반은 현세적 행복을 추구하는 인물이다. 사반과 예수의 대립을 통해 김동리가 보여주는 것은 예수의 탈신비화와 인간화이다. 이들의 3번째 만남에서 예수는 죽음을 두려워하는 세속적인 모습을 보이지만, 사반은 오히려 죽음에 초연해 하는 초인적 모습을 보여준다. 그리고 하닷과의 만남을 통해 사반은 신비화된다. 사반은 처음에는 예수를 메시아라고 믿지만, 나중에는 그를 공격하며 통박하는 모습을 보인다. 그는 신의 의지에 대항하는 자라투스트라적 인물이다. 그리고 그는 하닷의 세계에 동화됨으로써 샤머니즘을 지향하게 된다.

이 작품은 「무녀도」(1936)와 「황토기」(1939)의 세계에 연결되어 있다. 그의 인물들은 모화에서 억쇠로, 사반으로, 다시 을화(『을화』

1978)로 이어지는 원환적 회귀구조를 갖고 있다. 주인공의 이름과 사회 역사적 배경만 바뀌었지 그의 작품은 여전히 영원성과 무역사성으로 인한 원형적 인간상을 드러낸 것이다. 그는 근대 자본주의와 마르크시즘의 모순을 극복하는 탈근대적 세계관으로서의 제3휴머니즘론을 주창하지만, 그의 창작은 탈역사적 과거와 영원성의 세계로 회귀하고 만다. 그의 인물들은 모화에서 을화로 바뀌고, 억쇠에서 사반으로 바뀔 뿐 역사적 맥락은 탈각된 채 원형적 삶에서 맴돌 뿐이다. 사반은 모화나 억쇠, 을화와 다를 바 없는 인물인 것이다. 김동리는 『사반의 십자가』에서 시대와 배경의 확장을 꾀했지만, 그 본질적 세계는 변함없이 인간의 원형적 삶을 그리고 있다.

김동리의 소설 세계

1. 좌표를 찾아서

내가 김동리의 문학을 처음 접한 것은 중학교 2년 시절이었던 것 같다. 여름 방학이면 친구들과 강가에 가서 멱을 감기도 하고, 산에 올라 소에게 풀을 먹이기도 했다. 나는 종종 책 몇 권을 들고 뒷동산에 올랐다. 그곳에 오르면 산 아래 푸르게 자라나는 논밭들과 산비탈을 따라 뱀처럼 휘감고 도는 좁다란 길을 볼 수 있었다. 그리고 멀리 소백산의 자락들이 울타리처럼 늘어서 있고, 그 가운데 희뿌연 안개 속에서 비로봉이 장엄하게 솟아 있었다.

뒷동산에다 소를 풀어놓고 나는 가지고 간 소설들을 맘껏 읽었다. 당시 『한국단편문학전집』(문성당)과 헤밍웨이의 『노인과 바다』, 괴테의 『젊은 베르테르의 슬픔』, 멜빌의 『백경』, 도스토옙스키의 『죄와 벌』 등 수많은 세계 명작들은 나에게 좋은 읽을거리였다. 그 소설들은 내게 설렘을 갖게 하기에 충분했다. 한국 단편소설을 읽어

가던 어느 날, 나는 하나의 장엄한 장면을 마주했다.

엇쇠, 귀신아, 물러서라,
여기는 영주 비루봉 상상봉헤
깎아 질린 돌 베랑헤, 쉰 길 청수에
너희 올 곳이 아아니다.
바른손헤 칼을 들고 왼손에 불을 들고,
엇쇠, 잡귀신아, 썩 물러서라. 툇 툇![1]

그때만 해도 나는 김동리가 누군지, 소설이 무엇인지 잘 몰랐다. 그러던 나에게 「무녀도」는 커다란 울림으로 다가왔다. 나는 멀리 소백산 비로봉을 바라보았다. 아슴푸레한 봉우리가 거인처럼 서 있었다. 「무녀도」와 비로봉의 만남, 나는 그때까지도 소설은 현실과는 다른 세계의 이야기인지 알았다. 그러나 모화의 무사(巫辭) 속에 비로봉이 뛰쳐나왔다. 내가 본 산 가운데 가장 드높고 멋있고 오묘하기 그지없는 거인이 소설 속에 자리하고 있었다. 어디 그뿐이랴?

서역 십만 리 굶주리던 불귀신하,
한쪽 손에 불을 들고 한쪽 손에 칼을 들고,
이리 가니 산신님이 예 기신다,
저리 가니 용신님이 제 기신다,
칠성이라 돌아가니 칠성님이 예 기신다,

1 김동리, 「무녀도」, 『한국단편문학전집(6)』, 문성당, 1976, 23면.

구름 속에 쌔여 간다 바람결에 묻혀 간다,
구름님이 예 기신다 바람님이 제 기신다,
용궁이라 당도하니 열두 대문 잠겨 있다,
첫째 대문 두드리니 사천왕 뛰어나와,
종발눈 부릅뜨고 주석 철퇴 높이 든다,
둘째 대문 두드리니 불개 두 쌍 뛰어나와,
꽃불은 숫놈이 낼룽, 불씨는 암놈이 낼룽,
셋째 대문 두드리니 물개 두 쌍 뛰어나와,
숫놈이 공공 꽃불이 죽고
암놈이 공공 불씨가 죽고……[2].

아, 이것은 굿거리 무사가 아니던가? 작두를 타며 칼을 휘 번뜩이고, 신대를 흔들면서 요령을 울리던 굿거리 속의 무당이 모화로 현신하여 세상을 호령하며 마구 요동치는 것이었다. 산신 용신을 불러내고 각종 사귀를 물리치려는 모화의 서릿발 같은 무사가 비바람을 불렀다. 비로봉에서 산신 용신이 꿈틀거리면서 허연 김을 내뿜자 맹렬한 비구름이 쫓아오며, 후두둑 비를 뿌렸다. 우르릉! 쾅쾅! 나는 비를 피해 서둘러 소를 몰고 집으로 달려왔다. 뒤에서는 여전히 무사 속의 불개 물개가 요란하게 하늘 틈을 찢고 나왔다. 그것은 허구이면서 현실이었고, 현실이면서도 허구였다. 온갖 잡귀를 쫓아 비구름을 몰고 다니던 모화는 비로봉에 걸려 하나의 신기루가 되었던 것이다.

몇 해 지나, 그러니까 1982년인가 1983년인가 어느 날, 나는 친구

2 김동리, 「무녀도」, 같은 책, 27면.

로부터 「무녀도」를 개작한 『을화』가 노벨상 후보에 올랐다는 얘기를 들었다. 「무녀도」는 巫堂의 세계를 그려낸 작품이다. 巫는 天上(一)과 地人(一 → 二)을 연결(丨 → 工)시키는 사람(人人 → 巫), 즉 하늘(天上)의 비의(이치)를 인간 세계에게 전하는 사람이 아니던가. 김동리는 무의 세계를 그린 작품을 적지 않게 썼는데, 이들 작품을 통해 하찮은 미신으로 치부되던 무속신앙을 우리 민족 고유의 정신사로 자리매김하고자 했다. 모화는 신령한 사람, 곧 신이 지핀 사람이다. 그녀의 도저한 세계를 서사무가 「바리데기」에 접목시킨 작품이 『을화』가 아니던가. 「무녀도」를 개작한 『을화』가 세계문학의 반열에 올랐다는 것은 한국문학이 마련한 하나의 좌표가 아니겠는가.

2. 선집과 전집의 그림자

1994년 나는 박사과정 시험을 준비하면서 김동리의 소설들을 읽기 시작했다. 황순원의 작품을 읽을 때는 그래도 전집이 나와 있어 편리했다. 그러나 김동리의 전집은 나오지 않은지라 이전에 나온 작품집을 일일이 찾아 복사해가며 읽어야 했다. 1967년 삼성출판사에서 『김동리대표작선집』(전 5권)이 나오고, 1978년에 증보판(전 6권)이 나오긴 했지만, 그것은 그야말로 대표작 선집일 뿐이었다.[3] 그래서 단행본으로 출간된 『무녀도』(1947)를 비롯하여 『황토기』(1949), 『실존무』(1955), 『등신불』(1963), 『김동리대표작선집(1)』(1967), 『까

3 『김동리대표작선집』(1967)은 5권 모두 소설로 꾸려졌지만, 시, 평론, 수필, 자전기를 묶은 제6권을 포함한 증보판(1978)이 나왔다.

치 소리』(1973), 『김동리 역사소설-신라편』(1977), 『꽃이 지는 이야기』(1978) 등을 찾아 동료들과 함께 읽고 토론했다. 김동리의 소설은 그 분량이 적지 않았다.

> 지금까지 내가 써온 작품 가운데 시와 평론 수필 따위를 별도로 한다면 소설 작품만 약 2만 5천 장(2백 자 원고지) 내지 3만 장가량 되지만 샤머니즘이니 불교니 하는 계열의 작품은 장수로 계산해서 지극히 일부밖에 되지 않아. 그런데 자네들은 내 작품을 말하려고 할 때 왜 샤머니즘이니 불교니 하는 것을 먼저 생각하게 되는가, 이런 것도 문제의 하나가 될 줄 아네. 그러나 내가 지금 이런 따위를 문제 삼으려는 것은 아니야. 아까 나는 샤머니즘 불교 기독교 휴머니즘 민족주의 허무주의 하는 따위가 그 밑바닥에 있어서는 서로 '얽혀 있는 것'을 밝히기 위해서는 일단은 전체적인 검토에서 출발해야 되지 않을까. 이렇게 볼 때 이런 문제를 얘기할 수 있는 사람은, 적어도 오늘날까지는 내 자신밖에 없을 줄 아네. 왜 그러냐 하면 적어도 오늘날까지 내 작품(소설)을 그렇게 전체적으로 검토해본 사람은 없을 테니까. 아마 자네들은 대학에서 나의 지도를 받고 있었던 관계로 나의 작품을 비교적 많이 읽었다고 했지만, 그러기에, 내 작품 세계에서 위에 말한 바와 같은 그러한 잡다한 요소랄까 특징 같은 것을 들추어낼 수도 있었다고 보지만, 그렇다고 해도 아마 3만 장의 삼분지 일인 1만 장을 읽은 사람이 없을 겔세. 이런 일이 있어. 어떤 청년이 와서 내 작품은 거의 다 읽었다고 자신 있게 얘기를 하길래, 대뜸 〈늪〉을 읽었냐고 하니까 못 읽었다고 그래. 그건 그럴 거야, 그 작품이 나에게 있어서는 지극히 중요한 작품의 하나지만 일반적으로 별로 알려져 있지 않을 테니까. 그러면서 다시 다른 작품을 몇 편 들먹였더니 거의

하나도 못 읽었다는 거야.[4]

이 글을 통해 김동리가 쓴 소설의 분량을 짐작할 수 있다. 1968년 8월까지 그가 쓴 소설이 117편이라고 했다.[5] 그리고 1972년 10월 그의 소설은 30,000장에 이르고, 이후에도 소설을 계속 창작했으니 그의 소설이 상당한 분량임이 틀림없다. 그런데 김동리는 작품도 제대로 읽지 않고 자신의 문학을 논하는 데 대해 섭섭함을 토로했다. 자신의 문학에 대해 알고 싶으면 먼저 전체적으로 읽어보라는 것이다. 자신의 작품을 두고 샤머니즘이니 불교니 하는 것은 편협하다는 것이다. 그것은 지극히 일부밖에 되지 않는다는 것. 나는 김동리의 작품 세계를 파악하기 위해 전체적으로 검토하려 했다. 그러나 목록조차 제대로 구비되지 않아 작품 찾기가 쉽지 않았다. 그래서 간행된 선집을 차례로 읽어 들어갔던 것이다.

「늪」은 『까치 소리』(1973)에 실렸다. 그는 이후 단편선 『늪』(문리사, 1977)을 발간하는가 하면, 『김동리 걸작선』(오른사, 1980) 등에도 수록한다. 작가 스스로 그 중요성을 부각한 것이다. 그러나 1972년 10월 당시에 「늪」은 그야말로 『문학춘추』(1964.9)라는 잡지 귀퉁이에 실린 작품에 불과했다. 『김동리대표작선집(1)－단편선집』(삼성출판사, 1967)에 포함되지 않아 작품을 읽으려면 잡지를 뒤지는 수밖에 없는 상황이었다. 웬만한 독자야 찾으려 해도 쉽지 않았다. 그럼에도 김동리는 왜 "〈늪〉을 읽었냐?"라는 수수께끼 같은 말을 했을까?

그는 이어진 글에서 자신의 작품을 샤머니즘 계열 : 「무녀도」·「달」·

4 김동리, 「샤마니즘과 불교와」, 『문학사상』, 1972.10, 263~264면.
5 김동리, 「나의 비망첩」, 『세대』, 1968.8, 354면.

「당고개 무당」·「허덜풀네」, 불교 계열 : 「불화」·「등신불」·『극락조』·「눈 오는 오후」·「까치 소리」, 기독교 계열 : 「마리아의 회태」·「목공 요셉」, 「부활」·『사반의 십자가』 등으로 설명했다. 샤머니즘, 불교 외에도 기독교 계열이 있다는 점을 강조한 것이다. 그리고 10여 년이 지나 다시 자신의 작품을 경향별로 제시했다.

1) 샤머니즘을 주로 다룬 작품-「무녀도」, 「당고개 무당」, 「허덜풀네」, 「개 이야기」, 『을화』 등
2) 기독교 관계를 주로 다룬 작품-「부활」, 「마리아의 회태」, 「목공 요셉」, 『사반의 십자가』 등
3) 불교 관계를 주로 다룬 작품-「불화」, 「등신불」, 「눈 오는 오후」, 「까치 소리」, 「저승새」, 『극락조』 등
4) 유교관계-「용」, 『춘추』 등
5) 민족, 민속관계의 작품-「화랑의 후예」, 「홍남 철수」, 「밀다원 시대」, 「황토기」, 「역마」, 「실존무」, 『자유의 역사』, 『해방』 등
6) 광의의 인간문제의 작품-「잉여설」, 「혼구」, 「동구 앞길」, 「바위」, 「아들 삼형제」, 「소녀행」, 『이곳에 던져지다』, 『해풍』 등[6]

김동리는 3계열(4~6)을 추가하여 자신의 작품 세계를 정리했다. 작가로서 무척 친절하게 작품 세계를 도식화한 것이다. 이것은 한편으론 작품을 쓸수록 그의 세계가 더욱 뚜렷해졌고, 아울러 작품의 스펙트럼도 다양해졌다는 것을 의미한다. 그런데 여기에도 그가 중요하다고 하는 「늪」은 보이지 않는다. 작가는 작품집에도, 주

6 김동리, 『밥과 사랑과 그리고 영원』, 사사연, 1985, 115~116면. 여기에서 「개 이야기」는 「개를 위하여」(『백민』, 1948.10), 「소녀행」은 「인간 동의」를 일컫는다.

요 작품 목록에도 빠진 「늪」을 왜 읽지 않았느냐고 물었을까.[7] 그것은 자신의 작품을 제대로 살펴보라는, 잘 알려지지 않은 작품 가운데도 중요한 것이 있다는 것을 강조하기 위함이 아니겠는가. 그래서 전집이 필요한 것이고, 전집이 작품 세계를 제대로 보여주는 것이 아닐까?

김동리의 전집이 기획된 것은 작품 전체를 제대로 알고 싶어 하던 나에겐 희소식이었다. 나는 전집을 차례로 샀고, 기왕이면 그 나불에 동리 소설로 박사논문도 쓸 요량이었다. 『김동리전집』은 1995년 1차로 6권이 발간되었는데, 4권까지가 단편집이었고, 5권(『사반의 십자가』)과 6권(『을화』)은 장편이었다. 그리고 2차로 2권(제7권 『문학과 인간』, 제8권 『나를 찾아서』)이 더 나오고 전집은 마무리되었다. 애초에 20권으로 기획된 전집은 그렇게 용두사미처럼 끝나고 말았다. 보다 완전한 전집을 기대했던 나에게는 실망스럽기 그지없었다. 아울러 전집을 통해 작품 세계를 파악하려 했던 나의 계획은 물거품이 되어버렸다. 불완전하지만 「작품 목록」이라도 건진 것을 그나마 다행으로 여겨야 할까. "작품(소설)을 그렇게 전체적으로 검토해"야 "내 작품 세계에서 위에 말한 바와 같은 그러한 잡다한 요소랄까 특징 같은 것을 들추어낼 수도 있"다는 김동리의 말을 굳이 전제하지 않더라도, 민음사판 전집으로는 작품 세계를 제대로 말하기 어렵게 되었다. 작품 세계를 논하려면 무조건 모든 작품을 다뤄야 한다는 것이 아니라 가능한 한 많은 작품을 읽어야 한다. 전체를 통해서 나온 결론과 부분을 통해 추론한 결론은 다를 수 있다. 작품을 전체적으로 검토해야 작품 세계를 제대로 논

7 김동리는 「내 속에 있는 늪」(『김동리전집(8)－나를 찾아서』, 민음사, 1997, 23～28면)에 와서야 「늪」에 대해 자세히 소개하였다.

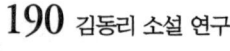

할 수 있는데, 전집은 명색만 전집이었지 대표작 선집에서 별반 나아가지 못하고 말았다.

3. 다솔사와 용담정의 그늘

김동리에 대해 나는 누구보다 많이 읽었다고 자부했다. 그리고 텍스트를 통해 김동리를 잘 이해한다고 믿고 있었다. 그러나 그러한 나의 자부심이 한갓 자만에 지나지 않을 뿐이라는 것을 깨우치는 데는 많은 시간이 필요하지 않았다. 1998년 경주대학교에 부임하면서 나는 경주에 살게 되었다. 처음 경주에 갔을 때는 스산한 겨울 해가 뉘엿뉘엿한 오후였는데, 아직 덜 녹은 눈들이 무덤 위를 덮고 있었고, 그 주변 민가에서 저녁연기가 피어오르고 있었다. 무덤 속에는 역사나 설화 속의 인물들이 살고 있고, 그 주위에 사람들이 살고 있는 황량한 고도의 풍모를 느끼기에 충분했다. 도대체 역사를, 아니 역사라는 시간을 비켜간 동네처럼 보였다. 그곳은 설화적 세계이자 과거와 통해 있는 도시였던 것이다.

> "아, 이런 내 조상이 대체 신라 적 화랑이구랴!"
>
> 하고 혼자 감개해서 못 견디는 모양이었다. 그건 또 어떻게 알아냈냐고 한즉, 근일에 여러 가지 서적을 참고하던 중 우연히 알게 되었다고 한다. 그는 다시 찾아가서 상세한 이야기를 하리라 하고 모자를 벗어 이마에 땀을 가시며 어대로 걸어갔다.[8]

8 김시종, 「화랑의 후예」, 『조선중앙일보』, 1935.1.10.

김동리는 「화랑의 후예」를 통해서 등단했다. 추락해가는 황진사의 세계를 그린 작품이 「화랑의 후예」라니. 무너져가는 모화의 삶을 그린 「무녀도」는 또한 어떠한가. 그리고 「산제」와 「산화」, 「바위」는 어떠한가. 이 작품들이 문제적 인물이나 소수자, 또는 서발턴의 삶을 그린 것이라고 설명하면 그뿐인가. 하필이면 화랑이라니?

> 무오사화(戊午士禍 — 연산군 4년) 때 점필재 선생이 화란에 걸려들어 부관참시라는 흉악한 형벌을 당하게 되자 그 직계 자손인 우리(그러니까 선조 할아버지)는 이 화를 피하여 경주군(지금의 월성군) 서면 계림골로 깊이 숨어버린 채 오랫동안 초야에 묻혀 살았다는 것이다.[9]

나는 김동리의 선대가 숨어 살았다고 하는 경주 "서면 계림골" 고란마을을 몇 차례 방문했다.[10] 밖에서 보면 그냥 산속으로 보이고, 마을에 들어가면 사면이 산으로 둘러싸여 바깥세계와 단절된 공간, 임진왜란도 비켜 갔을 법한 은둔의 최적지였다. 김동리의 선

9 김동리, 『김동리전집(8) — 나를 찾아서』, 민음사, 2007, 59~60면.

10 『선산김씨세보』(보전출판사, 1984)에 따르면, 김동리(32대)의 6대조 김봉호(26대, 字 德卿 武烈校尉訓練院判官 癸未十二月 三十日生 庚寅 五月 三日卒 墓 府西 開寧里 斗蜂峴(비석에는 斗峯峴) 坤坐 有石物, 255면)부터 경주 서면 계림골에 묻혀 산 것으로 보인다. 계림골 고란 야산에는 선산김씨 선산이 있고, 거기에 김봉호의 묘와 석물이 있으며, 그 주변에 동리의 조상묘(봉호의 후대)들이 있다. 여기에서 '開寧'里가 와전되어 '계림'골로 되었거나, 또는 계림의 음가를 따라 '開寧'으로 쓴 것(후자의 경우 경주 교동의 '鷄林'과 혼란을 피하기 위해)으로 보인다. 봉호 묘비는 마지막에 "崇禎後 三辛酉 十二月 十九日 修立"이라는 구절이 있는 것으로 보아 1801년 증손(원손, 계손, 해손) 등이 세운 것이다. 김동리는 윗글에서 김종직(17대) 이후 선조들이 벼슬을 하지 않았다고 언급했지만, 숭년(18대, 집경전 참봉), 경득(21대, 무통정 현감), 응숙(22대, 군수), 상탐(23대, 直長), 시휘(24대, 무통정대부 水使), 몽서(25대, 武科), 봉호(26대, 무열교위 훈련원판관) 등이 벼슬을 한 것으로 드러난다. 다만 봉호(26대, 1703~1770) 이후 광의(27대) — 복수(28대) — 계손(29대) — 동범(30대) — 수현(31대, 1872~1928) 등은 벼슬을 하지 않은 것으로 드러난다. 아마도 봉호 말년부터 동범까지 5대 걸쳐 100여 년간 계림골 고란에서 은거한 것으로 보인다.

조가 이곳에 들어와 살게 되면서 경주와 인연을 맺게 되었지만, 그 연원은 단순하지 않다. 김동리는 할아버지 때에 경주 성내로 이사했다고 한다. 나는 경주에 살면서 선도산, 남산, 토함산, 반월성, 경주읍성, 성건동, 황성동, 송호골, 예기소 등 무수한 지역을 다녔다. 그 덕분에 텍스트에서 보이지 않던 것들이 새롭게 보였고, 이전에 김동리에 대해 함부로 글 쓰지 않은 것을 다행으로 여기게 되었다.

> 제1세계 「화랑의 후예」에서 「무녀도」, 「황토기」에 이르는 설화적 세계(등단~8.15해방)
>
> 제2세계 「윤회설」, 「해방」에서 『자유의 역사』에 이르는 현실 세계(8.15해방~1950년대 전반)
>
> 제3세계 『사반의 십자가』, 『김동리 역사소설-신라편』에서 「대왕암」에 이르는 역사 세계(1950년대 후반~1970년대)

이것은 김동리의 소설 세계를 범박하게 소묘해본 것이다. 실제로 김동리의 작품 세계를 이렇게 단순화하기는 어려운 측면이 있다. 그리고 시기도 정확히 맞아떨어지지 않는다. 다만, 소설의 시대별 흐름과 지배적 경향을 중심으로 이처럼 나눠볼 수 있다. 제1세계는 김동리의 초기 문학이 해당되는데, 단편을 중심으로 이뤄졌으며, 주로 일제 강점기에 창작되었다. 이 시기의 작품은 민속적, 설화적 세계를 소설화하였으며, 그래서 무시간성, 영원성의 세계를 그리고 있다. 이것은 김동리의 주된 문학적 세계이고, 연구자들이 가장 중요하다고 여기는 작품들이 속해 있다. 사실 김동리 문학 세계의 본령은 여기에 있다고 해도 과언이 아니다. 무녀의 삶을 그린 「무녀도」(1936)를 비롯하여 「허덜풀네」(1936), 「달」(1947), 「당고개 무당」(1958), 「만자동경」·『을화』(1979) 등이 있고, 민속적 삶의 모습을 담은 「산화」(1936)를 비롯하여 「바위」·「산제」(1936), 「황토기」(1939), 「역마」(1948)뿐만 아니라 「한내 마을의 전설」(1950), 「진달래」(1955), 「까치 소리」(1966) 등에 이르기까지 무수하다. 이 작품들은 설사 당대 배경을 제시하고 있다 하더라도 현실적 시간과는 거리가 있는 영원성의 세계를 지향한다.

> 그렇게 달포를 지내고 2월이 되었다. 나는 경남 사천군 다솔사를 찾기로 했다. 마침내 백씨가 그 절에 있다는 소문을 들었던 것이다.
>
> 다솔사는 진주에서 하동쪽으로 50리 나가서 있는 고사(古寺)로 해인사에 소속된 말사였다. 별로 두드러진 자랑거리가 없었지만, 그런대로 갖출 것은 갖추어 있는 아늑하고 따뜻한 절이었다.[11]

1935년 2월 「화랑의 후예」의 당선금을 들고 김동리가 찾아간 곳은 다솔사였다. 백씨 김정설을 찾아 그곳에 갔던 것이다. 거기에서 다시 해인사로 가서 생활을 하고, 일제 말기에는 쌍계사로 가서 피신하기도 한다. 김동리는 어릴 적 4월 초파일에 어머니를 따라 분황사에 가서 잠들기도 했다고 한다. 경주는 백률사를 포함하여 무수한 절이 있었고, 그 가운데 자란 김동리에게 불교와의 친연성은 이미 내재해 있었던 것이다. 나는 김동리의 흔적들을 찾아 다솔사로, 해인사로, 쌍계사로 다녔다. 다솔사는 매우 한적하고 아늑한 산사였다. 그곳에서 김동리는 한용운을 만났고, 또한 여러 민족주의자도 만났다고 한다. 그리고 해인사, 쌍계사로 전전하며 「솔거」를

11 김동리, 『취미와 인생』, 문예창작사, 1978, 248면.

비롯하여 「황토기」, 「역마」, 「당고개 무당」, 「등신불」의 모티브를 얻었다. 이 작품들은 인간의 피할 수 없는 운명과 도저한 허무의식을 보여준다. 이 사찰들이야말로 일제 강점기 김동리에게 문학 창작의 현장으로 자리하였다. 김동리는 일제 강점기 현실 속에서 경주에서 합천, 사천, 하동에 이르는 국토 남단의 횡단축을 따라 은신하면서 시간의 무화를 추구하는 설화적 세계의 소설을 창작했다.

내가 경주 현곡에 있는 용담정을 방문한 것은 요행이 아닐 수 없었다. 나는 이전에 경주와 동학의 관련성을 전혀 눈치채지 못했었다. 나는 김범부의 『풍류정신』을 통해서 최제우를 만났다.[12] 「최제우론」은 탁월한 글이었지만, 왜 화랑전에 이어 최제우론이 나왔는지를 알지 못했다. 『화랑세기』가 사라진 것을 애석하게 여겨 『화랑외사』를 쓴 근대의 사상가 김정설에 의해 최제우는 영롱한 빛을 발하였다. 김동리가 태어나기 반세기 전쯤 경주에서 최제우에 의해 동학이 창시되었다. 용담정은 경주가 동학의 성지라는 사실을 새삼 일러주었다. 곧이어 김동리의 조카로부터 김동리의 족보도 얻어 볼 수 있었다. 그리고 김동리의 제3세계 작품들을 새롭게 이해할 수 있었다.

김동리의 설화적 세계는 현실공간뿐만 아니라 역사의 틈을 비집고 올라가서 전개되기도 한다. 제3세계에 속하는 역사소설류가 이에 해당되는데, 여기에는 『사반의 십자가』, 『춘추』를 비롯하여 『김

12 '凡父'를 읽을 때 '父'가 호에서는 '보'로 읽어야 한다는 말에 동의한다. 그래서 몇몇 연구자가 김정설을 '범보'로 표기한다. 김동리는 "만해 선생이 내 백씨를 보고 「범보, 우리나라의 고승전에도 소신공양을 한 이가 있소?」하는 것이다"(『생각이 흐르는 강물』, 202면)라고 하여 한용운이 김정설을 '범보'라고 부른 사실을 언급하였다. 그러나 김동리는 자신의 저서에서 「백씨 범부 선생 이야기」(『김동리전집(8) - 나를 찾아서』, 420~425면)에서 凡父를 '범부'로 표기하였으며, 내가 경주에서 만난 김동리의 조카(김두준)를 비롯하여 많은 사람들이 김정설을 '범부'라고 불렀다. 표기를 어떻게 했느냐도 중요하겠지만 어떻게 불렸는가도 중요하다. '범부'로 쓰든, '범보'로 쓰든 무방하다고 생각된다.

동리 역사소설』 등이 자리해 있다. 김동리는 고대 유대나라를 배경으로 「마리아의 회태」(1955), 「목공 요셉」(1957), 「부활」(1962), 「사반의 십자가」(1955~1957)를 쓰는가 하면, 고대 중국을 배경으로 「용」(1955), 「여수」(1957), 「춘추」(1956~1957) 등을 썼다.[13] 고대 동서양의 역사를 배경으로 자신의 문학적 스펙트럼을 확대시킨 것이다. 그러나 이 계열에는 무엇보다 고대 신라를 배경으로 하는 역사소설들이 압도적으로 많다. 이들 작품에는 경주(신라)가 자리하고 있다.

경주는 김유신과 김춘추, 원효와 의상, 선덕여왕과 지귀, 김대성과 불국사가 살아 숨쉬고, 연등행사며 탑돌이와 길쌈놀이가 유행하던 신라의 수도였다. 그래서 시간이 응집된 역사의 공간, 신라와 화랑이 살아 숨 쉬는 흔적으로서의 공간이었던 것이다. 신라를 배경으로 하는 역사소설의 작중 인물들은 역사적 시공간에서 오늘날의 경주와 교호관계 속에서 존재하며 활동한다. 김동리는 신라 역사 속에 잠자던 화랑들을 호명한다. 「화랑의 후예」에서 피어오른 화두, '화랑'은 「아도」, 「대왕암」까지 이어진다. 화랑은 크게는 경주라는 지역, 작게는 김동리의 가문과 떼려야 뗄 수 없는 관계를 갖고 있다.

김종직(17대) – 회소곡, 미사흔, 박제상, 김흠운, 백결 선생, 황창랑
김정설(32대) – 사다함, 김유신, 물계자, 백결 선생, 필부, 해론 부자, 취도 형제, 김흠운, 소나 부자, 비령자
김동리(32대) – 회소곡, 기파랑, 장보고, 최치원, 수로 부인, 김양,

13 「여수」는 비록 중국을 무대로 하였지만 그 주인공 최치원이 신라 사람이라는 점에서 이후 「최치원」으로 개제되어 『김동리 역사소설 – 신라편』에 실린다.

왕거인, 강수 선생, 눌기 왕자, 원화, 우륵, 미륵랑,
양화, 석탈해[14]

김동리의 선조였던 김종직은 일찍이 「동도악부」, 「천관사」 등을 통해서 신라의 화랑들을 노래했다. 그리고 김동리의 큰형 김정설은 『화랑외사』에서 10명의 화랑에 대해 기술했다. 김동리의 『김동리 역사소설－신라편』은 그런 맥락에서 이해할 수 있다. 그것은 역사로의 기투이다. 김동리는 『삼국사기』라는 역사 속에서, 『삼국유사』라는 설화 속에서 숨 쉬는 화랑들을 불러내었다. 김동리의 역사소설은 그 기원으로 말하자면 「검군」(1949)부터라고 하겠지만, 이미 「솔거」에서 설화적 세계와 역사적 세계가 서로 어울리는 모습을 보여주었다. 이후 「여수」, 「석탈해」, 「원화」, 「원왕생가」, 「악사 우륵」, 「미륵랑」, 「정의관(기파랑)」, 「국사 왕거인」, 「청해진대사」, 「의사 김양」, 「양화랑 애화」… 등 총 16편의 역사소설 신라편이 완성된다. 이 밖에도 신라를 배경으로 「아도」(1971～1972), 「삼국기」(1972～1973), 「대왕암」(1973～1974)이 씌어졌다. 그런데 이들 상당수가 등단작에서 언급한 '화랑' 이야기라는 점에서 제1세계와 제3세계 소설은 밀접한 관련을 보여준다. 심지어 『사반의 십자가』 역시 하닷에서 실바아로 이어지는 점성술의 세계를 보여주지 않던가.

김동리는 「화랑의 후예」에서 '화랑'을 호명한 이래 『을화』(1978)에서도 박수무당을 "화랑이", "화랑"으로 불러내고 있다. 역사 속의 화랑들은 역사소설에서, 당대의 화랑들은 샤머니즘 소설에서 그려낸 것이다. 한번 호명된 '화랑'은 끊임없이 변주되며 김동리 문

14 김주현, 「김동리 문학에서 경주의 의미」, 『안동어문학』 12, 안동어문학회, 2007.12, 162면.

학의 핵심어로 자리한다. 김정설이 『화랑외사』를 써서 그들을 불러내었다면, 김동리는 역사소설을 써서 그들을 노래했다. 최제우는 선조 최치원이 유불선을 포함하였다는 낭가사상을 동학으로 발전시켰으며, 김정설은 최치원이 「난랑비서」에서 말했던 '풍류'를 이어받아 『풍류정신』을 썼다. 이들에 의해 화랑은 철학으로, 사상으로, 문학으로 체화되지 않았던가. 김동리가 자신의 조상으로 자주 언급했던 김종직, 사상 형성에 막대한 영향력을 끼쳤던 김정설, 화랑의 이야기는 그들로부터 이어져 내려온 것이다. 그리고 화랑은 최치원에서 최제우에 이르기까지 사상사적 측면에서 경주 지역에 면면히 이어져 왔던 것이다. 김동리가 초기부터 화랑을 형상화한 것도, 말년에 신라 역사소설에 매달린 것도 어쩌면 자신의 원류에 대한 문학적 탐색이 아니겠는가.

4. 청담동 자택과 동리기념관의 불꽃

2000년에 들어와 김동리 문학관 건립에 대한 논의가 일어났다. 나는 동리문학관건립추진위원회의 간사로서 기념관 건립에 힘을 보탰다. 그래서 2000년 말 〈동리·목월기념관건립사업회〉의 발기인 대회를 알리는 2,000여 통의 서신을 여러 기관, 문인, 시민, 학자들에게 발송했다. 그리고 그때부터 김동리의 자료를 모으기 시작했다. 민음사판 전집에서 가장 많이 누락되었고, 목록조차 부실한 것이 1950년대 자료였다. 자료가 알려졌지만 선집, 전집에 실리지 않은 작품도 부지기수였다. 나는 김동리의 자료를 제대로 구비하여 기념관에 전시해보고 싶었다. 그래서 김동리가 만년에 살았던 청담동 자택을 찾아가 그의 유품 및 자료들을 조사했다. 또한, 국립중앙도서관을 비롯하여 동아일보사, 프레스센터, 그리고 대학도서관을 다니며 자료를 모았다.

나는 「해방」(『동아일보』, 1949.9.1~1950.2.16)을 찾아 나섰다. 거기엔 몇 가지 이유가 있었다. 그것은 해방의 기운이 몰고 온 소설이 아니던가. 김동리는 일제 말기 사천에서 양곡조합 서기를 하다가 해방을 맞이했다. 그리고 그해 12월 상경하였으며, 1946년 3월에 가족과 함께 돈암동으로 이사를 함으로써 본격적인 서울생활을 시작했다. 그때부터 전쟁기 피난 생활을 제외하면 줄곧 반세기 가까운 세월을 서울에서 생활했다. 당시 서울은 좌와 우, 권력과 이념, 자유와 투쟁, 반목과 분열 등 온갖 것들이 소용돌이쳐 끓어오르는 도가니였다. 해방으로 인해 그는 사천에서 서울로 수직적 공간 이동을 하게 되며, 역사적 현실을 온몸으로 체험한다. 「해방」은 해방 후의 그러한 현실을 직접 그려낸 작품이 아니던가.

일제하 「소녀」와 「하현」이 검열로 인해 삭제 또는 실종되는 상황에서 김동리가 당대 현실을 제대로 그려내기란 어려웠을 것이다. 그러나 일제 강점기 반도 남단으로 비켜 다니던 그에게 영점에 머뭇거리던 시간은 해방과 더불어 일직선으로 전진하게 된다. 그는 해방과 정부 수립, 그리고 전쟁이라는 역사적 소용돌이에 맞닥뜨리면서 그러한 현실을 직접적으로, 전면적으로 형상화하기에 이른다. 그 서곡에 「윤회설」, 「지연기」 등이 있다면, 그 본편에 「급류」, 「해방」이라는 장편이 자리해 있지 않던가.[15] 해방 전 김동리의 작품

15 김동리는 해방 이후 「윤회설」(1946), 「지연기」(1946), 「혈거부족」(1947), 「상철이」(1947), 「형제」(1949) 등에서 해방 후의 현실을 부분적으로 그려낸다. 그리고 「급류」(1949)에서 당대 현실을 전면적으로, 직접적으로 드러내려고 시도하였으나 잡지의 폐간으로 중단된 것으로 보인다.

들은 주로 무시간성, 영원성을 드러낸 설화적 세계의 작품들이 많았다. 그러한 작품들은 '지금', '여기'라는 개념이 중시되지 않았다. 그러나 해방 후 그의 소설은 현실을 즉각적으로 반영한다.

> 우리의 해방을 소설로 쓸 생각은 진작부터 가지고 있었다. 그러나 그 네 돌을 내일모레 맞이하게 된 오늘에 이르도록 三八선은 의연히 가로놓여 있으며 파괴와 혼란은 그칠 줄을 모르고 우리의 해방은 아직도 완수되어 있지 않다. 따라서 우리의 해방을 완전히 그려낼 만한 적당한 거리에 와 있지는 않다. 그러나 우리의 신념은 이미 사 년간의 실적을 쌓아왔다. 우리의 독립은 완수될 것이며 우리의 자유는 승리할 것이다. 나는 우리의 이러한 자유와 독립에 대한 신념으로 우리의 해방을 충실히 그려보려 한다.
>
> 여기에는 우리의 해방을 상징할 만한 몇 개의 인간형이 등장할 것이다. 그리하여 나는 그들이 해방의 기쁨보다도 해방이 가져온 아픔과 괴로움에 어떻게 울며 쓰러지며 싸우며 나아가려 하고 있는가를 그려보려 한다.[16]

당시 신문사에서는 「해방」의 연재를 알리면서 "8.15를 계기로 이 겨레가 겪으면서 있는 새로운 역사의 창조의 과정을 예리한 붓끝으로 분석 종합하여 진실로 참된 인간형을 그려내고자 하는 거탄적 야심작"이라고 소개했다.[17] 해방 4주년을 맞이하면서 김동리는 나름대로 해방의 의미를 되새기게 된다. 그는 "우리의 독립은 완수될 것이며 우리의 자유는 승리할 것"이라는 신념으로 "자유와 독립

16 「피와 눈물에 어린 민족 고난 4년사－장편소설 해방」, 『동아일보』, 1949.8.9.
17 「대망의 걸작 9월 1일부터－장편소설 해방」, 『동아일보』, 1949.8.25.

에 대한 신념으로 우리의 해방을 충실히 그려보려" 하였다.

「해방」은 연재 마지막에 "『解放』 激流 篇了"라고 하여 작품의 종료를 알리고 있다. 대한청년회장 우성근이 민청 행동대원들에 의해 죽고, 아울러 그 대원 하기철을 체포하는 과정에서 대한청년회 감찰부원 정창식이 총에 맞아 죽으며, 또한 붙잡힌 하기철은 대한청년회관에서 심문받던 중 상철이의 폭력으로 숨을 거두고 만다. 그리고 심양애와 하미경이 찾아오고, 이장우와 상철이 정창식과 하기철의 시신을 두고 대책에 부심하고 있는 가운데 대한청년회관은 미군방첩부대(CIC)와 수도청 요원들에 의해 포위된다. 이렇듯이 작품은 좌우익의 대결과 갈등, 우익 내부의 갈등, 인물 간의 애정 갈등을 그대로 남겨둔 채 끝났다. 그런데 작품은 끝났지만, 서사는 마무리가 되지 않았다.[18] 갈등이 시작되는 지점에서 소설이 끝났다는 것은 달리 서사적 미숙성을 드러낸다. 김동리가 "「해방」도 부분적으로는 대폭 개작할 생각"이라고 했던 것도 그러한 불만에 기인한 것으로 보인다.[19] 김동리는 「해방」에서 장편소설을 실험하였으며, 아울러 현실에 대한 직접적 관심을 드러냈다. 그는 작품의 말미에 해방을 "격류"라고 언급했는데, 이는 해방 공간에 대한 작가의 인식을 드러낸다. 김동리는 「해방」 이전 「급류」(1949.4~)라는 작품을 시도한 적이 있다.

18 「김동리 연보」(『김동리선집』, 어문각, 1982, 500면)에서 1949년 항목에 "장편 「해방」(제1부)를 『동아일보』에 연재"라고 기술되어 있다. 이 연보는 김동리가 만든 것으로 보이며, 그렇다면 김동리는 「해방」 제2부도 쓸 계획이 있었던 것으로 보인다. 김동리 소설 가운데 2부작(「두꺼비」－「윤회설」, 「삼국기」－「대왕암」) 또는 3부작(「솔거」－「잉여설」－「완미설」, 「마리아의 회태」－「목공 요셉」－「부활」 등)이 있는데, 어쩌면 「해방」도 발표 후 제2부의 창작을 염두에 두었던 것이 아닌가 한다. '개작'에 대한 언급도 그런 측면에서 이해된다.

19 김동리, 「〈전체〉와 〈부분〉이 전도된 개작」, 『독서생활』, 1976.1, 293면.

> 1945년 8월 15일 영시.
>
> 머리 위에 불을 끼얹는 듯한 해는 바로 하늘 한가운데 와 있었다.
>
> "중대 방송"을 들으러 동료들과 함께 교장 사택까지 온 정구(禎求)는 그늘을 찾아, 뜰 앞에 서 있는 푸라티나스 나무 아래로 갔다. 다른 직원들도 모두 나무 그늘을 찾아 혹은 푸라티나스 혹은 오동나무 밑으로 가 혹은 서고 혹은 앉고들 하였다. 교장 부인이 창문을 열고 "라디오"롱을 창문께로 내어 놓았다.[20]

「급류」 역시 해방으로 인한 사회적 격변을 그리고 있다. 작가는 작품의 첫머리에 일본 천황의 항복 선언을 제시하였는데, 이는 동리 소설에서 현실이 전면화되었음을 여실히 보여주고 있다. 그러한 모습은 이어 나온 「스탈린의 노쇠」(1951.6.7~18)에 이르면 더욱 확연해진다.

> 지금 한국전선을 강화하여 전쟁을 지구적으로(地久的)으로 이끌어 나간다는 것이 우리가 땅덩이를 차지하고 역사의 키이를 바로잡는 데 유리한 방법이란 것은 너무도 분명한 과학적 결론이 아닌가? 미구에 三차전이 발발한다고 하자. 그러면 중국 인민은 도대체 무슨 방법으로 우리의 역사적 승리를 수행하기 위하여 투쟁할 수 있단 말인가?[21]

「스탈린의 노쇠」는 당대 진행 중인 전쟁을 대상으로 했다는 점

20 김동리, 「급류」, 『조선교육』, 1949.4.
21 김동리, 「스탈린의 노쇠」, 『영남일보』, 1951.6.11. 원래 제목은 「스딸린의 老衰」이지만, 본문에서는 오늘날의 표기법으로 「스탈린의 노쇠」로 적기로 한다.

에서 가상소설이나 예언으로 전락할 위험성을 내포하고 있다. 김동리는 1949년에 이르러서도 "해방을 완전히 그려낼 만한 적당한 거리에 와 있지는 않다"고 했는데, 한국동란이라는 달리는 호랑이 등에 탄 셈이니 어떻게 그 향방을 낙관할 수 있겠는가? 이 소설은 부제에서 보여주듯 "스딸린의 뇌리에 비친 3차전의 구상"에 관한 것이었지만, 결국 중단되고 말았다. "대호평리에 연재 중인 김동리 씨 작 『스딸린의 노쇠』는 작자의 부득이한 사정으로 연재를 중지하게" 되었다고 하지만,[22] 소설이 예측 불허한 현실을 감당하기는 무리였을 것이다. 이어 나온 「풍우기」(1953)도 비록 미완에 그쳤지만, 좌우익이 대결하는 해방 후의 현실을 그리고 있다. 「남포의 계절」(1957~1958) 역시 미완성 장편으로, 피난촌 부산에서의 난민들의 삶을 보여주고 있다. 「풍우기」, 「남포의 계절」로 오면서 당대 현실이 작품에 짙게 그늘을 드리우고 있다. 그리고 그러한 현실은 『자유의 역사』에 오면 더욱 분명해진다. 원래 이 소설은 연재 당시에는 「자유의 기수」(1959~1960)였지만, 작품집으로 발간되면서 『자유의 역사』로 이름이 바뀌었다. 해방, 6.25를 거치면서 우리 사회 젊은이들의 삶과 사랑, 그리고 이데올로기의 문제들을 역사의 소용돌이 속에 그려냈다. 김동리는 "자유란 것을 소설로서의 형상으로 그려보자"는 의도에서 『자유의 역사』를 집필했다고 한다. 이 작품들은 김동리의 현실인식을 극명히 보여준다.

제2세계의 작품들은 개인과 기억의 형식이라는 김동리 소설의

22 「社告」, 『영남일보』, 1951.6.22. 이 작품을 "단편소설"로 규정(한명환)한다거나 "연재 중단을 알리는 기사가 발견되지 않는다"는 이유로 "이 작품을 미완으로 보기 어려운 것"(김병길)이라고 하는 것은 성급한 결론이다. 한명환, 「한국전쟁기 신문소설의 발굴과 문학적 의의－전시 대구경북지역 신문소설을 중심으로」, 『현대소설연구』 20, 현대소설학회, 2003, 136면; 김병길, 「한국전쟁기 김동리 소설 연구(1)－서지 사항 확인과 판본 비교를 중심으로」, 『현대소설연구』 47, 현대소설학회, 2011, 76~77면.

원점에서 상당히 일탈한 모습을 보이고 있다. 해방과 6.25라는 역사적 사건은 그가 민족 현실에 대해 관심을 집중하도록 했고, 그래서 그는 현실의 기록과 반영이라는 리얼리즘의 방식을 택했다. 민속적, 설화적 삶이라는 구경적 삶의 형식이 역사라는 거대한 자장을 만나면서 민족 현실의 반영이라는 리얼리즘 소설로 전환되었다. 한편, 「남로행」(1951), 「귀환 장정」(1951), 「폭풍 속의 인정」(1953), 「피란기」(1953), 「흥남 철수」(1955), 「밀다원 시대」(1955) 등 1950년대의 수많은 단편도 이 세계에 속한다. 김동리는 당시 민감했던 체제와 이념 선택의 문제들을 광범하게 자신의 관점에 포섭함으로써 보수적 세계관을 대표하게 되었다.

5. 동리기념사업회와 동리전집의 빛

2010년 나는 김동리기념사업회로부터 "김동리 문학전집을 어떻게 할 것인가"라는 주제로 글을 발표해달라는 요청을 받았다. 사업회에서는 2013년 김동리 탄생 100주년을 맞아 전집을 발간할 계획을 갖고 있다 하였다. 나는 한편으론 기뻤지만, 다른 한편으론 난감하기 그지없었다. 『이상전집』 3권을 펴내는 데 6년의 세월이 걸렸는데, 소설만 하더라도 20권에 가까울 동리전집을 3년도 채 안 되는 기간에 과연 낼 수 있을까. 작품들은 무수히 개작되었고, 적지 않은 작품들이 미완이고, 심지어 계속해서 작품이 발굴되는 상황에서 전집을 어떻게 한단 말인가? 그해 11월 함춘회관에서 열린 발표회에서 나는 동리전집을 발간하려면 어떤 문제가 따르고, 어떤 문제를 고민해야 하는지를 꼼꼼히 제시했다.

나는 거의 10년 넘게 김동리의 작품을 모아오고 있다. 그래서 이제 그의 소설의 전체 윤곽이 나왔다. 물론 아직도 발굴되지 않은 작품이 있다. 그리고 목록에 제시하고도 여전히 모으지 못한 것이 몇 작품 있다. 1970년대 『한국유리사보』에 실렸던 「유랑시장」도 일부밖에 없고, 「생식」은 후반부(『중앙』 1935년 8월호)를 구하지 못했다.[23] 그리고 『지성』이라는 잡지가 1972년 7월호까지 나왔다고 하는데, 아직 찾지 못했다. 아마도 거기에 「아도」가 계속해서 실렸을 것이다. 그 밖에도 몇 작품이 내 수중에는 없다. 나는 수집한 작품들을 계속 입력하여 두었다. 전집을 꾸릴 생각을 한 지는 오래되었지만, 여러 가지 문제로 아직 시도하지 않았다.

2012년 여름 나는 김동리의 선산이 있는 경주 고란을 다시 찾았고, 「무녀도」의 배경지 예기소를 들렀다. 그런데 깜짝 놀란 사실이 있다. 예기소 절벽 위에 석장동 암각화가 있는데, 10년 전 내가 처음 보았을 때의 모습과 다시 본 모습은 너무 달랐다. 돌의 표면이 떨어져 나가고 마모된 데다 암각화의 상당 부분이 이끼로 덮여 황폐화되어 있었다. 수백, 아니 수천 년을 견뎌왔을 암각화가 불과 10여 년만에 그토록 많이 훼손되었다는 것은 너무나 뼈아픈 일이었다. 풍우에 훼손되기도 했겠지만, 무엇보다 사람의 출입이 잦아져 그렇게 된 것이 아닌가 하는 생각이 들었다. 그런데 바로 그 위에서는 금장대 복원 공사가 한창이었다. 자료는 언제나 소멸될 위험이 있으며, 짧은 시간 안에 사라져 버리기 일쑤이다. 이상전집을 꾸리면서도 그러한 것을 많이 느꼈다.[24] 자료 소실을 적잖이 목도한 나

23 김동리는 "「生食」 한 편을 겨우 발표했는데, 그것도 사회주의자를 주인공으로 삼았다 해서 후반부가 잘리어 나갔던 것으로 기억한다"(『생각이 흐르는 강물』, 220면)라고 언급했다. 『중앙』 1936년 8월호를 확인해 보니 「생식」은 더 이상 실려 있지 않았다. 그의 말처럼 「생식」은 후반부가 실리지 않은 것으로 보인다.

로서는 가능하면 자료를 축적해둔다. 그것은 연구를 위한 것도 있겠지만, 궁극적으로는 제대로 된 전집 발간을 위해서이다.

동리기념사업회에서 가장 우선순위로 삼아야 할 일은 무엇일까? 김동리를 진정으로 기념하는 일은 무엇일까. 중요한 것은 자료의 보존에 앞장서는 일이고, 다음으로 그에 대해 조명하는 일일 것이다. 내가 동리·목월문학관 건립 사업에 뛰어든 것도, 김동리 연구에 얽매이는 것도 결국은 그를 기념하는 일이 아닐까. 글을 쓰면서 책장에 어지러이 구겨진 자료를 찾아 읽으면서, 그 자료에 세월의 무게만큼 쌓인 먼지를 털어내면서 여러 상념이 들었다. 여전히 그의 여러 작품을 복사물로 보아야 하는 현실이 내가 외면해 왔던 기념사업을 새롭게 일깨우는 계기가 되었다. 이제 동리기념사업회와 동리목월기념관, 그리고 김동리의 가족들과 더불어 전집 발간 문제에 대해 진지하게 논의할 것이다.

6. 마무리

올해는 김동리 탄생 100주년이 되는 해이다. 타계한 지도 20년이 가까워지고 있다. 100년이면 적은 세월이 아니다. 올해도 동리를 기리는 행사가 적지 않을 것이다. 그래도 김동리의 자료를 찾기 위해 연구자들이 발품을 팔고 있고, 김동리의 이름으로 문학상이 주어지고, 그에 관한 학술대회가 열리는 것만도 다행한 일이 아닐 수

24 임종국이 이상전집을 만들 때 갖고 있었던 일문 유고시 9편, 제비다방에 걸렸던 이상의 자화상, 운경에게 보낸 마지막 편지, 그리고 『34문학』 6호(1937.4)와 더불어 이어령이 전집을 만들 때에 있었던 수많은 일문 유고들의 행방은 여전히 오리무중이다. 이를 찾으려고 했으나 아직까지 찾지 못했다.

없다. 그러나 전집 하나 만들지 못하고 과연 그를 제대로 기념한다 할 수 있을까? 그의 작품에 대해 제대로 된 목록조차 없으면서 어찌 그를 기념할 수 있을까. 그를 연구한다 하면서 작품의 1/3도 읽지 않고 그의 문학 세계를 제대로 말할 수 있을까? 제대로 된 전집을 발간해야 하는 이유가 거기에 있다.

우리는 노벨상, 특히 노벨문학상을 언급하면서 늘 김동리를 이야기한다. 노벨상 수여는 노벨의 유지를 받드는 일이다. 노벨상이 있음으로써 수상자도 영예겠지만, 그 상을 만든 노벨은 더욱 빛나게 된다. 우리는 더 이상 좌표를 외부에 세울 것이 아니라 우리 속에 만드는 일이 필요하다. 우리가 기억해주지 않고 기념해주지 않으면 남이 무엇하러 그렇게 하겠으며, 설사 남이 그렇게 한다 한들 무슨 의미가 있겠는가?

우리 근대 문학에서, 우리 작가들에게서 김동리만큼 사상적 깊이를 추구하려고 고민하고 애쓴 작가가 과연 몇일까? 김동리는 끊임없이 자기 사상을 추구면서도 새로운 세계를 개척하고자 했던 작가, 개작을 수없이 거듭하며 완성을 향해 나아가려 한 작가이다. 그래서 그의 문학은 다양한 사상적 스펙트럼을 보여주지 않던가. 게다가 50년의 작가 생활 동안 작품 수나 분량 면에서 한국 근대 최고의 소설가 가운데 하나이다. 그것들이 우리가 여전히 김동리를 기억해야 하는 이유이다.[25] 그리고 이제 그는 우리가 넘어서야 할 산이자 극복해야 할 좌표가 아닐까?

25 김동리는 150편 정도의 소설을 남긴 것으로 보이며, 근대 작가 중 150편 이상의 소설을 남긴 이로 염상섭, 이무영, 박영준 정도를 들 수 있다. 염상섭의 소설 수는 정확히 헤아릴 수 없다. 『염상섭문학연구』(권영민 편, 민음사, 1987)에 제시된 목록에 근거할 때, 염상섭의 소설은 단편, 중편, 장편 도합 200편 가까운 것으로 나타난다.

金東里

제2부

사상론

金東里

김동리 소설 연구

김동리 문학론의 사상적 기반

1. 들어가는 말

김동리의 문학 또는 문학론과 관련하여 전근대, 반근대 또는 탈근대라는 용어가 빈번히 오르내린다. 이 용어들은 근대라는 용어를 모두 전제하고 있고, 때로는 그 대타적인 의미로 사용된다. 우리가 흔히 근대라는 용어를 문학, 또는 문학사에서 적용할 때 근대 시민사회 또는 사회주의 사회를 염두에 두게 된다. 그것은 곧 우리가 근대를 통해 모더니즘이나 리얼리즘을 인식하는 것과 같다. 김동리의 문학 세계가 근대와는 다른 세계임은 누구나 인정하는 사실이다. 그러면 근대와는 다른 그의 문학적 세계란 무엇일까. 흔히들 이를 두고 동양적 세계 또는 샤머니즘적 세계라고 한다. 그러나 이러한 용어들은 그 내포적 의미가 막연하고 포괄적이어서 그의 문학 세계를 잘 드러내지 못할 뿐만 아니라 자칫 그 본질마저 흐리게 할 수 있다.

그러므로 본 연구는 김동리의 문학연구 또는 문학론이 갖는 문제점들을 비판적으로 인식하고, 그의 문학의 존립 근거를 문제 삼는 데서 출발하고자 한다. 그는 「황토기」, 「무녀도」, 『을화』의 작가이기도 하지만, 1930년대 후반 세대 논쟁을 거치고 해방 공간에서는 이념 논쟁을, 그리고 1950년대 후반에 실존 논쟁까지 거친 우익 진영 및 문협 정통파의 선두 비평가로 근 반세기를 군림해 왔다. 그의 문학이 사회주의 문학 또는 좌익문단에 당당히 맞서 싸울 수 있었던 이론적 근거는 무엇이며, 또한 반세기 이상을 일관되게 지탱해 온 문학작품의 사상적 배경은 무엇인가를 묻는 것은 지극히 당연한 일일 것이다. 그의 문학이 어떤 때는 순수문학으로, 어떤 때는 본격문학, 혹은 본령정계의 문학으로, 물질세계에 기반을 둔 목적문학, 사회주의 문학과 대타적 개념으로 불리는 등 다양한 관념적 색채를 내포하고 있다. 이 글은 그의 문학의 중추적 기반을 문제 삼음으로써 관념적이고 신비주의적 색채마저 지닌 그의 문학 세계를 집중적으로 조명해 보고자 한다.

이제까지 그의 문학론은 작품과는 달리 그렇게 많이 논의되지 못한 실정이다.[1] 연구자들은 김동리 문학론의 본질적 측면, 즉 사상적 측면에 대해서 충분히 다루지 못한 것 또한 사실이다. 김동리가 일관되게 자신의 문학에 대한 대타성으로 문제 삼은 것은 마르크스주의이다. 이러한 입장은 좌우의 대립이 극심했던 해방기의 문학이념 논쟁에서 여실히 드러나지만, 그 이전 세대논쟁에서도 그

1 이제까지 김동리의 문학론을 본격적으로 검토한 글로서 김윤식, 「〈구경적 삶의 형식〉의 문학관 형성과정」(『한국근대문학사상사연구2』, 아세아문화사, 1994), 구모룡, 「한국 근대문학 유기론의 담론 분석적 연구」(부산대 박사논문, 1992), 홍신선, 「순수문학론 고찰」(『국어국문학논총』, 문영 전영우 박사 회갑기념논총, 1994)을 들 수 있다. 물론 해방공간과 결부하여 권영민, 『해방직후의 민족문학운동 연구』(서울대학교출판부, 1984), 신형기, 『해방직후의 문학운동론』(제3문학사, 1989) 등 많은 글이 있긴 하지만, 김동리의 문학론 전반에 관한 것이라기보다 해방 후 문단에서 민족문학론을 수립하려는 측면에 대해 고찰한 것이 대부분이다.

실마리를 찾을 수 있다. 그것은 무엇보다 30대의 문학을 이념의 지배와 정치적 이데올로기의 소산으로 규정하는 데서 드러난다. 그는 이데올로기에 종속된 30대의 문학에 반대하여 순수문학을, 해방 후 사회주의 문학이론가들에 대항해 민족문학의 수립을 외치지만 삶의 구경적 형식으로서의 그의 문학관은 일관되게 유지된다. 그가 사회주의 문학이론가들에 대항해 싸울 수 있었던 바탕에는 易學의 유기체적 세계관[2]이 중심적인 역할을 한다. 그러므로 이 글에서는 바로 마르크스주의에 대항해 김동리가 내세웠던 문학론을 그 세계 인식적 측면과 결부시켜 논의해 보려고 한다. 마르크스주의 문학관에 대항해 싸운 그의 사상적 토대는 무엇이고, 그의 문학이 기반한 세계는 무엇인가. 어쩌면 이러한 시도는 작가의 정신세계를 보다 심층적으로 규명하기 위해서일 것이다.

2. 사대부의 전통과 유학의 세례

한 작가를 제대로 이해하기 위해서 그 작가를 지배하고 있는 사상적 궤적을 추구하는 것은 지극히 필요한 일이다. 물론 문학연구

2 김동리 문학에 대해 이와 유사한 논의를 펼친 이로 구모룡을 들 수 있다. 그는 전통적인 문학유기론의 원리를 김동리에 적용하여 그 특성을 밝혔는데, 여기서 논의하는 유기체적 세계관은 그의 논의와 일정 정도 차이가 있다. 구모룡은 김동리의 문학 자체를 유기체로 설명한 반면, 필자는 김동리의 사상과 세계인식적 측면에 시각을 맞추었다. 항용 문학유기론이라는 논의는 서구 낭만주의 문학론과 결부되어 있는데, 여기에서 논의하는 유기체적 세계관은 역학의 세계인식 방법과 결부된다. 물론 유기체론을 심화시킨 화이트헤드가 자신의 세계인식 방법이 서구 낭만주의 문학자들의 세계인식과 동질적인 점을 시인했지만, 여기에서 논의하는 유기체적 세계관은 『周易』(이하 易學)의 세계인식 방법으로 낭만주의자(코울리지, 셸링 등), 또는 전통적 문학론자(조동일, 김윤식 등)들이 주장하는 유기체론, 문학유기론과는 다르다. 전통적 사상으로서의 역학과 그에 기반을 둔 김동리 문학론의 입지는 세계관의 논의로까지 심화될 필요성이 있다.

가 작품의 내적 구성원리나 내용만을 문제 삼는 일이라면 문제는 다르다. 그러나 비록 작품이 작가의 생명을 벗어나 독립된 개체로 존재할지라도, 그 이전에 작가의 정신활동의 소산이라는 점에서 작가의 검토는 생산적인 일일 수 있다. 특히 문학작품에 내재한 사상이나 원리가 그 작가의 정신세계의 반영이라면 그것을 규명하는 일은 문학작품의 해석에 더욱 근접시킬 수 있는 계기가 될 것이다.

김동리는 1913년 경주 성건리에서 태어났다. 그리고 1920년 경주에서 계남학교를 입학, 1926년 졸업하였고, 같은 해 대구 계성학교에 입학하였다. 1928년에 서울 경신고 3학년에 새로 입학하지만 1934년 중퇴를 하였다. 그리고 1936년부터 본격적으로 문단 생활에 접어든다.

> (가) 나는 1913년 11월 24일, 신라 천 년의 고도로 일컬어지는 경주에서 태어났다 …(중략)… 우리 할아버지가 열세 살 때, 그 이웃동네 사람이 우리 선산하고도 증조할아버지 묘 바로 잇닿는 자리에 묘를 썼더라는 것이다 …(중략)… 할아버지는 열세 살이란 어린 나이지만, 단신으로 그 묘를 파서 유골을 싸 등짐을 지고 관가를 찾아가 그 경위를 사뢰었다고 한다 …(중략)… 3, 4년 뒤 고향으로 돌아오자 그 자리에는 역시 같은 무법자들의 암장이 그대로 들어 있었다는 것이다.
>
> 할아버지는 세 번째 다시 묘를 파서 관가로 찾아갔다. 그리하여 또 다시 귀양길을 떠나고 …(중략)… 우리 집에서는 할아버지의 제사를 큰 제사라 불렀고 그날 밤엔 으레 아버지가 제상 앞에 엎드려 흐느껴 울기 마련이었다 …(중략)… 한 해 한 번씩 겪는 아버지의 흐느낌은 온 집안을 숙연케 만들곤 했다.[3]

(나) 첨성대, 안압지, 계림, 반월성은 중학생이면 다 이미 듣고 보고 했을 정도다. 불국사, 석굴암도 그렇다. 오릉, 포석정, 분황사, 백률사, 무열왕릉, 김유신 묘소, 황룡사지 따위도 대개 그렇다.

이렇게 수백 번씩 보아온 것을, 그리고 세상 사람이 다 아는 것을 새삼 보러 가는 것이 아니다. 이 모든 것을 낳게 한 원인이랄까, 뿌리랄까, 혼이랄까, 그것을 보러 가는 것이다.[4]

(다) 백씨가 어릴 때에서 스무 살 가까이 될 때까지 완전히 유교 속에 있었고, 유교에 徹해 있었기 때문이다. 그냥 유교를 배우고 누구의 지도를 받아 그것을 실천하는데 그치지 않고, 거기 '철'하게 된다면, 유교의 인의예지신이나 효제충신 따위가 그냥 윤리도덕에 그치지 않고 형이상학과도 연결이 된다는 것을 알게 된다 …(중략)… 유교에 철한다 함은 유교의 철저한 실천과 행동의 사상이 몸에 배었다는 뜻이기 때문이다.[5]

윗글들은 모두 김동리의 유년기적 생활과 관련이 있다. 할아버지가 완고한 유가의 인물이었다면 그의 아버지 역시 가문과 법통을 중시하는 사대부의 인물이었다. 바로 이러한 것들은 김동리가 표나게 내세우는 백형 김범부에 이르러 형이상학으로, 실천적 이념으로 자리 잡게 된다. 특히 그는 김범부로부터 한문과 동양고전에 대해 많이 배웠다고 한다. 그러므로 그가 주로 읽은 교양서적은 논어, 대학, 역경, 중용, 도덕경, 성경, 불경 등등이다. 물론 이 가운

3 김동리, 『밥과 사랑과 그리고 영원』, 사사연, 1985, 185~188면.
4 같은 책, 203면.
5 김동리, 「伯氏를 말함」, 『풍류정신』(김정설), 정음사, 1987, 발문.

데에서도 그의 교양 대부분은 논어와 역경에 의존한다. 경주라는 지역적 특성과 그의 집안에 깃든 유가적 정신은 그의 사상 형성에 커다란 영향을 끼칠 수밖에 없다. 이러한 것은 그가 성리학자이자 영남 사림파의 거장인 점필재 김종직의 후손이라는 사실을 은연중 드러내는 것과도 무관하지 않다[6].

(가) 나는 열일곱과 열여덟 되던 무렵, 내 백씨의 서재에서, '플라톤', '칸트'들의 철학과 함께, 이 『유물변증법』, 『유물사관』 하는 책들을 대강 훑어 읽었다. 물론 건성으로 읽었을 뿐이긴 하지만, 나의 '모든 사람이 꼭 같이' 살아서는 세상이 답답해서 안 된다는 어릴 때의 집념엔 변화가 없었다 …(중략)… '마르크스' '엥겔스' 공저로 되어 있는 『자본론』 한 질이 들어 있었다 …(중략)… 이 책(『자본론』 : 인용자 주)은 나의 다른 문학서적과 함께 가지고 왔으나 어느 후배가 잠깐 빌어간 뒤 영영 돌아오지 않고 말았다.[7]

(나) 열일곱 살에서 스물두 살까지 약 오 년간에 걸쳐 소위 세계적 명저니 세계문학이니 하는 따위의 문학계통 서적과 철학에서는 내가 좋아하는 플라톤, 데카르트, 스피노자, 칸트, 헤겔, 쇼펜하워, 니체 등과 종교관계 경전 따위를 훑어 있었다.[8]

6 "내 16대조(代祖) 종(宗)자 직(直)자 문충공 점필재 선생 …(중략)… 그 무오사화란 것이 점필재 선생의 조의제문을 단서로 하여 그 일가친척은 말할 것도 없지만, 그를 중심하고 형성되었던 사림파 유자(儒子)들을 옛날식 수법으로 숙청했던 것이니……"(김동리, 『생각이 흐르는 강물』, 갑인출판사, 1985, 66면)
"하나는 우리 15대조(나에게는 16대조)인 문충공이 몸집은 작았지만 천하의 명유(名儒)라……"(김동리, 『밥과 사랑과 그리고 영원』, 사사연, 1985, 69면.
7 김동리, 『밥과 사랑과 그리고 영원』, 102~103면.
8 같은 책, 248면.

작가의 표현을 곧이곧대로 믿을 수는 없다. 그가 서구 사상에 침윤하여 플라톤, 헤겔, 니체, 칸트의 철학을 읽었다는 사실은 어쩌면 자기 드러내기의 일종일 수 있다. 세인의 공격을 피하기 위해 '훑어'라는 표현을 썼지만, 만일 그가 유물변증법이나 유물사관에 관해, 또는 헤겔이나 칸트에 관해 어느 정도 선까지 이해했다면 그들에 대한 비판의 강도는 달랐을 것이다. 그가 문학논쟁에서 이용한 논리의 대부분은 동양적인 사상에 근거하고 있다. 서구적 사상은 당대의 비평가들이 언급하는 수준마저 미처 이해하지 못하는 면들이 많이 보인다. 물론 이러한 것들은 당대의 비평가들이 해외 유학이나 강단을 통해 자유로운 풍토에서 서구 학문에 접할 수 있었던 반면, 김동리는 학문적 사사가 없었을 뿐만 아니라 사대부 집안의 사상적 토대로서 유학이 뿌리 깊게 자리 잡고 있었기 때문이다.

이제까지 김동리의 유년기적 체험을 통해 그의 사상의 형성 궤적을 더듬었다. 신라 천 년의 고도 경주라는 공간적 배경과 사대부 가문의 자손이었다는 가정적 환경, 그리고 다른 비평가들과는 달리 당대에 서구의 문물이나 사상을 이해하고 접근할 교육기관의 혜택을 충분히 받지 못했다는 요인들은 그를 동양사상이라는 터전에서 출발하게 만들었고, 이는 이후 50여 년간 그의 문단 생활 동안 지속된다. 곧 그가 당대의 평론가들이나 사회주의 문학이론가에게 맞서는 논리의 근원에는 동양사상의 뿌리라고 할 수 있는 유학, 특히 역학의 세계가 자리 잡고 있다. 그러므로 그는 "내가 많이 배우고 의지하고 있는 경전을 말하자면 나는 먼저 『역경』과 『논어』를 들지 않을 수 없다. 『역경』의 형이상학과 『논어』의 인생철학이 담고 있는 동양적 직관은 나의 체질이랄까 생리랄까에 특히 잘 맞는다고 느껴지기 때문이다"[9]라고 담담히 술회할 수 있었던 것이다.

그 역시 공자처럼 『주역』이 우주만상을 통달하게 하는 형이상학이라 믿어 의심치 않았던 것이다.

> 나에게 앞으로 30년만 일할 수 있는 시간이 더 있다면, 거기서 10년을 잘라내어 유교의 형이상학(形而上學-메타피직)에 관한 연구논문을 발표할 수 있을 것이다. 나는 이에 대한 테마와 대체적인 자료와, 그 주요 골짜와 방법 따위를 내 나름대로 대강 알고 있다.
>
> 그러나 나는 이 문제보다 소설 쪽을 주업으로 택했다. 소설에는 너무나 많은 시간과 정력이 소요된다. 거기다 시와 수필과 평론도 필요하다. 이런 것은 모두 문학의 테두리 속에 있다 …(중략)… 따라서 나의 생애 속에서 유교의 형이상학을 체계적인 논문으로 밝힐 수 없을 것 같다.[10]

1985년에 발표된 윗글에서 작가는 유교적 형이상학을 추구하고 싶어하는 자신의 마음을 피력했다. 그에게 있어서 생리적인 수준을 철학적으로 승화시키기에는 이미 너무 늙어버린 상황에서 자신의 철학을 학문으로 발전시키지 못한 데 대한 미련과 아쉬움이 엿보인다. 그러나 그의 철학은 후기까지 평론으로, 예술 작품으로 면면히 이어진다.

9 같은 책, 48면.
10 김동리, 『생각이 흐르는 강물』, 160~161면.

3. 문학론의 미학적 기반

1) 유기체적 세계관의 정초와 세대논쟁

김동리의 문학론은 시기적으로 크게 세 시기로 구분해 볼 수 있다. 그것은 세대논쟁이 있었던 일제 말기(1939~1940), 좌우익 문학논쟁이 있었던 해방 공간(1946~1952), 그리고 민족문학론 및 창작론 수립을 위한 전후 비평(1958년 이후) 등으로 나누어 볼 수 있다. 첫 번째 단계의 문학논쟁에서 김동리의 문학관에 관한 내용이 잘 드러나며, 이때 형성된 자신의 입장들을 제2기 문학논쟁에서 본격적으로 확장하여 드러낸다. 제2기 논쟁에서는 문단의 좌우익 대립이라는 측면에서도 볼 수 있듯이 해방 후 문학의 진로와 방향을 둘러싼 좌우익의 헤게모니 장악이라는 권력적 측면이 포함되어 다층적 양상을 드러낸다. 제3기는 앞의 두 논쟁을 거치면서 제시했던 논점들을 보완·확충하는 성격이 강하다. 물론 여기에는 이어령과의 실존논쟁도 포함된다. 김동리의 문학관의 일단은 제1, 2기 논쟁을 통해서 충분히 제시되었고, 이때 이루어진 그의 문학관은 이후에도 변치 않고 유지된다. 그러므로 이 글에서는 그의 세계관적 기반을 자세히 엿보기 위해 주로 제 1, 2기를 중심으로 살펴보기로 한다.

제1기 논쟁에서 김동리의 문학관은 「신세대의 문학정신」, 「나의 소설수업」 등에 잘 드러난다. 순수논쟁, 세대논쟁으로 불리는 유진오와의 논쟁에서 김동리는 30대와의 대타적 입장에서 자신의 문학론을 피력했다. 이 논쟁의 발단은 김동리의 「문자 우상」이었다. 「신진작가들의 문단호소장」이란 제하에 정비석, 김영수 등의 글과 함께 실린 이 글에서 김동리는 비평가들의 유식한 체하는 모습을 어중이떠중이 군상으로 매도하였다. 그것은 무엇보다 돌팔이 의원과 문단 비평가를 동일시하는 비유에서 역연히 드러난다. 그는 당시 리얼리즘, 휴머니즘, 모랄, 지성이라 하는 것들을 "어떤 舶來類 문자에서 어름한 인스피레-슌을 얻어 그 인스피레-슌을 기조로 하여 별별 사상(문자)를 다 지어"내는 것으로 폄하시켜 버렸다. 이러한 그의 표현에는 기존 비평가들에 대한 반감이 드러나는데, 여기에는 서구 사상에 대한 몰인식과 문단 제패에 대한 욕망이 은연중 제시되었다. 문단의 헤게모니 장악에 대한 욕망은 신인이면 누구나 가질 수 있다. 김동리는 비평가들을 이해하기에 앞서 그들 세계 자체를 배척하고 나섰던 것이다. 이 글에 불만을 품은 유진오는 「순수에의 지향」이란 글을 통해 신세대를 언어불통설, 신인행복설, 순수의 정의 등으로 비판했다.

이에 대해 김동리는 「순수 이의」라는 글로써 유진오에 맞선다. 김동리는 「순수 이의」에서 (ㄱ)언어불통 운운 (ㄴ)표어시비 (ㄷ)순수에의 결론 등 세 개 항목에 걸쳐 자신의 입장을 개진하고 있다. 그는 특히 이 글에서 순수에의 지향이 "추상적 이론이나 잡문으로서가 아니라, 창작으로서" 신진 작가들의 세계이며, 이 정신은 "30대 작가들의 '모든 비문학적인 야심과 정치'주의에 분연히 대립하는 정신이며 그에 도전하는 정신"[11]이라고 주장했다. 이것은 유진오의 "모든 비문학적인 야심과 정치와 책모를 떠나 오로지 빛나는 문학정신만을 옹호하려는"[12] 순수문학론을 한편으로는 수용하며, 다른 한편으로는 비판하고 나선 것이다. 유진오의 논리에 맞선 김

11 김동리, 「순수 이의」, 『문장』, 1936.8, 146~147면.
12 유진오, 「순수에의 지향」, 『문장』, 1939.11, 139면.

동리는 비평가로서가 아니라 창작인의 입장에서였다. 그것은 "그러면 그러한 30대 작가들의 인간성 옹호의 정신은 얼마만한 문학적 표현을 가진 게며 또 現今 가지고 있는가"[13]라는 반문 속에 잘 드러나 있다. 그가 비평가의 평문을 단순히 잡문 정도로 폄하시켰지만, 이 인간성 옹호 정신은 해방 이후 그의 문학론으로 자리 잡는다.

(가) 例擧한 (『문학』 4월호 작년) 〈포오〉, 〈마라르메〉, 〈보오드레르〉, 〈바레리이〉들의 〈심각한 인간고의 표현〉이란 실로 그네의 개성 내지 생명의 究竟의 심연에서 산출된 것이지 어떤 우상적 이념의 지배에서나 정치적 이데올로기의 소산은 안이었다.[14]

(나) 이 땅 신문학의 근본 이념이 구주 근대문학적 정신에서 출발한 것이고, 구주 근대문학의 대동맥이 곧 인간의 개성과 생명의 고양 내지 그것의 究竟 추구에 있다는 사실과 이 땅의 경향문학이, 〈물질〉이란 이념적 우상의 전제하에 인간의 개성과 생명을 예속 내지 봉쇄시켰드라는 사실과를 아울러 생각할 때, 이 경향문학 퇴조 이후 이 땅의 문단 신생면이 그러한 이념적 우상에의 예속으로부터 인간의 개성과 생명의 해방을 고조하며 나아가서는 그것의 구경적 의의를 추구하게 된다는 것도 그리 이해하기 곤난한 일은 아닌 줄 생각한다 …(중략)… 한 〈인생〉 — 그것은 제 개성과 생명에서 발아하여 제 개성과 생활과 운명과 의욕의 유기적 〈하아모니〉 속에 부단히 호흡하며 성장한 것이어야 하는 것이다. 이들(신세대)은 세상에 있는 모든 사

13 김동리, 「순수 이의」, 144면.
14 김동리, 「신세대의 문학정신」, 『매일신보』, 1940.2.22.

상 모든 주의를 널리 이해하며 그것을 제 인생의 한 세포로서 부단히 유기화시켜야 하는 것이다.[15]

여기에서 김동리의 세대론적 문학관은 분명해진다. 적어도 30대의 작품 세계는 "어떤 우상적 이념의 지배에서 정치적 이데올로기의 소산"으로, 신세대의 문학은 개성 내지 생명의 구경에 의해 형성됨을 선언했다. 그가 말하는 신세대는 최명익, 정인택, 계용묵, 오장환, 서정주, 유치환 등 소설가, 시인을 포함한다. 여기에서 그는 30대 작가의 작품 전체를 이념에 예속된 문학으로 보았다. 마치 경향작품이 기성문학의 전체인 양 매도한 것이다. 그는 중세의 이념적 우상이었던 '신'에서 근대에 '물질'로 전이되어 온 것을 지적하고, 우리 문단에 물질숭배가 압도하게 된 것은 전통이 박약하기 때문이라고 분석했다. 그리고 신세대는 이러한 모든 주의, 사상을 유기화해야 한다고 했다. 이러한 유기화의 논리는 앞서 발표된 「나의 소설수업」에 잘 드러난다.

자기의 愚見에 의하면 어떠한 주관이나 객관이 그 자체가 따로 떨어져서는 아무런 리알리즘도 성립될 수 없다는 것이다. 작가의 주관과 아무런 교섭도 없는 현실(객관)이란 어떠한 경우에도 그 작가적 리알리즘과는 아무런 상관도 없는 것이다. 한 작가의 생명(개성)적 진실에서 파악된 세계(현실)에 비로소 그 작가적 리알리즘은 시작하는 것이며 그 세계의 呂律과 그 작자의 인간적 맥박이 어떤 문학적 약속 아래 유기적으로 육체화하는 데서 그 작품(작가)의 〈리알〉은 성취

15 김동리, 「신세대의 정신」, 『문장』, 1940.5, 84면.

> 되는 것이다. 그러므로 아무리 몽환적이고, 비과학적이고 초자연적인 현상이드라도 그것은 가장 현실적이고 상식적이고 과학적인 다른 어떤 현상과 꼭 마찬가지로 어떤 작가의 어떤 작품에 있어서는 훌륭히 레알리즘이 될 수 있는 바이다.[16]

윗글은 김동리의 문학적 입장을 잘 보여준다. 이 글의 중요성은 세계와 인간의 관계를 문제 삼고 있다는 데 있다. "〈리알리즘〉으로 본 당대작가의 운명"이라는 부제를 단 짧은 형식의 이 산문은 그가 당대를 어떻게 이해하고 문학을 어떻게 보고 있는가 하는 점들을 잘 드러내고 있다. 그는 이 글에서 당대에 한창 논의되었던 사회주의적 리얼리즘, 변증법적 리얼리즘, 그리고 객관적 리얼리즘이 문단 현실이나 문학적 전통에서 모종의 리얼리즘이 가능한가, 또 그러한 문학적 의장을 수립할 문단적 기반이 성숙하였는가 하는 데 대한 고려 없이 공중누각처럼 건조되고 있다 하여 문단을 비판하였다. 그리고 그는 리얼리즘이란 "한 작가의 생명적 진실에서 파악된 세계"에서 시작한다고 하여 자신의 리얼리즘론을 수립하였다. 그가 파악한 세계란 몽환적, 비과학적, 초자연적 현상의 세계이다. 이 세계와 가장 현실적이고 과학적인 세계가 동일하다는 것은 자신의 주관적 세계와 객관적 현실이 동일하다는 논리로 비현실주의 문학도 리얼리즘일 수 있다는 논리적 모순을 범하고 있다. 그가 말하는 리얼리즘이란 엥겔스가 말하는바 '전형적 환경에서의 전형적인 인물의 창조'나 당대 비평가들이 지적하는 리얼리즘이 아니다. 그는 작가와 세계를 두고 주관과 객관의 유기적 관련이라는 주·객

16 김동리, 「나의 소설수업」, 『문장』, 1940.3, 174면.

관의 문제로 치환하여 자신의 문학론을 수립하였다. 그에게 현실은 객관적 현실이 아니라 주관화된 현실이고, 그렇게 되다 보니 실제 창작에서는 전형적 인물이 아닌 운명적 인물이 창조될 수밖에 없었다.

바로 여기에서 김동리의 리얼리즘론은 비리얼리즘으로 치닫는다. "모든 예술적 창작은 사회적 현실의 생활 형태를 형상적으로 인식하려고 하는 경향을 갖고 있지만, 예술가의 주체적 조건에 의해 예술작품에 포함되는 사회적 현실성을 양적으로 다르게 나타"[17] 낼 때, 비리얼리즘이 형성되기 때문이다. 그리고 그는 "나의 리알리즘의 견지에서 보면 우리 문단에서 그 누구도 그 수업이 완료되고 본격적 제작에 들어가도 좋을 사람은 단 한 사람도 없다"고 했다. 이 구절에서 볼 수 있듯이 그가 말하는 리얼리즘은 훌륭한 문학에 가깝다. 그는 당대의 명제인 '리얼(리티)이 잘 구현된 문학이 훌륭한 문학'이란 명제를 훌륭한 문학은 리얼리즘이라는 의미로 오해한 듯싶다. 사회주의의 객관적, 변증법적 세계인식을 바탕으로 한 리얼리즘 문학에 대항해 그가 내세운 리얼리즘이란 "세계의 여율과 그 작가의 인간적 맥박이 어떤 문학적 약속 아래 유기적으로 육체화하는 데서" 달성된다. 말하자면 그는 마르크시즘의 논리를 비판하기 위해 세계와 인간, 자연과 인간이 조화롭게 통일되는 유기체적 세계관[18]을 내세우고 있다.

17 이동면, 『리얼리즘이란 무엇인가』, 세계, 1987, 124면.

18 유기체적 세계관은 기계론적 세계관의 대타적 의미로 사용된다. 카프라는 "우주는 이제는 무수한 분리된 객체로 구성된 기계로 보여지지 않고, 조화를 이루는 분할할 수 없는 전체로 보여진다. 그것은 역동적인 관계의 그물이며 그 그물 속에는 관찰하는 인간의 의식까지도 근본적으로 포함하고 있는 것이다"(카프라, 아래 책, 47면)라고 하여 세계를 유기체로 파악하였다. 특히 주역에 대한 그의 해석은 주목을 요하는 부분이다. 세계를 유기체로 인식하는 것은 전통적 유학, 특히 역학의 사고방식이다. 여기에서는 역학에 나타난 세계인식 방법을 화이트헤드, 니담과 카프라의 논의까지 확장시켜 논의를 전개

이와 같은 사정은 그가 백씨를 소개하는 글 가운데서 "律呂란 주역의 음양현상을 가리킨 것으로"[19]라는 말에서 더욱 자세히 드러난다. 즉 율려란 "운동하는 음양의 순수 핵심"으로 "모든 자율 운동체들은 율려를 순수 정신의 바탕으로 하고"[20] 있는 것이다. 이는 곧 그의 사상이 역학의 유기체적 세계관에 근거하고 있음을 보여준다. 세계가 "유기체적 관계에서는 생체이든 우주이든 그것들의 각 부분은 여러 의지의 일종의 조화로서 관찰된 현상을 충분히 설명할"[21] 수 있다. 김동리는 세계와 인간을 유기체로 이해했다. 우주 그 자체는 거대한 유기체이고, 한번은 이쪽 성분(陽)이, 한번은 저쪽 성분(陰)이 지도적이 되고, 그 부분들은 모두 완전하게 자유로운 상호적 봉사로써 협력하는 것이다. 김동리는 조화와 통일의 유기론은 천·지·인의 합일이라는 유기체적 세계관에 근거하고 있다.

> 우리는 한 사람씩 천지 사이에 태어나 한 사람씩 한 사람씩 천지 사이에 살아지고 있다는 사실을 통하여 적어도 우리와 천지 사이엔 떠날래야 떠날 수 없는 유기적 관련이 있다는 것과 및 이 〈유기적 관련〉에 관한 한 우리들에게는 공통된 운명이 부여되어 있다는 것을 발견하게 되는 것이다. 우리는 우리들에게 부여된 우리의 공통된 운명을 발견하고 이것의 전개에 지향하지 않으면 안 된다. 우리가 이 사업을 수행하지 않는 한 우리는 영원히 천지의 파편에 그칠 따름이요, 우리가 천지의 분신임을 체험할 수는 없는 것이며, 이 체험을 갖지

하기로 한다. F. Capra, 이성범·구윤서 역, 『새로운 과학과 문명의 전환』, 범양사출판부, 1993; J. Needham 이석호 외 역, 『중국의 과학과 문명 I, II, III』, 을유문화사, 1993; A. N. Whitehead, 오영환 역, 『과학과 근대세계』, 삼성출판사, 1993.

19 김정설, 『풍류정신』, 정음사, 1987.

20 한동석, 『우주변화의 원리』, 행림출판, 1985, 243면.

21 조셉 니담, 『중국의 과학과 문명 II』, 을유문화사, 1993, 417면.

> 않는 한 우리의 생은 천지에 동화될 수 없기 때문이다. 그리고 우리는 우리에게 부여된 우리의 이 공통된 운명을 발견하고 이것의 타개에 노력하는 것, 이것이 곧 究竟的 삶이라 부르며 또 문학하는 것이라 이르는 것이다. 왜 그러냐 하면 이것만이 우리의 삶을 구경적으로 완수할 수 있는 길이기 때문이다.[22]

초기 그의 입장은 해방기에도 지속적으로 나타나는데, 그 가운데 하나가 위의 글「문학하는 것에 대한 私考」이다. 그는 처음 이 글의 부제를 "문학의 내용(사상성)적 기초를 위하여"로 했다가『문학과 인간』이라는 평론집에서 "나의 문학정신의 지향에 대하여"로 바꾸는데, 이러한 변화는 이 글의 의도와 직결된다. 이 글에서 그는 문학의 사상적 기초를 논의하려 했다가 후에 문학정신의 지향으로 의미 자체를 축소시켰다. 이는 부제목 자체가 너무 거창한 데 대한 반성에서 온 것으로 보이지만, 어쨌든 이 글은 그의 지적처럼 문학의 사상적 기초를 담고 있다는 점에서 중요하다. 이 글에서는「나의 소설수업」에서 보여주던 추상적 관념들이 좀 더 구체적으로 제시된다. 역학의 유기적 관련이란 바로 천지에 동화되고 조화되는 세계이다. 여기에서 인간과 사회의 대립과 투쟁을 인류 발전사로 본 헤겔류의 변증법적 세계발전의 모습은 찾을 길이 없다. 음양오행설에 입각해 자연의 질서, 우주의 철리를 설명하는 유기체적 모델이 인간세계, 더 나아가 문학을 설명하는 논리로 발전되어 온 것이다. 유기체라는 거대 우주 속에서 인간은 그 구성요소이고, 그러므로 인간은 거대 우주와 필요 불가결하게 관련을 띨 수밖에 없다.

22 김동리,『문학과 인간』, 청춘사, 1952, 100~101면.

천지인은 서로 유기적 관련을 갖고 있는데, 우리는 이러한 세계 속에 동화되어 우리의 운명을 발견하고 또한 구경적인 삶을 살 수밖에 없다. '문학=구경적 삶'이라는 그의 명제는 문학을 예술의 한 양식으로 파악한 것이 아니라 철학의 한 지표 정도로 인식했던 것이다.

> 사람 속에 내재하고 있는 질서와 법칙은 곧 천(天−自然) 속에 내재하고 있는 그 질서요 법칙이다. 따라서 천명은 인사에 관련된다. 즉, 사람이 천(자연)의 분신으로 한개 독립된 생명체로 태어날 때, 그 태어나는 조건과 상황에 따라 천(자연)의 질서와 법칙은 그 생명체 특유의 것이 된다 …(중략)… 여기서 천인합일설(天人合一說)이 나온다. 즉 사람과 하늘이 하나가 된다는 것이다. 다시 말해서 천(자연)의 분신으로서의 사람(내 자신)이 그 모체인 천(자연)으로 돌아간다는 뜻이다 …(중략)… 그만큼 천(자연)은 신이나 불(佛)만큼 귀의의 목표가 덜 되는 셈이다. 이것은 인간이 그 주체(主體)요, 현세가 그 본가(本家)이기 때문이다.[23]

문학과 철학의 동일시 현상은 문학관의 새로운 모습이다. 김동리는 '문학 하는 것'에 대한 논리를 문학이 아닌 삶, 철학의 영역에서 추구하고 있기 때문이다.[24] 자연과 인간이 합일을 이루는 데 인간이 그 부분이자 또한 주체라는 것이다. 이러한 논리는 천지인 가운데서 人의 논리, 즉 사람 중심의 논의로 전개되어 오면서 그의 문학의 모습은 인물 중심의 소설론으로 전화된다. 이러한 논의 근저에는

23 김동리, 『생각이 흐르는 강물』, 162~163면.
24 당대의 비평가 조연현 역시 이러한 점을 우려했다. 그는 「문학의 영역」에서 "문학이 구경의 생을 형성시켰다고 신앙한다든지 관념하는 순간, 그것은 이미 문학의 영역에서 벗어나는 것이다"라고 지적했다.(조연현, 「문학의 영역」, 『백민』, 1948.5, 76면)

유기체적 세계인식이라는 그의 사상적 태도와 긴밀한 연관이 있다.

2) 좌우 이데올로기의 대립과 인간 중심의 문학론

해방 후 문단 상황은 많이 변화된다. 그것은 무엇보다 해방 정국이 문단 내 이데올로기의 이합, 집산으로 인해 좌우익의 대립이 첨예화된 기간이기 때문이다. 이 시기 김동리는 임화, 이태준, 이원조 등의 주동에 의해 형성된 조선문학가동맹에 대항하여 조연현, 조지훈, 서정주 등과 함께 조선청년문학가협회를 결성하여 회장직을 맡고 조선문학가동맹에 맞선다. 당시 활동[25]에서 보듯 김동리는 핵심적 인물로 그들과 맞서 이론적으로 투쟁한다. 이 시기 그의 문학적 입장은 분명해진다. 그것은 무엇보다 사회주의 건설이라는 목표를 가진 문학가동맹이 안티테제로 존재해 있었기에 그는 민족문학 또는 순수문학이라는 용어로 이들과 대타적 입장에서 문학 운동을 전개하고 문학론을 수립하였다. 이 시기 그는 '물질' 대신 '인간' 중심의 문학이론을 전개한다. 해방 이전에 언급하던 '개성', '생명의 구경', '인생' 등 피상적으로 제시되던 그의 문학론이 '인간' 중심의 문학이론으로 체계화되는데, 여기에는 임화와 백철의 휴머니즘 논의, 유진오의 '인간성 옹호의 정신'이 중요한 밑바탕이 된다. 그리고 그의 독서체험과 유학에서 발견한 인간애의 정신이 문학론 형상화에 중요한 역할을 한다.

25 김동리는 해방 후 결성된 조선청년문학가협회 회장직을 맡고 열성적으로 활동한다. 정례연구회에도 참석하여 「민족문학의 정통성에 대하여」(제1회), 「문학과 정치의 상극과 효용의 한계」(제4회), 「청년운동으로서의 문학운동」(제6회) 등을 발표하는 등 우익 문단의 이론적, 정신적 지주 역할을 한다.(권영민, 『해방직후의 민족문학운동연구』 서울대학교출판부, 1986, 25~26면)

(가) 제1기는 고대의 휴맨이즘이니 희랍계로는 쏘크라테스 플라톤을 대표로 하는 이성적 인간정신이 그것이며 히부라이계로는 기독을 대표로 하는 고차원적 영혼 생장의 인간 확립이 그것인데 이 시기의 내용적 특징은 신화적, 미신적, 궤변적 계율에 대한 항거와 타파로서 가장 원본적인 인간성의 기초가 확립되었던 것이요. 제2기는 르네쌍쓰로써 표현된 소위 신본주의에 대한 인본주의의 승리가 그것이다. 제2기 휴맨이즘의 특징은 신본주의에 대한 반발로써 시작되었느니만치 제1기적 휴맨이즘의 부흥이라 해도 특히 헬레니즘계의 이성적 인간정신이 위주되었던 것이며, 이 이성적 인간정신의 개화로서 과연 오늘날의 난만한 과학시대를 초래한 것도 사실이나 …(중략)… 새로운 현대적 우상이 즉 〈과학〉이란 이름으로 불리어지게 된 것이요. 특히 과학주의 기계관의 결정체인 유물사관이 그것이다. 이리하여 철학에 있어 니이체, 하이덱겔, 딜타이, 문학에 있어서 헷세, 만, 지-드, 헉슬리 등으로서 제3기 휴맨이즘에의 지향이 宣明되었고 오늘날 세계적으로 팽배한 데모크라시의 조류도 개성의 자유와 인간성의 존엄을 목적으로 하는 휴머니즘에의 세계사적 의욕의 일면으로서 觀做되는 것이다. 그런데 現下 조선에서는 정치적 사회적 특수성과 이에 대한 부자연한 관련에서 지금 바야흐로 과학주의적 기계관이 성행하는 후진사회 특유의 병상을 뭍出하고 있는바 과거의 경향파 계열의 문학인을 중심으로 한 다수 문학인들에 의하여 〈과학적 세계관〉, 〈진보적 레알리즘〉, 〈혁명적 로맨티즘〉, 〈과학적 창작방법〉 등등하는 일련의 공식론이 유물사관 체계에서 연속적으로 유출되고 있는 현상이 그것이다.[26]

26 김동리, 「순수문학의 진의」, 『문학과 인간』, 106~107면.

(나) 이렇게 세계문학이란 것을 대체적으로 다 훑고 났을 때 나의 머리속에 크게 부각된 것이 '인간'이었다. 인간의 근원과 기능이 자연에 있고 그 무대가 현세(이승)라는 것도 알게 되었다. 그것은 유럽 사람들의 소위 근대 인간주의의 인간이요, 그것이 르네상스에서 출발된다는 것도 알게 되었다. 여기서 '인간'은 나에게 다른 문제를 제기해왔다. 그것은 르네상스에서 출발한 근대 인간주의란 것이 어디까지나 신본주의에 대한 반정립(안티테제)으로서의 인간인 만큼 저승(사후세계)에 대한 보장이 없다는 점이었다.[27]

김동리가 해방 공간에 다시 휴머니즘을 제시한 것은 철 지난 감이 없지 않다. 그것은 이미 1930년대 우리 문단에서 전형기 비평으로 거의 1년 동안 논의된 적이 있었다.[28] 그런데 그가 다시 휴머니즘을 제기한 것은 중층적 의미를 지닌다. 무엇보다 해방기 역시 전형기로 새로운 이념에의 모색기였고, 또한 김동리는 '생의 구경적 이론'이라는 자신의 문학이론을 합리화할 필요성이 있었다. 특히 사회주의 문예 이론가에게 맞설 자신의 논리를 세우지 않을 수 없었을 것이다.

그는 「공자의 휴머니즘」이라는 수필에서 휴머니즘을 첫째, 가치론적으로 인간이 만물 중에 가장 고귀하다는 정신, 둘째 존재론적으로 신 존재보다 인간 존재가 기본이라는 정신, 셋째 초자연주의나 내세주의보다 자연주의와 현세주의에 입각하는 정신[29]이라고

27 김동리, 『밥과 사랑과 그리고 영원』, 113면.
28 우리 문단에서 휴머니즘논쟁은 1937년 백철의 「웰캄! 휴머니즘」(『조광』, 1937.1)에서 시작되어 1938년 임화의 「휴머니즘 논쟁의 총결산」(『조광』, 1938.4)로 마무리된다. 이 때 이들 외에도 한설야, 김오성, 윤규섭, 한효 등이 가담하여 휴머니즘이 범문단적으로 논의되었다.
29 김동리, 『밥과 사랑과 그리고 영원』, 179면.

규정짓고 공자의 휴머니즘의 사상적 맥락을 언급하였다. 김동리의 사상적 궤적을 더듬어 볼 때 그의 휴머니즘론은 유교적 형이상학에 가장 근접해 있음을 알 수 있는데,[30] 여기에 서양문학 속에 드러난 인간상과 이전 휴머니즘 논쟁에서 논의되었던 이론을 수용하여 형성한 것으로 파악된다. (나)에 제시된 글은 그의 이러한 역정을 잘 보여준다. 그러므로 소크라테스, 플라톤을 논의할 것이 아니라 공자, 맹자를 논의하는 것이 보다 적합했을 것이다.

우리는 윗글에서 마르크시즘이 제2휴머니즘에 속한다는 김동리의 세계인식의 한계를 볼 수 있다. 김동리는 글 (가)에서 르네상스기인 제2기 말에 근대의 과학주의인 마르크시즘을 포괄시키는 우를 범하였다. 이에 대해 김병규가 즉각 반박을 하고 나서자,[31] 김동리는 다시 「순수문학과 제3세계관의 전망」이라는 글을 통해 유물사관은 "사회성을 강조하므로써 개성을 몰각하고, 제도와 환경을 중시하므로써 인간성을 억압하므로 휴맨이즘의 본질과는 근본적으로 배치"[32]된다고 하여 마르크스주의를 휴머니즘이 아니라고 주장했다. 그리고 근대주의 말로(末路)에 도달한 과학만능주의, 물질지상주의, 기계문명주의는 근대적 우상이 되어 인간에게서 꿈과 신비, 낭만과 구경적 욕구를 빼앗아 갔으며 인간은 이들을 비판하고 초극하고자 제3휴머니즘이라는 제3세계관을 지향하게 되었다고 했다. 여기에 김동리의 정치적 색채와 시대인식의 한계가 놓여

30 신형기 역시 "김동리의 인간 개념은 불교적 샤머니즘과 유교의 형이상학, 그리고 기독교의 사상을 추적해 올라감으로써 밝혀질 것이었다"고 하여 그의 '인간론'이 동양의 철학적 문제로 귀결됨을 지적했다.(신형기, 『해방직후의 문학운동론』, 제3문학사, 1989) 김동리의 휴머니즘은 이들 중 무엇보다 유교의 형이상학과 결부된다.

31 김동석, 「순수의 정체」, 『김동석 평론집』, 서음출판사, 1989, 217~233면.

32 김동리, 「본격문학과 제3세계관」, 『문학과 인간』, 126면. 이 글의 원래 제목은 「순수문학과 제3세계관」이던 것이 나중에 개제되었다.

있다. 당대의 유물론적 사관을 기계주의로 몰아붙이고, 그것을 제2기 휴머니즘에 끝났을, 현대에 와서 제거되고 초극되어야 할 하나의 사상으로 치부함으로써 당시의 마르크시즘을 공략했던 것이다. 그러나 그가 말하는 제2기 휴머니즘은 니체, 하이데거, 헤세, 지드 등의 지적에서도 보듯이 그 성격이 뚜렷하지 않다. 이 점에서 조연현은 오히려 뚜렷한 논리를 갖고 있다. 그는 니체의 '초인', 야스퍼스나 하이데거의 '실존적 인간', 키르케고르나 셰스토프의 '비극적 인간' 등을 들어 논의를 상세화했다.[33] 어찌했든 김동리는 모호한 논리로 제2기 휴머니즘을 설명했고, 제3기 역시 데모크라시즘이 마치 모든 주의를 초극한 전체인 양 제시했다. 여기에서 명백한 것은 '물질'에 기반을 둔 마르크시즘 자체를 시대착오적 발상으로 매도하고, 범세계적 흐름인 데모크라시즘을 새로운 '인간'론, 제3휴머니즘이라 외친 것이다. 사회주의 문학이론가에 대항하기 위해 그가 전개한 논의의 일단이 드러난다. 즉, 물질 대신에 인간, 사회성 대신에 개성 중심의 문학론이 그것이다.

> 이것은 첫째 문학의 자율성을 완전히 포기한 예이지만, 또, 그들의 세계관(정치적, 경제적)의 공식성에도 기인하는 것이다. 그들의 정신적 거점이 되는 「사적유물론 체계」에서는 개인이나 민족의 개성이 거부되어 있으며 이러한 개성이 거세된 그들의 작품이 소위 천편일률적 결과를 면할 수 없음도 당연한 노릇이라 하지 않을 수 없는 것이다. 그러므로 우리가 문학정신을 옹호한다는 말은 문학의 자율성을 견지하려는 것과 아울러 개성 향유를 전제하는 인간성의 옹호란

33 조연현, 「새로운 인간과 문학에의 지향」, 『해동공론』, 1948.4.

> 의미까지를 포함하게 되는 것이다. 인간성이 제한되고 억압되는 데서 문학정신의 옹호가 있을 수 없는 것이며, 문학이 자율성을 갖지 못하는 데서 인간성의 옹호란 거짓말이다. 그러므로 오늘날 특히 우리가 문학정신을 옹호한다는 것은 문학을 정당의 예속에서 구할 뿐 아니라 인간 자체를 유물사관류의 기계주의적 획일성과 공식성에서 구출하려는 노력을 의미하는 것이다.[34]

김동리는 또한 문학정신이 정당에 예속되어선 안 된다고 지적했는데, 이는 1930년대 세대논쟁에서 30대의 문학이 이데올로기 또는 정치적 야심에서 벗어나야 한다는 논리와 일맥상통하다. 그는 문학이 그 자체로서 자유로워야 한다는 논리를 강조하기 위해 개인과 민족의 개성을 강조하였다. 사적 유물론이 개성을 거부했다 하여 그것의 기계주의적 획일성을 비판했다. 마르크시즘의 문학론은 문제적 개인이라는 전형을 창조하지만, 이는 집단적 속성을 대변하지 인간 개개의 특성은 무시하는 경향이 있다. 곧 개성이 없는 인간, 집단적 개인의 작품은 천편일률의 공식적 작품이 되고, 또한 "유물변증법적 역사의식을 기조로 하는 경제적 정치적 현실성으로써 인생을 律하려는 낭만적 공리병"에 불과하다는 것이다.

윗글에는 마르크스주의적 기계주의에 대한 비판이 드러난다. 이는 김동리가 마르크스주의를 "물질이 모든 실존의 근본이며 물질세계는 무수한 분리된 객체로 조립된 거대한 기계"[35]이며 따라서 "거대한 우주기계가 완전히 인과적이며 결정적인 엄격한 결정

34 김동리, 「문학운동의 2대 방향」, 『대조』, 1947.5, 11면.
35 카프라, 이성범 · 구윤서 역, 『새로운 과학과 문명의 전환』, 범양사, 1993, 46면.

론"[36]에 의해 움직이는 기계론적 세계관으로 파악했기 때문이다.

(가) 〈뿌하이링〉은 그의 〈유물사관〉에서 물질의 우위성과 독립성을 주장하기 위하여 정신의 주인공인 인간은 동물에서, 동물은 다시 더 적은 미생물에서, 미생물은 〈죽은 자연〉(즉 灼狀熟態의 지구)에서 생겨난 것이라고 하였다. 그러나 나에게 말하라고 하면 미생물이 생겨날 수 있는 지구, 그것은 이미 〈죽은 자연〉이 아니라 〈산 자연〉이었다는 것이다. 토양과 우로와 광선과 공기의 운동 작용에서 어떤 미생물이 생겨날 수 있던 지구 그것 자체가 이미 생명력을 가진 한개 〈산 자연〉이었던 것이다. 생물이 생겨나기 이전의 지구를 가르쳐 물질이니 정신이니 하는 개념을 뒤집어 씨우는 데는 대관절 누구의 승인을 맡었던 말인가.[37]

(나) 이와 같이 〈맑쓰〉의 물질적 생활 자료의 산출방법이 일반 생활상의 정신적 과정을 결정한다는 말이나, 〈뿌하이링〉의 〈물질〉은 정신 이전의 존재란 말들을 좀 더 근본적인 각도에서 깊이 追窮한다면 한개 허잘 것 없는 편견(전자)과 개념적 독단(후자)에 지나지 못하는 것으로 물질적 생활 자료의 산출방법이 인간의 정신적 과정을 결정한다는 일면만을 본 〈맑쓰〉는 그 물질적 생활 자료의 산출방법이 다시 他面에 있어 인간의 자유향상의 욕구라는 생명력에 의존해 있다는 것을 깨닫지는 못했던 것이다. 여기서 이 〈자유향상의 욕구〉라는 주체적 조건과 〈물질적 생활 자료의 산출방법〉이라는 객체적 조건이 상호 제약하며 상생상극하야 인간 역사의 변증법적 전개를 초래하고

36 같은 책, 62면.
37 김동리, 「본격문학과 제3세계관」, 『문학과 인간』, 121면.

> 있다는 것을 알지 못하고, 일체의 정신현상은 물질적 조건의 계급적 작용이라고만 단정한 데서 맑시즘의 오류와 硬化는 출발하게 되었던 것이며, 이들의 모든 공식주의와 획일주의와 기계주의도 이에서 고정되고 말았던 것이다.[38]

위의 두 예문에서 김동리의 마르크스 또는 마르크스주의자에 대한 정공적 비판을 제대로 볼 수 있다. 부하린을 비판하면서 그는 '죽은 자연'이 아닌 '산 자연'론을 외쳤는데, 이는 현대 물리학과 수학의 성과에 힘입어 자연이 물질로 구성되어 있다는 유물론을 비판하고 자연을 유기체의 '산 자연'으로 끌어올린 화이트헤드의 논의와 흡사하다. 김동리가 내세울 수 있는 산 자연의 논의는 우주란 하나의 생명력을 가진 유기체라는 것이다. 이를 통해 그는 마르크스주의자들의 세계관을 기계론적 세계관으로 비판했다.

역학의 세계는 음양의 역동적 변화에 의해 살아 있는 한 개체이다. 그는 또한 마르크스의 토대 상부구조론을 비판하고 있다. 생활조건에 의해 상부구조 이데올로기가 결정된다는 마르크스의 논리를 개념적 독단으로 설명했다. 곧 생활조건이 인간의 욕구와 생명력에 의해 결정된다는 그의 논의는 마르크스의 토대/상부구조론이 아니라 상부구조/토대론을 다시 적시하고 나온 것인데, 이는 상당히 부르주아적 관념주의의 소산이다. 물론 여기에서 그가 사용한 상생·상극론은 역학의 세계운동론[39]이라는 점에서 상당히 중요한

38 같은 책, 122~123면.

39 상생론은 5행(木·火·土·金·水)의 순행법칙으로 생의 원리이고, 상극론은 5행(水·火·金·木·土)의 모순과 대립의 법칙이다. 여기에서 대립을 위한 모순이나 모순을 위한 대립이 아니라 발전과 통일을 위한 모순·대립으로 모순·대립 역시 생의 원리와 더불어 역동적 변화의 원리이다.(한동석, 앞의 책, 84~89면)

의미를 띤다. 자유향상의 욕구와 물질적 생활조건의 상호 작용은 서로 조화하기도 하고 제어하기도 하며 변화, 발전한다는 것은 음양의 역동적 세계 발전 원리로 그의 문학론 전반을 지배하는 사상이기 때문이다. 카프라는 역동적 세계 발전을 옹호하는 편에서 동양의 사상을 설명하였는데, 그의 논의는 김동리의 사유구조와 닮았다. 김동리가 마르크시즘을 공식주의, 획일주의, 기계주의로 논박할 수 있었던 것도 유기체적 세계관에 입각해 있었기 때문이다. 그러므로 그에게 역사는 계급 간의 대립과 투쟁으로 점철된 세계가 아니라, 상생·상극하면서 역동적으로 발전해가는 유기체였던 것이다. 그리고 그는 개인, 나아가 민족의 개성을 문제 삼았다. 그러면 김동리의 개인과 민족의 개성이란 어떤 의미를 지니는가.

> 분자가 결합하여 원형질체를 형성하고 이는 다시 결합하여 세포를 형성한다. 세포는 조직과 기관을 형성하고, 이들은 다시 소화기관이나 신경조직과 같은 더 큰 시스템을 형성한다. 사람은 가족, 종족, 사회, 국가를 형성한다. 이 모든 개체 — 분자로 부터 인간 및 사회조직에 이르는 — 는 통합된 시스템이라는 뜻에서는 전체로 간주될 수 있으며 그 복잡성이 더 높은 수준의 전체에 대해서는 부분이 된다.[40]

카프라는 위 설명에서 유기체적 세계의 체계적 모형을 시스템으로 제시했다. 이와 같은 논리는 김동리의 세계, 민족, 인간의 관계를 이해하는 데 도움을 준다. 곧 인간은 민족의 구성원이고, 민족은 세계의 한 성분이 된다. 분자가 원형질체, 신경조직을 구성하듯 인

40 카프라, 앞의 책, 42~43면.

간은 더 큰 단위의 집단인 민족과 더 나아가 세계를 구성한다. 이때 인간은 민족의 부분이자 그 자체로 전체인 것이다. 개인은 마르크시즘이 도래하는 전체적 상황에서 다시 민족 단위의 구성체로 묶일 수밖에 없다. 그는 "오늘날과 같은 민족적 현실에서의 인간성의 구체적 앙양은 조국애나 민족혼을 떠나서 있을 수 없"[41]다고 주장했다. 그는 마르크스주의자들이 직시한 계급적 현실을 민족적 현실이라는 테두리 내에서 파악했다. 그러므로 그는 유물사관에 입각하여 계급적 현실을 그려내는 사회주의 리얼리즘과는 달리, 휴머니즘에 기반을 둔 문학론을 전개했다. 그는 1930년대의 구경적 삶의 개성을 해방 공간에서 민족의 개성이라는 상위의 범주 속에 규범화시킨 것이다. 그의 민족문학이란 민족 단위의 휴머니즘, 즉 민족정신을 고취한 문학이다. "민족의 문학인 동시 세계의 문학이란 것은, 민족적 개성을 띤 문학으로서, 온 인류가 영원히 향유할 수 있는 문학"[42]이다. 그러나 그의 민족 관념은 '민족 단위의 휴머니즘'에서 보듯 관념적 산물이다.

해방 공간의 문학론은 나라의 위기적 상황하에서 변모된다. 즉 1930년대의 개인 또는 인간의 개성을 강조하던 순수문학론에서 민족이라는 집단의 개성을 강조하는 본격문학론으로 변이되어 온 것이다. 이러한 것들은 김동리의 사유방식을 그대로 보여준다. 말하자면 개인과 민족은 부분이자 전체인 것이다. 그러므로 그의 특수성, 즉 개성은 무시될 수 없다. 만일 부분이 무시된다면 전체는 온전할 수 없기 때문이다. 그러면 기계론적 세계에서 부분으로서 특성을 띤 개인은 유기체적 세계에서 민족의 일원이자 자신의 전체

41 김동리, 「문학과 문학정신」, 『해동공론』, 1948.4, 51면.
42 김동리, 「민족문학론」, 『대조』, 1948.8, 105면.

이다. 결국 민족문학론은 1930년대 후반의 개성 논의를 민족의 범위로 확대한 것일 뿐, 그 핵심은 줄곧 '인간' 중심이라는 유기체적 세계의 테두리 내에서 전개되었다. 이후 그는 몰턴의 서사이론을 받아들이면서 '인생의 서사시' 이론으로 자신의 이론을 논리적으로 확충한다.[43]

4. 마무리

이제까지 김동리의 사상의 형성 궤적과 문학론의 사상적 기반을 밝혔다. 흔히 그의 소설을 동양적 허무주의니 동양적 신비주의니 하여 그 자체의 의미를 모호하게 처리하는가 하면, 그의 문학론 자체를 별로 중요시하지 않게 다룬 측면이 있다. 물론 세대논쟁이나 해방 공간의 비평, 또는 순수문학 논쟁의 테두리 내에서 다루어지긴 했다. 그러나 그러한 접근 역시 김동리 문학론의 의미, 이를테면 신세대 정신이니 순수문학이니 본격문학, 또는 본령정계의 문학이니 하는 문자의 함의나 자구 해석에 치중되어 그 본질이 제대로 드러나지 못한 것 또한 사실이다. 김동리 문학론의 본질은 오히려 그 이면에 숨겨진 것, 이를테면 자아와 세계의 율려론, 상하부 구조의 상생상극론, 천지인의 유기체설 등은 근본적으로 역학의 유기체적 세계관을 기반으로 하고 있다. 그것은 그의 문학적 토양이 경주라는 지역적 특성, 그리고 그의 집안이 사대부의 집안이라는 가정적 배경과 관련되어 있다. 이러한 것들로 인해 그는 서구 학문과는 일

43 김동리, 「창작강의」, 『문예』, 1949.8~9.

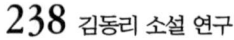

정 정도 거리를 둔 사상적 체계를 취할 수밖에 없었다. 좌우익 이념 논쟁으로 치달은 해방 정국에서는 이데올로기적 문학에 대항할 이념적 푯대가 제대로 달성되지 못했기 때문에 그의 논리는 상당한 호응을 얻을 수 있었다. 우리는 이러한 그의 논리를 비과학적이라거나 비이성적이라고 비판할 수 있다. 그러나 그것은 비평과 문학작품에 일관되게 흐르고 있는, 말하자면 사상, 철학이기에 앞서 생리였다. 그가 자신의 논리를 역학이라고 굳이 언급하지 않은 것도 바로 그에게는 생리의 차원이었기 때문이었을 것이다.

그는 이후 수필집에서 자신의 관념들을 체계화하는 작업을 벌인다. 그것들은 다만 앞에서 언급한 자신의 이야기의 논리화이다. 그의 사상은 시 소설보다 오히려 수필이나 비평, 대담 따위의 글에서 더욱 잘 드러난다. 그의 문학의 대표작으로 지적되는 「황토기」, 「무녀도」, 『을화』는 바로 이런 그의 사상적 궤적을 이해했을 때, 제대로 논의될 수 있고 평가될 수 있을 것이다. 그리고 그의 진정한 문학론의 무게는 사상이나 철학적 체계보다는 '인간'이라는 차원에서 더 자세히 언급될 수 있을 것이다. 생리차원으로서의 사상을 '인간'이라는 보다 합리적 차원으로 끌어내는 것이 곧 그의 문학론의 수립과정이었던 것이다. 말하자면 '물질'에서 '인간'으로, 이념에서 개성으로의 문학관이 그의 문학론의 핵심을 이룬다. 그러므로 그의 문학론은 이데올로기와의 투쟁에서 자신의 진정성을 찾는 과정이자, 문단에서 헤게모니를 장악하는 과정이다. 마르크시즘에 대항해 들고 나올 수 있었던 그의 문학론은 바로 우익 이데올로기, 또는 지배 이데올로기에 편승하여 자리를 확보할 수 있었던 것이다.

그러나 그의 문학의 논리는 단순히 생리 차원만이 아님은 카프라나 화이트헤드의 연구에 의해 드러나고 있다. 그의 유기체적 세계관의 본질은 화이트헤드가 기계주의적 세계관을 비판한 논리와 동일한 선상에서 파악될 수 있다. 그들의 세계관이 양자론이나 불확정성의 원리, 상대성의 원리 등 과학의 명증한 해석을 통해 얻은 것이라면, 김동리는 다만 역학의 우주변화의 원리를 사회발전의 원리로, 문학의 원리로 원용한 점에서 차이가 있을 뿐이다. 이렇게 볼 때 김동리의 인간 중심의 문학이론은 우주 또는 자연이라는 거대한 유기체가 인간 사회의 원리로, 다시 문학을 설명하는 원리로 발전된 것이다.

이제 서장에서 제기했던 김동리 문학과 근대성에 대해 언급할 차례이다. 사실 이 글은 김동리의 문학을 문제 삼은 것이 아니라 문학의 사상적 기반을 문제 삼은 것이다. 이때 근대성은 곧 사상 내지 철학으로서의 문제이다. 엄밀히 따져 볼 때, 역학은 전근대적 산물임이 틀림없다. 그렇다면 유기체적 세계관은 어디에 속하는가가 문제시될 것이다. 이는 현대의 이론가 화이트헤드, 카프라의 세계관과 결부되기 때문이다. 이렇게 볼 때 탈근대적 성격이 강하다. 그러나 이 문제는 다음 기회에 상론키로 한다. 왜냐하면 철학, 사상이라는 것은 과학의 발전사와는 달리 이전 패러다임과 현재 패러다임 간의 관계가 위기·극복을 통한 논리라기보다 상호 보완과 충족의 순환 논리인 경우가 허다하기 때문이다. 그러므로 의고주의, 신고전주의, 신휴머니즘 하는 용어들이 등장한다. 김동리 문학의 근대성 문제는 문학의 토대로서의 사상에 국한해 규정해선 안 된다. 또한, 이 문제를 도외시하고 근대성에 대한 평가가 이뤄져서도 안 된다.

오늘날 김동리의 문학은 바로 역학의 세계가 참되게 이해되고 평가될 때 제대로 이해되고 인식될 것이다. 김동리는 『주역』의 「계사전」에 나온 "역이 천지와 더불어 닮았으므로 어긋나지 않는다. 널리 만물을 알고 도는 천하를 구제하느니라. 그러므로 잘못되지 않는다(易與天地相似 故不違 知周乎萬物而道濟天下 故不過)"라는 구절을 자주 언급하였다.[44] 역학이 만물을 이해하는 원리라면, 그의 문학을 이해하기 위해서 거꾸로 역학을 파악해야 한다. 그리고 단순히 동양학이 오리엔탈리즘의 시선이나 수준을 넘어서 역학이 하나의 철학으로, 학문으로 재정립될 때, 그것에 기반을 둔 문학론도 제대로 규명될 수 있을 것이다. 근대 이후 우리의 학문적 태도가 서구의 추수 또는 모방을 통해 전개되고 그것이 전부인 양 인식되던 시점에서 김동리의 문학론은 유학, 특히 역학이라는 세계관적 토대에 기반을 두고 자신의 주장을 체계화하려고 했던 것으로 그 의의는 새로이 평가되어야 하리라고 본다.

44 김동리, 『생각이 흐르는 강물』, 173면. 여기에서 "知周乎萬物"는 "지(知)는 만물에 두루 통하고" 정도의 해석이 나올 듯하다.

金東里

김동리 소설 연구

김동리의 사상적 계보

1. 들어가는 말

김동리는 문학인인 동시에 사상가이다. 이제까지의 연구에서는 문학자로서의 김동리만 강조되었고, 또한 김동리의 사상은 고작 문학의 배경사상 정도로만 논의되었다. 김동리와 그의 문학을 올바로 이해하기 위해서는 그의 사상에 대한 연구가 필수적이다. 그는 근대 소설뿐만 아니라 근대 비평에도 주요한 역할을 수행했다. 그의 사상에 대한 이해는 그의 소설뿐만 아니라 비평, 나아가 문협 정통파의 사상구조 이해에도 도움이 될 것이다. 흔히 '반근대', '탈근대'로 인식되는 그의 사상을 계보를 통해 분명히 자리매김하고, 그의 사상이 갖는 의미를 밝힘으로써 그의 문학 세계도 한층 깊게 조명할 수 있을 것이다.

김동리의 문학사상으로는 이제까지 샤머니즘 또는 민속신앙, 유교 또는 주자학, 기독교, 도교, 불교, 휴머니즘 또는 신인간주의 등 다양하게 논의되었다.[1] 일부 논자들은 작품에 나타난 하나의 사상을 중심에 내세우기도 하지만, 대부분의 논자들은 샤머니즘에서 기독교에 이르기까지 다양한 사상을 거론하였다. 후자는 김동리 사상의 편재성을 지적한 것이지만, 다른 한편으로는 하나의 일관된 사상 체계를 짚어내지 못한 까닭이다. 김동리는 자신의 문학 세계를 샤머니즘, 유교 등 7가지로 들고 있는데,[2] 기존의 논의는 김동리의 주장을 비판 없이 그대로 수용하는 경향을 보이고 있다. 김동리의 문학사상을 문제 삼을 때, 우리는 그의 사상의 중심이자 요체를 추구해야 한다. 그가 이런저런 사상을 언급했다고 해서 그 모든 것을 그의 사상으로 규정하는 것은 잘못일 것이다.

어떤 사람의 사상의 정체를 제대로 밝히기 위해 필요한 것은 계보학적 탐구일 것이다. 김동리를 제대로 이해하기 위해서도 그러한 연구가 절대적으로 필요하다. 이 논의에서 김동리의 사상을 계보학적 입장에서 밝힐 것이다. 먼저 그의 사상의 직접적 모태가 된 가문의 사상적 배경을 살피기로 한다. 김동리가 의식, 무의식적으로 계속 언급하는 점필재 김종직과 그의 백형 범부 김정설을 통해 그의 사상을 살필 것이다. 그것은 넓은 의미에서 영남 도학의 학풍이라는 주자학을 통해 그의 사상을 조명하는 것이다. 다음으로, 김동리가 태어나고 자란 도시 경주의 지역 사상의 맥락을 살필 것이다. 그것은 신라의 화랑에서 오늘날의 동학으로 이어지는 경주 지역 사상의 흐름을 조명하는 것이다. 그러므로 이 논의는 그의 사상

1 김동리의 문학사상에 대해서는 박양호 이래 이영희에 이르기까지 여러 사람에 의해 논의되었지만, 크게 이 둘의 논의에서 벗어나지 않는다.
박양호, 「김동리 작품의 사상적 배경에 관한 연구」, 중앙대 석사논문, 1976.2.
이영희, 「김동리 소설의 사상적 배경 연구」, 성신여대 박사논문, 1999.

2 김동리, 『밥과 사랑과 그리고 영원』, 사사연, 1985, 115~116면.

을 단순히 기독교, 샤머니즘, 또는 민속신앙으로 규정하던 이전의 논의와는 다를 수밖에 없다. 가문적 배경이라는 하나의 사상축과 지역적 배경이라는 또 하나의 사상축은 김동리 사상을 얽는 씨줄과 날줄이다. 김동리의 사상을 계보학적으로 살핌으로써 그것의 의미를 자세히 밝힐 수 있을 것이다.

2. 가문의 유풍과 주자학적 계보

1) 선대(先代)의 주자학적 기반 - 화려한 문벌

김동리는 전통적인 유교 집안에서 태어났다. 그는 자신의 사상이 '유교에서 기독교를 거쳐 불교에 접근'되었다고 설명한 적이 있는데,[3] 그의 사상적 거점이자 토대는 바로 사대부 집안에 깃든 주자학이었다. 우리는 그의 사상을 이해하기 위해 먼저 선산김씨라는 김동리 가문의 주자학적 기반을 직시할 필요가 있다.

> 우리 집안의 시조인 순충공(順忠公) 선궁(宣弓)은 득성(得姓) 시조인 알지공(閼智公)의 29대손이며, 신라 49대 문성왕(文聖王)의 7대손이라 한다. 태조의 고려 창업을 도와 종군하여 크게 공을 세우자 태조께서 활(御弓)을 내리니 이름을 고쳐 선궁이라 하셨다고 한다.
>
> 전라남도 고창에 있는 운곡 서원(雲谷書院)은 선산 김문의 유자(儒子) 네 분을 기리는 곳으로서 백암(白巖)·농암(籠巖)·강호(江湖)·점필

3 김동리, 『생각이 흐르는 강물』, 갑인출판사, 1985, 277면.

> 재(占畢齋)가 그 분들이다.
>
> 백암은 평해군사(平海郡事)로서 고려가 망하자 스스로 처자를 버리고 삿갓을 쓴 채 바다에 뜬 뒤 그 종명(終命)을 헤아리지 못하게 되었다고 한다.
>
> 농암은 예의판서(禮儀判書)로서 중국 명나라 사신을 갔다가 돌아오는 길에 압록강에서 사직(社稷)의 변혁을 듣고는 통곡한 뒤 배를 돌이켜 귀국하지 않으니 명 황제가 그 충의를 기리어 벼슬을 내렸으나, 굳이 사양하여 받지 않았다고 한다.
>
> 강호는 야은(冶隱) 선생에게서 수학(受學)한 뒤 후진에게 학문을 전하니 문충공 점필재 김종직(金宗直)이 그 분이다.
>
> 우리 선산 김씨는 이 점필재 선생의 열일곱대째 자손이다. 그런데 우리는 그냥 점필재 선생의 자손이 아니라, 그 직계 자손이라는 것이다.[4]

김동리는 조선조 화려한 양반의 가문인 일선(후에 선산) 김씨 32세손이다. 그가 자랑스럽게 생각하는 것은 그의 조상이 신라 건국의 시조였다는 것이나 왕족이었다는 사실, 그리고 자신의 시조가 태조를 도와 고려를 창업하는 데 공을 세웠다는 사실보다도 자신이 훌륭한 선비의 집안이었다는 사실이다. 선산김씨 가문은 수많은 유자를 배출하였다. 특히 여말 선초에 뛰어난 유자를 네 명이나 배출하였다. 그의 가계를 보면 아래와 같다.

4 김동리, 『나를 찾아서』, 민음사, 1997, 58~59면.

선대~김주, 김종직

1대	2대	3대	4대	5대	6대	7대	8대	9대
김선궁	봉술	———	———	(이하 6대 부전)	———	———	———	득충
	봉문(2)	홍술(2)	성언	유정	제영	미(3)	지영(7)	용여(3)

10대	11대	12대	13대	14대	15대	16대	17대
양인	신함	우의	원로	제,주(2)			
충의	정수	연	광위	은유(3)	관(3)	숙자	종직(5)[5]

(※괄호 속 숫자는 지차로서 몇째를 의미)

그의 집안은 선대에서 김종직에 이르는 시기 화려한 문벌의 집안이었다. 그의 집안 선조 가운데 주자학적 기반을 잘 보여주는 이들은 14대에서 17대에 이르는 여말 선초의 선비들이다. 백암 김제(金濟)는 2대 장절공 봉술계로서 선산 김씨 14세손이며, 원로의 맏아들이었다. 그는 고려 왕조에 대한 의리를 지켜 불사이군(不事二君)하였으며 충개(忠介)라는 호를 받았다. 그의 아우 농암 김주(金澍)는 명나라 사신으로 갔다가 고려가 망한 소식을 듣고 고려에 돌아오지 않고 절의를 지켰다. 그러한 충절과 의리는 다시 김숙자, 김종직에게로 이어져 조선조 도학파를 형성하게 되었던 것이다.

김동리는 어려서부터 자신의 집안 내력에 대해 수없이 들었다고 했다. 그 이야기의 첫머리에는 늘 점필재 김종직이 자리하고 있다. 그는 자신이 영남 사림의 대표자인 점필재의 16세손이라는 것을 무수히 강조해 내세운다. 그러면 점필재 김종직은 누구인가. 우리는 먼저 유학사에서의 그의 위치를 계보적인 의미에서 살펴볼 필

5 『선산(일선)김씨세보』, 보전출판사, 1984.

요가 있다. 조선조 성리학자였던 기대승은 정몽주를 동방 이학의 할아버지로 규정하고, 조선조 영남사림의 학통을 분명히 제시하고 있다.

> 以東方學問相傳之次言之 則鄭夢周東方理學之祖 吉再學於夢周 金叔滋學于吉再 金宗直學於叔滋 金宏弼學於宗直 而趙光祖又學於宏弼 繼其淵源之正 得其明誠之實 蔚然尤盛矣[6]

사림파의 학문적 연원을 정몽주에 두는 것은 일반적이다. 이러한 학통은 성리학의 의리실천을 강조하고 있다. 정몽주에서 길재로, 다시 김숙자, 김종직으로 이어지는 계보는 도학파를 형성하여 조선조 영남 사림의 학맥으로 이어진다. 김종직은 멀리는 신라의 설총, 최치원과 고려의 최승노, 최충을 거쳐, 가까이는 안향, 권부, 우탁, 이제현, 이곡으로 연결되는 한국 유학사의 큰 흐름을 잇고 있다. 그뿐만 아니라 그는 김굉필, 이언적, 이황, 유성룡 등의 영남학파에도 많은 영향을 미쳤으며, 그의 사상은 조식, 이이, 송시열 등을 거쳐 개화기 이항로, 최익현에 이르기까지 계승되기에 이른다. 그는 조선조 유학을 계승하고 발전시켰으며, 의리와 실천을 강조하는 도학파를 형성시킨 장본인인 것이다.

김종직은 조선조 성리학의 전개나 사림의 형성에 지대한 역할을 했다. 그는 문하에 김굉필, 정여창, 조위, 김일손, 김맹성, 유호인 등 당대에 뛰어난 학자들을 두었다. 그는 도학과 문장으로써 화려한 문벌을 형성하였고, 그의 학문과 실천궁행의 도학적 법통은 이후

6 기대승, 『논사록』 卷之下, 32면.

세대들에게 널리 전파되고 계승된다. 그는 제자 김일손의 사초문제로 부관참시를 당하는 불운을 겪었지만, 그는 영남사림의 영수로서 추앙의 대상이 되었던 것이다. 그는 정몽주－길재－김숙자－점필재－한훤당－정암으로 이어지는 성리학의 계보를 형성하면서, 한편으론 영남 사림의 영수로서 도학의 학문적 계보를 굳건히 하게 된다. 김동리가 그러한 점필재를 추앙과 경배의 대상으로 삼았음은 두말할 나위가 없다.

김동리는 김숙자－김종직으로 이어지는 영남 사림파 영수의 직계이다. 그는 자신의 가문을 늘 영예롭게 생각했다. 그의 선조를 기린 운곡서원은 김동리 가문의 내력과 역사를 말해주고도 남음이 있다. 운곡서원은 주희를 비롯하여 선산김씨 가문의 네 선비를 모신 곳이다. 주자학의 태두인 주희가 수위에 놓이고, 그러한 사상과 철학을 수학하고 실천한 백암·농암·강호·점필재 등 선산김씨의 네 유자가 차례로 놓인 것이다. 주희를 앞세웠다는 것은 그들의 사상적 바탕이 주자학이라는 것을 분명히 해주고, 또한 네 유자를 통해서 그들의 충절과 의리의 실천적 정신을 분명히 보여준다. 김동리는 가문과 선조에 대해 깊은 자긍심을 갖고 살았으며, 한편으론 그들의 주자학적 사상과 정신을 이어보려고 했다.

2) 당대(當代)의 주자학적 기반－몰락한 선비

김동리가 어릴 적부터 귀에 박히도록 들었다는 이야기는 점필재 이후 그의 가문에 대한 이야기이다. 그것은 “무오사화(戊午士禍－연산군 4년) 때 점필재 선생이 화란에 걸려들어 부관참시라는 흉악한 형벌을 당하게 되자 그 직계 자손인 우리(그러니까 선조 할아버지)는 이 화를 피하여 경주군(지금의 월성군) 서면 계림골로 깊이 숨어버린 채 오랫동안 초야에 묻혀 살았다는 것이다."[7] 무오사화 이후 김동리의 선조는 경주 서면 계림골로 숨어들어 몰락한 선비로 살았다는 것이다.

김종직~김동리

17대	18대	19대	20대	21대	22대	23대	24대	25대
종직(5)	숭년(4)	유(2)	석령(2)	경득	응숙	상탐	시휘	몽서

26대	27대	28대	29대	30대	31대	32대
봉호	광의	복수	계손(2)	동범	수현	태봉(=범부), 태영(2), 태창(=동리 3)

선산김씨 세보를 보면, 김종직에서 김동리(동리의 족보명은 태창이다)까지 직계로 내려오면서 벼슬에 나아간 사람으로 숭년(18대) : 집현전참봉, 경득(21대) : 무통정현감, 응숙(22대) : 군수, 상탐(23대) : 직장, 시휘(24대) : 무통정대부, 몽서(25대) : 무과, 봉호(26대) : 무열교위, 훈련원판관 등을 들 수 있다. 아마도 27대 이후에는 별다른 벼슬을 하지 못하고 산중에 은거한 것으로 보인다.[8] 특히 김동리의 할아버지인 30대 동범부터 가문은 더욱 곤궁에 처한 것 같다. 김동리의 기억 속에 깊이 각인된 인물은 그의 조부이다. 김동리는 할아버지의 제삿날 친지나 형님으로부터 할아버지(김동범) 이야기를 자주 들었다고 하였다.

7 김동리, 『나를 찾아서』, 59~60면.

8 경주 서면 광명의 선산에는 26대 김봉호(1703~1770)의 묘가 있다. 이를 볼 때, 26대 봉호 때부터 김동리의 선조들은 경주 서면 계림골(고란마을)에 들어와 살았으며, 30대 동범 때에 경주 읍내로 이사 간 것으로 보인다.

> 우리 할아버지가 열세살 때 그 이웃 동네 사람이 우리의 선산(先山)하고도 증조할아버지 묘 바로 잇닿는 자리에 묘를 썼더라는 것이다 …(중략)… 할아버지가 세 번째 돌아왔을 때는 무법자들의 암장이 없었기에 혼자 증조할아버지의 무덤에 제사를 올리고, 선산을 한 바퀴 돌아본 뒤 폐허가 된 집으로 돌아왔다고 한다. 여기서 할아버지는 집과 살림을 정리하여 경주 성내로 들어왔다고 한다.[9]

> 문충공 15대손으로 생선장수를 할 수 있느냐고 돌아서 오다가 생각해 보니, 이왕 장사할 결심으로 나온 이상 장사 가운데서도 진구덩에 들어가지 않고도 할 수 있는 길도 있을 것이라고 판단되었다. 집에 돌아와 밤새껏 끙끙대며 생각한 결과 제물(祭物)장사를 하면 되겠다는 데 생각이 미쳤다. 왜냐하면 봉제사접빈객(奉祭祀接賓客)은 예로부터 숭상되어 오는 터이니 제사에 쓰이는 물건을 다룬다면 그래도 체면이 설 것이라고 헤아려졌기 때문이다.[10]

그의 조부는 선산김씨의 일원으로 화려한 가통을 적실히 이어가는 것을 무엇보다 소중한 일로 여겼던 것이다. 그는 죽음을 불사하고 이웃 동네의 사람으로부터 선산을 지켰다고 한다. 그렇다면 선산이란 무엇인가. 그것은 바로 조상의 권위이며 훼손되어서는 안 될 가치이다. 선산 지키기는 바로 조상의 권위와 가통을 이어가는 소중한 행위인 것이다. 그는 권위와 의리를 중시하는 완고한 사대부였다. 이러한 의식은 그의 아버지에게도 그대로 이어진다.

몰락한 양반의 후예인 김수현, 그의 주민등록상 이름은 김임수

9 김동리, 『나를 찾아서』, 56~58면.
10 김동리, 『밥과 사랑과 그리고 영원』, 67~68면.

였다. 그는 영남 사림의 후예라는 가통을 손상하지 않으려고 현실적인 가난 앞에서 제물장사에 나선다. 실리와 법통을 다 같이 추구하고자 한 것이다. 비록 몰락한 양반이었지만, 먼 조상으로부터 전해오는 긍지와 사대부로서의 도리는 그에게 있어 온전히 지켜가야 할 가치였다.

> 나는 수년 전 전북 고창군 아산면의 어느 박씨촌엘 다녀온 일이 있다. 밀양서 사화(무오사화)에 반연되어 족보 궤만 안고 전라도까지 도망쳐(이사) 온 조상 양오공(陽梧公)을 기념하기 위하여 기념비를 세우고 그 제막식에 나를 초청했던 것이다. 이것이 무슨 연고냐 하면, 이 양오공이 내 16대조 종(宗)자 직(直)자 문충공(文忠公) 점필재 선생의 문인이었는데, 그 무오사화란 것이 점필재 선생의 조의제문(弔義帝文)을 단서로 하여 그 일가친척은 말할 것도 없지만, 특히 그를 중심하고 형성되어 있던 사림파(士林派) 유자(儒者) 들을 옛날식 수법으로 숙청했던 것이니 그 관계자들이 천 리 밖으로 도망이랄까 이사랄까를 가지 않을 수 없었던 것이다. 물론 우리 집도 그 난리로 경주 서면의 깊은 산 속까지 이사(도망)를 왔었던 만큼 양오공 이야기가 남의 일 같지 않게 들렸던 것이다.[11]

김동리의 집안에서 모든 것은 점필재와 연결될 정도로 중요했다. 점필재의 존재는 어머니가 키가 작은 것에 대한 정당성을 부여해주기도 했다. 심지어 그로 인해 김동리는 족보를 안고 도망을 왔던 양오공에 대해서 동질감을 느끼기도 한다. 양오공의 족보 지키기와 할

11 김동리, 『생각이 흐르는 강물』, 66면.

아버지의 선산 지키기는 별반 다를 바 없는 것이다. 김동리에게 있어서 이러한 가문적인 기반은 알게 모르게 그를 사대부적 의식에 젖어들게 한다. 할아버지에서 아버지, 백형으로, 그리고 그에게로 이어지는 사대부적 의식은 바로 주자학적 토대에 말미암는다. 동범에서 수현, 동리에 이르는 동안 권위를 숭상하고, 의리와 실천을 강조하는 주자학적 분위기가 지배적이었다. 그들은 조상에 대한 자긍심과 더불어 사대부의 후예로서의 정체성을 지니고 있었던 것이다.

> 내 백씨(범부 선생)는 여섯 살 때부터 한학을 배우기 시작하여 열두 살 때는 사서삼경(四書三經)을 떼었다는 신동으로 어려서부터 그 이름이 온 고을에 알려져 있었다. 그런 만큼 농사나 장사나 그밖의 다른 일에 손을 대려 하지 않았고, 식구들이 그것을 기대하지도 않았기 때문에 언제나 학문을 위하여 외지로 나가곤 했다.[12]

> 그것은 백씨가 어릴 때부터 스무 살 가까이 될 때까지 완전히 유교 속에 있었고, 유교에 徹해 있었다. 그냥 유교를 배우고 누구의 지도를 받아 그것을 실천하는 데 그치지 않고, 거기 '철'하게 된다면, 유교의 인의예지신이나 효제충신 따위가 그냥 윤리도덕에 그치지 않고 형이상학과 연결이 된다는 것을 알게 된다. 사람이 참으로 사람다운 길을 올바로 깨닫고 지성으로 지키고 나아간다면 그것이 곧 하늘의 길로 통하므로, 이로써 사람도 하늘에 통할 수 있다 하는 경지인 것이다.[13]

김동리에게 가장 많은 영향을 끼친 사람으로 범부(범부의 족보

12 김동리, 『명상의 늪가에서』, 행림출판사, 1980, 139면.
13 김동리, 「백씨를 말함」, 『풍류정신』(김정설), 정음사, 1987.

명은 '태봉'이다)를 들 수 있다. 범부는 김동리의 백형으로, 동리보다 16살 많았다. 김동리는 그를 뛰어난 학자로, 이인으로 인식하였다. 범부는 전통적인 한학을 공부하고 유학에 밝았다. 그것은 점필재 이래의 사대부적 가문의 전통에 영향받은 바 크다. 김동리는 범부를 '유교 속에 있었고, 유교에 철해 있었다'고 했다. 범부가 주자학적 기반을 지니고 있었다는 사실은 김동리에게 중요하다. 김동리 자신도 "나의 어린 날에 꿈을 주고, 철학을 주고, 다시 문학으로 나아가게 하고, 그 위에 한문과 직관력의 훈련을 주신 내 백씨"[14]라고 고백하고 있다. 범부는 김동리를 문학으로 나아가게 해주었고, 그뿐만 아니라 학문과 사상적 토대를 마련해준 스승이기도 하다. 그의 '무와 율려' 사상은 김동리 사상에 많은 영향을 준다. 김동리는 선산김씨의 일원으로서, 점필재의 후손으로서, 가문을 중시했던 할아버지와 아버지, 그리고 유학에 밝은 범부를 통해서 주자학의 학문적 전통을 적실히 잇게 된다.[15]

3. 지역 사상의 맥락과 김동리 사상

1) 신라정신의 실체 – 낭가사상

김동리가 태어나고 자란 곳은 신라 천 년의 수도 경주였다. 그에

14 김동리, 『생각이 흐르는 강물』, 295면.
15 김동리의 주자학적 세계관에 대해서는 필자가 「김동리 문학론의 사상적 기반에 관한 연구」(『살림 작가연구 – 김동리』, 류기룡 편, 살림, 1996)와 「리듬의 형이상학 – 김동리와 유기체론」(『21세기 문학의 유기론적 대안』, 최승호 편, 새미, 2000) 등에서 이미 논의한 바 있다.

게 경주는 "민족의 자랑인 역사와 전통의 본거지이며 그 상징"[16]이었다. 그는 신라를 『삼국사기』나 『삼국유사』와 같은 역사서를 통해 만나기도 하였고, 또한 그의 백형의 이야기를 통해서 습득하기도 했다. 김동리는 특히 "내가 인생에 대해서 득력하게 된 것은 내 伯氏의 화랑담"[17]이라고 강조하였는데, 신라의 화랑은 김동리에게 그 무엇보다 중요한 것이다. 김동리에게 화랑들에 대한 관심과 주의는 출신 지역의 정서와 밀접한 관련이 있다. 그는 신라 천년의 숨결이 스며 있는 경주에서 화랑들을 끊임없이 마주치고 만났던 것이다. 그는 화랑의 사상(이를 여기에서는 '낭가사상'으로 부르기로 한다)에 대해 추구 탐색하기도 한다.[18]

『삼국사기』에 화랑은 원화가 폐지된 이후 설치되었다고 적혀 있다. 그것이 정확히 어떤 시기에, 어떤 목적으로 설치되었으며, 또한 그들이 어떤 사상을 지녔는지에 대해서는 분명하지 않다. 우리는 다만 『삼국유사』나 『삼국사기』를 통해서 그들의 모습을 파악할 수 있을 따름이다.

> 其後 更取美貌男子 粧飾之 名花郎以奉之 徒衆雲集 或相磨以道義 或相悅以歌樂 遊娛山水 無遠不至 因此 知其人邪正 擇其善者 薦之於朝[19]

『삼국사기』를 저술한 김부식은 화랑의 성격에 대해 이와 같이 기술했다. '혹은 도의를 서로 연마하고, 혹은 가락으로 서로 즐기

16 김동리, 『취미와 인생』, 문예창작사, 1978, 96면.
17 김동리, 「발문」, 『화랑외사』(김범부), 이문사, 1981, 180면.
18 이에 대해서는 필자의 「김동리 문학사상의 연원으로서의 화랑」(『어문학』 77, 한국어문학회, 2002.9)을 참조.
19 『삼국사기』, 권 제4(신라본기 4), 진흥왕 37년.

며, 산수를 노닐며 멀어도 이르지 않은 데가 없다'는 것이다. 한편, 최치원은 「난랑비서」에 아래와 같이 적었다.

> 國有玄妙之道 日風流 設敎之源 備詳仙史 實乃包含三敎 接化羣生 且如入則孝於家 出則忠於國 魯司寇之旨也 處無爲之事 行不言之敎 周柱史之宗也 諸惡莫作 諸善奉行 竺乾太子之化也[20]

최치원은 화랑의 도를 '풍류'라고 하였다. 그것은 위의 구절 '相悅以歌樂, 遊娛山水'를 잘 설명해주고 있다. 그는 화랑의 사상이 삼교, 즉 공자의 유교와 석가의 불교, 그리고 노자의 선교(=도교)를 포함하였음을 분명히 했다. 어쩌면 그것은 화랑의 사상과 행동 양식을 3교의 교리를 통해서 설명한 것이라 할 수 있다. '충효'의 유교, '무위'와 '불언지교'의 도교, '제반 악은 멀리하고 제반 선을 행하는' 불교가 그것이다. 최치원이 낭가사상을 유불선으로 설명한 것은 조금 모호한 바가 없지 않다. 그러나 달리 그것은 낭가사상을 하나의 사상으로는 규정하기 어려움을 말해준다. 낭가사상은 이후 많은 사람들에 의해 언급되었지만, 최치원의 논의 수준을 벗어나지 못하고 있다. 어떤 이는 도의를 강조하기도 하고, 어떤 이는 풍류사상으로 설명하기도 하고, 또 어떤 이는 샤머니즘과 결부시켜 설명하기도 한다.

> 화랑과 그 낭도들은 명산대천에서 신명과 만나고 신명에 접하고 신명과 통했던 것이다. 어느 나라 어느 시대에나 결사대 특공대는 대

20 『삼국사기』, 권 제4(신라본기 4), 진흥왕 37년.

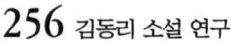

개 소년무사들이다. 그때라고 해서 싸움마당의 결사대 특공대로 나갈 소년무사가 신라에만 있었을 리 없다. 그들이 다른 특공대 소년무사들과 달리 특히 무용에 뛰어나고 죽음을 두려워하지 않았다면 그것은 그들의 넋 속에 신(神)이 들어 있었기 때문이다. 신이 들어 있었고 신에 통해 있었기 때문에 죽음의 마당에서도 신이 났던 것이다. 그것이 바로 명산대천에서 접했던 무신(巫神)의 신(神)이었던 것이다.[21]

김동리는 낭가사상을 신명 또는 신령주의와 결부시킨다. 김동리가 화랑에 대해 깊은 관심을 가진 것은 지역적인 특성과 백형 범부의 영향이 크다. 김동리의 사상적 토대는 신라정신, 좁게 말하면 낭가사상에 닿아 있다. 그것은 유불선이라는 동양사상의 복합체로서 의미를 지니고 있으며, 점필재나 범부 또한 관심을 기울였던 것이다. 김동리는 화랑들의 정신이나 사상을 위로는 단군왕검까지 연결되는 샤머니즘으로 파악했는데, 이는 이전의 이능화나 범부의 논의와 같은 맥락이다.[22] 그는 우리 사상의 또 다른 축으로 화랑들의 '遊娛山水, 無遠不至'를 토대로 신명 또는 신령주의를 내세운 것이다. 그것은 단순히 샤머니즘으로 설명하기 어려운 점이 있다. 왜냐하면 그것은 유불선 복합으로서의 사상적 의미를 지니기 때문이다. 화랑들의 신명, 또는 신령주의는 신라에서 마감된 것이 아니라 그 지역에 잔존해오다가 김동리가 살았던 시대에는 또 다른 형태인 동학으로서 자리하게 된다.

21 김동리, 『밥과 사랑과 그리고 영원』, 332면.
22 이능화, 이재곤 역, 『조선무속고』, 동문선, 1991. 신채호 또한 화랑은 고구려의 '선배' 제도를 닮아온 것이며, 그 기원이 단군까지 소급된다고 하였다.(『단재 신채호 전집(상)』, 형설출판사, 1977, 227, 372면)

2) 동학사상의 발현-시천주 또는 신령주의

경주는 동학의 발상지이다. 동학은 수운 최제우에 의해 창건되었다. 최제우는 경주 최씨의 시조인 고운 최치원의 후예(28세손)이다. 그의 집안은 대대로 이름난 유자들이 나왔고, 도학적 전통이 서려 있는 유교 가문이었다.[23] 그의 아버지 근암(近菴) 최옥(崔鋈)은 성리학에 밝았을 뿐 아니라 음양, 역리, 역수(易數)에 조예가 깊었던 인물이다. 근암은 스스로 퇴계파임을 자처하였으며, 성리학, 즉 태극론 이기설 심성론 성경론 등에 높은 식견을 가지고 있었다. 수운은 고운과 근암으로부터 많은 영향을 받는다.[24] 그는 어릴 때부터 유교경전을 배워 유학에 뛰어났다. 그는 나이 마흔에 서학(천주학)에 맞서 유불선 삼교를 근원으로 하는 동학을 천명했다.

동학의 사상을 흔히 '인내천'이니, '시천주' 사상이라고 말한다. 수운은 동학을 "유불선 합일이니라, 즉 천도는 유불선이 아니로되 유불선은 천도의 한 부분이니라, 유의 윤리와 불의 각성과 선의 養氣는 사람性의 자연한 品賦이며, 천도의 고유한 부분이니, 吾道는 그 무극대원을 잡은 자"[25]라고 했다. 즉 동학은 천도의 일부인 유불선 사상을 합일한 사상이라는 것이다. 그러나 유·불·선 삼교의 장점뿐만 아니라 "그 교리 속에는 천주교에서 취한 것도 있으며, 또 민간의 무격신앙에서 받아들인 것"[26]도 있다.

범부는 수운이 "불교에 대한 조예가 그리 깊을 리 없고, 선도에

23 이돈화, 『천도교창건사』, 천도교중앙종리원, 1933, 1면.
24 조용일, 「고운에서 수운의 사상적 계보」, 『한국사상』 9, 한국사상연구회, 1968.
조용일, 「근암에서 찾아본 수운의 사상적 계보」, 『한국사상』 12, 한국사상연구회, 1974.
25 이돈화, 『천도교창건사』, 47면.
26 이기백, 『한국사신론』, 일조각, 1983, 309면.

대해서나 한토의 단학에 대해서도 많은 공부를 한 흔적이 보이지 않는다. 수운의 교양과 학식은 오직 유학, 그중에서도 송학의 경리에 대해서 대강 해득한 모양"[27]이라고 언급했다. 이는 수운의 동학이 불교나 도교보다 주자학에 밀접하다는 것을 말해주는 것이다. 수운의 사상은 『동경대전』에 잘 나타난다. 그의 사상은 "至氣今至願爲大降 侍天主造化定 永世不忘萬事知"이라는 주문 속에 들어 있다.

> 말하자면 우주의 속(內, 즉 공간적이 아닌 것)은 곧 神靈이요, 우주의 겉(外, 즉 공간적이며 또 시간성도 가진 것)은 곧 氣化란 것이니, 신령은 곧 천주의 主性으로서 우주의 속이 되는 것이요, 氣化는 곧 조화로서 造化之跡을 표현하고 보니 우주의 겉이 되는 것이다. 天地氣象은 밖으로 보이는 造化之跡 즉 氣化란 말이다. 그러고보니 신령은 겉으로 보이는 氣化의 본체가 되는 우주 속이요, 氣化는 속에 든 신령의 大用이 되는 우주의 겉이란 것이다. 그런데 수운의 견해는 원체 天人一氣의 원리를 확신함으로서 우주와 인간을 따로 보지 않는다. 사람도 역시 그 속은 신령이요, 그 겉은 氣化란 것이다. 아니 수운은 오히려 이 확신을 近取諸身에서 먼저 출발한 것이 틀림없다. 왜냐하면 수운이 이것을 外物에 대한 관찰로써 수확한 지식이 아니고 내성적 체험으로써 悟得한 경계이기 때문에 '一卽一切一切卽一'의 묘리를 확신하게 된 것이다.[28]

범부는 '侍天主' 사상에서 '시'를 '內有神靈, 外有氣化'라는 '천인일기'의 조화로운 우주관으로, '천주'를 '무위자연의 묘덕'으로 설

27 김정설, 『풍류정신』, 정음사, 1987, 91면.
28 같은 책, 97~98면.

명했다. 그리고 그는 이것이 우주관이자 인생관인 동시에 수행관의 원칙이라고 하였다. 그는 '신도(神道)'가 우리 문화의 근원이며, 풍류도 이래 천 년 만에 수운에 의해 재생되었음을 강조했다. 동학은 최치원이 '유불선 삼교를 포함'한다는 신라의 낭가사상과 같은 맥락을 갖고 있다. 신라 서라벌의 낭가사상이 동학의 발생에 영향을 주었음을 보여주는 대목이다.

> 國風으로서 神道가 我邦文化의 근원인 것은 더 費言할 필요가 없고, 신라 건국 초기에 시조 혁거세의 神德으로서 奉戴王國이 우리 東土에 최초로 성립되었다. 그래서 이 神道尊尙의 風韻이 세월에 따라 성장하고 세련되어서 마침내 風流道가 출현하면서 문화면으로 정치면으로 신라의 번영을 가져왔던 것이다. 그러다가 이 정신이 세운을 쫓아 점점 쇠미하던 나머지 말경에는 겨우 '하느님'이란 어휘와 함께 散落한 신앙과 또 굿이니 禱神이니 別神이니 하는 野巫輩의 糊口小技로 잔존했던 것이다. 그런데 수운 최제우가 세상에 와서 '하느님'의 진상을 증언하고 '내림'(강령)의 위력을 새로이 천명하고 보니 인제는 과연 道喪千載에 분명히 神道는 재생한 것이다. 이것은 정말 역사의 기적적 약동이며, 이 역사적 대사건의 주인공인 최제우는 실로 기적적 존재, 불세출의 천재로다. 그리고 그 교설에 동방의 자연사상과 유교의 諸德精神과 또 현묘한 仙道의 氣味가 혼연 융합된 것은 역시 그럴 수 있는 일이요, 그것은 오히려 자연스러운 것이다.[29]

범부는 동학이 기독교와 유교, 도교 등의 사상이 혼연 융합된 것

29 같은 책, 103면.

으로 인식했다. 그는 수운의 사상을 강령과 계시로 나누어, 후자는 기독교 교설에 자극받았다고 했다. 그러나 강령이란 법문이 무속에서 유래되었으며, "무릇 무속은 샤마니즘계의 信仰流俗으로서 신라의 風流徒의 중심사상이 바로 이것이고, 또 이 風流徒의 연원인 단군의 神道說敎도 다름 아닌 이것"[30]이라 하여, 동학이 지닌 역사적 의미를 분명히 하고 있다. 즉 동학은 무엇보다 재래사상인 단군의 신도설교－화랑의 풍류도－최제우의 동학사상으로 전개되었다는 것이다.

김동리도 동학사상에 주목을 한다. 그것은 그의 출생 반세기 전에 경주에서 형성된 사상이었고, 또한 같은 문화적 사상적 맥락으로 인해 그에게 보다 익숙한 사상이었기 때문이다. 그리고 그가 그렇게 한 데에는 그의 사상적 스승인 범부의 영향도 크게 작용했을 것으로 보인다.

> 천도교(天道敎)에서는 '도(道)'의 근원인 '천(天)'을 가리켜 '만물의 정기'라 한다. 이 경우 '천'은 하늘이자 곧 하느님이요, 또한 신(神明)이란 뜻이다. 그러니까 천, 신, 신령님은 자연의 정기란 뜻이다. 교조(敎祖) 최제우(崔濟愚)나 최해월(崔海月) 신사(神師)나 다 같이 한국 고유의 무교(巫敎)에 바탕을 두고 있었기 때문에 이분들이 한문 글자로는 천(天)이라 표현했지만 내용에 있어서는 신령님이나 같은 뜻으로 통해 있다. 그러므로 샤머니즘의 신령님은 곧 자연의 정기란 뜻이다.[31]
>
> 이것을 나는 최제우(崔濟遇)의 〈사람이 하늘이다〉하는 〈인내천(人

30 같은 책, 89면.
31 김동리, 『꽃과 소녀와 달과』, 제삼기획, 1994, 162면.

> 乃天)〉 사상에서 찾아볼 수 있다고 생각한다. 하늘(天)에 대한 사상은 한족에게 있어서도 고대로부터 모든 사상, 모든 정신의 근원같이 되어 왔지만, 최제우의 〈시천주 조화정(侍天主 造化定)〉이 말하는 〈인내천〉사상은 이와 판이한 것이다. 상고시대의 한족이나 유교의 한족이 말하는 경천, 제천, 천명 따위 정신은 천도(天道)라는 일어(一語)에 포함된다고 하겠지만 천명이라고 하든지 천도라고 하든지, 이 경우의 〈천(天)〉은 만물의 본체, 또는 주재자(主宰者)를 의미하는 것이다.[32]

김동리는 최제우가 추구한 천도교의 '천'이 '하늘(님)'이자 '신명'이라고 했다. 수운의 사상이 무교에 바탕을 두었다는 것은 "본디부터 무교(巫敎)란 것이 강령술(降靈術)을 곁들인 신령주의(神靈主義)"[33]이기 때문이다. 그러므로 천도교의 하느님은 신령님과 같은 존재라는 것이다. 신령주의는 단군 이래로부터 우리 민족이, 특히 신라의 화랑들이 추구하던 것이다. 그 역시 화랑의 낭가사상이 수운의 동학사상으로 이어져 내려오고 있음을 보여준 것이다. 그는 동학의 시천주 사상에서 '천'의 개념을 만물의 본체, 주재자와 관련된 것으로 유교나 한족이 말하는 '천'의 개념과는 다른 독특한 개념으로 보았다. 김동리는 수운이 주창한 동학사상을 상당히 높이 평가하였고, 또한 자신의 사상으로 수용하였다. 그리고 동학에서 인간지상주의, 또는 인간절대주의를 발견하고, 수운의 천인일여설을 "한국적 정신의 현대적 계승이라는 과제로써"[34] 제의하기도 한다. 이처럼 김동리의 사상은 낭가사상에서 동학사상으로 이

32 김동리, 『명상의 늪가에서』, 14면.
33 김동리, 『생각이 흐르는 강물』, 305면.
34 김동리, 『명상의 늪가에서』, 16면.

어지는 지역의 사상적 맥락 위에 놓여 있다. 김동리가 내세운 신인간주의 또는 제3휴머니즘론도 이러한 사상과 밀접한 관련을 지니고 있다.

4. 마무리

이제까지 김동리 사상을 계보적 차원에서 논의하였다. 그것은 가문이라는 하나의 축과 지역이라는 또 하나의 축으로 수렴된다. 이러한 사상의 두 축을 매개하고 연결하는 지점에 그의 백형 범부가 놓여 있다. 그는 김동리가 주자학적 세계에 다가가고, 화랑과 동학을 통해 신명 또는 신령주의로 나아가는 데 결정적인 역할을 하였다. 김동리는 범부 때문에 문학을 하게 되었다고 하였는데, 그에게 범부는 사상적 정신적 스승 같은 존재이다.

김동리에게 주자학적 연원은 설총에서 안향과 연결되는 한국 유학의 연원과 안향에서 정몽주를 거쳐 김숙자로 연결되는 동국 도학의 연원과 결부되어 있고, 좁게는 점필재에서 범부에게로 이어지는, 그리고 김동범에서 김임수로 이어지는 가문적 계보를 갖고 있다. 또한, 김동리의 신령주의는 화랑의 낭가사상에서 수운의 동학사상으로, 범부의 풍류정신으로 이어지는 계보를 갖고 있다. 김동리는 점필재라는 영남 사림의 학맥과 사대부적 전통을 잇고 있고, 또한 신라정신이라고 할 유불선의 낭가사상과 외세 저항의 이데올로기인 동학사상의 전통을 이어받고 있다. 거기에는 주자학이라는 저류가 흐르고 있고, 또한 낭가사상, 동학사상과 같은 유교, 불교와 도교(또는 선교)의 지역 사상이 포함되어 있다.

김동리는 「신과 나와 종교」라는 글에서 자신의 사상을 '유교, 기독교, 불교, 도교'로 설명하고 있다. 여기에서 그가 특별히 강조하는 것은 유불선 삼교이다. 그는 최제우처럼 외래종교에 대해서는 부정적인 태도를 갖고 배척하려 하였다. 최제우가 천주교를 멀리한 것처럼, 김동리는 기독교를 멀리한 것이다.[35] 그는 주자학적 토대에서 전통적인 유불선의 사상을 습합시킨 사상을 갖고 있다. 그것은 점필재와 범부의 사상과도 멀지 않고, 또한 화랑이나 동학사상과도 가까운 것이다. 그는 이러한 것들을 바탕으로 리듬의 철학과 신인간주의를 제창하였다. 그의 문학론이나 문학은 이러한 사상적 계보 속에서 분명히 인식될 필요가 있다. 이제 김동리의 작품에 나타난 사상, 점필재·범부·동리 사이에 문학사상의 변이 양상, 최제우와 김동리의 관련양상 등 그의 사상과 관련해 더욱 광범위하고도 세밀한 연구가 필요하다. 이러한 사상적인 논의가 수행됨으로써 김동리의 문학 세계는 보다 선명히 드러날 것이다.

35 그는 심지어 「나는 왜 크리스찬이 아닌가」(『밥과 사랑과 그리고 영원』, 29~33면)라는 글에서 자신의 입장을 설파하고 나섰다. 기독교를 그려낸 그의 작품도 그 세계는 오히려 샤머니즘적인 신령주의에 닿아 있다.

김동리 문학사상의 연원으로서의 화랑

1. 실마리를 찾아서

김동리의 첫 등단작은 「花郎의 後裔」이다. 이 작품의 연재 시 작가 소개는 특이하다. 그것은 "原籍 慶州郡 慶州邑 城乾里 現住 慶州邑 本町 金昌王方 大正二年十一月二十四日生 金始鍾(本名 金昌貴) 學歷別無, 多年間 東洋學의 研究와 放浪生活"로 되어 있다. 여기에서 주목을 끄는 것은 '다년간 동양학의 연구'라는 부분이다. 이것은 한편으로 그가 존경해 마지않았던 김범부를 쉽게 연상시킨다. 그는 백씨를 '동양철학가'로 내세울 뿐만 아니라 세상에 둘도 없는 스승으로 여겼다.[1] 그는 김범부의 영향을 지대하게 받았고, 그로 인해 위

1 김동리는 "내가 국민학교 6학년 때부터 글을 쓰고, 중학교에 가면서부터 문학책과 철학책을 읽기 시작했던 것도 큰형(범부 : 인용자 주)의 이 말 한마디("창봉이도 철학하겠띠이") 때문이었다고 믿는다"(김동리, 『사랑의 샘은 곳마다 솟고』, 신원문화사, 1988, 80면)라고 말하였다. 그리고 "열여덟 살 때 학교를 쉬고 백씨가 계시는 부산으로 내려갔다. 거기에는 많은 철학서적이 쌓여져 있었다. 나는 형님(범부 : 인용자 주)의 서재에서 온갖 철학서적을 마음대로 읽었다"(김동리, 『운명과 사귄다』, 휘문출판사, 1971, 132면)라

와 같이 내세운 것으로 보인다. 그렇다면 그러한 학문적 토대와 그의 문학은 어떤 관련이 있는가? 우리는 이 질문을 밝히기 위해 그의 초기 작품을 찾아보기로 한다.

(가)「아 이런 내 조상이 대체 신라(新羅)쩍 화랑(花郎)이구려!」

하고 감개해서 못 견듸는 모양이다. 어떠케 알엇느냐고 물은즉 근일에 여러 가지 서적을 참고하든 중 우연히 발견하게 되엿다고 한다.[2]

(나) 모화는 주막에서 술을 먹다 말고 화랑이들과 연꽃을 만들다 말고, 미친 것처럼 이러나 다러나고 했다.[3]

모화가 낭이 아버지를 보기 전 옛날 그가 좋아하던 어느 화랑이의 아들이었다.[4]

(가)는「화랑의 후예」에 나온 구절이다. 작품 제목이「화랑의 후예」인 까닭도 이 구절에 있다. 조선의 심벌인 사주와 관상을 보는 황진사는 스스로 화랑의 후예로 자처하는 인물이기 때문이다. 그리고 (나)는 그의 초기 대표작「무녀도」의 일부이다. 모화가 화랑이들과 연꽃을 만든다던가, 또는 영술이가 모화와 화랑이 사이에서 태어난 아이였다는 대목에서 '화랑이'가 등장한다. 우리는 이들 작품에서 '화랑'과 '화랑이'를 만나게 된다. '신라적 화랑'과 오늘날의 '화랑이'가 그것이다. 그러면 이들 작품과 '동양학'은 어떤 관련이

고 고백하고 있다. 당시 범부의 집에는 유교, 불교, 서양철학 등 많은 서적이 있었던 것으로 보인다. 이때(18세 때)가 1930년이고, 5년 후인 1935년에 신춘문예에 당선되었으니 '다년간 동양철학을 연구'하였다는 것을 이해할 수 있다.

2 김동리,「화랑의 후예」,『조선중앙일보』, 1935.1.10.

3 김동리,「무녀도」,『중앙』, 1936.5, 124면.

4 같은 책, 125면.

있단 말인가? 그것을 위해 김동리의 다른 글을 더 찾아보기로 한다.

> 우리나라 고전으로서 내가 가장 애독하는 책은 《삼국사기(三國史記)》와 《삼국유사(三國遺事)》다. 이것은 내가 역사학(歷史學)이나 우리나라 고대사(古代史)를 연구하기 위해서라기보다도 나의 초기 작품인 《무녀도(巫女圖)》와 《화랑의 후예》에서 이미 시작하여 지금까지 계속되고 있는 나의 문학공부의 한 부분인 것이다. 나는 이 두 고전을 통하여 불교(佛敎)와 유교(儒敎)가 들어오기 이전의 우리나라 고유(固有)의 신(神)과 인간(人間)의 관계를 살펴보기 위해서일 것이다.[5]

비록 나중에 쓰이긴 했지만, 위 구절에는 중요한 사실이 숨겨져 있다. 먼저 『삼국유사』, 『삼국사기』가 그의 문학 공부에 중요한 역할을 했다는 사실이요, 그것은 동양학 연구와도 관련된다는 사실이다. 그리고 우리는 여기에서 전혀 관련 없어 보이기도 하는 「무녀도」와 「화랑의 후예」가 '고유의 신과 인간의 관계'라는 점에서 상호관련성이 있다는 김동리의 주장을 만나게 된다. '육효를 뽑고' 사주와 관상을 보는 화랑의 후예 황진사와 화랑이와 더불어 굿을 벌이는 모화는 그가 보기에는 서로 다를 바 없는 존재이다. 그것은 『삼국사기』와 『삼국유사』 등의 역사서를 통해 나온 그의 사상이다. 그렇다면 이들 작품에 들어 있는 사상의 실체는 무엇이며, 그것의 연원은 무엇이란 말인가? 그는 이들 작품을 통해 어떻게 '고유의 신과 인간의 관계'를 드러냈단 말인가? 그것은 단순히 사주와 관

5 김동리, 『명상의 늪가에서』, 행림출판사, 1980, 290면.

상, 굿과 같은 외피적 모습만을 말하는 것일까, 어쩌면 그것은 이들 작품에 들어 있는 '화랑', 또는 '화랑이'라는 말 속에 은연중 숨어 있는 것은 아닐까. 이들 작품이 공유하고 있는 '화랑', 또는 '화랑이'의 추적을 통해 문제의 실마리를 풀어 가기로 한다.

2. 두 개의 '화랑세기'

신라사는 화랑사라 할만치 화랑의 역할은 매우 중요했다. 그래서 그들의 활동이나 업적을 전하려는 노력은 예로부터 있었다. 신라 시대 김대문은 『화랑세기』를 저술하여 화랑들의 역사를 전하였다. 그런데 안타깝게도 『화랑세기』는 고려 시대 김부식이 『삼국사기』를 쓰던 무렵에도 있었는데[6] 그 후 종적을 알 수 없게 되었다.[7] 범부 김정설은 『화랑세기』의 기록이 전하지 않는 것을 애석하게 여겨 화랑들의 역사를 남기려고 했다.

> 일찍 김대문의 화랑세기가 있었다고 삼국사기에 明記한 바 있거니와 花郎의 史傳이 반드시 金氏의 世記만이 아닐 것도 짐작할 수 있건만 이제 와서는 어느 것이고 볼 수 없는 터이며, 다만 삼국사기 삼국유사 등의 문헌을 통해서 영락한 기록을 수습하는 것뿐이다. 그래서 몇 번이나 화랑세기를 부지럽시 염송하다가 역시 별도리 없이 今日

6 "金大問 本新羅貴門子弟, 聖德王三年爲漢山州都 作傳記若干券, 其高僧傳·花郎世記·樂本·漢山記猶存" 三國史記 卷 第四十六 列傳 第六.

7 1980년대 들어 필사본 『화랑세기』가 발견되어 학계에서 논란이 되고 있는데, 이 저술의 진위가 아직 불확실한 상태이다. 이에 대해서는 이종욱 역주 『화랑세기』(소나무, 1999) 참조.

> 에 있어서 화랑정신 화랑생활의 활광경을 描出하려면 역시 설화의 양식을 선택해야겠고 이러한 양식을 선택하는 이상은 얼마만한 윤색과 演義가 필요한 것이라 그러고 본즉 저절로 外史의 범위에 속하게 되는 것이다. 그러나 外史라 해서 황당무계한 것은 自初로 경계할 바이오 外史의 의의는 오히려 正史 이상으로 活光景을 寫傳하는 데 있는 것이다.[8]

김범부는 화랑에 대한 정사적 기록인 『화랑세기』에 비견될 『화랑외사』를 기술하였다. 그것을 위해 참조한 책이 『삼국유사』, 『삼국사기』 등에 남겨진 화랑들의 족적과 편린이다. 김범부는 그것들을 근거로 하여 화랑의 활동이나 업적을 그려낸다. 그것은 무엇보다 사라져버린 『화랑세기』에 대한 복원의 의미를 강하게 내포하고 있다. 그 역시 신라 화랑의 후손이었고, 사라져 가는 화랑들에 대한 기록을 남기는 것이 그에게 일종의 소명처럼 인식된 것으로 보인다. 그것은 일제 치하에서 광복과 전쟁을 거쳐온 그에게 민족정신의 정수로서, 그리고 우리 현대인의 정신적 좌표로서 화랑의 정신을 전파할 나름의 신념을 지녔던 때문으로 보인다.

김동리가 가장 많은 영향을 받았던 이로 백씨 김범부를 내세울 수 있다. 김동리가 화랑에 대해서 알게 된 것은 『삼국유사』, 『삼국사기』의 영향도 크겠지만, 그의 백씨의 영향도 무시할 수 없다. 그래서 그는 "특히 내가 인생에 대해서 得力하게 된 것은 내 伯氏의 화랑담에서이다. 伯氏는 酒席에서나 좌담 중에서 단편적이나마 화랑의 이야기를 자주 하셨는데 그때마다 나는 남다른 감격을 받았

8 김범부, 「서」, 『화랑외사』, 해군정훈감실, 1954. 이하 이 책의 인용은 인용 구절 뒤 괄호 속에 『화랑외사』 및 면수만 기입.

었다. 그것은 내 핏줄 속에 화랑이 숨 쉬고 있는 듯한 착각을 일으키게 하는 내 伯氏의 신념的인 화술 때문이었는지도 모른다"고 고백하기도 했다.[9]

> 『글세, 화랑세기라고 되어 있는데, 그 유래를 적은 걸 보니, 신라 말엽에 고짜(孤字) 운짜(雲字) ― 고운(孤雲)을 가르킴 ― 선생의 필적으로 된 사본이 있었는데 이것이 고려조를 거쳐 한양조 초엽까지 내려오는 동안 여러 사람의 전사(轉寫)가 거듭되는 바람에 여러 군데 탈락되었던가 봐. 내가 본 것은 그 가운데서도 타다 남은 몇 장인데, 거기 이런 말이 있어. 「고조사지(古照寺址)는 본디 옛날 절이 서기 전에, 아도(阿刀)라는 사람의 강신도장(降神道場)이었다. 서출지(書出地) 서북쪽 금오산 기슭에 있다」고』[10]

> 첫째 권은 먹(모필)으로 쓴 것이 되어 글자가 커서 그런지 그런대로 알아보기 쉬운 편이었으나, 둘째 권부터 다섯째 권까지는 잉크(철필)와 연필로 씌어졌기 때문에 오랜 동안의 누기(습기)에 글자가 뭉개진 것이 여간 많지 않았다 …(중략)… 내가 다음에 소개하려는 이야기는 물론 석촌 선생의 노우트를 그대로 옮긴 것은 아니지만, 줄거리와 역사적인 지식에 있어 크게 힘이 되지 않을 수 없다. 어떻게 보면 석촌 선생이 만들어 놓은 이야기 줄거리를 내가 소설로 바꾸어 놓았다고 해도 될 것이다.[11]

9 김범부, 『화랑외사』, 이문사, 1981, 180면.
10 김동리, 「아도」, 『지성』, 1971.12, 221면.
11 같은 책, 222~223면.

김동리 역시 『화랑세기』를 재현해내려고 하였다. 「阿刀」에서 김동리는 김대문의 『화랑세기』를 베낀 최고운의 필사본이 전사되어 왔는데, 그 일부를 석촌 선생이 기록하여 두었고, 그것을 바탕으로 소설적으로 형상화하였음을 밝히고 있다. 그러므로 「아도」는 '소설 화랑세기'라 할 만하다. 그것은 '가짜 책에 대한 글쓰기'로서 자료의 부재를 허구적 상상력을 통해 극복하려는 작가의식의 소산이다. 또한, 그는 『김동리 역사소설－신라편』에서도 화랑들의 이야기를 쓰고 있다. 이 밖에도 김동리의 화랑 이야기로는 「劍君」이 있고, 또한 화랑들의 생활을 바탕으로 삼국 시대를 총체적으로 그린 장편 「삼국기」와 「대왕암」이 있다. 김범부나 김동리가 왜 굳이 『화랑세기』에 이처럼 연연해 하는가? 그들이 인식하는 화랑정신의 실체는 무엇이란 말인가. 그리고 그들이 화랑 이야기를 통해서 내세우고자 하는 것은 과연 무엇인가?

3. 『화랑외사』와 『역사소설』의 거리

『화랑외사』는 10명의 화랑 이야기이다. 사다함, 김유신, 비령자, 취도 형제, 김흠운, 소나 부자, 해론 부자, 필부, 물계자, 백결 선생 등으로 그 내용이 이뤄졌다. 이를 다시 출전으로 보면, 사다함, 김유신, 비령자, 취도 형제, 김흠운, 소나 부자, 해론 부자, 필부, 백결 선생 등이 『삼국사기』이고, 물계자는 『삼국유사』이다. 물계자를 제외한 나머지 9명은 『삼국사기』의 열전을 토대로 한 것이다. 그것은 달리 말하면 사실의 기록에 치중하고 있다는 말이 된다.

김범부가 『화랑외사』에서 가장 길게 서술한 작품이 「김유신」이다. 그것은 한편으론 김부식, 일연처럼 삼국사에서 김유신의 중요성을 인정하는 것이기도 하지만, 또 다른 한편으로 다른 사람에 비해 김유신의 자료가 비교적 풍부하여 재구하기가 손쉬운 까닭이기도 할 것이다. 다음으로 긴 것이 백결 선생, 물계자, 소나 부자, 사다함, 취도 형제 순이다. 그리고 그 나머지 비령자, 김흠운, 해론 부자, 필부 등 4편은 간단한 기록에 불과하다. 이들 가운데에서 김범부의 사상을 잘 보여주는 두 편을 발견할 수 있다. 그것은 바로 「물계자」와 「백결 선생」이다. 김범부는 서문에서 "현묘한 풍류도의 연원을 묵상하든 남어지 물계자 백결 선생을 발견한 것이니 진실로 花郎外史를 詳讀하는 분은 물계자 백결 선생으로부터 그 讀次를 취하면 거기에는 暗然히 일맥 관통의 묘리를 짐작하게 될 것"이라고 말하고 있다. 그의 말을 굳이 신뢰하지 않더라도 『화랑외사』의 전체 내용을 보면, 다른 인물들에 비해 물계자와 백결 선생이 유독 강조되고 있는 모습을 발견할 수 있다. 『삼국사기』나 『삼국유사』에 언급된 그들에 대한 내용이 짧고 불확실한데도 불구하고 그들의 이야기에 많은 분량이 주어져 있다. 열 편 가운데 이 두 편은 형상화의 측면에서 그래도 소설로 치부될 수 있을 것이다.

> 이러구려 세월이 흘러가는 동안에 저절로 물계자를 중심으로 한 한 개의 風氣가 생겼다. 그 풍기란 물계자 문인(門人)치고는 빽빽하거나, 어색하거나, 설멋지거나, 까불거나, 넘치거나, 고리거나, 비리거나, 얄밉거나, 젠체하거나, 따분하거나, 악착한 사람은 아주 없는 것이었다. 누구나 척 대하기만 하면 물계자 문인(門人)인 줄 알 만큼 한 개의 뚜렷한 풍기가 생겼으므로 세상 사람들은 물계자 문인들을 모두 멋(風流)쟁이라고 말하게 되었다. 아닌 게 아니라 문인들 자신도

모두 멋쟁이로 자처(自處)하고 그것을 당연히 받을 휘호(徽號)라고 생각했다. 그리고 물계자도 이 말을 듣고는

『세상 사람들이 아주 모르기만 한 것은 아니야, 흥 멋쟁이? 글세 딴 말이 있을 수도 없지, 그러나 세상 사람들이 멋(風流)이란 과연 그 무엇인지 알기나 하고 하는 말인지?…… 흥 멋(風流) 하늘과 사람 사이에 서로 통하는 것이 멋이야, 하늘에 통하지 아니한 멋은 있을 수 없어, 만일 있다면 그야말로 설멋(틀린 멋)이란 게야, 제가 멋이나 있는 체할 때 벌써 하늘과 통하는 길이 막히는 법이거든.』(『화랑외사』, 143~144면)

또한 물계자는 가다가 집안에서 할 일 없어 어중간할 때면, 거문고를 끼고 흰 구름이 감도는 제일 높은 산봉우리 반석 위로 올라가서 하루 해를 보냈다. 부인이 집안에서 들으면 구름 위에서 물계자가 타는 검은고 소리가 내려오는데 하늬바람을 쫓아 그 거문고 소리는 온 사치산 골을 울리는 것이었다.

물계자의 부인은 평생을 두고 같이 지낸 자기 남편이언만 자기 남편이란 생각보다 오히려 사람하고는 다른 하늘 위의 신선(神仙)이 내려온 듯한 느낌이 갈수록 깊어졌다.(『화랑외사』, 164~165면)

김범부는 물계자를 '풍기'가 있는 사람, 풍류쟁이로 묘사했다. 그는 풍류를 하늘과 사람을 통하는 멋으로 본다. 물계자는 풍류쟁이이지만, 내해왕 17년 여덟 나라가 세력을 모아 신라를 침공했을 때 분연히 일어나 공을 세운다. 그러나 그 首功이 다른 사람에게 가는데도 개의치 않는 참다운 풍모를 보여준다. 그는 "우리는 신라의 사나이요 그 중에도 세상 사람들 말과 같이 우리 멋쟁이들은 제 빛

갈, 제 멋으로 사는 속이며 그저 승전을 했으니 검님(神靈)이 고마울 뿐, 더욱 더욱 수련을 쌓아 또다시 나라를 위해 우리의 멋을 풀어보고 싶은 생각뿐”(『화랑외사』, 149면)이라고 말하기도 한다. 승전은 신령께 고마운 일이고, 우리는 수련을 쌓아 멋을 푸는 것이 마땅한 일이라는 것이다. 세속에 연연하지 않는 멋쟁이로서의 삶이 그의 삶의 지표인 것이다. 그것은 세속적인 인간이기보다는 신선과 같은 사람이다. 김범부는 물계자를 사치산 골에 거문고 소리를 울리는 그런 풍류꾼으로 묘사하고 있다.

> 『오냐, 우리 천관이가 천관이지, 그럴 줄 몰랐던 것도 아니야, 그런데 저…… 수많은 폐병(癈兵)들이 그래도 다 풍류 가락을 하는 사나이들이야. 그리고 한갖 재주들은 다 가졌어, 거문고 타는 사람, 가야고(伽倻琴) 타는 사람, 퉁소·산소·피리·젓대, 갖은 춤, 갖은 노래, 그중에 다 한갖 재주들은 가졌어. 그러니 말이야, 이 사람들을 한데 뭉쳐서 풍류놀이를 꾸몄으면 첫째로 굶고 벗기지는 않겠고, 그 다음은 다 회포 있는 사나이들이라 저희들 신가락도 좀 풀고 좋을 터인데… …』(『화랑외사』, 186면)
>
> 그래서 이 목고지를 풍류객(風流客) 목고지라고 일렀다. 이것이 후세에는 두고두고 낡아져서 『풍각쟁이 풍각쟁이』하게 된 것이고, 또 낡아진 그 풍각쟁이는 과연 그날, 그때 목고지의 풍류객이 아니라 풍각쟁이밖에는 아무 것도 아니었다. 그 뒤에 이 폐병들이 개인으로나 단체로나 흔히 많은 사람이 모이는 자리에서 연예들을 하고 관중의 보시(布施)를 받았었는데 그때로는 강요(强要)한 일도 없었고, 또 그냥 보는 법도 없었던 것이나, 뒤로는 역시 모든 범절이 낡아져서 옛

날 풍도와는 너무 거리가 멀게 되었다.(『화랑외사』, 188면)

그뿐만 아니라 백결 선생도 풍류놀이를 아는 풍각쟁이다. '풍기', '풍도', '풍류'는 모두 풍류정신을 의미한다. 이를 통해 화랑에게서 풍류도를 제일로 하는 김범부의 의식을 읽을 수 있다.

그 뒤 사람들의 이야기를 들으면, 선생은 그날 그 자리에 앉은 채 거문고를 타면서 인해 깊이 쉬어 버렸다. 하기도 하고, 그런 것이 아니라 그날은 아무 일 없이 집까지 돌아와서 얼마를 지낸 뒤에 아주 편안하게 잠이 들어 버렸다는 말도 있는가 하면, 또 혹은 물계자와 백결 선생 두 사제(師弟)분이 아직도 천하(天下)의 명산승지(名山勝地)로 돌아다니면서 검은고로써 서로 주고받으면서 즐긴다는 말도 있고 해서, 어느 것이 정말인지 알 수 없으나 어쨌든 외사자(外史子)는 사치산 순배 이후의 기록까지는 상고하지 못했다.(『화랑외사』, 222~223면)

김범부가 다른 화랑들에 비해 이들 두 사람을 강조하여 내세운 것은 바로 자신이 추구하는 풍류정신에 이들이 보다 적합한 인물이었기 때문일 것이다. 이들은 남아 있는 기록이 없어 기술하기 어려운데도 불구하고 김범부는 자신의 상상력을 보태어 기술하였다. 김동리는 "이것을 력사나 史話로 보기보다는 화랑에 대한 전기소설로 나는 보고자 한다. 그만큼 史實이나 소재를 그냥 정리하는 데 그치지 않고, 더 나아가서, 인물(화랑)의 심경과 사상을 活寫하는 문학적 표현에 특징이 있기 때문"이라고 말하기도 했다.[12]

한편, 김동리의 역사소설은 「회소곡」, 「기파랑」, 「최치원」, 「수로 부인」, 「김양」, 「왕거인」, 「강수 선생」, 「눌기 왕자」, 「원화」, 「우륵」, 「미륵랑」, 「장보고」, 「양화」, 「석탈해」, 「호원사기」, 「원왕생가」 등 16편으로 이뤄져 있다. 여기에서 여신관의 모습을 잘 보여주는 것으로 아효공주, 수로 부인, 원화가 있고, 화랑의 모습을 잘 보여주는 것으로 미륵랑, 기파랑이 있다. 이 작품들 역시 『삼국유사』와 『삼국사기』를 토대로 하고 있다. 김동리의 역사소설은 김동리가 전기소설이라고 불렀던 김범부의 『화랑외사』와의 친연성이 깊이 드러난다.[13]

> 그리하여 이듬해인 열세 살 나던 해엔 뽑히어 나을신궁(奈乙神宮)의 신관(神官)이 되었습니다. 상고(上古)적부터 신라에서는 미모(美貌)를 특히 우러러보는 풍습이 있었읍지요. 그것은 신명(神明-검님)께서 미녀를 좋아하시고 따라서 미녀의 치성에는 잘 응감(應感)하신다고 보았기 때문이올시다. 그래서 그랬는지는 모르지만 우리 수로왕께서 제관(祭官)이 되신 뒤 태종대왕(太宗大王)과 문무대왕(文武大王)의 양대 신위(兩大神位)께서 웃음소리를 내시었다고 합니다.[14]

12 김범부, 『화랑외사』, 이문사, 1981, 180면.

13 김동리의 역사소설이 씌어진 시기는 1955년 이후로 보인다. 이 시기는 우연찮게도 김범부의 『화랑외사』가 나온 이후이다. 이 시기를 전후하여 김동리의 화랑에 대한 인식도 변화하게 된다. 그것은 「무녀도」의 개작에서도 엿볼 수 있다.(이에 대해서는 김주현, 「'무녀도' 개작에 나타난 작가의식 고찰」, 『어문론총』 35, 한국문학언어학회, 2001 참조) 그리고 「수로 부인」(1956)에서는 수로 부인을 여신관(꽃님 : 원화 → 화랑)으로 자리매김하는 등 그는 작품 속에서 현재의 무당과 신라의 원화, 화랑과의 연관성을 적극적으로 제시한다. 그뿐만 아니라 「사반의 십자가」(『현대문학』, 1955.11~1957.4)에서는 하닷이라는 점성술사를 내세움으로써 자신의 샤머니즘적 세계를 더욱 공고히 한다. 하닷은 사반의 정신적 지주가 되는 샤먼으로, 이 작품은 기독교와의 갈등을 다룬다는 점에서 「무녀도」의 연속선상에 있다.

14 김동리, 『김동리 역사소설－신라편』, 지소림, 1977, 82면. 이하 이 책의 인용은 인용구절 뒤 괄호 속에 『역사소설』 및 면수만 기입.

> 그래서 그런지 수로 부인의 몸에서는 언제나 꽃향기가 났다고 합니다. 이러한 부인을 가리켜서 그 남편인 순정공은 언제나 꽃님이라고 불렀다고 합니다.
>
> 『그대는 사람 세상에 태어난 검님의 꽃이요, 향기 높은 꽃님이요.』
>
> 그러면 수로 부인은 순정공을 가리켜,
>
> 『그대는 이 몸의 지아비, 검님께서 정하신 이 몸의 지아비.』
>
> 이렇게 말했다고 합니다.(『역사소설』, 94면)

이것은 「수로 부인」의 일부이다. 수로 부인은 신관이었으며, 또한 검님의 뜻에 순종하는 사제이다. '검님'은 신명, 신령으로 불리며, 이러한 신앙 또는 사상의 바탕에는 백씨 김범부와의 관련 양상이 보인다.[15] 그리고 수로 부인은 지상의 꽃님이요, 검님은 천상의 존재이다. 여기에서 꽃님은 원화와 관련이 있다. 수로 부인은 검님을 모시는 신관이요, 그런 존재는 신라에서는 원화 또는 화랑으로 불리었다.

> 〈원화〉가 무엇이냐 하면 우선 글자 그대로 〈꽃의 근원〉이라고 해야 하겠지요. 그러나 이 〈꽃〉은 나무가지에 피는 꽃이 아니고 사람에게서 피는 꽃을 두고 이르는 말입니다. 나중 가서는 이 〈꽃〉을 화랑(花郎)이란 이름으로 부르게 되었지만 아직 〈원화〉라고 부를 때에는 〈화랑〉과 같은 남자아이가 아니고 어여쁜 여자아이를 두고 일렀지요. 아무튼 남자아이든지 여자아이든지 꽃같이 어여쁜 아이들이었던 것만은 틀림이 없어요. 그래서 아마 〈원화〉니 〈화랑〉이니 하고 〈꽃〉이란 말로 불리워졌던가 봅니다.

15 검님(신명 또는 신령)을 사상 또는 신앙으로 승화시킨 형태는 『화랑외사』의 「김유신」과 「물계자」 등에 잘 나타난다.

> 사기(史記 ― 三國史記)에 보면 진흥대왕 삼십칠년 봄에 처음으로 〈원화〉를 받들었다고 기록되어 있지만 이 연대는 물론 정확한 것이 아닙니다. 더구나 화랑이 이 〈원화〉 이후에 생긴 것이라면 이 역시 진흥대왕 삼십칠년보다 앞에는 〈화랑〉이 있을 수 없는 일이 되는데 사기에는 그 앞에도 얼마든지 〈화랑〉에 대한 기록이 나온단 말씀예요.
>
> 그러고 보면 〈화랑〉에 해당하는 것은 아주 옛날부터 내려오고 있었나 봐요 …(중략)… 신라 전국에서 뽑혀 나온 미녀(美女) 스물다섯 사람은 모다 꽃같이 단장하고 〈검님〉을 모신 신전(神殿)에 모였습니다. 그녀들은 다 같이 흰옷 위에 남색 활옷을 입고 머리는 풀어서 뒤로 늘어뜨린 채 손에는 부채를 들고 있었습니다. 그리고 한 사람씩 나와서 노래를 부르며 춤을 추기로 되었던 것입니다.(『역사소설』, 182~183면)

김동리의 화랑에 대한 생각을 잘 보여주는 작품이 「원화」이다. 원화는 미녀 여자아이로서 '검님'에 잘 응감하는 아이가 뽑힌다. "원화의 임무는 나라의 모든 젊은이들과 더불어 널리 사귀이며, 그들의 인격과 무예(武藝)와 풍류(風流)를 헤아려 그 가운데서 뛰어난 자를 나라님께 아뢰어 발탁등용(拔擢登用)케 하는 것"(『역사소설』, 185면)이다. 그러나 "인재를 구하는 데 학문이나 무예로써 직접 시험을 본다거나 하지 않고 미녀와 더불어 사귀이게 하여 그 풍류를 중시"하였다는 점은 "옛날 신라 사람들이 숭앙하던 〈검님〉과 관련된 깊은 이치"가 들어 있었다는 것이다. 이처럼 김동리는 풍류를 검님이라는 신앙, 또는 종교적 차원으로 확대하여 설명하고 있다.

> 그러니까 이듬해인 진흥대왕 십륙년 이월에는 〈원화〉 대신 〈화랑〉을 두시게 되었던 것입니다. 〈화랑〉은 여러 스님들께서도 이미 아시

> 는 바와 같이 계집아이가 아니고 사내아이들 가운데서 골품이 진골(眞骨)이요 인물이 아름다운 자를 뽑아서 〈화랑〉으로 받들었다고 합니다. 저 유명한 사다함(斯多含)·관창(官昌)·김유신(金庾信) 등이 모두 이 〈화랑〉 출신이었다는 것은 여러 스님들이 다 잘 알고 계실 줄 압니다마는 오늘은 우선 이 화랑의 시초가 된 〈원화〉에 대한 이야기만 하기로 하겠습니다.(『역사소설』, 196면)

김동리는 원화를 화랑의 시초로 보았다. 그런데 그는 화랑들의 무예훈련을 종교적 제의적 행위로 보고 있다. 여신관에 대한 이야기는 「석탈해」에서도 마찬가지이다. 여기에서 그는 아효공주를 〈검님〉을 모시는 여신관으로 묘사하고 있다. 그것은 한편으론 화랑 이전에 원화의 존재를 부각하려는 조치이자, 또한 신라인의 사상을 검님과 관계시키려는 소치이다.

> 그러나 그 결심도 아효공주(阿孝公主)를 알게 되면서부터 흔들리기 시작했다. 그가 낙랑군을 물리치고, 뒤이어(그 공로로 인하여) 시조묘(始祖廟) 창건공사의 도감이 되어 자주 궁중을 출입하게 되었을 때였다. 한번은 설계를 꾸미려고 궁중에 있는 신단(神壇)을 뵈오려 후원으로 들어갔을 때 마침 그 아무도 없는 단위에 어린 아가씨 하나가 엎드려 열심히 주문을 외우고 있었던 것이다.(『역사소설』, 295면)

> 『아 새뚝님 염려마세요. 이 몸은 검님을 모시는 여신관(女神官), 검님의 점지하심으로 새뚝님이 오실 것을 미리 알고 있었사와요.』(『역사소설』, 297면)

이렇게 볼 때 김동리의 인식은 보다 분명해진다. 그는 넓게는 신라인, 좁게는 원화, 화랑의 의식을 '검님'과 관련시키고 있는데, 거기에는 김범부의 영향이 적지 않은 것으로 보인다. 한편, 김동리의 이러한 의식은 「아도」에 더욱 잘 드러난다.[16] 이 작품은 화랑 복원 작업의 일환으로 쓰인 것이지만, 잡지의 소재 불명 및 폐간으로 전체 내용을 파악하기 어렵다.[17]

> 『그렇지만 아도님께서 신령님께 주력(呪力)을 빌으신 것은 결국 무술 때문이 아닙니까.』
>
> 『무술 때문이 아닐세. 신령님의 힘이 그렇게 나타난 거지. 나는 신령님의 힘을 빌었어. 적군과 싸우기를 원하지 않았어.』[18]
>
> 『그렇다네. 그렇지만 무술이 나의 마지막 목적은 아니야. 무술을 통해서 신령님과 접하고 있을 따름이지 무술보다는 나라, 나라보다도 더 귀중한 것을 신령님께서 점지해 주신다면 그때는 별도지만.』[19]
>
> 유월 보름을 사흘 앞둔 열사흗 날, 아도는 일행을 이끌고 선도산(仙桃山)엘 오르기로 하였다. 선도산에는 선도성모(仙桃聖母), 또는

16 「아도」는 『지성』 1971년 12월호부터 연재된 작품이다. 현재 확인 가능한 자료는 1972년 6월호까지 6회 연재분이다.(1972년 4월호에는 연재되지 않음) 그런데 이 잡지는 1976년 7월호(통권 9호)까지 나온 것으로 보고되어 있다. 9호를 구하지 못해 9호의 작품 연재 및 종료 여부를 알 수 없어 아쉬움이 남는다.

17 이 작품은 잡지 폐간으로 중단된 것으로 알려져 있는데, 한편으론 잡지가 계속 나왔다고 하더라도 작품이 계속 연재될 수 있었을까 하는 의문이 든다. 잡지가 폐간되었다고 하더라도 작가가 작품에 대한 애정이 있고, 계속 집필할 의도가 있었다면 이후 다른 발표지에, 또는 단행본으로 발간할 수 있었을 것이다. 아마도 『화랑세기』를 소설적으로 재구하는 데 따른 어려움을 인식했기 때문에 잡지의 폐간과 더불어 그만두었으며, 이후 「삼국기」, 「대왕암」 등과 같은 역사소설로 나아간 것이 아닌가 추측된다.

18 김동리, 「아도」, 『지성』, 1972.1, 217면.

19 같은 책, 218면.

> 선도산신모(仙桃山神母)라 일컬어지는 여신(女神)을 모신 사당이 있었다 …(중략)… 그리하여 각각 준비하여 간 꽹과리를 울리고, 젓대를 불고, 북을 치고, 현금을 켜는 속에 아도가 일동을 대신하여 성모 신위께 절을 올렸다. 절을 열두 번 올리고 나서 동서남북 사방을 향해 각각 술과 어육(魚肉)을 흩고, 다시 꽹과리·젓대·북·현금이 울리는 속에 이번에는 소년 남녀가 사방팔방을 향해 절을 올림으로써 서제(序祭)는 끝낸다.[20]

「아도」에서는 아도의 수련과정을 주력 빌기로 설명하고 있다. 화랑에게 중요한 것은 신령님과 접하는 것이라는 것이다. 그러기 위해 선도산 성모에게 제를 올리기도 한다. 제에 등장하는 악기가 꽹과리·젓대·북·현금이라는 점에서 거문고·가야금·퉁소·산소·피리·젓대·춤·노래가 등장하는 「백결 선생」의 풍류와는 다르다. 그것은 오히려 젓대·피리·해금(「무녀도」 1947년본), 또는 장고·피리·해금(「무녀도」 1967년본)이 등장하는 모화의 굿판과 밀접하다. 그리고 제의는 「대왕암」에서도 등장한다. 여섯 원로는 오지산에 당도하여 목욕재계한 후 제단에 제물을 쌓고 하늘의 뜻이 강림하도록 신령님께 빈다.[21] 이는 화백회의의 모습으로, 김동리는 화백회의 역시 신(령님)과의 교통이 필수적이었음을 서술하고 있다. 한편, 『을화』에서는 "무당으로서의 그녀의 몸주(수호신)는 빡지가 내림굿에서 공수(供授)로 내림받은 선왕마님, 즉 선도산 할머니로 불린 선도산 여신령(女神靈)이었다"고 하여 을화를 선도산 성모의 계승자로 제시하였다.[22] 김동리는 아도와 을화를 선도산 성모를

20 김동리, 「아도」, 『지성』, 1972.5, 182~183면.
21 김동리, 「대왕암」, 『대구매일신문』, 1974.8.27.

모시는 화랑과 무당으로 제시함으로써 화랑과 무당의 관련성을 더욱 구체화하였다. 이 작품들은 화랑에 대한 그의 생각들을 잘 보여준다.

4. 화랑정신의 해석 – 풍류정신과 무교

김범부는 화랑의 연구에 많은 노력을 기울였다. 현재 전하는 그의 저술 가운데에서 앞에서 언급한 『화랑외사』와 더불어 『풍류정신』은 화랑에 대한 연구의 결과라 할 수 있다. 『풍류정신』에서 화랑도에 대한 그의 사상을 엿볼 수 있다.

> 國風으로서 神道가 我邦文化의 근원인 것은 더 費言할 필요가 없고, 신라 건국 초기에 시조 혁거세의 神德으로서 奉戴王國이 우리 東土에 최초로 성립되었다. 그래서 이 神道尊尙의 風韻이 세월에 따라 성장하고 세련되어서 마침내 風流道가 출현하면서 문화면으로 정치면으로 신라의 번영을 가져왔던 것이다.[23]

이는 '풍류도'가 "나라에 현묘한 도가 있으니 풍류라 한다"는 최치원의 말을 수용한 것으로 보인다. 『삼국사기』에는 "徒衆雲集 或相磨以道義 或相悅以歌樂 遊娛山水 無遠不至"이라 하였다. 김범부는 가락을 좋아하고 산수를 즐기는 것을 풍류정신으로, 즉 화랑도를

22 김동리, 『을화』, 문학사상사, 1978, 64면.
23 김정설, 『풍류정신』, 정음사, 1987, 103면. 이하 이 책의 인용은 인용 구절 뒤 괄호 속에 『풍류정신』 및 면수만 기입.

풍류도와 같은 개념으로 이해하였다.

> 그러므로 花郞을 國仙이라고 하고, 花郞史를 仙史라고 하며, 花郞道는 風流道라고 하였다.
>
> 화랑은 神官으로서 그 지위는 사회적으로 최고위였으며, 風流道는 국교였다. 화랑도는 그 당시 하나의 종교로서 그 영도자가 '도령'이며 그 단체를 '낭도'라고 하였고 평시에 종교적 수련과 음악, 무당, 무술 등을 수련하였는데 음악, 무용은 신과 교제하는 의식으로서 사용된 것이다. 그것이 뒤에 불교, 유교가 들어오면서 그 권위를 잃게 되어 무당은 사회적으로 천민 계급에 떨어지게 된 것이다.(『풍류정신』, 146면)

김범부는 화랑을 '신관'으로 보긴 했지만, 화랑들의 현세적이며 도락적인 모습에 보다 주의를 기울이고 있다. 그것은 현세적인 인간관을 기반으로 하며, 화랑을 보다 현세적이고 풍류적인 인간으로 파악한 것이다. 그래서 그는 『화랑외사』에서도 "화랑을 正解하려면 먼저 화랑이 숭봉한 풍류도의 정신을 이해해야 하고 풍류도의 정신을 이해하려면 모름지기 풍류적 인물의 풍도와 생활을 완미하는 것이 그 요체"라고 말한 것이다.

> 그래서 이 神道, 더구나 風流道의 盛時에는 모든 문화의 원천도 되고, 인격의 이상도 되고 修身治平의 經法도 되었던 것이 후세 이 정신이 쇠미하면서는 거러지, 풍각쟁이, 사시락이, 무당패로 떨어져 남아 있어서 오늘날 무속이라면 그냥 깜짝 놀라게 창피해 하는 것이다(『풍류정신』, 89면)

김범부는 우리 무속의 전신이 화랑이었음을 인정한다. 그러나 오늘날의 무속은 퇴화된 것에 지나지 않는다. 그에게 화랑도의 풍류정신은 곧 모든 문화의 원천이자 인격의 이상이며 수신치평의 경법이기까지 했던 것이다. 이에 반해 김동리는 "화랑을 두고 무사도 풍류도니 하는 따위는 수박 겉핥기에 지나지 않"[24]는다고 하면서, 화랑도의 중심사상을 무속, 또는 무교로 보았다. 김동리는 김범부의 사상을 수용하고 있지만, 나름대로 재해석 변형하고 있다. 그는 화랑의 신적인 요소에 강조점을 둔다.

> 화랑의 비밀은 무교에 있었다. 사람들은 풍류로써 그들이 명산대천을 찾아다닌 줄 알지만 그것이 아니다. 신(神名, 神靈)을 찾고 신명과 접하고 신명과 통하고자 사원이나 교회를 찾는 정신으로 산천을 찾았던 것이다. 당시의 무교로서는 명산대천 영산영지(靈山靈地)에 신이 있다고 믿었던 것이다. 오늘날 일반사람들은 소원 성취를 위해서는 산에 들어가 빈다. 화랑의 춤과 노래도 오락이나 풍류가 아니고 제의행위(祭儀行爲)였던 것이다. 무교의 제의행위가 가무(歌舞)로써 행해진다는 것은 오늘까지 무격(巫覡)의 굿을 통해 내려오고 있다. 그리고 오늘도 경주를 중심한 그 일대에서는 남무(男巫)를 박수라 하지 않고 화랑이라 한다.(『밥과 사랑과 그리고 영원』, 332면)

김동리는 화랑들의 현세적인 풍류보다 제의적 속성을 강조하였다. 산을 찾고 가락을 즐긴 것은 풍류가 아니라 제의를 위한 것이었고, 신명과 접하기 위한 행위라는 것이다. 그래서 화랑정신을 무교로 승화

24 김동리, 『밥과 사랑과 그리고 영원』, 사사연, 1985, 334면. 이하 이 책의 인용은 인용 구절 뒤 괄호 속에 『밥과 사랑과 그리고 영원』 및 면수만 기입.

시켜 설명한다. 무속이 속된 신앙으로 보는 용어임에 반해 무교라고 함으로써 화랑도의 정신적 지향을 종교로서 승화시키고 있다.

> 화랑과 그 낭도들은 명산대천에서 신명과 만나고 신명에 접하고 신명과 통했던 것이다. 어느 나라 어느 시대에나 결사대 특공대는 대개 소년무사들이다. 그때라고 해서 싸움마당의 결사대 특공대로 나갈 소년무사가 신라에만 있었을 리 없다. 그들이 다른 특공대 소년무사들과 달리 특히 무용에 뛰어나고 죽음을 두려워하지 않았다면 그것은 그들의 넋 속에 신(神)이 들어 있었기 때문이다. 신이 들어 있었고 신에 통해 있었기 때문에 죽음의 마당에서도 신이 났던 것이다. 그것이 바로 명산대천에서 접했던 무신(巫神)의 신(神)이었던 것이다.(『밥과 사랑과 그리고 영원』, 332면)

김동리는 화랑들의 넋 속에 신이 들어 있었다고 하여, 그들을 마치 신적 인간으로 해석한다. 김동리는 풍류보다는 제의를, 현세적 인간보다는 내세적, 신적 인간을 화랑들의 요체로 보았다. 그는 "화랑의 바탕은 오히려 오늘날 우리가 생각하는 무당에 가까울 것"[25]이라고 하여 화랑과 무당의 친연성을 강조하였다. 그리고 화랑의 제의적 형태가 현재에도 굿의 형태로 남아 있다는 것을 신화 내지 민속학적 입장에서 설명한다. 그것은 단순한 전락이 아니라 어떤 형태로든 계승이요, 영속이란 관점이다. 그것은 '화랑'이 변화된 형태인 '무당'이 되었다는 범부식 사고와 '화랑'의 제의적 행위가 오늘날에도 '화랑'의 굿을 통해 지속되고 있음을 강조하는 동리

25 김동리, 「창작과정과 방법」, 『신문예』, 1958.11, 8면.

식 사고의 차이이다. 그런 의미에서 동리에게 무당의 굿은 사회적 권위를 잃은 천민들의 행위가 아니라 신과 교섭하고 신명과 통하는 이인적인 행위인 것이다. 그것은 또 다른 형태의 종교인 무교이다. 동리가 무속이라 하지 않고 무교라고 한 것은 그것을 하나의 민속적인 행위로 받아들이고자 하는 것이 아니라 종교적 차원에서 이해하려 했기 때문이다.

5. 김동리 문학사상의 연원으로서의 화랑

김범부가 생전에 남긴 유일한 저서는 『화랑외사』였다. 그리고 그의 사후에 나온 『풍류정신』은 그의 사상의 실체를 보여주는 저서이다. 이들 모두 화랑에 관한 저서이고, 김범부는 화랑을 통해 풍류정신을 추출해냈다. 그가 동양철학을 하였지만, 그 사상의 정수는 화랑에 있다는 것을 잘 말해주는 대목이다. 한편, 그를 가장 존경해 마지않았던 김동리 역시 화랑에 대해 끊임없는 추구를 하였다. 그의 초기작 「화랑의 후예」(1935), 「무녀도」(1936), 「산제」(1936), 「허덜풀네」(1936) 등과 「개를 위하여」(1948), 「당고개 무당」(1958?), 그리고 말년작에 해당되는 『을화』(1978) 등은 현대의 화랑 이야기라 할만하다. 이것은 초기 8작품(1935~1936년 발표작) 중 4작품과 더불어 마지막 장편이 포함되는 것으로 현대적 화랑에 대한 김동리의 관심을 읽을 수 있다.

그뿐만 아니라 그는 화랑들의 전기를 토대로 '역사소설'을 쓴다. 「검군」(1949)과 더불어 『김동리 역사소설－신라편』(1977)의 창작이 바로 그것이다. 그의 마지막 장편인 「삼국기」(1972~1973)와 그 후편인 「대왕암」(1974~1975)도 삼국의 통일 과정을 다룬 역사소설이지만, 신라의 화랑 이야기가 중심이 되고 있다. 그리고 화랑에 대한 허구적 형상화인 「아도」(1972)가 있다. '역사소설'이 실제의 인물을 토대로 했다면, 「아도」(1972)는 신라의 역사를 빌어 허구적 인물을 창조해낸 경우이다. 이는 1971~1995에 나온 김동리의 마지막 장편 4편(「아도」, 「삼국기」, 「대왕암」, 『을화』) 가운데에서 앞 3편이 신라적 화랑과 관련된다. 이를 통해 그의 문학행위가 샤머니즘에 내재된 우리 민족 고유의 정신적 가치를 찾고 지키고, 나아가서 현대 속에 되살리는 일이라는 그의 주장이 단순한 수사가 아님을 확인하게 된다.[26] 그의 소설적 전개과정은 현대적 화랑(주로 무당)에서 신라의 화랑으로 궁구해 들어가는 모습을 보여준다. 화랑의 존재는 김동리 문학에서 처음과 끝을 관류하는 대상이다.

문학적 형상화와 더불어 김동리는 화랑에 대한 사상적 탐색도 병행하게 된다. 그는 수필에서 화랑들의 정신에 대한 탐구를 펼쳐 보인다. '한국적 사상'이라는 제하에 쓴 「화백과 화랑」, 「개국신화와 인간사상」, 「토속점」, 「낙엽의 사상」 등이 그러한 경우이다.[27]

> 한민족이 원시시대부터 신봉해 오던 샤머니즘이 있었을 뿐이기 때문이다. 따라서 신의 이름도 처음은 자연발생적인 〈하느님〉이요, 나중은 〈신령님〉 〈천지신명〉 등으로 혼용되었으리라고 볼 수밖에 없으므로 그 〈기도행위〉도 한국적 샤머니즘 특유의 제의(祭儀)였다고 보아야 한다.[28]

26 김동리, 『명상의 늪가에서』, 156~157면.
27 이 외에 「무교와 저승」, 「무속과 나의 문학」, 「신을 내포한 인간상」 등의 글도 무속과 깊은 관련이 있다.
28 김동리, 「화백과 화랑」, 『생각이 흐르는 강물』, 갑인출판사, 1985, 106면.

화랑과 그 낭도들은 명산대천에서 가무제의를 통하여 신과 만나고 신과 접하고 신과 통했던 것이다. 화랑의 각별한 무용과 뛰어난 충성심은 신과 접하고 신과 통함으로써 얻어진 생사 초월의 무아지경의 산물이었던 것이다.[29]

김동리는 샤머니즘을 한국의 원초적 신앙으로 내세우고 있다. 그것은 역사적으로 환웅-대내림의 연원, 차차웅-무사로 이미 나타났으며, 그러한 중심에 화랑을 둔 것이다. 이것은 학문적 탐색이기 이전에 자신의 문학 및 사상에 대한 합리화로서 제기된 것이다. 그는 화랑의 본질은 제의 및 접신에 있다고 하여, 그들을 샤머니즘의 원형으로 복원시킨다. 그것은 김범부의 사상을 수용하면서도 새로운 형태로 발전시킨 것이다. 화랑은 신라 천 년과 현대의 경주를 잇는 매개고리였으며, 김동리의 사상의 연원이 된다.

나는 아침밥을 먹기 전에 내가 천지 신명이라고 부르는 우주의 정령(精靈)에게 기도를 드린다.[30]

김동리가 추구한 천지신명, 또는 신명은 '샤머니즘의 신령님'이다. 그의 사상의 연원이자 본령은 바로 신령의 추구, 신명의 탐색이 될 것이다. 그의 문학적 작업은 그러한 도정에 있다. 그러나 그의 작업이 과연 성공적이었나 하는 것은 여전히 의문으로 남는다. 그

29 같은 책, 109면.
30 김동리, 『자연과 인생』, 삼성당, 1976, 121면. 한편, 그는 「며느리에게 주는 말-다섯 가지 당부」 가운데 그 네 번째에 "신불(神佛)이나 천지신명에 가만히 기도드릴 줄 알아야 한다"(김동리, 『김동리전집(8)-나를 찾아서』, 민음사, 1997, 443면)고 쓰고 있다. 며느리에게도 자신의 삶의 방식을 실천할 것을 당부한 것이다.

역시 말년에는 하나의 화랑으로 자리매김하게 된다. 어느새 모르게 체득된 천지신명이나 신령에게 기도하는 행위는 바로 하나의 샤먼적 행위인 것이다. 그는 화랑으로부터 샤먼적 본성을 찾게 되었고, 또한 그러한 샤먼에 대한 궁구로 인해 하나의 샤먼으로 귀결되고 말았다. 그는 또 하나의 현대적 샤먼이 되었던 것이다.[31]

31 김동리는 쉰이 넘으면서 차츰 귀신이 보이는 듯했고, 예순이 넘어서는 그것이 꽤 똑똑히 보였으며, 일흔에 가까워지면서부터 신(하느님)과 귀신, 천당과 지옥, 이승과 저승이 똑똑히 보였다고 했다.(『생각이 흐르는 강물』, 320~321면) 심지어 그는 「송추의 겨울」에서 사반의 혼령과 대화를 나누기도 하였다. 마침내 그는 혼령과 교감하는 샤먼이 된 것이다.
한편, 서정주는 김범부 사후 애도사에서 그를 '신라의 祭主'라고 칭했다.(서정주, 「신라의 祭主 가시나니—哭 범부 김정설 선생」, 『화랑외사』(김범부), 이문사, 1981) 시적인 표현이긴 하지만 그를 '제주'라 한 것은 '화랑'의 또 다른 이름일 터이므로, 이는 매우 흥미로운 일이라 하겠다.

金東里

김동리 소설 연구

김동리와 유기(체)론 - 리듬의 형이상학

1. 들어가는 말

'21세기 문학의 유기론적 대안'이라는 주제에 필자가 택한 것은 '김동리'이다. 왜 하필 김동리인가? 어찌 보면 그는 21세기와 가장 멀어 보이고 무관해 보이는 작가가 아니던가. 그는 1930년대부터 우리가 근대라고 불러온 담론들에 대해 저항하고 비판하지 않았던가. 그래서 전근대적이라는 비판을 받아오지 않았던가. 그런 작가에게서 21세기적 대안을 찾는 것은 무리인지도 모른다. 그러나 필자의 생각은 좀 다르다. 김동리의 문학 세계는 반근대, 전근대, 탈근대 등 그 성격이 다양하게 언급된다. 그렇게 다양하게 불릴 수 있는 근거는 무엇인가. 그것이 단순히 연구자의 시각 차이인가, 아니면 그의 세계가 그만큼 폭넓다는 것인가? 필자는 김동리의 문학이 담지하고 있는 세계관을 통해 그 질문에 다가서고자 한다. '토속적', '샤머니즘적', '민속적', 심지어 '원시적'이라는 표현들은 '근대 이전'이라는 의미를 지니고 있다. 그런데 그의 문학이 여전히 '현재성'을 띠고 읽히는 것은 무엇 때문인가? 김동리 문학에 대한 연구는 적어도 이에 대한 해답은 아니더라도 실마리를 제시해야 한다는 게 필자의 생각이다.

김동리는 나름대로 당시 근대주의의 대명사였던 마르크시즘과 그것의 문학적 발로였던 사회주의 리얼리즘에 온몸으로 대항한 것이 사실이다. 그것은 단순히 그 시대 문단에 헤게모니를 장악하려는 시도 이상의 것이었다. 그는 당시 사회주의자들과는 다른 사상을 담지하고 있었고, 그들과는 다른 세계관을 피력했을 뿐만 아니라 그들에게 그것의 중요성을 인식시키고 싶어 했다. 그것은 흔히 '구경적 삶의 형식'이라는 문학관에 내재한 사상이기도 하다. 그는 그것을 통해 1930년대부터 해방 공간에 이르기까지 사회주의자들과 맞서 왔다. 그렇게 오랫동안 그의 문학이나 문학론에 일관되어 온 사상의 정체는 무엇이었던가. 근대의 세계사적 국면이었던 마르크시즘에 대항한 철학적 기반은 무엇이었던가. 그것은 그의 문학에 중요한 핵을 이루고 있고, 그에 대한 연구가 해명해야 할 필수적 과제임이 틀림없다. 그것에 다가서는 것이 김동리의 본질에 접근하는 것이 아니겠는가. 필자는 이제까지 해오던 방식과는 조금 달리 김동리에 다가서기 위해 우회적인 방법을 택하기로 했다. 그것은 다름 아닌 그의 사상의 본류라고 할 수 있는 성리학의 유기체적 자연관이 어떻게 그의 문학에서 발현되고 있는가를 살펴보는 일이다. 그래서 그의 대표작 몇 편을 갖고 작품의 형상화 과정에 나타난 작가의 인식론 및 사상적 역할을 논의의 중심으로 삼기로 했다.[1] 작가 형상화의 측면은 작가의 세계관을 잘 보여주는 것으로 그 부분의 해명을 통해 인간 김동리, 또는 그의 문학에 한 발짝 다가서

고자 한다. 그리고 그의 문학(론)이 갖는 현재적 의미를 고찰해 보고자 하는 것이 이 글의 의도이다.

2. 자연과 인간의 교섭

김동리는 "경주란 데는 산에서나 물에서나 들에서나 수풀에서나, 그리고 언제 어디서고, 여러분들이 진실로 구하고 원한다면 시와 소설과 그림과 음악이 샘솟듯 푹푹 솟아나는 고장"이라고 말했다.[2] 김동리는 경주를 언급하면서도 문화유적이나 역사적 도시보다 산·물·들·수풀 등 자연으로서의 공간을 먼저 언급한다. 그렇다면 자연과 예술은 무슨 관련이 있다는 말일까? 김동리를 이해하는 코드로서 경주(또는 인근)의 자연 공간은 주요한 의미를 지닌다. 이 글에서는 김동리의 초기(6.25 이전) 주요 소설이 지니는 의미와 그의 문학 세계를 이해해 보기로 한다. 김동리의 대표작이라고 할 수 있는 「무녀도」(1936), 「황토기」(1939), 「역마」(1948)는 시대적 상거에도 불구하고 밀접한 유사성을 띠고 있다. 그것은 단순히 기존의 논자들이 말하는 인간의 운명성만을 의미하는 것이 아니다. 이들 모두 작품의 서두에 배경을 제시해놓고 작품을 풀어가고 있다. 여기에서는 그러한 형상화의 측면을 통해 작가의 세계에 다가서고자 한다.

1 이 글은 김동리 문학, 또는 문학론의 본질을 규명하기 위한 필자의 이전 논의들, 즉 「김동리 문학론의 사상적 기반에 관한 연구」(류기룡 편, 『살림 작가연구－김동리』, 살림, 1996), 「김동리 소설 연구」(『논문집』 10, 경주대학교, 1998), 그리고 「김동리의 전후 소설 연구」(박동규 외 편, 『한국 전후문학의 분석적 연구』, 월인, 1999) 등의 연장선상에 있다.

2 김동리, 「선도산」, 『꽃이 지는 이야기』, 태창문화사, 1978, 136면.

1) 강(물)과 인간의 교섭-「무녀도」와 예기소

경주를 흐르는 강으로 치술령 쪽에서 발원하여 동해 쪽으로 흘러가는 형산강이 있다. 이것은 서천의 주류를 이루며 경주 지역에서 남천과 북천을 만나 합수하기에 이른다. 그가 태어난 성건동은 이들 서천(형산강)과 북천(알천)에 근접해 있다. 경주 이씨의 시조 알천공의 설화를 비롯한 무수한 설화를 요소요소에 꿰며 흐르고 있는 두 강, 그것은 신라의 발상지이자 김동리 문학의 발원지이기도 하다. 이 두 강이 합수되는 지점에 예기소가 있다.

> 「예기소」에서 합친 서천(西川) 알천(閼川) 두 갈래 물은, 금장(金丈) 나루를 지나자 다시 두 줄기로 벌어져 흘러내리는 것이었다. 서쪽 넓은 바닥으로 퍼져 흐르는 것이 흐름의 줄거리로 보아서는 역시 형산강(兄山江) 본류로 되어 있었으나, 그 수심에 있어서는 동쪽 줄기에 비길 나위가 없었다. 동쪽 줄기는 본디 바닥이 깊고 언덕이 높은데다 두어 마장 아래는 울창한 고목 숲이 가로 놓여 있고, 그 숲 머리에다 보뚝을 막아서 질푸른 물은 호수같이 언제나 고요히 담겨 있었다.[3]

예기소는 수많은 그의 작품에 배경이 된다. 「무녀도」를 비롯하여 「달」, 「유혼설」이나 시 「이무기」, 「이무기는」 등이 그런 경우에 속한다. 그러므로 예기소는 김동리의 인식을 살펴보는 데 간과해서는 안 될 매체적 구실을 한다.

3 김동리, 「달」, 『황토기』, 인간사, 1959, 28면.

뒤에 물러 누운 어둑어둑한 산, 앞으로 폭이 넓게 흐르는 검은 강물, 산마루로 들판으로 검은 강물 위로 모두 쏟아져 내릴듯한 파아란 별들, 바야흐로 숨이 고비에 찬, 이슥한 밤중이다. 강가 모래펄에 차일을 치고 차일 속에 마을 여인들이 자욱이 앉아 무당의 시나위 가락에 취해 있다. 그녀들의 얼굴들은 분명히 슬픈 흥분과 새벽이 가까워온 듯한 피곤에 젖어 있다. 무당은 바야흐로 청승에 자지러져 뼈도 살도 없는 혼령으로 화한 듯 가벼이 쾌자자락을 날리며 돌아간다······[4]

　「무녀도」의 서두를 장식한 무대가 바로 예기소이다. 작품은 모화의 딸 낭이가 그린 모화의 마지막 초혼굿 장면 그림에 대한 묘사로 시작된다. 이 부분은 작품 전체로 볼 때 액자의 구실을 하는데, 초혼굿을 벌이는 마지막 장면과 연결된다. 「무녀도」의 대단원을 장식한 예기소에서의 굿 장면은 여러 가지 면에서 중요하다. 실제 그곳에는 대갓집 외동딸 '예기'가 단옷날 그네를 타다 물에 빠져 죽었다는 슬픈 전설이 전해 내려온다.

　　굿이 열린 백사장 동편쪽으로는 검푸른 솟물이 깊은 비밀과 원한을 품은 채 조용히 굽이돌아 흘러내리고 있었다.(명주꾸리 하나 들어간다는 이 깊은 소에는 해마다 사람이 하나씩 빠져 죽게 마련이라는 전설이었다.)[5]

　작가는 앞부분에서 "읍내 어느 부잣집 며느리가 '예기소'에 몸을 던진 것이었다"고 하여 굿거리가 벌어지는 장소가 예기소임을 분

4　김동리, 「무녀도」, 『한국현대대표소설선(5)』, 창작과비평사, 112면.
5　같은 책, 133면.

명히 언급하였다. 단순한 '소'이어도 무방할 것을 작가는 친절히도 그 소의 구체적인 명칭과 더불어 '비밀과 원한'이라는 의미를 제시하였다. 그뿐 아니라 괄호 속에 전설의 내용마저 소개함으로써 그 의미를 더욱 분명히 하고 있다. 그 내용은 없어도 무방할 터인데, 작가는 왜 하필 강조하여 넣은 것일까?[6] 그것은 은연중 이 이야기를 전설의 내용과 연결시키고자 한 의도 이상으로 비친다. 예기소는 달리 '예기청수'라고도 불리며, 「무녀도」에서 무녀 모화의 사설 중에 "깎아질린 돌베랑헤, 쉰 길 청수헤", "아니 가고 봐하면 쉰 길 청수헤" 등 3군데 언급되고 있다. 그렇다면 예기소의 전설이란 무엇인가.

> 예기청수란 경주(慶州) 서북편에 있는 유명한 소의 이름이다. 서천(西川-兄山江)과 북천(北川-閼川)이 합수(合水)되는 곳으로, 눈이 꽹과리만 한 이무기가 물속에 살고 있다는 둥, 명주구리 하나가 다 들어간다는 둥, 해마다 사람들이 둘 이상 반드시 빠져 죽어야 한다는 둥, 별별 전설이 다 붙어 있는 무서운 소였다. 해마다 반드시 둘 이상은 모르지만 사람이 빠져 죽지 않은 해라고는 거의 없을 정도로 익사(溺死)사건이 자주 나는 것도 사실이었다. 그래서 사람들은, 그곳엔 반드시 물귀신이 있다고들 믿고 있었다. 그래 한 번 발을 들여놓기만 하면 그 물귀신이 사람을 끌어들이는 것이라고들 했다. 그것은 마치 기생이 사람을 유혹하듯 한다 해서 〈예기청수〉라는 이름까지 붙었던 것이다.[7]

6 괄호 속의 전설은 처음 발표된 『중앙』(1936.5)본과 『무녀도』(을유문화사, 1947) 발표본에는 없다. 그것은 『등신불』(정음사, 1963) 발표본에서 처음 나타난 것으로 보이며, 그 후 『김동리대표작선집(1)』(삼성출판사, 1967)에 나타난다.
7 김동리, 「유혼설」, 『꽃이 지는 이야기』, 태창문화사, 1978, 228면.

이것은 「유혼설」의 내용이다. 예기소와 관련된 첫 번째 전설로 눈이 꽹과리만 한 이무기가 살고 있다는 것이다. 이러한 전설은 그의 시 「이무기」, 「이무기는」에서도 제시되고 있다. 그곳은 또 '명주 구리 하나가 다 들어간다는 둥, 해마다 사람들이 둘 이상 반드시 빠져 죽어야 한다는 둥, 별별 전설이 다 붙어 있는 무서운 소였다.' 예기소는 전설의 증거물이자 전설을 생산·유지하는 공간으로 기능한다. 사실 그곳은 '사람이 빠져 죽지 않은 해라고는 거의 없을 정도로 익사(溺死)사건이 자주' 일어났고, 어린 김동리는 실제로 그곳에서 죽음을 대면하기도 한다. 결국 그는 설화와 현실의 합일된 공간으로 예기소를 끌어들인 것이다. 그는 「달」에서 정국이와 달이가, 그리고 「무녀도」에서 부잣집 며느리가 그곳에 빠져 죽은 것으로 그리지 않았던가. 그곳은 사람들에게 '한번 발을 들여놓기만 하면 물귀신이 사람을 끌어들이는 것'이라는 믿음을 낳기에 이른다. 그 물귀신은 다시 예기(藝妓)로 화하면서 '로렐라이 전설'과 유사한 의미를 지니기도 한다.

「무녀도」에서 전설 운운한 까닭은 바로 이러한 전설과 현실의 동시성을 문제 삼은 것이 아니던가. 그렇다면 우리는 전설의 내용과 현재적 사실이 상보적 관계—융의 표현으로라면 '동시성의 원리'—에 있다는 사실을 발견하게 된다. 그러한 설화 속에 읍내 부잣집 며느리의 죽음도 귀속된다. 우리는 여기에서 죽음을 끝으로 인식하지 않는 영원회귀의 독특한 시간관을 만난다. 그런 점에서 초혼굿은 의미를 지닌다.

(가) 서양에도 신비주의(神秘主義)나 신비사상(神秘思想)은 얼마든지 있다. 그럼에도 불구하고 〈신비적〉이란 조건이 왜 하필 〈동양적〉이

란 관념으로 옮겨졌는가. 여기엔 졸연치 않은 작가적(作家的) 연유(緣由)가 있다. 다시 말하자면 내 자신의 세계관(世界觀)이라든가 인생관(人生觀)이라든가, 하는 것과 결부되어 있는 것이다.[8]

(나) 모화는 김씨 부인이 처음 태어났을 때부터 물에 빠져 죽을 때까지의 사연을 한참씩 넋두리하다가는 화랑이들의 장구 피리 해금에 맞추어 춤을 덩실거렸다. 그녀의 음성은 언제보다도 더 구슬펐고, 몸뚱이는 뼈도 살도 없는 율동으로 화한 듯 너울거렸고…… 취한 양, 얼이 빠진 양 구경하는 여인들의 숨결은 모화의 쾌잣자락만 따라 오르내렸다. 모화의 쾌자자락은 모화의 숨결을 따라 나부끼는 듯했고, 모화의 숨결은 한 많은 김씨 부인의 혼령을 받아 청승에 자지러진 채, 비밀을 품고 조용히 굽이돌아 흐르는 강물(예기소)과 함께 자리를 옮겨가는 하늘의 별들을 삼킨 듯했다 …(중략)… 모화는 넋대를 따라 점점 깊은 물 속으로 들어갔다. 옷이 물에 젖어 한 자락 몸에 휘어 감기고, 한 자락 물에 떠서 나부꼈다. 검은 물은 그녀의 허리를 잠그고, 가슴을 잠그고 점점 부풀어 오른다 …(중략)… 모화의 몸은 그 넋두리와 함께 물속에 아주 잠겨져 버렸다. 처음엔 쾌자자락이 보이더니 그마저 잠겨 버리고, 넋두리만 물 위에 빙빙 돌다가 흘러내렸다.[9]

왜 하필 무당인가? 작가는 그것에 대해 (가)에서 설명하고 있다. 즉 그는 신비적 주제가 동양적인 것으로, 그리고 무속적인 것으로 동기화되었다는 것이다. 또한, 무속적인 것에 자신의 인생관과 세계관이 결부되어 있다고 밝히고 있다. 소설(나)에서 모화의 숨결은

8 김동리, 「창작의 과정과 방법」, 『신문예』, 1958.11, 5~6면.
9 김동리, 「무녀도」, 『한국현대대표소설선(5)』, 134~136면.

여인들의 숨결과 동화되고 강물과 함께 흘러간다. 우리는 여기에서 자연의 율동에 접한 모화의 모습을 만날 수 있다. 작가는 이를 "거기엔 발(자연)의 리듬과 사람의 호흡이 무당의 춤을 통하야 혼연히 융화되어 있었다"[10]라고 말하고 있다. '巫'는 그 한자적 의미에서 보듯 위(천상 : 우주)와 아래(지상 : 인간)을 연결하는 사람이다. 그녀는 자연(우주)의 리듬과 인간의 호흡을 일체화시키는 신적 인간(샤먼)인 것이다.

모화는 소의 소용돌이 속으로 자취를 감춘다. 모화가 강물에 완전히 잠겨버리는 것은 인간에서 자연으로 돌아가는 모습이다. 물은 안개나 이슬이 되기도 하고, 비나 눈·서리나 얼음, 심지어 무지개가 되기도 하는 등 그 조화의 원리가 무궁무진하다. 그러나 그 존재는 사라지는 것이 아니라 늘 그러한 변화의 속에 자신의 본질을 유지하고 있다. 모화 역시 '자연 그 자체'이자 '무한에의 통로'이기 때문에 자연의 이치에 감응하고 교섭하여 그 리듬이 혼연일체가 된다. 작가는 이를 "〈물아동체〉라는 그녀의 특수한 생리와 의식을 모르는 일반 사람이 볼 때는 죽는 것 같이 보이지만, 그녀 자신은 같은 〈율동(律動)〉–맥박–으로써 살고 있는 것"[11]이라고 진술하였다. 모화가 죽는 것이 아니라 살아 있는 것과 다름이 없다('死生一如')는 것은 작가의 과장이 아닐 수 없다. 그러나 그 내면에 기계, 도구로서의 자연이 아니라 유기체로서의 자연이라는 동양, 특히 성리학적 자연관을 지니고 있다. 자연의 율동에 화한 한 인간의 모습이야말로 무아경의 내면세계이자 도취와 황홀의 신비 세계이다. 그것은 인간이 곧 자연이며 자연이 인간이라는 물아일체의 사상이다.

10 김동리, 「무녀도」, 『중앙』, 1936.5, 120면. 이 내용에서 '발'은 '밤'의 오식으로 보인다.
11 김동리, 「창작의 과정과 방법」, 『신문예』, 1958.11, 11면.

서천은 북천과 예기소에서 만나 소용돌이를 일으키며 동해로 흘러간다. 소용돌이 속에서 모화는 죽음을 맞지만 딸 낭이는 그녀의 아버지를 만나고, 말문을 열게 된다. 그리고 나귀를 타고 함께 떠난다. 그것이 예기소의 자연적 배경이 지시하는 우주의 이치이며, 그 공간 속에 살아가는 인간이 자연과 교섭한 결과이다. 모화의 죽음과 낭이와 아버지의 만남, 그리고 그들의 새로운 삶의 전개는 이미 예기소가 전제한 흐름이 아니었던가. 작가는 인간에 앞서 자연이 존재하고 자연이 인간에게 운명지어준 방식으로 살아가는 것이라는 것을 믿도록 하기 위해 「무녀도」에 현실적 공간으로 '예기소'를 끌어넣었으며, 그렇게 함으로써 자신의 세계관을 분명히 제시하고 있다.

2) 산(땅)과 인간의 교섭 – 「황토기」와 금오산

경주를 감싸고 있는 주요 산은 토함산과 선도산, 그리고 남산을 들 수 있다. 토함산은 동쪽으로 가로놓여 있고, 선도산은 서쪽에, 남산은 남쪽에 있다. 남산은 고위산(수리산)과 금오산의 두 정상이 자리해 있고, 금오산이 제일 주요한 봉우리여서 흔히 남산을 금오산이라 부르기도 한다. 김동리는 소년 시절에 쓸쓸함과 외로움을 달래기 위해 자주 금오산에 올랐다.[12] 산과 수풀은 그에게 마치 어머니의 품과 같은 것이었다. 그 산은 「황토기」의 배경이 된다.

12 김동리는 소년 시절 가장 많이 오른 산이 집에서 가까웠던 서산(선도산을 포함하여 옥녀봉, 송호산 등)이었고, 다음이 남산(금오산)이었다.(김동리, 「가랑잎 위에서」, 『생각이 흐르는 강물』, 갑인출판사, 1985, 26면)

금오산(金鰲山)과 수리재(鵄述嶺)에서 뻐쳐 내리는 두 산맥이다.

등성이를 벌거벗은 채 이십 리 삼십 리씩을 하나는 서북, 하나는 동북으로 보고 뛰어 내려오다가, 겨우 황토ㅅ골이라는 조고만 골작 하나를 낳은 것뿐으로, 거기서 그 앞을 흘러가는 내물(龍川)을 바라 보며, 동네 늙은이들 입으로 전하는 상룡(傷龍), 혹은 쌍룡(雙龍)의 전설을 이룬, 그 지리적 결구(地理的結構)는 여기서 끝을 맺는 것이다.

룡내(龍川)을 건너 황토ㅅ골 앞들에는 두레논을 매는 한 삼십여 명 되는 사람이 한일자(一字)로 하얗게 궆으려 있고 논두렁에는 농기(農旗)를 든 사람과 풍물치는 사람이 모다 너댓이나 나서 있다.[13]

이 부분은 「황토기」의 프롤로그에 해당된다. 작가는 소설의 첫 구절에서 공간적 배경을 제시한다. 수리재(鵄術嶺)는 금오산에서 남쪽으로 14km쯤 떨어져 있으며 경주와 울산의 경계지점에 속해 있다. 그러므로 '금오산과 수리재에서 뻐쳐 내리는'이라는 표현은 적절치 않다. 그래서 이후 『황토기』(1959)에서는 "주리재(鵄述嶺)에서 금오산(金鰲山) 쪽으로 뻗쳐 내리는…"으로 고쳐 위치적인 전개를 보다 선명히 하고 있다. 왜 작가는 굳이 첫 소설에 없어도 그만인 윗부분을 제시하고 있을까. 그것은 '동기의 구체화'에서도 나타나 있지 않다. 작가는 '억울한 인생', '불우한 운명', '절망적인 고독' 등을 이 작품의 동기로 제시하고 있다.

내가 경상남도 사천군 다솔사(泗川郡 多率寺)에 묵고 있을 때다 …(중략)… 나와 만허선사(滿虛禪師)는 석란대(石蘭臺)에서 한담(閑談)

13 김동리, 「황토기」, 『문장』, 1939.5, 78면.

을 하고 있었다. 그때 「만허선사」는 문득 다음과 같은 이야기를 했다.

— 옛날 경주 부근 어느 산골짜기에 늙은 두 장사가 살고 있었다. 그들은 둘이 다 보통 사람과는 비교할 수도 없는 초인적(超人的)인 힘을 가지고 있었다. 그런데 그들은 하는 일 없이 서로 싸우기를 잘하였다. 왜 싸우는지는 아무도 몰랐다고 한다. 그렇게 그들은 까닭 모를 싸움만 하다가 그대로 늙어 죽고 말았다.[14]

이 대문에서 볼 수 있듯 두 장사의 이야기는 금오산이나 치술령과는 직접 관련이 없다. 그러면 지리적 배경에 왜 굳이 치술령과 금오산을 등장시켰는가. 물론 이야기의 배경이 '경주 부근'이었다는 것이 한몫했을 것이다. 그리고 작가는 김정숙과의 대담에서 그 까닭을 남산에 있는 황토흙에 기인한 것으로 말하긴 했지만, 그것은 그리 간단한 문제가 아니다.[15]

동으로는 토함산(吐含山) 준령(峻嶺)이 길게 가로놓여 있고, 서쪽으로는 웅장한 단석산(斷石山)과 치술령(鵄述嶺)이 아득하게 마주 보이며, 남으로는 용장계곡(茸長溪谷) 저편에 해발 494m의 수리산(高位山)이 거대하게 솟아 있으니 수리산과 이곳 금오산을 합쳐서 남산이라 불러오는 것이다. 골짜기가 있으면 절이 있고 절이 있으면 탑이 서고 좋은 바위가 있으면 부처가 새겨져 있으니, 신라인들에게 있어서 남산은 바로 부처의 산인 수미산(須彌山)이었고 하늘 위의 도리천

14 김동리, 「주제의 발생」, 『신문예』, 1958.12, 9면. 그러나 작가는 이후 『소설작법』(청운사, 1965)에서 "옛날 어느 산골짜기에……"라 하여 '경주 부근'을 빼고 있다. 그것은 개작본(『김동리대표작선집(1)』, 삼성출판사, 1967)에서 "솔개재(鳶介嶺)에서 금오산(金午山) 쪽으로……"라 하여 배경 자체를 허구화시킨 것과 같은 맥락이다. 작가는 나중에 이야기를 현실적인 맥락과 거리를 유지하려 했던 것이다.

15 김정숙, 『김동리 삶과 문학』, 집문당, 1996, 87면.

이었으며, 또한 도솔천(兜率天)이었던 것이다.[16]

작가는 동기를 구체화하기 위해 자신이 잘 알고 있던 남산(금오산)과 치술령을 「황토기」의 배경으로 가져왔다. 금오산은 신라의 각종 설화와 조선조 김시습의 『금오신화』가 잉태되었던 장소이고, 치술령은 신라 박제상 설화와 관련된 「치술령곡」이 나왔던 장소이다. 이들은 무수한 전설이 숨어 있는 곳이 아니던가. 그러므로 황토골은 남산의 한 마을을 지칭하지만, 신라의 도읍 경주를 의미하는 것으로 뜻이 확대될 수 있다. 김동리는 단순히 그 지역을 잘 알고 있었기에 배경 정도로만 가져온 것일까. 그가 다솔사 시절에 들었던 이야기와 어려서 들은 장사의 이야기가 직접적인 동기가 되었다면 다른 곳을 배경으로 가져올 수도 있었을 것이다. 왜 하필 금오산의 이야기를 넣었을까?

> 그 산이 낳은 전설, 가령, 옛날 등천(騰天)하려든 황룡(黃龍) 한 쌍이 때마침 금오산에서 굴러 떠러지는 바위에 맞어 허리가 끊어지고 이 황룡 두 마리의 피가 흘러 황토ㅅ골이 생긴 것이라는 상룡설(傷龍說)이나, 또 역시, 등천하려든 황룡 한 쌍이 바로 그 전야(前夜)에 있어 잠자리를 삼가지 않은지라 천왕(天王)이 노하야 벌을 내리사, 그들의 여의주(如意珠)를 하늘에 묻으시니, 여의주를 잃은 한 쌍의 황룡이 크게 슬퍼하야 서로서로 저이들의 머리를 물어뜯고 피를 흘리니 이 피에서 황토ㅅ골이 생긴 것이라는 쌍룡설(雙龍說)이나, 혹은 상룡설, 쌍룡설들과는 좀 달리, 옛날 당(唐)나라에서 나온 어느 장수가 여

16 윤경렬, 『경주 남산－겨레의 땅 부처님의 땅』, 불지사, 1993, 351면.

> 기 이르러 가로되 앞으로 이 산맥에서 동국(東國)의 장사가 난다면 능히 대국을 범할 것이라 하야 이에 혈(血)을 지르니, 이 산골에 석달 열흘 동안 붉은 피가 흘러내리고, 이로 말미아마 이 일대가 황토지대로 변한 것이라는 절맥설(絕脈說)이나, 이런 것들이 다 본대 그의 운명에 아주 교섭이 없으리란 법만도 없는 터이었다.[17]

우리는 이 부분에 이르러 작가의 의도를 보다 여실히 보게 된다. 그는 경주 지방에 산재된 용신 설화를 끌어들이고,[18] 또한 그것을 천지 발생 설화와 연결하고 있다. 용의 인간화, 또는 인간의 용신화 흔적은 이 소설에 남아 있다. 그것은 용→(황토골)→억쇠의 삶으로 이어진다. 여기에서 작가는 원시적인 이야기와 현실적 사건의 매개항을 자연 공간(황토골)으로 삼는다. 그것은 설화로 볼 때, 막연한 증거물에 속한다. 그러나 김동리는 그것을 자연과 인간이 교섭하는 매개물로 삼은 것이다. 그리하여 상룡설, 쌍룡설, 절맥설 등의 피의 설화는 "한 덩어리로 어울어진 그들은……두 사람의 온 낯과 어깨와 가슴은 어느듯 아주 벍언 피투성이로 변하여져 버렸다"라는 현실적인 문맥으로 건너오는 것이다. 거기에 우주의 리듬과 자연 및 인간이 서로 하나가 될 수밖에 없다는 김동리의 우주관이 자리한다. 그것은 자연이 인간과 감응하며 직접적인 연관(천인상관설)을 갖는다는 주자학적 우주관이다.[19] 그러므로 작가는 금오산과 치술령에 깃든 설화를 현재 인간에게 매개하여 인간의 삶 자체

17 김동리, 「황토기」, 『문장』, 1939.5, 79면. 필자가 현대적 띄어쓰기로 고침.
18 대표적인 것으로 죽어서 용이 되어 국가를 지키겠다는 문무왕과 동해 용왕의 아들 처용에 관한 설화를 들 수 있다. 그 밖에도 용과 관련된 무수한 설화가 경주 지역에 산재해 있다.
19 주자학적 우주관에 대해서는 山田慶兒의 『朱子의 自然學』(김석근 역, 통나무, 1992)을 참조.

를 자연과 동일화시켜 버린다. 그는 그것을 "이러한 전설을 서장에 기록함으로써 이 소설의 전설적인 스타일과, 주인공들의 운명을 상징적으로 암시해둔"[20] 것으로 설명하고 있다.

치술령에서 금오산에 이르는 산맥과 황토골은 하나의 상징적 공간이며, 그것은 현재에도 인간의 삶을 규정하는 신화적인 힘을 발생하고 있다. 그러한 사실은 "하긴, 그의 하라버지나 아버지들이 다 저 산에서 새어나는 물을 먹고 살다 도로 그리로 도라가 묻히었고 그 역시 오늘날까지 그 물을 먹는 터이매"라는 설명에서 잘 나타나 있다. 김동리는 사람과 자연의 리듬이 하나 되는, 아니, 하나가 되어야 한다는 것을 새삼 강조하고 있다. 강은 합쳐지고, 산맥은 갈라지는 것이 이치이다. 이 산의 이치는 이설과 분이의 죽음(이승과 저승의 갈라짐)과 억쇠와 득보의 마지막 승부(어느 한 쪽의 죽음이든 떠남이든)를 예견케 한다. 그리하여 "이런 것들이 다 본대 그의 운명에 아주 교섭이 없으리란 법만도 없는 터이었다"라는 결론에 이르게 한다. 그것은 자연적 조건이 인간적 운명과 교섭한다는 말이다. 그러므로 태초부터 허무적 색채를 띨 수밖에 없는 선사적 공간은 현재 인간들의 삶에도 직접적이게 된다.

3) 산천(길)과 인간의 교섭 – 「역마」와 화개장터

지리산 자락의 남쪽 끝이자 경상도의 서쪽 경계인 화개는 산세가 험하고 골이 깊어 은신하기에 좋은 장소이다. 이 화개면에는 해인사의 말사인 쌍계사가 자리해 있다. 두 계곡이 문전에 흐르고 있

20 김동리, 「주제의 발생」, 『신문예』, 1958.12, 13면.

어 쌍계라고 이름 붙여진 이 절에 김동리는 일제의 강제 징용을 피해 1943년경 6개월간 은신한 적이 있다. 이 시절 그의 경험은 고스란히 문학의 원천으로 자리한다. 「역마」가 그러한 경우인데, 이 작품은 앞의 소설들과 마찬가지로 작품의 서두에 배경으로서의 자연을 제시하고 있다.

> 〈화개장터〉의 냇물은 길과 함께 세 갈래로 나 있었다. 한 줄기는 전라도 땅 구례(求禮) 쪽에서 오고 한 줄기는 경상도 쪽 화개협(花開峽)에서 흘러내려, 여기서 합쳐서, 푸른 산 그림자와 검은 고목 그림자를 거꾸로 비최인 채, 호수같이 조용히 돌아, 경상 전라 양도의 경계를 그어주며, 다시 남으로 남으로 흘러내리는 것이, 섬진강(蟾津江) 물이었다.[21]

화개는 경상도와 전라도의 분기점으로 서쪽으로는 전남 구례군이, 동쪽으로는 경남 산청군이 접해 있다. 그리고 북쪽에는 지리산이, 남쪽에는 하동이 있다. 그곳은 냇물이 세 갈래로 나 있는 곳이다. 서쪽 구례와 북쪽 지리산에서 흘러들어온 물은 이곳에서 합수하여 남해로 흘러간다.

> 동쪽으로 악양면(岳陽面)·청암면(青岩面)과 산청군 시천면(矢川面), 북쪽으로 함양군 마천면(馬川面)과 전북 남원시 산내면(山內面), 남쪽으로 전남 광양시 다압면(多鴨面), 서쪽으로 전남 구례군 토지면(土旨面)에 접한다. 남북이 길고 동서가 협소하며 지리산과 경계를 이

21 김동리, 「역마」, 『백민』, 1948.1, 59면.

> 루는 하동군 내 최고의 산악지대이고 형제봉(兄弟峰 : 1,115m), 불일폭포(佛日瀑布) 등이 면 중앙부에 있다.[22]

지리산이 인접하고 섬진강이 흐르는 곳, 산악 지대에 있는 그곳은 동서의 사람들이 모여들어 예로부터 화개장터를 이루었다. 길이 통하기에 사람이 모이지만 뿔뿔이 헤어질 수밖에 없는 곳이기도 하다. 이러한 화개장터의 지역적 여건은 사람의 삶에도 영향을 미치게 된다.

> 하동(河東), 구례, 쌍계사(雙磎寺)의 세 갈래 길목이라, 오고 가는 나그네로 하여, 〈화개장터〉엔 장날이 아니라도 언제나 흥성거리는 날이 많었다. 지리산(智異山) 들어가는 길이 고래로 허다하지만, 쌍계사 세이암(洗耳巖)의, 화개협 시오 리를 끼고 앉은 〈화개장터〉의 이름이 높았고, 경상 전라 양도 접경이 한두 군데일 리 없지만 또한 이, 화개장터〉를 두고 일렀다.[23]

그러면 화개장터와 인물은 어떤 교섭을 이루는가. 길은 물의 방향처럼 세 갈래로 열렸다. 구례와 하동, 그리고 지리산 쌍계사로 이르는 길이 그것이다. 그 통로에 살고 있는 주인공 성기는 떠돌 수밖에 없는 인물이다. 그는 체장수의 딸 계연을 만나지만, 그녀와의 만남은 일시적인 것이다. 그는 쌍계사 칠불암으로 난 길을 통하여 계연과의 사랑을 확인한다. 그러나 이미 그 길은 속세를 벗어난 길이며 끝이 보이는 길일 뿐이다. 그것은 이미 자연적 조건이 부여한 삶

22 『두산백과』 인터넷사전 〈화개면〉의 일부.
23 김동리, 「역마」, 『백민』, 1948.1, 59면.

의 이치가 아니던가. 서두에 제시된 화개장터가 단순히 배경 이상의 구실을 하는 것도 바로 그러한 까닭이다. 말하자면 배경으로서의 세 갈래 길은 인간의 삶을 규정하는 상징체로 자리했던 것이다. 마지막 장면이 다시 맨 처음의 화개장터로 돌아오는 것도 바로 그러한 연유이다.

> 그의 발 앞에는 물과 함께 갈리어 길도 세 갈래로 나 있었으나 화갯골 쪽엔 처음부터 등을 지고 있었다. 동남으로 난 길은 하동, 서남으로 난 길이 구례, 작년 이맘때도 지나 계연이가 한나절이나 얼골을 대이고 울고 갔다는 늙은 소나무는 올해도 비스듬히 고개져 돌아간 구렛길 산모롱이에 그냥 서 있었다. 그러나 그 소나무를 한참 동안 바라보고 서 있던 성기는 어느듯 몸을 도리켜 하동 쪽을 향해 발을 떼어놓았다.
>
> 한 거름 한 거름 발을 옮겨놓을수록 그의 마음은 행결 경쾌하여져, 멀리 버드나무 사이에서 그의 뒷모양을 바라보고 서 있을 그의 어머니의 주막이 그의 시야에서 완전히 살아져 갈 무렵 하여서는, 육자바기 가락으로 제법 콧노래까지 흥얼거리며 가고 있는 것이었다.[24]

성기는 자신의 이모 계연과의 근친적인 사랑을 멀리하고 길을 떠난다. 계연은 돌아온 아비를 따라 강의 상류인 구례를 향하여 떠나지 않았던가. 짧은 동안 각별한 애정을 느꼈던 성기는 계연과의 연분을 잊기로 하고 방랑의 길을 떠나는 것이다. 그러므로 길(화개장터)은 만남의 장소이며 떠남의 장소이다. 그 만남에는 할머니와

24 김동리, 「역마」, 『백민』, 1948.1, 75면.

남사당의 만남이 자리하고 어머니와 스님, 어머니와 체장수, 계연과 성기의 만남이 자리한다. 그러나 이들의 만남은 모두 헤어짐으로 귀결되며, 만남-헤어짐의 반복 구조 속에서 핏줄·운명은 물·길과 더불어 동질적 구조를 이루고 있다.

부녀간, 그리고 모자간의 상봉은 언제나 자연의 이치, 즉 만남과 헤어짐의 원리 속에 귀속될 뿐이다. 그들의 삶은 세 갈래의 물과 길에 이미 구조화되어 있다. 길의 중심에 놓여 있는 화개장터는 만남이 이루어지지만, 각각 자기의 길로 돌아가야 할 수밖에 없는 장소이다. 만남의 중심에서 다시 자신의 길로 떠나야 하는 운명이기에 성기는 상류인 구례 쪽을 등지고 강의 하류인 하동 쪽을 향해 떠날 수밖에 없는 것이다. 길의 분기는 이들의 헤어짐을 의미하지만, 상류·하류는 이미 둘의 근친적 연속성과 위·아래라는 서열의 자리매김을 의미하는 게 아니던가. 선조건으로 자연의 원리가 인간 세상에 주어져 있고, 그것은 개인의 삶에 직접적인 상징으로 자리한다. 결국 물과 길이라는 자연적 조건(상태)과 계연과 성기, 그리고 어머니라는 인간적 삶(운명)이 서로 교섭하고 그 리듬이 합치하기에 이르는 것이다.

3. 자연과 인간 – 리듬의 형이상학

앞에서도 살펴본 것처럼 김동리에게 자연은 유별난 존재이다. 자연은 그에게 하나의 우주이며 천지인 것이다. 자연은 수화목금토 오행이 활동하는 시간이며, 천지를 포함하는 공간이다. 그러므로 인간은 자연의 일부이며, 한편으론 자연에 포함된 세계 내적 존재이다. 그에게 자연은 살아 있는 유기체로서의 자연이며, 그리하여 그것은 신적 존재로 자리한다.

> 우리가 살고 있는 천지 또는 우주는 살아 있는 것이다. 우리 자신이 살아 있는 것처럼 이 우주(천지)도 살아 있는 것이다. 우리가 생각하고 행동하고 말하는 것처럼 땅 위에는 꽃이 피고, 물이 흐르고, 새가 우짖고 하늘에는 해가 빛나고, 별들이 돌아가고, 구름이 흐르고, 우뢰·천둥·번개가 울부짖고 하는 것이다 …(중략)… 우리는 사람이 천지(우주) 속에서 생겨났다는 사실을 의심할 수 없다. 따라서 천지가 가진 생명의 리듬과 사람 속에 있는 생명의 리듬이 같은 원천에 속한다고 볼 수밖에 없다. 따라서 사람이나 동물이나 산천초목이나 또는 해와 달이나가 다 각각 나름대로의 리듬을 보유하고 있지만, 동시에 그것은 같은 리듬의 원천에 통하고 있다고 볼 수 있게 된다.[25]

그에게 천지는 우주의 다른 이름이다. 이 우주는 인간적인 측면에서 말하면 세계(현실)이며, 한편 온갖 물상들이 존재하고 생성소멸하는 공간으로서의 자연인 것이다. 자연은 인간처럼 우짖고 울부짖는 생명의 리듬을 가진 존재이다. 이러한 그의 자연관은 성리학의 유기체적 세계관을 바탕으로 한다. 그에게 성리학은 그가 자랑스레 여겼던 백부 김범부의 영향이 오롯하다. 그러므로 김동리를 이해하기 위해 김범부를 인식할 필요가 있다. 김범부의 사상적 근원은 화랑, 김시습, 최제우로 이어지는 사상적·학문적 편력을 통해 이해할 수 있다. 그리고 조선조 성리학의 한 축을 형성했던

25 김동리, 「리듬의 철학」, 『생각이 흐르는 강물』, 330~331면.

김종직의 가문이라는 사실도 상기할 필요가 있다.

김동리의 사상은 경주라는 지역적 특성으로 신라정신(화랑)에서 동학사상(최제우)에 이르는 한 축과 김종직에서 김범부에 이르는 성리학(주자학)적 전통이라는 또 다른 한 축이 중심을 이루고 있다. 특히 어려서부터 김범부 아래에 있었던 김동리에게 성리학적 영향은 절대적인 것이었다. 그러므로 성리학적 전통은 김동리를 이해하는 데 중요한 규준이 된다. 그가 사물의 원리를 궁구하는 데 『주역』을 많이 내세우는 것도 그러한 까닭이다.

> 본디 천지만물에는 그것이 운행(運行)되는 질서와 규율이 있다. 날(日)에 밤 다음 낮, 낮 다음 밤이라든가, 달(月)에 참(盈)과 기움(虧), 해(年)에 춘하추동이 차례대로 운행되는 따위가 그것이다. 주역(周易)에 〈해달의 운행이 한 번 춥고 한 번 덥다(日月運行一寒一暑 — 繫辭傳)〉라고 한 것이 바로 이것이다. 다시 말하면, 천지자연의 운행에 내재된 질서 내지 규율이 있고, 이것을 가리켜 천리 또는 천도(天道)라고 일컫는 것이다.
>
> 그런데 인간도 천지의 산물(産物)인 동시에 천지의 분신이기 때문에 인간 속에도 이 천리(또는 천도)가 부여되어 있다고 본다. 이 인간 속에 부여된 천리(또는 천도)를 가리켜 성(性) 또는 성리(性理)라고도 하고, 또 이와 조금 다른 측면에서는 명(命) 또는 천명이라고도 하는 것이다. 이 성(성리)과 명(천명)은 다 같이 천리에서 온 것이지만 인간 속에서 행(行)하는 작용은 다른 측면을 가진다는 뜻이다. 본디 천리도 천지만물에 통해 있는 리듬이기 때문에 리듬의 법칙에 의해서 양면성을 가지는 것이고, 그 양면성이 인간에게 와서는 성(性)과 명(命)으로 갈라진 것이다.[26]

위 구절에서 '천리', '천도', '성리'니 하는 모든 것들은 성리학적 인식을 바탕으로 한다. 김동리는 천지만물의 이치를 '리듬의 철학'으로 구현한다. 그것은 주역의 '율려론'과 다름 없다. 그는 "우리와 천지 사이엔 떠날래야 떠날 수 없는 유기적 관련이 있다는 것과 및 이 〈유기적 관련〉에 관한 한 우리들에게는 공통된 운명이 부여되어 있다"고 주장한다.[27] 그것은 자연의 호흡과 인간적 맥박은 서로 통한다는 것으로, 성리학에서 '천인상관론' 및 '감응이론'과 일치한다. 이러한 그의 성리학적 또는 유기체적 세계관은 문학관에도 절대적이게 된다. 그것은 "한 작가의 생명(개성)적 진실에서 파악된 세계(현실)에 비로소 그 작가적 리얼리즘은 시작하는 것이며 그 세계의 呂律과 그 작자의 인간적 맥박이 어떤 문학적 약속 아래 유기적으로 육체화하는 데서 그 작품(작가)의 리얼은 성취"[28]된다는 '생의 구경으로서의 문학관'인 것이다. 이 역시 인간이 자연(우주)의 일부이며, 참된 문학은 그것의 리듬에 부합하는 것이라는 인식에 기반을 두고 있다.

> (가) 그 이름이 무엇이든, 그러한 자연과 더불어, 자연과 한 덩어리가 되어 살고 있는 고대인의 생활 감정이 『시경』 속에서 흐르고 있는 것이다 …(중략)… 이것은 『시경』의 첫머리에서 몇 절을 옮겨 본 것이다. 어디를 펼쳐도 자연과 인생의 혼연 일치(渾然一致)를 발견할 수 있는 것이 『시경』이다. 자연 속에 인생이 융해(融解)되어 있다고 할지, 인생 속에 자연이 융화(融和)되어 있다고 할지 모를 정도다 …(중략)… 그러나 『시경』에서 보는 「자연과 인생의 융화」에는 무언지 다른 악센트

26 김동리, 「천명을 즐긴다」, 『생각이 흐르는 강물』, 174~175면.
27 김동리, 「문학하는 것에 대한 사고」, 『문학과 인간』, 청춘사, 1952, 100면.
28 김동리, 「나의 소설수업」, 『문장』, 1940.3, 174면.

가 느껴진다. 그냥 자연을 사랑한다거나, 자연 속에 묻혀 산다거나 하는 따위와는 다른 무엇이 있다. 종교적(宗敎的)인 귀의(歸依)랄까, 신(神)을 믿는 사람이 신에 귀의하는 모습이랄까, 그러한 절대적(絕對的)이며 구경적(究竟的)인 귀의랄까, 동화(同化)랄까 하는 것이 느껴진다.[29]

(나) 한 개인의 주체적 감정에서 출발하는 강렬한 정한이 그 대상의 일시적 특수성에 고정되지 않고 일반적·보편적 체계성을 띠게 될 때 그 한 개인의 체계화된 정서는 이미 인간 전체의 「신」에 대한 귀의심(歸依心)이나 혹은 자연에 대한 향수(鄕愁)의 세계로 통하게 되는 것이다.[30]

그는 소설 창작에서뿐만 아니라 많은 작품평에서도 자연과의 동화, 또는 일치를 강조하고 있다. (가)는 『시경』 평에, (나)는 김소월 평에 해당된다. 그는 인간의 자연 귀의, 또는 동화의 경지를 문학이 도달해야 할 절대적 수준으로 평가하고 있다. 그것이 바로 자연과 인간의 리듬의 일치에 대한 강조가 아니겠는가. 결국 그에게 비친 자연이란 신의 개념에 부합한다. 자연과 인간의 조화, 그것은 곧 세계의 여율과 인간적 맥박이 유기적으로 육체화된 세계, 곧 우주의 리듬의 형상화가 아니겠는가. 그가 추구하는 궁극적인 세계는 유기체적 자연(신)으로 귀의하는 형이상학의 세계였다. 그것은 오묘하고 신비한 질서와 리듬이 숨 쉬는 인간의 본원적 세계이다. 그에게 자연은 인간과 같이 호흡하는, 그리고 결코 떼어놓을 수 없는 그런 대상이며, 인간은 자연(세계) 내적 존재로 함께 호흡하며 존재

29 김동리, 「귀뚜라미」, 『한국현대문학전집(13)』, 삼성출판사, 1981, 369면.
30 김동리, 「청산과의 거리」, 같은 책, 434면.

할 따름이다.

4. 마무리 – 21세기와 자연

자연은 우리가 존재하는 공간이고 살아 존재해야 할 공간이다. 인간은 그곳으로부터 무수한 혜택을 누리면서 삶을 영위하고 있다. 자연은 인간과 떼려야 뗄 수 없는 존재이다. 오래전부터 자연은 인간의 경외와 숭배의 대상이 되어왔다. 그러나 산업화가 진행되면서 자연은 개발과 이용의 대상으로 전락하였고, 또한 무분별한 체취와 파괴로 자연 생태계의 질서는 무너지게 되었다. 인간은 자연을 지배하고 종속시키려고만 하여 공생, 공존의 틀은 깨어지고, 이제 공해나 오염, 환경 재해 등으로 생존마저 위협받고 있다. 인간은 개발과 이윤이라는 명목하에 자연 속에 존재해야 할 질서－이를 김동리식으로 표현하면 '리듬'이고, 카프라식으로 얘기하면 '시스템'이 된다－를 짓밟아버린 것이다. 그것은 상생의 위치에서 공존 공영하던 유기체의 자연이 공해와 파괴의 메커니즘에 의해 상극과 공멸의 단계로 들어선 것이다. 이러한 때 생태주의적 세계관은 무엇보다 중요하게 대두된다. 그것은 인간이 이 우주 속에 살아가기 위해 피할 수 없는 선택이다. 그러므로 우리는 유기체 조직에서 망가진 '그물코'를 회복해야 한다. 자연을 도구로 인식하는 기계론적 자연관에서 벗어나 '구두끈', 또는 시스템으로 이뤄진 유기체적 관계를 회복해야 한다.

김동리의 자연관이 오늘날 생태주의자들의 자연관과 일치한다고 하기는 어렵다. 김동리의 자연관은 성리학적 자연관이며 어떻게 보면 전근대적인 성격을 띠고 있다. 그러나 인간의 의식은 기계적이고 단선적으로 진행되어가는 것이 아니라 변증법적이고 순환적으로 전개되어 간다. 자연과 인간의 조화, 또는 상생의 공간으로서의 김동리의 자연관은 생태주의자들의 자연관과 본질적인 측면에서 일치한다. 오늘날의 관점에서 보면 생태주의는 1930년대 김동리, 김달진, 서정주 등 인간의 기계화에 맞서 생명을 중시하던 '시인부락'파의 사상과 닮았다. 특히 김동리는 동양사상의 유기체적 자연관을 인간과 세계의 관계로 확대하여 설명했다. 그것은 氣의 자연학이 理의 인간학으로 넘어가는 주자학의 기본 원리에 상응한다. 그의 사상은 자연의 질서 속에 인간을 편입하고 인간의 운명을 자연에 종속시키는 등 오늘날에서 보면 신비적인 요소(이를 비과학적 요소로만 규정해선 안 된다)가 없지 않지만, 그러한 관념을 바탕으로 한 유기론적 자연(세계)관은 오늘날에도 평가받아야 마땅하다. 그러한 토대를 인정하고 제대로 용인할 때 그의 문학은 제대로 평가될 수 있다.

김동리는 마르크시즘의 기계론적 세계관에 대항하여 유기(체)론적 대안을 견지하였다. 그것은 현대 물리학자들이 기계론적 세계관의 한계를 명확히 인식하고 유기적, 생태적 세계관으로의 전환을 외치는 것과 같은 맥락이다. 그러므로 김동리의 사상은 새로운 21세기에 당면하여 더욱 문제적이 된다. 그를 중심으로 한 '시인부락'파는 1930년대에 유기론적, 생태적 세계관을 통해 사회주의적 근대에 맞섰던 것이다. 그러므로 오늘날 생태주의, 생태시학을 그들로까지 확대해서 논의할 필요성이 있다. 왜냐하면 그들은 우리 문학사에서 1990년대 말부터 범문단적으로 논의되어온 생태시학의 한 원류를 이루고 있기 때문이다.

金東里

김동리 소설 연구

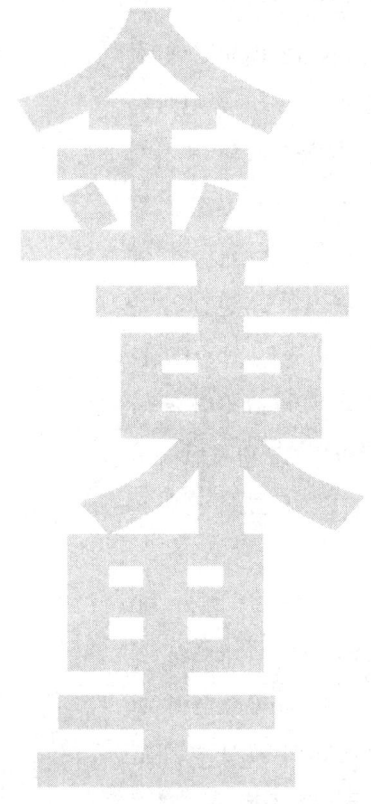

김동리의 창작방법론

1. 들어가는 말

김동리는 우리 근대문학사에서 단편소설의 미학을 수립한 작가 가운데 하나이다. 그는 수많은 소설을 창작하였을 뿐만 아니라 현장비평과 더불어 창작 이론과 방법을 가르치기도 했다. 그는 우리 근대문학 논의에서 빼놓을 수 없는 중요 작품을 남겼고, 또한 다른 사람의 작품을 비평하면서 자신의 문학 이론을 체계화하는 작업을 수행한 것이다. 그리하여 문학 일반론과 더불어 구성, 주제, 인물, 소재 등 소설창작과 관련된 중요한 논의들을 남겼다.

이제까지 김동리에 대한 수많은 연구가 있었지만, 그의 창작론에 대한 연구는 거의 없는 형편이다.[1] 그에 대한 연구는 대부분 소

1 이제까지의 주요 연구로 다음과 같은 것을 들 수 있다.
김윤식, 『한국근대문학사상연구2』, 아세아문화사, 1994; 김윤식, 『사반과의 대화』, 민음사, 1997; 김주현, 「김동리 소설 연구」, 『논문집』 10, 경주대학교, 1998; 류철균, 「한국현대소설 창작론 연구」, 서울대 박사논문, 2001.

설 작품 연구에 치중되어 있으며, 비평 연구도 주로 1930년대의 세대논쟁, 해방 공간의 민족문학논쟁, 그리고 1950년대의 실존논쟁 등을 대상으로 하고 있다. 그가 우리 근대문학에서 가장 중요한 작가 가운데 하나라는 점에서, 끊임없이 자기의 문학론을 제기해온 비평가의 한 사람이라는 점에서, 많은 후배 소설가를 길러 낸 스승이라는 점에서 그의 창작론에 대한 연구는 절실히 요구된다.

소설(창작)론은 그의 문학을 이해하는 원천이 된다. 우리 근대문학론이 주로 서구의 이론을 수용해 논의되고 있는데, 그의 창작론은 우리 소설론의 체계를 세우는 데 하나의 근간이 될 수 있다. 그러므로 그의 소설(창작)론에 대한 체계적인 접근이 요구된다. 본 연구에서는 김동리가 제시한 창작에 관한 이론들을 분석 검토함으로써 김동리 창작론을 체계화할 것이다.

2. 김동리의 문학론의 형성 및 전개

김동리는 1949년 『문예』에 「창작강의」를 3회 연속으로 싣는다.[2] 이것은 글의 제목에서 보듯 창작에 대한 내용을 강의 형태로 기술한 것이다. 이 글은 그 이전의 비평적인 글과는 사뭇 다른 문학 본질론에 관한 것이다. 그러면 왜 이 시기에 김동리는 자신의 창작론을 제기하였는가? 여기에는 해방 공간의 상황이 놓여 있다. 1946년에는 동료 소설가인 정비석의 『소설작법』(신대한도서)이 나오는가 하면, 1947년에는 이무영의 『소설작법』(동진문화사)이 발간된다.

2 김동리, 「창작강의」, 『문예』, 1949.8~10.

그리고 1949년 4월에는 사회주의 문학이론서인 『창작방법론』[3]이 발간되기에 이른다. 그리하여 정비석이나 이무영뿐만 아니라 로젠타리, 누시노프, 킬포친 등의 이론이 창작방법론으로 군림하려는 상황이었다. 해방 공간에 사회주의 문학자인 김동석, 김병규와의 논전을 거친 김동리가 『문학과 인간』(1948)을 발간한 것도 자신의 문학적 입장을 분명히 할 필요가 있었기 때문이다. 그가 문학론에 매달린 것도 동료 소설가나 사회주의 문학론에 맞서고자 하는 의식이 있었기 때문으로 보인다. 그리고 '강의'라는 명칭을 통해서 창작을 교육의 차원에서 바라보는 모습을 읽을 수 있다. 당시 창작에 대한 사회적인 요구는 컸던 것으로 보인다. 1950년 1월 서울예술학원은 1년 연한의 문예창작 강좌를 개설하고 수강생을 모집하였다. 여기에서 김동리는 '소설론'을 맡은 것으로 되어 있다.[4] 그의 창작론은 제도교육의 모습을 띠고 시작되었던 것이다.

그는 한국전쟁 중인 1952년 부산에서 『문학개론』을 내놓는다. 이 저서는 '辛卯(1951) 十二月'에 마무리한 것으로 되어 있다. 그가 서문에서 "우리나라에서 보통 『문학개론』이라고 불리워지는 저서를, 나의 것으로써 가져 볼 계획은 진작부터 나에게도 있었다"라고 말하는 것으로 보아 전쟁 이전부터 문학론을 준비해왔다는 것을 알 수 있다. 그는 이 저서의 내용을 1953년 7월부터 『협동』에 6회에 걸쳐 강의 형식으로 소개한다.[5]

3 홍면식 편역, 『창작방법론』, 문경사, 1949.

4 1950년 1월 13일자 동아일보 광고란.

5 김동리, 「문학초심」, 『협동』, 대한금융조합연합회, 1953.7~1955.1. 이 글의 제목에 '교양강좌－문학편'이라는 소개가 있고, 또한 내용도 제1회는 '서언'과 '제1절 문학이란 무엇인가'로 이뤄져 있지만, 제2회부터는 '제2강 창작문학의 본질', '제3강 시와 산문', '제4강 서정시', '제5강 서사시', '제6강 희곡' 등 강좌 형식으로 구성되어 있다. 이후 김동리는 이들 내용을 수정 보완하여 개정판 『문학개론』(대현출판사, 1984)을 내게 된다.

한국전이 끝난 1953년 가을 김동리는 서라벌예술대학에서 문예창작을 지도하게 된다. 그의 문학론은 이 시기에 들어 보다 체계화되기에 이른다. 이때부터 그는 대학에서 소설창작을 지도하면서 수업에 필요한 자료를 직접 만들기도 하고, 교재를 편집하기도 한다. 그가 교재의 편집 및 제작에 관여한 저작은 아래와 같다.

① 『문예창작강좌-소설연구』, 서라벌예술대학출판국, 1956.
② 『문예학개론』, 서라벌예술대학출판국, 1958.
③ 『세계문예강좌』, 어문각, 1962.
④ 『소설작법』, 청운출판사, 1965.
⑤ 『문예창작법신강』, 장학출판사, 1976.

김동리가 자신의 문학 및 창작론의 실질적 토대로 삼은 것은 몰턴의 이론이다. 그는 「창작강의」에서 처음으로 "근대적 문학양식으로서의 소설은 몰턴(R.G.Moulton)이 말한바 「인생의 서사시」로서의 근대소설……"이라고 하여 몰턴의 『문학의 근대적 연구』를 소개하고 있다.[6] 몰턴의 이론은 김동리의 『문학개론』에서도 절대적인 위치를 차지하고 있으며, 이후 「서사시형태론」(『소설작법』), 「학술 및 예술로서의 문학」·「창작문학과 산문문학」(『세계문예강좌』) 등에서 중심 이론으로 자리하고 있다. 몰턴과 더불어 그는 많은 이론들을 수용하고 있다. 그의 글에 언급된 문학이론가의 저서를 살펴보면 아래와 같다.

6 김동리가 참조한 몰턴의 저서는 本多顯彰가 번역한 『文學の近代的研究』(암파서점, 1932, 원서명 : *The Modern Study of Literature*, The Macmillan Company, 1915)로 보인다.

永井荷風 『소설작법』, W.H.Hudson 『영문학사개관』, 맥켄지 『문학의 진화』, 本間久雄 『문학개론』, 아리스토텔레스 『시학』, E. M. Forster 『소설의 양상』, E. Muir 『소설의 구조』

이 밖에도 문학이론가의 이름만 제시된 경우는 부지기수이다. 이들의 이론은 간단히 언급하고 지나친 것도 있지만, 구체적으로 논의된 것도 적지 않다. 이를 통해 김동리는 다른 사람들의 문학론을 계속 탐구하면서 자신의 문학론을 수립하려 했다는 사실을 파악할 수 있다. 그것은 의양지학의 방법이다. 그뿐만 아니라 그는 끊임없이 자신의 창작과정을 해명하고 창작방법론을 펼치고 있다. 앞의 글들은 창작교육을 위해 그가 손수 만든 강의 노트 형식의 소박한 것들이 대부분이지만, 그의 창작방법을 보여주고 있어 주목된다. 주요한 글들은 아래와 같다.

1) 「창작강의」(1~3), 『문예』, 1949.8~10.

2) 「우연성의 연구」, 『신사조』, 1950.5.

3) 「서사형태론(소설)」, 『문예학개론』, 서라벌예술대학출판국, 1958.

4) 「창작과정과 그 방법」(1~10), 『신문예』, 1958.11~1959.12.[7]

5) 「까치소리의 인과율」, 『현대문학』, 1966.12.

6) 「구성이란 무엇인가」, 『문학사상』, 1969.3.

그는 이러한 글들에서 소설 및 소설 창작과 관련된 논의를 펼치

7 사실상 1회 때의 제목은 「창작과정과 방법」이다. 그러나 2회부터 「창작과정과 그 방법」으로 이름이 굳어지게 된다. 10회 미완성으로 『신문예』가 폐간되면서 더 이상 실리지 않은 것으로 보인다.

고 있다. 특히 우리의 주목을 끄는 것은 외국 이론을 소개하면서도 자신의 창작을 바탕으로 하여 창작방법론을 역설하고 있다는 사실이다. 이러한 것들은 그가 한국 근대문학, 특히 근대소설의 형성에 커다란 기여를 했다는 측면에서, 그리고 창작교육을 통해 수많은 제자를 길러 낸 작가였다는 측면에서 중요하게 논의될 수 있다. 그러면 여기에서는 그의 소설 창작방법론의 양상을 몇 가지로 항목화하여 살펴보기로 한다.

3. 김동리의 창작방법론의 양상

1) 구성론

김동리의 창작방법론에서 무엇보다 눈에 띄는 것은 구성론이다. 그것은 김동리의 창작론에서 가장 많은 비중을 차지하고 있고, 여러 회에 걸쳐 의견이 개진되기도 했다. 이는 소설에서 구성이 가장 중요한 대목이고, 또한 실제 창작에서 무엇보다 필요하기 때문이다. 여기에서는 김동리가 제기한 구성과 관련된 논의들을 정리를 하면서 검토를 하기로 한다.

(1) 사실과 허구 ; 통일성

김동리가 구성에 대한 관념을 처음 피력한 글은 「창작강의」이다. 이 글에서 그는 사실의 문학적 형상화에 대해 설명하고 있다. 그것은 '사건(이야기)의 구성론'이라고 할 만하다. 이 글에서 김동리는 사실을 어떻게 형상화(구성)할 것인가라는 문제에 관심을 기울이고 있다.

> 가령 1948년 9월 20일 한국 남단 여수에서 아비를 죽인 아들과 아비를 위하여 목숨을 바친 아들들이 있었다고 하자. 이 두 개의 사실은 각각 어떠한 의미를 가지게 되는가. 만약 사실 그대로 그리는 것이 소설이라고 가정하고 이 경우를 상상해보라.[8]

두 개의 사실, 그것은 소설로 볼 때 각각의 소재가 된다. 그런데 이러한 사실을 어떻게 작품으로 형상화해내는가가 문제이다. 김동리는 이것을 사실과 진실의 차원에서 논의하였다. 그는 사실을 인간 생활의 한 파편으로 간주하고, 그러한 파편(사실)이 의미를 가지게 되는 것은 다른 파편, 또는 전체와의 관계 속에서라고 설명했다.

> 즉 두 가지 사실(파편)이 어떤 종합적인 구성을 가질 때 거기에는 한 개 일반적이요 보편적인 법칙이 성립되는 것이다. 그러나 사실을 있는 그대로 그린다는 것은 어디까지나 한 특수한 경우 한 지엽적인 부분을 의미할 뿐이요 일반적 법칙이나 보편적 진리를 그릴 수는 없다는 것이다. 소설은 사실 이상의 진실을 그려야 한다는 것도 이를 두고 하는 말이다.(『문예』, 1949.9, 236면)

사실을 어떻게 수용하여 그것이 사실의 기록(實記)이 아닌 문학적 진실(예술성)을 획득하는가? 그는 "모든 사실의 파편이 종합적으로 구성될 때 거기에 생명이 부여"된다고 했다. 사실이란 인간

8 김동리, 「창작강의」, 『문예』, 1949.9, 234면. 이하 모든 인용문은 가능하면 한글로 하였으며, 띄어쓰기는 오늘날의 규범으로 고쳤음을 밝힌다. 그리고 같은 글의 인용은 인용 구절 뒤 괄호 속에 『문예』, 발간월, 면수만 기입.

생활의 한 파편에 불과할 뿐이며, 작가는 종합적 구성을 통해 보편적이고 일반적인 의미를 생성한다는 것이다. 즉 개별 사실에 대한 종합적 구성을 통해서 소설의 진실성을 획득한다는 것이다. 사실을 진실되게 그려야 한다는 말은 전체 구성에서의 통일성을 강조한 것이다. 구성의 통일성을 말한다. 이야기가 예술성을 획득하는 것은 이러한 통일성에 기인한다. 통일성, 유기성은 구성에 있어서 매우 중요한 요소이다.[9]

이러한 논리는 「강유기」(1958.10)의 설명에서 더욱 구체적으로 제시된다. 이 글에서 작가는 실제 사실을 바탕으로 한 「강유기」가 실기가 아니라 어떻게 소설인지를 설명하고 있다. 그는 소설이 창조되어 생명력을 갖는 까닭을 대상, 목적, 동기, 태도, 방법이 다르기 때문이라 설명했다. 그것은 구성의 통일성과 관련된다. 그는 소설의 대상이 주관 세계요, 그 목적은 자아세계의 표현(카타르시스) 내지 자아 생명의 영구 보존에 있고, 그 동기는 생명욕이요, 그 태도는 세계(객관)에 대한 자아의 대결이며, 그 방법은 정서와 상상에 입각하는 상상과 수사라고 설명했다. 사실로부터 작가가 새로운 작품을 탄생시키는데, 이때 구성의 통일성은 매우 중요한 측면이다. 작가는 「강유기」가 사실과 일치하는 점도 있지만, 사실과 다른 것, 사실에서 없었던 것이 존재하며, 또한 등장인물의 성격, 취미, 인품, 기타의 특징 등에 지은이의 강렬한 관심과 이해가 기울어져 있고, 표현에 비중이 있는 점 등으로 인해 사실의 1차원적 세계와는 다른 픽션으로서의 2차원의 세계를 이루고 있다고 했다. 작가

9 케니는 구성을 지배하는 법칙으로 그럴듯함, 놀람, 긴장, 통일성 등을 언급하고 있다. 특히 구성의 통일성과 관련해 '구성과 통일성, 부차적 구성, 통일성으로서의 구성' 등의 항목에서 중요하게 다루고 있다. W. Kenney, *How to Analyze Fiction*, Monarch Press, 1966, pp.19~23.

의 강력한 관심과 이해로부터 주관적 예술 작품을 형상화하는데, 인물이나 사건의 종합적 구성이라는 구성의 통일성을 통해 문학에 생명이 부여되는 것이다.

> 이로써 본다면, 「강유기」가 「허구」의 세계를 성립시켰다는 말은, 이러한 〈사실〉의 〈파편〉을 일정한 규범 속에 주워 모아서, 적당히 배열시켜서, 그 〈파편〉과 〈파편〉 사이에 인과 관계를 붙임으로써 〈파편〉을 생명의 세계에 환생(還生)시켰다는 말이 된다. 다시 말하자면 〈길가에 뒹구는 돌멩이와 기와 조각〉 사이에 혈연관계를 맺아 놓고, 〈어느 항구에서 혼자 울고 떠나가는 배고동 소리와 「화신」 앞을 돌아가는 전차바퀴 소리 사이에 〈제 각각〉이 아닌 유대 관계(紐帶關係)를 맺아 놓았다는 뜻이 되는 것이다.[10]

대상(소재)을 사실에서 취했더라고 하더라도 소설 작가는 사실들의 파편을 주워 모아 인과관계를 구성하여 작품에 생명을 불어넣는다. 파편과 파편 사이에 인과관계를 부여하고, 또한 그러한 사실들을 종합적인 유대관계로 맺어두는 것이 필요하다. 그것은 작품 세계에 유기성과 통일성을 부여하는 구성 정신이다. 이때 작가의 주관세계가 작용하고, 개성의 절대화를 통해 새로운 창작품이 완성된다. 김동리는 무엇보다 주관을 절대화하여 창작의 생명성을 강조한 사람이다.[11] 진실은 유기적인 구성, 통일성으로부터 획득된다. 그러한 것은 이후 「밀다원 시대」에도 나타난다.

10 김동리, 「사실과 허구」, 『신문예』, 1959.3, 15~16면.
11 김동리의 '주관의 절대화'로서의 창작론은 류철균의 논문, 「한국 현대소설 창작론 연구」(서울대 박사논문, 2001)를 참조.

〈밀다원 시대〉에 나오는 시대성과 사회성은 거의 현실 그대로로 취했다. 다시 말해서 상황성을 거의 그대로 현실에서 취했던 것이다. 다만 지극히 제한된 시간과 공간을 취했고, 인물도 그랬다. 시간과 공간이 현실의 한 토막을 그대로 썼던 것처럼, 작중인물도 대부분이 실재인물을 모델로 취했던 것이다 …(중략)… 작품 속의 이중구의 가족관계는 소설가 이봉구씨와 상관없는 다른 사람들의 것을 여기 갖다 붙였으며, 그의 행동과 심경은 전적으로 작자인 내 자신이 겪은 바를 가감해서 거기다 붙였던 것이다. 조현식이 조연현씨를, 허윤이 허윤석씨를, 오경수는 오영수씨를 각각 어느 정도 모델로 했던 것은 사실이다.

그래서 나는 그의 성과 이름을 전적으로 바꾸었을 뿐 아니라 작품 속에 나오는 그의 행동도 전적으로 내가 만들어 넣기로 했던 것이다.

작중의 길선주 여사는 김말봉 여사를 모델로 삼았던 것이 사실이다. 그리고 작중에 나오는 사건과 대화도 거의 그대로 옮겼던 것이다.

송화백과 안정호 음악가는 완전히 가공인물이다.

이 작품에서 나는 대화를 마크(대화표)만 붙여서 지문 속에 묶기로 했다. 그리고 가급적으로 주인공의 리리컬한 심정으로 작품의 분위기를 통일시키려 했다. 그것은 소재를 너무나 생경한 현실에서 취했기 때문에 예술적인 창조성에 조금이라도 틈이 나서는 안 된다고 헤아려졌기 때문이었다.[12]

작가는 이 글에서 「밀다원 시대」를 어떻게 창조하였는가를 설명하였다. 허구적 세계를 구현하기 위해서 그가 작품에서 한 문학적

12 김동리, 「사라지지 않는 것들」, 『문학사상』, 1985.6, 66~67면.

장치들은 시공간의 임의 선택, 시점의 선택, 인물의 가공, 분위기의 설정 등 다양하다. 이러한 것들은 작품 전체에 통일성을 부여하는 중요한 장치들이다. 작가에게 현실은 소재, 또는 사실로서의 이야기(실화)일 뿐이며, 작가는 상상력을 통해서 작품의 유기적 통일성을 구현함으로써 2차원적인 예술세계(예술성)를 창조한다. 여기에서는 창조성이라는 표현은 구성을 넘어서는 의미이지만, 소설이 대상 세계를 재구성한다는 점에서 넓은 의미의 구성에 포함된다. 김동리는 현실의 사건을 소설에 가져올 때 작가의 창조적 상상력이 개입된다고 말했다. 또한, 그는 종합적 구성, 즉 유기적이고 통일적 구성을 통해 소설이 허구적 진실성을 획득할 수 있다고 하였다.

(2) 우연성 ; 개연성

김동리는 구성에 대한 관점을 우연성으로 확장한다.[13] 「우연성의 연구」가 그것인데, 그 부제는 "소설에 있어 우연성의 허구면과 진실면에 대한 고찰"이다. 그는 여기에서 두 가지 이야기를 제시한다. 진수와 영주는 서로 사랑했지만 부모의 반대로 헤어지고, 영주는 다른 사람을 만나 결혼을 했으나 진수는 영주를 잊을 수 없어 고국을 등지고 방랑의 길을 떠났다. 그는 5년 후 서울로 돌아오지만 영주를 못 잊어 한다.

> 5년 뒤 진수는 가슴에 병을 안고 다시 서울로 돌아왔으나 영주의 소식은 들을 길이 없다. 그는 아직도 독신이다. 아아, 영주를 한번만 더 봤으면, 한번만 더 봤으면 하고 진수는 가슴을 앓는다. 한번은 진

13 김동리의 우연성에 대한 논의로는 김윤식의 「우연성, 가능성, 필연성의 분석」(『한국근대문학사상연구2』)와 「천하평정과 '우연성의 연구'」(『사반과의 대화』)를 참조할 만하다.

수가 고독에 못 이겨 인천으로 떠났다. 인천으로만 가면 꼭 영주를 만날 것 같았기 때문이다. 그래 인천 바닷가에 나갔더니 거기 과연 영주가 나타났다. 그리하여 그들은 맛났다.—[14]

서울로 돌아온 진수에게는 다시 영주의 소식이 궁금하였다. 궁금한 채 한달포나 지난 어느날 주사를 맞으러 병원에 들렀다가 아는 의사를 만나, 영주가 지금은 인천에 가 살고 있다는 것을 알게 되었다. 그러나 인천 어디서 무엇을 하고 있다는 것은 물론 그도 몰랐다. 진수는 인천으로 가고 싶었다. 그러자 의사의 말도 서울보다는 해안 방면이 나을 게라고 해서 진수는 그의 친구가 경영하고 있는 인천 어느 병원으로 곧 요양처를 옮기게 되었다. 그러나 인천도 꽤 복잡한 곳이다. 거리에서나 식당 같은 데서나 진수는 행여나 하고 부지런히 살피는 것이었으나 영주는 좀처럼 만날 길이 없었다. 하루는 바닷가에 산보를 나갔더니 저쪽에서 너뎃 살짜리 어린애의 손목을 잡고 이쪽으로 걸어오는 아래 위 헌옷을 입은 체격이 후리후리한 여자 하나가 있었다. 진수는 가슴이 덜컥 내려앉으며 화석처럼 그 자리에 발이 붙어 버렸다.—(『신사조』, 29~30면)

김동리는 전자를 우연이며 거짓말로, 후자를 자연스럽고 당연하고 진실성 있는 것으로 간주했다. 전자는 작가의 필요에 따라 우연성이 임의로 초래된 경우요, 후자는 그러한 우연이 초래될 만한 사전 조건이 준비되어 있다는 것이다. 후자는 구성에 있어서 개연성, 또는 계기성을 확보하고 있다. 그럴듯함, 또는 개연성은 구성에서

14 김동리, 「우연성의 연구」, 『신사조』, 1950.5, 28~29면. 같은 글의 인용은 인용구절 뒤 괄호 속에 『신사조』와 면수만 기입.

제일 중요한 요소 가운데 하나이다. 작가는 이를 복선이라 일컬었다. 작가는 복선을 통해 충분한 개연성을 제시한다. 작가가 충분한 개연성을 확보하지 못해 임의적이고 우연적으로 사건이 전개되면, 소설이 실패하게 된다. 그는 이어서 두 번째의 예를 든다.

> (가) 진수와 영주는 이튿날 세 시에 인천 식당에서 만나기로 했다. 진수는 세 시 10분 전에 와서 기다렸다. 세 시가 가까워 올수록 진수의 가슴은 두근거리기 시작하였다. 세 시 정각이 되자 영주는 식당의 문을 열고 나타났다.

> (나) 세 시가 가까워올수록 진수의 가슴은 두근거리기 시작하였다. 세 시 정각, 그러나 영주는 나타나지 않았다. 5분····10분····15분····15분이 되도록 나타나지 않았다. 진수는 점점 열이 오르며 두 눈이 핑핑 돌기 시작하였다. 그는 안절부절을 못하고 벽시계와 손목시계를 번갈아 보곤 하였다. 세 시도 거진 반이나 지났을 때였다. 식당 문이 열리며 거기 영주가 나타났다. 영주는 상기된 얼굴에 수줍은 듯한 웃음을 띠며 늦어서 죄송하다고 했다. 막 나올려는데 시어머니가 다니러 와서 이렇게 늦어졌다고 사과를 했다.(『신사조』, 31~32면)

전자는 별다른 일 없이 만남이 이뤄지지만, 후자는 '시어머니의 내방'이라는 우연성이 개입되어 사건의 긴장감이 형성된다. 약속 시간이 지나면서 다음 어떤 사건이 벌어지게 될까 하는 긴장과 더불어 궁금증이 쌓이게 된다. 그런데 시어머니의 내방이라는 우연성의 개입으로 이야기는 더욱 심각하고 절실한 실감과 박력을 느낄 수 있게 된다. 이처럼 이야기는 "그럴듯하고 논리적이어야 하지만, 때로는 우리를 놀라게 해주어야 한다. 그것은 긴장을 일으켜서 만족시켜 주어야 한다."[15] 김동리는 창작자의 측면에서 우연성의 효과를 세밀하게 분석하였다. 그리고 다음과 같은 결론을 내린다.

> 우리가 우연이라 일컫는 어느 사건이나 현상이 자연과 통할 때엔 그것이 더할 수 없는 강력한 진실면이 되어 우리에게 실감과 박력을 가져오는 것이요, 그와 반대로 작자나 작중 인물의 임의적인 독단에서 오는 우연성이 출현할 때 그것은 허구면에 통하여 여지없는 반감과 파탄을 초래하게 되는 것이다.(『신사조』, 33면)

그는 우연성이 자연적이고, 자연스러운 것이 소설에서 진실성을 초래한다고 지적했다. 임의적인 독단에서 나온 우연성은 독자의 신뢰를 얻을 수 없다. 우연성도 자연스럽고 그럴듯함을 지녀야 한다. 그것을 김동리는 우연성의 진실면으로 간주했다. 그는 우연적인 사건 속에 진실이 들어 있고, 작가는 그러한 진실의 측면을 드러내야 한다고 강조했다.

> 그러나 현실 속에는 돌발사태라든가, 그야말로 〈우연한 일〉들이 얼마든지 있고, 또 그런 일일수록 사건적이며 이야기거리가 될 수 있는 것입니다. 그러나 위에서 말한 대로, 그러한 〈돌발사태〉나 〈우연한 일〉들도 그 원인을 우리가 모르고 있을 뿐, 조물주가 내려다볼 때에는 다 그만한 원인이 〈혹은 간접 간접으로, 혹은 보다 더 멀리 멀리〉 만들어져 있다는 것입니다. 따라서 작가도 작품 속에 이러한 〈돌발사

15 R. Stanton, *An Introduction to Fiction*, 박덕은 편역, 『소설의 이론』, 새문사, 1984, 187면.

> 태〉나 〈우연한 일〉로 보이는 사건을 그리지 않을 수 없습니다. 다만 이 경우의 작가는 〈조물주〉이기 때문에, 〈간접 간접〉 또는 〈멀리, 멀리〉 얽혀있는 〈원인〉을 복선으로 엮어놓지 않으면 안 된다는 것입니다.[16]

우리가 일상사에서 느끼는 우연은 대자연의 견지에서 보면 우연이 아니라는 것이다. 그리고 대자연의 창조주(조물주)처럼 작가 역시 작품 속에서 우연한 일을 그대로 방치하지 않고 복선을 제시함으로써 사건을 자연스럽게 전개되도록 해야 한다는 것이다. 작가는 작품 속에서 일어난 우연한 일도 궁극적으로 그 원인을 제시해 주어야 한다. 그렇게 함으로써 소설은 더욱 실감과 박력을 갖게 된다.

(3) 사고 ; 의외성

김동리는 우연성을 사고와 연계시킨다. 사고는 예기치 않게 발생한 일이기 때문에 우연적인 일이 된다. 소설은 세상에 널려 있는 사고를 대상으로 한다는 것이다.

> 그러면 사건이란 무엇인가. 이것은 사고를 의미하는 것이다. 여기 어떤 은행원이 있어 아홉 시에 출근하고 열두 시에 점심을 먹고 다섯 시에 퇴근하여 일곱 시에 저녁을 먹고 열한 시에 취침하기로 되어 있다고 하자. 이 사람이 이것을 지키고 되풀이하는 동안은 '사고'가 아니다. 그러나 그가 만약 열한 시에 출근을 한다거나 두 시에 퇴근을 한다거나 새벽 세 시에 취침을 한다거나 한다면 이것은 모두 사고(사

16 김동리, 「구성이란 무엇인가」, 『문학사상』, 1969.3, 171면.

> 건)다. 그리고 이 사고의 내용이 곧 이야기인 것이다. 즉 아홉 시에 출근을 하려고 버스를 탔는데 버스가 전복을 해서 많은 사상자를 내는 통에 그도 왼발에 부상을 입고 병원에 가서 치료를 받고 하려니까 열한 시가 되었다고 한다면 이 사람의 두 시간 지각에는 버스 전복이란 사고가 있었던 것이다. 이 버스가 만약 여느 때와 같이 정상적으로 운행이 되어서 아홉 시에 출근했다면 그것은 물론 이야기가 아닌 것이다 '버스의 전복'은 정상상태가 아니다. 정상상태를 벗어날 때 그것은 사고인 동시에 이야기인 것이다.[17]

은행원이 지각한 것은 버스 사고 때문이다. 만일 그에게 버스 사고가 없었다면 그냥 일상적인 생활의 반복만 있을 따름이다. 그런데 사고는 그의 일상적인 삶을 바꾸어 놓고 만다. 그런 것이 우리가 신문 지상에서 자주 접하는 사건 사고이다. 이 사건 사고는 의외성과 문제성이란 의미를 동시에 띠고 있다.

> 이렇게 볼 때 사고는 개인의 책임이라던가 의지의 한계를 벗어나 있음을 알게 된다. 우리가 얼핏 생각할 때 버스가 전복하는 것은 운전수의 책임이요, 도시락밥이 체한 것은 소고기 장조림이 질겼기 때문이라고 할는지 모르나, 기실 버스가 전복된 것은 그때 마침 운전대를 지나서 날아간 한 마리의 벌이 운전수의 콧잔등을 스쳤기 때문일 수도 있는 것이며, 도시락밥이 체한 것은, 곁에 앉은 타이피스트가 동료(같은 은행의)의 연애편지를 읽고 있었기 때문인지도 모른다 …(중략)… 이와 같이 인간은 일생 동안에 걸쳐 경험하는 모든 사고는 특

17 김동리, 「서사형태론(소설)」, 『문예학개론』, 서라벌예술대학출판국, 1958, 173면.

> 히 그것이 중대하면 중대한 것일수록 자기 자신의 의지나 이지(理知)로서는 감당하기 어렵고 헤아리기 어려운 여러 가지 원인과 동기에서 재래(齎來)되는 것이며, 그러기 때문에 모든 사람은 모든 사람의 사고, 즉 운명적 사실에 대하여 그것을 남의 일로만 생각지 않고 자기 자신의 일같이 생각하며, 그에 대한 비상한 관심과 동정과 흥미를 가지게 되는 것이다.[18]

여기에서 사고는 단순히 소설의 소재적 측면과 관련된 것 같지만, 그것은 구성과 긴밀히 연관되어 있다. 사건은 소재와 구성에서의 의외성, 일탈성, 문제성을 일컫는다. 영주가 30분 늦게 도착한 것이 갑작스러운 시어머니의 방문 때문이라는 것이나 출근이 늦어진 것이 차의 전복 사고라는 것이나 모두 우연성을 말해준다. 그러나 그러한 우연성이 시어머니 방문이나 통근하던 차의 전복이라는 예기(豫期)할 수 있는 상황에서만 일어나는 것은 아니다. 이를테면 차의 전복은 운전사가 음주를 했다거나 또는 신호를 위반했다거나 과속을 했다거나 아니면 상대방 차의 과실로 인해 발생할 수 있다. 그러나 그것이 우연히 날아든 벌 때문이라는 것은 우연성과 의외성을 동시에 보여주는 대목이다. 그것은 예기치 않은, 뜻밖의 상황이라는 점에서 의외성으로 인해 놀라움을 일으킨다. 여기에서 첫 번째 사건(지각)이 직접적인 인과관계로 맺어졌다면 두 번째 것(차 사고)은 우발성이 개입된다. 이러한 것은 소설을 더욱 흥미진진하게 하는 요소이다.

18 같은 책, 175면.

(4) 극적 전개 ; 인과성

구성에 있어서 인과관계는 대단히 중요하다. 그래서 포스터는 진작부터 그 중요성을 강조했다. 그는 〈왕이 죽었다. 그 슬픔으로 인해 왕비가 죽었다〉를 플롯의 예로 설명했다.[19] 김동리 역시 이야기와 소설을 구분하면서, 이야기는 시간의 흐름이 사건 계기의 근본 원인이 될 수 있는 것이지만 소설은 그렇지 않다고 주장했다. 그는 무엇보다 인과관계를 강조하고 있다.

> 가령 〈그들은 봄에 사랑을 맺었다. 그리하여 가을엔 죽었다〉 한다면, 그들이 사랑을 맺고 죽고 하는 일이 〈봄〉과 〈가을〉이라는 〈세월의 흐름〉, 또는 〈사건의 변화〉에 따라서 자연 발생적으로 일어나는 것이 된다. 여기서 그들이 겪는 사건이나 변화의 주원인은 세월 또는 시간에 있는 것이다. 그리고 이러한 성질의 사건이나 변화는 누구이거나 다 있는 것이다. 따라서 그것은 충분히 〈이야기〉적이나 극적인 것이 못 되는 것이다. 그 대신 〈그들은 사랑을 맺었다. 그러나 극도의 빈궁으로 보금자리와 밥을 얻지 못한 채 그들은 죽었다〉 한다면 그들의 죽음의 원인은 봄에서 가을까지라는 시간에 있지 않고, 〈극도의 빈궁〉에 있게 되는 것이다. 그들이 사랑을 맺은 일이나 죽게 되는 일이 다 같고, 또 그 시기가 같은 봄과 가을이라 하더라도 그들의 죽음의 원인은 〈세월의 흐름〉에 있지 않고 〈빈궁〉에 있게 되는 것이다. 이와 같이 행위와 행위, 사건과 사건이 서로의 인과관계에 의하여 펼쳐져 나갈 때 그것을 극적 변화, 또는 극적 전개라 할 수 있으며 소설로서의 이야기엔 이것이 필요한 것이다.[20]

19 E. M. Forster, 이성호 역, 『소설의 이해』, 문예출판사, 93~115면.
20 김동리, 「습작기의 소설생리 해부」, 『신문예』, 1959.8, 72면.

포스터에게 있어서 죽음의 원인이 슬픔이라면, 김동리는 그것을 극도의 빈궁으로 설정했다. 포스터나 김동리가 시간의 흐름에 따른 사건의 전개를 스토리로 간주한 것은 같지만 인과관계에 따른 전개를 전자는 플롯으로, 후자는 극적 전개로 설명했다. 김동리는 "'사건 계기'의 주원인을 시간에 두지 않고 인물과 인물의 성격이라든가, 현실적 조건이라든가, 당면한 사건이라든가, 운명이라든가 하는 것들의 상호관련성"에 두어야 한다고 강조했다. 그것은 결국 시간 계기에 따른 스토리와 사건 계기의 종합적 인과성이라는 구성에 대한 기본적인 생각을 피력한 것이다. 사건 계기가 시간에 있을 때 이야기는 지나치게 단조롭고 재미없다. 스탠톤은 구성의 진전이 우리의 호기심이나 희망이나 두려움에 호소하면서, 우리들의 마음속에 의문으로부터 형성된다고 지적했다. 김동리는 초보 소설가들에게 구성의 중요성을 새삼 인식시키기 위해 구성의 인과성을 강조하였다. 그는 포스터의 플롯 이론을 받아들이면서, 그 인과의 원인을 성격이나 사건, 현실적 조건이나 운명 등 광범위하게 제시함으로써 구성론을 보다 확장시키고 있다.[21] 그는 창작자의 입장에서 구성론을 피력하였기에 더욱 실질적이고, 세밀하며 다양한 구성론을 제시할 수 있었던 것이다.

(5) 인과율 ; 상관성

김동리는 또다시 「까치 소리」에서 구성론을 제기했다. 그것은 인과율로 언급되지만, 그 이전의 것과는 사뭇 다른 차원을 형성한다. 바야흐로 그의 인과율은 직접적인 사건 계기에서 벗어나 상관

21 김동리는 「구성이란 무엇인가」에서 포스터의 플롯 이론을 구체적으로 소개하고 평석을 달았다.

론으로 발전한 것이다.

「뒷숲에 우는 뻐꾸기 소리로 인하여 앞개울의 개구리는 뛴다」 그 때의 내 생각으로는 〈앞개울의 개구리가 뛴다〉에 그치지 않고 뛰다가 풀숲의 배암에게 먹힌다는 것이였으나 그렇게 쓰려니까 문장이 아름답지 않아서 숫제 〈뒷숲에 우는 뻐꾸기 소리로 인하여 앞개울의 개구리가 배암에게 먹힌다〉고 쓸까고도 망설였지만, 위에서와 같이 그냥 〈뛴다〉로 일단 적어놓고 말았던 것이다. 그러니까 내가 그 글에서 나타내고자 하던 사상은 앞개울에서 어떤 개구리 한 마리가 배암에게 먹히고 있다고 볼 때, 그것은 뒷숲에서 울어쌓는 뻐꾸기 소리 때문이다 ― 하는 데 있었던 것이다. 즉 뒷숲의 뻐꾸기 소리가 원인이 되어서, 앞개울의 개구리가 뱀에게 먹히는 결과를 빚어내고 있다는 견해였던 것이다 …(중략)… 뒷숲의 뻐꾸기와 앞개울의 개구리가 무슨 상관이란 말이냐 이것이 일반 사람의 상식이요 현실적인 생각인 것이다. 그러나 나는 이러한 일반사람의 상식이요 현실적인 생각을 뒤엎고 그 양자 사이에 생멸의 인과관계를 인정하고 이것을 나의 작품의 주제로 이끌어볼 심산이었던 것이다.[22]

뻐꾸기 울음과 개구리 죽음 사이에는 직접적인 인과성을 찾을 수 없다. 그러나 양자 사이의 생멸의 인과 관계를 구현하려고 한 것이 「까치 소리」라는 것이다. 그러면 인과관계란 무엇을 의미하는가? 계속되는 설명을 보기로 한다.

22 김동리, 「'까치 소리'의 인과율」, 『현대문학』, 1966.12, 220면.

> 그러니까 사람이 살다 죽은 뒤에도 일단 그의 〈정신〉이랄까 〈영혼〉이랄까 하는 것이 남아있어 이것이 그의 자손에게 어떤 영향력을 끼친다는 뜻이 된다 …(중략)… 이와 같이 선대의 적선적악(積善積惡)이 후손의 경앙성패(慶殃成敗)의 원인이 된다는 공자의 사상보다 더 폭을 넓혀서 투철하게 보는 것이 불교의 인과설이다 …(중략)… 그러니까 나의 적행이 내 자손에게 간다고 보기보다 바로 내 자신에게 돌아올 뿐 아니라 이승에서 내가 받는 업보는 바로 내 전생의 업일 뿐 아니라 전전생 또는 그보다 더 먼 어느 전생의 것일 수도 있다는 인과관인 것이다. 따라서 지금 내 곁을 지나가는 타인은 그냥 타인일 수 없을 뿐 아니라, 앞개울의 개구리나 뒷숲의 뻐꾸기도 결코 나와 무연한 자라고만 볼 수 없다는 얘기가 된다.[23]

여기에서 그의 인과론은 직접적인 계기성에서 벗어나 정신과 영혼의 세계, 또는 공자와 석가의 인과설까지 확대되어 그 원인이 전생, 또는 전전생까지 소급된다. 그것은 감응설, 또는 상관설과도 밀접한 관련을 띤다. 그러므로 그것은 객관적 인과율을 기반으로 하는 사실주의적 작품 세계와는 사뭇 다르다. 그의 인과론은 "우주에 가득 찬 사사물물이 눈에 띄지 않은 채 서로 영향 주고 있다는 생각"[24]을 바탕으로 한다. 그의 이러한 사유는 유기론적 세계관이라는 주자학적 사유에서 비롯된 것이다.[25] 인과론이 그의 사상으로 확대된 모습을 보여준다. 이러한 상관성은 결국 현실의 직접적인 계기보다 오히려 주관적이고 심리적인 계기에 기초한다.

23 같은 글, 221면.
24 김동리, 「까치와 '까치 소리'」, 『문학사상』, 1977.2, 284면.
25 이에 대해서는 필자의 「김동리 소설 연구」(『논문집』 10, 경주대학교, 1998)를 참조.

> 그러니까 한 편의 소설 속에 나오는 모든 세부는 그 서로서로의 관련성에 있어 현실과 다를 수밖에 없겠지요. 현실세계의 모든 세부는 그 〈현실적〉인 현상 안에서는 〈상관관계〉가 없는 거지요. 그것은 다만 시간적으로 앞뒤에 있고, 공간적으로 여기저기에 있을 뿐이겠지요. 그러나 작품 속에서는 서로서로가 상관성이 있어야 하고, 이것을 포스터는 〈인과관계〉라고 표현했고, 몰톤은 작자가 설정한 〈구성〉이란 이름의 〈섭리에 의한 계획〉이라고 말하고 있는 것입니다.[26]

이 진술에서 김동리의 상관론은 보다 분명해진다. 그의 인과론은 현실적인 현상을 넘어서는 것으로 포스터의 인과론, 몰턴의 구성과는 다른 차원을 형성하고 있다. 그의 상관론은 융의 '동시성'의 원리, 유교적 감응이론과 불교적 인연설까지 내포가 넓다. 그것은 사실적이고 객관적인 인과론의 한계를 넘어 초현실적이고 탈역사적인 인과론으로 나아간 것이다. 어쩌면 이러한 인과론은 김동리 문학에서 독특한 모습을 보여준다. 「까치 소리」에서 까치 소리와 어머니의 기침 소리, 그리고 봉수의 살인과의 상관성이 그러하고, 또한 「황토기」에서 산맥과 용, 그리고 득보와 억쇠의 운명의 상관성이 그러하고, 「역마」에서 세 갈래 길과 강물, 그리고 어머니와 성기와 계연 등의 운명이 그러하고, 「무녀도」에서 예기소와 모화의 리듬이 그러하다. 어쩌면 그는 직접적인 인과성보다는 더 넓은 개념으로 서로의 상관성이란 표현을 사용한 것인지도 모른다. 그의 상관성 이론은 인간과 세계의 조응이라는 율려사상에서 비

26 김동리, 「구성이란 무엇인가」, 173면.

롯된 것이며, 이는 김동리에게 있어서 새로운 구성론으로 자리하게 된다.[27]

2) 성격론

김동리는 성격론에 대해 별로 언급하지 않았다. 그는『문학개론』에서 소설의 3대 요소를 주제(테마), 결구(플롯)와 문체(스타일)로 보았고, 플롯의 3대 요소로 인물(성격), 사건(행동), 환경(시간 장소)으로 설명했다. 인물론이 적은 것은 인물이 중요하지 않았기 때문이 아니라 인물은 구성이나 배경(환경)과 서로 연관되어 있어 굳이 따로 강조할 필요는 없었기 때문으로 보인다.

> 성격이 문제란 것은,「모티프」가 비록 인물(성격)에서 출발된 것이 아니고, 〈사건〉이나 〈환경〉에서 출발된 것이며,「사건」이나「환경」에 중점이 놓인 경우라 하더라도 작가가 가장 중대한 관심을 기울여야 하는 것은「성격」에 있다는 뜻이다. 이 말은 물론 구성의 중점이「사건」이나「환경」에 있는 경우라도, 인물(성격)을 본위로 하여「사건」이나「환경」이 수정되고, 희생되어야 한다는 뜻은 아니다. 구성의 중점이「사건」이나「환경」에 놓인 경우라 할지라도, 그「사건」, 그「환경」에 적합한 성격을 설정하고 표현할 수 있도록 노력해야 한다는 뜻이다.[28]

27 이에 대해서는 필자의「리듬의 형이상학－김동리와 유기체론」(『21세기 문학의 유기론적 대안』, 새미, 2001)을 참조.
28 김동리,「성격적 표현」,『문예창작강좌－소설연구』, 서라벌예술대학출판국, 1958, 237~238면.

인물론은 구성론처럼 독자성을 띠고 전개된 것이 아니다. 그에게 인물은 사건이나 환경, 그리고 주제와 밀접한 관련성을 띠고 있다. 위의 말은 "언제나 하나의 관심(예를 들어 인물 자체의 그럴듯함에 대한 관심)은 다른 것들, 이를테면 구성, 주제, 전체의 통일성을 위해 희생할 준비가 되어 있어야 한다"는 것을 의미한다.[29] 스티븐슨은 소설을 쓰는 세 가지 방법으로 ①플롯을 만들어서 거기 인물을 배치하는 것, ②인물을 만들어서 그런 성격의 사람이면 전개될 만한 사건이나 국면을 발견하는 것, ③어떤 분위기를 붙들고 그 분위기에 맞을 만한 국면이나 인물을 만들어내는 것 등을 들고 있다. 인물 배경 사건 가운데 하나를 붙들고 그 나머지를 보충한다는 말이다.[30] 여기에서 각 요소의 상호 보완성은 긴밀히 요구되며, 어느 것도 소홀히 할 수 없다. 김동리가 성격이 중요하다고 하는 것은 어디까지나 제작에 임하는 작가의 태도를 말하는 것이다. 그는 성격을 말하면서 '인간성의 탐구' 또는 '옹호'를 이야기하고 있다. 그렇다면 그것은 작품의 주제적 성격과 관련이 된다. 실제로 창작에서 인물은 주제 형성에 중요한 역할을 한다.

> 「무녀도」가 한 무녀를 주인공으로 삼은 것은 그냥 민속적 신비성에 끌려서는 아니다. 조선의 무속이란, 그 형이상학적 이념을 추구할 때 그것은 저 풍수설과 함께 이 민족 특유의 이념적 세계인 신선관념의 발로임이 분명하다. (이 점 무녀도에서 구체적 묘사를 시험한 것이다.) 「仙」의 영감이 도선사(道詵師)의 경우엔 풍수로서 발휘되었고, 우리 모화(무녀도의 주인공)의 경우에선 「巫」로 발현되었다.[31]

29 R. Stanton, op. cit., p.187.
30 김동인, 「소설작법」, 『조선문단』, 1925.5.

그는 초기 소설 「무녀도」에서는 무의 발현자로서 모화를 만들었으며, 「산제」에서는 풍수장이 태평이를 창조했다. "모화와 태평이는 생리적으로 그 혈관에 수액(樹液)이 흐르고 그 골수엔 암석과 흙의 성분이 그대로 작용하고 있어야 할 즉 대자연의 일 분자(개체)로 그에게 인간적 변화법칙에(가령 생사 같은 데) 그대로 수용되지 않는 유형의 인물을 창조"[32]한 것이다. 이러한 인물들은 민속적인 인물형에 가깝다. 그는 「무녀도」의 경우 인물보다 주제를 강조하고 있다. 그러나 인물은 사건이나 주제 등과 무관하게 존재하는 것이 아니고, 오히려 상호 조응 속에 빛을 발한다. 그가 자신의 인물에 대해 「그리운 그들」과 「소재의 특이성과 평범성」에서 소개하고 있다. 전자는 '작중인물지'의 성격을 띠는데, 이 글에서 작가는 황진사와 모화, 태평이, 재호, 억쇠, 강정우 등을 들고 있다. 그리고 후자에서는 자신의 인물들을 좀 더 구체적으로 설명하고 있다.

> 그러면 (1)의 작품인물의 〈특이한 형태〉란 무엇인가?
>
> 여기엔 다음 세 가지가 있다고 본다.
>
> ①불구자 또는 병자 ②기인 또는 괴짜 ③천재 또는 백치(『신문예』, 1959.5, 33면)

그가 '소재의 특이성'을 추구한 것은 독특한 주제를 찾아보려는 의욕 때문이고, 그것은 독특한 작품을 쓰려는 의욕과 결부된다고 설명했다. 독특한 작품을 쓰기 위해 작가는 특이한 인물이나 사건

31 김동리, 「신세대의 정신」, 『문장』, 1940.5, 91면. 이하 같은 글의 인용은 인용 구절 뒤에 『문장』, 면수만 기입.

32 김동리, 「그리운 그들」, 『조광』, 1940.12, 235면.

및 환경(배경)을 택한다는 말이다. 그는 특이한 인물로 ①의 예로 문둥이(순이 엄마), 벙어리(낭이), 절름발이(맹랑이 아버지, 실근이), ②의 예에 황진사, 모화, 태평이, 허덜풀네, ③으로 정우, 모화, 황진사 등을 들고 있다. 그는 독특한 작품을 써보고 싶다는 의욕이 치열해서 '주인공, 또는 주요 인물이 불구자나 괴짜 따위로 되어 나타난 것'이라고 했다. 그는 무엇보다 국외자들의 삶과 운명에 관심을 가졌고, 그로 인해 그의 소설에는 불구자들이나 괴짜들이 많이 등장한 것이다. 그는 주제에 대한 의욕으로 다양한 인물들을 형상화했다. 그러한 인물들은 사건, 또는 환경과 결부되어 더욱 빛난다.

초기 소설의 인물들은 주로 소외받고 억압받고 버림받은 인물들이지만, 그들은 정신적 가치를 추구하는 사람들이다. 이러한 측면에서 황진사나 모화, 태평이, 허덜풀네 등은 전근대적 인물들이며, 문제적 인물들인 것이다. 특이한 인물은 『자유의 역사』에서 김인식과 영옥, 『사반의 십자가』의 사반과 실바아 등에서도 드러난다.

> 내가 이 사내를 주인공으로 설정한 것은 그 당시 유대가 8.15전의 한국과 (민족적으로) 흡사한 형편에 있었기 때문이기도 하려니와 또한 가지 이상과 현실의 조화 및 신명에의 동조자로서의 인간이 추구하고자 하는 나의 기본적인 주제에 기인한 점도 있었다.[33]

김동리가 사반을 설정한 것은 그가 예수와 대비시키기 위해서, 그리고 '신명에의 동조자'로 만들기 위해서이다. 그것은 모화의 인물 설정과 크게 다르지 않다. 그는 허구적이자 운명적인 인물 사반

33 김동리, 『밥과 사랑과 그리고 영원』, 사사연, 1985, 303면.

을 내세워 예수와 로마에 대한 반항의식, 또는 저항성을 드러내고 있다. 예수의 옆에서 같이 처형된 강도를 민족의 지도자인 사반으로 설정하였고, 그를 이전의 모화나 억쇠처럼 하닷이나 실바아의 점성술의 세계 속에 위치시킨 것이다. 이를 통해 그는 인간의 허무적 심연과 운명적 굴레를 잘 드러내고 있다.

다음으로 『자유의 역사』의 주인공 김인식을 들 수 있다. 그는 김인식이란 인물을 의식적으로 창조하고자 했다고 말했다. 그러면 김인식이란 어떤 인물인가?

> 무엇보다도 그렇게 영리한 두뇌와 상식과 건강의 소유자이면서 무엇이 되어 보겠다는 목표가 없다. 군인도 정치가도 실업가도 교육자도 다 싫은 것이다. 무슨 직업이든 일정한 직업에 매인다는 것 자체가 싫은 것이다. 그렇다고 허무주의자나 염세주의자도 아니다.[34]

김인식은 자유주의자이지만, 놈팡이에 불과한 사람이다. 작가는 왜 그러한 인물을 창조했는지 스스로 해명하고 싶지 않다고 했다. 그것은 결국 자신과 관련이 되어 말하기 곤란하다는 사실을 반증한다. 김인식은 김동리의 실제적 모습을 가장 많이 닮은, 분신과 같은 존재이다. 그는 『자유의 역사』에서 자신의 모습을 생생히 재현해놓고 있다. 그는 어떤 주의자라기보다 내면적 욕망을 추구하는 실존적 인물로 그려졌다. 그리고 영옥은 현대사의 질곡에서 여성적, 또는 모성적 생명력을 지닌 여성의 화신으로 각인된다.

34 같은 책, 304면.

3) 주제론

작가에게 주제에 대한 발견은 창작으로 이어진다. 작가는 대개 주제나 스토리 가운데 어느 한 쪽을 가지고 집필에 착수하게 된다.[35] 김동리는 주제를 '한 편의 소설을 만들기 위하여 소재를 다루어 나가는 통일원리'로 규정하고, 그것을 대상으로부터 받은 충격이나 감동, 즉 동기의 구체화로 설명했다.[36] 그리고 여러 군데 주제에 대해 깊은 관심을 표명했다. 김동리는 「무녀도」에서 동양정신이 본질세계에 있어 유구한 승리를 맺는 것으로 마무리하려고 했다. 그의 개작 과정은 바로 그러한 의식의 명료화 내지 구체화로 설명된다.

> 이러한 간단한 서술로서는 모화의 마즈막 승리(구원)를 이해하기 힘들 것이다. 여기 「시나윗가락」이란 내가 위에서 말한 「仙」 이념의 율동적 표현이요, 이때 모화가 「시나윗가락」의 춤을 추며 노래를 부른다 함은 그의 전(全) 생명이 「시나윗가락」이란 율동으로 화함이요(모화의 성격묘사에 의하여 가능함), 그것의 율동화란 자연의 율동으로 귀화 합일한다는 뜻이다. 이리하여 동양정신의 한 상징으로서 취한 「모화」의 성격은 표면으로는 서양정신의 한 대표로서 취한 예수교에 패배함이 되나 다시 그 본질세계에 있어 유구한 승리를 갖게 된다는 것이다.(『문장』, 91~92면)

그는 「창작과정과 그 방법」의 첫머리에 「무녀도」를 내세우고 있

35 R. Stanton, op. cit., p.92.
36 김동리 외, 『소설작법』, 청운출판사, 23~30면.

다. 그런데 여기에서 주목할 것은 1936년 「무녀도」의 첫 발표 이래 1947년, 1952년에 걸쳐 개작을 하였다는 사실이다. 김동리는 모화의 신선관념으로는 본질세계에서의 유구한 승리를 제대로 달성할 수 없었다. 그래서 작품을 또다시(1963년) 개작하게 된다.

> 「모화」의 〈동양적〉인, 〈물아일동〉의 특수한 무당적 생리를 대조적으로 표현하기 위하여 〈서양적〉인 것과 부딪히게 한다.
>
> 「기독교」의 등장 — 충돌
>
> 여기서 기독교는 〈서양적〉인 것의 한 대표로 「모화」와 부딪힌다.
>
> 〈동양〉과 〈서양〉의 새로운 대결! 이것을 강조하기 위하여 「욱이」를 기독교도로 만든다.
>
> 「모화」는 「욱이」를 굉장히 사랑하지만 〈신〉과 〈신〉의 대결로써 드디어 그를 칼로 찌른다.(또렷한 의식없이)
>
> 「욱이」를 기독교도로 만들기 위해서는 처음의 계획을 고쳐야 한다.
>
> 기독교도로 하여금 누이동생과 더불어 간음시킬 수 없다고 생각해서다.(『신문예』, 1958.11, 12~13면)

김동리는 본질 세계에서 유구한 승리를 이끌기 위해 작품 속에서 화랑이를 전경화시키고, 또한 욱이를 기독교도로 만들어서 기독교와 샤머니즘의 갈등을 보다 구체화하게 된다. 마지막 개작(1963)에서 굿의 영험으로 낭이가 말문을 여는 것으로 마무리함으로써 본질적인 세계에서의 유구한 승리라는 주제의식을 달성하게 된다.[37] 그가 지속적으로 개작을 할 수밖에 없었던 까닭은 바로 자

37 「무녀도」의 주제의식에 대해서는 필자의 「'무녀도' 개작에 나타난 작가의식 고찰」(『어문론총』 35, 한국문학언어학회, 2001.12)을 참조.

신이 작품 형상화 과정에서 지녔던 주제의식이 제대로 달성되지 못했기 때문이다.

김동리가 주제의 형상화의 예로 든 작품이 「황토기」이다. 그는 창작방법에서 「무녀도」의 착상동기는 내부에서 출발한 것이요, 「황토기」의 동기는 외부에서 들어왔음을 강조했다.

> 내가 경상남도 사천군의 다솔사(泗川郡 多率寺)에 묵고 있을 때다 …(중략)… 그때 만허선사에게서 들은 이야기다.
>
> — 옛날 경주 부근 어느 산골짜기에 늙은 두 장사가 살고 있었다. 그들은 둘이 다 보통 사람으로서는 비교할 수도 없는 초인적인 힘을 가지고 있었다. 그런데 그들은 하는 일 없이 서로 싸우기를 잘하였다. 왜 싸우는지는 아무도 몰랐다고 한다. 그렇게 그들은 까닭 모를 싸움만 하다가 그대로 늙어 죽고 말았다.
>
> 이것이 이야기의 전부다.
>
> 나는 이 이야기를 듣고 어떤 충격을 받았다. 왠지 모르게 가슴이 찌르릉 우는 듯했다. 〈어떤 충격〉 그것의 내용과 의미를 나는 소설로서 그려보고 싶었다.(『신문예』, 1958.12, 9면)

이는 「창작과정과 그 방법」 그 두 번째 글이다. 이 글에서 그는 「황토기」의 주제 발생에 대해 설명하였는데, 이것은 이후 『소설작법』(청운출판사, 1965)에서 더욱 구체화되고 있다. 이 글에서 그는 '비통한 운명과 초인적인 힘의 무의미하게 된 말로'를 그리려고 했다고 했다. 그러나 후자에 이르러 장사들의 '억울한 인생'과 '불우한 운명', 그리고 '절망적 고독'을 표현하고자 했다고 구체적으로 설명했다. 그는 두 장사를 억쇠와 득보로 설정하고, 이들의 비통한 운명을 묘사하기 위해 서로의 무의미한 싸움을 그리고 있다. 그것은 바로 주제가 앞선 것이다. 만허선사가 들려준 이야기에서 얻은 주제의식은 인간의 비통한 운명과 허무적 절망감이었고, 그것을 「황토기」에 형상화한 것이다. 주제의식을 형상화하기 위해, 그는 쌍룡설, 아기장수 등의 설화를 이끌어와 두 사람의 이야기를 설화적 동기들과 결부시키기도 한다.

외부로부터 얻어진 주제의 또 다른 예로 『사반의 십자가』를 들 수 있다.

> 그때 나는 엉뚱하게도 목사님이 본받자고 하는 오른편 쪽 강도보다도, 목숨이 끝나는 순간에 있어서 〈네가 그리스도가 아니냐. 너와 우리를 구원하라〉 하고 대어든 왼쪽편 강도에게 끝없는 동정과 호의가 갔다. 얼마나 괴롭고 얼마나 아프고, 얼마나 암담하고, 얼마나 절망 속에 살았으면 목숨이 사라지는 마지막 순간에 있어 그렇게 나왔으랴 싶었다 …(중략)… 그보다 그 왼쪽편의 십자가야말로, 죽음보다 더 아픈 절망 속에 살아 온 사람이 아니면, 죽으려야 죽을 수 없는 억울한 원한을 품은 사람이 아니면, 자기의 나라와 자기의 민족이 없다면 우주도 죽음도 낙원도 구원도 있을 수 없다고 믿은 사람이 아니고서 어떻게 마지막 순간에 있어 그럴 수 있으랴 생각할 때, 나의 두 눈에서는 곧장 뜨거운 눈물이 펑펑 쏟아져 나왔다.(『신문예』, 1959.2, 26면)

『사반의 십자가』는 『성경』의 교의적인 해석에 대한 반발에서 형성되었다. 작가는 그러한 해석을 부정하고 한쪽 강도를 사반이라 이름하여 그의 인간적 절망과 반항을 당대의 사회적 문맥 내에서 그려내고 있다. 일제 강점기 조선의 암울한 민족 현실 앞에 그는 로마 제국 치하의 이스라엘의 민족 상황을 생각하게 되었고, 그것을 배경으로 한 인간의 절망적 상황과 억울한 운명을 그려내고 있다.

> 여기서 나는 〈푸로문학〉을 지양하기 위하여 〈가난하고 억울한 노동자 농민의 생활참상〉을 문학적으로 좀 더 심화된 각도에서 바라볼 수 없을까 하고 생각하게 되었다 …(중략)… 여기서 나는 〈가난하고 억울한 노동자 농민〉 이상으로 더욱 〈가난하고 억울할〉 뿐 아니라 더욱 절망적인 참상이라면 하고 생각하다가 〈문둥이〉가 떠올랐던 것이다. 아무리 〈가난하고 억울한 노동자 농민〉인들 〈문둥이〉보다 더 절망적이고 더 참혹하랴 하는 생각에서였다.[38]

김동리는 「바위」에서 가난하고 억울한 노동자 농민의 생활 참상 그 이상을 그려내기 위해 "푸로레타리라 문둥이"를 구상했다는 것이다. 그는 작품의 주제의식이 있고, 그에 적합한 인물을 찾은 것이다. 그러나 노동자 농민이 아니라 문둥이를 내세움으로써 프롤레타리아적인 색채는 찾아보기 어렵게 되었다. 그래서 주제의식은 '가난하고 억울한 노동자 농민의 참상'에서 멀어지고, 어찌할 수 없는 인간의 슬픈 운명으로 낙착된다. 주제의식이 앞섰지만, 그에 따른 인물 배치가 여의치 않아 애초의 주제의식과는 조금 거리가 생기고 말았다. 이후 이 작품을 개작하였지만, 여전히 이전의 주제의식에서 벗어나지 못하고 있다.

38 김동리, 「나의 비망첩」, 『세대』, 1968.8, 359~360면.

4) 소재, 제재론

소재, 또는 제재라는 것은 작품의 대상을 일컫는다. 작가는 소재를 자신의 생활 현실에서 구하기도 하고, 다른 사람을 통해서 구하기도 한다. 그리고 그것을 직접 체험과 간접 체험으로 나누기도 한다. 김동리는 『창작과정과 그 방법』에서 「귀환 장정」과 「흥남 철수」를 언급하였다.

> 그때 나는 부산에 피난 내려가 있었는데 「제이국민병」의 참상을 보고 통분한 마음을 참을 수 없었다. 이 누를 수 없는 사회적인 의분 이것이 이 작품의 제작 동기가 되었다. (『신문예』, 1959.4, 26면)

> 그 무렵 나는 부산시청 앞에서 그들과 같은 남루의 장정(귀환 장정)이 기진해서 쓰러진 꼴을 내 눈으로 목도한 일도 있었다. 내가 〈귀환 장정〉을 작품화시키려고 한 직접적인 동기도 거기 있었던 것이다.(『신문예』, 1959.4, 28면)

귀환 장정은 당대의 중요한 사회적 문제였다. 김동리는 그들의 사회적 참상을 직접 목격하였고, 그것을 문학적으로 그려낸 것이다. 당대의 사회적인 사건을 문학적 소재로 수용한 것이다. 이러한 것은 「흥남 철수」에서도 마찬가지이다.

> 우연히 집 근처 이발소에 갔다가 그 배(흥남에 집결한 피난민을 실은 배)에 탔었다는 이발사의 이야기와 그때 피난 온 아동문학가 강소천씨의 이야기를 종합해서 만들어낸 이야기다. 그 작품에 강소천씨

> 가 끼친 영향은 큰 것이라 할 수 있다. 작품의 중간에 주인공 박철이 자기의 승차표를 정인수에게 주어 피난을 하게 하는데 강소천씨가 바로 정인수처럼 어느 종군예술인이 준 표를 받아 승차했다는 얘기를 들려줬다.(47면)

흥남 철수는 6.25사변 중에 일어난 역사적 사실이다. 김동리는 이 사건을 직접 체험하지는 않았다. 이 사건의 체험자는 이발사와 강소천이다. 작가는 이 두 이야기를 바탕으로 하여 작품을 쓴다. 그는 "〈흥남 철수〉라는 역사적 사실을 소설화시킴에 있어, 어떻게 하면 그 〈역사적 사실〉에 압도되지 않고 완전히 창작화시킬 수 있을까"(25면)에 보다 많은 고심을 하게 된다. 그것은 사실의 예술적 형상화 차원의 문제이며, 한편으론 김동리가 말하는 종합적 구성, 즉 구성의 통일성과도 직결된 문제이다. 바로 역사적 사건이 문학적 형상화 과정을 거쳐 작품으로 탄생된다.

> 끝으로 한마디 더 첨부할 것은, 내가 처음 들은 것은 〈焚身供養〉이란 〈말〉이요, 〈이야기〉가 아니었다. 즉 누구의 분신공양에 대한 구체적인 이야기가 아니고, 다만 〈스스로가 자기 몸을 불태워 부처님께 바치는 것을 분신공양이라 하여 옛날 중국에 더러 있던 일〉이라고 다른 이야기 끝에 나온 말이었던 것이다.[39]

작가는 다솔사에서 만해 선생으로부터 분신공양의 이야기를 들었다 한다. 그 이야기를 소재로 하여 만적의 이야기를 창조해낸 것

39 김동리, 「나의 비망첩」, 『세대』, 1968.8, 361면.

이다. 김동리는 분신공양이라는 하나의 소재에 상상력을 가미하여 새로운 형태의 「등신불」을 만들어낸 것이다. 그는 또한 다솔사에 머물던 시절 화개협의 김종택을 찾아갔다가 젊은 두 기생의 이야기를 듣는다. 그것으로부터 「당고개 무당」을 쓴다. 그는 직접 무속에서 취재하여 쓴 작품으로 「허덜풀네」, 「개를 위하여」, 「달」, 「당고개 무당」 등을 들고 있다.[40] 무속에 관해서는 그가 꾸준히 관심을 갖고 작품을 형상화해 왔던 것이다. 그것은 「무녀도」의 성공에 힘입은 바 크다. 김동리는 외부로부터 얻어진 소재들을 갖고 많은 작품들을 형상화했다. 그는 자신이 얻은 소재에 적당한 주제의식을 결부시키고, 그에 따른 구성과 인물을 설정하여 작품을 완성하였다.

4. 마무리

김동리는 문학론을 세우기 위해 몰턴, 포스터 등의 다양한 이론을 섭렵하였을 뿐만 아니라 창작 체험을 바탕으로 창작방법론을 구체화하였다. 그는 「우연성의 연구」에서 구성 방법에 대해 진지한 모색을 하였고, 또한 「창작과정과 그 방법」에서 자신의 창작론을 펼친다. 그는 서라벌예술대학에 소설창작론 교수로 재직하면서 강의를 위해 꾸준히 창작방법론을 모색하였다. 그의 논의는 제도교육과 결부되면서 보다 체계적인 모습을 띠게 된다.

그의 창작론에서 가장 현저하게 눈에 띄는 것은 구성론이다. 그

40 김동리, 「무속과 나의 문학」, 『월간문학』, 1978.8, 152면.

는 「습작기의 소설생리 해부」에서 무엇보다 구성의 중요성을 강조하였다. 그것은 소설을 처음 쓸 때, 이야기를 어떻게 구성할 것인가가 최우선적 과제이기 때문이다. 그는 종합적 구성, 우연성, 사고, 극적 전개, 인과율 등 여러 회에 걸쳐서 구성에 관한 견해를 피력하였다. 이것들은 소설 구성의 통일성, 계기성, 의외성, 인과성, 상관성을 강조하는 말로, 한편으로는 구성의 중요한 법칙이나 요소들을 망라하고 있다. 그는 이를 통해 자신의 창작방법론을 분명히 하고 있다. 초기에 그는 창작자의 입장에서 소설의 진실성과 흥미를 극대화하는 것에 관심을 가졌다. 그것은 주관의 절대화와 개성을 강조하는 예술론이다. 그리고 후기에 이르러 그의 상관성 이론은 사상적 철학적 성격으로까지 확대된다. 그것은 김동리의 매우 독특한 구성론으로 다른 소설가의 그것과는 사뭇 다르다. 그리고 성격론이나 주제론, 소재론을 펼치고 있는데, 이를 통해 그의 창작 세계를 들여다볼 수 있다.

김동리는 초창기 문예창작 교육의 초석을 다졌다. 그러므로 그의 창작론에 대한 연구는 그의 문학에 대한 이해뿐만 아니라 우리의 창작론을 이해하는 하나의 단초가 될 수 있다. 오늘날 수많은 서구 문학론이 들어와 있다. 연구자들은 우리의 문학론에 대해 제대로 논의하지 않는 경우가 대부분이다. 서구의 이론에 대한 분석도 중요하지만, 이제는 우리 작가들이 형성해놓은 창작론을 면밀히 검토해야 한다. 그것은 참된 우리의 문학론 정립을 위해 무엇보다 필요하다. 근대 작가들의 창작론에 대한 연구는 우리의 문학론을 제대로 정립할 뿐만 아니라 실질적인 측면에서 창작 교육의 수준을 향상시키는 데 이바지할 것이다.

김동리 문학에서 경주의 의미

1. 들어가는 말

김동리는 경주 사람이다. 그가 경주 사람이라는 것은 놀라운 사실이 아니다. 그러나 경주는 그에게 아주 특별한 의미를 갖고 있다. 필자는 김동리의 각종 작품집이나 선집을 읽고 김동리에 대해 안다고 자부했었다. 그런데 경주에서 몇 년 살면서 그러한 생각이 터무니없다는 것을 알게 되었다. 그것은 다만 텍스트에 각인된 김동리의 현상만 이해했을 뿐이었다.

일찍이 김동리는 "반월성과 수도산은 내가 커온 교실"[1]이며, "경주란 데는 산에서나 물에서나 들에서나 수풀에서나, 그리고 언제 어디서고, 여러분들이 진실로 구하고 원한다면 시와 소설과 그림과 음악이 샘솟듯 푹푹 솟아나는 고장"[2]이라고 말했다. 그의 부인

1 서영수, 「동리 선생의 고향과 문학」, 『영원으로 가는 나귀』, 계간문예, 2005, 193면.
2 김동리, 『꽃이 지는 이야기』, 태창문화사, 1978, 136면.

이자 작가인 서영은은 '김동리 안의 핵을 경주'로 규정하고, 그의 문학에 내재된 신화성, 토속성, 운명성이 경주라는 시공간으로부터 숙성되어 온 것이라 설명했다.[3] 필자는 경주의 남산이나 선도산, 경주 옛성, 반월성, 부헝골, 예기소, 그리고 심지어 광명의 고란 마을 등을 찾아다니면서 비로소 김동리의 본질과 마주치기 시작했다.

김동리는 탑, 성, 절터 등 문화유적이나 역사적 도시로서뿐만 아니라 산·물·들·수풀 등 자연적 공간으로서의 경주를 부단히 언급했다. 그리고 그는 여러 편의 신라 역사소설과 샤머니즘, 불교 등의 세계를 담은 소설들을 남겼다. 그렇다면 김동리에게 경주는 어떤 의미를 갖고 있을까? 이러한 의문을 갖고 김동리의 문학에 접근해 보기로 한다.

2. 김동리 문학에서의 경주

1) 경주의 지리지

김동리의 많은 소설은 경주 지역을 배경으로 하고 있다.

> 경주 읍에서 성밖으로 십여 리 나가서 조그만 마을이 있었다. 여민촌 혹은 잡성촌이라 불리워지는 마을이었다.
>
> 이 마을 한 구석에 모화(毛火)라는 무당이 살고 있었다.(「무녀도」)

3 서영은, 「김동리 안의 경주, 또는 무극」, 『김동리가 남긴 시』(권영민 편), 문학사상사, 1998, 153~154면.

> 자고나나 먹고나나 집밖을 뛰어나가기가 바빳다. 마을에서 한 마장 남직 나가면 시내가 있고 시내 저쪽에는 널은 모래ㅅ벌이 벌어져 있고 그 모래벌을 지나면 산이었다. 나는 날마다 새벽부터 밤중까지 시내를 건느고 들에 헤매고 산골에 어정대고 하는 것이 그때의 나의 일과였다.(「산제」)

> 금오산(金鰲山)과 수리재(鵄述嶺)에서 빼쳐 내리는 두 산맥이다.(「황토기」)

위의 세 작품은 초기 김동리의 작품 세계를 잘 보여주는 작품들이다. 「무녀도」(1936)에서는 경주읍성 밖이, 「산제」(1936)에서는 송호골이, 「황토기」(1939)에서는 금오산이 배경이 된다. 이 밖에도 경주의 옛성(「허덜풀네」, 1936, 「동구 앞길」, 1940)이나 경주 읍내의 기차다리 밑(「바위」, 1936), 그리고 서천과 북천이 만나는 예기소(「달」, 1947, 「유혼설」, 1964), 불국사(「눈 오는 오후」, 1969), 선도산(「선도산」, 1976) 등 경주의 수많은 지역이 작품의 배경으로 등장하고 있다. 어디 그뿐인가?

> 〈서문거리〉란, 경주성(慶州城)의 서문(西門)이 있던 곳으로, 길가엔 쓰러져 가는 오막이 한 채 있었고, 그 오막의 앞뒤로 긴 돌무더기(옛성이 무너진 채 돌무더기를 이룬 것)가 뻗쳐 있었고, 그 돌무더기 밖으론 반쯤 메워져 가는 개천이 돌무더기를 에워싸고 있었던 것이다. 그리고 이곳이 바로 내가 《허덜풀네》란 제목의 소품과 《서문거리》란 소설의 무대랄까 소재로 취해지기도 했던 데다 …(중략)… 주막에서 서쪽으로 약 50미터 거리에 옛날의 늙은 회나무 두 그루는 그대로 서

> 있었다(한 그루는 둥치만 남았지만). 이 회나무 두 그루와, 아까 북문 안 동네의 회나무가 바로 그 《까치 소리》의 이미지를 투영(投影)시킨 모체라고 해도 좋을 것이다.[4]

「늪」(1964)이나 「꽃」(1965?), 「까치 소리」(1966) 등에 나타난 경주의 자연, 「우물 속의 얼굴」(1979)의 우물, 「만자동경」(1979)의 서문거리 등은 모두 경주를 배경으로 하고 있다. 어떤 작품들에는 서문거리, 옛성, 기림사 등 경주의 구체적인 지명이 나타나는가 하면, 어떤 것들은 금오산, 송호골, 선도산, 예기소 등 경주의 자연으로 나타나기도 한다. 이처럼 그의 작품은 마치 경주의 지리지를 연상하게 한다. 경주의 지리는 그에게 무엇인가.

> 「산천이란 무엇보다 우리에게 큰 의의를 가진 걸세 그것은 생리적으로나 관념적으로나 우리와의 절대적 관련을 가진 걸세, 우리의 체질, 우리의 성격 사상 정서 운명 화복 이 모든 것이 저 산천을 두고는 따로 상상할 수 없는 걸세. 더구나 옛날에 본 산천을 다시 본다는 건 아마 우리 인생의 제일 큰 행복이요 동시에 정명(定命)이라 할 것일세」[5]

그것은 위 언급(「산제」)에 충분히 표현되고도 남음이 있다. 사람과 자연이 절대적 관련을 가졌다는 인식, 그것이야말로 「무녀도」에서 예기소와 모화의 호흡이며, 「산제」, 「황토기」에서 지리가 인간에게 부여한 운명이며, 자연과 인간의 맥박이요, 리듬이자 질서가 아니던가. 그러한 인식에서 "세계의 여율과 그 작가의 인간적

4 김동리, 『명상의 늪가에서』, 행림출판사, 1980, 122면~124면.
5 김동리, 「산제」, 『중앙』, 1936.9, 40~41면.

맥박이 어떤 문학적 약속 아래 유기적으로 육체화하는"[6] 구경적 삶의 형식이 배태된 것이다. 김동리는 경주인들의 구경적 삶의 형식들을 절대화하여 표현했다. 그래서 그것은 경주에 대한 이야기이기도 하며, 곧 자신의 이야기이기도 하다.

2) 역사적 공간으로서의 경주

경주는 신라 천 년의 고도이다. 그곳에는 신라가 숨 쉬고 있고, 각종 전설이나 설화가 산이나 절, 탑 등에 남아 있다. 김동리는 신라의 기억들을 재현해내려고 노력하였다. 신라의 문학적 형상화는 화랑에 대한 이야기로부터 시작된다. 김동리가 처음 신라에 대해 쓴 작품은 「검군」(1949)이다. 이 작품은 신라 화랑 검군에 관한 이야기이다. 그리고 이어서 「여수」(1957, 후에 「최치원」으로 개제), 「석탈해」(1957), 「미륵랑」(1957), 「情義關」(1957, 후에 「기파랑」으로 개제), 「阿尸良記」(1958) 등의 작품을 내놓는다. 1977년에는 「회소곡」, 「기파랑」, 「최치원」, 「수로 부인」, 「김양」, 「왕거인」, 「강수선생」, 「눌기 왕자」, 「원화」, 「우륵」, 「미륵랑」, 「장보고」, 「양화」, 「석탈해」, 「호원사기」, 「원왕생가」 등 총 16편의 묶어 『김동리 역사소설－신라편』(지소림)을 냈다. 이 작품집에는 신라에 대한 김동리의 사랑이 절절히 묻어 있다.

> 이와 같이 이 책에 수록된 열여섯 편은, 전체적으로, 신라 사람들의 생활과 감정과 의지와 지혜와 이상과, 그리고 그 사랑, 그 죽음의,

6 김동리, 「나의 소설수업」, 『문장』, 1940.3, 174면.

현장을 찾아보려는 나의 종래의 계획에 따라 만들어진 완전히 동일한 기조의 작품들이다. 그것을 굳이 한마디로 표현하라면 〈신라혼의 탐구〉랄까, 〈신라혼의 재현〉이랄까, 그런 성질일 것이다.[7]

김동리가 신라 사람들에 관한 이야기를 쓰게 된 동기는 위 서문의 말미에서 “끝으로, 이 책을, 나의 사랑, 나의 꿈의 요람인 신라의 모토(母土) 경주에 바친다”라는 말에 극명히 드러난다.

나는 언제나 내 고향이 경주란 것을 자랑스럽게 생각하고 있다. 그것은 신라 천 년의 고도(古都)이기 때문이다. 신라가 천 년 동안이나 그곳을 서울로 삼았다는 명목(名目)에서가 아니라, 신라 천 년이 고스란히 그곳에 지금도 실려 있다고 믿기 때문이다.[8]

『김동리 역사소설－신라편』은 신라에 대한 이야기이다. 김동리는 이러한 이야기를 더욱 확대시켜 장편으로 형상화해낸다. 신라 화랑의 세계를 그린 「아도」(1971～1972)와 신라의 삼국 통일을 그린 「삼국기」(1972～1973), 「대왕암」(1974～1975)이 그것이다. 『삼국기』는 『서울신문』에, 그리고 그 후편인 「대왕암」은 『대구매일신문』에 각각 연재되었다. 이것들은 곧 신라에 대한 이야기이며, 과거 경주에 살았던 사람들에 대한 문학적 재현이다. 김동리는 끊임없이 경주와 신라를 이야기하였다. 그가 신라 이야기로 들어간 것은 첫 등단작 「화랑의 후예」의 “아 이런 내 조상이 대체 신라(新羅)적 화랑(花郎)이구려!”라는 말에서 보여주듯 경주(혹은 경주인)의

7 김동리, 「自序」, 『김동리 역사소설－신라편』, 지소림, 1977, 3～4면.
8 김동리, 『자연과 인생』, 국제문화사, 1965, 116면.

연원 찾기, 또는 조상들의 삶 추구와 관련이 있다. 그것은 「불화」에서 재호가 솔거를 찾아가는 것과 같은 형국이라 할 수 있다.

3) 사상 연원으로서의 경주

김동리는 자신의 작품의 세계를 다양하게 설명했다.

> 1) 샤머니즘을 주로 다룬 작품 – 「무녀도」, 「당고개무당」, 「허덜풀네」, 「개 이야기」, 『을화』 등
> 2) 기독교 관계를 주로 다룬 작품 – 「부활」, 「마리아의 회태」, 「목공 요셉」, 『사반의 십자가』 등
> 3) 불교 관계를 주로 다룬 작품 – 「불화」, 「등신불」, 「눈 오는 오후」, 「까치 소리」, 「저승새」, 『극락조』 등
> 4) 유교관계 – 「용」, 『춘추』 등
> 5) 민족, 민속관계의 작품 – 「화랑의 후예」, 「홍남 철수」, 「밀다원 시대」, 「황토기」, 「역마」, 「실존무」, 『자유의 역사』, 『해방』 등
> 6) 광의의 인간문제의 작품 – 「잉여설」, 「혼구」, 「동구 앞길」, 「바위」, 「아들 삼형제」, 「소녀행」, 『이곳에 던져지다』, 『해풍』 등[9]

김동리는 샤머니즘, 기독교, 불교, 유교 등 다양한 세계를 보여주는 작품들을 썼다. 그가 이처럼 다양한 작품을 쓸 수 있었던 것은 경주 지역의 사상과 무관하지 않다. 그는 고향을 소재로 한 작품으로 "그중 얼른 떠오르는 게 「무녀도」, 「바위」, 「허덜풀네」, 「달 이야

9 김동리, 『밥과 사랑과 그리고 영원』, 사사연, 1985, 115~116면.

기」(「달」의 개작 : 인용자 주), 「황토기」 등을 들"[10] 수 있다고 하였는데, 그것은 그의 주요 작품들이 경주와 직접적인 관련이 있다는 점을 시사해준다. 그것은 서영은의 지적처럼 "경주라는 시공간으로부터 숙성되어 온 것"이 아니던가.

> 우리나라 고전으로서 내가 가장 애독하는 책은 《삼국사기(三國史記)》와 《삼국유사(三國遺事)》다. 이것은 내가 역사학(歷史學)이나 우리나라 고대사(古代史)를 연구하기 위해서라기보다도 나의 초기 작품인 《무녀도(巫女圖)》와 《화랑의 후예》에서 이미 시작하여 지금까지 계속되고 있는 나의 문학공부의 한 부분인 것이다.[11]

김동리는 『삼국사기』, 『삼국유사』를 통해 신라에 대해 많이 알았고, 특히 경주 사상의 실체로 나아가게 되었다. 그것이 화랑정신이다.

> 특히 내가 인생에 대해서 득력(得力)하게 된 것은 내 백씨(伯氏)의 화랑담에서이다. 백씨는 주석(酒席)에서나 좌담 중에서 단편적이나마 화랑의 이야기를 자주 하셨는데 그때마다 나는 남다른 감격을 받았었다. 그것은 내 핏줄 속에 화랑이 숨 쉬고 있는 듯한 착각을 일으키게 하는 내 백씨의 신념적인 화술 때문이었는지도 모른다.[12]

김동리는 그의 백형인 김범부로부터 많은 영향을 받았다. 김범부는 화랑정신을 풍류정신이라 설명했다. 그러나 김동리는 그것을

10 서영수, 앞의 글, 201면.
11 김동리, 『명상의 늪가에서』, 290면.
12 김범부, 『화랑외사』, 이문사, 1981, 180면.

샤머니즘으로 보고, 달리 신라혼이라고 표현하기도 했다. 「산제」가 보여주는 산신 신앙과 선(仙) 이념, 「무녀도」가 보여주는 용신 신앙과 율려 정신, 그리고 「황토기」가 보여주는 저 도저한 풍수사상 등은 샤머니즘, 또는 신라혼과 관련이 있다. 김범부는 화랑들의 風流道를 연구하면서 文證이나 物證, 口證이나 事證 이외에 "우리들 자신들이 가지고 있는 血脈 즉 말하자면 살아있는 피", 즉 혈맥 계통을 추구할 것을 제안했다. 김동리가 "내 핏줄 속에 화랑이 숨 쉬고 있는 듯한 착각"을 일으켰다 함은 그가 화랑의 후예로서의 강한 혈맥적 계통을 갖고 있었음을 보여주는 증표일 것이다. 한편, 서정주는 김범부를 "신라의 祭主"라고 말하였는데[13] 여기에서 '제주'란 '화랑'과 다름없다. 김범부는 스스로 풍류도를 "우리의 심정, 우리의 정신 속에서 찾아볼 수가 있"[14]다고 하지 않았던가. 그러므로 그들 형제는 신라 화랑의 후예이자 화랑정신의 계승자라 할 만하다.

김동리의 사상은 한편으로 가계, 즉 김종직(김동리의 16대조)과 김범부(김동리의 백형)를 통해 형성되었다. 이들은 문학을 통해 신라 정신을 추구했다. 이들이 신라의 정신으로 추구한 것들은 아래와 같다.

김종직(17대) – 회소곡, 미사흔, 박제상, 김흠운, 백결 선생, 황창랑
김범부(32대) – 사다함, 김유신, 물계자, 백결 선생, 필부, 해론 부자, 취도 형제, 김흠운, 소나 부자, 비령자
김동리(32대) – 회소곡, 기파랑, 장보고, 최치원, 수로 부인, 김양,

13 서정주, 「신라의 祭主 가시나니 – 哭 범부 김정설 선생」, 『화랑외사』(김범부), 이문사, 1981.
14 김범부, 같은 책, 228면.

왕거인, 강수 선생, 눌기 왕자, 원화, 우륵, 미륵랑, 양화, 석탈해

일찍이 김종직은 「동도악부」, 「천관사」 등을 통해서 신라의 화랑들을 언급했다. 그리고 김범부는 『화랑외사』, 『풍류정신』 등에서 신라의 화랑들을 언급한 바 있다. 동리의 사상은 그러한 가계, 또는 가문을 통해서 전승되기도 했다. 그뿐만 아니라 그의 사상은 지역사상을 통해 형성되었다. 일찍이 경주는 화랑정신이 형성된 곳이다. 이것은 풍류, 또는 낭가사상 등 다양하게 불려 왔다. 최치원은 이것을 풍류라 지칭하고, 이 사상이 삼교(유불선)을 포함하였음을 분명히 했다. 이후 최제우는 이러한 사상을 바탕으로 동학을 창시하였다. 이기백은 동학이 유불선과 천주교 심지어 무격신앙에서 받아들인 것도 있다고 지적했다. 그런데 이것은 낭가사상이나 동학을 타자적 관점에서 분해한 결과이다. 그것은 주체적 관점에서 하나의 실체로 접근되어야 한다. 동학은 풍류도(신라의 낭가사상)를 계승하고 있다. 김동리는 멀리로는 신라 낭가사상을, 가까이로는 최제우의 동학사상이나 김범부의 풍류정신을 이어받고 있다. 그렇기에 그의 작품은 경주 지역의 사상들이 작품 속에 습합되어 나타난 것이다. 「무녀도」에서 『을화』에 이르기까지, 「산제」, 「황토기」에서 「까치 소리」에 이르기까지, 「아도」에서 신라 역사소설에 이르기까지 그의 작품 속에 형성된 화랑과 무당, 또는 풍수와 신선의 세계는 지역 사상과 밀접한 관련을 갖고 있다.[15]

15 이에 대한 보다 자세한 내용은 필자의 「김동리 문학사상의 연원으로서의 화랑」(『어문학』 77, 한국어문학회, 2002.9) 및 「김동리의 사상적 계보 연구」(『어문학』 79, 한국어문학회, 2003.3)를 참고.

3. 마무리

김동리는 경주인이다. 김동리는 경주를 문학 속에 형상화했고, 그래서 그의 문학은 경주와 더불어 살아 있다. 그의 문학은 앞으로 경주와 더불어 존재할 것이다.

> 그러나 경주의 가장 진미는 역시 세상에 이미 밝혀지지 않은 고적이나 사적을 찾는 데 있을 것이다. 첨성대에서 계림, 반월성, 안압지에 이르는 그 일대에서는 우리가 어느 위치에서 흙 한 줌을 집더라도, 그 흙 한 줌에서 천 년 전의 사화 한 편씩을 읠 수 있어야 정말 경주의 맛을 안다고 할 것이다.[16]

김동리는 죽어서 경주에 새로운 역사를 더했다. 그의 문학은 경주의 신화 속으로 들어갔다. 그래서 경주와 더불어 살아 있다. 이제 우리는 위 마지막 한 구절을 다음과 같이 바꿀 수 있을 것이다. "그 흙 한 줌에서 김동리의 문학 한 소절씩을 읠 수 있어야 정말 경주의 맛을 안다고 할 것이다."

16 김동리, 『자연과 인생』, 118면.

金東里

제3부
발굴 및 정리

金東里

김동리 소설 연구

김동리의 미발굴 소설 찾아 읽기

1. 발굴, 그 떨림의 순간

새로운 자료를 찾아내는 것을 발굴이라고 한다. 발굴이라는 말은 고고학자들이 땅속에서 유물을 파낼 때 쓰는 표현이 아니던가. 신비한 흔적을 통해 묻혀 있던 과거의 비밀을 접하는 일이야말로 일종의 전율이고 떨림이 아니겠는가. 연구자가 희귀하거나 중요한 자료를 손에 넣었을 때 그 떨림은 크다. 이제까지 전혀 알려져 있지 않은 자료일수록 더욱 그러하다. 김동리 문학에 관심을 가지면서 그의 소설 발굴에도 많은 노력을 기울여 왔다. 최근 자료 발굴로 인한 떨림의 순간을 다시 한번 맛보았다. 2005년 10월 4일『중앙일보』 인터넷 신문에 신영덕에 의해 김동리의 소설이 발굴되었다는 기사가 났다.[1]

1 손민호,「있는지도 몰랐던 9편 50년만에 햇빛 보다」,『중앙일보』2005년 10월 4일 인터넷 신문.

> 신 교수의 조사에 따르면 50년대 군 기관지에 실렸던 작품은 시 224편과 소설 139편. 이 가운데 아홉 편이 작가 전집에도 포함되지 않은 작품이다 …(중략)… 김동리의 「우물과 감나무와 고양이가 있는 집」(52년 6월 『공군순보』 17·18호) 「부자」(56년 6월 『해군』 42호) 등 단편소설 두 편이다.

아, 그랬구나! 지난번 포항공대에서 열렸던 한국현대문학회 전국발표대회(2005.8.18~19)에서 그는 학계에 알려지지 않은 현대문학 작품을 다수 찾아냈고, 거기에 김동리의 작품도 있다고 말했었다. 나는 기존에 그가 논의한 어떤 작품이거나 내가 알고 있는 작품 정도일 것으로 지레 판단했다. 나도 김동리의 자료에 대해서는 남만큼 알고 있다고 자부했었기 때문이다. 그래도 혹시나 하는 마음에 언제 소개가 되면 한번 봐야지 하는 생각으로 기다리고 있었다. 그런데 내 관심이 느슨해질 무렵 그의 기사가 난 것이다. 나는 먼저 김동리의 목록부터 뒤졌다. 「우물과 감나무와 고양이가 있는 집」은 『꿈같은 여름』에 수록되어 있는 것이니 따로 발굴이라는 말을 쓰기는 어려울 것 같고, 그런데 「부자」는 어떤 목록에도 존재하지 않았다. 그랬다, 새로운 자료의 발굴! 나는 글을 핑계하여 전화를 했다. 그리고 그의 호의로 며칠 후 김동리의 소설 「부자(父子)」를 받았다. 그 순간의 떨림이란….

2. 김동리의 소설의 실체 따라가기

김동리가 타계한 지 어언 10년이 흘렀다. 그의 생전에 시도된 전집의 발간은 사후 한 달이 지나서 1차분 6권이 간행되었고, 이태 후인 1997년에 2권이 더 간행되어 오늘에 이르고 있다. 총 20권 분량으로 기획된 전집은 40% 정도의 공정을 보이며, 현재 중단된 상태이다. 1차분 전집 발간 이후 변화도 있었다. 전집에 관여한, 김동리의 제자이자 소설가인 이문구는 2003년 2월 25일 위암으로 불귀의 객이 되고 말았다. 결국 1차분 6권에 이어 다시 2권이 발간된 것으로 전집 발간은 종료된 것 같다. 그렇다면 그것은 전집이 아니라 전집의 일부일 뿐이다. 나는 기존 단행본 선집들을 중심으로 김동리의 소설을 읽어 왔다. 그러나 그것들은 작품집일 따름이어서 전집의 발간을 적지 않게 기대했었다. 김동리의 소설의 전체상을 보고 싶은 마음에서였다. 그러나 나의 조급증과는 달리 전집은 더 이상 나의 기대를 채워주지 못했다. 그래서 직접 찾아 나설 수밖에 없었다.

일단 전집에 실린 작품 목록을 토대로 작품을 찾았다. 민음사판 『김동리전집』이 전집을 표방하였으니 여기에 모든 작품을 싣지 못하였다 하더라도 목록만큼은 제대로 구비했으리라는 판단 때문이었다. 그런데 그러한 생각은 진작부터 난관에 봉착했다. 신영덕의 「한국전쟁기 종군작가 연구」(고려대 박사논문, 1993)는 전집 목록(이하 목록)의 미비함을 나에게 그대로 보여주었다. 그의 논문에는 "「순정설(純情說)」(『서울신문』, 1952.1.6~14),[2] 「한내 마을의 전설」

2 이 작품의 제목을 「순정설」로 해야 한다는 김병길의 주장은 설득력이 있다. 김병길, 「한국전쟁기 김동리 소설 연구(1)－서지 사항 확인과 판본 비교를 중심으로」, 『현대소설연구』 47, 현대소설학회, 2011, 78면. 이 작품은 연재 첫회에는 「純情記」로, 연재 2회부터 9회(끝)까지 「純情說」로 되어 있기 때문이다. 김동리는 「황토기」(1939), 「지연기」(1946), 「난중기」(1952), 「풍우기」(1953), 「강유기」(1958), 「阿尸良記」(1958), 「학정기」(1959?) 등에서 제목에 '記'를 붙였으며, 「잉여설」(1938), 「완미설」(1939), 「윤회설」(1946), 「유혼설」(1964) 등에 '說'을 달았다. 김병민은 신문 편집자가 '說'을 '記'로 오기하여 김동리가 바로 잡은 것으로 인식했다. 그럴 가능성도 있고, 또는 김동리가 처음 '純情

(『농민소설선집』, 대한금융조합연합회 편, 1952), 「풍우 속의 인정」(『해병과 상륙』, 1953.3), 「풍우기」(『문화세계』1~5, 1953.7~1954.1), 「귀환 장정」(『귀환 장정』, 수도문화사, 1951)" 등 김동리의 소설 5편이 제시되어 있다. 그런데 「한내 마을의 전설」은 목록에 "원발표지 미확인"으로 되어 있으니 발표지를 바로잡을 수 있었고, 「귀환 장정」은 "『신조』, 1951.6"으로 되어 있으니 전집이 더욱 정확했다. 그것은 물론 작품집 『귀환 장정』(수도문화사, 1951)에도 실려 있다. 그런데 「순정설」, 「풍우 속의 인정」, 「풍우기」 등 세 작품은 목록에 빠져 있어 새로이 작품 목록을 추가하는 성과를 얻을 수 있었다. 이를 통해 전집 목록에 빠진 자료와 부정확한 기록이 많다는 것을 알게 되었다.

이어서 전집 목록의 부정확성을 일러주는 일련의 사건들이 전집의 발간에 참여했던 김윤식에 의해 일어났다. 그는 1999년부터 김동리의 자료를 발굴하여 소개하였다. 1999년 5월에 「회계」를, 2000년 6월에는 「산제」의 개작인 「산 이야기」(『민주경찰』, 1947.9)를, 2001년 3월에는 「마리아의 회태」(『청춘(별책)』, 1955.2)를 연속적으로 소개하였다. 목록에는 "원발표지 미확보"(「회계」, 「마리아의 회태」)로 되어 있거나 아예 목록에 없는 경우(「산 이야기」)도 있었다. 그리고 2004년 10월 김병길에 의해 「이맛살」(『문화』, 1947.10), 「절 한번」(『평화일보』, 1948.8.6~12), 「풍우가(風雨歌)」(『협동』, 1950.11~1951.1) 등 3편이 소개되었다. 여기에서 「이맛살」은 "원발표지 미확보"로, 그리고 「절 한번」은 "평화신문 1948.8"로 소개되었던

記'로 했다가 '純情說'이 좋겠다고 생각하여 스스로 바로잡았을 가능성도 있다. 후자의 가능성은 수많은 개제명에서도 살펴볼 수 있다. 비록 후자라고 하더라도 연재 중에 바로 잡은 만큼 그 제목으로 쓰는 것이 옳을 듯하여 이 책에서는 「순정설」로 쓴다.

것인데 그 실체를 제대로 파악할 수 있게 되었다. 그에 의해 「풍우기」라는 새로운 작품이 하나 추가되는 성과를 거두었다.

그렇다면 내가 해야 할 일은 목록에 빠진 작품과 목록에는 들어 있지만 원발표지가 미확보된 작품을 찾아 나서는 것이었다. 그러면 김동리의 소설 가운데 제대로 알려지지 않은 작품은 얼마인가. 김동리의 기록들을 찾아보았다.

> 지금의 수첩에 기재되어 있는 창작메모의 번호는 301까지 나가 있는데, 그 가운데서 체크가 되어 있는 것은 여든 일곱뿐이다. 그러니까 메모의 약 4분지 1(약) 가량이 작품화 된 셈이지만, 이것을 나의 작품(소설) 전체 편수에 비쳐 볼 때 약 5분지 4의 비율이나 될까.
>
> 즉 전체 117편(소설) 중에서 87편을 제외한 30편은 이 수첩에 기재되어 있지 않고 해방 이전과 동란 이전에 있었던 수첩에 기록되었거나 그렇지 않으면 메모 없이 그냥 머리에 떠오른 소재를 취했던 셈이 되는 것이다.[3]

김동리는 이 글에서 1968년까지의 자신의 소설 전모를 일러주었다. 1968년 8월 당시까지 그의 전체 작품은 117편이라는 것이다. 이것은 그 자신의 기록이니 어떤 기록보다 정확하리라. 전집의 목록을 살펴보니 1968년 8월까지 총 99편이 포함되어 있었다.[4] 여기에 개제, 개작된 「술」－「젊은 초상」, 「허덜풀네」－「성문 거리」, 「달」－「달이와 낭이」 등과 「급류」(『조선교육』, 1949.4~)－「급류」(『혜성』,

3 김동리, 「나의 비망첩」, 『세대』, 1968.8, 354면.
4 필자의 「떨림과 여운－김동리의 미발굴 소설 찾아 읽기」(『작가세계』, 2005년 겨울호)에 집계된 자료는 오류가 있어 이 글에서 바로잡는다.

1950. 2～5)를 한 작품으로 계산하면 95편이 된다. 그렇다면 적어도 18～22편이 비게 된다. 여기에 일단 목록에 오르지 않았던 신영덕 발굴 5편(「순정설(純情說)」, 「풍우 속의 인정」, 「풍우기」, 「부자」, 「우물과 감나무와 고양이가 있는 집」), 김윤식 발굴 개작 1편(「산 이야기」), 김병길 발굴 1편(「풍우기)」을 추가하면 101편～106편이 된다. 여전히 11～16편은 비게 된다. 그렇다면 그것은 무엇인가? 명단에 빠진 작품을 찾아 그 차이를 메워갈 수밖에 없다. 그런데 그가 남긴 글을 통해서 그러한 가능성들이 조금씩 보였다.

> 『신동아』의 것부터 먼저 해결하려고 한 것은 『중앙』지엔 전년도 「생식(生食)」이란 작품을 한번 발표했기 때문에……(「나의 비망첩」, 『세대』, 1968.8, 355면)
>
> 광명학원(강습소)의 폐쇄가 나에게 모진 상처를 준 것은 말할 필요도 없거니와 뒤이어 나의 작품들이 계속적으로 검열에 걸려 『문장』지의 「하현(下弦)」, 『인문평론』지의 「소녀」, 『조광』지의 「두꺼비」— 나중에 발표된 것은 딴 작품 — 원고마저 돌아오지 않았고, 끝내는 우리말 신문 잡지들의 폐간 사태 등 일련의 사실들이 그것이다.[5]

그의 작품 「생식」은 목록에는 빠져 있지만, 『중앙』(1935.7)에는 그의 작품이 실린 것으로 나온다. 그러면 한 작품은 의외로 쉽게 해결된 셈이다. 아래의 글에서도 하나가 해결이 된다. 「하현」의 존재이다. 비록 원고는 사라졌지만, 창작품에는 포함된 것이라 봐도 무방할 것이다. 이로 인해 두 작품이 해결된다. 또 하나, 김동리는 「두

5 김동리, 「자전기」, 『취미와 인생』, 문예창작사, 1978, 334～335면.

꺼비」가 검열에 회수된 걸로 알고, 또 다른 「두꺼비」를 써서 『꽃이 지는 이야기』(1962)에 싣는다. 내용이 조금 차이가 있는데, 이를 한 작품으로 생각할 수도 있고, 경우에 따라서는 두 작품으로 인식할 수도 있다. 전자라면 총 103~109편이 되고 모자라는 작품은 8~12편이 된다. 또 다른 작품은 없다는 말인가? 여기에 또 하나의 작품 「스탈린의 노쇠」(『영남일보』, 1951.6.7~18)를 만나게 된다. 이 작품은 연재 도중 하차한 작품이어서 총 편수에서 제외되었는지는 알 수 없다. 그래도 엄연히 그의 이름으로 발표된 작품이 아니던가? 그리고 필자는 또 다른 두 편, 「일요일」(『소년』, 1949.4), 「실근이와 순근이」(『소년』, 1949.7)를 찾을 수 있었다. 그러면 비는 것은 최소 5에서 최대 12편 정도가 된다. 여기에서 최대치는 개작된 경우(「산 이야기」, 「두꺼비」 포함)와 소설을 시작하다가 만 「스탈린의 노쇠」를 전체에서 제한 수치이다. 그러므로 5~12편이 아직도 어딘가에 묻혀 있다는 결론이다. 가능성은 다른 데도 있다. 『김동리의 역사소설』은 총 16편의 소설이 실려 있다. 목록에 따르면, 이들 중 5편이 1950년대에 발표된 작품이고, 나머지 11편은 작품집이 나온 1977년 작품으로 환산이 된다. 5편이나 1950년대에 창작된 것을 상기한다면, 나머지 12편 중 일부 작품도 1950~60년대에 다른 잡지에 발표되었을 가능성이 있다. 다음으로 『꿈같은 여름』(1979)에는 12편이 수록되었는데, 이 가운데에서 「우물과 감나무와 고양이가 있는 집」, 「일요일」, 「실근이와 순근이」, 「꽃」, 「상정」 등 5편이 1950~60년대에 창작된 것인데, 그렇다면 나머지 7편 가운데 일부가 이전 시기 다른 잡지에 발표되었을 수도 있다. 그러나 「생식」이나 「스탈린의 노쇠」처럼 아예 목록에 나타나지 않은 것일 수도 있다. 117편에다가 1968년 9월 이후로 발표된 42편(목록 제시 작품 40편과 뒤에 제시할 「유랑시장」, 「미정고」 등 2편 포함)의 소설(동화 포함)을 더한다면 그의 소설은 총 159편에 해당된다. 물론 이에는 중복 계산된 작품이 있을 것으로 보이며, 그렇다 하더라도 김동리는 150여 편의 소설을 창작한 셈이다.

3. 김동리의 소설을 찾아서

2002년 2월 겨울방학을 맞아 나는 김동리가 만년을 보낸 청담동 자택을 방문하였다. 동리·목월 기념사업회의 일 때문이었다. 나는 2000년 10월부터 동리·목월 기념관 건립을 위한 사업회에 깊이 관여하였고, 사업은 순조롭게 진행되었다. 그래서 기념관에 전시할 김동리의 유품과 도서 등을 조사하러 방문하게 되었다. 청담동 김동리의 집에 들러 자제(子弟)들의 인도로 지하창고에 가니 거기에는 도서와 일부 유품들이 쌓여 있었다. 앵글 및 나무로 된 서가는 총 20개 정도가 있었으며, 소장한 책은 총 1만 권이 넘을 것으로 추산되었다. 서적 가운데에는 전집류가 많았으며, 아동문학전집도 꽤 있었다. 나는 학생들과 일부 도서를 목록화하는 작업을 벌였다. 무엇보다 나는 김동리의 자료발굴에 관심이 컸다. 그때만 하더라도 「이맛살」, 「절 한번」, 「해방」, 「급류」, 「검군」, 「남로행」, 「피란기」, 「풍우기」, 「아도」, 「대왕암」 등 목록에 '소재 불명'이나 '원발표지 미확보'된 작품들을 입수하는 데 관심을 갖고 있었다. 특히 신문에 연재된 소설, 「절 한번」, 「해방」, 「검군」, 「대왕암」 등은 작가가 스크랩을 해두지 않았을까 하는 막연한 기대를 갖고 있었다. 그런데 그런 기대는 자료를 찾으면서 잘못이었다는 생각이 들었다. 자료를 스크랩해둔 것은 어디에도 없었다.[6] 자제들한테 물어보니 그런 건 따로 없으며, 지금 남아 있는 자료도 이전에 보일러 탱크가 터져 물이 쏟아져 나오는 바람에 좋은 자료들이 많이 망실되었다고 했다. 그래서 신문 스크랩에 대한 기대는 아예 접고 잡지류를 뒤졌다.

잡지로는 『문화』, 『신태양』, 『코메트』, 『해군』, 『전선문학』, 『조선문학』, 『문학과 예술』, 『대조』, 『협동』, 『신사조』, 『문화세계』, 『백민』 외에도 『문예』, 『문학예술』, 『사상계』, 『신문예』, 『신천지』, 『문학춘추』, 『자유문학』, 『문학사상』, 『현대문학』, 『시문학』, 『월간문학』, 『한국문학』 등 무수하게 있었다. 이 가운데 상당수가 이미 영인본으로 나와 있어서 굳이 작품을 뒤질 이유는 없었다. 목록을 점검하면서 기존 작품집에 실린 작품들은 그대로 넘어갔다. 한참을 찾아 헤맨 끝에 나는 득의의 미소를 지었다. 『문화』 1947년 10월호를 찾아냈기 때문이다. 목차에는 어김없이 「이맛살」이 들어 있었다. 그래서 복사를 하겠다고 가져 나와서 그 페이지를 펼친 순간, 아뿔싸! 나는 그만 황당함을 감추지 못했다. 바로 소설 본문만 없었기 때문이다. 그것은 「소녀」(『인문평론』, 1940.7)를 찾았을 때 느꼈던 참담함이 아니던가. 「소녀」는 목록에는 나와 있었지만 검열로 인해 전문이 삭제되고 말았던 것이었다. 「이맛살」은 어찌 된 것인가? 잡지를 자세히 살펴보니 누군가에 의해 그 소설만 찢겨 나가고 없었다. 그리고 다른 잡지도 그런 경우가 발견되었다. 아마도 작가가 작품집을 묶기 위해 찢어서 따로 간수하다가 결국 작품집에 넣지 못하고 잃어버린 것일지도 모른다는 생각이 들었다. 그날 김동리의 소

6 최근에 안 사실이지만, 「삼국기」, 「대왕암」 등의 소설과 기타 여러 비평은 스크랩된 상태로 동리목월기념관에 전시되어 있다.

장 서적들을 많이 뒤졌지만, 한 작품도 발굴하지 못하고 말았다. 그 후 나는 국립중앙도서관을 방문하여 겨우 「이맛살」을 구할 수 있었다.

「이맛살」은 짧은 이야기이다. 나는 배급으로 타온 밀가루를 받아들고 스무여 해 전쯤의 일을 떠올린다. 그때 비를 잔뜩 맞고 마차역 집에 묵었는데, 밤에 소녀의 아름다운 노랫소리를 듣고, 잠결에 그 목소리에 이끌려 밖으로 나온다. 그런데 소녀(그 집 딸)가 다른 사람과 어울려 있는 모습을 보고 어쩌지도 못하고 병까지 얻게 되어 며칠 더 그 집 신세를 지게 된다. 하루는 그녀가 갖다 주는 칼국수를 먹는데, 국수 맛을 느낄 수 없고, 밀가루 냄새만 느낀다. 세월이 흘러 나도 결혼을 하며 보통의 삶을 살아가지만, 여전히 마차역 소녀의 얼굴을 잊지 못한다. 얼굴에는 큰 주름살도 하나 잡혔는데 아내는 질색을 한다. 아내는 오늘도 국수상 머리에 앉아 주름살을 짓고 있는 나를 심하게 타박한다. 과거의 아련하고 쓰린 기억이 이맛살에 짙게 배어 있음을 회상을 통해 그려낸 작품이다.

나는 당시 국립중앙도서관을 방문하여 잡지를 하나하나 확인해 들어갔다. 그런데 내 눈에는 『조선교육』이라는 잡지가 들어왔다. 거기에는 해방 후 급변하는 정세를 그린 「급류」(1949.4~)가 실려 있었다. 「급류」는 해방 후의 무질서와 치안부재 상황을 그리고 있다. 일제의 항복이 있은 후 정우는 사천에서 부산을 거쳐 서울로 올라간다. 이 소설은 친일파의 득세, 인민공화국 일색, 좌우익의 충돌 등 해방 후 서울의 모습을 여과 없이 그려내고 있다. 여기에는 세 형태의 인물이 등장하는데, 그 하나는 인공을 주장하는 좌익 노선으로, 대표적인 인물은 경수이다. 다음으로, 공산당 세력을 때려 부수고, 자주독립으로 나가자는 대한청년회의 인물 장연규이다. 그는 테러에는 테러로 맞서 적극 보복에 나서는 극우적 인물이다. 그 가운데에 주인공 정구가 있는데, 그는 "도대체 근본적으로 무슨 "동맹"이니 "인민위원"이니 하는 계열의 정치적 노선 그 자체에 무엇인지 이루 다 설명할 수 없는 어떤 반감"을 품고 있는 우익적 성향의 인물이다. 한편, 그는 "일본 사람들이 버리고 간 그 많은 재산과 리권(利權)들을 한몫 톡톡이 잡아 보자는 데서 시작하여 그것이 나중은 막연한 권리욕에서 정치욕으로 발전"한 소시민적 인물이기도 하다. 이 세 젊은이의 삶을 통해 격동기의 모습을 보여주고 있다. 이 작품은 현재 4회(『조선교육』, 1949.7)까지만 확인할 수 있어 이후 연재 내용에 대해서는 제대로 알 수 없는 실정이다. 1950년에 『혜성』에 다시 연재되기도 하였으나, 현재는 2회(1950.3)와 3회(1950.5) 자료를 확인할 수 있을 뿐이다. 중·장편으로 기획된 소설로 보이며, 「해방」과 유사한 성격을 지녔을 것으로 보인다.

그 무렵 내가 구하려는 자료에는 「해방」(『동아일보』, 1949.9.1~1950.2.16)이 포함되어 있었다. 김동리 자택에서 쉽게 자료를 구하고자 했던 시도가 물거품이 되면서 나는 자료를 찾아 도서관을 헤맸다. 「해방」은 신문을 구해 보기 어렵고, 마이크로필름의 상태도 무척이나 조악해서 쉽게 읽을 수 없었다. 그런 이유로 해서 연구자들의 관심이 제대로 미치질 못했다. 나는 국립중앙도서관은 물론이고, 서울대도서관과 동아일보사, 그리고 영남대도서관에도 갔다. 마이크로필름을 복사했지만, 도무지 마이크로필름 원본과 복사의 상태가 좋지 않아 몇 장을 두고 여러 군데 발품을 팔아야 했다. 「해방」은 156회에 걸쳐 연재된 김동리의 첫 장편으로, 해방 이후 김동리의 현실인식이 여실히 드러난 작품이다. 작품이 당대의 현실 문제를 민감하게 포착하고 있는데, 특히 해방 후 친일파의 처리문제,

좌익과 보수의 분열과 대결, 복수와 활극이 난무하는 시대상황에서 장차 정국이 어떻게 바뀌어 갈지 모르는 상황을 당대의 보수적인 시각으로 그려내었다. 이 작품은 현실 문제를 적극 형상화했다는 점에서 그의 이전 소설과는 다른 지향성을 갖고 있다. 특히 현실과의 충분한 서사적 거리를 확보하지 못했고, 지나치게 민감한 이데올로기적 지향 때문에 작가가 작품을 묶어내기에는 부담이 컸을 것으로 보인다. 그는 한 글에서 "「해방」도 부분적으로는 대폭 개작할 생각"(「〈전체〉와 〈부분〉이 전도된 개작」, 『독서생활』, 1976.1, 293면)이라는 견해를 피력했다. 그런데 「해방」은 끝내 개작이 나오지 못하고 말았다.

「해방」 때문에 서울대도서관을 들르면서 나는 『해병과 상륙1』(1953.3)도 접할 수 있었다. 거기에는 또 하나의 소설 「폭풍 속의 인정」이 숨어 있었다. 이 소설은 부제가 「아버지와 그 아들들」이다. 1950년, 통일에 대한 기대가 무르익었는데, 중공군의 개입으로 국군과 유엔군은 남하를 계속하여 삼팔선 가까이에 이른다. 병수는 S씨, H씨와 서울을 떠나기로 약속한다. 그러나 병수는 일곱 식구가 모두 떠날 수는 없다고 판단했다. 그래서 병수는 일부 가족은 먼저 보내고, 상황이 더욱 악화되자 자신도 6살 무혁이를 남겨두고 열차를 타고 피난을 갔다. 안양에서 내려 다시 서울로 돌아와 자전거를 사서 무혁이를 태우고 피난을 했다. 전쟁이라는 한계상황에서 실존적 선택을 할 수밖에 없는 지식인의 갈등과 결국 난관을 무릅쓰고 역경을 헤쳐 가는 병수의 혈육애를 보여준다. 1951년 2월에 씌어진 이 소설에는 인산인해의 아수라장 같은 피난 열차의 모습과 정경들이 무척 실감 있게 묘사되어 있다.

2003년 1학기 대학원 수업에서였나 보다. 김동리 문학에 대해 수업을 하였는데, 그때 나는 한 대학원생으로부터 최현섭의 어떤 책에서 '「남으로 가는 길」이 국어 교과서에 실렸다'는 내용을 보았다는 말을 우연히 듣게 되었다. 「남로행」은 1951년에 나온 작품으로, 소재불명으로 되어 있다. 나는 얼마지 않아 그와 직접 통화를 했지만, 자료는 이미 교과서 박물관에 기증하였다는 말을 들었다. 그래서 수소문을 하여 찾다가 한 대학 사범대 학술정보센터에서 파일을 직접 받아 볼 수 있었다. 그것은 『중등국어』였고, 목차에서 8번째로 「남으로 가는 길」(「南行路」 또는「南路行」을 풀어쓴 제목)이 실려 있었다.

> 단기 4283년 6월 28일 오전 다섯 시 경이었다. 날이 훤하게 틔어 왔다.
>
> 우루룩 우루룩 쾅쾅쾅 쿵쿡 꾸르르. 쾅쾅쾅 뽀가르르…… 뽀가르르……
>
> 우룩 우룩. 쿵쿡 꾸르르. 쾅쾅쾅 뽀가르르 뽀가르르……
>
> 박격포, 야포, 소총, 기관총, 따발총, 원거리포 등등 온갖 포탄 총탄이 발사되는 소리, 터지는 소리, 울리는 소리, 흔들리는 소리, 부서지는 소리, 쓰러지는 소리, 깨어지는 소리…… 탱크가 구르는 소리, 트럭이 달리는 소리…… 소리, 소리들은 날이 밝아 올수록 고막을 찢고 들리었다 …(중략)… 업고, 지고, 이고 신고 끌고 끌리며 한강으로 한강으로 꾸역꾸역 나가는 피난민의 떼는 목적과 의지를 가진 인간의 행렬이라기보다, 휩쓰는 홍수에나 떠내려가는 보퉁이들처럼 울며 부르며 쓰러지며 소리 지르며 밀며 밀리며 자꾸만 흘러가도 끝이 없는 것이었다.[7]

7 김동리, 「남으로 가는 길」, 『중등국어』 I－II, 대한문교서적주식회사, 1952, 43면.

「남으로 가는 길」은 피난길의 여정을 다루고 있는 전쟁소설이다. 소설 초두에 포탄이 터지는 전쟁의 긴박함이 전면에 제시되고, 피난을 가는 민중들의 행렬이 클로즈업된다. 전쟁 중의 상황에서 김영근 순경은 다른 순경과 함께 식량창고 경비 명령을 맡았다. 그러나 다른 순경은 나가서 돌아오지 않고, 또한 포탄이 터지고 탱크가 구르는 소리를 들으면서도 그는 그 자리를 지켰다. 그는 "용감한 국군은 서울 북방에서 아직도 격전을 계속하고 있다. 날이 새면 적은 격퇴될 것"이라고 믿었다. 그리고 상부의 지시 없이 한 발자국도 움직일 수 없다고 생각하였다. 그는 이미 본서도 후퇴하고 한강다리도 끊겼다는 민보단원(民保團員)의 이야기를 듣고 잠시 혼란스러워하지만, 식량을 약탈하러 온 사람을 물리친다. 그리고 어쩔 수 없이 한강을 건너 노량진 안양 수원까지 갔지만, 본서는 없었다. 그는 일주일을 수원 근처에서 헤매다가 본서가 대전으로 내려간 모양이라는 말을 듣고 허탈해한다. 그는 잠시 꿈속에서 아내와 아이를 보고, 27일 출근 이후 가족의 생사에 무관심했던 자신을 발견한다. 그는 어느덧 서장과 자기를 아껴주는 서 주임, 그리고 아내와 딸이 있을 것 같은 대전으로 향한다.

이 작품은 전쟁의 상황에서도 자기의 역할과 소임에 충실한 순경의 모습을 그려내고 있다. 전쟁의 위험이 코앞에 닥쳤는데도 자기 직무에 충실한 한 순경의 멸사봉공 정신과 따뜻한 인간애를 그리고 있다. 6.25라는 극한 상황에서 순경으로서 본분과 책임을 다하는 모습을 통해 전쟁에서의 참다운 인간상을 제시함으로써 교훈성과 계몽성이 강해 교과서에 실린 것으로 보인다.

2003년경 동리·목월기념사업회 일로 소설가 서영은과 통화를 하게 되었다. 그때 나는 「대왕암」 등에 대한 이야기를 꺼냈고, 그것이 대구에서 발간된 어떤 신문에 실렸던 것으로 기억한다는 내용을 그녀에게서 들었다. 그래서 대구에서 발간된 신문들을 찾아보았다. 『대구매일신문』과 『영남일보』를 살피다가 의외로 두 개의 소설을 찾는 행운을 얻었다. 하나는 전집 목록에 "원발표지 미확인 1974~75"로 기록된 「대왕암」이었다. 그것은 『대구매일신문』(1974.2.1~1975.11.1, 총 538회)에 연재된 신라 역사소설로 「삼국기」의 후편이었다. 그리고 또 하나는 『영남일보』에 게재된 미완의 소설 「스탈린의 노쇠」(1951.6.7~18)였다. 한국전이 일어난 지 1년이 다 되어 가는 무렵에 쓴 것으로, 부제는 "스탈린의 뇌리에 비친 3차전의 구상"이었다. 스탈린이 한국전에서 3차 세계대전을 구상한다는 내용이다.

> 그러나 그 대한민국 군대는 김일성의 부하들만으로도 충분히 싸우지 않는가? 중국군의 상대는 미국군이고 영국군이고 또 그 계열의 군대들이다. 지금 중국군이 격파하고 있는 비둘기와 미그와 장갑차와 대포와 기관총들은 전부 미국의 것이요 영국의 것들이다. 이것은 지금 만약 중국군이 격파하지 않으면 전부 구라파에서 소련군의 부담이 될 것이다. 중국 보병은 다만 그것을 미리 하고 있는 것뿐이다. 지금 싸우지 않으면 중국군이 공헌할 수 있는 길은 지극히 곤란하고 막연한 것이다. 중국군이 三차전을 싸울 수 있는 실질적이고 기술적인 방법은 한국전쟁을 견지하는 길뿐이다.[8]

스탈린이 전략적 요인과 전력 손실 방지를 위해 "모택동에게 한국전쟁을 종용"하였고, 또한 3차전에 대해 이해득실을 구상하다가

8 김동리, 「스탈린의 노쇠」, 『영남일보』, 1951.6.16.

"미국놈들은 언제나 함대와 원자탄으로 나를 위협"하고 있다는 생각에 다시 현실을 인식한다는 내용이다. 만일 루스벨트가 살아 있다면 인도주의를 내세울 수도 있을 텐데, 이러지도 저러지도 못하는 스탈린의 고뇌를 그리고 있다. 이 작품은 "작자의 부득이한 사정으로 연재를 중지하게 되"어 8회로 끝났다. 이 작품은 실제 인물들이 등장하여 현실과 너무 밀접한 것이어서 미적 거리를 확보하기 어려웠고, 또한 소설의 전개가 향후 전황과 결부되는 정치적 성격을 띠고 있어 그야말로 가상소설이거나 예언소설로 그칠 수밖에 없는 한계를 갖고 있었다. 이 작품은 미완이기 때문에 작품론으로서는 결격이겠지만, 6.25 당시 작가의 예민한 현실인식을 담고 있기 때문에 작가 연구에는 중요한 자료임이 틀림없다.

「생식(生食)」을 찾아낸 것은 2006년의 일이다. 얼마 전 『중앙』 영인본이 다시 나왔다는 이야기를 듣고 나는 많은 기대를 했었다. 이전에도 『중앙』은 영인이 되었지만 내가 찾는 1935년 7월호는 없었다. 이번 영인본 역시 1935년분은 6월까지 있을 뿐이었다. 1935년 7월호는 김근수의 소장자료에만 확인될 뿐, 국립중앙도서관이나 대학도서관에서는 확인이 안 되었다. 고려대학교 도서관 귀중본 목록에는 있는 것으로 나와서 동료한테 부탁을 했더니 1935년 6월 다음에는 바로 1936년 2월호로 넘어가고, 그 사이 모든 호가 빠졌다고 알려주었다. 그런데 이것이 한 대학의 귀중본 도서실에 입수된 것을 며칠 전에야 확인하였고, 후배를 통해 겨우 원문을 구할 수 있었다. 그런데 막상 구해 보니 작품 끝에 '계속'이라는 단어가 붙어 있었다. 1935년 9월호에는 실리지 않은 것으로 보아 1935년 8월호에 2회로 완결되었을 것으로 보인다.[9] 이 소설에서 김동리는 사회주의자를 등장시키고 있다.

> 원시공산제 시대라는 둥 물물교환시대라는 둥 물질 사유 관념과 봉건 제도라는 둥 생산과잉과 자본주의 경제조직이라는 둥 그밖에 농노제도, 무산계급, 중산계급, 지배계급, 피지배계급, 중앙집권, 기계문명, 또 대립, 투쟁, 결함 등등 밤낮 귀에 못이 박힌 그 장단이다.[10]

주인공은 치안위반으로 2년을 복역하였는데, 그동안 임신하였던 아내는 아이를 낳다가 사망한다. 복역 후 마을 사람들은 그를 허풍선이로 인식하며, 온갖 냉대와 조소를 보낸다. 그럼에도 그는 여전히 "사도적 정열이 흐르고", 사회주의를 설교한다. 마을에서 유일하게 나는 그를 미워하지 않고, 계속 관심을 갖는다. 이 작품은 사회주의자를 전면에 내세우고, 현실적 문제에 대한 관심을 보여주었다는 점에서 당시 다른 작품과는 거리가 있다. 그러나 지금은 1935년 8월호가 없어 작품의 전반부밖에 파악할 수 없는 것이 아쉽다. 아마 후반부가 발견된다면 당시 사회주의자에 대한 김동리의 인식을 보다 여실히 파악할 수 있을 것으로 보인다.

『작가세계』(2005.12)에 글을 발표하고 나는 다시 한번 행운을 얻을 수 있었다. 소설가 서영은으로부터 김동리의 미공개작 두 편이 있다는 연락을 받은 것이었다. 하나는 「야식」이고, 하나는 「유랑시장」이라는 작품이었다. 나는 김동리의 작품목록을 뒤졌지만 그런 작품은 없었다. 2005년 12월 7일 동리 · 목월 기념관 공사가 한참 마무리에 들어간 무렵 그녀는 작품 전시를 위해 경주에 왔다. 그때

9 『중앙』 1935년 8월호를 확인하였는데, 몇 부분 삭제된 곳은 있었지만, 「생식」은 없었다. 김동리는 "「生食」 한 편을 겨우 발표했는데, 그것도 사회주의자를 주인공으로 삼았다 해서 후반부가 잘리어 나갔던 것으로 기억한다"(『생각이 흐르는 강물』, 220면)라고 언급했는데, 그의 말처럼 「생식」은 후반부가 아예 실리지 않았을 가능성이 크다.

10 김시종, 「생식」, 『중앙』, 1935.7, 142면.

그녀의 후의로 나는 그녀가 소중하게 간직하고 있던 김동리의 유고 및 원고들을 보았고, 문제의 두 작품도 볼 수 있었다. 그 가운데 「야식(夜食)」은 이후에 「새벽의 잔치」라는 제명으로 『꿈같은 여름』(1979)에 수록된 작품이었지만, 「유랑시장」은 발표지와 발표 연대 미상인 작품이었다. 이를 가져와 꼼꼼히 조사를 해보니 한국유리에서 낸 사보인 『한국유리사보』에 1970년 7월부터 연재된 장편이었다. 「유랑시장」은 현재 1~9회, 13~14회, 16~17회(미완)만 남아 있어 자료가 완전하지 못하다. 이 사보는 현재 국립중앙도서관에 보관된 것 가운데 1971~1973년도 분량 전체가 빠져 있어 작품의 전모를 파악하기가 쉽지 않다. 앞으로 작품의 결락된 부분들을 찾아내어 작품 전체를 복구할 필요가 있는 작품이다.

「유랑시장」은 연재 첫머리에 "그동안 많은 종업원과 가족 여러분들로부터 연재소설을 실어달라는 간청이 있어 이번 호부터 김 선생님의 회심의 역작이 실리게 된다"는 편집자의 주가 붙어 있다. 이 작품은 피난지 부산에서 영규와 자애, 정순 사이에서 벌어지는 사랑의 문제를 다루고 있다. 자애는 부모를 북한군으로부터 잃고 오빠마저 방위군에 지원해 가서 혈혈단신으로 부산에 피난을 온 17~8세가량의 소녀였다. 영규 역시 '그 사람들'로부터 아내를 잃고 피난지 부산으로 오게 되었다. 그는 한도상사 정 사장의 딸 정순의 후의로 숙직실에 자애와 같이 기거하며 선전부장으로 근무하게 된다. 거기서 부산의 예술가들과 어울리게 된다. 그들은 밀다원패들이다. 이 작품은 한국동란 중 부산의 밀다원 시대를 배경으로 피난지 부산에서의 체험을 형상화한 작품으로 「밀다원 시대」의 확장된 모습을 보여주고 있다. 그러나 주로 사건의 초점이 피난민 영규와 자애, 그리고 사장의 딸인 정순의 사랑에 초점이 맞추어짐으로써 「밀다원 시대」처럼 암울한 위기의식은 보이지 않으며, 그만큼 작품은 느슨하다. 그뿐만 아니라 이 작품에는 「귀환 장정」처럼 제2 국민병의 참상도 나온다. 폐허가 된 항도 부산에서 전쟁의 상처를 안고 살아가는 사람들의 삶 이야기를 담은 세태소설의 성격을 지닌 작품이다.

4. 여운 – 미완의 작업, 미해결의 과제

김동리가 잃어버린 작품이 두 편 있다. 그것은 앞에서 본 「하현」과 「소녀」이다. 그리고 그는 또 다른 작품도 있었음을 고백하였다.

> 시가 이외에 정주는 소설을, 나는 극시를 각각 쓰고 있었는데, 그때 정주가 읽어준 소설 「배군(裵君)」은 우리가 다 함께 아는 배 모 씨를 모델로 한 것이었다. 내가 쓴 극시 「연당(蓮塘)(5막)은 지금도 줄거리만 기억하고 있는데, 원고는 어디로 갔는지 잃어진 지도 이미 오랜 것 같다.[11]

스무한두 살 무렵 김동리가 쓴 「연당」은 사라져버렸으니 더 이상 언급할 것이 못 된다. 이 내용을 통해 그가 다양한 작품 활동을 했음을 확인할 수 있다. 사실 그는 무수한 소설을 썼다. 발표되지 않은 것은 차치해 두더라도, 발표된 소설만도 엄청나다.

11 김동리, 「문학행각기」, 『자연과 인생』, 국제문화사, 1965, 92면.

> 지금까지 내가 써온 작품 가운데 시와 평론 수필 따위를 별도로 한다면 소설 작품만 약 2만 5천장(2백자 원고지) 내지 3만장 가량 되지만 샤머니즘이니 불교니 하는 계열의 작품은 장수로 계산해서 지극히 일부밖에 되지 않아. 그런데 자네들은 내 작품을 말하려고 할 때 왜 샤머니즘이니 불교니 하는 것을 먼저 생각하게 되는가, 이런 것도 문제의 하나가 될 줄 아네. 그러나 내가 지금 이런 따위를 문제 삼으려는 것은 아니야. 아까 나는 샤머니즘 불교 기독교 휴머니즘 민족주의 허무주의 하는 따위가 그 밑바닥에 있어서는 서로 '얽혀 있는 것'을 밝히기 위해서는 일단은 전체적인 검토에서 출발해야 되지 않을까. 이렇게 볼 때 이런 문제를 얘기할 수 있는 사람은, 적어도 오늘날까지는 내 자신밖에 없을 줄 아네. 왜 그러냐 하면 적어도 오늘날까지 내 작품(소설)을 그렇게 전체적으로 검토해본 사람은 없을 테니까…[12]

그는 1972년 10월까지 자신이 쓴 소설이 3만 매가량 됨을 강조했다. 여기에는 앞서 언급한 117편 말고도 1968년 8월 이후 발표된 작품들, 특히 「극락조」, 「아도」, 「삼국기」 같은 장편도 포함되어 있다. 이것은 그의 작품이 무척이나 많았음을 보여준다. 김동리가 여기에서 3만 매를 강조한 것은 자신의 작품이 많지만, 연구하는 사람들이 작품을 제대로 읽지 않고 문학 세계를 판단해 버린 것에 대한 일종의 비판이자 충고이기도 하다. 그는 심지어 자신의 소설을 많이 읽은 사람도 자신의 소설의 1/3, 즉 1만 장 정도 읽은 사람이 거의 없을 걸로 일갈했다. 당시 많은 사람들이 그의 소설을 제대로 읽

12 김동리, 「샤마니즘과 불교와」, 『문학사상』, 1972.10, 263면.

지 않았고, 그래서 전체상을 제대로 알고 있지 못한다는 말이다. 많은 연구자들이 초기 작품, 그것도 많이 알려져 선집이나 전집에 포함된 작품들에 논의가 국한되고 만 것에 대한 김동리의 섭섭함, 그리고 전체적으로 파악해주기를 바라는 마음이 동시에 들어 있다.

그의 작품은 전체 속에서 파악되고 논의될 필요가 있다. 비록 잡지의 폐간이나 작가의 사정으로 미완성된 작품이라도 그것 나름의 가치가 있다. 그리고 잡지에 발표된 것은 완성된 것일지라도 잡지의 소실로 인해 그 전모를 파악하기 힘든 것들이 있다. 이런 것은 찾아내어 전모를 밝힐 필요가 있다. 그의 작품 발굴은 그런 점에서 여전히 미완의 과제이다. 게다가 그의 소설 역시 미완의 과제였음은 유고로 남긴 작품을 통해서도 확인할 수 있다.

> 이 미완성 장편소설은 「당고개 무당」을 확대한 장편으로 일제 말 사천의 분위기를 그대로 담고 있는데, 주인공 종규가 일제의 징용을 피하기 위해 쌍계사로 가서 기생 두 명을 만나는 데서 소설이 중단되고 있다.[13]

미완성 유고를 김윤식은 「미정고」라 하여 논의하였다. 이 미정고는 200자 원고지로 180매가량이 된다고 한다. 이 작품은 광명학원이 폐쇄되고 나서 화개에 피신한 무렵 김동리의 내면을 잘 보여주는 작품으로 보인다. 그 일부가 김윤식의 『미당의 어법과 김동리의 문법』(서울대학교출판부, 2002)에 실려 있다. 사실 그의 작품 전체도 미정고의 상태로 남아 있다. 우리는 남아 있는 소설로 「미정

13 김정숙, 『김동리의 삶과 문학』, 집문당, 1996, 192면.

고」를 새로이 구성해내듯이, 현재 상황에서 김동리의 소설 전체를 재구성해낼 필요가 있다. 찾아낼 것은 찾아내고, 남아 있는 소중한 자료를 조합하여 김동리의 문학 세계 전체를 재구해내야 한다. 이 글은 자료 찾기의 한 시도일 뿐이며, 그것은 여전히 미완의 작업, 미해결의 과제로 남긴다. 찾아 나섰다가 무언가 제대로 찾아내지 못한 아쉬움, 그래서 여운이 남는다.

김동리 소설 「아카시아 그늘 아래서」의 발굴

1. 호사가의 취미와 연구자의 태도

한국 근대 소설가 가운데서 창작 소설이 100여 편을 훨씬 상회하는 작가는 그리 많지 않다.[1] 얼핏 보면 염상섭, 김동인, 채만식, 이무영, 박영준, 김동리, 황순원 정도일 것이다. 이 밖에도 몇몇 작가가 더 있지만, 대체적으로는 작품의 수가 두 자릿수에 그치고 만다. 적어도 이 작가들은 문학에 심혈을 쏟았다는 말이다. 작품이 많을수록 작가의 작품 서지는 불충분하기 마련이다. 그것은 그들의 새로운 작품들이 여전히 발굴되고 있음을 보아도 알 수 있다. 그래서 연구자가 작가의 완벽한 서지를 마련하려면 이만저만 곤혹스럽지 않다.

1 조남현의 「작가별 작품 연보」(『한국현대소설사(2)』, 문학과 지성사, 2012)에 따르면, 근대 소설 작가 가운데 200편 내외의 작품을 쓴 작가로 염상섭·이무영·박영준, 100여 편을 훨씬 상회하는 작가로 방인근·김동인·김송·김동리·이봉구, 그리고 100편 내외의 작가로 이기영·한설야·채만식·박화성·이태준·이주홍·안수길·정비석·황순원·최태응 등을 꼽을 수 있다.

> 이렇게 내가 버린 작품들을 이후에 어느 호사가가 있어 발굴이라는 명목으로든 뭐로든 끄집어내지 말기를 바란다.[2]

황순원은 생전 전집을 꾸리면서 전집에 포함되지 않은 작품들을 끄집어내어 거론하지 말기를 당부했다. 그는 '버린 작품'이라고 하여 그 작품들에 대한 가치를 스스로 폄하시켰다. 어쩌면 작가의 바람대로 연구자는 전집에 의거 연구하면 그만이고, 달리 작품을 찾아내는 것은 호사가의 취미일 수 있다. 그리고 작품 발굴을 무슨 대단한 발견이나 한 것처럼 떠벌리는 것은 지나친 과시욕망일 수 있다. 그러나 문제는 그리 간단하지 않다.

작가가 버린 작품도 있고, 잃어버려 빠진 작품도 있고, 심지어 빼고 싶어 뺀 작품도 있을 것이다. 완성도가 떨어지는 작품은 개작을 할 수도 있고, 경우에 따라서는 아예 목록에서 지워버릴 수 있다. 김동리와 황순원의 경우 특히 개작이 많은데, 그것은 달리 작품의 완성도를 끊임없이 추구하는 작가의 혼을 느끼게 해준다. 대부분의 경우 개작은 이전 작품보다 미적인 면에서 뛰어나다. 작가로 보면 무언가 미흡하기 때문에 개작을 하기 마련이다. 그럴 때 개작 이전 작품은 미완성작이 되고, 그래서 작가는 개작, 즉 완성작을 대상으로 연구해주길 바란다. 그러나 설혹 문학적 가치가 높다 해서 그것의 문학사적 가치도 높다고 할 수 없다.

공공기관(新東亞) 또는 기타 각종 인쇄물(단행본 또는 선집 따위)

2 황순원, 「말과 삶과 자유」, 『황순원전집(11)』, 문학과 지성사, 1993, 183면.

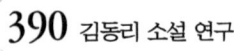

> 에 발표되었을 때 그 작품은 이미 작가 개인의 것만이 아니고 사회의 것도 되어 있다고 볼 수 있기 때문이다.[3]

작가가 원하든 원하지 않든 작품은 발표되면서 하나의 전기적 사료로서 존재한다. 더러는 작품의 미적, 문학사적 가치와는 별도로 연구의 가치가 높은 텍스트들이 있다. 특히 작가론을 집필할 때 그렇다. 작가의 삶의 전모를 파악하려면 드러난 부분보다도 드러나지 않은 부분에 치중해야 할 때도 있다. 경우에 따라서는 비록 미완성작이라 하더라도 그것이 지닌 가치가 작지 않은 경우가 있다. 김동리로 보면 「스탈린의 노쇠」가 그렇다. 우리나라의 경우 이데올로기나 분단의 문제로, 작가의 정치적 입장과 노선 때문에 개작되거나 버려진 작품들이 있다. 이데올로기적 요소는 당대로서는 의미나 영향력을 행사할지 모르나, 시간이 지나면서 퇴색해 버리고 만다. 그래서 텍스트를 온전한 텍스트로 자리매김하는 일이 필요하다. 보다 완전한 작가론을 위해서 텍스트의 발굴은 중요하며, 새로운 자료는 새로운 작가론과 문학사의 성립을 가능케 하는 토대가 된다. 연구자는 작품의 조각들을 찾아내어 작가의 전체 삶을 그려내야 한다. 작품 발굴은 빠진 모자이크 조각을 채워 넣는 작업이다. 그래서 작가론은 하나의 퍼즐 조각들을 모두 꿰맞춰 넣을 때 제대로 완성되는 것이다.

3 김동리, 「〈전체〉와 〈부분〉이 전도된 개작」, 『독서생활』, 1976.1, 292면.

2. 동리 소설의 전모와 현재 발굴 상황

김동리 소설의 전모는 여전히 밝혀져 있지 않다. 필자는 2006년에 「김동리의 〈발굴 소설〉론」을 쓴 적이 있다. 그때 김동리 소설의 전모는 제대로 드러나지 않았다. 그렇다고 지금 그 모습이 다 드러났다고는 할 수 없지만, 그 당시와 비교해보면 적잖은 진전이 있었다고 말할 수 있다.

> 즉 전체 117편(소설) 중에서 87편을 제외한 30편은 이 수첩에 기재되어 있지 않고 해방 이전과 동란 이전에 있었던 수첩에 기록되었거나 그렇지 않으면 메모 없이 그냥 머리에 떠오른 소재를 취했던 셈이 되는 것이다.[4]

김동리 작품의 전모를 말할 때 이 글은 좋은 기준이 된다. 왜냐하면 작가 스스로 작품의 현황을 말해주었기 때문이다. 김동리는 이 글에서 1968년 8월 당시까지 자신의 소설 작품이 117편이라고 말했다. 이것은 그 어떤 기록보다 정확하리라고 생각된다. 왜냐하면 작가는 자신이 발표한 작품 수를 다른 누구보다도 잘 알고 있고, 또한 그것을 굳이 헛되이 꾸밀 이유도 없기 때문이다. 1968년 8월까지 『김동리전집』(민음사, 1995) 목록에 나온 작품을 제시하면 아래와 같다.

1930년대 : 「화랑의 후예」(1935), 「산화」(1936), 「바위」(1936), 「무녀도」(1936), 「술」(1936), 「산제」(1936), 「팥죽」(1936), 「허덜풀네」

4 김동리, 「나의 비망첩」, 『세대』, 1968.8, 354면.

(1936), 「어머니」(1937), 「솔거」(1937), 「생일」(1938), 「잉여설」(1938), 「황토기」(1939), 「찔레꽃」(1939) 「두꺼비」(1939), 「회계」(1939), 「완미설」(1939) — 17편.

1940년대 : 「동구 앞길」(1940), 「혼구」(1940), 「소녀」(1940), 「오누이」(1940), 「다음 항구」(1940), 「소년」(1941), 「윤회설」(1946), 「지연기」(1946), 「미수」(1946), 「혈거부족」(1947), 「달」(1947), 「이맛살」(1947), 「상철이」(1947), 「역마」(1948), 「어머니와 그 아들들」(1948), 「절 한번」(1948), 「개를 위하여」(1948), 「형제」(1949), 「심정」(1949), 「유 서방」(1949) 「급류」(1949), 「검군」(1949), 「해방」(1949~1950) — 23편

1950년대 : 「급류」(1950), 「인간 동의」(1950), 「한내 마을의 전설」(1950), 「귀환 장정」(1951), 「상면」(1951), 「남로행」(1951), 「피난기」(1952), 「풍우기」(1953~1954), 「살벌한 황혼」(1954), 「마리아의 회태」(1955), 「흥남 철수」(1955), 「청자」(1955), 「밀다원 시대」(1955), 「용」(1955), 「실존무」(1955), 「진달래」(1955), 「사반의 십자가」(1955~1957), 「춘추」(1956~1957), 「악성」(1956), 「원왕생가」(1956), 「수로 부인」(1956), 「아가」(1957), 「목공 요셉」(1957) 「남포의 계절」(1957~1958), 「여수」(1957), 「강유기」(1958), 「고우」(1958), 「자매」(1958), 「당고개 무당」(1958), 「달이와 낭이」(1959), 「자유의 기수」(1959~1960), 「아호량기」(1959), 「학정기」(1959), 「애정의 윤리」(1959) — 32편(34편)

1960년대 : 「이곳에 던져지다」(1960~1961), 「어떤 고백」(1960), 「비 오는 동산」(1961), 「등신불」(1961), 「어떤 남」(1961), 「부활」(1962), 「해풍」(1963), 「서글픈 이야기」(1963), 「마음」(1963),

「추격자」(1963), 「조그만 풍경」(1963),[5] 「천사」(1964), 「늪」(1964), 「심장 비 맞다」(1964), 「유혼설」(1964), 「꽃」(1965), 「성문 거리」(1965), 「젊은 초상」(1965), 「송추에서」(1966), 「상정」(1966), 「윤사월」(1966), 「백설가」(1966), 「까치 소리」(1966), 「바람아 대추야」(1966) 「염주」(1966), 「석 노인」(1967), 「감람 수풀」(1967), 「꽃 피는 아침」(1968), 「극락조」(1968) — 27편(29편)

민음사 전집(1995)의 목록을 살펴보니 1968년 8월까지 103편이 포함되어 있었다. 여기에서 개작을 별도의 작품 수로 환산하느냐, 아니면 한 작품으로 보느냐는 좀 복잡한 문제이다. 일단 원작과 개작을 하나의 작품으로 인정하기로 한다. 「무녀도」는 1936년 발표된 이래 1947년 1963년 등 크게 두 차례에 걸쳐 개작되었지만 한 작품으로 인정하는 것과 같은 이치이다. 그렇다면 모두 밑줄 친 작품 4편(개작)을 뺀 총 99편의 작품이 남는다. 이제 전집 목록에서 빠진 작품의 발굴 상황을 살펴보면 아래와 같다.

「純情說」(1952)·「風雨 속의 人情」(1953),[6] 「산 이야기」(1947),[7] 「풍우가」(1950~1951),[8] 「우물과 감나무와 고양이가 있는 집」(1952)·「父

5 「서글픈 이야기」(1963), 「마음」(1963), 「추격자」(1963), 「조그만 풍경」(1963) 등은 잡지에 발표되었는지를 알 수 없고, 다만 『등신불』(1963)에 실려 있어 발표 연도를 작품집 발간 연도로 달았다.

6 신영덕, 「한국전쟁기 종군작가 연구」, 고려대 박사논문, 1994.2. 여기에서 「風雨 속의 人情」은 「폭풍 속의 인정」의 오기이며, 「순정설」은 「순정기」로 표기했지만, 혼란을 피하기 위해 바로잡았음. 이하 작품들은 1968년 이전 발표작으로서 전집 목록에 누락된 작품만을 대상으로 했다.

7 김윤식, 「김동리의 미수록 작품 '산 이야기'에 대하여—'무녀도'계와 '산제'계」, 『현대문학』, 2000.6.

子」(1956),[9] 「생식」(1935)·「일요일」(1949)·「실근이와 순근이」(1949)·「스탈린의 노쇠」(1951),[10] 「폐도의 시인」(1935),[11] 「傷兵」(1951)·「P一等兵」(1951),[12] 「蓮嬉와 敬淑」(1947),[13] 「對決」[14]

이것들은 전집목록에서 빠진, 연구자들에 의해 새롭게 발굴된 15편의 작품들이다. 최대로 계산할 경우 103+15=118편에 도달한 셈이다. 한편으로 99+15=114편이 되지만, 후자(발굴 작품) 역시 개작 상황을 검토해봐야 한다. 개작은 「산제」－「산 이야기」, 「상병」－「풍우가」－「순정설」, 「난중기」－「폭풍 속의 인정」－「피란기」로 되었다. 그렇게 볼 때 실제 발굴 작품은 11편에 불과하다. 그렇다면 앞에서 언급한 99편과 11편을 더하면 모두 110편에 이른다. 여전히 7편은 부족한 셈이다.

필자는 이전에 "『꿈같은 여름』(1979)에는……나머지 7편(「농구화」, 「매미」, 「꿈같은 여름」, 「아버지의 초상화」, 「용기와 분경이」, 「고양이」, 「새벽의 잔치」) 가운데 일부가 이전 시기 다른 잡지에 발표되었을 수도 있다"고 주장했다.[15] 그러면 『꿈같은 여름』 수록 작

8 김병길, 「김동리 소설의 공백지대－해방기에서 한국전쟁까지」, 『문학사상』, 2004.10.
9 신영덕, 『전쟁과 소설』, 역락, 2007. 두 작품 발굴 사실은 『중앙일보』(2005.10.4)에 보도되었다.
10 김주현, 「떨림과 여운－김동리의 <발굴 소설>론」, 『김동리 문학의 원점과 그 변주』(김동리기념사업회 편), 계간문예, 2006.
11 홍기돈, 「동리 문학의 원점을 찾는 기행」, 『문학사상』, 2009.8.
12 김병길, 「전쟁의 상흔과 서사적 치유－한국전쟁기 김동리 단편소설의 사실주의」, 『문학사상』, 2011.11. 이 외에도 그는 「亂中記」를 발굴하였으나 이는 목록의 「避亂記」와 동일한 작품이어서 제외했다. 「난중기」→「폭풍속의 인정」→「피란기」의 순서를 보이고 있다.
13 홍기돈, 「김동리 소설의 설화 수용의 의미」, 『근대서지』 3, 소명출판, 2011.
14 박태일, 「국방부 정훈매체 "국방"의 문예면 연구－한국전쟁기 정훈문학 연구·2」, 『어문론총』 55, 한국문학언어학회, 2011.12. 그를 통해 「대결」이 『국방』 18호(1952.10)에 실린 것을 확인할 수 있었다. 아울러 「피란기(상)」이 『화랑휘보』 2호, 1953년 5월호에 실린 것도 확인을 해주었다.

품의 창작 시기를 살펴보기로 한다.

『꿈같은 여름』(1979)－총 18편 수록.

1930년대－「팥죽」(1936)

1940년대－「일요일」(1949), 「실근이와 순근이」(1949) 「물오리」(1941, 원작 「소년」), 「용기와 분경이」(1949, 게재지 불명)

1950년대－「우물과 고양이와 감나무가 있는 집」(1952), 「진달래」(1955), 「아버지의 초상화」(1955, 게재지 불명)

1960년대－「늪」(1964), 「꽃」(1965)

1970년대－「저승새」(1977), 「이별이 있는 풍경」(1977), 「매미」(1978)[16]

기타 「새벽의 잔치」, 「농구화」, 「꿈같은 여름」, 「고양이」 등 4편 1979년 작으로 환산.

이번에 『꿈같은 여름』(1979)을 직접 확인하면서 그러한 가능성을 실재화할 수 있었다. 지난번 글에서 제대로 밝히지 못했던 것들이 새롭게 밝혀졌기 때문이다. 위의 것은 책 전체 작품을 작품 창작 내지 발표순으로 배열한 것이다. 지난번 글에서 그 책에 실린 작품을 미처 확인하지 못한 채 『김동리전집』 목록에 근거하여 "12작품" 운운하였는데, 이는 오류이다. 실제 실린 작품은 총 18편이었으며, 이 작품들을 꼼꼼히 살폈다. 그런데 「용기와 분경이」(1949), 「아버지의 초상화」(1955) 등 2편은 비록 게재지를 알 수 없었지만, 1960년대 이전에 창작된 것으로 드러났다. 작가가 친절하게도 작품의

15 김주현, 앞의 글, 103면. 이전 글에서는 오류가 있어서 이 글에서 바로잡았고, 또한 새로 발굴한 작품들도 감안하여 계산하였다.

16 「매미」의 원작은 「매미와 철수」이며, 동화집 『방울새야 방울새야』(청산사, 1978)에 실려 있다.

말미에 창작 연도를 밝혀놓았기 때문이다.

그런데 이 외에도 김동리는 "검열에 걸려 『문장』지의 「하현(下弦)」……원고마저 돌아오지 않았"[17]다고 하였다. 이뿐만 아니라 그는 "「먼산바라기」와 「부활」은 바루 작년(一九六二), 「등신불」, 「어떤 남」은 재작년(一九六一)에 각각 발표되었던 작품들"[18]이라고 했다. 「산제」(1936)의 개작인 「먼산바라기」(1962)를 하나의 창작품에 넣었다는 이야기이다. 그렇다면 모두 3작품이 새롭게 밝혀진 셈이다. 모두 114편에 이르는 작품이 모습을 드러낸 것이다. 그래도 3작품은 여전히 부족하다. 이들 작품이 어딘가에 묻혀 있다는 이야기이다. 그렇다면 그것은 어디에 있는가? 이 글에서 그 작품들을 찾아 나서기로 한다.

3. 김동리 소설 「아카시아 그늘 아래서」의 발굴

필자는 김동리의 소설을 찾아 헤맨 결과 이전에도 몇 작품을 발굴하여 소개하였다. 그것 가운데 「생식」과 「스탈린의 노쇠」도 있었다. 한편, 2010년 11월 김동리문학제에 「김동리 탄생 백 주년－김동리 문학전집 발간에 따른 제 문제」를 발표하면서 회중들에게 김동리 소설 몇 작품이 여전히 발견되지 않고 있으니 찾으면 알려 달라고 공포하였다.[19] 그 발표를 전후하여 5작품이 김병길, 홍기돈 등에 의해 발굴되는 성과가 있었다. 문학제 이후 1년쯤 지난 작년 연

17 김동리, 「자전기」, 『취미와 인생』, 문예창작사, 1978, 334면.
18 김동리, 「후기」, 『등신불』, 정음사, 1963, 365면.
19 김주현, 「김동리 문학전집 발간에 따른 제 문제」, 『2010 김동리문학제 발표자료집』(2010.11.24, 함춘회관), 김동리기념사업회, 5~16면.

말에 한 분으로부터 연락이 왔다. 2010년 김동리문학제에서 처음 뵈었던, 서지학을 하는 사람이었다.[20] 그는 「아카시아 그늘 아래서」라는 작품을 들어본 적이 있느냐고 물었다.[21] 처음에는 제목 때문에 수필이 아닐까 생각했다. 그의 도움으로 작품을 구할 수 있었다. 그래서 다시 글을 정리하게 되었다.

「아카시야 그늘 아래서」(『협동』 50호, 1955.7·8)

이 작품은 〈창작〉란에 창작으로 소개되었다. 그것은 당시 소설이 실리는 난으로, 창작은 곧 창작 소설을 의미한다. 김동리의 「아카시아 그늘 아래서」가 마침내 나에게 다가왔다. 이전에도 『협동』 〈창작〉란에 김동리의 소설 「풍우가」(『협동』 32~33호, 1951.11~1952.1)가 실린 적이 있다. 그 작품은 이미 김병길에 의해 발굴되어 소개되지 않았던가.

> 가난했지만 진지했던 그 시절 우리는 술도 무척 마셨다. 한번은 개운사 뒷산으로 올라갔다. 산기슭에서부터 아카시아나무가 숲을 이루고 있었고, 그 아카시아 숲은 바야흐로 허옇게 꽃을 피우고 있었다. 우리는 그 아카시아 꽃을 따서 안주로 먹으며 술을 마시기도 했다.[22]

20 김영모(1944~) 1975년부터 국회도서관 도서관 사서로 근무하였으나 1980년부터 1989년까지 신군부에 의해 해직당하였으며, 이 기간 도서출판 시인사 대표를 지내기도 했다. 주요 저서로 『순간의 책 영원의 책』(1986), 『일본을 움직인 사건과 사람들』(1999)이 있다.

21 원래 표기는 「아카시야 그늘 아래서」로 되어 있지만, 여기서는 오늘날의 표기법에 따라 「아카시아 그늘 아래서」로 적는다.

22 김동리, 「미당과의 만남」, 『김동리전집(8)－나를 찾아서』, 민음사, 1997, 109면.

> 나와 서정주가 서로 알게 된 것은 우리 나이 스물 안팎 될 무렵이었다.
>
> 그지음 나는 사직공원 넘어 필운동 막바지에서 명색 가정교사 노릇을 하고 있었는데, 여기가 바로 인왕산 기슭이라, 집 뒤에는 산으로 올라가는 새하얀 지름길을 사이에 두고, 뿌연 꽃을 주렁주렁 단 아카시아 수풀이 엉켜 있었다.[23]

이 소설은 이렇게 시작되었다. 제목도 수필 같고 내용도 수필처럼 전개되었지만, 〈창작〉으로 소설이라는 것을 분명히 했다. 김동리는 「미당과의 만남」에서도 아카시아 꽃 숲에 대해 기술했었다. 그런데 그 광경이 이전 소설에 화려하게 펼쳐져 있는 것이 아닌가. 이 작품에는 소설가 김동리와 가야금 연주자 배상기, 그리고 시인 서정주와의 만남이 그려져 있다. 이들 사이에 문학에 대한 열정과 자존심, 그리고 경쟁의식이 배면에 자리해 있다.

> 내가 이런 지독스런 그더러 「자네는 〈도스또예프쓰끼이〉의 백치(白痴)의 주인공 〈무이슈낀〉 같네.」 하면 그는 질색해서 「내가 어디가 그런 사람 같아?」 하고 반대했지만, 사물이 늘 변변(變變)하여서 몰입하며 진땀 뺄 줄밖에는 모르는 그런 그의 기질을 비유하느라고 나는 〈무이슈낀〉을 머리에 떠오르는 대로 끌어다댄 것뿐이었다.[24]

「내 지금이야 말하지만, 자네를 처음 보았을 때는, 자네의 그 무감동하고 무표정한, 얼빠진 듯한 태도가 몹시 마음에 들지 않데. 그걸

23 김동리, 「아카시야 그늘 아래서」, 『협동』 50, 대한금융조합연합회, 1955.7·8, 188면.
24 서정주, 「김동리 형의 일」, 『꽃이 지는 이야기』(김동리), 태창문화사, 1978, 9~10면.

처음에는 자네의 거만한 성격 탓으로만 생각했거던. 그랬던 것이 나중 차차 사괴이는 동안에 자네가 결코 거만한 사람이 아닐 뿐만 아니라 도리어 맹꽁이 같이 악의 없는 시굴띠기 한마디로 말하면「무이슈킹」과 같은 백치형이란 것을 알게 됐다네」

정주는 연방 입 속에 대구포를 씹어가며 열심으로「무이슈킹」론을 주장했다.(195면)

서정주는 김동리를 '무이슈킹'이라고 말하자 김동리는 오히려 무이슈킹을 옹호하고 나선다. 서정주가 김동리를 무이슈킹으로 불렀다는 것은 자신의 글에서도 나타난다. 그러므로 이 부분은 김동리와 서정주 간에 있었던 일화를 옮긴 것이다. 무료하고 권태로운 삶을 이어가는 그들은 도스토옙스키, 랭보, 보들레르, '라스코르니코프', '샤토프', '무이슈킹', '스타브로깅' 등 별명을 통한 유희를 즐긴다. 그러한 유희는 마지막에 배설의 쾌감을 일으킨다.

우리는 코를 벌룩벌룩하며, 아카시아의 꽃냄새를 맡으며 수풀속의 새하얀 좁은 길을 걸어갔다. 앞에 가던 정주가 먼저 다리를 쩍 벌리고 서더니, 바지를 따고 소변을 보기 시작했다.

「어이 소변 보자꼬.」

그는 연방 싱글벙글하는 얼굴로 뒤에 오는 나를 돌아다보며 이렇게 권했다. 그러자 나도 갑자기 소변이 마려워졌다.

「음 그래, 그래.」

나도 그와 나란히 서서 소변을 갈기기 시작했다.[25]

25 김동리, 「자전기」, 『김동리대표작선집(6)』, 삼성출판사, 1978, 382면.

> 아카시야 숲 속을 반이나 걸어 들어갔을 때, 상기가 먼저 걸음을 멈추고 서더니 소변을 보기 시작했다. 그러자 바로 그 곁에서 정주가 또한 시작하였다.
>
> 나는 그들보다 서너 걸음 떨어진 거리에서 아카시야 꽃을 쳐다보고 서 있었다 …(중략)…
>
> 「얼른 소변 보소」
>
> 하고, 웃으며 고개를 끄덕거렸다. 그러자 정주도 덩다라 웃으며,
>
> 「자네도 같이 소변 보장게」
>
> 하고 사뭇 재촉질을 했다.
>
> 나는 별로 생각이 없으면서도 어쩔 수 없어 그들과 나란히 서서 소변을 보기 시작하였다.(198면)

소설의 마지막은 김동리가 서정주, 배상기와 더불어 소변을 보는 것으로 끝난다. 이로 인해 그들은 배설의 쾌감을 느끼게 된다. 이러한 것은 김동리의 「자전기」에서도 드러난다. 「자전기」의 소제목이 '아카시아꽃 필 무렵'이라는 것을 통해서 두 작품이 동일한 사실을 다룬 것이라는 것을 확인할 수 있다. 일종의 자전적 사실을 형상화한 셈인데, 배설의 쾌감으로 작품을 마무리하였다. 서정주와의 경쟁 관계에서 벗어나 동지를 바꿔어 가는 상황을 그린 것이다.

이 작품은 미당과의 만남을 소설에서 다루었다는 점, 그리고 서정주에 대한 일종의 경쟁 관계를 서슴없이 노출했다는 점 등이 특징이다. 아마도 실명을 언급한, 지나치게 사실적인 작품이었기에 나중에 선집에 포함되지 않았을 가능성이 있다. 설혹 작가가 작품이 실린 잡지를 분실했다고 하더라도 잡지사에는 여전히 잡지가

남아 있었을 것이다. 작가가 굳이 작품집에 싣지 않은 것은 단순히 미학적인 완결성 때문은 아닌 것으로 보인다. 이 작품은 김동리의 내면을 읽을 수 있다는 측면에서 충분히 논의의 가치가 있다. 서울에 올라와 생활하는 김동리의 기식자적 삶과 작가적 내면이 가감없이 그려져 있다.

4. 김동리 소설 「歸國」의 발굴

한 서지학자의 도움으로 작품을 구한 다음, 나는 남은 작품을 찾기 위해 다시 발 벗고 나섰다. 우선 『협동』지를 모두 뒤지기로 마음먹었다. 「풍우가」도 『협동』지에서 발굴되지 않았던가? 『협동』은 조선금융조합연합회(1949년 11월부터 '대한금융조합연합회'로 개칭)에서 1946년 8월 창간한 잡지이다. 이것은 1956년 2·3월호(통권 55호)까지 발간된 것으로 보인다. 현재 남아 있는 잡지는 55호까지이며, 그 이후의 상황은 제대로 알 수 없으나 1956년 당시 대한금융조합연합회가 해산됨으로 인해 잡지 발간도 중단된 것으로 추정된다. 그리고 1962년 1월부터 농업협동조합중앙위원회(2호부터 '농업협동조합중앙회'로 개칭)에서 『협동』이 새로 출간되어 1972년 2월(통권 66권)까지 발간된 것으로 보인다. 후자는 전자를 계승하고 있지만 새로 발간되면서 통권 번호를 다시 시작하고 있다. 2차 『협동』를 찾아 헤맨 지 여러 달 만에 마침내 숨은 한 작품을 찾아내는 성과를 얻었다. 이름하여 「歸國」(『협동』 21호, 1965.11)이다.

> 양자강(楊子江) 가에는 양유촌(楊柳村)이라는 마을이 있었다. 나루터를 중심으로 이루어진 조그만 주막촌(酒幕村)이었다.[26]

내용을 펴든 순간 한편으론 실망을 했다. 김동리의 창작 소설은 분명한데 어디서 많이 본 내용이었다. 그것은 「장보고」(『김동리 역사소설』, 지소림, 1977)였던 것이다. 김동리는 『협동』에 발표한 「귀국」을 개제하여 『김동리 역사소설』에 실었던 것이다.

> 『김동리 역사소설』에는 총 16편의 소설이 실려 있다. 목록에 따르면, 이들 중 5편이 1950년대에 발표된 작품이고, 나머지 11편은 작품집이 나온 1977년 작품으로 환산이 된다. 5편이나 1950년대에 창작된 것을 감안한다면, 나머지 11편 중 일부 작품도 50~60년대에 다른 잡지에 발표되었을 가능성이 있다.[27]

결국 11편 가운데 1편이 오롯이 제 모습을 드러낸 것이다. 1950년대 나온 5편(「악성」, 「원왕생가」, 「여수」, 「수로 부인」, 「학정기」)과 더불어 1960년대 나온 「귀국」이 이번에 발굴된 것이다. 비록 작품의 전모가 『김동리 역사소설』에 실려 있어 발굴 자체는 큰 의미가 없을 수 있다. 그러나 「장보고」의 이전 제목 및 발표지를 확인한 것만으로도 의미가 있다. 이로 인해 117편의 실체에 다가선 느낌이다. 「아카시아 그늘 아래서」, 「귀국」으로 인해 116편을 채운 것이다. 그러나 여전히 한 작품은 부족하다. 그렇다면 다른 가능성은 없는가?

26 김동리, 「귀국」, 『협동』 21호, 농업협동조합중앙회, 1965.11, 210면.
27 김주현, 앞의 글, 103면.

5. 마무리 – 「夜食」의 발굴

필자는 2005년 12월 〈동리목월기념관〉 자료 전시 때 소설가 서영은으로부터 김동리 원고 한 편을 얻어 볼 수 있었다. 그것은 「夜食」이란 작품으로 원고 상태로 보관되어 있었으며, 내용 일부와 마무리 부분은 「새벽의 잔치」와 차이가 있었다. 「우물과 고양이와 감나무가 있는 집」(1952.6)의 마무리 부분을 손질하여 『꿈같은 여름』(1979)에 다시 실었던 것과 동일한 양상을 보여준다. 「야식」을 「새벽의 잔치」로 개작하여 『꿈같은 여름』에 실은 것을 확인할 수 있었다. 그것은 달리 잡지에 실린 것을 전제하는데, 그렇다면 「야식」 역시 「우물과 고양이와 감나무가 있는 집」처럼 1968년 이전 잡지에 먼저 실렸다가 나중에 작품집에 묶였을 가능성이 크다. 즉 117편에서 한 편이 바로 「야식」일 가능성이 있다. 물론 그것은 첫 게재지를 찾지 못하는 한 하나의 가능성에 그치고 만다. 잡지 게재 후 선집에 수록한 것이 분명하지만, 그것이 1969년에서 1978년 사이 게재되었을 가능성도 전연 배제할 수는 없기 때문이다.

이제 김동리의 소설 작품 수는 얼추 밝혀진 셈이다. 물론 개작된 작품들을 고려하면 작품 수는 훨씬 늘어난다. 김동리의 경우 개작은 「먼산바라기」처럼 개별 작품으로 인식된 것보다는 미완성작(원작)에 대한 완성작으로 인식된 것이 대부분이다. 김동리는 「바위」에 대해 "이 작품(개작 「바위」)의 전량을 센텐스로 헤아려서 약 2백 50이라면 원 「바위」의 문장이 그대로 남은 것은 열 센텐스 넘지 않을", "순서도 첫머리와 끝머리 이외엔 전부 바뀌어졌"을 정도로 대폭적인 개작이 이뤄졌지만 한 작품으로 분류했다.[28] 그것은 「허덜풀네」도 마찬가지이다. 「허덜풀네」(1936)를 「성문 거리」(1965)로 개작하였지만, 그것을 다시 「허덜풀네」(『꽃이 지는 이야기』, 1978)라는 이름으로 싣는다. 이는 「허덜풀네」와 「성문 거리」를 같은 작품, 즉 하나의 작품으로 보았다는 말이다. 다만 「먼산바라기」의 경우 새로운 작품으로 규정했는데, 이는 특별한 경우로 봐야 한다. 그는 「산제」(1936)를 「산 이야기」(1947)로 개작을 하였다가, 다시 「먼산바라기」(1962)로 개작하였으며, 후자를 새로운 작품으로 규정했던 것이다. 그 밖의 개작은 대부분 한 작품으로 본 것 같다. 특히 작가 생전에 만든 작품 목록에서 「純情說」, 「暴風 속의 人情」, 「山 이야기」, 「風雨歌」 등이 빠져 있는 것도 그러한 사실을 말해준다. 작가로서 이들 작품을 기억하지 못해 목록에서 흘린 것은 아닐 것이다. 오히려 굳이 셈하지 않아도 좋으니까 뺀 것일 가능성이 크다. 그런 측면에서 그가 말한 1968년 8월 당시 117편의 소설은 그대로 받아들여도 무방할 것으로 보인다.

1968년까지의 김동리 소설 수가 117편이었고, 이후 발표되어 작품 목록에 오른 31편[29]과 작품 목록에서 빠진 2편(「유랑시장」(1970~1972? 잡지 유실로 전모 파악 안 됨), 「미정고」(?))을 더하면 김동리의 소설은 모두 150편 정도이다. 그러나 아직 「阿尸良記」(1959)의 소재가 불확실하며, 아울러 「야식(夜食)」(「새벽의 잔치」의 원작)의 최초 발표지도 불명확하다. 그리고 「용기와 분경이」(1949), 「아버지 초상화」(1955)도 창작되어 미발표 상태로 있다가 『꿈같은 여름』

28 김동리, 「〈전체〉와 〈부분〉이 전도된 개작」, 293면.

29 목록에는 「눈 오는 오후」(1969.4)부터 「우물과 고양이와 감나무가 있는 집」까지 모두 38편(『등신불』(1963) 소재 4편 : 「서글픈 이야기」·「마음」·「추격자」·「조그만 풍경」 제외)이 수록되어 있다. 이 가운데 『김동리 역사소설』 수록 1편 : 「장보고」(원제 「귀국」), 『꿈같은 여름』 소재 5편 : 「일요일」·「용기와 분경이」·「실근이와 순근이」(1949)·「우물과 고양이와 감나무가 있는 집」(1952)·「아버지의 초상화」(1955), 개작 1편 : 「강수 선생」(원작 「학정기」) 등 7편을 제하면 모두 31편이다.

에 실렸는지, 애초에 잡지에 발표되었는지 불명확하다. 향후 이에 대한 조사가 필요하다. 이로써 김동리의 소설 전체는 윤곽이 드러난 것으로 보인다. 그리고 김동리의 기록을 믿는다면 이제 새로운 작품은 한두 작품 발굴될 가능성이 있거나, 아니면 아예 없을 가능성도 있다.

[부기]

서지학자 오영식으로부터 제보를 한 통 받았다. 목록에 없는 작품이 있다고 하여 알려온 것이다. 필자에게는 정말 고마운 일이었다. 그에 따르면, 『소학생문예독본6』(아동예술원 1949.8.12)에 동리 작품 세 편이 실려 있다는 것이다. 한 편은 소년소설 「실근이와 순근이」(7~10면)로, 이것은 1949년 7월호 『소년』 12호(24~28면)에 실렸던 작품이다. 이후에 『소학생문예독본6』에 "소년소설"이라는 명칭으로 다시 실린 것을 확인할 수 있었다. 그런데 이 책에 "소년소설" 「은시계」(15~17면)와 "동화" 「도둑굴」(21~24면)이 실려 있다는 것이었다. 그것을 파일로 보내 주었다. 나로서는 한편 반갑고, 또 한편으론 마음이 무거운 일이 아닐 수 없었다. 경우에 따라서는 내 논지를 전면 수정해야 하는 갈림길에 놓였기 때문이다. 그래서 작품을 읽었다. 아니나 다를까 어디서 많이 본 작품이었다.

「은시계」는 메리메(Prosper Mérimée 1803.9.28~1870.9.23)의 유명한 단편 「마테오 팔코네(Mateo Falcone)」(1929)를 축소 번안한 작품이었다. 『콜롱바』(1840), 『카르멘』(1845)의 작가로도 잘 알려진 메리메의 소설 「마테오 팔코네」가 김동리의 이름으로 소개된 것이다. 이 작품은 이미 1948년 전창식에 의해 『背信者』(산호문고 7, 산호장, 1948)로 소개되기도 했다. 다음으로 「도둑굴」은 우리의 전래 설화인 「지하국 대적 퇴치」 이야기였다. 그렇다면 이 두 작품은 김동리의 이름으로 나왔을지라도 김동리의 작품이라 하기 어렵다. 전자는 김동리가 『삼국지』(우석, 1984)를 번역한 것과 같은 맥락에서 이해된다. 그것은 창작의 영역이 아닌 번역의 차원이다. 후자 역시 민간 설화를 거의 그대로 소개했다는 측면에서 창작이라고 말하기 어렵다. 김동리는 『소학생문예독본6』에 자신의 「실근이와 순근이」를 실으면서 나머지 두 작품도 정리하여 실은 것이다. 아이들이 친숙하게 읽을 수 있도록 두 이야기를 자신의 이름으로 소개한 것으로 볼 수 있다.

金東里

김동리 소설 연구

김동리 소설의 자료 발굴과 새로운 해석

1. 자료 발굴의 과정

김동리 소설 발굴의 역사는 짧지 않다. 신영덕에 의해 자료들이 발굴되기 시작하면서 적지 않은 성과가 있었다. 그래서 새롭게 추가된 작품만도 엄청난 분량이다. 아래는 발굴된 작품을 시기별로 정리해본 것이다.

1994－「純情說」(『서울신문』, 1952.1.6～14), 「폭풍 속의 인정」(『해병과 상륙』, 1953.3)[1]

1999－「회계」(『삼천리』, 1939.10)[2]

2000－「산 이야기」(1947)[3]

1 신영덕, 「한국 전쟁기 종군작가 연구」, 고려대 박사논문, 1994.2. 그는 논문에서 「폭풍 속의 인정」을 「풍우 속의 인정」이라고 표기했는데, 여기에서는 바로잡았다.

2 김윤식, 「김동리의 일제 말기 미수록 작품 발굴에 부쳐」, 『문학사상』, 1999.5.

3 김윤식, 「김동리의 미수록 작품 '산 이야기'에 대하여－'무녀도'계와 '산제'계」, 『현대문

2001－「마리아의 회태」(『청춘(별책)』, 1955.2)[4]

2003－「스탈린의 노쇠」(『영남일보』, 1951.6.7～14)[5]

2004－「풍우가」(『협동』, 1950.11～1951.1), 「이맛살」(『문화』, 1947.10), 「절 한번」(『평화일보』, 1948.8.6～12)[6]

2005－「우물과 감나무와 고양이가 있는 집」(『공군순보』, 1952.6), 「父子」(『해군』, 1956.6)[7]

2006－「생식」(『중앙』, 1935.7), 「일요일」(『소년』, 1949.4), 「실근이와 순근이」(『소년』, 1949.7), 「스탈린의 노쇠」(『영남일보』, 1951.6.7～14), 「남으로 가는 길」(『중등국어 I -II』, 1952), 「유랑시장」(『한국유리사보』, 1970.7～??), 「대왕암」(『대구매일신문』, 1974.2.1～1975.11.1)[8]

2009－「폐도의 시인」(『영화시대』, 1935.3～?)[9]

2010－「부자」(『해군』, 1956.6)[10]

2011－「P一等兵」(『문단60인집 승리를 향하여』, 1951.4), 「우물과 감나무와 고양이가 있는 집」(『공군순보』, 1952.6), 「난중기」(『체신문화』, 1952.12)[11]

학』, 2000.6.

4 김윤식, 「김동리의 소설 '목공 요셉' 3부작」, 『문학사상』, 2001.3.

5 한명환, 「한국전쟁기 신문소설의 발굴과 문학적 의의－전시 대구경북지역 신문소설을 중심으로」, 『현대소설연구』 20, 현대소설학회, 2003.12. 원래 「스딸린의 老衰」이지만, 「스탈린의 노쇠」로 표기한다.

6 김병길, 「김동리 소설의 공백지대－해방기에서 한국전쟁까지」, 『문학사상』, 2004.10.

7 신영덕, 『전쟁과 소설』, 역락, 2007. 두 작품 발굴 사실은 『중앙일보』(2005.10.04)에 보도.

8 김주현, 「떨림과 여운－김동리의 <발굴 소설>론」, 『김동리 문학의 원점과 그 변주』(김동리기념사업회 편), 계간문예, 2006.

9 홍기돈, 「동리 문학의 원점을 찾는 기행」, 『문학사상』, 2009.8.

10 최영호, 「김동리 소설 '父子' 발굴에 부쳐」, 『2010 김동리 문학제』, 2010.11.

11 김병길, 「전쟁의 상흔과 서사적 치유－한국 전쟁기 김동리 단편소설의 사실주의」, 『문학사상』, 2011.11. 그는 이 글에서 "「피난기」가 다름 아닌 「난중기」의 오기일 가능성"(46면)을 언급하였는데, 「피란기」가 『화랑휘보』(1953.5)에 게재된 것이 확인됨으로 인해

2011－「蓮嬉와 敬淑」(『신소녀』, 1947.6)[12]

2011－「對決」(『국방』, 1952.10)[13]

2012－「아카시아 그늘 아래서」(『협동』, 1955.7～8), 「귀국」(『협동』, 1965.11), 「야식」(발표지 불명?)[14]

2013－「阿尸良記」(『야담』, 1958.1)[15]

발굴된 작품 가운데 상당수 작품이 1950년대에 몰려 있다. 그 가운데에는 미완성된 작품도 있고, 검열로 인해 일부가 사라진 작품도 있다. 그리고 적지 않은 개작품이 발굴되기도 했다. 개작 가운데에는 제목이 바뀌어 실제 대조하지 않으면 개작인지도 모를 작품이 있다. 그리고 발굴 상황이 제대로 알려지지 않아 「스탈린의 노쇠」, 「부자」, 「우물과 감나무와 고양이가 있는 집」은 중복 발굴되기

그 가능성은 해소되었다. 「난중기」는 「폭풍 속의 인정」의 원작이다.

12 홍기돈, 「김동리 소설의 설화 수용의 의미」, 『근대서지』 3, 근대서지학회, 소명출판, 2011.6.

13 박태일, 「국방부 정훈매체 "국방"의 문예면 연구－한국전쟁기 정훈문학 연구·2」, 『어문론총』 55, 한국문학언어학회, 2011.12.

14 김주현, 「김동리 소설 '아카시아 그늘 아래서' 외 2편 발굴」, 『근대서지』 5, 근대서지학회, 2012.6. 「야식」은 원고 상태로 존재했으며, 어떤 잡지에 발표되었을 것으로 추정된다. 왜냐하면 이것은 이후 「새벽의 잔치」로 게재 및 개작되어 『꿈같은 여름』(1979)에 실렸기 때문이다. 원고의 내용 그대로가 아니라 개작된 부분이 있었다는 것은 이 원고가 『꿈같은 여름』의 원고가 아니라는 것을 말해주며, 그것은 이전 발표되었을 가능성을 전제하기 때문이다.

15 김병길, 「시간을 월경하여 만나는 생의 구경적 형식, 그 비극적 운명과의 한판 대결」, 『현대문학』, 2013.3. 그는 이 글과 더불어 앞서 발표한 글(「한국 전쟁기 김동리 소설연구(1)」, 『현대소설연구』, 2011.8)에서 『김동리 역사소설』에 실린 작품들의 원 발표지를 새롭게 밝혀냈다. 「여수」(『야담』, 1957.1), 「석탈해」(『야담』, 1957.9), 「진흥대왕 제2화 악사 우륵」(『체신문화』, 1957.10), 「원왕생가」(『야담』, 1957.10), 「수로 부인」(『야담』 1957.11), 「진흥대왕 제3화 미륵랑」(『체신문화』, 1957.11), 「정의관(情義關)」(『야담』, 1957.12), 「국사 왕거인」(『야담』, 1958.3), 「청해진대사」(『야담』, 1958.5), 「의사 김양」(『야담』, 1958.6), 「양화랑 애화」(『야담』, 1958.7), 「불모의 원한 실성과 눌기(訥祇)」(『야담』, 1959.2), 「회소곡」(『야담』, 1959.2). 한편 「미수」(1946.12)의 개작인 「제사」(『희망』 1952.5)라는 작품도 밝혀냈다.

도 했다.

한편 「산 이야기」, 「풍우가」, 「우물과 감나무와 고양이가 있는 집」, 「일요일」, 「실근이와 순근이」, 「유랑시장」, 「난중기」, 「대결」, 「귀국」, 「야식」 등은 동일 제목, 또는 다른 이름으로 이미 작품집에 실려 있기 때문에 그 자체로는 발굴에 큰 의미가 없다. 그러나 이러한 작품들은 텍스트의 전개 상황을 파악하는 데 도움이 된다. 특히 김동리처럼 개제 및 개작을 많이 한 작가에게 그러한 과정의 추적은 필수적이기 때문이다. 작품 발굴은 김동리의 연구를 더욱 풍성하게 할 수 있는 토대를 마련해주었다.

2. 흔적과 발굴

김동리 전집의 소설 목록은 김동리에 의해 감수된 것이다. 살아서 전집이 기획되었으니 다른 작가에 비해 그나마 완비된 것이다. 그러나 일제 강점기와 해방, 그리고 전쟁을 겪으면서 김동리의 자료가 온전히 보관된 것은 아니었다. 그래서 한국전쟁 전후의 자료를 알기 위해서는 작가의 기억뿐만 아니라 당시 비평을 참조하는 것도 하나의 방편이 된다.

> 김동리 : 「歸還壯丁」, 「相面」, 「殺伐한 愛情」, 「南行路」[16]

이것은 곽종원이 동란 이후 김동리의 작품을 언급한 것이다. 「歸

16 곽종원, 「6.25동란 이후의 작단 개관」, 『신천지』, 1953.5, 185면.

還壯丁」은 김동리의 세 번째 창작집 표제작으로 잘 알려져 있다. 『귀환 장정』에는 「귀환 장정」, 「상면」, 「달」, 「인간 동의」 등 4편이 실려 있다. 그렇다면 작품에 대한 정보를 살펴보기로 한다.

> 이번의 『歸還壯丁』에 편입된 네 편 중 세 편은 모다 「驛馬」 이후의 것들이다. 「人間動議」가 사변 이전의 것이요, 「귀환 장정」, 「어떤 父子」는 금년(1951년 : 인용자 주) 봄의 것이다.[17]

이 글은 『귀환 장정』의 「후기」이다. 이것으로 「相面」의 원 제목은 「어떤 부자」였음을 알 수 있다. 그 작품은 잡지에 발표되었다가 『귀환 장정』에 실린 것이 분명하다. 그런데 첫 제목은 「어떤 부자」였을 가능성이 있다. 물론 김동리가 잠깐 착각했을 여지도 있다. 곽종원이 「상면」으로 기억하고 있는 것을 보면, 「상면」으로도 잡지에 발표되었을 것이다. 그렇다면 그것은 「어떤 父子」(1951) → 「相面」(1951년 잡지?) → 「相面」(『귀환 장정』, 1951)이었을 것으로 보이며, 나중에 「어떤 상봉」(『꽃이 지는 이야기』, 1978)으로 개제가 된다.

다음으로 「殺伐한 愛情」, 「南行路」에 관한 것이다. 전자에 관해서 「김동리 연보」(『김동리선집』, 어문각, 1982)에는 "1952년 「살벌한 황혼」"으로 기록하고 있다. 「김동리 생애 연보」(『김동리전집(8) – 나를 찾아서』, 민음사, 1997)에는 1954년 항목에 「살벌한 황혼」으로 되어 있으며, 『실존무』(1958)에도 그 제목으로 실려 있다. 그런데 최근 이 작품을 확인할 수 있었다.

17 김동리, 「후기」, 『귀환 장정』, 1951, 수도문화사, 149면.

「대결」(『국방』, 1952.10) → 「살벌한 애정」(1953?) → 「살벌한 황혼」(『실존무』, 1958)

「남행로」(1951?) → 「남으로 가는 길」(『중등국어 Ⅰ-Ⅱ』, 1952)

지난번 새로운 작품으로 제시했던 「대결」은 「살벌한 황혼」의 원작일 것으로 보인다. 「대결」은 현재 박태일이 갖고 있으며, 필자는 그 내용이 「살벌한 황혼」과 같다는 것을 확인할 수 있었다. 비록 「살벌한 황혼」이 나온 것은 1958년이지만, 「대결」이 1952년에 나왔으니, 연보에 "1952년 「살벌한 황혼」"으로 기록한 것으로 보인다. 그런데 곽종원이 「살벌한 애정」이라 기술한 것으로 보면, 이 작품(「대결」)은 「살벌한 애정」으로 개제되어 1952년 11월 이후 1953년 4월 이전 잡지에 한 차례 더 실렸던 것으로 보인다. 그것은 북진 중이던 윤 중위가 서울에서 잠시 짬을 내어 자신의 애인 경희 집을 찾아갔다가 빈집에 굶주려 죽어가는 개 메리를 총으로 쏘아 죽이고 돌아온다는 내용이다. 곽종원은 "「살벌한 애정」은……윤 중위가 피스톨로 메리이를 쏘아 죽이고 주검처럼 쓸쓸한 서울 시내를 빠져 나오는 공백지대라든지 그 인간성을 파고드는 무거운 분위기가 우리의 머리에서 사라지지를 않는 것"(188면)이라 했다. 두 군데에 걸쳐 「살벌한 애정」이라 언급한 것을 보면, 곽종원이 제목을 '황혼'에서 '애정'으로 잘못 기억할 가능성은 희박하다. 그리고 내용상 「살벌한 황혼」보다는 「살벌한 애정」이 더욱 어울리며, 아마도 김동리가 잡지에 「살벌한 애정」이란 제목으로 발표했을 가능성이 크다.

또한 「김동리 연보」(『김동리선집』, 어문각, 1982)에는 "1950년 단편 「남로행」 발표"로, 그리고 「김동리 생애 연보」(『김동리전집(8)-나를 찾아서』, 민음사, 1997)에는 1951년에 "「남로행」(1951, 소재불명)"으로 기록되어 있다. 연도는 다르지만, 그 제목을 「남로행」으로 밝힌 것이 곽종원과 다른 부분이다. 이 작품의 한글 제목은 「남으로 가는 길」인데, 그 경우 「남로행」보다 「남행로」가 더욱 어울린다. 그러므로 이 작품은 1951년경에 「남행로」라는 제목으로 발표되었을 것으로 보인다.

> 내가 쓴 극시 「연당(蓮塘)」(5막)은 지금도 줄거리만 기억하고 있는데, 원고는 어디로 갔는지 잃어진 지도 이미 오랜 것 같다.[18]
>
> 나는 열아홉 살 나던 해 혼자서 잡지를 꾸몄는데, 거기다 「누나의 추억」이란 소설을 썼다.[19]
>
> 광명학원(강습소)의 폐쇄가 나에게 모진 상처를 준 것은 말할 필요도 없거니와 뒤이어 나의 작품들이 계속적으로 검열에 걸려 『문장』지의 「하현(下弦)」, 『인문평론』지의 「소녀」, 『조광』지의 「두꺼비」 — 나중에 발표된 것은 딴 작품 — 원고마저 돌아오지 않았고, 끝내는 우리말 신문 잡지들의 폐간 사태 등 일련의 사실들이 그것이다.[20]

위의 내용은 김동리의 기억의 편린들을 통해 드러난 작품들이다. 여기에서 「연당」은 극시이므로 소설에서는 제외해야 할 것이다. 그런데 김동리는 열아홉 나던 해(1931년)에 「누나의 추억」을 쓴 사실을 고백하였다. 그리고 「하현」, 「소녀」, 「두꺼비」 등이 검열로 인해 사라졌다고 하였는데, 다행히 「두꺼비」(『조광』, 1939.8)는 게재되어 남아 있다.

18 김동리, 「문학행각기」, 『자연과 인생』, 국제문화사, 1965, 92면.
19 김동리, 『나를 찾아서』, 민음사, 1997, 39면.
20 김동리, 「자전기」, 『취미와 인생』, 문예창작사, 1978, 334~335면.

1935년 단편 「화랑의 후예」가 중앙일보 신춘문예에 당선. 같은 해에 「폐도시인」, 「생식」등을 발표.[21]

1935년(23세)…시 「폐도시인(廢都詩人)」, 「생식(生食)」 발표.[22]

「김동리 연보」(1978)에는 「폐도시인」, 「생식」 등이 언급되어 있다. 이것을 「김동리 생애 연보」(1995)에서는 시 작품으로 바꾸어 놓았다. 그런 제명의 소설을 확인할 수 없으니 시로 생각했던 모양이다. 다행히 전자는 「폐도의 시인」이라는 이름으로 『영화시대』(1935.3)에 발표된 것이 밝혀졌다. 그리고 후자의 경우 "『중앙』지엔 전년(1935년 : 인용자 주)도에 「생식(生食)」이란 작품을 한번 발표했"다는 구절을 통해 필자가 그 존재를 밝혀냈다.[23] 그러나 이전에 밝힌 것처럼 「생식」(『중앙』 1935년 7월호) 끝에는 "계속"이라고 언급되어 있어, 8월호에 후반부가 게재되었을 것으로 추측했다.

1962년 장편 「해풍」 완결. 단편 「두꺼비」 「상흔」, 시 및 시조 수 편 발표[24]

최근 필자는 김동리의 문학 세계와 연보를 정리하면서 위의 구절을 발견했다. 1962년 「상흔」이라는 작품을 발표했다는 것이다. 그러나 어디에 발표했다는 기록이 없었다. 그 자료를 찾기 위해 여러 경로로 탐색을 했다. 그런데 그 해답은 멀리 있지 않았다. 김동리의 연구사를 검토하던 가운데 『사반과의 대화』에서 그것에 관해

21 「김동리 연보」, 『김동리대표작선집(6)』, 삼성출판사, 1978, 460면.
22 「김동리 생애 연보」, 『김동리전집(1)－무녀도·황토기』, 민음사, 1995, 369면.
23 김동리, 「나의 비망첩」, 『세대』, 1968.8, 355면.
24 「김동리 연보」, 『김동리대표작선집(6)』, 삼성출판사, 1978, 462면.

보다 분명한 정보를 만날 수 있었다.

> 『예술서라벌』(창간호, 1964.12)에 단편 「상흔」, 『서라벌문학』(창간호, 1965.11)에 단편 「어떤 순정」을 학생들의 글과 더불어 발표…[25]

김윤식은 진작에 이것을 언급해놓았지만, 여전히 작품목록에도 전집에도 빠진 두 작품을 발견하게 되는 순간이었다. 그는 『김동리전집』 편집위원으로 전집 발간에 관여했는데, 어찌하여 이 작품들이 전집에도 빠지고, 심지어 「작품목록」에도 빠졌는지 잘 이해되지 않았다. 『사반과의 대화』와 「김동리 생애 연보」가 같은 1997년에 나왔는데도 말이다. 어쨌든 그로 인해 잡지의 한구석에 숨어 있던 두 작품이 찬연히 모습을 드러내게 되었다. 이처럼 그의 작품에 대한 정보는 숨은그림찾기처럼 여기저기 흩어져 있었다.

2013년 김병길에 의해 「阿尸良記」가 발굴되었다. 비록 작품목록에 제시되었지만, 실체를 확인할 수 없었던 작품이다.[26] 필자는 이번에 이 원고를 쓰면서 「애정의 윤리」 첫 발표지를 찾으려 했다. 「유랑시장」을 다시 읽으면서 그것이 「남포의 계절」의 개작이란 사실을 알고, 김동리의 수많은 소설처럼 「애정의 윤리」도 잡지에 발표되었다가 단행본으로 발간되었을 것이란 생각이 들었다. 그래서 고민 끝에 문학평론가 홍기돈이 찾아냈다는 작품에 대해 문의하게

25 김윤식, 『사반과의 대화』, 민음사, 1997, 335～336면.

26 「김동리 소설 연보」(『김동리전집』, 민음사, 1995)에는 "아호량기(阿戶良記) 단편 1959 소재불명"으로 제시되어 있다. 그에 의해 「阿戶良記」는 「阿尸良記」의 오류이며, 또한 단편이 아니라 중편인 것으로 밝혀졌다. 그런데 「김동리 연보」(『한국대표문학전집(5) ―이무영·김동리』, 삼중당, 1979, 800면)에는 1959년 항에 「阿尸良記」로 제대로 표기되어 있다. 이번 자료 발굴을 통해서 김동리가 '阿尸良'을 '아리랑'으로 읽었다는 것도 밝혀진 셈이다.

되었고, 작품의 출처를 알게 되었다. 그의 도움으로 「단애」라는 작품이 모습을 드러낸 것이다. 이제 김동리의 작품은 대체로 드러났지만, 몇 작품이 새롭게 발굴될 가능성은 여전히 남아 있다. 이제는 수습된 작품들을 잘 정리하는 작업이 필요하다.

3. 발굴 작품에 대한 새로운 해석

필자가 이번 자료 발굴에 각고의 노력을 기울인 작품으로 「생식」이 있다. 이미 2006년 필자가 그 작품의 존재를 밝히긴 했지만 그때까지 찾아낸 것은 전반부에 불과했다. 당시 연세대에는 『중앙』 1935년 7월호와 9월호가 소장된 것으로 알려졌다. 7월호에 게재된 「생식」 끝에 "계속"이라 기록되었고, 9월호에 실리지 않았으니 8월호에 게재가 완료된 것이 확실했다. 한동안 『중앙』 1935년 8월호를 찾았지만 구할 수 없었는데, 이번에 고려대에 그 잡지가 소장된 사실을 새로 파악(2005년 당시에는 동료가 그 자료의 부재를 확인해 줌)하고 자료 확인에 나섰다. 이로 인해 연세대에 소장된 1935년 9월호 역시 간기 부분이 파손되어 빚어진 오해일 뿐 8월호라는 사실을 확인할 수 있었다. 자료가 보다 온전한 고려대 소장 1935년 8월호에는 그 어디에도 「생식」이 실려 있지 않았다. 현재 1935년 9월호부터 12월호는 확인할 수 없는데, 1935년 9월 이후에 게재되었을 가능성은 대단히 희박한 것으로 보인다. 단편을 불연속적으로 두 회에 게재하는 사례도 잘 없거니와 필자의 사정이 아니라면 적어도 1935년 8월호에 실리는 것이 마땅하기 때문이다. 거기에 실리지 않은 것을 보면 더 이상 실리지 않았을 가능성이 크다.

「生食」 한 편을 겨우 발표했는데, 그것도 사회주의자를 주인공으로 삼았다 해서 후반부가 잘리어 나갔던 것으로 기억한다.[27]

김동리는 「생식」의 후반부가 잘려나간 것으로 기억하고 있는데, 김동리의 기억이 정확할 것으로 보인다. 그의 말처럼 사회주의자를 주인공으로 삼았다 해서 일부가 실리고, 이후 부분은 아예 실리지 못했을 가능성이 크다.[28]

치안위반으로 그가 이 년 동안 징역을 살고 출옥하야 오든 날 저녁 그는 전에 없든 건강과 행복에 빛나며 나와 손을 힘껏 잡고 흔들었다(139면)

당신들은 그 썩어진 당신네 하라범들이 가지든 생각을 버려야 하오. 당신들은 그 옛날의 인습과 봉건시대ㅅ적 사상에서 하로 바삐 눈을 떠야 하오(140면)

그가 무를 먹는 양은 사람이 니로 씹는다긔보다는 오히려 잘 돌아가는 무슨 기계로 무를 바수는 것 같다 할까? 하얀 무가 검은 얼골에 한번 얼른 하면 그의 입속에 무는 어느듯 눈가루같이 부서졌다.(142면)

27 김동리, 『생각이 흐르는 강물』, 갑인출판사, 1985, 220면.
28 앞에서 본 것처럼 「소녀」(『인문평론』, 1940.7)는 잡지의 목차에는 나타나 있지만 검열로 인해 아예 본문에서 빠졌고, 「하현」(『문장』)도 검열에 걸려 실리지 못했다고 한다. 다만 「두꺼비」(『조광』, 1937.8)의 경우는 검열로 인해 삭제 소실된 것으로 여겨 다시 집필하기도 했다. 『중앙』 1935년 7월호에는 20~23면이 아예 사라지고 없으며, 또한 57면은 반 정도가, 8월호에는 117면의 10여 줄 가량이 복자 처리되는 등 검열 흔적을 발견할 수 있었다. 「생식」도 검열로 인해 이후 부분이 누락되었을 공산이 크다.

「생식」은 무엇보다 사회주의자가 등장한다는 점 때문에 우리의 관심을 끈다. 작가는 1인칭 관찰자 시점에서 사회주의자 '그'에 대해 서술하고 있다. 그는 2년 동안 징역을 살다 나왔지만 여전히 건강한 모습이다. 그가 수감된 동안 그의 아내는 해산하다가 죽고 말았다. 그러나 그는 여전히 사도적 열정을 갖고 마을 주민에게 옛날 인습과 봉건사상에서 벗어날 것을 외친다. 두 번째 예문은 소설에서 두 번이나 언급되었는데, 사회주의자로서의 그의 면모를 강조하기 위한 조치로 풀이된다. 그는 "반 미친 사람처럼 밤에는 농부들에게 야학을 낮이면 가가호호 방문하야" 자신의 사상을 설교하고 다녔다.

제목 「생식」처럼 그는 무를 기계처럼 먹는다. 그는 무를 먹고 나서 "경제학강의"를 한다. 그리고 무만 있으면 한 달쯤 살 수 있다고 한다. 그가 징역을 산 이후에도 '나'는 그를 잘 이해했고, 세상 사람들의 질시에도 불구하고 그에 대한 우정은 변치 않는다. 작가는 사회주의자인 그에게 동정적인 시선을 보내는 동시에 그에 대한 신비화를 추구하고 있다. 그것은 「무녀도」의 모화나 「산제」의 태평이와 다를 바 없다. 이 소설의 특이점은 작가가 "야성적 정열이 넘치는"(141면) 그에게 호감을 느끼며, 동시에 사회주의자에 대한 동정적 시선을 드러내고 있다는 점이다. 그러나 마무리 부분이 잘려나가 미완이 되고 만 것이 아쉽다.

이번에 발굴한 2작품은 「상흔」(『예술서라벌』 창간호, 1964.12)과 「어떤 순정」(『서라벌문학』 창간호, 1965.11)이다. 「상흔」은 수제비에 관한 이야기였다.

(가) 쌀이 딸린다고 가끔 수제비를 뜬다. 가끔이라기엔 좀 잦다. 보리쌀이나 다른 잡곡을 많이 섞어 먹으면 어떠냐고 하니 그건 쌀만 먹

는 것보다 그다지 도움이 안 될 뿐 아니라 먹기에도 수제비가 수월치 않느냐는 것이다.(89면)

(나) 「아유 저 상통 좀 봐유, 저 이마의 주름살……」
수제비 상만 받고 앉으면 저 꼴이니 난들 어떡해유? 누굴 잡아 먹을려구 저래?(96면)

(다) 이번 배급부터는 또 쌀이 부쩍 줄고 그 대신 밀가루를 받어왔다.
이렇게 되면 아침이나 저녁, 하로에 한번씩은 의례 국수나 수제비를 먹어야 하게 되고 국수나 수제비를 자주 받게 되면 될수록 그만치 나에게는 그 밀가루 냄새와 함께 떠오르는 지난날의 그 소녀를 생각할 기회를 갖게 된다.(96면)

(라) 「누군 짜정 국수가 좋아서 그리는 줄 아는가 부다. 아직두 사흘이나 있어야 배급을 준다는 걸 낸들 어떻기라구…… 그렇게 밀가루 음식이 싫거든 쌀을 좀 팔어 오지 쌀을 팔어다 주지 않고 그렇게 상머리에 이맛살만 찌푸리고 앉었으면 제일인가…… 아이 보기 싫어 저 이맛살 찌프린 것…… 저 흉측스런 가운뎃 금……(100면)

(가)와 (나)는 「상흔」, (다)와 (라)는 「이맛살」의 시작과 마무리 부분이다. 「이맛살」에는 서두에 해방 후 밀가루 배급이라는 어려운 현실이 제시되었는데, 「상흔」에는 그냥 어려운 형편으로 밀가루 음식을 먹어야 하는 상황이 제시된다. 이 서두를 제외하면 서술자인 내가 방랑길에 나서 객줏집에 머물다가 그곳에서 아름다운 소녀를 만나 칼국수를 얻어먹게 된다는 내용은 다를 바 없다. 물론

「이맛살」에는 병전에 있는 주막집에서 나흘을 머물지만, 「상흔」에는 봉계 주막에서 열흘을 머무는 등 일부 내용은 수정하였다. 말하자면 「상흔」은 「이맛살」을 개작한 작품이었다. 그런데 나는 「상흔」을 보는 순간 10여 년 전 기억이 불현듯 떠올랐다.

> 한참을 찾아 헤맨 끝에 나는 득의의 미소를 지었다. 『문화』 1947년 10월호를 찾아냈기 때문이다. 목차에는 어김없이 「이맛살」이 들어 있었다. 그래서 복사를 하겠다고 가져 나와서 그 페이지를 펼친 순간, 아뿔싸! 나는 그만 황당함을 감추지 못했다. 바로 그 부분만 없었기 때문이다 …(중략)… 아마도 작가가 작품집을 묶기 위해 찢어서 따로 간수하다가 결국 작품집에 넣지 못하고 잃어버린 것일지도 모른다는 생각이 들었다.[29]

2002년 청담동 동리 자택을 방문했을 때, 『문화』(1947.10)를 찾아냈지만, 「이맛살」은 찢겨 나간 모습이었다. 그 비밀이 오롯이 풀린 셈이다. 김동리는 「이맛살」을 「상흔」으로 개작해서 다시 발표했던 것이다. 아마도 개작을 위해서 찢어냈을 터. 「이맛살」이 작품집에 들어 있지 않아 의아했는데, 「상흔」을 만나 그 궁금증이 풀린 셈이다.

「어떤 순정」은 이전 작품 목록(「김동리 소설 연보」)에 그 이름이 전혀 보이지 않는 그야말로 새로운 작품이다. 그것은 진달래꽃을 마을 누나에게 바치는 내용이다.

29 김주현, 「떨림과 여운－김동리의 〈발굴 소설〉론」, 『김동리 문학의 원점과 그 변주』(김동리기념사업회 편), 계간문예, 2006, 105면.

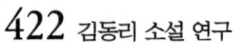

> 진달래가 필 무렵이 되면, 그때부터 내 정신은 산으로만 쏠리기 마련이었다 …(중략)… 봄 한철 동안 진달래를 먹으며 밥을 잘 먹지 못한 것이 병인이 되는 건지도 몰랐다 …(중략)… 그즈음 내 나이 스물너덧 될 때지만, 나는 역시 진달래를 보고 어릴 때와 마찬가지로 가슴이 설레임을 깨달았다 …(중략)… 진달래에 대한 이러한 나의 형언할 수 없는 고통이랄까-감격을 소설로써 풀어보고자 생각한 것도 이때의 일이다 …(중략)… 진달래엔 야릇한 혼령 같은 것이 서려 있는 것이다. 지금도 나는 희미한 대로나마 그것을 느끼고 있다.[30]

이 글은 이미 김동리의 첫 수필집 『자연과 인생』(1965)에 실려 있었다. 김동리는 다솔사 시절(1935년)에 진달래에 대한 느낌(그는 '고통'으로 표현하였다)을 소설로 쓰고 싶었다고 했다. 그래서 「진달래」(1956?)를 쓴 것이다. 진달래를 좋아한 어린 상좌 성혜는 진달래를 먹다가 꽃버섯(독버섯)을 먹고 죽는다. 그는 진달래의 혼령이 된 것이다. 그런데 그러한 이야기는 「어떤 순정」에 이어진다.

> 경수가 지게 작대기로 가리킨 쪽의 조그만 잿빛 바위 아래, 아, 연한 자주빛의 진달래가 두 송이나 피어 있지 않는가. 순간, 영기는 가슴이 무엇에 찔린 듯 짜릿했다. 주위의 것들과는 너무나 다른 것이다. 주위의 것들 검푸른 소나무들, 잿빛 바위, 누리께 한 잔디풀, 그리고 그 밑에 있을 주황색의 흙…… 그런 것들 속에서 어쩌면 저렇게도 무슨 혼령 같은 꽃이 피어났을까.(83면)」

30 김동리, 「진달래」, 『김동리대표작선집(6)』, 삼성출판사, 1978, 293~296면.

> 눈 위에서 꽃은 곧장 더 붉기만 하다. 아, 저걸 한 아름 따다 누나에게 주었으면……. 무르팍에 힘을 주며 몸을 조금 돌리는 순간, 어깨가 벽에 튕겨나며, 앗, 골짜기는 저승같이 멀고…… 영기는 그 저승같이 까마득한 골짜기로 떨어져 내리고 있었다.(91면)

김동리는 「진달래」에서 '진달래'에 대한 미의식을 서술했다. 꽃에 대한 미적 추구는 「어떤 순정」에서 더욱 잘 드러난다. 일곱 살 영기는 진달래를 너무 좋아한다. 그는 매일같이 산에 가서 진달래를 꺾어 자신이 좋아하는 난이 누나에게 바친다. 그는 가까운 산의 꽃이 모두 사라지자 비선골(飛仙谷) 벼랑 위에 핀 꽃을 꺾으러 오른다. 그러나 그만 벼랑에서 까마득한 골짜기로 떨어지고 만다. 그 역시 성혜처럼 혼령이 되고 만 것이다. 김동리는 "야릇한 혼령 같은 것이 서려 있는" 진달래에 일곱 살 영기의 순정을 바쳤다. 난이 누나를 좋아하던 영기는 진달래 혼령으로 유구히 남아 있게 된 것이다. 그런 측면에서 이 작품은 동리의 미의식을 잘 드러낸 작품이라 할 수 있다. 꽃을 추구하는 영기의 순정을 통해 김동리의 낭만적 미의식을 드러낸 것이다. 마치 벼랑 위에 철쭉을 꺾어 수로 부인에게 바치며 부른 「헌화가」처럼 「어떤 순정」은 꽃을 통한 낭만적 미의 세계를 충분히 보여주고도 남음이 있다.[31]

그리고 작품 서지를 학계에 보고하였지만, 아직 거의 논의되지 못한 작품으로 「유랑시장」이 있다.[32] 나는 이 작품의 주된 배경이

31 최근 이 작품이 「꽃」이라는 이름으로 『아동세계』 11집(1965.4)에 실린 작품이라는 것을 확인할 수 있었다. 그렇다면 이것은 발굴작이라 할 수 없다. 왜냐하면 『꿈같은 여름』(1978)에 실렸고, 또한 『김동리전집(3)』(민음사, 1995)에도 실렸기 때문이다. 필자가 새로운 작품으로 본 것은 제목이 달랐기 때문에 빚어진 오해이다.

32 이 자료는 소설가 서영은으로부터 얻었으며, 동시에 「야식」의 원고, 그리고 「진흥대왕 제2화 악사 우륵」도 확인할 수 있었다. 다만, 후자는 작품만 찢어내어 보관해서 자세한

피난지 부산의 남포라는 사실을 확인하고 「남포의 계절」과 함께 읽었다. 그리고 곧 「유랑시장」은 「남포의 계절」의 개작이라는 것을 알 수 있었다. 김동리는 한국 전쟁기 남포를 배경으로 한 소설 「밀다원 시대」와 「애정의 윤리」를 발표하지 않았던가? 「단애」 역시 남포를 배경으로 한 소설이라는 것을 알고 이 작품들을 비교해 보았다. 그래서 「남포의 계절」은 「단애」로, 그리고 「유랑시장」(『한국유리사보』 1970.7～??)으로 개작된 사실을 확인할 수 있었다.[33]

주요 인물\작품	남포의 계절 (1957)	단애 (1960)	유랑시장 (1970)	비고
〈회사〉	〈삼오공사〉	〈남도상회〉	〈한도상사〉	
사장	이영국	이영진	정국	
전무	박기연	박히연	박기연	사장의 처남
총무과장	김상해	김상해	???	
수위	장씨	장씨	박씨	
〈선전부〉				
부장	안준규	민준	영규	주인공
기자(1)	유정란	박정란	민경아	
기자(2)	정군	×	×	
견습기자	이숙희	이경희	정정순	사장 셋째딸
사동	이윤애	이윤애	이자애	
〈기타〉				
장모	장모	장모	장모	주인공 장모
기타 인물	정군 여동생, 하숙집 노인 등	하숙집 노인 등	안준모 등 문화 인패, 방위군 등	

서지 사항을 확인할 수 없는 상태였다. 그러나 그것이 「우륵」(『김동리 역사소설』(1977)의 이전 발표 작품이라는 것은 확인되었다. 이번에 김병길에 의해 그것의 자세한 서지가 밝혀진 셈이다.

33 현재 「남포의 계절」은 6회분(『현대』 1957.11～1958.4), 「단애」는 5회분(『세계』, 1960.4～8)밖에 확인할 수 없다. 후자는 전자의 6회 일부('봉변 5회')까지 나온 것이다. 「유랑시장」은 연재 17회(『한국유리사보』, 1970.7～1971.11?)분까지 확인이 되지만, 그것마저 연재분 10～12회, 15회는 누락된 상황이다. 「단애」나 「남포의 계절」의 길이는 실제 작품을 구해 보아야 알 수 있다. 「유랑시장」은 이들을 좀 더 확장하지 않았을까 싶다. 앞으로 이들 작품의 전모를 파악을 위해서는 잡지를 구하는 일이 절실하다.

「남포의 계절」은 "제1장 땅끝의 윤리(연재 1, 2회)－제2장 애욕(3, 4회)－봉변(5, 6회)"로 구성되었으며, 「단애」는 "(연재 1회)－2(2회)－3(3회)－4(3회)－3(承前 : 4회)-四(承前 : 5회)"로, 「유랑시장」은 "1. 뱃머리에서(연재 1~3회)－정사장(4~6회)－선전부장(7회~9회?)－○○○(10~12회?)－이자애(13~17회)" 등으로 구성되었다. 화자인 나와 사장 딸 숙희(경희, 또는 정순)와 사동 이윤애(또는 자애)와의 삼각연애를 다루지만, 전후의 비참한 현실들이 그려진다. 아내가 9.28에 북으로 끌려가는 바람에 내가 아이들을 장모한테 맡기고 피난을 왔다던가, 윤애가 전쟁 중에 부모를 잃고 그 오빠마저 방위군에 가서 연락이 끊겨 혼자 피난을 내려온 사실 등이 그러하다.[34] 그러나 「남포의 계절」에서는 '애욕'에서 총무과장이 윤애를 겁탈하려는 광경이 묘사되기도 하고, 「단애」에서는 땅끝 의식이 강조되는가 하면, 「유랑시장」에서는 안준모(편집장), 오경식(삽화가), 최인수(기자), 김기덕(시인) 등 밀다원패들과의 교유가 상당 부분을 차지하는 등 차이가 발견된다. 게다가 「남포의 계절」은 백만 피난민으로 인해 오물로 더러워진 부산역 주변과 식수를 구하기 어려운 현실, 피난민 정군(기자)과 그의 여동생(다방일)이 창고 뒤 판잣집에서 살고 있는 모습을 통해, 「유랑시장」은 거지로 전락한 방위군의 모습을 통해 전쟁의 비참함을 드러내었다. 「단애」는 「남포의 계절」을 개작하면서 「밀다원 시대」의 땅끝 의식을 가져왔는데, 그래서 제목을 '斷崖'라고 한 것으로 보인다. 한편, 「유랑시장」은 「남포의 계절」과 「단애」를 동시에 수용하기도 했다. 이를테면 「단

34 「남포의 계절」에서 윤애의 아버지는 6.25 때, 어머니는 지난 겨울(1950년 겨울)에 북한군에게 끌려간 것으로, 「단애」에서 경희의 아버지는 전쟁 중에 사망한 것으로, 어머니는 피란 도중 영등포에서 잃어버린 것으로, 「유랑시장」에서 윤애의 아버지는 여름(1950년), 어머니는 겨울(1950년)에 각각 북한군에 끌려간 것으로 제시된다.

애」에는 사라졌던 내용이 다시 「유랑시장」에 등장하기도 한다.[35] 그러나 「유랑시장」은 밀다원패들이 대거 작품에 등장하고 있다는 점에서 「남포의 계절」, 「단애」를 대폭 확장시킨 모습을 보여준다.

마지막으로 「스탈린의 노쇠」(『영남일보』, 1951.6.7~14)는 몇몇 연구자의 단편적인 언급이 있었지만, 여전히 제대로 논의되지 못한 작품이다.

> 늑대같이 능글맞기는 했지만 그래도 「루-즈벨트」만 살아 있었드면 좀 더 나는 그놈들의 인도주의의 체면을 이용할 수도 있었을 것을… 요즘의 「트르맨」 ― 파들은 체면도 아무것도 살피지 않는 장돌림들이야! 요런 천하 깍정이 같은 놈들의 손에 원자탄이 있다는 것은 생각만 해도 몸서리가 난다. 그렇다. 원쑤의 손에 원자탄이 있다! 원자탄이! 아아 견딜 수 없는 일이다! 二차전이 끝날 무렵 놈들이 원자탄을 가졌다는 것을 확인하게 되던 날 밤 나는 잠간 졸도까지 하지 않았던가? 나는 본래 침착한 사람이다. 이 점에는 나는 자신이 있다.(1951.6.18)

이것은 작품의 마지막 부분이다. 작가는 작품의 서두에 크렘린 궁전에서 명상에 잠겨 있는 스탈린을 묘사한 후 "우리는 제00호 특수 테레비존을 그의 대뇌(大腦) 속을 비치어 보기로 한다"라고 하였다. 2회 연재부터는 바로 스탈린의 생각들이 독백을 빌어 표현된다. 그것은 부제에서 밝혔듯 "스딸린의 뇌리에 비췬 3차전의 구상"이다. 작가는 스탈린이 땅덩이를 차지하고 역사의 키를 바로잡고

35 전자의 대표적인 예로는 안준규가 숙직실에서 처음으로 이윤애와 함께 자던 밤 그녀에게 성냥을 던져준 일이 해당된다.

자 김일성에 한국전쟁 지령을 내린 것으로 서술했다. 스탈린은 중국이 한국전에 제대로 대응하지 않는 것을 우려하며, "한국 전선이야말로 중국 보병이 우리의 역사적 과업에 공헌할 수 있는 절호의 기회"(1951.6.15)이며, "중국군이 三차전을 싸울 수 있는 실질적이고 기술적인 방법은 한국전쟁을 견지하는 길뿐"(1951.6.16)이라고 생각한다. 그러나 전화벨 소리, 볼가강의 냄새 등으로 인해 "스딸린의 두뇌 속에서 한참 전개되고 있던 三차대전의 구상이 안개 속에 묻쳐버"(1951.6.18)리고 만다. 그리고 미국 군함이 원자탄을 싣고 달려오는 꿈을 꾸고 가위에 눌리며, 어떻게 그 국면을 헤쳐나갈지 고민한다. 루스벨트가 살아 있다면 "인도주의의 체면을 이용"(1951.6.18)하여 정전협정(?)을 할 수 있으련만 트루먼 치하에서 이러지도 저러지도 못하는 스탈린의 고뇌가 그려져 있다. 마지막 부분에서도 스탈린은 어떠한 결단도 내리지 못한다. 이를 통해 소설이 미완이라는 것을 알 수 있다.

이 소설을 두고 "단편소설"로 규정(한명환)한다거나 "연재 중단을 알리는 기사가 발견되지 않는다"는 이유로 "이 작품을 미완으로 보기 어려운 것"(김병길)이라 결론짓는 것은 성급하다.[36] 그것이 미완인 것은 "대호평리에 연재 중인 김동리 씨 작 『스딸린의 노쇠』는 작자의 부득이한 사정으로 연재를 중지하게 되"었다는 「사고」에 확연히 드러나 있다.[37] 무엇보다 부제로 택한 "스딸린의 뇌리에

36 한명환, 「한국 전쟁기 신문소설의 발굴과 문학적 의의—전시 대구 경북 지역 신문소설을 중심으로」, 『현대소설연구』 20, 현대소설학회, 2003, 136면; 김병길, 「한국전쟁기 김동리 소설 연구(1)—서지 사항 확인과 판본 비교를 중심으로」, 『현대소설연구』 47, 현대소설학회, 2011, 76~77면.

37 「社告」, 『영남일보』, 1951.6.22. 이 작품을 "장편소설"이라 하지 않고 "연재소설"이라고 했으며, 또한 각 연재일에는 (1), (2) 등 연재횟수를 싣고 그 끝에 '미완'이나 '계속' 등을 싣지 않았기에 그러한 오해가 가능하다. 그러나 "연재소설"이라는 표현이 「남포의 계절」, 「유랑시장」, 「풍우기」에, "장편소설"은 「단애」에, "중편소설"은 「극락조」에 붙어 있다.

비친 3차전의 구상"이 나오지 않는 한 작품이 끝날 리는 만무하다.[38] 그래서 작가가 소설을 쓰다가 서둘러 그만둔 느낌을 준다.

4. 발굴의 시작과 끝

연구자들은 김동리의 소설을 발굴하기 위해 노력해왔다. 특히 1968년 8월까지 "전체 117편"[39]의 소설 찾기에 골몰해왔다. 그것은

「화랑의 후예」, 「검군」, 「순정설」, 「일분간」 등의 경우 "단편소설"이라 했으며, 「지연기」에는 예외적으로 "연재단편소설"이라는 설명이 붙어 있다. 다만 「삼국기」, 「대왕암」의 경우 장르를 드러내는 표지를 두지 않았다. 그리고 마무리의 경우 연재 마지막에 "篇了"(「해방」), "끝"(「산화」, 「지연기」, 「일분간」, 「극락조」, 「삼국기」), "大尾"(「대왕암」)를 붙인다든가, 또는 연재 회수 대신 "(完)"(「검군」, 「순정설」) 등의 표지를 두었을 것이다.

38 한편, 「문화계 1년 회고」(『문화춘추』, 1954.1, 47면)에서는 "금년도의 작단은 김동리, 황순원 이 두 역량 있는 작가가 각각 본격적인 장편에 손을 댔다는 것이 특별한 인상을 주고 있"다고 하였다. 금년도라 함은 1953년을 일컫는데, 여기에서 김동리의 장편은 「풍우기」(『문화세계』, 1953.7~??)를 의미하는 것으로 보이지만, 바로 직전 작품인 「스탈린의 노쇠」도 포함하였을 수 있다.

39 이전 글 「김동리 소설 '아카시아 그늘 아래서' 외 2편 발굴」(『근대서지』 5, 근대서지학회, 2012.6)에서 1968년 8월 이전 소설을 117편 가량(116편 확정) 밝혔다. 그 가운데에서 「살벌한 황혼」은 「대결」의 개작이므로 한 편이 숫자에서 배제되어야 한다.(115편 확정) 그리고 이후에 김병길에 의해 밝혀진 「석탈해」(『야담』, 1957.9), 「원화」(『체신문화』, 1957.9), 「미륵랑」(『체신문화』, 1957.11), 「수로 부인」(『야담』, 1957.11), 「정의관(기파랑)」(『야담』, 1957.12), 「국사 왕거인」(『야담』, 1958.3), 「의사 김양」(『야담』, 1958.6), 「양화랑 애화」(『야담』, 1958.7), 「불모의 원한 실성과 눌기」(『야담』, 1959.2), 「국사 왕거인」(『야담』, 1958.3), 그리고 필자가 제시한 「고양이」(『소년소설특집』, 소학생 임시 증간호, 1949.8), 「일분간」(『동아일보』, 1967.9.2~14) 등 11편이 추가되어야 한다. 그러면 1968년 8월 이전 김동리의 작품은 확정된 것만도 126편으로 그가 말한 117편을 넘어선다. 그리고 이후에 나온 15편(「유랑시장」을 포함시킨 숫자), 『김동리 역사소설』 소재 1편(「호원사기」), 『꽃이 지는 이야기』 소재 2편(「숙의 편지」, 「제야」), 『꿈같은 여름』 소재 3편(「농구화」, 「꿈같은 여름」, 「새벽의 잔치」) 등 21편을 더하면 총 147편이 된다. 「유랑시장」의 경우 새로운 편수에 포함시키느냐 「남포의 계절」의 개작으로 작품수에서 뺄 것인가 하는 문제가 남는다. 김동리가 「산제」와 그것의 개작인 「산 이야기」를 한 작품으로 본 것은 작품 맨뒤에 창작 시기 "丙子 六月"을 그대로 쓴 것에서도 확인이 된다. 그런데 「먼산바라기」는 다른 작품으로 보고 있는데, 내용의 개변은 말할 것도 없거니와 주인공 "태평 영감"을 "먼산바라기 영감"으로 바꾼 데서도 확인할 수 있다. 그는 「먼산바라기」를 1962년 썼다고 했으니 당연히 새로운 작품으로 넣어야 한다. 그것

김동리 소설의 전체를 가늠해볼 수 있는 준거로 기능했다. 그것으로 인해 소설 찾기는 비교적 수월했고, 또한 성과도 있었다. 그러나 김동리는 모든 장르에 걸쳐 작품 활동을 했던 사람이다. 수필, 서문과 같은 글을 제쳐놓더라도 시, 비평 등은 여전히 주목을 요하며, 발굴해야 할 대상이다. 이제 소설은 얼추 발굴되었다. 그러나 시와 비평에 이르면 아직도 젬병이다. 필자는 소설을 발굴하면서 몇몇 잡지들을 새롭게 검토할 수 있었다. 『조선중앙일보』, 『동아일보』와 같은 신문, 그리고 『협동』, 『예술서라벌』, 『서라벌문학』과 같은 잡지가 그것이다. 이들 매체에 실린 작품들을 통해 앞으로 동리 작품의 발굴 가능성을 엿보기로 한다.

김동리의 등단작 「화랑의 후예」를 살피면서, 그리고 「해방」을 찾아 읽으면서 『조선중앙일보』와 『동아일보』의 일부 자료를 확인했다.

『조선중앙일보』 – 김시종

소설 –「화랑의 후예」, 1935.1.1 ~ 10

수필 –「종달새」, 1935.4.5 ~ 6

『동아일보』 – 시 : 김시종, 소설 기타 : 김동리

시 –「거미」, 1934.11.21

시 –「死徵」, 1934.11.21

시 – 廢址 2題 :「반월성」,「석빙고」, 1935.2.5

은 「무녀도」와 『을화』를 한 작품이 아닌 두 작품으로 보는 것과 같다. 「남포의 계절」, 「유랑시장」은 주인공은 물론이고, 상당 부분 내용이 바뀌고 있어 개별 작품으로 보아도 무방할 듯하다. 여기에 작품으로 「선애와 아기」, 「누나의 추억」, 그리고 「미정고」는 추가될 수 있어 현재로는 김동리의 창작은 150편 정도가 된다. 다만 「누나의 추억」, 「소녀」, 「하현」 등 3편은 사라졌으니 현재 147편이 남아있는 셈이다.

소설－「산화」, 1936.1.4～18

소설－「지연기」, 1946.12.1～11

소설－「해방」, 1949.9.1～1950.2.16

소설－「일분간」, 1967.9.2～14

수필－「현기증」, 1956.3.31.

수필－「개방과 풍성의 계절」, 1959.7.15.

수필－「우주 시대와 여성-새로운 윤리와 영원한 자세」, 1960.1.4.

비평－「병술 창작계의 회고와 전망-습작 수준에 혼미」, 1947.1.4.

비평－「豊穰盛作의 乙未文壇 各部門에서 新人進出의 盛觀」, 1955.12.23.～24.

비평－「전진하는 문단-유지된 어느 정도의 수준 4월 창작평」, 1956.4.29.

비평－「작품 속의 중년 부인-그 특질과 매력」, 1959.6.6.

시평－「제5호 성명의 내용과 선전」, 1946.4.22.～23.

시평－「청년과 순정에 대하야-순정은 타협이 아니다」, 1947.2.4.

시평－「문화인에게 보내는 각서-주체의 일관성 가지라」, 1948.8.29.

기타 작품 해설－「나의 창작과정 베일을 벗다-진도와 성과에 대하여」, 1959.2.24.

김동리는 초창기 '김시종'의 이름으로 작품을 발표했다.[40] 『조선

40 김동리는 1934년 조선일보 신춘문예에 「백로」를 투고했을 때만 해도 자신의 본명인 김창귀(金昌貴)를 썼다. 이 작품은 '선외가작'으로 뽑혔으며, 1934년 1월 12일 『조선일보』에 실린다. 그러나 이후 「望月」(『가톨릭청년』 10호, 1934.3)부터 1936년 1월 「산화」 당선 전까지 그의 字인 김시종(金始鍾)을, 「산화」부터 김동리란 號를 사용한 것으로 보인다. 그는 「백로」로 등단한 후 줄곧 '김시종'을 썼지만(「화랑의 후예」(『조선중앙일보』, 1935.1.1～10), 「폐도의 시인」(『영화시대』, 1935.3～?), 「생식」(『중앙』, 1935.7) 등의 소설에도 사용), 「산화」를 응모할 때는 김동리로 바꾸었다. 그것은 전년도 당선된 「화랑의 후예」와 다른 작가로 보일 필요가 있었기 때문이다. 이후에는 그 이름으로 작가 활동을 하였으며, 그래서 이름이 김동리로 굳어지게 되었다.

중앙일보』에 「화랑의 후예」를 발표할 때도 '김시종'으로 썼다. 『조선중앙일보』에는 김시종의 이름으로 발표된 수필 「종달새」가 있다. 그리고 『동아일보』에 시 몇 편을 김시종의 이름으로 발표했다. 「거미」, 「사징」, 「반월성」, 「석빙고」 등이 그러한 것인데, 이는 「산화」로 등단하기 이전에 발표된 것들이다. 그는 「산화」, 「지연기」, 「해방」을 김동리라는 필명으로 『동아일보』에 발표하였는데, 「산화」의 당선과 더불어 본격적으로 '김동리'라는 필명을 쓴 것으로 보인다. 그리고 이 신문에 「일분간」이 발표된 사실을 최근에 확인할 수 있었다. 그리고 이 신문에는 여러 편의 수필, 비평 등을 발표하였다. 여기에는 10여 편이나 되는데, 「현기증」·「개방과 풍성의 계절」과 같은 수필과 더불어 「병술 창작계의 회고와 전망－습작 수준에 혼미」 등과 같은 여러 편의 창작평이 있고, 「문화인에게 보내는 각서－주체의 일관성 가지라」와 같은 당부 내지 계도의 시평이 있는가 하면, 「나의 창작과정 베일을 벗다－진도와 성과에 대하여」와 같은 자신의 창작과정에 대한 해설도 있다. 『동아일보』에는 이처럼 다양한 층위의 작품들이 실려 있는 것들을 확인할 수 있다.

2012년 자료를 찾으면서 『협동』을 전체적으로 검토하였다. 『협동』은 조선금융조합연합회(1949년 11월부터 '대한금융조합연합회'로 개칭)에서 1946년 8월 창간한 잡지(1956년 2·3월호(통권 55호)까지 발간된 것으로 보임)와 1962년 1월부터 농업협동조합중앙위원회(2호부터 '농업협동조합중앙회'로 개칭)에서 발간한 잡지(1972년 2월(통권 66권)까지 발간된 것으로 보임)가 있다. 후자는 전자를 계승하고 있지만, 새로 발간되면서 통권 번호를 다시 시작하였다. 이 잡지에는 동리의 작품이 적잖게 발표되었다.

『협동』

창작－「풍우가」, 1950.11～1951.1

「아카시아 그늘 아래서」, 1955.7～8

「귀국」, 1965.11

문예관계－「정치주의와 인간주의」, 1949.5

「전쟁과 문학의 제문제」, 1952.6

교양강좌－문학초심(8회 연재), 1953.7～1955.3

이미 김병길과 필자에 의해 소설 세 작품이 발굴되어 알려졌지만, 이 잡지에는 김동리의 문예 비평 2편(「정치주의와 인간주의」, 「전쟁과 문학의 제문제」)과 더불어 교양강좌 「문학초심」이 실려 있다.

『예술서라벌』

소설－「상흔」, 제1집, 1964.11

수필－「은행닢」, 제2집, 1966.1

『서라벌문학』

소설－「어떤 순정」, 제1집, 1965.11

논단－「한국소설의 전통」, 제2집, 1966.10

특집－「8.15 이후의 한국소설」, 제3집, 1967.11

수필－「소녀에 관한 序章」, 제6집, 1970.8

이번에 『예술서라벌』과 『서라벌문학』을 찾았다. 『예술서라벌』은 1967년 창간호가 나왔으며, 1978년 2월까지 총 13호가 나온 것으로 알려져 있다. 이는 서라벌예술대학에서 발간한 종합잡지로 서라벌예대 재직 교수와 학생, 동문의 글을 실었다. 창간호에는 지도교수로서 김동리와 최병국이 올라 있으며, 편집으로는 박삼식, 한덕치 등이 참여한 것으로 나온다.[41] 이 잡지에 김동리는 소설 「상흔」과 수필 「은행잎」을 실었다. 한편, 『예술서라벌』이 나온 1년 후 서라벌예술대학 문예창작과에서는 독자적으로 『서라벌문학』을 발간하게 된다. 이 잡지는 1965년 11월부터 1971년 12월까지 총 7집이 나왔다.[42] 서라벌예술대학 학장이었던 임동권의 지적처럼, "『서라벌문학』은 서라벌예술대학 문예창작과 학생들의 창작 발표지"였던 셈이다.[43] 김동리는 당시 문예창작과 학과장을 맡고 있었는데, 그는 창간호에서 제3집까지 "편집지도"로, 4집부터 7집까지는 "지도교수"로 이름이 올라 있다. 「편집후기」에서 "편집지도와 격려를 아끼지 않으신 김동리"라는 구절이 보여주듯,[44] 김동리는 당시 학과장으로서 잡지를 책임지고 발간한 것으로 보인다. 그는 이 잡지에 애정을 갖고 소설 「어떤 순정」 1편과 비평 2편, 수필 1편 등 여러 차례 글을 실었다. 이 외에도 그가 직접 관계한 신문 잡지는 물론이려니와 그가 직접 관여하지 않았더라도 원고의 요청이나 투고로 적지 않은 작품들이 다양한 매체에 발표되었을 것이다.[45] 이제 그

41 「간기」, 『예술서라벌』 1호, 1964.12, 끝면. 제2호부터는 김동리, 최병국 이외에 조정하도 이름을 올렸는데, 당시 문예창작과 학과장이었던 김동리의 이름을 수위에 올려놓았다. 2호의 편집위원은 최병문, 김춘수, 이미순, 이일훈, 김용필 등이, 3호의 경우 마종하, 김형영, 박건한, 김연옥, 이광기 등이 맡는 등 편집위원들은 지속적으로 바뀌었다.

42 서라벌문학회에서 제8집(1973)도 나왔지만, 그것은 『동리문학연구』라는 제목을 달고 나와서 이전 7집과는 다른 모습이다.

43 임동권, 「창간사」, 『서라벌문학』 1, 서라벌예술대학 문예창작과, 1965.11, 13면.

44 「편집후기」, 『서라벌문학』 1, 168면.

45 이번에 확인된 『협동』(농협중앙회), 『세계』(국제문화연구소), 『한국유리사보』(한국유리) 등이 그러한 예이다.

러한 매체들을 찾아 김동리 문학의 전체상을 규명해내고, 아울러 제대로 된 전집 발간을 서두를 필요가 있다.

5. 마무리

작가에 대한 정보의 수합이 단순히 문학 연구자의 미덕이 되고 있다는 것은 안타까운 현실이다. 김동리에 대해 조사하면 할수록 쏟아지는 자료들은 하나의 통합시스템에 모아야 한다. 그런 체계가 마련되어야 제대로 된 발굴이 가능하게 된다. 앞에서 보듯 작품이 일관된 정보로 통제되지 않으면서 중복으로 발굴되는가 하면, 개작품이 새로운 작품으로 소개되기도 했다. 지금도 여전히 그런 상태는 지속되고 있다. 그러므로 김동리의 소설의 경우 원작과 개작의 고리가 제대로 밝혀져야 한다. 그것이 되지 않으면 이미 알려진 작품의 개작이나 원작임에도 불구하고 새로운 작품으로 인식될 수 있다.

김동리의 소설은 유사한 제목이어서 개작 상황을 쉽게 알 수 있는 경우도 있지만, 그렇지 못한 경우가 많다.[46]

(가) 원 이름을 그대로 유지하면서 개작한 경우,

「무녀도」, 「바위」, 「황토기」, 「두꺼비」, 「지연기」, 「사반의 십자가」 등 무수함[47]

46 개작 및 개제 작품에 대해 그 일부가 손상화, 「김동리 소설에 나타난 죽음의식」(경북대 석사논문, 1984.2)에 언급되었다.

47 사실 이런 작품들에 대해 개작 사실을 잘 모르는 경우가 많다. 김동리의 경우 초기 잡지에 발표되었던 작품들을 선집에 실을 때 거의 대부분이 개작되었다고 보면 된다.

(나) 제목이 비슷하게 바뀐 경우,

「산제」－「산 이야기」－「먼산바라기」

「달」－「달이와 낭이」－「달 이야기」

「개를 위하여」－「개 이야기」[48]

「귀향 장정」－「귀환 장정」[49]

「남행로」－「남으로 가는 길」

「악사 우륵」－「악성 우륵」－「우륵」

「국사 왕거인」－「왕거인」

「의사 김양」－「김양」

「양화랑 애화」－「양화」

「볼모의 원한-실성과 눌기」－「눌기 왕자」

「눈 오는 오후」－「눈 내리는 저녁때」

「매미와 철수」－「매미」

(다) 그리고 같은 작품인지도 모를 정도로 제목이 바뀐 경우

「술」－「젊은 초상」

「허덜풀네」－「성문 거리」－(「허덜풀네」)

「솔거」－「불화」

「여잉설」－「정원」[50]

48 「개를 위하여」를 실제로 「개 이야기」로 개명했는지 확인을 못 했지만, 이 작품을 『밥과 사랑과 그리고 영원』(사사연, 1985, 115면)에서는 「개 이야기」라 언급하고 있다.

49 『신조』(1951.6)에 실린 제목은 「귀향 장정」이었으나 이후 작품집이 나오면서 「귀환 장정」으로 개제되었다. 김병길, 「한국전쟁기 김동리 소설 연구(1)－서지 사항 확인과 판본 비교를 중심으로」, 『현대소설연구』 47, 현대소설학회, 2011, 74～75면.

50 최근 홍주영의 논문(「김동리 문학 연구－순수문학의 정치성과 모성의 변화를 중심으로」, 서울대 박사논문, 2014.2)을 통해 「잉여설」로 알려져 있던 작품의 원명이 「餘剩說」(『조선일보』, 1938.12.8.～24)이라는 것을 알게 되었다. 김동리는 이 작품을 『황토기』(1949)에 실으면서 「庭園」으로 개제하였고, "庭園(一名 剩餘說)"(59면), "「庭園」(剩餘說)"(216면)이

「소년」–「물오리」

「미수未遂」–「제사」

「이맛살」–「상흔」

「어머니와 그 아들들」–「아들 삼형제」

「형제」–「광풍 속에서」

「심정」–「근친기覲親記」

「인간 동의人間動議」–「소녀행小女行」[51]

「상병傷兵」–「풍우가風雨歌」–「순정설純情說」–「미리와 그 애인」[52]

「어떤 부자父子」–「상면」–「어떤 상봉」

「대결」–「살벌한 애정」–「살벌한 황혼」

「난중기」–「폭풍 속의 인정」–「피란기」

「한내마을의 전설」–「정씨가의 계보鄭氏家의 系譜」–「한내마을의 전설」[53]

「강태공」–「용」[54]

「쌍녀분후지雙女墳後志」–「여수旅愁」–「최치원」[55]

라 하였다. 김동리가 원래 「여잉설」로 하였지만 「잉여설」로 착각한 것인지, 아니면 원래 「잉여설」이었는데 신문사의 오식으로 그렇게 된 것인지는 명확하지 않다. 어쩌면 원래 「여잉설」로 하였다가 무의식중에 「잉여설」로 고쳐 인식하고 있다가 후에 「정원」으로 개제했을 가능성도 있다. 그런데 「여잉설」이나 「잉여설」이나 그 의미상 아무런 차이가 없어 어떤 것으로 표기해도 무방할 듯하다.

51 「인간 동의」가 『한국작가출세작품전집(1)』(한국소설가협회 편, 1976)에는 「소녀행」으로 개제되어 있다.

52 「순정설」은 1953년 10월 29일 「미리와 그 애인」이라는 제목으로 라디오에 낭독되었다. 「래듸오－二十九日 木曜日」, 『경향신문』, 1953.10.29.

53 김병길에 의하면 「한내마을의 전설」은 「정씨가의 계보」라는 이름으로 『단편4인집』(우생출판사, 1957)에 실렸다고 한다. 김병길, 앞의 논문, 83면.

54 김동리는 「용」(『김동리대표작선집(1)－단편선집』, 삼성문화사, 1978, 417면)에서 "원명 「姜太公」"이라 밝혔다.

55 김동리는 「여수」(『야담』 1957.7, 26면)를 발표하면서 "원제 「쌍녀분후지」"라 하여 밝혔다.

「석탈해」－「반월성에서」－(「석탈해」)[56]

「남포의 계절」－「단애」－「유랑시장」

「정의관情義關」－「기파랑」

「학정기鶴亭記」－「강수 선생」

「청해진대사」－「귀국」－「장보고」[57]

「비연悲緣」-「호원사기虎願寺記」[58]

「꽃」－「어떤 순정」－「꽃」

「상정常情」－「아버지와 아들」

「벼랑의 순녀」－「꽃이 지는 이야기」[59]

「야식夜食」－「새벽의 잔치」

「무녀도」－『을화』 등 다양하다.[60]

이러한 부분들이 밝혀져야 김동리의 작품 세계가 제대로 드러날 것이다.

최근 김동리의 작품 발굴은 작품 수의 증가에는 별로 기여하지 못했다. 그러나 작품의 발굴은 김동리 소설의 계보도 및 작품의 형

56 「석탈해」가 「반월성에서」(『지방행정』 135～137, 한국지방행정협회, 1965.1～3)로 개제되어 실렸다가 다시 원이름인 「석탈해」(『김동리 역사소설－신라편』(1977)로 실렸다.

57 역사소설의 개제명은 김병길의 글을 참조했음을 밝혀둔다. 김병길, 「시간을 월경하여 만나는 생의 구경적 형식, 그 비극적 운명과의 한판 대결」, 『현대문학』, 2013.3, 294면.

58 김병길은 최근 「하룻밤의 연緣으로 품은 생과 사의 구경」(『동리목월』, 동리목월기념사업회, 2014.6)에서 「虎願寺記」의 원작 「悲緣」(『철도』, 1964.6.25)을 밝혀냈다.

59 「벼랑의 순녀」는 『한국일보』(1973.4.29)에 발표되었다. 김동리는 "약 오십 장짜리 창작 「꽃이 지는 이야기」('벼랑의 순녀'라는 소품을 개작) 한 편을 써내었다"고 했다. 김동리, 「한해를 맺는다」, 『불광』, 1976.12, 26면.

60 우리가 또 하나 주의를 기울일 필요가 있는 작품이 「은시계」·「도둑굴」(『소학생문예독본』, 아동예술원, 1949)과 같은 작품의 처리이다. 전자는 메리메의 소설 「마테오 팔코네」를 축소 번안한 작품이며, 후자는 전래 설화 「지하국 대적 퇴치」를 가져온 작품이다. 비록 김동리의 이름으로 발표되었다고 하나, 김동리의 작품으로 규정하기 어렵다. 김주현, 「김동리 소설 '아카시아 그늘 아래서' 외 2편 발굴」, 500～501면 참조.

성 과정(텍스트의 전이 과정)을 밝히는 데 적잖이 기여할 것이다. 그것은 작품 발굴이 여전히 의미를 갖고 있는 이유이다.

[부기]

얼마 전 『소학생문예독본』(1949)을 열람할 기회가 있었다. 이전에 「은시계」와 「도둑굴」이 발견되었던 잡지라 특별히 관심이 갔다. 그런데 『소학생문예독본』에는 김동리의 이름으로 여러 편의 작품이 실려 있었다. 『소학생문예독본3』에는 「파랑날개」·「이상한 구슬」이, 『소학생문예독본4』에는 「선애와 아기」·「분꽃 이야기」·「종 치는 까치」가, 그리고 『소학생문예독본6』에는 「실근이와 순근이」·「은시계」·「도둑굴」이 실려 있었다. 『소학생문예독본6』에 실린 「은시계」, 「도둑굴」은 이전에 검토를 하였을 뿐만 아니라 「실근이와 순근이」는 『소년』(1949.7)에 실려 있어 별로 새로울 것이 없었다. 그런데 새로 발견된 나머지 작품들은 검토를 필요로 하는 것들이었다. 이들 작품에는 장르를 규정하는 용어가 제시되었는데, 소년소설-「파랑날개」·「선애와 아기」·「실근이와 순근이」·「은시계」, 옛날 동화 : 「이상한 구슬」, 동화 : 「분꽃 이야기」·「도둑굴」, 민족 전설 : 「종 치는 까치」 등이었다. 그러나 「은시계」와 「도둑굴」과 마찬가지로 다른 작품들도 번안한 작품이 대부분이었다. 「파랑날개」는 모리스 마테를링크의 「파랑새」(1908)를 윤색한 작품이었으며, 「이상한 구슬」은 '요술구슬' 또는 '돈구슬'로 알려진 우리 전래 동화(옛날 동화)를 옮긴 작품이었다. 「분꽃 이야기」는 분꽃에 관한 전설을, 「종 치는 까치」는 「치악산과 상원사」라는 '민족 전설'을 소개한 작품이었다. 일찍이 김상덕은 「꽃 속에 숨은 전설 16-분꽃」(『동아일보』, 1936.6.12~13)을 소개하였는데, 김동리는 그러한 전설을 수용해 「분꽃 이야기」를 그려낸 것으로 보인다. 그렇다면 이 작품들은 설령 김동리의 이름으로 발표되었다고 하더라도 김동리의 창작이라 하기 어렵다.

다만 「선애와 아기」는 「실근이와 순근이」처럼 '소년소설'로 분류되었는데, 원작이 분명하지 않다. 내용은 다음과 같다. 열한 살 선애는 아버지 할머니와 함께 살면서 집안일을 도맡아 한다. 하루는 아침 일찍 일어나 뜰 소제를 하려다가 대문 밖에 놓인 흰 보자기 속에서 갓난아기를 발견한다. 그녀는 아기를 안고 와서 할머니한테 '하느님께서 보내준 아기'라고 말한다. 할머니는 구차한 살림에 손도 모자라니 아기를 파출소에 갖다 맡기자고 한다. 선애는 아기에게 우유를 먹이면 되고, 또한 많이 먹지 않으니 기르자고 하며 아기에게 자장가를 불러준다. 그러자 할머니는 "선애야, 네 말이 옳다. 아마 하느님께서 이 아기를 우리에게 보내주신 모양이지, 아기가 여간 예쁘지 않구나" 하면서 아기를 꼭 껴안는다. 3면밖에 안 되는 짧은 내용 속에 순수한 동심과 더불어 휴머니즘이 담겨 있다. 이 작품은 '하느님께서 보내준 아이'라는 구절이 두 번이나 등장하는 등 서구 기독교 정신을 바탕으로 씌어진 작품으로 보이며, 그런 점에서 김동리의 창작이 아닐 가능성이 있다. 향후 이 작품이 김동리의 순수 창작인지, 아니면 다른 작가의 작품을 번안한 작품인지에 대한 검토가 필요하다.

한편 『소학생문예독본』을 검토하는 과정에서 같은 책(원종찬 편, 『한국아동문학총서(21)－새동무·소학생문예독본·소년소설특집』, 2010)에 실린 김동리의 「고양이」(『소년소설특집』, 소학생 임시 증간호, 1949.8)를 만날 수 있었다. 「고양이」는 『꿈같은 여름』(1979)에 실렸는데 그동안 원 발표지가 알려져 있지 않았던 작품이다. 이를 통해 「고양이」가 1940년대 말에 발표된 작품이라는 것을 알 수 있었다. 이 잡지들에서 김동리의 번안 작품이 적지 않다는 것과 더불어 김동리의 작품이 새롭게 발굴될 여지가 여전히 남아있다는 것을 확인할 수 있었다.

김동리 전집 발간에 따른 문제들

1. 한국문학과 전집 발간

작가에게 있어서 문학전집의 발간은 그의 문학 세계를 정리하는 중요한 의미를 지닌다. 대개 작가의 사후에 이뤄지는 전집 발간 작업은 그의 문학적 의미를 되새기고, 한편으로는 문학사적 의미를 재고하는 것으로서 의미가 있다. 지난날에는 주로 문집이 발간되었는데, 근대 이후 작가들은 전집의 형태로 발간되었다.

한국 근대 문인 가운데 전집 발간이 가장 앞서는 이는 박용철로 보인다. 미망인과 문우들의 힘으로 박용철의 사후 1년 만에 『박용철전집』(1940, 시문학사) 전 2권이 발간되었다. 1권은 시집, 2권은 비평집으로, 처음으로 완전한 형태의 전집이 나온 것이다. 물론 전집이라는 이름으로 나온 것이 그 이전에도 없었던 것은 아니다. 1935년과 36년에 이광수의 『그 여자의 일생』(삼천리사)이 "춘원 이광수전집"이라는 이름으로 발간된 적이 있었다. 그러나 그것은 일부 작품이고, 적어도 전집의 형태를 띤 것은 박용철의 전집이 그 처음이다. 그리고 1954년에 『심훈전집』이 전 7권으로 발간되었다.

그런데 본격적인 문학전집의 간행은 임종국의 『이상전집』(태성사, 1956) 전 3권이 아닌가 한다. 한 연구자가 심혈을 기울여 만든 전집이기 때문이다. 이 전집이 빠른 시간에 매진됨으로써 한국 근대문학의 전집 발간이 붐을 맞게 된다. 이를테면 『효석전집』(전 5권, 1959~1960), 『이광수전집』(전 20권, 1962~1963)에 이어 1968년에는 『김유정전집』(1권), 『백철문학전집』(전 4권), 『오영수문학전집』(전 5권), 1972년에는 『김환태전집』(1권), 『단재신채호전집』(전 2권)[1], 그리고 1973년에는 『최남선전집』(전 15권), 『황순원전집』(전 7권) 등 전집 발행이 줄을 잇게 된다.[2] 그러나 전집은 애초부터 출판사의 영리를 앞세워 비전공자들이 만들다 보니 적지 않은 문제들이 발생되기에 이른다. 전집에 잘못된 작품이 포함되고, 작품 일부가 누락되거나 인쇄과정에 오류가 발생하는 등의 문제들이 그것이다. 그러나 다른 한편으로 전집의 발간으로 인해 작가의 문학 전반을 재정리하고 본격적인 문학연구의 장으로 끌어들이는 등 긍정적인 점도 적지 않았다. 전집은 작가의 문학 전체를 새롭게 조망할 뿐만 아니라 작가의 문학적 성취도를 평가할 기회를 제공한다는 점에서 필요하고도 의미 있는 작업이라 할 수 있다.

1 『단재신채호전집』은 1975년에 보유편이 나왔으며, 1977년 개정판이 나오면서 상·중·하·별책 등 4권으로 완성된다.
2 이 자료는 국립중앙도서관의 서지목록을 토대로 한 것이다.

2. 김동리 전집의 발간

김동리의 문학작품이 처음으로 대거 묶이어 나온 것은 삼성출판사의 『김동리대표작선집』(1967년)이다. 이 작품집에는 당시 주요 작품들이 망라되어 실려 있다. 선집으로 나왔지만 다른 작가에 비해 일찍 시도되었으며, 상당수 작품을 망라하였다는 점에서 당시로 보면 준전집에 해당되는 것이었다.

대표작선집 제1권 "단편선집"에는 「황토기」, 「무녀도」, 「등신불」, 「까치 소리」, 「흥남 철수」 등 총 25편의 단편이 실려 있다. 당시 김동리가 쓴 단편이 100여 편에 이르는 것을 고려한다면, 불과 1/4에 해당되는 작품만 실은 셈이다.[3] 대표작 선집이라 이름 지은 이유를 알 수 있다. 그에 비해 중장편은 대표작선집 2권부터 5권까지 총 6편(「사반의 십자가」, 「애정의 윤리」, 「해풍」, 「비 오는 동산」, 『자유의 역사』, 『춘추』)이 실렸으니 적지 않은 작품이 실린 것이다. 당시까지 총 11편의 중장편 가운데 4편이 미완성인 점을 감안하면 『이곳에 던져지다』 한 편만 제외하고 모두 실린 셈이다. 그리고 10여 년 후인 1978년 『김동리대표작선집』 6권을 증보판으로 내었다. 여기에 시, 평론, 수필, 자전기를 포함함으로써 명실공히 김동리의 문학 전체를 관망할 수 있는 터전을 마련한 셈이다.

그러나 선집은 선집일 뿐이다. 그래서 새로운 전집을 기획하게 된 것이다.

3 김동리는 1968년 8월까지 쓴 소설이 117편이라고 언급했다.(김동리, 「나의 비망첩」, 『세대』, 1968.8) 그런데 대표작 선집 발간(1967.6)부터 1969년 8월까지 쓴 작품 3편(단편 2편, 장편 1편)과 1967년 6월 이전 쓴 중장편 11편을 빼면, 1967년 6월까지 총 103편의 단편을 써서 발표한 것이 된다. 그러나 1967년 6월까지 발표된 단편(동화 포함) 수는 110편(「김동리의 소설 목록」 참조) 정도 되는 것으로 드러난다.

> 김동리 문학의 성과와 문학사적 의미가 이처럼 심대함에도 불구하고 아직까지 그의 문학적 업적을 집대성한 전집이 출간되지 못한 것은 뜻밖의 일이다. 물론 이미 몇 차례에 걸쳐 선집이 간행되기는 하였지만, 이는 그의 전 작품을 망라하지 못한 것일 뿐만 아니라, 더불어 그 체계와 판본에 있어서도 적지 않은 문제점을 드러내고 있다. 그러므로 그의 문학사적 위업에 합당한 규모의 전집을 간행하는 일은 우리 문학의 귀중한 자산을 영구히 보존하기 위해 시급한 과제라고 할 수 있다. 편집위원들은 이러한 문제의식을 공유하면서 기존에 간행된 작품집과 선집의 성과를 이어받고 문제점을 최소화한, 새롭고도 본격적인 정본 『김동리 전집』이 필요하다는 데 합의하였다.[4]

김동리의 "문학사적 위업에 합당한 규모의 전집" 간행을 위해 편집위원회가 꾸려진다. 위원회에는 유종호, 김윤식, 이문구 등이 참여한다. 그들은 "기존에 간행된 작품집과 선집의 성과를 이어받"아 1995년 새로운 전집 1차분 6권을 발간하기에 이른다.

> 김동리 문학에 대한 엄정한 역사적 평가를 위해서는 치밀한 자료 수집을 통해 그의 문학 세계의 전모를 온전하게 복원하는 과제가 선결되어야 한다. 이번에 6권으로 간행되는 『김동리 전집』 1차분은 그러한 작업의 작은 출발이 되리라고 자부할 수 있다. 전집 1차분에서는 김동리 문학의 정수를 보여준다고 할 수 있는 단편소설들을 4권으로 나누어 수록했으며, 여기에 그의 대표적인 장편소설인 『사반의

4 「"김동리전집"을 내면서」, 『김동리전집(1) - 무녀도·황토기』, 민음사, 1995, 13~14면.

> 십자가』와 『을화』를 포함하였다. 또한 각 권의 말미에는 작가의 생애와 작품 연보, 그리고 자세한 작품 해설을 덧붙여 일반 독자의 이해를 돕고자 하였다. 총 20권으로 기획된 전집이 모두 완결되면 시와 소설, 그리고 평론과 수필을 포괄하는 김동리 문학의 전체상이 완벽하게 재구성될 수 있을 것이다. 1차분에 이어질 후속 작업을 통해 지금까지 나온 어떠한 판본보다도 방대한 분량의 자료를 정확하게 복원할 것과 부족한 점은 좀 더 성실한 자료 조사와 검증을 통해 점차 보완해 나갈 것을 약속드린다.[5]

그들은 1차분 6권 발간 이후 "어떠한 판본보다도 방대한 분량의 자료를 정확하게 복원할 것과 부족한 점은 좀 더 성실한 자료 조사와 검증을 통해 점차 보완해 나갈 것"을 약속하였지만, 2년 후인 1997년 2권만 추가로 간행하였다. 원래 총 20권으로 기획된 이 전집은 8권이 나오고 중단되고 만다. 사실 1~6권이 소설, 7권이 『문학과 인간』, 8권이 『나를 찾아서』인 점을 고려하면 1차 작업 이후 서둘러 전집 발간 작업을 종료한 듯한 느낌을 준다. 왜냐하면 6권까지 포함되지 않은 소설들이 미처 정리되지도 못한 채로 끝났기 때문이다.

김동리는 1990년 7월 30일 뇌졸중으로 쓰러진 이래 투병생활을 시작하였으며, 1995년 6월 17일 마침내 타계한다. 그의 투병 와중에 꾸려진 전집편찬위는 그의 사망 직후인 1995년 7월 15일 소설집 6권을 내었던 것이다. 아마도 1997년 2권을 내고 서둘러 전집을 마무리한 것은 그의 사후 빚어진 저작권의 복잡한 문제에 기인한 것

5 「"김동리전집"을 내면서」, 같은 책, 14면.

이 아닌가 추측된다.

어쨌든 20권으로 기획된 전집은 40%의 성과만 낸 채 종료되고 말았다. 게다가 전집에 관여했던 김동리의 제자이자 소설가였던 이문구 역시 2003년 2월 25일 위암으로 불귀의 객이 되고 말았다. 그렇게 되면서 이후 전집의 발간은 흐지부지되고 말았다.

필자는 2000년 경주에서 발기된 《동리·목월기념관 건립추진위원회》의 간사를 맡아 보았다. 그러면서 김동리의 문학작품, 특히 소설을 본격적으로 모으기 시작했다. 사실 그의 전집 8권이 나왔지만 거기에 빠진 작품들은 적지 않았고, 그것들을 찾아 동리의 자택을 비롯하여 여러 도서관을 찾아다녔다.[6] 전집의 목록에조차 제대로 제시되지 않았던 작품들을 찾아내고, 아울러 「해방」 같은 경우는 직접 입력하여 연구자들에게 제공하기도 했다.[7] 그 작업을 하면서 전집 발간 작업을 꿈꾸었다. 그러나 여러 가지 저간의 사정 때문에 성사되지 못했다. 무엇보다 저작권 문제에 대한 확신이 없었고, 또한 개인적인 사정 때문에 전집 작업에 몰두할 수 없었다. 최소 3년 이상은 소요되는 험난한 작업이기에 쉽게 손을 댈 수 없었다. 그리고 김동리기념사업회라는 단체가 존재했기 때문에 굳이 나설 필요가 없다고 생각했다. 현재에도 여전히 전집의 필요성은 제기되고 있지만, 전집 발간은 과제로 남아 있다.

6 이에 대해 보다 자세한 상황은 필자의 「떨림과 여운－김동리의 〈발굴 소설〉론」, 『김동리 문학의 원점과 변주』, 계간문예, 2006, 98~116면 참조.
7 김동리, 「해방」, 『어문론총』 39~41집, 한국문학언어학회, 2003~2004.

3. 동리전집 발간과 관련한 문제들

전집 발간에는 아래와 같은 문제들이 뒤따른다. 먼저 전집이라고 할 때는 모든 작품을 포함하면 된다. 그러나 그 범위에 여전히 논란이 따른다. 필자는 전집 발간에 2번 참여하였다. 선집의 경우와 달리 전집은 명실공히 모든 작품을 집대성해야 한다는 압박감이 있게 마련이다. 모든 작품이라? 어디까지를 어떻게 포함한단 말인가? 이에 따르는 문제들을 살펴보기로 한다.

1) 범위 포함의 문제

(1) 장르별 문제

김동리는 소설뿐만 아니라 시, 수필, 그리고 그 밖에도 다양한 산문을 썼다. 이제까지 단행본으로 묶여 나온 시집만도 3권이며, 수필 및 산문집은 10여 권에 이른다. 먼저 단편집을 살펴보자. 『무녀도』(8편, 1947), 『황토기』(8편, 1949 / 12편, 1952 증보판), 『귀환 장정』(4편, 1951), 『실존무』(11편, 1955), 『등신불』(20편, 1963), 『까치 소리』(12편, 1973), 『꽃이 지는 이야기』(15편, 1978) 등 총 7권의 순수 단편집과 1권의 역사소설집 『김동리 역사소설』(16편, 1977), 그리고 1권의 동화집 『꿈같은 여름』(18편, 1979) 등 총 9권을 상재했다.[8]

장편소설은 『사반의 십자가』(1957), 『춘추』(1958), 『김동리대표작선집(2)－사반의 십자가·애정의 윤리』, 『김동리대표작선집(3)－해풍·비 오는 동산』, 『김동리대표작선집(4)－자유의 역사』(1967), 『이

8 이 외에도 『김동리대표작선집(1)－단편선집』(25편, 1967)이 있지만, 이는 기왕의 선집에 포함된 작품들로 구성되어 생략했다.

곳에 던져지다』(1974), 『을화』(1978) 등 7권을 발행했다.

시집으로는 『바위』(1973), 『패랭이꽃』(1983) 등 2권이 그의 생전에 발간되었고, 그의 사후 유고시집인 『김동리가 남긴 시』(1998)가 발간되어 총 3권이 된다.

수필집은 『자연과 인생』(1965), 『사색과 인생』(1973), 『고독과 인생』(1977), 『취미와 인생』(1978), 『운명과 사귄다』(1978), 『명상의 늪가에서』(1980), 『생각이 흐르는 강물』(1985), 『밥과 사랑과 그리고 영원』(1985), 『사랑의 샘은 곳마다 솟고』(1988), 『꽃과 소녀와 달과』(1994), 『나를 찾아서』(1997) 등 총 11권이다.[9] 물론 이 수필집 가운데에는 중복되고 겹치는 부분이 대단히 많다. 문학비평 내지 문학론으로는 『문학과 인간』(1948), 『문학개론』(1952) 등 2권이 나왔고, 이외에도 공동 저서로 몇 권이 더 있다. 이들을 총 권수로 환산하면 32권에 해당된다. 물론 이 가운데에서 수필집에서 반복된 내용을 제하더라도 빠진 작품을 보완한다면 그 권수는 경우에 따라 40권에 이를 것이다. 그렇다면 먼저 이들 모든 장르를 포괄할 것인가 하는 문제가 대두된다. 아마 모두 포괄한다면 이전의 어떤 전집보다 방대한 작업이 될 것이다. 게다가 위의 단행본에 빠진 작품들을 포함한다면 그 작업은 더욱 늘어날 것이다. 그래서 전집에 소설, 시, 수필 및 산문, 비평 및 문학론까지 전 장르를 다 포괄할 것인가 하는 문제가 있다.

(2) 보조 텍스트의 문제

다음으로 문제가 되는 것이 보조 텍스트에 대한 문제이다. 사실

9 이 외에도 『녹음 아래서』(1976)가 있지만, 이것은 이전 수필집을 추려서 만든 것으로 새로운 내용은 없다.

이 부분에 대해서는 자세한 조사가 되어 있지 않아 과연 텍스트가 얼마나 될지도 아직 불확실하다. 김동리가 자신의 작품집 뒤에 쓴 「서문」이나 「후기」[10], 남의 책 뒤에 써준 「발문」, 신춘문예 및 잡지 등단, 그리고 각종 문예대회 심사에 참가하여 쓴 심사평[11], 또한 자신의 작품과 관련하여 쓴 창작기, 각종 문예상 수상소감, 잡지 발간에 부친 헌사, 신문이나 잡지에 발표된 시사담, 대담, 기타 각종 식사문 등을 어떻게 할 것인가 하는 문제이다. 김동리는 『문예』, 『신천지』, 『자유문학』, 『월간문학』, 『한국문학』 등에 직접 관여했을 뿐만 아니라 한국문인협회 이사장, 한국소설가협회 회장, 대한민국예술원 회장 등 오랜 기간 요직에 있었기에 그 어떤 사람보다도 헌사, 식사, 대담 등 보조 텍스트가 많을 것으로 보인다. 그리고 일기라든가 그밖에 동리 자신의 여타 기록도 포함되겠다. 이런 것들도 문학텍스트임에는 분명한데, 이들을 어떻게 처리할 것인가?

(3) 부대 자료의 문제

필자는 개인적으로 2005년 이상전집을 발간하였다. 그리고 2007년부터 2008년까지 단재신채호전집편찬위원회의 일원으로 단재전집 발간에 참여한 적이 있다. 그런데 두 전집은 확연한 차이를 보여준다. 그것은 대상의 포함 범위의 차이이다. 이상전집은 순문학

10 민음사판 전집에서는 창작집의 서문과 후기는 "평론을 집대성한 2차분"에 싣고자 했으나 결국 발간되지 못했다.(「일러두기」, 『김동리전집(1)－무녀도·황토기』, 민음사, 1995, 15면)

11 김동리는 「상반기의 作壇」(『문예』(1949.8), 「盛夏의 作壇」(『문예』(1949.9) 등의 단평뿐만 아니라 「〈소녀〉와 〈순정〉－최정희 씨의 '녹색의 문'에 대하여」(『문예』(1954.3) 등과 같은 신간평, 그리고 1949년부터 1954년까지 『문예』지에 소설을 추천하면서 「小說薦後」, 「小說薦後의 말」, 「小說薦後記」, 「小說選後評」, 「小說薦後評」, 「小說薦後記」 등 수많은 추천사를 남겼다.

작품을 중심으로 발간했다. 물론 그중에는 이상의 서신이 포함되기도 했지만, 대개 문학작품 중심이었다. 그러나 단재전집은 단재가 쓴 작품 말고도 단재의 독립운동과 관련된 문서 및 자료, 심지어 단재에 대한 지인들의 회고담 등도 대거 실렸다. 그런데 그러한 자료들은 단재의 문학 활동을 조명하는 데 필요한 자료들이다.

동리전집에서도 부대 자료를 싣느냐 마느냐는 여전히 문제가 된다. 대부분의 문학전집은 부대 자료에 대해서는 소홀히 해왔다. 그러나 전집에서 모든 자료의 축적이 필요하다면 부대 자료를 싣는 것도 하나의 방법이다. 여기에서 부대 자료라 함은 우선 김동리와 김동리 문학에 관련된 논의들, 신문 잡지에서의 김동리 관련 기사 등 다양한 것들이 포함된다.[12] 각종 문학상 수상 소식이나 문예행사 소식, 입원 및 병환, 그리고 사망과 관련된 기사 등이 그러하다. 이들 기사는 김동리의 활동을 잘 알려준다는 점에서 필요하다. 그리고 동시대 선후배, 동료의 회고담도 해당된다.[13] 이러한 자료는 작가론이나 작가전기 작성에 필요한 자료들이다. 물론 자료를 모아 봐야 알겠지만, 이들 자료 역시 적지 않을 것이다. 이처럼 작가 연구에 필요한 것들은 일단 구비되어야 할 것이다.

12 우리가 흔히 참고 자료라고 할 수 있는 것들이 이에 해당된다. 김동리와 논전을 벌인 유진오, 김동석, 김병규, 이어령의 해당 글이라든지, 각종 작품집이 나온 이후 서평 등 다양한 것들이 있다. 이를테면 『문학과 인간』이 나오면서 서정주, 조지훈, 최태응, 홍효민 등의 논평이 나온다. 서정주, 「탐색의 기록인 비평문학」(『백민』, 1949.1), 조지훈, 「立命의 문학」(같은 책), 최태응, 「정당한 문학본질을 고수」(같은 책), 홍효민, 「김동리 저 "문학과 인간" 서평」(『서울신문』, 1948.12.24). 이것들을 싣는 것은 김동리 이해에 커다란 도움을 주지만, 이제까지 문학전집에서 이러한 것들은 당연히 배제되었다.

13 특히 김동리 송수기념특집인 서라벌문학 8집 『동리문학연구』(서라벌대학, 1973)의 1부 '壽宴詩篇'과 3부 '인간 김동리'가 이에 해당되며, 이외에도 적지 않은 자료가 있다.

2) 작품 완성도의 문제

(1) 미완성 작품

전집 발간에 작품을 넣고 빼고는 적지 않은 어려움이 따른다. 전집이니까 모든 작품을 넣으면 그만이겠지만, 생각처럼 쉽지 않다. 특히 김동리의 경우는 보다 심각하다. 김동리는 앞에서 살펴본 것처럼 그때그때 중요하다고 생각하는 작품들은 선집에 포함해 단행본으로 발간했다. 사실 그 작품들을 대상에 넣는 것은 그렇게 어렵지 않다. 그런데 당시 선집에 빠진 작품들이 있다. 그 가운데 일차적으로는 미완성 작품이 문제가 된다. 김동리의 미완성 작품은 적지 않다. 특히 여기에는 소설로 「해방」, 「급류」, 「스탈린의 노쇠」, 「풍우기」, 「아도」, 「미정고」[14] 등이 해당된다. 특히 「급류」는 「해방」과 더불어 해방기 김동리의 인식을 그대로 보여준다. 그리고 「스탈린의 노쇠」(1951.6.7~18)는 작가의 사정으로 연재가 중단되었는데, 한국 전쟁기 동리의 인식을 무엇보다 잘 보여준다. 그래서 김동리의 전시 인식을 확인해보는 데 무엇보다 필요한 작품이지만, 작품이 완결되지 않았다는 점에서 싣기도 어렵고 안 싣기도 곤란하다. 물론 싣고 싶다 하더라도 온전한 형태를 실을 수 있을지는 의문

14 「급류」는 현재 4회(『조선교육』, 1949.4~7)를 확인할 수 있는데, 4회 마지막에는 "계속"으로 표기되어 있어 미완성임을 알려준다. 그 이후 『혜성』(1950.2~5)에도 실린 것으로 나와 있지만, 현재 『조선교육』 1949년 8월 이후, 그리고 『혜성』을 확인할 수 없어 잡지 폐간으로 인한 미완성 작품인지, 완성되었지만 잡지 소실로 인해 작품 일부가 누락되었는지 제대로 파악할 수 없는 실정이다. 다만 전자가 아닐까 추측된다. 「아도」는 현재 6회(『지성』, 1971.12~1972.6)까지 확인이 되며, 미완이다. 그런데 『지성』의 종간호는 1972년 7월호이며, 이 호에도 실렸을 것으로 보인다. 다만 7월호를 현재 확인할 수 없어서 게재 유무, 완성 유무를 알기 어렵지만 작품의 내용 전개로 볼 때 한 호 만으로 마무리하기는 어렵지 않았을까 생각된다. 「미정고」는 「당고개 무당」을 확대한 장편으로 미완성 유고이며, 현재 일부가 김윤식의 『미당의 어법과 김동리의 문법』(서울대학교출판부, 2002)에 실려 있다.

이다. 워낙 원전의 상태가 좋지 않기 때문이다.

(2) 배제된 작품

다음으로, 김동리가 선집을 꾸리면서 배제한 작품이다.[15] 앞에서 언급했지만, 동리는 그때그때 작품을 엮어냈다. 이 가운데 완성작이면서 빠진 경우가 있다. 그 이유는 다음 몇 가지로 상정해 볼 수 있다. 먼저 작품을 분실한 경우이다. 전체가 소실된 경우로는 「하현」, 「소녀」가 있다. 이 작품들은 일제의 검열에 걸려 사라지거나 전문이 삭제되었다. 그러나 이 외에도 「회계」, 「이맛살」, 「절 한번」, 「급류」, 「검군」, 「남로행」, 「풍우가」, 「피란기」, 「순정설」, 「풍우기」, 「풍우 속의 인정」, 「살벌한 황혼」, 「마리아의 회태」, 「부자」 등등이 빠져 있다. 이 가운데 유난히 6.25 전쟁기 소설이 많이 빠진 것을 볼 수 있는데, 이는 또한 작품의 이데올로기적 성격 때문이 아닌가 생각된다. 작가는 「젊은 미국의 기빨 — 벤프리-트 장군에게 드리는 禮狀」(『문예』, 1954.3)의 경우도 전후에 실린 작품이라 분실의 여지가 희박할 터인데 이후 시집이 나왔음에도 불구하고 싣지 않았다.[16]

15 개작을 제외하면 민음사 전집 작품 연보를 기준으로 이전 단편집에서 빠진 작품은 다음과 같다. 「어머니」, 「회계」, 「소녀」, 「오누이」, 「다음 항구」, 「윤회설」, 「이맛살」, 「상철이」, 「절 한번」, 「개를 위하여」, 「유 서방」, 「검군」, 「남로행」, 「피란기」, 「마리아의 회태」, 「고우」, 「아리랑기(阿尸良記)」, 「참외」, 「우물 속의 얼굴」, 「만자동경」, 「튀김떡 장수」 등 20편(「급류」는 단편으로 표기되었으나, 장편이어서 장편으로 분류했다). 이후 새롭게 발굴된 작품으로 「폐도의 시인」, 「생식」, 「풍우가」, 「순정설」, 「풍우 속의 인정」, 「부자」 등 6편이 빠져 있다. 그리고 중장편으로는 「해방」, 「급류」, 「스탈린의 노쇠」, 「풍우기」, 「남포의 계절」, 「극락조」, 「유랑시장」, 「아도」, 「대왕암」, 「삼국기」 등 10편이 빠져 있다. 민음사판 전집은 「어머니」, 「오누이」, 「다음 항구」, 「윤회설」, 「상철이」, 「개를 위하여」, 「유 서방」, 「고우」, 「참외」, 「우물 속의 얼굴」, 「만자동경」, 「튀김떡 장수」 등 단편 12편을 추가적으로 실었다. 찾을 수 있는 작품 대부분은 전집에 실었고, 나머지는 그때까지 입수하지 못해 포함시키지 않은 것으로 보인다.

16 이 작품에 대해서는 홍기돈이 『김동리 연구』(중앙대 박사논문, 2003, 172~174면)에서 전문을 제시하고 직접 논의하였다.

작가가 의도적으로 전쟁기 작품들을 선집에서 배제한 모습이 역력하다.

그리고 최근에 발굴되어 알려진 작품들, 「생식」, 「회계」, 「마리아의 회태」 등 몇 작품은 작품의 완성도 때문이 아니라 작가가 제대로 찾지 못해 선집에서 빠트린 게 아닌가 생각된다. 그리고 마지막으로 작품성이 떨어지는 경우이다. 「이맛살」과 같은 작품은 작가가 소품으로 여겨 선집에 싣지 않은 것으로 보인다.[17] 이때 우리는 이들 작품을 어떻게 할 것인가? 일단 전집이니 모든 작품을 실으면 그만인가? 지금으로서는 작가가 그 작품을 어떻게 보았거나 상관없다. 보다 중요한 것은 오늘의 관점이고, 또한 작품의 완성도 역시 연구자의 입장에서 가려야 할 문제이다. 그리고 작가가 자신의 작품이 실린 잡지를 유실하거나 제대로 확인하지 못해 미처 선집에 싣지 못한 경우도 있다.[18] 어떤 경우이든 완성된 작품이라면 전집에 싣는 것이 바람직하지 않을까?

(3) 개작된 작품

김동리는 누구보다 많은 개작을 감행했다. 그것은 단순히 제목을 변경한 경우에서부터 부분적 개작이 일어난 경우, 전면적 개작이 일어난 경우 등 다양하다. 개작으로 문제가 되는 작품은 「산화」, 「무녀도」, 「술」, 「산제」, 「바위」, 「형제」, 「황토기」, 「사반의 십자가」,

17 필자가 2002년 2월 23일 김동리의 청담동 자택을 방문하여 지하 서고에서 자료를 조사할 때 『문화』(1947.10)를 발견하였지만, 소설 연재 페이지만 찢겨 나간 것을 확인했다. 김동리 유품 가운데 「유랑시장」, 「악성」 등 소설이나 여러 비평 작품을 연재 페이지만 찢어서 보관한 경우가 많이 있었다. 물론 「이맛살」의 페이지를 찢어 보관하다가 잃어버렸을 수도 있지만, 그냥 소품이어서 선집에서 배제된 것이 아닌가 추측된다.

18 「두꺼비」는 『조광』(1939.8)에 실렸음에도 불구하고, 작가는 그 작품을 검열로 인해 분실된 것으로 파악하고 나중에 재집필하여 『꽃이 지는 이야기』(1978)에 싣기도 했다.

「두꺼비」 등 적지 않다. 그런데 여기에 문제가 따른다. 「무녀도」를 예로 보면 원작 「무녀도」(『중앙』, 1936.5)는 3차례(1947년, 1953년, 1963) 정도의 개작이 있었다. 『을화』까지 포함하면 무려 4차례 개작이 이뤄진 셈이다. 개작으로 인해 처음의 모습과는 상당히 다른 작품이 된 것은 자명하다.

원작은 원작대로, 개작은 개작대로 의미가 있다. 그런데 전집에서 원작과 개작을 같이 싣기는 어렵다. 연구자의 입장에서 원작과 개작들을 같이 볼 때 작가의식의 변화는 보다 여실히 드러난다. 그런데 작가의 입장에서 개작의 경우 이전 원작은 미정고일 뿐이며, 당연히 개작을 전집에 실어야 한다. 그것은 달리 독자에 대한 예의이기도 하다. 민음사판 전집도 "작가의 의도를 존중하여 개작본을 정본으로 삼았으며, 작품의 제목을 바꾼 경우에도 최종 제목을 우선으로 하였다."[19] 그런데 작품이 소실된 것으로 보고 새로 쓴 경우는 원 발표본을 실었는데, 「두꺼비」가 여기에 해당된다. 이 역시 애매한 선택이다. 물론 다소 차이는 있지만, 다시 쓴 것도 한편으론 원작을 개작한 것이나 다름없기 때문이다.

그러나 달리 보면 독자는 1963년도 개작본으로 1936년 「무녀도」와 그 당시 작가의식을 생각하게 된다. 일종의 오독이 개입할 여지가 크다는 말이다. 그렇다면 어떻게 할 것인가? 만일 연구자용이라면 같이 실어주는 것이 좋은 방법이라 생각한다. 그러나 일반 독자용이라면 원작이든 개작이든 1편밖에 실을 수 없고, 그렇다면 당연히 개작본을 실어야 한다.[20] 그리고 독자의 혼란을 피하기 위해 주

19 「일러두기」, 앞의 책, 17면.
20 개작이 유난히 많았던 최인훈과 황순원의 전집에서는 모두 이 방식을 따르고 있고, 그것이 정당하다고 생각된다. 그러나 달리 보면 그것은 독자에 대한 저자의 배려라기보다 책임 회피가 될 수 있다. 황순원의 경우 『카인의 후예』, 「아버지」, 「황소들」 등 개작에

석을 붙여야 할 것이다.

(4) 기타 일부 유실된 작품

「생식」(1935.7~8)은 현재 전반부(『중앙』, 1935.7)만 남아 있고, 후반부(『중앙』, 1935.8)는 그 존재가 확인되지 않고 있다. 「유랑시장」(1970.7~) 역시 현재 1~9회, 13~14회, 16~17회가 남아 있는데, 이것들은 김동리가 게재지의 소설 연재 부분만 찢어 보관해 온 것이다.[21] 현재 『한국유리사보』를 구할 수 없어 작품의 전모를 파악하기 어렵다. 「남포의 계절」은 『현대』(1957.11~)에 게재되었다. 1958년 4월까지 작품을 확인할 수 있지만, 1958년 5월부터 종간이 된 1967년 1월까지 자료를 구득할 수 없다. 「대왕암」은 『대구매일신문』(1974.2.1~1975.11.1)까지 총 538회 연재된 작품이다. 이 신문도 연재된 모든 호수가 온전한지 파악해봐야 한다. 필자가 구한 매일신보는 군데군데 날짜가 누락되어 있어 온전하지 못하다. 만일 이들 작품에서 해당 부분을 모두 찾는다면 몰라도, 그렇지 못할 경우 게재가 애매해진다. 그뿐만 아니라 「남포의 계절」의 개작인 「유랑시장」은 정황상 마무리가 되었을 것으로 추측하는데, 여전히 위의 작품들처럼 연재 중단되었을 가능성도 전혀 없는 것은 아니다. 보다 정확한 것은 누락된 잡지 호수를 발굴하여 확인해보는 방법밖에 없다. 전집에 수록 여부에 대해서는 고민이 필요하다.

의해 작가의 이데올로기적 특성이 제거되거나 지워진 작품이 적지 않다.(김주현, 「"카인의 후예" 개작과 반공이데올로기의 문제」, 『민족문학사연구』 10, 민족문학사연구소, 1997)

21 현재 이것들은 〈동리목월기념관〉에 보관하고 있다.

3) 표기체의 문제

전집을 꾸릴 때 '현대체로 할 것인가, 아니면 발표 당시의 표기대로 할 것인가'라는 문제도 고민거리이다. 일반적으로 원본, 또는 정본을 표방하고 나온 전집은 대체로 당시 표기체 그대로 썼다. 그런 경우는 대부분 연구자를 위한 것이다. 그렇지 않고 초기에 나온, 앞서 제시된 대부분의 전집은 전집 발간 당시 표기체로 표기되었다. 독자를 배려한 조치이다.

대체적으로 전집이 일반 독자를 대상으로 할 것인지, 전문 연구자를 대상으로 할 것인지에 따라 표기체는 달라질 수 있다고 본다. 만일 동리전집을 만든다면 누구를 대상으로 할 것인가 하는 문제가 사전에 충분히 논의될 필요가 있다.

4) 기타 주해의 문제

주석이나 해제는 작가의 작품을 심층적으로 이해하는 데 도움을 줄 뿐만 아니라 연구의 현 단계를 파악할 수 있게 해준다는 긍정적인 측면이 있다. 그러나 이에는 상당한 시간의 노력과 더불어 전문 연구자의 도움이 요구된다. 전집 가운데 작품의 오롯한 모습을 제시하는 것을 목표로 할 것인지, 작품에 대한 심층적 이해를 돕도록 할 것인지를 결정해야 한다.

사실 주해는 독자에 대한 배려이며, 그래서 달아주는 것이 좋다고 생각된다. 그러나 주해자에 따라 편차를 갖고 있고, 또한 해석학적 층위가 다양하기 때문에 설사 주석을 단다고 하여도 그리 간단한 문제는 아니다. 쉽게 연구자 개인의 능력과 재량에 맡기면 그만이지만, 어느 정도 선에서 주해를 다느냐, 또한 그것이 얼마만큼 객관성을 담보해내느냐는 차후의 문제이다.

4. 동리전집을 어떻게 할 것인가

전집은 만들어지고 또다시 만들어진다. 왜냐하면, 보다 완성된 전집을 위한 작업들이 이어지기 때문이다. 끊임없이 새 작품이 나오고, 또한 기존 전집의 문제들이 발견되기 때문이다. 전집문제를 생각하면 머리부터 묵직해진다. 전집을 직접 만들어보기도 했고, 전집 작업을 거절하기도 했다. 전집이 필요한데 누구도 하지 않기에 누군가 해야 한다면, 그 누군가가 되는 것을 애써 회피할 수 없다는 생각에 전집 작업에 달려들었었다. 그러나 하면서 몇 번이나 후회를 했는지 모른다. 그리고 정말 애써 정본전집을 만들어 놓고 보니 또 문제가 적지 않아 증보 정본을 만들기도 했다. 고백하거니와, 문제는 줄었지만 완전히 해결된 것은 아니어서 그것은 내 부끄러움의 정체이다. 그러나 어차피 전집은 그때로서의 최선이라고 생각해야지, 정말 완벽한 전집을 만들려면 아예 시작도 못한다는 변명으로 내 방어막을 펼치고 있다.

그리고 여러 해 전 이광수의 전집 발간을 맡아 달라는 요청을 받은 적이 있다. 그것을 2년 정도의 시간으로 만들 수 있겠느냐는 말에 나는 그렇게 할 수 없다고 거절했다. 이상 전집 3권도 6년(물론 그것만을 붙잡고 있었던 것은 아니지만, 적어도 붙잡고 있었던 시간만도 이삼 년은 되리라)이 걸렸는데, 그 네다섯 배 되는 이광수 전집을 나로서는 2년 정도의 시간에 마무리할 재간이 없었다. 더욱

이 이광수는 나와는 정서적으로도 맞지 않아 선뜻 나서고 싶지 않았다. 내가 이광수에 대해 잘 모를 뿐만 아니라 그는 민족의 죄인으로 비난받고 있지 아니한가? 그래도 대상에 대해 잘 알아야 하고, 더불어 내가 선호하는 작가라야 전집작업에 선뜻 나서지 않을까. 그렇다면 동리전집을 어떻게 할 것인가?

1) **대상의 문제 :** 일반 독자용과 연구자용으로 구분해서 대상을 나누었으면…….

김동리의 전집을 꾸릴 경우 앞에서 본 것처럼 이제까지 그 누구보다도 방대한 작업이 될 것임이 틀림없다. 시간적으로 충분한 여유가 필요하며, 참여자도 일정 인원이 요구된다. 필자의 생각으로는 작업 전체를 몇 차례로 나눠 하는 것이 좋을 듯하다. 동리가 소설가이니만치 일차적 작업은 소설 작품을 대상으로 전집을 꾸릴 필요가 있다. 물론 시나 수필, 비평은 각각 순위를 정해 작업을 하는 것이 필요하다. 3차 정도로 작업을 정리한다면 큰 무리는 없어 보이며, 소기의 성과를 이루지 않을까 생각된다. 그리고 공동 작업으로 하는 것이 마땅하다고 생각된다. 필자는 이상전집 작업을 홀로 했고, 단재전집 작업을 공동으로 했다. 개인 작업과 공동 작업은 각기 그 장점과 단점을 갖고 있기에 어느 것이 좋다고 단언하기 어렵다. 그러나 작품의 수가 방대할수록 개인 작업으로는 부담이 클 수밖에 없다. 다음으로, 작품의 포함 범위나 주해의 문제 등에 대해서는 공동의 지혜를 모을 필요가 있다. 그렇다면 전문 연구자들로 구성된 편집 실무위원회를 꾸려 그들이 작품의 포함 여부를 논의하는 것이 좋다고 본다. 개인적인 생각으로는 전집을 일반 독자용과 전문 연구자용 두 가지로 대별하고, 일반 독자용으로는 〈민음사〉판 전집처럼 완성 작품 중심으로 엮고, 연구자용으로는 미완성이라 하더라도 가능하면 모든 작품을 싣는 것이 좋겠다고 생각한다. 그러나 그것은 현실적인 문제를 고려하면 분명히 이상적인 발상이다. 대상의 문제는 실제 전집 발간 때 더욱 구체적인 의견이 나올 수 있으리라.

2) **보조 텍스트, 부대 자료의 문제** : 보조 텍스트 일부는 전집에 포함하고, 부대 자료는 별도로 다뤄야…….

단재의 전집처럼 보조 텍스트나 부대 자료를 엮어주는 것은 대상에 대한 이해의 폭을 넓히고, 더불어 연구자에게는 다양한 연구 정보를 제공해줄 수 있다는 장점이 있다. 그러나 이제까지 대부분의 문학전집이 그러하듯이 그것은 당위이기는 하나 필수라고 보기는 어렵다. 그래서 일단 기존 전집처럼 순문학 작품을 중심으로 싣는 것이 좋을 듯하다. 작품의 분량이 적은 작가라면 몰라도, 동리처럼 수많은 작품을 쓴 작가는 더욱 그러하다. 보조 텍스트만 해도 2권 가까운 분량이 되지 않을까 싶다. 그런 처지에 전집과 더불어서 싣기는 어렵지 않을까? 만약 일부라도 전집에서 실을 수 있는 것(경우에 따라서는 비평집, 또는 수필 및 산문집에 포함)은 그렇게 하고, 혹시 배제된 것은 그 목록이라도 밝히는 것이 어떨까 싶다.

다음으로, 부대 자료는 문학전집에 포함시킨 예가 없는 것으로 안다. 필자는 이상회고록 『그리운 그 이름, 이상』을 공동으로 묶긴 했지만, 전집을 만들 당시 그것을 전집에 포함시켜 보겠다는 생각은 아예 해보질 못했다. 그것은 어찌 보면 문학전집에 포함할 대상은 아니다. 이제까지의 문학전집에 그러한 자료들이 포함된 전례가 없기 때문이다. 그러나 동리전집이라고 하면 조금 생각은 달라진다. 한 작가 개인에 대한 정보들을 묶는 것이기 때문이다. 그러나 여전히 기존의 관습을 외면하기는 어렵다. 그래서 필자의 생각으로는 전집 작업과는 별도로 그러한 자료를 묶는 작업이 필요할 것 같다. 문학전집을 읽으려는 독자에게 너무 많은 요구를 하는 것도 마땅하지 않고, 또한 부대 자료는 필요한 사람이 읽을 수 있도록 전집의 범위 밖에서 작업이 이뤄지는 것이 좋을 것 같다. 물론 전집에 부대 자료의 목록을 실어준다면 더욱 좋을 것이다.

3) 표기 체계 : 일반용과 연구자용 표기 체계 달리해야…….

어찌 보면 표기체가 그렇게 중요하지 않다고 볼 수 있다. 어떤 표기체든 띄어쓰기는 현대식으로 하는 것이 좋을 듯하다. 그리고 한자는 한글로 표기해도 무방하다면 한글로 표기하고, 오해의 소지가 있다거나 그렇게 표기하지 않으면 곤란한 것들은 한자 그대로, 또는 괄호 속에 넣어서 표현하는 것이 좋을 듯하다. 그런데 사투리의 경우는 오히려 손을 대면 의미가 달라지거나 제한될 수 있다는 점에서 충분한 고려가 필요하다. 만일 따로 하지 않고 하나로 해야 한다면, 현대표기체로 하면서 주해 부분에서 좀 더 자세히 밝히는 것도 방법일 것이다.

4) 주석 달기 : 가능한 범위 내에서 달아주는 것이 방법.

주석은 아예 없는 것보다 있는 것이 작품의 이해 측면에서 낫다.

그러나 그 범위를 어떻게 하느냐 하는 것은 논란이 될 수 있다. 일단 공동 작업이라면 최소한의 범위에서 하는 것이 좋을 듯하다. 그리고 주관적인 해석은 피하고 백과전서적 지식, 객관적 정보를 제공하는 것이 바람직하다. 주석이 주관적이어서 사람에 따라 다르다면 그것은 오히려 혼란을 야기할 우려가 있기 때문이다. 만일 해석자에 따라 해석이 다양할 경우 그것들을 밝혀 함께 제시하는 것도 방법이다. 가능하면 작품의 이해나 구절의 해석에 꼭 필요한 정보로 최소화할 필요가 있다. 만일 주석이나 해설이 번잡해지면 오히려 전집이 연구서로 변질될 우려도 있기 때문이다. 그래서 어떤 전집들은 단순히 작품집 뒤에 해설만을 싣는데 그것은 지나치게 무미하고, 또한 난해한 어구, 사투리, 사어 등은 현재 독자들이 이해하기 어려운 경우가 많다. 작품 이해에 도움이 되는 것들을 대상으로 최소한의 주석을 다는 것이 필요하다고 본다.

5) 연구 서지, 회고록 : 별도 발간 필요.

회고록은 위에서 언급한 것처럼 별도의 작업을 통해 발간하는 것이 필요할 것이다. 그런데 연구자용 전집에는 최대한의 정보를 제시해야 한다. 달리 연구 서지, 회고록 등에 대한 정보를 최대한 실어두는 것이 바람직할 것이다.

5. 마무리

전집 작업은 대단히 지난한 작업이다. 그것은 저작권 문제도 걸려 있고, 또한 시간과 정력이 모두 요구되는 일이다. 동리전집의 필요성은 누구나 인정한다. 그러나 누가 어떻게 할 것인가가 여전히 문제이다. 문학연구도 마찬가지겠지만, 당위를 넘어 소명으로 다가설 때 제대로 된 전집이 나오게 된다. 전집을 꾸릴 사람들의 자발적 참여와 사심 없는 노력이 기대된다.

부록

김동리의 소설 목록

작품명	구분	발표지	발표일
작품명	구분	발표지	발표일
화랑의 후예	단편	조선중앙일보	1935.1.1~10
廢都의 詩人	단편	영화시대	1935.3
生食	단편	중앙	1935.7
山火	단편	동아일보	1936.1.4~18
바위	단편	신동아	1936.5
무녀도	단편	중앙	1936.5
술	단편	조광	1936.8
山祭	단편	중앙	1936.9
팥죽	단편	조선문학 속간호	1936.11
허덜풀네	단편	풍림	1936.12
어머니	단편	조광	1937.1
솔거	단편	조광	1937.8
생일	단편	조광	1938.12
餘剩說	단편	조선일보	1938.12.8~24
황토기	단편	문장	1939.5
찔레꽃	단편	문장 임시 증간호	1939.7
두꺼비	단편	조광	1939.8
會計	단편	삼천리	1939.10
玩味說	단편	문장	1939.11
동구 앞길	단편	문장	1940.2
昏衢	단편	인문평론	1940.2
소녀(전문 삭제)	단편	인문평론	1940.7

작품명	구분	발표지	발표일
오누이	단편	여성	1940.8
다음 항구	단편	문장	1940.9
하현(검열로 실종?)	단편	문장	1940? 1941?
소년	단편	문장	1941.2
輪回說	단편	서울신문	1946.6.6~26
紙鳶記	단편	동아일보	1946.12.1~19
未遂	단편	백민	1946.12
穴居部族	단편	백민	1947.3
달	단편	문화	1947.4
연희와 경숙	단편	신소녀	1947.6
산 이야기	단편	민주경찰	1947.9
이맛살	단편	문화	1947.10
상철이	단편	백민	1947.11
驛馬	단편	백민	1948.1
어머니와 그 아들들	단편	삼천리	1948.8
절 한번	단편	평화신문	1948.8.6~12
개를 위하여	단편	백민	1948.10
용기와 분경이	단편	원 발표지 미확인	1949
형제	단편	백민	1949.3
심정	단편	학풍	1949.3
유 서방	단편	대조	1949.3·4
급류	중장편?	조선교육	1949.4~6(미완)
일요일	단편	소년	1949.4
검군	단편	연합신문	1949.5.15~28
실근이와 순근이	단편	소년	1949.7
선애와 아기	단편	소학생문예독본4	1949.8
고양이	단편	소학생 임시 증간호	1949.8
해방	장편	동아일보	1949.9.1~50.2.16
한내 마을의 전설	단편	농민소설선집	1950
급류	중장편?	혜성	1950.2~5(미완)
人間動議	단편	문예	1950.5
風雨歌	단편	협동	1950.11~51.1
歸鄕壯丁(귀환장정)	단편	신조(『귀환장정』)	1951.6(1951)
相面(어떤 상봉)	단편	?(『꽃이 지는 이야기』)	1951(1978)
南行路?(남으로 가는 길)	단편	(중등국어 I-II)	1951(1952)
P일등병	단편	문단60인집 승리를 향하여 제1집	1951.4

작품명	구분	발표지	발표일
스딸린의 노쇠	중장편?	영남일보	1951.6.7~18(미완)
傷兵	단편	한국공론 걸작단편소설 특집 전시호 제3집	1951.9
純情說	단편	서울신문	1952.1.6~14
祭祀	단편	희망	1952.5
우물과 감나무와 고양이가 있는 집	단편	공군순보	1952.6
대결	단편	국방	1952.10
난중기	단편	체신문화	1952.12
폭풍 속의 인정	단편	해병과 상륙	1953.3
피란기	단편	화랑휘보	1953.5
風雨記	장편	문화세계	1953.7~54.2(미완)
아버지의 초상화	단편	원 발표지 미확인	1955
진달래	단편	원 발표지 미확인	1955
흥남 철수	단편	현대문학	1955.1
청자	단편	신태양	1955.2
마리아의 회태	단편	청춘 별책	1955.2
밀다원 시대	단편	현대문학	1955.4
용	단편	새벽	1955.5
實存舞	단편	문학과예술	1955.6
아카시야 그늘 아래서	단편	협동	1955.7·8
사반의 십자가	장편	현대문학	1955.11~57.4
춘추	장편	평화신문	1956.4~57.2
父子	단편	해군	1956.6
雅歌	단편	신태양	1957.4
목공 요셉	단편	사상계	1957.7
旅愁(최치원)	단편	야담(『김동리 역사소설』)	1957.7(1977)
석탈해	단편	야담(『김동리 역사소설』)	1957.9(1977)
진흥대왕 서장[원화]	단편	체신문화	1957.9
원왕생가	단편	야담(『김동리 역사소설』)	1957.10(1977)
진흥대왕(中)[악사 우륵]	단편	체신문화	1957.10
미륵랑	단편	체신문화	1957.11
수로 부인	단편	야담	1957.11
남포의 계절	중편?	현대	1957.11~58.4(미완)
진흥대왕(下)[미륵랑]	단편	체신문화	1957.11
情義關(기파랑)	단편	야담(『김동리 역사소설』)	1957.12(1977)
살벌한 황혼	단편	실존무	1958

작품명	구분	발표지	발표일
당고개 무당	단편	원 발표지 미확인	1958
아리랑기(阿尸良記)	중편	야담	1958.1
국사 왕거인(왕거인)	단편	야담(『김동리 역사소설』)	1958.3(1977)
청해진대사(장보고)	단편	야담(『김동리 역사소설』)	1958.5(1977)
의사 김양(김양)	단편	야담(『김동리 역사소설』)	1958.6(1977)
양화랑 애화(良禾)	단편	야담(『김동리 역사소설』)	1958.7(1977)
江遊記	단편	사조	1958.10
故友	단편	신태양	1958.10
자매	단편	자유공론	1958.12
애정의 윤리	중편	원 발표지 미확인	1959
달이와 낭이	단편	씨나리오문예	1959.1
악성 우륵(우륵)	단편	야담(『김동리 역사소설』)	1959.1(1977)
볼모의 원한(눌기 왕자)	단편	야담(『김동리 역사소설』)	1959.2(1977)
會蘇曲	단편	야담(『김동리 역사소설』)	1959.2(1977)
자유의 기수	장편	자유신문	1959.7～60.4
鶴亭記(강수 선생)	단편	?(『김동리 역사소설』)	1959(1977)
어떤 고백	단편	원 발표지 미확인	1960
斷崖	중편?	세계	1960.4～8?
이곳에 던져지다	장편	한국일보	1960.10.1～61.5.23
어떤 남	단편	원 발표지 미확인	1961
비 오는 동산	장편	여원	1961.1～12
등신불	단편	사상계	1961.11
먼산바라기	단편	원 발표지 미확인	1962
부활	단편	사상계	1962.11
해풍	장편	국제신문	1963
천사	단편	현대문학	1964.4
悲緣(虎願寺記)	단편	철도	1964.6(1977)
늪	단편	문학춘추	1964.9
심장 비 맞다	단편	신동아	1964.9
遊魂說	단편	사상계	1964.11
꽃	단편	아동문학	1965.4
성문 거리	단편	사상계	1965.6
젊은 초상	단편	예술원보	1965.12
바람아 대추야	단편	원 발표지 미확인	1966
염주	단편	원 발표지 미확인	1966
송추에서	단편	현대문학	1966.1
常情	단편	자유공론	1966.4

작품명	구분	발표지	발표일
윤사월	단편	문학	1966.7
白雪歌	단편	신동아	1966.7
까치 소리	단편	현대문학	1966.10
석 노인	단편	현대문학	1967.5
감람 수풀	단편	신동아	1967.9
일분간	단편	동아일보	1967.9.2~14
극락조	장편	중앙일보	1968.3.9~6.17
꽃 피는 아침	단편	월간중앙	1968.4
눈 오는 오후	단편	월간중앙	1969.4
유랑시장(「남포의 계절」 개작)	중편?	한국유리사보	1970.7~??
阿刀	장편	지성	1971.12~72.6(미완)
삼국기	장편	서울신문	1972.1.1~73.9.30
벼랑의 순녀	단편	한국일보	1973.4.29
대왕암	장편	대구매일신문	1974.2.1~75.11.1.
선도산	단편	한국문학	1976.10
꽃이 지는 이야기	단편	문학사상	1976.10
이별 있는 풍경	단편	문학사상	1976.10
저승새	단편	한국문학	1977.12
매미와 철수(매미)	단편	방울새야 방울새야	1978
을화	장편	문학사상	1978.4
참외	단편	문학사상	1978.10
우물 속의 얼굴	단편	한국문학	1979.6
만자동경	단편	문학사상	1979.10
튀김떡 장수	단편	광장	1982.3

원 발표지 미확인 작품집 수록 작품

작품명	구분	발표지(발표일)
서글픈 이야기	단편	『등신불』(1963) 수록
마음	단편	『등신불』(1963) 수록
추격자	단편	『등신불』(1963) 수록
조그만 풍경	단편	『등신불』(1963) 수록
숙의 편지	단편	『꽃이 지는 이야기』(1978) 수록
除夜	단편	『꽃이 지는 이야기』(1978) 수록
농구화	동화	『꿈같은 여름』(1979) 수록
꿈같은 여름	동화	『꿈같은 여름』(1979) 수록
새벽의 잔치(원제 「夜食」)	동화	『꿈같은 여름』(1979) 수록

金東里

김동리 소설 연구

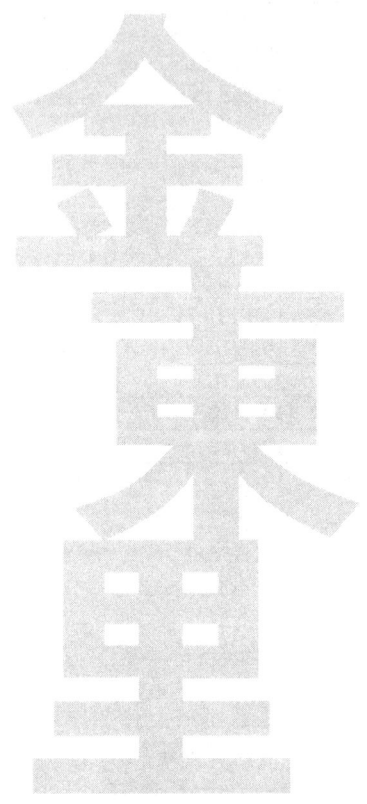

부록

김동리의 생애 연보*

1913년 음력 11월 24일 경북 경주시 성건리 186번지에서 김임수와 허임순의 5남매 중 막내(3남)로 태어남. 아명 창봉, 본명은 창귀, 자는 시종.

1920년 경주 제일교회 부속 계남소학교에 입학. 6년 후 계남소학교 졸업

1926년 대구 계성중학교에 입학하여 2년 수료. 부친 별세.

1928년 서울 경신고등보통학교 3학년으로 편입학.

1929년 4학년에 중퇴하고 귀향. 『매일신보』와 『중외일보』에 시 「고독」, 「방랑의 우수」 등과 수필을 발표.

1931년 소설 「누나의 추억」 창작.

1933년 극시 「연당」 전 5막을 탈고하였으나 발표되지 않았으며, 원고 역시 분실됨.

* 이 부분은 「김동리 연보」(『김동리대표작선집(6)』, 삼성출판사, 1978), 「작가 연보」(『한국소설문학대계(26) – 을화 외』, 민음사, 1995), 「김동리 생애 연보」(『김동리전집(8) – 나를 찾아서』, 민음사, 1997) 등을 참조하여 정리한 것임을 밝혀둔다. 앞의 글들은 김동리의 기억에 의존해 기술된 내용을 제대로 확인하지 않고 그대로 옮기다 보니 작품 발표 연도의 오류가 적지 않았는데, 여기에서는 그러한 오류들을 최대한 바로잡았다.

1934년 『조선일보』 신춘현상모집에 시 「백로」 입선. 『가톨릭청년』에 「망월」 등 몇 편의 시가와 수필을 발표.

1935년 단편 「화랑의 후예」로 『조선중앙일보』 신춘현상모집에 당선, 문단에 등단. 다솔사, 해인사를 전전하며 김종택, 이주홍, 허민 등과 교유. 「廢都의 詩人」, 「生食」 등을 발표. 경주를 떠나 사천으로 이사.

1936년 단편 「산화」가 『동아일보』 신춘현상모집에 당선. 상경하여 연건동에 하숙을 정하고 창작에 몰두함. 「바위」, 「무녀도」, 「술」, 「산제」, 「허덜풀네」 등의 단편과 수편의 시를 발표.

1937년 단편 「어머니」, 「솔거」와 수편의 시를 발표. 다솔사 소속 광명학원에서 교편을 잡기 시작.

1938년 단편 「생일」, 「여잉설」 및 평론과 시를 발표. 11월 21일 김월계와 결혼.

1939년 단편 「황토기」, 「찔레꽃」, 「두꺼비」, 「회계」, 「완미설」 등을 발표. 평론 「순수 이의」를 발표하여 유진오와 세대논쟁을 벌임.

1940년 단편 「동구 앞길」, 「혼구」, 「소녀」(전문 삭제), 「다음 항구」 등을 발표. 평론 「신세대의 문학정신」, 「신세대의 정신」을 발표. 문인보국회, 국민문학연맹 등의 가입을 거절.

1941년 단편 「소년」을 발표.

1942년 광명학원이 일제 당국에 의해 폐쇄. 큰형 김정설이 사상관계로 피체되었으며, 가택 수색을 당함. 8.15해방까지 절필.

1943년 조카의 주선으로 사천 양곡배급소 서기로 취직. 경상남도 사천군 정의동 372번지로 전적(轉籍).

1945년 사천에서 해방을 맞이하고, 해방 직후 사천청년회 회장을 맡음. 12월에 상경.

1946년 조선문학가동맹에 맞서 곽종원, 서정주 등과 함께 한국청년문학가협회를 결성, 초대회장으로 선출됨. 한국청년문학가협회의 결성선언서를 발표. 단편 「윤회설」, 「지연기」, 「미수」 등과 평론 「순수문학의 진의」를 발표.

1947년 북한문학예술동맹 중앙상임위원회의, 소위 원산문학동맹에서 발간한 시집 『응향』에 대한 결정서사건이 터지자 반박문 「문학과 자유의 옹호」를 발표. 『경향신문』 문화부장에 취임. 단편 「달」, 「혈거부족」 등과 「순수문학과 제3세계관」, 「민족문학과 경향문학」 등 발표. 첫 창작집 『무녀도』를 간행.

1948년 김동석, 김병규 등 좌익 비평가와의 논쟁을 벌임. 『민국일보』 편집국장에 취임. 단편 「역마」, 「어머니와 그 아들들」, 평론 「문학하는 것에 대한 사고」, 「문학적 사상의 주체와 그 환경」, 「민족문학론」 등 발표. 전국문화예술단체총연합회 선전부장 피선. 첫 평론집 『문학과 인간』을 간행.

1949년 장편 「해방」을 연재하였으며, 단편 「형제」, 「심정」을 발표. 중장편? 「급류」 연재. 제2창작집 『황토기』를 간행. 『문예』 주간으로 취임. 서울신문 출판부차장에 피임. 한국문학가협회 결성, 소설분과위원장에 피선. 서울대와 고려대에 강사로 출강.

1950년 문교부 예술위원, 서울시 문화위원에 피촉. 단편 「인간 동의」, 「한내 마을의 전설」, 「풍우가」, 평론 「우연성의 연구」 등을 발표. 6.25가 나자 미처 피난을 하지 못하고 서울에서 숨어 지냄. 문총구국대를 결성, 부대장에 피선.

1951년 한국문총 사무국장에 피선. 단편 「상면」, 「귀환 장정」, 「스탈린의 노쇠」 등과 평론 「문화구국론」 발표. 제3창작집 『귀환 장정』 간행.

1952년 한국문학가협회 부위원장 피선. 단편 「순정설」, 「대결」, 평론 「전쟁적 사실과 문학적 비판」 발표. 『문학개론』 간행.

1953년 서울로 돌아와 서라벌예술대학 문예창작과 교수로 취임. 장편 「풍우기」 연재. 단편 「폭풍 속의 인정」, 「피란기」 발표.

1954년 대한민국예술원 회원이 됨. 한국유네스코 위원 피촉. 단편 「살벌한 황혼」, 시 「해바라기」, 「젊은 미국의 깃발」 등을 발표.

1955년 한국문학가협회 대표위원으로 피선. 장편 「사반의 십자가」를 연재. 단편 「흥남 철수」, 「밀다원 시대」, 「실존무」, 「아카시아 그늘 아래서」 등을 발표. 제4창작집 『실존무』 간행.

1956년 제3회 아세아자유문학상 수상. 단편 「부자」 발표.

1957년 단편 「아가」, 「목공 요셉」, 「여수」 및 장편 「남포의 계절」 발표. 장편 『사반의 십자가』를 간행.

1958년 장편 『춘추』를 간행. 장편 『사반의 십자가』로 예술원 문학부문 작품상 수상. 단편 「강유기」, 「고우」, 「자매」, 「당고개 무당」을 발표.

1959년 장편 「자유의 기수」 연재. 중편 「애정의 윤리」 발표.

1960년 장편 「이곳에 던져지다」를 연재. 단편 「어떤 고백」 발표.

1961년 한국문인협회 부이사장 및 예술원 문학분과 회장 피선. 장편 「비 오는 동산」 연재. 단편 「등신불」 발표.

1962년 단편 「부활」 및 시, 시조 수편을 발표. 예총 이사 피선.

1963년 장편 「해풍」 연재. 제5창작집 『등신불』 간행.

1964년 단편 「늪」, 「심장 비 맞다」, 「유혼설」을 발표.

1965년 민족문화중앙협의회 부이사장, 민족문화추진위원회 이사로 피선. 단편 「꽃」, 「젊은 초상」, 시 「蓮」을 발표. 수필집 『자연과 인생』 간행.

1966년 한국예술윤리위원회 위원에 피임. 단편 「송추에서」, 「백설가」, 「까치 소리」 등을 발표.

1967년 「까치 소리」로 3·1문화상 예술부문 본상 수상. 단편 「석 노인」, 「감람 수풀」 발표. 『김동리대표작선집』 5권 간행.

1968년 중편 「극락조」 연재. 『월간문학』 주간으로 취임. 12월, 국민훈장 동백장 수장.

1970년 한국문인협회 이사장 피선. 서울시문화상 문학부문 본상 수상. 국민훈장 모란장 수장.

1971년 장편 「아도」를 연재.

1972년 장편 「삼국기」를 연재. 한일문화교류협회장 피선.

1973년 중앙대학교 예술대학장 취임. 『한국문학』 창간. 회갑기념으로 제6창작집 『까치 소리』, 수필집 『사색과 인생』, 시집 『바위』 간행.

1974년 장편 「삼국기」의 후편인 「대왕암」을 연재. 장편 『이곳에 던져지다』를 간행.

1976년 단편 「바위」(개작), 「선도산」, 「꽃이 지는 이야기」, 「이별 있는 풍경」 발표.

1977년 단편 「저승새」 발표. 『김동리 역사소설－신라편』을 간행.

1978년 장편 『을화』 발표. 제7창작집 『꽃이 지는 이야기』, 수필집 『고독과 인생』, 『운명과 사귄다』 간행. 증보판 『김동리대표작선집』 6권 간행.

1979년 단편 「만자동경」 발표. 소년소녀소설집 『꿈같은 여름』을 간행. 한국소설가협회장 피선. 중앙대학교 정년 퇴임. 『을화』 영역판 출간.

1980년 대한민국예술원 부회장 피선. 수필집 『명상의 늪가에서』 간행.

1981년 대한민국예술원 회장 피선.

1982년 『을화』 일역본 출간. 『을화』가 노벨문학상 본선에 진출. 장편 『사반의 십자가』를 개작 간행.

1983년 5·16민족문화상 수상. 한국문인협회 이사장으로 피선. 대한민국예술원 원로회원 추대. 시집 『패랭이꽃』 간행. 『사반의 십자가』 불역본 출간.

1985년 국정자문위원으로 임명. 수필집 『생각이 흐르는 강물』, 『밥과 사랑과 그리고 영원』 간행.

1986년 한국문인협회 이사장 재선.

1987년 장편 『자유의 역사』 간행.

1988년 수필집 『사랑의 샘은 곳마다 솟고』 간행.

1989년 한국문인협회 명예회장 추대.

1990년 소설가협회 회장으로 피선. 7월 30일 뇌졸중으로 쓰러짐.

1994년 수필집 『꽃과 소녀와 달과』 간행.

1995년 6월 17일 영면하다.

金東里

김동리 소설 연구

저자약력

❙ 김주현(金宙鉉)

범하늘에 별이 하늘 가득 수놓는 소백산 자락 부석에서 태어났다. 자라면서 한훤당 후손으로서의 가통을 적실히 지켜나가라는 가친의 뜻에 따라 학문의 길로 접어들었다. 이상, 김동리, 최인훈에 대해 연구하였으며, 최근 신채호를 비롯한 애국계몽기 문인들에 대해 관심을 집중하고 있다. 저서로는 『이상소설연구』(1999), 『신채호문학연구초』(2013), 『정본 이상문학전집』(2005) 등이 있으며, 편저로는 『백세 노승의 미인담』(2004), 『단재신채호전집』(2008) 등이 있다. 현재 경북대학교 국어국문학과 교수로 재직하고 있다.

김동리 소설 연구

초판 1쇄 발행 2013년 12월 30일
초판 2쇄 발행 2014년 09월 05일

저 자 김 주 현
발 행 인 윤 석 현
발 행 처 도서출판 박문사
책임편집 최인노 · 김선은
등록번호 제2009-11호

우편주소 ㉾ 132-702 서울시 도봉구 창동 624-1
북한산 현대홈시티 102-1106
대표전화 02) 992 / 3253
전 송 02) 991 / 1285
홈페이지 http://www.jncbms.co.kr
전자우편 bakmunsa@hanmail.net

ISBN 978-89-98468-16-3 93810 정가 26,000원